慶應義塾大学法学研究会叢書 別冊[14]

テオフィル・ド・ヴィオー

文学と思想

井田三夫

慶應義塾大学法学研究会

テオフィル・ド・ヴィオーの肖像

E. デロシェ［1661-1741］作

P. ダレ［1604-1678］作

作者不明（17 世紀）

P. パリオ［1608-1698］作

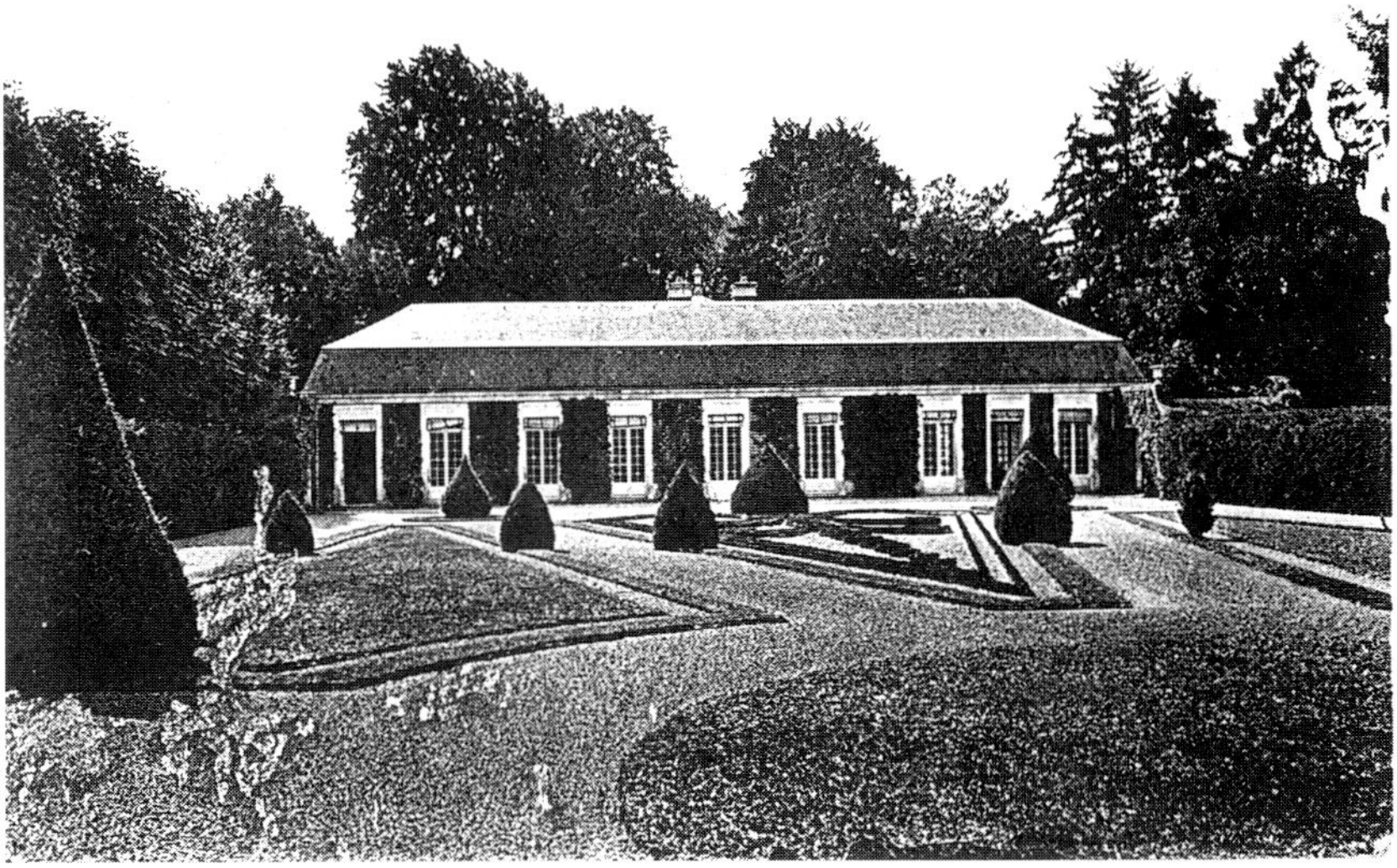

シャンティイ城の庭園内にある「シルヴィの家」

シャンティイ城

17 世紀のシャンティイ城

尼僧姿のモンモランシー公爵夫人
マリ＝フェリス肖像（1）

モンモランシー公爵
アンリ二世

リセ・ド・ムーランのシャペル内にある
モンモランシー公爵夫妻の霊廟

尼僧姿のモンモランシー公爵夫人
マリ＝フェリス肖像（2）

ブセール・ド・マゼールにあるテオフィルの館
（J. B. = ラバルト氏撮影）

テオフィルの館
（J. B. = ラバルト氏撮影）

テオフィル・ド・ヴィオー　文学と思想

亡き母かんに捧ぐ

まえがき

テオフィル・ド・ヴィオーという不気味な詩人・思想家の存在を初めて知ったのは、半世紀近く前の高校文芸部機関誌の巻頭言に英語の恩師M氏が書かれたユニークなヴィオー論においてであった。それはシュルレアリスムの魁《さきがけ》と見なされた「カラスが一羽私の眼前でかあと鳴き」で始まる例の有名なオードをめぐるエセーであった。この詩に展開されていたその異様で衝撃的なヴィジョンが西脇順三郎の『旅人かへらず』や高橋新吉、中原中也のダダっぽい詩とともに、私たち十代の若者の魂を揺さぶっていた青春の日々を懐かしく思い出す昨今である。

曲折を経て慶應の仏文科に進んだとき、一年次の仏語担当であった高山鉄男先生をご自宅に伺い、「ヴィオーを卒論でやりたいのですが」と申し上げると、「たしかに面白い研究になると思うけれど、研究書や関連文献がなさすぎるので、卒論は興味があるという十九世紀のランボーかネルヴァルにしておき、ヴィオーは将来の研究課題として取っておいたらどうかな?」とのアドバイスを頂戴、結局卒論、修士論文ともネルヴァル論となり、ヴィオー研究を本格的に始めたのは、それから十数年後のパリ第三大学博士課程に留学した一九八一年からであった。最初はネルヴァルとの関連というか、ネルヴァルにどのような影響を与えたかという観点からであったが、次第にヴィオー自身に興味が移っていき、やがてBNやサント＝ジュンヌヴィエーヴ図書館、マザリーヌ図書館、ソルボンヌ大学図書館、アルスナール図書館などに散在する初版本を含む重要な古版本テクストの本格的収集、研究書、研究論文など関連文献の猟集に着手、さらに国立古文書館 Archives nationales などに残されていた伝記的資料の発掘も開始。実証的・伝記的資料の収集は、ネルヴァルの縁で知り合い、友人となったラバルト氏の協力も得て、ロト・エ・ガロンヌ県立古文書館所蔵のヴィオー家などをめぐる貴重な古資料の収集など、留学時にかなり進展、ヴィオー家やヴィオーの出生地・生母に関する帰国後の実証的・伝記的研究に大いに役立てることができた。

テオフィル・ド・ヴィオーは生前および死後しばらくの間こそ、「われらの時代のアポロン」とか「リベルタンの王」などともてはやされ、当時最も人気のある詩人であったが（十七世紀末までにヴィオーの作品集は八十七版出されたのに対して、マレルブはわずか十六版のみという事実がそのことを証明している）、十七世紀末になるとフランス本国でさえまったく忘れ去られ、以後百年以上文字通り〈冥界の詩人〉として闇に葬られたままであった。十九世紀初頭テオフィル・ゴーティエによってロマン主義の先駆者として再評価され、以後一部の人々から多少注目・評価されるようになっていったとはいえ、十九世紀末においても依然としてマイナー・ポエットであることには変わりなかった。エミール・ファゲやレミ・ド・グールモンらの好意的批評にもかかわらず、フランス文学史・思想史における詩人・思想家（リベルタン）としてのヴィオーの位置は、貧寒としたものであった。たとえばランソンはその有名な『フランス文学史』（一八九四年）において、サント＝ブーヴのヴィオーへの低評価に影響されてか「優れた資質と恵まれた霊感を持ったこの気の毒な青年はいっこうに認められず、滑稽で、マレルブの正しさの生き証人である」と言い、さらに「ボワローの犠牲者たちの名誉を回復させる必要はない」とまで決めつけられてしまっているのである。

しかし二十世紀初頭のフレデリック・ラシェーヴルとアントワーヌ・アダンの一連のヴィオーおよびリベルティナージュに関する記念碑的研究により、ヴィオー研究の基礎が築かれ、以後この二つの研究が契機となり多くの大学人や識者によりヴィオーに関する論考が書かれるようになり、文学史も少しずつ好意的な論評と紙数とを増やしていくこととなった。一九五〇―六〇年代には、ジャン・ルーセ、マルセル・レーモン、R・ルベーグ、A・アダンなどによりいわゆる「バロック文学」という概念が提起され、またモントーバンのバロック研究センターの設立やその機関紙『バロック』の刊行などが契機となり、さらにはドイツではフランスのそうした動きに並行するかのように、E・R・クルティウスが名著『ヨーロッパ文学とラテン中世』（一九四八年）で唱え、その考え方を継承・発展させた彼の弟子のA・ハウザーやG・ルネ＝ホッケなどにより、「マニエリスム文学」という概念が提唱されるに至り、ヴィオーをはじめサン＝タマンやトリスタン・レルミットなどルイ十三世治下の文学のバロック性ないしマニエリスム性が問題にされ、研究者たちのヴィオーに対する関心はいっそう高まることとなった。

　またこれらの潮流に先立つ一九二〇年代にはテオフィル・ド・ヴィオーの詩はL・ドコーヌやL・エルバによればシュルレアリスムの指南役P・ルヴェルディに深刻な影響を及ぼしており、さらにシュルレアリストたちはおそらくこの先駆者を介してヴィオーの夢幻的《オニリック》な詩、とりわけその形而上的苦悩や世界崩壊の宇宙的ヴィジョンを自らの詩の泉源の一つと見なしているのである。

　現代作家・詩人による注目すべきヴィオー評価という点でさらに挙げておかなければならないのは、シモーヌ・ヴェイユとクロード・ロワの二人であろう。前者ヴェイユはこの牢獄詩人の運命と魂に共感、その魂があまりにも純粋で、卑劣さがなかったがゆえに、「熟成」に至らなかったのであり、フランス文学には純粋性を特徴とする流れがあり、その出発点はF・ヴィヨンであり、最後は、ないしほとんど最後はラシーヌであり、「この二人の間にモーリス・セーヴ、アグリッパ・ドービニェ、テオフィル・ド・ヴィオーがいる。彼らは類い稀な高み（気高さ）を持った偉大な三詩人である」と絶賛しているのである。後者ロワは「テオフィルは夢幻の世界univers oniriqueを抒情主義に結びつけた最初の詩人である。そして彼はランボー、ネルヴァル、『ラロン』のアポリネールに匹敵する謎に満ちた呪術的ないくつかの詩を、われわれの文学における真に魔術的な詩を書いた」詩人と断言している。こうしたヴィオー再評価の機運を反映してフランス文学史でも近年では以前より大きく扱われ、たとえばロベール・サバティエはヴィオーのためにわざわざ一章を割いて、「テオフィルは自らの場所を取り戻した、つまり現代詩人の地位を。詩人固有の魅力に、バロック的自由と魔術的自然主義を結びつけることによって、個人主義の、反順応主義の現代詩人としての地位を獲得した」詩人として高く評価しているのである。

最後に詩人のジャン・トルテルの注目すべきヴィオー評を挙げておこう。彼は『フランス前古典主義』（一九五二年刊、カイエ・デュ・スュッド社）において、「テオフィルは〈憑りつかれ〉possessionのように〈真実〉に全存在を動転させられた人々の一人である。彼はいかなる時代にあっても例外的な人間であった」と言い、十七世紀初頭の詩人・哲学者たちのさまざまな〈声〉の中にあって「少なくとも、彼はその青春が荒々しさを保持した〈声〉の一つであったし、テオフィルの声はわれわれ現代人にとても近いのである。テオフィルは最初（第一級？）の近代（現代）詩人なのである」とまで評価し、さらに「マレルブはフランス語の刷新を通して、思考を進化させるのに適した道具を作り出すのに貢献したが、テオフィルの近代主義modernismeはさらにその先を行っており、それは思想そのものに関わっている。すなわち彼の詩は明言されたある哲学によって条件づけられているように見える彼の時代の唯一の詩、その哲学が内包しているモラル、生き方を明白に表明している唯一の詩なのである。……テオフィルは人間精神の根源的な探求、幸福の追求の歴史に登場する人物の一人であり続けている」とヴィオーの現代性、その現在的意義を高く評価している。

翻ってわが国におけるテオフィル・ド・ヴィオーはどんな状況にあるだろうか。残念ながらわれわれの詩人はアンソロジーでの部分訳を除いて、邦訳作品は皆無であり、したがって一般の人々の間にはその名さえまったく知られていない。またアカデミックな世界でさえ、福井芳男氏が*Raffinement précieux dans la poésie française du XVII*^{e} *siècle*（Nizet, 1964）（『十七世紀フランス詩におけるプレシューな洗練』）および大修館の『フランス文学講座　五・詩』（一九七七年）においても少し多めに触れているほかは、いくつかの仏文学史書でほんの数行触れている程度であり、われわれが知る限り今日まで、単行本研究書は無論皆無であり、論考が、筆者自身のものおよびエセー的なもの、重複的なものを除くとわずかに三点、すなわち田中敬一氏の「十七世紀フランス詩人における patrononage の問題の一考察―― Théophile de Viau の場合」（一九六〇年）と赤木昭三氏の「Théophile de Viau の Traicté de l'immortalité de l'ame 論考」（一九六六年）および藤井康生氏の「バロックと演劇（I）―― Théophile de Viau の *Phyrame et Thisbé* における〈夜〉のテーマ」（一九七一年）がかろうじて存在するのみという嘆かわしい現状である。

それゆえわれわれは本書において、この知られざる、あるいはわが国においても無視され続けている謎の詩人テオフィル・ド・ヴィオーの人と生涯またその文学と思想について、意を尽くしえないとはいえ、若干私見を述べてみたいと思う。その場合、われわれは次のような立場に立って考察を進めていくこととなるだろう。すなわちラシェーヴルやアダンの、また近年ではサバの「リベルタン・テオフィル」説または「テオフィルの神は〈自然〉と同義語であり、人間界に絶対的に無関心なエピクロスやルクレティウスの神（理神論の神）」という見方を完全否定はしないものの、彼は本質的・無意識的にはカルヴァン派の信仰と思想を終生体現していた、少なくとも無意識的にはカルヴィニスムから全生涯にわたって自由にはなりえなかったのではないかというのが第一点。さらにはこのことと関連して彼はバロックの要素も有しているとはいえ、本質的にはパスカルにも比すべきマニエリストだったのではなかろうかというのが第二点。最後は最近のほとんどすべてのヴィオー研究家が一致して認めているヴィオー観、すなわち時代の転換期・過渡期に彗星のように現れた、ランボーにも比すべき危機の詩人、幻視詩人 poète visionnaire ではなかったろうか、というのがわれわれの基本的立場である。われわれとしてはこうした見方、読み方が読者諸兄より何がしかの共感をいただけることを願っているが、異論やお気づきの誤りも忌憚なくご指摘いただければ幸いである。

テオフィル・ド・ヴィオー†目次

第三部　テーマ　609

第一部　詩人と生涯

I　マニエリスム詩人？　バロック詩人？　ヴィオー観史概説

テオフィル・ド・ヴィオーほど数多くの思想的・文学的、はては世俗的ラベルを貼られた詩人も少ないのではなかろうか。生前および十七世紀にはすでにリベルタンの王、猥褻詩人、風刺・艶笑詩人《ポエット・サティリック・エ・ガイヤール》、プラトニシャン、不敬・冒神詩人、無神論者《アテ》、〈愛神〉詩人《ポエット・テオフィリック》、ストイシャン、エピキュリアン、パネジリスト（主人称賛詩人）、牢獄詩人、流謫詩人《ポエット・エグジーレ》などと数多くのラベルが与えられている。これらのラベルは互いに矛盾し合うものもあるとはいえ、いずれも詩人のある側面を言い当てていると思われるが、この一事を見てもヴィオーという詩人・思想家の持つ複雑さ、多面性、〈話題性〉が知られよう。このように彼は当時注目もされ、事実最も評判の高い〈流行劇作家・詩人〉であったが、同世紀後半の古典主義的風潮とともに、そしてとりわけボワロー Boileau によるヴィオーの全面的否定とともに、彼の名は急速に忘れられてしまう。

十九世紀中頃、一世紀以上にも及ぶ長い忘却の闇からゴーティエによってようやく〈助け出された〉詩人は、再び多彩なラベルが付与されることとなる。フランスの類い稀な叙情詩人（ゴーティエ、L・R・ルフーヴルなど）、パスカルに連なるモラリスト・名散文家・名論争家（シャッスル、E・ファゲ、A・アダンなど）、ロマン派詩人（R・ド・グールモンなど）、「乱れていて、無頼かつ投げやり、しばしば拡散的だが、この上なく魅力的な想像力に恵まれた詩人」、哲学詩人にしてマレルブ的詩人、すなわち古典主義的文体愛好者、だが同時にプレシューな詩人、夢想的でメランコリックな牧歌詩人、風景画家にして哀歌詩人《ポエット・エレジアック》、「ファンタスチックなまでにロマネスクな詩人」（ファゲ）、モンテーニュの世紀からの〈遅参者〉（ブリュンチエール）、汎神論者（F＝デュブール）、自然崇拝者《ナチュリスト》の第一人者（P・ヴィギエ、E・アンリオなど）、呪われた粋人＝詩人（アンリオ、J・ロジェ）、ラブレー＝モンテーニュ主義者、〈自主独立主義者（アンデパンダン）〉（F＝デュブールなど）、ガスコーニュ出身の南仏詩人《ポエット・メリディオナール》——気分屋、虚飾家、ほら吹き、複雑多様な思考——（同上、M・ド・ベルギャルド）等々といった具合。十九世紀後半より二十世紀初頭のヴィオー観は、G・ランソンやブリュンチエールのいわゆる〈道に迷った遅参者《アタルデ・エ・エガレ》〉という消極的評価が支配的であったとはいえ、右に見たごとく、一部に詩人の感性の新しさ、自意識の近代性——ロマン主義的諸傾向——を指摘する評者がすでに現れている点は注目に値しよう。

一九五、六〇年代に入って、イタリアやドイツで盛んに言われるようになっていわゆる〈バロック〉の概念がフランス文学研究にも導入されるようになると、ヴィオーも典型的バロック詩人として認知され、ようやくフランス文学史の〈本文〉に市民権を得るに至った。その結果彼に付された仕立直しの、また最新流行のラベルの数々はたとえば、同時代のただ一人の幻想詩人《ポエット・オニリック》、最初のシュルレアリスト（K・エダンス）、汎アンチ・コンフォルミスト、ペシミックな運命決定論者（アダン、アブラモヴィッチなど）、理神論《ディスト》者、カトリック信仰への真摯な回帰者、日本画を思わせる正確かつ簡潔なクロッキー画家（R・ルベーグ）、点描画家《ポワンティイスト》（アダン）、プレ・クラシック詩人、幻視者にしてレアリスム詩人、最初の近代的な不条理詩人（J・トルテル）、ヴェルレーヌ、マラルメの先駆者（H・モンドールなど）、〈キャバレー〉詩人（C・ゴーディアーニ）、綺想体《コンチェッティ》詩人（A・ハウザーなど）、隠喩主義者、変則異種詩人《ポエット・エテロクリット》、グロテスク詩人（G・R・ホッケなど）、偉大な恋愛詩人、死の詩人（J・P・ショーヴォー）、近視的・乱視的《マイオピック・ディスコネクテイド》ヴィジョンの詩人（O・ド・ムルグ）、形而上詩人（L・ドコーヌなど）等々と続き、要するにバロック詩人（アダン、ルベーグ、

J・ルーセ、L・ネルソンなど）であり、マニエリスム詩人（E・R・クルティウス、ハウザー、ルネ・ホッケなど）であるという次第。

近年この詩人に与えられた種々のラベルをこのようにほぼ通時的に列挙してみると、ヴィオーという詩人の複雑怪奇さ、矛盾に満ちた多様性、その現代的問題性を改めて教えられるが、私が目下関心を抱いている点は、右に指摘されたヴィオー詩の持つ〈宇宙的〉ないし〈形而上学的〉詩性の解明という問題が一つ。さらにはフランスや英米、イタリアの研究者が言うようにはたしてヴィオーはバロックの詩人と言いうるのか、それともドイツ系の学者が言うように、じつはマニエリスム詩人であったと言うべきであるのか、という問題である。もっとも文学におけるバロックあるいはマニエリスムという問題は、国際学会や欧米の雑誌特集などで、これまでにも何回も議論されてきたにもかかわらず、その概念規定（様式概念と見るか時代思潮としての精神的概念と見るか、さらにその適用時期の確定の問題等々）さえ、各人各様で今日に至るまでいっこうに明確化されていないだけにやっかいな問題だが、私としてはこう考えている。

すなわち、用語の私なりの定義を省いて言えば、ハウザーやホッケ、M・レーモンなどが言うマニエリストにプロテスタント（出身）作家が多いなどの理由から、さらには私自身のこれまでのテクスト解釈、伝記研究から判断すると、前・中期のヴィオーはエピキュリアン、デテルミニスト、輪郭鮮明なクロッキー画家、綺想派などの傾向を体したマニエリストであり、後期（正確には逮捕・投獄後の最晩年）の彼は、ストイシャンにしてエピクロス主義者、そして自然感情や無限感・超越的なものに憑かれた〈叙述的〉現世肯定者などといった傾向を帯びたバロック的詩人たろうと欲しながらも、ついには幼年時よりの無意識化されたカルヴィニスム信仰より脱し切れなかったバロック的マニエリストではなかったろうか、と。無論この図式は右に挙げたさまざまなラベルや評言の当否も含め、詩人の社会的・時代的背景、原典自体のさらに精密な研究によって変更される可能性がありうるとはいえ、本書ではこの仮説に基づいて考察を進めていくつもりである。

II 生涯[1]

生誕地

テオフィル・ド・ヴィオーがどこで生まれたかという生誕地の問題は、詩人存命中より詩人自身によりすでに二カ所の生誕地が言及され、また十七世紀末にはもう一カ所の計三カ所が挙げられ、今日では、詩人自身が裁判や『兄へのテオフィルの手紙』という晩年の書簡詩の中で言及しているクレラックが生誕地としてほぼ定説化されつつあるとはいえ、いまだ確定されるには至っていない。[2] また彼の母についても、名前はじめその出身家などもほとんど知られていない。彼の死については、その死亡証明書やパリのサン＝ニコラ・デ・シャン教会の記録により、一六二六年九月二十五日、三十六歳の若さでパリのモンモランシー館にて病死したこと、同教会の司祭が難色を示したにもかかわらず、庇護者モンモランシー公の強い意向で、翌二十六日旧教徒として盛大な葬儀がとり行われ、同教会付属の墓地に葬られたことなどが明らかになっているが、その出生地や生母がこのように謎に包まれている理由は、前述したように、詩人自身が裁判記録や詩作品の中でクレラックとブセール・ド・マゼールをともに、「わが生まれ故郷」と述べていることや、詩人の家がカルヴァン派の教会に属し、兄ポールはプロテスタント軍の隊長として王軍と戦ったため、王軍派のエペルノン軍により、同派のブセール・ド・マゼール教会も襲撃・破壊され、[3] 詩人の出生証明書や父母の婚姻関係の戸籍簿などが消失してしまったらしいという事情に起因している。

そこでまず出生地に関して、詩人自身が互いに矛盾する発言を行っている経緯について見てみよう。一六二四年三月、予審判事J・ピノン Jacques Pinon と高等法院の王付参事官F・ヴェルタモン François de Verthamont は、サン＝ルイ・デュ・パレ・ホールでヴィオーの最初の尋問を開始する。そして詩人に名前、出生地、生年月日を尋ねた。するとと自分はアジュネ地方のクレラックの町で生まれ、年は三十三歳であると、彼は答えた。一六二五年八月二十五日、彼は宣誓を行った上で、判決のために集まった判事たちを前にしてふたたびこう宣誓した、自分はクレラック出身である、と。現代におけるヴィオー研究の第一人者と自他ともに認めるギッド・サバ教授は「ヴィオーの正式な出生証明書が失われてしまっている以上、彼が作品の中で語っていることとは矛盾点があるにしても、裁判の席でなされた発言は信用されねばならない」[4]として、その信憑性を是認しているが、はたしてそう言いきれるだろうか？　というのは、ほかの二説は、いずれも〈ブセール〉（茂み）という名――ガラス神父に「茂み出身の牛」と揶揄された――の通りの野暮ったい地名の村（集落）出身と名乗るより、ヴィオー家の冬季の住まいがあったと思われる〈クレラック〉（光り輝く町）出身の都会人と名乗った方が格好良く、判事たちにも馬鹿にされずにすむというか好印象を与えると考えて、そう証言したとも考えられるからである。なるほどヴィオーのあるテクストは、彼が判事たちの目の前で宣誓したことを裏付けてはいる。たとえばソネ『フィリスを称賛する太陽の聖なる城壁よ』では、

ああ、クレラックよ、かつて私を誕生させた町よ
ああ！　お前は何度私を死なせることだろう！[5]

と歌っているが、これとて、前述のコンテクスト、すなわち、パリの人たちに通りの良い地名、プロテスタント勢力

の一大牙城として著名であった輝かしいクレラックの町の出身と名乗りたいというヴァニテが働いていなかったとは言い切れないのである。

たしかにたとえ、〈書簡詩〉の中でクレラックとその町を流れているロト川の名前を挙げているにしても、彼が自分の出生地として、また彼が子供時代や幸せな青春時代を家族に包まれて過ごした地として作品の中にしばしば喚起しているのは、ヴィオー家の農園と夏季の別荘のあったブセール・ド・マゼール村であり、このことが十七世紀後半以降の多くの伝記が、ヴィオーは、ブセール・サント＝ラドゴンド村（ブセール・ド・マゼールと誤解？ あるいはしかるべき根拠によって？）、あるいは十九世紀以降より新たに加わったブセール・ド・マゼール村に生まれたというブセール誕生説を唱え続けた根拠となっているのである。[6]

ギッド・サバは詩人の出生地に関して、結論として、ヴィオーはCh・ガリソンが言うように、[7]クレラックの町で生まれたことはほとんど確実であるにしても、彼の心の中では、もの心がついた幼年時代から、勉学のために父の家を去ってよそに行くときまで、彼が幸せな生活を送っていたブセール・ド・マゼール（村）が（生まれ）故郷と見なされていたのだとしている。[8]われわれの実証的伝記研究の結果からも、この結論に大筋で異論はないとはいえ、われわれは詩人の祖父が公証人として、ブセール・サント＝ラドゴンド村を領有していた南仏の名門貴族モンプザ家（の分家？）に出入りしていたらしいこと、ヴィオー家には詩人たちの母はモンプザの一族の出身との伝承があったことなどにより、生母の実家がブセール・サント＝ラドゴンド村にあった可能性があり、さらに南仏では当時母の実家で出産するという習慣があったという元ロト＝エ＝ガロンヌ県立古文書館長ブラショ女史の証言などにより、ブセール・サント＝ラドゴンド村誕生説も必ずしも誤説とは言えないというのがわれわれの結論である。[9]

ヴィオー家

詩人はヴィオー家について、『獄中のヴィオー』*Theophilus in carcere* の中で、自分の祖父はナヴァール王妃の秘書官であったこと、彼の叔父、すなわち父の兄弟はアンリ四世のために勇敢に戦ったこと、そして彼の父ジャニュス Jeanus またはジャック・ヴィオー Jacques Viau（またはド・ヴィオー de Viau）はボルドーの高等法院で一、二度裁判の弁護士活動をした後、プロテスタントであったため宗教戦争のごたごたに嫌気がさし、この町を去り、ブセール村に居を構えたことなどを証言している。[10] また父の父すなわち祖父は、先に触れたように、エティエンヌ・ヴィオー Etienne Viau といい、ブセール・サント＝ラドゴンドに封地を持っていた名門貴族モンプザ Montpezat 家に出入りしていたらしい。また小法服貴族である父は再婚し、一六二一年九月十六日、遺言をした後（最近父の遺産相続に関する詩人の委任状が発見された）、[11] まもなくこの世を去ったことなどが知られている。

詩人の生母については一六一六年にはまだ生存していたことが詩人の妹に宛てた手紙などから確認されているが、名前や出身家については、ラシェーヴルやアダンあるいはギッド・サバといった定評ある研究者でさえ今日まで言及していない。われわれの調査によれば、生母については三説あり、一つはルサーヌ家（クレラック在住）出身説（ラグランジュ＝フェレーグ説）、一つはデュフェール家（名はマリ）出身説（デュボワ師説）、さらにもう一つはブセール・サント＝ラドゴンド村を所有していたモンプザ家出身説（ベルギャルド・ド・ヴィオー家の言い伝え）がそれである。ヴィオー家の言い伝え通り、詩人の生母が祖父エティエンヌも出入りしていた名門貴族モンプザ家の分家（縁者？）出身とすれば、彼女はブセール・サント＝ラドゴンド村にあったかも知れない彼女の実家に里帰りして詩人を出産した可能性がなくはないとも言えるのである。[12]

ヴィオーの両親は五人の子供に恵まれ、詩人は二番目の子であった。彼の兄（長兄）のポール Paul は後年ユグノー軍の隊長となり、彼が投獄されたとき、献身的な援助の手を差し伸べている。ベルギャルド荘を継いだ弟のダニエル

Daniel は生涯農夫としてヴィオー家の荘園を守った。シュザンヌ Suzanne とマリ Marie という二人の妹がおり、とりわけ詩人はマリを愛していた。詩人は彼女に宛てて、一六一六年十二月二十四日、パリから情愛溢れる手紙を書いている。

なお蛇足だが、詩人の子孫はこの末妹マリの家系のみが家系図上現在まで知られており、姓も十八世紀半ばより十九世紀半ばまでは、（ド・）ベルギャルド・ド・ヴィオー（de）Bellegarde de Viau と変わり、十九世紀後半より単に（ド・）ベルギャルド（de）Bellegarde と称して現在に至っている。[13] われわれの調査によれば、ブセール・ド・マゼールのヴィオーの生家（同地では「テオフィルの館」Manoir de Théophile と呼ばれている）の最後の所有者は、詩人の妹マリから数えて八代目のモンペリエ（およびニーム）に住んでいたロジェ・ド・ベルギャルド氏 Roger de Bellegarde で、同氏は子供の教育のため一九二八年、この由緒ある館をジェルソー伯 Comte de Gersot という人物に売却して（一九三九年、後者はこれをさらにヴァンセンヌ在住の電気器具商フォール氏 Faure に転売）、パリに移住。九代目の息子さんはリオネル・ド・ベルギャルド氏 Lionel de Bellegarde といい、同じくパリ在住の医師でお嬢さんがお一人おられるとのことである（ロジェ氏の奥様のわれわれへの証言）。またジャック・ブサックと結婚したロジェ氏の実姉ベルト Berthe の長男アルベール・ブサック Albert Boussac（一九六三年頃、南仏 Layrac で死去）は詩人・劇作家として有名で、パリ近郊のヌーイイ＝シュール＝セーヌ Neuilly-sur Seine に住み、当時の雑誌の「アルベール・ブサック特集」によれば、« Moloch » は彼の代表作でコメディ・フランセーズ座でも上演されたという（Revue Agenaise, juin, 1933. J-B・ラバルト氏による）。[14]

教育

話を元に戻すと、ヴィオーは当時の小貴族階級の家庭がそうであったように、最初の教育は父親から受けたと思われる。ガラス神父への反論によれば、彼の教育は「彼の最も甘美な年月以来、出費を惜しむことなく優れた文芸に傾注された」という。高等法院での判事たちに対する証言によれば、それから彼は一六〇〇年頃、ネラックのコレージュを卒業後、モントーバンのプロテスタントのアカデミーに通学。それから家族のもとを離れて、ボルドーの医学コレージュに入学している。医者にならなかった（なれなかった）のは、『初日』*Première journée* の中で、自分の学生生活について言及しているように、若気の至りによる乱れた生活のためであった（「女と酒におぼれた生活のために、もう少しで学校を卒業できなくなるところであった。なぜなら、ちょっとせっかちであった私の精神は、自身のモラルとして規律が必要であったのに、教師への絶対服従を超越してしまっていたからである。私の友人たちは私より年上であったが、私ほどには自由な精神を持ち合わせてはいなかった[15]」）。

ボルドーで過ごした一六〇八―一〇九年以降より一六一一年までの彼の足跡はまったく不明であるが、アダンは、サン゠タマンやその他の詩人の作品などから、パリに来ていたのではないかと推定している[16]。ただ一六一一年には彼がソミュールのプロテスタント・アカデミー（大学）に在籍していることは確実である。というのは、後年裁判で彼にとって最も危険な証人となるルイ・サジョ Louis Sageot との対決の冒頭で、この証人はソミュールで一六一一年に行われた集会以来、ヴィオーと知り合いになったと証言しているからである。このアカデミー（大学）は、当時のフランスにおけるプロテスタントの最も重要な知的中心となっており、外国においてもその名声は知れ渡っていた。サバは「一つの仮定として、詩人は当時のほかの多くの学生同様、やりくり算段の生活をするために、プロテスタントとしてそこに行った[17]」のではないかとしており、アダンもほぼ同様な見方をしているが[18]、われわれはこの説は採らない。まだ確実な証拠を見出しているわけではないが、後年の思想家・哲学者としてのヴィオーを考えると、詩人はアダンやサバが推測するような消極的学生ではなく、本人の「そこで神学は学ばなかった」という裁判での証言にもかかわらず、その後の彼の思想、とりわけその徹底したカルヴァン派的運命観や決定論、人間観から推測する限り、むしろカルヴィニスム神学とりわけ哲学をかなり真剣に学んだのではないだろうか？　というのも、カトリックの判事たちを前にして、異端視されていたカルヴィニスム神学を熱心に学んだと証言することは自身にマイナスとの判断も働いたと思われるからであり、それに当時のソミュールのプロテスタント・アカデミーには、ヨーロッパの新教各国から注目されていた著名教授が何人もおり、プロテスタントの学術的な一大中心地として知的・精神的緊張感があふれていたらしいからである。[19]

巡業劇団専属詩人

ラシェーヴルやアダン、さらにギッド・サバ教授（以下原則として敬称略）などによれば[20]、一六一一年から一三年にかけては、ヴィオーは専属詩人として役者の一座に加わっていたらしい。詩人が後に『ある婦人へのエレジー』という詩の中で書いているところによれば、彼はこの体験を不愉快な思い出として記憶にとどめていたらしい。「かつて、私の詩句が芝居にインスピレーションを与えていたとき、私が従わざるを得なかった規律 ordre が私に苦痛を与えていた。このわずらわしい仕事は私を永い間苦しめていた。しかしついに神のご加護により、私はそこから抜け出すことができた[21]」。

オランダ留学

一六一一年から一五年の間の彼の足跡は今日までまったく不明。ギッド・サバによれば、一六一三年、ある喜劇団に従って、初めてオランダに行ったことが推定されるという。[22]ただそれから二年後、同国に滞在していたことは確実である。というのも一六一五年五月八日付けでライデン大学の学籍簿に医学部学生として彼の名が登録されているからである。同学籍簿には、彼の名のすぐ後に、ゲ・ド・バルザック Guez de Balzac の名が法学部生として登録されているという。ヴィオーはときに二十五歳であり、バルザックは二十歳であった。この二人の関係は、フランス帰国後疎遠になり、ついに関係が終わり、最後には反目・敵対関係へと変わっていった。バルザックはヴィオーがコンスィエルジュリー監獄に幽閉されていたとき、その翌年刊行した一六二三年付けの二通の手紙の中で旧友の作品とともに、「その倫理的・知的生活に関して不愉快で侮辱的な話を暴露することをためらわなかった」[23]。これに対してヴィオーは出獄するや、激しい怒りに満ちたパンフレットを書くという手段を通して、バルザックに激烈な抗議を行う。

カンダル伯への伺候

ヴィオーはおそらくオランダ旅行後まもなくして、エペルノン Epernon 公爵に仕えていたらしいバルザックの紹介で、カンダル伯爵アンリ・ノガレ Henri Nogaret に仕えるようになったらしい。彼がパリに滞在でき、宮廷に出入りできるようになったのはこのカンダル伯爵のおかげと思われる。しかしこのことは同時に、サバの言葉を使えば、「主人によって引き起こされるさまざまな〈とばっちり〉contrecoups」[24]を蒙らざるを得なかった。たとえば詩人は、一六一五年に国王軍とユグノー軍との間でミランドの町で行われた小規模の戦闘に、主人とともに巻き込まれることとなった。すなわちユグノー軍のリーダーの一人であるアンリ・ド・ローアン Henri de Rohan の妻で、シュリー Sully の娘であるマルグリット・ド・ベテュンヌ Marguerite de Béthune のために、彼の父であり、フランスのスペインとの同盟やアンヌ・ドーリッシュとルイ十三世との結婚を強力に支持するカトリック派のリーダーの一人であるカンダル公爵に反旗を翻した息子カンダル伯爵に同行して南仏に赴き、惨めな負け戦に巻き込まれるのである。父親のカンダル公爵の町であるアングレームを占領しようと試みて失敗、詩人はやっとのことでローアン公爵の指揮下にある小隊と合流して命拾いをしたという。後年、このカンダル伯爵は、詩人とは反対に宗教改革に共感して、カトリックを捨てさえした。ギッド・サバによれば、ヴィオーがカステルノー＝バルバラン Castelnau-Barbarens のカンダル伯爵の城館に二週間滞在したのはこの時期のことであったらしい。

リベルタン生活

フランスの元帥および騎馬憲兵隊副長官であるルネ・ル・ブラン René le Blanc の証言（一六二三年十月十一日）によれば、ヴィオーはカステルノー＝バルバランのカンダル伯爵の城館に滞在しているとき、「神や聖母マリアそれから諸聖人たちに対していくつかの不敬な談話を行い」、たまたま開いた聖書の多くの箇所を「あざけり」、ついには人間も犬も「死んだら、同じものになるであろう」と言い放ったという。[25] それから彼は一時カンダルのもとを離れ、友人のパナ Panat 男爵が総督であったサン＝タフリック Sainte-Affrique に三カ月ほど滞在したらしい。そこでも、何人かの証言によれば、彼はいくつかの「恐ろしい、不敬な話」をしたという[26]（アダン、サバ）。いずれにしてもヴィオーは少なくとも王軍と改革派軍（ユグノー軍）との間でルーダン Loudun 和平協定が結ばれた一六一六年五月三日まで、カンダル伯爵のもとにとどまっていたのは確からしい。この後、彼はおそらくパリに戻り、そこで、いくつかの証言によれば、彼は淫らな生活を送ったらしい。自分が「とても放蕩かつ放埒」であることを誇示しつつ、ときとして「汚い、不敬な」詩句を発し、非常に有名な「松ぼっくり亭」« la Pomme de Pin »といった酒場でリベルタンらしい言動を発して、有頂天になっていた[27]（サバ）、という。その間、ルーダン和平協定により、彼の保護者（カンダル伯）は元の地位が与えられたので、詩人はふたたび宮廷に頻繁に通うようになり、当時最も注目される詩人の一人となった。

「リベルタンの王」として若い詩人・貴族たちのリーダーとなる

ヴィオーがルイ十三世の権力基盤の確立を象徴する催しとなった〈王侯貴族たちの舞踏会〉Ballet des princes のための詩を作るよう招かれたのは、すでに彼がそれだけ世の中から認められ始めていたことを示している。この舞踏会は反乱した諸侯たちの服従によりフランスにもたらされた平和を祝福するために、国王ルイ十三世と二人の王妃の前で一六一七年二月に催された。[28]

ルイ十三世とその寵臣リュイーヌ Luynes 公によって行われたマリ・ド・メディシスの寵臣コンティーニの暗殺（一六一七年四月二十四日）は、彼の保護者カンダル伯爵とその党派の宮廷における立場をまったく変えてしまう。庇護者なしでは生きていけなかった当時のすべての詩人・作家同様、このときからヴィオーはカンダル伯が属していた党派のためにペンを執らざるを得なくなる。それゆえサバも指摘しているように、彼自身何度も否定しているにもかかわらず、〈リベル〉（中傷詩文、風刺詩文）を決して一度も書かなかったというヴィオーの言葉は信じがたい。[29]

一六一六―一七年、彼は後に彼の保護者となるリアンクール侯爵や、彼の異父母兄弟のロッシュ＝ギュイヨン Roche-Guyon（ないし Rocheguyon）あるいはテミーヌ Thémines 元帥の息子たちのアントワーヌ Antoine およびシャルル・ド・ロズィエール Charles de Lauzières といった若い貴族たちと友人になる。彼はまた同時に大評定院 Grand Conseil の議長の息子であるジャック・デ・バロー Jacques des Barreaux や会計法院 Chambre des Comptes の総長イエロム Hiérôme の息子であるフランソワ・リュイリエ François Luillier といった法曹界の著名な家庭の若者たちとも友人となった[30]（以上、ギッド・サバによる）。

才能ある詩人としてようやく認められるようになったヴィオーは、サン＝タマン Saint-Amant やボワロベール Boirobert などとも知り合い、友人となる。この二人は一六二一年刊行のヴィオーの『作品集』のために巻頭詩を寄せることとなる。やがて彼は聖職者たちからも認められるようになり、この関係は訴訟に至る時期まで続くこととなる。聖職者との交際の一例を挙げると、たとえばマルセイユの司教コエフトー Coëffeteau との親交があるが、同司教は死の床にあった彼を慰めることとなる。またベレー Belley の司教カミュ Camus ――彼は小説『アレクシス』*Alexis* の中でヴィオーの詩句のいくつかを引用している――やさらにナントの司教コスポー Cospeau とも親交があったらしい[31]

（サバ）。

フィリスと知り合い、恋仲となる

一六一八年頃、詩人は「フィリス」と呼ぶこととなる女性と知り合う。この女性は貴族出身の上品で繊細な宮廷女性で、アダンによれば[32]、詩人のほかにも何人かの有力な青年貴族が彼女に言い寄っていたらしく、彼の第一回目の追放は一説には宮廷に出入りしていたこれらの有力貴族による恋敵追放であったらしい。彼女も詩人に好意を寄せ始め、二人が恋仲となったのは一六一八年の初頭であったろうとアダンは推定している[33]。二人の関係は翌一六一九年にいっそう深まっていったが、この年出された詩人追放命令により、彼は生木を裂かれる思いで彼女と別れ、スペイン方面に向けてパリを離れるが、詩人の証言によれば、「テオフィル、流浪中に死亡」との誤報に接し、もともと病弱気味であった彼女は悲嘆のあまり同年末急逝してしまう。

第一回追放

一六一九年六月十四日、まだカンダル伯に仕えていたヴィオーは、「クリスチャンにふさわしくない汚い詩句を作ったため」、王は「違反すれば死罪の咎を受ける条件で、二十四時間以内にフランスを立ち去るよう[34]」彼に命ずる追放令を発する。詩人の追放の真の理由は、アントワーヌ・アダンやギッド・サバが主張しているように、政治的・権力闘争的事情にあったことはほとんど確実である。彼は、寵臣リュイーヌ公を批判する無数の誹謗・中傷文書が流布していた当時の複雑な政争に巻き込まれることとなる。つまり彼は、サバの言葉を借りれば、「寵臣の党派と対立する仲間の詩人であるという誤りを追放という対価によって償わねばならなかった[35]」わけである。詩人は国外に退避すべく、ひとまず南仏へと向かう。鬱蒼とした松林が果てしなく続くランド地方を経て、ピレネー地方にまで行き、次に故郷ブセール村に四カ月ほど滞在した（一六二四年三月二十二日の尋問記録による）。パリに帰還する許可が出るのを期待しながら、そこでプラトンの『パイドン』の自由翻案である『霊魂不滅論またはソクラテスの死』*Traité de l'Immortalité de l'âme, ou la mort de Socrate* を書いた。この書は、ある意味で彼の信仰や思想がカトリックの教義に違反していないことを証明しようとして書かれたとの解釈もできなくはない。悪魔憑きの娘に会いに行き、その欺瞞性を科学的に暴くという『初日』*Première journée* の中心的エピソードを実体験したのは故郷でのこの滞在中のことであったらしい。

ブセールのクロリスと知り合い、恋に落ちる

一六一九年の追放によりランド地方の松の森林地帯を抜けてスペイン国境まで放浪した詩人は南仏の故郷ブセールに戻り、そこで追放の解除を待ちながら、前述のプラトンの翻訳や詩作をしているとき、同郷の女性と親しくなったと思われる。このブセールの「クロリス」は肉感的女性で情熱的ではあったが、知性や教養はあまりなかったようである。アダンによれば、彼女はクレラック Clairac ないしエギュイヨン Aiguillon 郊外に住んでいたらしいが、真相は不明。あるいはヴィオー家の農園のあったブセール・ド・マゼール Bousséres de Mazères 近郊の、たとえばポール＝サント・マリ Port-Sainte-Marie の女性であった可能性も考えられる。彼女は、捧げられた詩などから推測する限り、官能的・エロティックな関係で詩人を満足させてくれた生命力溢れる健康な女性であったようである。

リュイーヌ＝ルイ十三世お抱え詩人

彼の追放は一六二〇年三―四月に終わった。後に裁判で判事たちに「王宮に戻るようにという命令を受け取り、故リュイーヌ氏が彼に帰ってくるようにという手紙をくれた」と証言しているように、この年の春にはパリに帰還でき

たと思われる。この頃より政治状況は変わっていた。かつてリュイーヌ公への陰謀に加担したとの理由で一六一八年に車刑の死罪となった誇り高き詩人エティエンヌ・デュラン Etienne Durand とは反対に、ヴィオーもその一人だが、同公に敵対する勢力に奉仕していた作家たちの多くは、今やリュイーヌに恭順の意を示し、同公に保護される立場になっていた。事実彼は、『リュイーヌ公閣下へ』というオードがそのことを証明しているように、リュイーヌ公の敵対者からの攻撃に対して、同氏を弁護する目的で彼のためにいくつかの詩を書いている。過度の追従に満ちたこのオードは、今度はリュイーヌを攻撃するパンフレットを刊行したヴィオーの旧友たちからの非難を引き起こした。『ヴィオーに対する叱責』*Remontrance à Théophile* といった作品がその一例である。[36]

マス・メディアが発達して原稿料で生活できた十九世紀以降の詩人・作家とは異なり、当時の彼らは王侯貴族のパトロナージュなしには生きていけなかったので仕方なかったとはいえ、こうして彼は一種の宮廷詩人 poète de cour となり、この時期あれほど誇っていた独立心——彼はある詩の中で自分は庇護者に媚びず、独立心を持って自分の好きなように振る舞うと宣言していた——を失ってしまっていた。こうした新たな役割を帯びて彼はルイ十三世に従って、一六二〇年七—八月、母后・反乱諸侯軍と対決していた国王軍に同行するが、八月七日、ポン・ド・セの戦闘に加わり、そこで捕虜になった、と裁判で証言している（一六二四年三月二十七日の尋問）。その二日後、アンジェで和平協定が締結され、諸侯たちの服従により、勝ち誇った国王と敗退した母后との間で休戦が成立した。ヴィオーはその後もしばらく王に従っていたと思われる。

というのはポワティエでルイ十三世の勝利を、そしてとりわけその寵臣（リュイーヌ）の美質を称賛する詩を刊行しており、さらにボルドーで再版しているからである。これ以後の彼の足跡は不明だが、サバはこの間何日かは故郷のブセールで過ごした後、ルイ十三世に『王への贈り物』*Etrenne au Roi* を捧げたときには、おそらく彼はパリに戻っていたのではないかと推定している[37]（アダンは一六二〇年春としている）[38]。

パリのクロリスと知り合い、親密となる

この女性は出身は不明であるが、宮廷に出仕していた教養のある非常に知的な女性で、言ってみれば「清少納言」的文学愛好者であったようである。彼女とは、追放解除によりパリの宮廷に帰ってきた直後に知り合ったらしく、詩人がいくら真剣に求愛しても性愛的には充分には応えてくれぬ理性的女性であったらしい。彼女は詩人に対してブセールのクロリスのような官能的な恋愛感情はあまり抱かず、どちらかと言えば異性の友達的情愛、知的関心からくる好意以上のものは抱いてくれなかったようである。パリのクロリスと同一人物と推定されている『ある婦人へのエレジー』中の婦人が詩人にルイ十三世を顕彰する長大な叙事詩を書くように勧めている事実を見ても、彼女は詩人の詩作に興味を示し、彼に創作上のアドバイスをしうる文学的教養と知性を備えた女性であったようである。

流行詩人として得意の絶頂に到達、最初の『作品集』出版

ヴィオーの詩人としての名声はこの頃より次第に高まり、それは一六一九年に刊行された『詩の女神たちのキャビネ』*Cabinet des Muses* という詩華集に彼の詩が七編も収録されたことで、はじめて社会的に公認され、国王から年金――それは投獄されていたときでさえ、続いていたのだが――を得る身分となる。この頃が彼の人生の絶頂期であった。ここで、筆者が留学中、たまたま入手することのできた新資料から明らかになった伝記的事実（前掲拙論「一六二一―一六二三年代におけるテオフィル・ド・ヴィヨー」参照）を何点か記しておこう。それはヴィオーが賃借していたパリでの住まいの賃貸借契約書（公正証書）より、彼が一六二一年三月五日の時点でパリのかなり豪華な一戸建ての家 maison を年二百リーヴルで借りていたこと、そして彼の身分は、ルイ十三世の宮廷において〈王室付き侍従（王の部屋付き専属貴族）〉gentilhomme ordinaire de la chambre du Roy という身分、すなわち高等法院や三部会あるいは外国の宮廷宛の王の種々の文書等を届けたり、毎朝王のもとへ伺候して、王の命令を伝達したり、各種の情報を王に報告

したりする侍従であったことである。[39]

話を詩華集に戻すと、『詩の女神たちのキャビネ』に収録された詩は、それ以外の詩と同様、それまでは友人や知人の間で草稿の写しの形ですでに流布し、知られていたものである。翌年、『至上の喜びをもたらすフランス詩華集第二書または当代最高の新詩選集』*Le Second livre des délices de la poésie française ou nouveau recueil des plus beaux vers de ce temps* には十二編の詩作品が収録され、この数はサバによれば、マレルブと同じであるという。また一六二〇年刊行の『サティリックな喜び』*Les Délices satyriques* というエロティックな詩華集には、彼の詩が二十三編も入っている。ヴィオーは一六二〇年末頃、それまでに書いたものを集め、刊行することで、自己の詩人としての社会的評価を確立しようと考える。その頃、リュイーヌ公は、詩人に同公の兄弟で、イギリス王に対する特命大使であったカドネ元帥 maréchal de Cadenet に合流するよう命じている。イギリスへ出発前、出版する作品の原稿を印刷屋が持っていたという事情もあって、彼は何人かの友人にこの作品集の出版のことを頼んでいる。ロンドン滞在中、彼はジャック一世やシャルル一世の寵臣バッキンガム公爵に認められ、同公にオードを一編捧げている。アダンやサバは、彼のフランス不在は少なくとも一六二〇年十二月三十日から翌年の二月半ばまで続いたとしている。実際、彼が一六二一年二月十八日にルイ十三世の前で行われた〈アポロンの舞踏会〉に出席したことはほとんど確実であり、この会でリュイーヌ公はヴィオーが同公のために作った詩を朗読している。

演劇『ピラムスとティスベの悲劇的愛』上演

彼の名声はその『作品集』*Œuvres*（その出版許可の日付は一六二一年三月）の刊行で公認された形であった。この作品集には『霊魂不滅論またはソクラテスの死』（プラトンの『パイドン』*Phédon* の自由翻案と彼自身の思想の敷衍延長とから成る、散文と韻文詩が交互に入り混じった作品）および一六二一年初頭までに書いた詩作品、それにラテン語の短編小説 nouvelle『ラリサ』*Larissa* が収録されている。詩人はこうした文学出版活動を通して、当時の若い詩人たちのリーダーとなっていった。彼の演劇『ピラムスとティスベの悲劇的愛』は、おそらく一六二一年中に上演されたと思われるが、この演劇の上演は彼の名声をさらに高めることとなったと推測される。この悲劇の発表と上演は、彼が抒情詩人としてばかりでなく、劇作家としての才能もあることを人々に認めさせることとなった。

王の南仏遠征軍に従軍

ルイ十三世は一六二一年五月一日、ユグノー軍との新たな戦いを始めるために、宮廷の人々を伴ってパリを出立しているが、ヴィオーはこのとき、〈言語教授〉professeur ès langue、つまり南仏方言の「フランス語」の通訳として、また宮廷詩人として、この遠征軍に加わっている。同月末、王の命令に基づき、ヴィオーは「王への服従によるこの町の降伏を交渉するために」ニオール Niort からクレラック Clairac に赴いた、[40] と後に裁判（一六二四年六月七日の尋問）のとき、答えている。実際、クレラックは七月二十三日以来、国王軍から何度かの攻撃を受け、八月五日、降伏。国王はその反乱した町を懲罰することなく、守備隊に退去を許しさえした、という。首謀者の四人の引渡しのみを要求、うち三人を絞首刑、残りの一人には恩赦を与えた[41]（アダン、サバ）。詩人の出生地とされるこの町が降伏した後、ヴィオーは一六二一年十一月二十一日まで、宮廷の人々に従い続けたと思われる。

この頃ルイ十三世はトゥルーズに入城。それに先立つモントーバン攻囲戦では、王軍は大勢の兵士がペストで斃れ、また何人かの貴族が戦死——その中にはヴィオーの友人も含まれていた——したため、包囲を解かざるを得なかった（サバ）。詩人は王が首都に一六二二年一月二十七日に帰還・入城する前にパリに戻っていたと思われる。というのはその年の初頭、王に『ラングドックから帰還途上の王へ』*Au Roi sur son retour du Languedoc* というオードを献呈しているからである。ヴィオーは王の侍従 gentilhomme ordinaire 兼宮廷詩人として、この作品を一六二三年に刊行された『作品集第二部』巻頭に載せている。彼はこの作品の中で王にパリに戻って来るよう懇願しているが、一六二一年十二月十五日、寵臣リュイーヌ元帥急死という重大なニュースがルーヴル宮にもたらされたときには、王はすでにパリに帰ってきていたと思われる。

王が帰還してすぐ、すなわち一六二二年二月二十一―二十二日、クレラックの町がふたたびユグノー軍――その隊長の一人はヴィオーの兄ポールであった――の手に落ちたという重大なニュースが南仏からもたらされた。ルイ十三世はただちに王軍を率いて南仏に出発。遠征は四月から九月にわたり、十月十八日のモンペリエでの和平協定によって終結した。この戦いでクレラックの町は攻囲される前の五月、国王軍に降伏。ヴィオーはおそらく王軍に同行しており、激しい戦闘の傷跡もまだ生々しい故郷の町をふたたび見た。このときの町の光景が『太陽の聖なる城壁よ、そこで私はかつてフィリスを称賛していたのだ』という美しく感動的なソネを書かせるインスピレーションを彼に与えたと思われる。ルイ十三世は一六二三年一月まではまだパリに帰ってきていないが、ヴィオーがクレラック降伏後しばらくしてパリに帰ってきていたのは確実だろう。一六二二年の前半は詩人の足跡が途絶える。要求の多い庇護者のリュイーヌ公を失い、王の取り巻きのそれぞれ異なった党派の間での力関係の変化などのために、彼が新たな不興をこうむったのはこの頃であろうと、アダンもサバも推測している。[42] この不興に関しては決定的な資料は何も見つかっていないが、そのことを暗示しているものは二つあるという。[43] 一つは『初日』*Première journée* 中の記述であり、もう一つは一六二三年公刊されたあるエレジーの冒頭の中の次のような言葉である。

この無情な風土に運命が私を押し込める、
私の国を外国のようにし、私を追い払う
何だかわからぬ茫然自失が

私の追放の過酷さを和らげてくれる[44]

しかしこの不興は、彼が依然として「王の侍従」gentihomme ordinaire であり続けていた事実からも推測されるように、決定的なものとはならず、政治的・党派的軋轢も何とか切り抜け、作詩その他で王への忠誠を示すことで、ふたたび信頼を回復していったと推測される。

カリストとの恋

パリのクロリスがヴィオーの熱情に応えてくれず、彼女との恋を諦め始めた頃に彼の前に現れたのが、後に詩人から「カリスト」Caliste と呼ばれることとなる女性で、アダンによれば[45]、この女性は、ルイ十三世の王妃アンヌ・ドートリッシュの侍女 demoiselles d'honneur の一人であったらしい。彼女との交際はパリのクロリスと最終的決別をすることなく、一六二一年の春頃より始まったらしい。彼女は詩人が生涯で最も深く愛し、そして最も苦悩した最後の恋人であった。カリストと呼ばれたこの新たな女性は、気品があり優雅で美しい娘であったが、詩人には結局は「高嶺の花」で、恋敵のさる政府高官に彼女を奪われ、この恋も悲恋に終わった。

カルヴィニスムからカトリックへ改宗

一六二二年、彼はユグノーからカトリックに改宗する。彼自身の告白を信ずるなら、一六二二年八―九月にカトリックに改宗したのは確実である[46]（アダン、サバ）。その間の経緯を彼は、『王への弁明書』において「アタナーズ Athanase 神父、アルヌー Arnoux 神父、セギラン Séguiran 神父（王の告解師）の講話を通して、ローマの信仰に導かれた」と述べている。セギラン神父の前で（カルヴァン新教の）棄教の宣誓を行った彼は、ガラス神父への反論パンフレット『牢獄のヴィオー』の中で「この改宗はキャプシャン派のアナターズ神父のおかげであり、彼に深く感謝し、また彼を高く評価している」と語っている。ヴィオーの改宗や信仰心の真実性については、心底からの改宗なのかそれとも政治的なご都合主義によるものなのか研究者によって意見の分かれるところであるが、この時期の第一回の改宗に関しては、われわれはアダンとともに、兄ポールへ改宗を勧めるラテン語書簡（彼は兄に対して、プロテスタント軍を去り、彼も改宗するように勧めている）に窺えるように、客観情勢や政治的理由も伴った、いまだ多分にカルヴァン的決定論を引きずる不徹底な改宗であったと想像されるが、少なくともリチャード・A・マッツァラの言う獄中での第二回目の〈改宗〉[47]以降にあっては、カトリックの神への真の覚醒、心の奥底からのカトリック信仰を抱いていたと考えられる。

『サティリック詩人詩華集』公刊と迫害の始まり

彼のこの改宗は、サバも指摘するように[48]、この頃より密かに始まりその後執拗に激しさを増すこととなるイエズス会、とりわけガラス神父の迫害を回避するのに、まったく役に立つことはなかった。同会は彼を、非常に危険な人物と認めていたのである。というのは、イエズス会やガラス神父は正統カトリックでないと見られていた彼の思想や彼を中心とした若者の（派手で奇矯な衣服をまとい、酒場で乱痴気騒ぎをするといった）あまりにも自由な風俗――風俗としてのリベルティナージュ――が貴族階級や大ブルジョワの若者たちに対してますます大きな影響を与えつつあると危惧していたからである。ガラス神父自身がその『回顧録』で告白しているように、彼の庇護者リュイーヌ公が亡くなった一六二一年末頃には、ヴィオーはすでにイエズス会の弾劾・告発の標的となっていた。

一六二一年末より密かに始まっていたヴィオーに対する迫害は、とりわけ猥褻な詩集である『サティリック詩人詩華集』が公刊された一六二二年十一月以降、顕在化した[49]（アダン、サバ）。この詩華集や直後にその補遺として出された『サティリック精華詩集またはサティリック詩人詩華集第二部』*Quintessence satyrique ou seconde partie du Parnasse des poètes satyriques* の出版を契機に、イエズス会や信心深い人々、さらには権力者たちや司法官たちといった当時の保守的な支配層は、その頃すでに社会に浸透しつつあったリベルティナージュ思想がこれ以上風俗や思想界に広がるのを恐れるようになる。メルセンヌ Mersenne 神父によれば、当時パリには、無神論者 athées が五万人もいたという。当時の保守的な支配階級の人々は、こうしたリベルティナージュのうちに、そしてヴィオーがその最も代表的人物であったが、この自由思想のうちに、「一方では、堕落、放縦 dévergondage, 放蕩 débauche、一言で言えばこの言葉が長い間持っていた倫理的意味でのエピキュリスムを」、また他方では、「無信仰 irréligion、不信心 impiété、理神論 déisme、そして無神論 athéisme さえ、見て[50]」いた。

そのようなわけで、出版者が「彼の著名さを利用して販売部数を伸ばす意図から、彼と容易に判断できる仕方で[51]」（サバ）、第一ページに彼の詩を置いた『サティリック詩人詩華集』が当時のイエズス会の最も激烈な論争家であったガラス神父の激しい直接的反発を引き起こしたのは当然であった。同神父はただちに『当代の才人たちの奇妙な教義』*Doctrine curieuse des beaux esprits de ce temps* という大部の本を書き始める。この本は猥褻な選集に現に収録された作者、またそう推定された作者たちに対する、とりわけヴィオーに対するカトリックの側からの批判書、もっと言えばイエズス会側からの反撃書、リベルティナージュに対する攻撃書として書かれたと考えられる。というのもガラス神父はヴィオーを「無神論者たちの一党の長」であり「リベルタンの王」であると、すでにかなり以前から見なしていたからである。ヴィオーは、イエズス会のヴォワザン神父があらゆる所でテオフィル攻撃を準備しているらしいとの噂を人づてに聞いていたにもかかわらず、数カ月の間、敵対者たちが彼に対してたくらんでいた陰謀に気づかなかったか[52]（サバ）、その影響力について高を括っていたらしい。

それゆえヴィオーは、ガラス神父が書くそばから出版しつつあったパンフレットの持っている重大性、その危険性に対する認識がすこぶる希薄であったと思われる。実際、ガラス神父のこの『奇妙な教義』の「出版許可」の日付は一六二三年三月十九日であるが、本として出されたのはこの年の八月であったとはいえ、作品のゲラ刷の小冊子は印刷されるや、流布していたのであった。すなわち一六二三年初頭より出回っていた（サバ）のである。彼が危険を感じたときには時すでに遅しであった。ヴィオーはガラス神父が著作の出版許可を得たという情報を得るや、これに介入、シャトレ Châtelet の民事代官より、中傷文書を理由にこの本の差し押さえ権を得た。『メルキュール・ド・フランセ』の記事によれば、ヴィオーはただちに「彼の怒りを爆発させるために、イエズス会のコレージュに出向き、P・マルゲストー Marguestauld 修道会長に対して、激しい言葉で抗議を申し入れた」[53]（サバ）という。

他方、ヴィオーの庇護者でラングドック総督のモンモランシー公アンリ二世は南仏でのプロテスタント勢力との和平が成り、この頃首都に帰ってきていたと思われる。ここでふたたび筆者が留学中、入手した新資料から明らかになった伝記的事実を記しておくと、ヴィオーは一六二三年一月二十日パリにおり、その住まいはサン＝トノレ通りにあったこと、そして身分は « gentilhomme servant en maison du Roy »〈王の給仕役の貴族（侍従）〉であったことである。そして同時に裁判資料その他より、ヴィオーが少なくともこの年の初頭にはモンモランシー公の実質的な〈家人〉« domestique » となっており、同公より、経済的・政治的にさまざまな保護を受けるようになっていたと思われる。したがって彼は一方で王より年金の支給を受け、王の〈侍従〉でありながら、他方でモンモランシー公にも仕え、保護されるという二重の主従関係を維持していたことがこの新資料の出現で確認されたわけである。とりわけ一六二三年一月二十日付けの二番目の新資料は、詩人の父の死に伴う兄弟間の遺産相続に関する公正証書（詩人テオフィルは遺産相続権を放棄し、末妹マリに譲っている）でもヴィオーの肩書が〈王の給仕役の貴族（侍従）〉となっており、住まいも王宮に非常に近いフォブール・サン＝ジャック通りだが、最初のものと同様家の賃貸契約書 bail である三番目の新資料（一六二三年二月十二日付け）では、住まいが王宮からかなり離れた、当時のパリでは場末と思われるフォブール・サン＝ジャック通りに変わっていること、また彼の肩書が « gentilhomme à la suite du Roy »〈王付き貴族（侍従）〉と変わっていることなどが確認できる。王宮近くからパリ場末への引越しや肩書きの変化が何を意味するかは、前掲拙論「一六二一―一六二三年代におけるテオフィル・ド・ヴィヨー」ですでに検討したように、少なくとも一六二三年初頭にあっても、彼が依然として王とも主従関係にあった事実が確認できる。[54] こうした二重の主従関係は投獄中でさえ、ルイ十三世より年金の支給を受けていた事実からもすでに間接的に首肯されていたが、これらの新資料の出現で改めて直接的に確認されたと言えよう。

この頃彼はルーヴル宮において、一六二三年二月二十六日、国王と王妃の前で踊られた〈バカナールたちの舞踏会〉の機会に、友人のサン＝タマンやボワロベール、ソレルとともに、彼の庇護者モンモランシー公のために詩を書いているが、この作詩協力も以後イエズス会やモレ検事総長からの追及・訴追に悪影響を与えたらしい。というのは、ヴィオーはこの舞踏会でのモンモランシー公の朗誦詩『王の舞踏会』Sur le ballet du Roy を代作しており、この詩が取りようによっては、同公の王妃アンヌ・ドートリッシュへの求愛・讃美とも取れる内容であったため、ルイ十三世はこの作品の真意をモンモランシーに詰問、同公への不快・不満の念を隠さなかったという[55]（アダン）。この詩の代作者が誰であるかはまもなく王宮で知れるところとなり、このことが同公とともに詩人も以後ルイ十三世から疎まれることになった一因、少なくともまもなく窮境に陥ることになる詩人を王が積極的に弁護・救済する気にならなかった一因であった可能性がある。

王の検事総長であるマチュー・モレ Mathieu Molé が『サティリック詩人詩華集』の作者とされる詩人たちに対する訴訟の予審を決定、同詩華集の作者に関する情報を収集していることを知って、ヴィオーはモレに面談を求めた。彼はこのときの面談の仔細を、一六二四年六月七日の尋問書の中でこう語っている。すなわちヴィオーは「モンモランシー公と同公の執事ユロー Hureau の面前で、自分を告発する中傷・誹謗に満ちた本を書き、シャトレの判決ですでに排除命令が出されていたこの本の作者ガラス神父の不当さをこそむしろ問題にしてくれるよう、そして自分の正しさを正当に評価してくれるよう」、モレ検事総長に懇願している。詩人はこうも付け加えている。すなわち「王の告解師であるセギラン神父でさえ、その本で言われている中傷・誹謗に傷ついている」と。モレ検事総長は詩人に「彼はうそつきである、なぜならセギラン神父は『奇妙な教義』の印刷許可をすでに出しているのだから」と答える。ヴィオーは即座に反論した。彼はうそつきではなく、常に真実を述べる習慣を持っており、彼は自分を正当に評価する人と理解している、と（以上サバによる）。

この後の事実関係の経過から判断する限り、彼が依然として王付きの侍従であり続け、王の告解師セギラン神父の弁護があったにもかかわらず、またモンモランシー公爵という当時最も有力な大貴族の庇護のもとでさえ、詩人にのしかかっていた危険を取り除くことはできなかったことがわかる。というより、この頃よりすでにモンモランシー公もヴィオーも、ルイ十三世の信任を失いつつあったため、王筋や司法当局への両人の「詩人は無実である」という説得活動が実効性を持ちえなかったのかも知れない。というのは前述したように、モンモランシー公が王夫妻の御前で朗誦した舞踏会での二つの詩（一六二二年作の『アクテオンの女神ディアーヌへの書簡詩』*Epistre d'Actéon à Diane* および一六二三年の『王の舞踏会』*Sur le ballet du Roy*、いずれもヴィオーが代作または協力）が、王妃アンヌ・ドートリッシュへの求愛と王位への羨望を暗示する内容、少なくともそのようにも解釈（誤解？）しうる内容であったため、ルイ十三世はこの事件以降モンモランシー公にも詩人にも冷淡であり、そのあたりの事情を知っていた王の検事総長でもあるマチュー・モレは、同公の圧力をたやすく退けることができたのではなかろうか。

ヴィオーはガラス神父の『奇妙な教義』の出版を恐れるよりも、『サティリック詩人詩華集』の推定された作者たちを裁判にかけるという司法当局の意図に気づき、モレ検事総長の動静を恐れるようになる。そこで彼は自分がこの詩華集の印刷に関与していないことを政府や判事たちに説得しようと決心。そんな矢先の一六二三年四月半ば、まだ

『サティリック詩人詩華集』が公に販売され続けているとき、ヴィオーは「王宮の前で店を構えている本屋の店先にまだその本があるのを見て」、そして「例のソネを読むや、この詩が印刷されていたページを破り取って」しまったという。そして印刷屋にクレームを申し込んだ（第一回尋問）。しかしこうした抗議も虚しい行動であった。モレ総長は彼が準備していた予審を開始し、まだ販売中だった『サティリック詩人詩華集』の残部を差し押えさせた。

『作品集第二部』出版と死刑判決

ヴィオーは敵の迫害を阻止するために大急ぎで、前年出版された第二版とまったく同一の『作品集第二部』の第三版（一六二三年四月十八日付けの出版許可）を印刷させた。この版の巻頭に置かれた「読者に」という「まえがき」の中で、ヴィオーは迫りつつある危機を意識、自己の潔白を主張することによって、敵側の迫害に根拠がないことを読者に訴えている。すなわち彼はそこで『サティリック詩人詩華集』の執筆に協力したことを否認し、彼の名前を乱用した印刷屋たちに対して、彼が抗議・告訴した経緯をかいつまんで述べている。

この『作品集第二部』には『初日』やそれまでの数年間に書かれた詩作品、さらに『ピラムスとティスベ』などが収録されている。ヴィオーはこの『作品集第二部』の出版により、抒情詩人としてばかりでなく、劇作家としての彼の才能を世に知らしめはしたが、彼が密かに意図した真の目的、すなわち猥褻詩の出版による風俗紊乱（リベルティナージュ）の疑いを晴らすという目的を果たすことはできなかった。というよりむしろ、サバも言うように[56]、この著作物は新たな非難の口実を与えるだけであったように見える。

七月十一日、彼が恐れていた高等法院の判決がついに出る。判決は『サティリック詩人詩華集』中でおぞましい詩句を書いた作者と見なされたヴィオーとフレニクル Frenicle、コルテ Colleter、それにベルトロ Berthelot は「逮捕され、コンスィエルジュリー監獄に投獄される」ことを命令。裁判所は同時に、『サティリック詩人詩華集』の出版者と印刷屋に対して同書に関連した情報が開示されることを命じている。告発されたすべての被告人は逮捕を逃れる時間的余裕があり、一六二〇年にすでに死亡していたベルトロはともかく、ヴィオーはパリの友人のところに一時身を隠した後で、モンモランシー公爵夫人によってシャンティイ城に暖かく迎えられ、そこにしばらく避難した。[57]

南仏から帰京していたモンモランシーは、事態が彼の被保護者にとって最悪になっていくのを知って、一六二三年八月十五日、シャンティイからモレ検事総長に宛てて次のような短信をしたためた。「謹啓、私は以前にもヴィオーのためにあなたに懇願申し上げましたが、このたびも以下に申し上げる言葉でこの懇願を続けさせていただきたく、また彼の訴訟におけるあなたの権限に属する事柄に関して、彼にご厚意を頂戴いたしたく、衷心よりよろしくお願い申し上げる次第です。私は彼が無実であることを知っておりますので、彼がその苦境から抜け出ることを望まないわけにはいかないのです。それのみならず私は、人々が彼の精神より、公衆のために有益なものを引き出すことができると確信しております。あなたのご厚意を頂戴致したく、また何人より私を信じていただきたくお願い申し上げる次第です。　敬白[58]」。公爵は翌日、同検事総長に面会したが、この手紙もこの面会も、事態を好転させるいかなる効果もなかった。

その二日後の一六二三年八月十八日、高等法院裁判所の大法廷はヴィオーを欠席裁判にて、「聖母マリアの前で自らの罪状を認めて謝罪し」、「生きたまま火あぶりの刑に処すとともに、彼の著書も焚書に処す」という判決を下した。この判決は翌日、より詳細にわたる第二の判決を伴っていた。それによれば、裁判所は「当該ヴィオー、ベルトロおよびコルテは神に対する大逆罪を宣告し云々」とあり、彼らに「罪を償わせるため、ヴィオーとベルトロは放下荷車に乗せてコンシエルジュリー監獄より、パリのノートル・ダム教会の正門の前に引き出し、ひざまずかせ、頭には無帽で素足、首には紐をつけ、手には一キロの重さの蠟の松明を持たせること」と宣告。また同第二判決文は「冒瀆、瀆聖、不敬虔に満ち、また神とその教会の名誉および公衆（人々）の礼節（羞恥心）に反逆した嫌悪すべき事柄が言及されている『サティリック詩人詩華集』と称される本を、悪意に満ちた仕方で、またあきれるやり方で、書き、印刷し、販売に供した」と宣告。両人は「こうした罪を懺悔し、神と王と正義に許しを乞い、これらの行為がなされた後、この町（パリ）のグレーヴ広場に連行され、そこでもし身柄捕捉がなかった場合、前述のヴィオーは彼に似せたマネキン人形が焼かれ、灰になった遺骸は、焚書となった自身の著書の灰とともに、風に飛ばされてしまう」こと、また前述のベルトロは絞首台で、そこに取り付けられた似せ人形（肖像）によって絞首刑に処せされ、（…）彼らのすべての財産は没収されること」[59]などを事細かに指示している。この判決は「その人物像とその似せ衣装で」、ただちに執行された、つまり詩人に似せた、柳の枝で編んだ衣装をまとった一種のマネキン人形と彼の著書とがそこで焼かれた（サバ）。

逃亡・逮捕・投獄

高等法院がそのような判決を下してからしばらくして、司直の手の者がシャンティイ城の濠のまわりをうろつく事態となり、大貴族のモンモランシー公といえども、詩人をこれ以上保護することはもはやできなくなりつつあると感じたヴィオーは、自らシャンティイ城を出て、外国に亡命する決意を固めるに至る。モンモランシー公は城を去る詩人に対して、かなりな額のお金（金貨）を与えたという[60]。

彼は一六二三年八月二十六日、出立し、北に向かったが、しかしなぜか北への迅速な逃亡をためらい、その足取りは遅々としていた。おそらく外国への亡命をためらう気持ちがどこかにあり、国内で何とか生き延びたいという心理があったのではないだろうか。九月十七日、カトレ Catelet の砦でサン＝カンタンの警察（刑事）代官の手で逮捕されてしまう。この逮捕は同警察代官が、一六一五年、カステルノー＝バルバラン Castelnau-Barbarens にいたとき、詩人が「不敬な言動」をするのを耳にしていた憲兵隊長のルイ・ル・ブラン Louis le Blanc から、さらにまたラ・ロシュフーコー枢機卿から情報を受けていた裁判所の捜査（尋問・審査）長官であるコーマルタン Caumartin から得ていた情報に基づいて行われたのもであったという[61]（ラシェーヴル、アダン、サバ）。ヴィオーはただちにサン＝カンタンの牢獄に投獄された。自身『シルヴィの家』等で証言しているように、彼は四肢を鉄鎖で縄縛され、パリ警察（刑事）代官の警察吏隊に守られて、同年九月二十七日、サン＝カンタンからパリへと移送、衆人看視の中で市中引き回しの上、コンスィエルジュリー監獄のモンゴメリー塔の独房に投獄された。この独房はかつてアンリ四世の暗殺者、ラヴァイヤックが車裂きの刑を執行されるまで幽閉されていた牢であった。彼はこの独房に二年近く幽閉されることとなるだろう。ヴィオーはこの逃避行や逮捕、とりわけサン＝カンタンからパリへの見せしめ的な屈辱的移送がよほどショックだったらしく、これらの顛末について、一六二四年春の『王への懇願書』や『シルヴィの家』さらには『王への弁明書』の中で、繰り返し語っている。なお彼の独房での過酷で悲惨な生活については、一六二四年二月頃獄中で書かれたラテン語のパンフレット（攻撃文書）『獄中のテオフィル』の中に最も具体的で印象的な記述が認められる。

　司直当局とイエズス会が示し合わせたかのように、彼の逮捕の数日前、ヴィオーを集中的に攻撃したガラス神父の論争書『奇妙な教義』*Doctrine curieuse* が出版されており、また彼が投獄された直後、ミニモ会のゲランという神父が詩人を非難する説教をし、ヴォワザン神父同様、詩人に不利な証言を探していたという（アダン、サバ）。『サティリック詩人詩華集』の主要な作者に対する極刑判決とヴィオーの逮捕という驚愕的ニュースは、当時の文壇、とりわけヴィオーを中心にした文学仲間・詩人たちの間を走りぬけた。何人かの友人たちはむろん、親しかった文学者仲間でさえ、「生きながら火あぶり」という現実にふるえ上がり、累が及ぶのを恐れ、彼を見捨てた。たとえば彼の若い頃からの友人であったゲ・ド・バルザック Guez de Balzac は前に触れた一六二三年九月の二通の手紙において、詩人を不信心 *impiété* であると非難した。ヴィオーはゲ・ド・バルザックのこの中傷に対して、出獄後激しい調子で抗議・反論している（『バルザックへの反論書簡』）。彼はこの書簡以外にも、獄中・獄後に書かれたいくつかの作品の中で仮名を使用したりして、直接名指すことなく、そうした多くの友人・詩人たちの離反・裏切りを「是非もない」と諦観しつつも嘆いている。

ところが、反対に思いがけない助け舟も現れた。ガラス神父の本に反論する匿名の激しい攻撃文書『フランソワ・ガラスの奇妙な教義についての評価と検討』*Jugement et censure de la Doctrine curieuse de François Garasse* という本（著者は小修道院長のフランソワ・オジエ François Ogier）の出版がそれである。これに対し、ガラス神父は激越なる『弁論書』Apologie をもってオジエに反論、その中でヴィオーを改めて激しく攻撃している。

こうした一連の運命の激変によって不幸のどん底に突き落とされたヴィオーが、失意と絶望感――そのために食を断つという実力行使にまで及んだが――に陥ったとき、モレ検事総長がハンスト中の被告人の心身の健康状態を懸念してか、独房に彼を訪ねるというハプニングが起こる。結果として同総長は、彼に読書と執筆の許可を与えることとなった。こうしてヴィオーは一六二四年二月頃、ついに打ちひしがれた状態をかろうじて乗り越え、自己防禦と反撃の準備を開始した。彼は獄中で急いでいくつかの詩を創作。すなわち「とりわけ王の仁愛（寛宥）と介入（口ぞえ）を得るために、また判事たちの善（好）意を得るために、自らの悔悟を表明し、さらには同時代の詩人たちとの連帯を要望し、何人かの友人たちに謝意を表するために」[62]（サバ）詩を書いた。

獄中での自己弁護文書執筆

オジエのパンフレット（攻撃文書）は、サバも言うように[63]、詩人個人を擁護する意図から書かれていたわけではないが、同書は、それに対するガラスの反論書とともにヴィオーに反撃文書を書く口実を与えた。すなわち彼は一六二四年三月あるいは四月、ガラス神父に反論する二つの激烈なパンフレットを書いた。『獄中のヴィオー』*Theophilus in carcere* と『テオフィールの弁明書』*Apologie de Théophile* がそれである。これらは、サバも指摘しているように[64]、彼が自己弁護するために取ろうとした行動方針を明らかにしている。すなわち告発者たちが彼の言動に関して告発した一切を――それがたとえ事実であったにしても――完全否定し、否定し通すこと、彼の振る舞い（行状）が国家の法律や宗教の掟に常に適っていたことを示す、という方針がそれである。

一六二四年の後半の六カ月間に、彼は長大な二つの詩篇を創作、獄外の友人たちの手を通して出版する。すなわち逮捕される前からすでに書き始めていた『シルヴィの家』*La Maison de Sylvie*（千二百五十詩行）と『兄へのテオフィルの手紙』*Lettre de Théophile à son frère*（三百三十詩行）がそれである。ヴィオーの逮捕・裁判を契機に彼を批判または擁護する小冊子が多数世に流布していたが、一六二四年末頃、これらのすべての作品が一冊にまとめられ、二通りの版となって刊行された。これらは、詩人を擁護すると当局に睨まれ、非難すると本人に恨まれることを恐れたのか、著者たちの名はすべて匿名の作品集となっている。他方、ヴィオーのテクストだけを集めた作品集も刊行され、『逮捕から現在に至るまでの、ヴィオーによって書かれた全作品集』*Recueil de toutes les pièces faites par Théophile depuis sa prise jusqu'à présent* とのタイトルで一六二五年出版され、これがその後のヴィオー作品集第三部の底本、決定版となる。

テオフィル裁判

この〈テオフィル訴訟〉Affaire Théophile は、現代の裁判同様、非常に緩慢に行われた。モレ検事は尋問のための構想として役立つ詳細な「尋問素案」を準備したが、これは、基本的に彼の作品から引用された文章に依拠している。同時に、常にモレ検事総長の指示・命令に基づいて、あらゆるところで訴訟のための証人探しが行われた。最初の尋問は三月二十二、二十六、二十七日に行われ、六月に一度だけ再度行われた。判事たちは四月と五月に、彼に対する新たな証言を聞く。それから数カ月（一六二四年十月、十一月、そして一六二五年一月）の間、詩人に敵対して証言をした証人たちとヴィオーとの対決が行われたが、審理は引き延ばされつづけ、高等法院の判事たちが判決のために一六二五年八月二十一日、二十二日に全員集まるまで、じつに八カ月も引き延ばされた。この遅延は、よく解釈すればサバが推測するように、[65] 信頼できる証拠が不十分であったためと思われるが、検事、判事ともに被告のために一日も早く結審させようとの考えがなかったことも事実だろう。業を煮やしたヴィオーは八月十六、十七日、二通の覚書を高等法院に提出。その中で訴訟手続きの緩慢さと取り上げられた証拠がいかにあやふやであり、一貫性に欠けているかを告発している。同時にガラス、セギラン両神父との法廷での対決と、さらに一日も早い無罪放免により再び自由が回復されることを要求している。他方この頃より彼の友人たちが、そしてとりわけリアンクールやラ・ロッシュ＝ギュイヨンが訴訟を早く結審するよう運動を始める[66]（アダン、サバ）。

八月二十一日、ヴィオーは高等法院の法廷に出廷、判事たちより尋問を受ける。裁判の行方が告訴側に不利に進んでいるように感じ始めたモレ検事総長は八月二十九日、さらに新たな証人ジャン・スポー Jean Sepeaus を申請。これも認められるが、この新証人も詩人有罪の新たな証言もできず、モレ検事やイエズス会士のヴォワザン神父の目論見は失敗に終わる。

「フランス王国より永久追放」の判決下る

高等法院大法廷は一六二五年九月一日、ついに次のような判決を言い渡した。すなわち「当該法廷は、欠席裁判で当該ヴィオーに下され、下され続けていた判決を棄却」し、かわりに「テオフィル・ド・ヴィオーをフランス王国より永遠に追放」し、「違反すれば絞首刑の咎を受けるこの布告を遵守することを同人に命じ、また国家に没収されていた同人のすべての財産はそのままとする」。詩人はその日のうちに釈放されたが、庇護者モンモランシー公アンリ二世はレ島付近でのユグノー軍との海戦に遠征中のため、彼の友人であり、保護者の一人でもあるリアンクールとラ・ロッシュ＝ギュイヨン宅に迎えられた。最も執拗で最も危険な敵であったヴォワザン神父も同時に、即時フランス退去の命令を受け、ローマに向かった[67]（ラシェーヴル、アダン、サバ）。

〈テオフィル裁判〉の意味

詩人にとってこの判決はほとんど赦免であり、勝訴であったが、しかしながらそれは同時に、アダンやサバも指摘する通り、彼がそのリーダーであった〈輝かしい〉flamboyant リベルタン運動の終焉でもあった。実際この〈テオフィル訴訟〉の終結をもって、フランスにあっては風俗としてのリベルティナージュも思想上のそれも表舞台からほぼ完全に消えることとなり、この流れは地下に潜って生きのびざるを得なくなったのである。もちろんヴィオーのリベルタン的思想――この世の一切は〈宇宙霊魂〉âme universelle または〈世界の魂〉âme du monde から成り、それが天から地上に降りたって生命となり、また死してふたたび天に帰っていくというルネサンス的な宇宙的アニミスム思想や、人間の運命は星辰によってあらかじめ決定され、生涯支配され続けるという決定論等々――は、赤木昭三氏も指摘しているように[68]、デ・バロー、サン＝タマン、トリスタン・レルミットあるいはシラノ・ド・ベルジュラックといったヴィオーの友人や後輩の詩人たちも共有している。彼らはいずれもヴィオー死後も長く生きており、その意味では、テオフィル裁判あるいはヴィオーの死をもって、この思想がフランスの文学・思想界から完全に消滅したわけではないが、少なくともこの訴訟をもって、〈リベルタン的風俗〉は慎まれ、自己のリベルタン的傾向を文学的に表立ってあからさまに表現することはできなくなった。

それゆえこの訴訟は、歴史的パースペクティヴから見ると、ヴィオーという個人的次元を超えた政治的・思想史的意味を帯びた裁判、つまり、イエズス会がヴィオー弾劾の急先鋒であったことがそのことを暗示しているように、カトリック的な世界観や社会秩序あるいはそうした政治体制を維持するために、芸術表現の自由を制限し、さらにはカルヴィニスム的決定論やルネサンス的アニミスム思想を無神論と断定することによって、プロテスタント的思想やその政治勢力を封じ込めようとした、本質的に政治的・思想的な裁判であったと言えよう。

フランス在留延期運動

ヴィオーは出獄するや、逮捕時所持していて没収された一切、すなわち金銭と二頭の馬、さらには身の回り品などの返却と、それから六カ月間のフランス在留延期許可を高等法院長に求めた。九月十日、裁判所は「生活に必要なものを彼に援助するために、彼が必要としているもの」の返還は命じたが、それ以外の一切の没収物の返還は認められなかった[69]（アダン）。また出発延期についても十五日しか認められなかった。そこで彼は高等法院上席評定官ニコラ・ド・ベリエーブルに一通の手紙をしたため、自分の没収されたお金がまだ返還されていないことを訴える。同書簡の中でヴィオーはさらに、高等法院長ニコラ・ド・ヴェルダンが彼に認めた期日よりもっと長い出発延期を自分に認めてくれるように求めるとともに、コンスィエルジュリー監獄での二年もの劣悪で不衛生な牢獄生活の結果、健康状態が損なわれてしまったこと、そしてその責任の一端は司法当局にもあることを暗にほのめかすことで、自己の要望を聞き入れてくれるよう要請している。さらに彼はこうも付け加えている、自分を救援するために借金をしてくれた人たちに借りがあること、また「私の敵たちが私の不幸に何らかの新たな不幸をさらに過重に負わせようと、毎日その口実を考え出すことを」やめていない、と。この手紙の中でヴィオーは自己防衛のために、また彼の失脚に同情を示してくれた多くの誠実な人々の友情を正当化するために、作品を作る義務を感じている、と明言している。サバも言うように[70]、彼がまず『王への弁明書』を書いて、君主から仁徳 acte de clémence を得ようとしたのは、こうした精神からであったと思われる。同書で彼はほぼ三年前より蒙ったあらゆる苦難を想起し、その受難はただただイエズス会の迫害に起因していると訴えている。

彼は出獄直後より有力な人々に書簡を書いて、フランスに留まる許可を得ようとしたが、結局のところそれ以上の出発延期は得ることができなかった。彼がバルザックへの攻撃文書（パンフレット）を書いたのもおそらくこの頃であったと推定される。このパンフレットはヴィオーの死後初めて公刊されたが、生前からすでに草稿の形で流布していたらしい。ヴィオーは自由の身になるとすぐに、称賛と共感の印に一篇のスタンスを自分に贈ってくれた友人トリスタン・レルミットに対して感謝の手紙を書いている。この手紙で彼は、自分が牢獄より出てから以後、病気がちであること、詩神アポロンがこのように同神の奉仕者であるわれわれ詩人たちを見捨ててしまうのを嘆きながらも、しかし今の自分は人生が自分に提供してくれるささやかな喜びを味わうのをやめることはないとも述懐し、ヴィオー最晩年の一つの姿、すべてを諦め切ったような静かな哲人の風貌を垣間見せている。

自由の身となった彼は、バッキンガム公爵に対して感謝することも忘れなかった。同公はアンリエット・ド・フランスと英国のシャルル一世の結婚に際して代理として一六二五年五月パリに滞在していたとき、以前英国で面識のあったヴィオーのためにとりなしをしてくれていたからである。サバによれば、出獄直後のヴィオーは、ユグノー軍との戦いから帰還したモンモランシー公に対して、最初にこう言ったという。[71]すなわち高等法院が「人々の怒りをなだめるために」、ヴィオー追放令を出したことにバッキンガム公が遺憾の意を表明することによって、ついには詩人の無実を「すべての人々に明らかにする」ことができた、と。詩人はバッキンガム公への同書簡で、彼の保護者のモンモランシー公が数カ月前より、ローアン Rohan 公の兄弟スビーズ Soubise 公に指揮されたユグノー軍との戦いに国王軍のトップとして大西洋岸に派遣されていて、パリ不在のため、自分は同公不在の間はリアンクールに助けられていること、そして現在彼の家に寝泊りしていることなどを知らせている。

モンモランシー公がレ島付近の一六二五年九月十五日から十六日にかけての戦いで、スビーズ率いるユグノー軍を敗退させたとのニュースを耳にすると、詩人はリアンクールとともにそれを祝った。このとき彼は『シルヴィの家』でそうしたように、その高名な家柄とその高貴な祖先たちの数々の武勲同様、昨今の同公の輝かしい勝利を称賛する一連の詩篇からなる『シルヴィの家』の一種の続篇を書きたいと、同公の将校たちの一人に語っている[72]（アダン、サバ）。彼は十五日間の出立延期しか認められていなかったにもかかわらず、相変わらずパリに留まっていたらしいが、それは友人たちの家に〈身を隠して〉であった。とりわけフランソワ・リュイリエ Luillier の家に身を隠していたらしい。彼らは彼にいろいろな気晴らしを提供し、獄中で過ごした悲惨な二年を忘れさせるために、彼らが可能な一切のことをした[73]（アダン、サバ）。

庇護者モンモランシーは一六二五年九月十五日頃、王とリシュリューにユグノー軍との戦いについての報告をするためにパリに帰って来たが、リシュリューの同公に対する態度は、戦勝報告であったにもかかわらず、かなり冷淡であった。王はこのときモンモランシーに対して「貴殿には宮廷で会うより戦場で会いたいものだ」とさえ言い放ったという[74]（アダン）。というのも同公はこの頃より、舞踏会での詩の朗読事件だけでなく、同公妃のマリ＝フェリス・デ・ズュルサンが王と対立する母后のマリ・ド・メディシスの近親者で母后と親しく、また同公自身もこの頃より王弟ガストン・ドルレアンと親密になりつつあったため、両派の板ばさみ状態で微妙な立場に立たされつつあったという政治的事情も絡んで、王からもリシュリューからも疎まれ始めていた。アダンやサバが推測するように、モンモランシーはそんな状況下にあっても、このとき詩人のためにもう一度その筋（アダンによればリシュリューの可能性[75]）に口利きして、ある種の許可――パリを立ってラ・ロシェル近郊の彼の司令部に戻るに際して、詩人を連れて行ってもかまわないという黙認――を得たと思われる。つまりヴィオーは同公の口添えのおかげで、パリに滞在することは適わなかったとはいえ、公の場に姿を現さないという条件でフランスに留まることを黙認されたらしい。彼は同公のお供をしてブルジュに到着、同地でモンモランシー公は義弟コンデ公の邸宅で数日を過ごしたが、詩人はコンデ公の彼に対する敵意のためにすぐにこの町を後にしたという[76]（ラシェーヴル、アダン、サバ）。

出獄後の晩年の詩人の動静・交友関係

これ以後の詩人の移動状況や彼が最晩年滞在していた場所などを特定することは、現段階では不可能。彼はブルジュの町の近くに待機して、モンモランシー公のコンデ公宅出立を待ち、前者に従って一六二六年一月初旬にはレ島にまで行ったとも、あるいはブルジュを立った後、ただちにセール＝スュール＝シェールに赴き、そこに住んでいた知人フィリップ・ド・ベチュンヌを頼って一六二六年初頭、少なくとも二カ月ほど滞在したとも考えられるという[77]（ラシェーヴル、アダン、サバ）。

サバはより確実と考えられる可能性として、ヴィオーはコンデ公邸を発ったモンモランシー公と落ち合って大西洋岸の戦場に同行したとするラシェーヴルなどが主張した従来の説ではなく、モンモランシー公が一六二六年二月六日ユグノー軍との和平協定にサインをした後、セールやブルジュを通ってゆっくりとパリに帰ってきたが、そのときセールかブルジュあたりに留まっていた詩人が同公の一行に再び加わってパリに密かに帰って来たのではないかというアダン説を支持している。五月初頭にはモンモランシー公が首都に帰っていたことが知られており、サバはまたアダン同様、ヴィオーがたとえパリに短期間過ごすことが暗黙裡に認められていたにしても、このとき、大部分の日々はシャンティイで過ごしていたであろうという従来のラシェーヴル説を支持している。[78]

ギッド・サバは詩人のラテン語書簡はじめ多くの手紙の精査を通して、ヴィオーがそれを実現する時間と機会に恵まれなかったにしても、この年文学上のいくつかの計画を抱き続けていた事実を指摘している。[79] アダンによれば詩人は自伝を書き始めていたが、今日それは失われてしまったという。[80]

ヴィオー晩年の交友関係について言えば、彼が輝かしい成功を得ていた時期、彼を称賛していた詩人たちの何人かは、〈テオフィル訴訟〉のために彼から離れていったのは事実だが、前に触れたトリスタン・レルミットはじめ、スキュデリー、ジャン・メーレといった彼より若い詩人たちは事件後も彼に敬意を払い、あるいは師として称賛し続けた。メーレはヴィオー同様、モンモランシー公に保護されていたが、その彼はヴィオーの弟子を自認し、『クリセイドとアリマン』*Chryséide et Ariman*、『シルヴィ』といった作品で、とりわけ後者ではヴィオー同様、モンモランシー公爵夫人を〈シルヴィ〉と呼んで、彼を模倣している。ヴィオーの晩年は、トリスタン・レルミットやデ・バロー、ジャン・メーレなど、詩人の旧友たちともたしかにつき合いは続いていたが、逮捕・投獄・裁判という不幸な事件を契機に、彼自身〈第二の回心〉を得たことが主因と思われるが、自由の身になってからは文学上の友人よりも哲学者や学者、宗教者などとのつき合いが目立つようになっていく。たとえば詩人同様、モンモランシー公に仕え、『虚無について』という論考を書いた若いピエール・ド・ボワッサ Pierre de Boissat とは哲学論議を交わす友であった。また医者のラ・ブロス La Brosse とも親友関係にあり、理性主義者、自然主義者の哲学者、モラリストでもあった彼は詩人を最後まで看病し、看取ってもいる。また司祭であり、学者でもあったエリー・ピタール Elie Pitard とも親しく、詩人はその彼に手紙で自己の哲学研究上の師となってくれるよう懇願している[81]（アダン）。

ヴィオーの最終的な思想がどのようなものであったか、というより、前述の獄中での〈第二の回心〉を経て、彼がどのような思想にたどり着いたかという問題は、晩年の哲学者や宗教者との議論や自身の哲学的思索が著作という形で後世に伝えられず（再度の思想弾圧を恐れて？　伝えず）、そのいくつかで自己の思索の一端に触れているにすぎないラテン語の手紙を含む、わずかな書簡しか残されていないので、アダンの努力にもかかわらず、いまだ明確に解明されるには至っていない。

最晩年の思想

アダンは、彼の〈獄中での第二の回心〉は死罪を免れるための方便だったのではなく、本心からのものであったと見ている。そのことは友人ブートヴィル伯爵やリュイリエ宛ての手紙などからも確認できるという。[82]つまりヴィオーの改宗は、少なくとも獄中の第二の回心は、それまで一部で言われてきたように、カルヴィニスムの決定論から（リベルタン的）理神論への改宗ではなく、正統的なカトリックへの回心であったと一応は考えられるのである。[83] アダンはそう断言しながらも、ヴィオーの晩年のカトリシスムはピュロン主義 pyrrhonisme 的なカトリック信仰だったのではないかとしているが、われわれとしては、未だそう確定はできないのではないかと考えている。たしかに最晩年の詩人は、友人ベチュンヌ Béthune やリュイリエ、あるいはピタール、バローなどへの書簡を見ると、真偽善悪はむろん、人の運命＝プロヴィダンスについても人智を超えたものとして一切の判断を〈中止〉（エポケー）することによって、人生や運命への諦念や〈静やかな生活〉、さらには魂の安静（アタラクシア）を得ようとする意識が窺われ、この意味ではピュロン主義とも言えようが、むしろエピクロス主義的なカトリック信仰ではなかったろうか。さらに言えば精査はしていないが、最晩年の詩人のカトリシスム信仰にはどこかにカルヴィニスム的ないしジャンセニスム的決定論の残滓が見え隠れしているようにも感じられるのである。

死

ヴィオーは一六二六年九月初旬、パリ、ブラック通りのモンモランシー館にいたことが確認されている。[84] 当時の資料によれば、「三日熱」fièvre tierce という病気で――おそらく現代で言う肺結核か肋膜炎だったと思われるが、[85] 彼はコンスィエルジュリー監獄のじめじめした不健康な独房に二年にもわたって幽閉されていたためにこの病気にかかってしまったらしい――、床に横になることを余儀なくされていた。彼の友人の一人、ピエール・ド・ボワッサはこう証言している。九月二十四日、彼が詩人を見舞った帰り際、詩人は彼にアンチョビを所望したという。そこで彼は詩人にそれを約束したが、それは詩人には良くない食べ物であると説得されたので、彼はヴィオーにそれを持って行くのをためらってしまったという。また別の友人で医師でもあるラ・ブロスは、彼の苦しみを軽くしてやろうと麻酔薬の丸薬を与えた。こうして彼は寝入ったのだが、もはや二度と目覚めることはなかった、と。

一六二六年九月二十五日、ヴィオーは三十六歳でパリのモンモランシー館において死去した。同公の意思により、カトリックの儀式に則ってサン＝ニコラ・デ・シャン教会の墓地に葬られた。[86] 一六二六年の『メルキュール・ド・フランス』は詩人の病気やその死、そしてその死が引き起こした反響について長い文章を載せている。「彼は三日熱で死去した。そしてこの病が悪化した後、しばらくして苦しみが始まった。彼の死は、彼が獄中にあったときと同じように、一方で彼に好意的な、他方では敵対的な著作を生み出した。彼の生と死が語られている『注目すべき話』Discours remarquable はこう記している。〈獄中にあるとき、彼の内部に生じていた巨大なメランコリーの山が激しい熱を持ち、広がり、これが例の三日熱を引き起こした。そしてこれはいろいろな治療をほどこしてもどうにもならなかったし、最も腕が確かで、その技も第一人者であったヒポクラテスによって切り開かれた医学の常道をもってしてもどうにもならなかった。しかし不幸は、最初にある化学者がこの病気にかかったテオフィルの治療をしたということであった。彼はこの三日熱を彼から取り除くために、詩人に丸薬を与えた。その結果この病気は四日熱に変わり、その後脳髄に達し、このためヴィオーは床に就かざるを得なくなった。床に伏したまま、三週間後、言葉が失われ、眼はどろんとしてきて、もはや正常に機能しえなくなり、激しい痛みに襲われて死が訪れた。これがテオフィルの最期、彼の生命の終わりの様子である〉」。[87]

註

1 以下の略伝部分は、主としてオノレ・シャンピヨン版『テオフィル・ド・ヴィオー全集』第一巻（一九九九刊）序文に付せられたギッド・サバによる最新の伝記に依拠し、さらにラシェーヴル、アダンの説、また一部はプロテスタントのシャルル・ガリソンや詩人の末裔のモーリス・ド・ベルギャルド（・ヴィオー）の見解をも参照しつつ、筆者自身の実証的・伝記的調査を踏まえて得た事実・見解を加えて作成。

2 拙論「テオフィル・ド・ヴィオーの出自について――誕生地・母をめぐる諸説の一考察」、（『教養論叢』第六八号、一九八五年一月、慶應義塾大学法学研究会）参照。

3 前掲拙論、三七頁の写真参照。

4 Guido Saba, Introduction, I. Biographie de Théophile de Viau in Théophile de Viau, *Œuvres complètes* t. I, Honoré Champion, 1999, p. vii.（以下、Saba, Biograhie de Viau と略。）

5 *Œ. H.C.* t. II, p. 48.

6 前記拙論「テオフィル・ド・ヴィオーの出自について――誕生地・母をめぐる諸説の一考察」参照。（以下、拙論「テオフィル・ド・ヴィオーの出自について」と略。）

7 Charles Garrisson, Le poète Théophile de Viau, Etude historique et littéraires, *Revue d'Histoire Littéraire de la France*, 4, 1897, Armand Colin, Paris, pp. 426–427 ; Théophile et Paul de Viau, Picard et Fils, Paris, 1899, p. 19.

8 Saba, Biographie de Viau, p. ix.

9 拙論「テオフィル・ド・ヴィオーの出自について」一二一―一二二頁。

10 Théophile de Viau, *Œuvres complètes* t. II, Honoré Champion, 1999, p. 163.（以下、*Œ. H.C.* t. II と略。）

11 拙論「一六二一―一六二三年代におけるテオフィル・ド・ヴィオー――新資料に基づく若干の伝記的考察」（『慶應義塾創立一二五年記念論文集　法学部　一般教養関係』）一一七―一二二、一三六―一三七頁参照。

12 前掲拙論「テオフィル・ド・ヴィオーの出自について」参照。

13 拙論「テオフィル・ド・ヴィオーの出自について」の六四頁の写真参照。

14 前掲拙論八八―八九頁のヴィオー家の家系図および一〇一頁の註（1）参照。

15 Saba, Biographie de Viau, p. x.

16 Antoine Adam, *Théophile de Viau et la libre pensée française en 1620*, Droz, 1935, Slatkine Reprints, Genève, p. 19.

17 Saba, Biographie de Viau, p. x.

18 Adam, *op. cit.*, pp. 21–22.

19 Dr J. Dumont : Histoire de l'Académie de Saumur, in *Mémoires de la Société Académique de Maine et Loire*, onzième volume, Angers, 1862. Joseoh Prost, *La Philosophie à l'Académie Protestante de Saumur* (*1606–1685*), Henry Paulin et Éditeurs, 1907.

20 Frédric Lachèvre, *op. cit.*, pp. 5–8 ; Antoine Adam, *op. cit.*, pp. 25–26 ; Saba, Biographie de Viau, p. xi.

21 *Œ. H.C.* t. I, p. 205.

22 Saba, Biographie de Viau, p. xi.

23 *Ibid.*, p. xii.

24 *Ibid.*, p. xii.

25 Antoine Adam, *op. cit.*, pp. 68–69 ; Saba, Biographie de Viau, p. xiii.

26 Antoine Adam, *op. cit.*, pp. 68–69 ; Saba, Biographie de Viau, p. xiii.

27 Saba, Biographie de Viau, p. xiii.

28 *Ibid.*, p. xiii.

29 *Ibid.*, p. xiv.

30 Adam, *op. cit.*, pp. 106–107 ; Saba, Biographie de Viau, p. xiv.

31 Saba, Biographie de Viau, p. xiv.

32 Antoine Adam, *Théophile de Viau et la libre pensée française en 1620*, Droz, 1935, Slatkine Reprints,Genève, pp. 111–113.

33 *Ibid.*, p. 111.

34 Saba, Biographie de Viau, p. xiv.
35 *Ibid.*, p. xv.
36 *Ibid.*, p. xv.
37 *Ibid.*, p. xvii.
38 Adam, *op. cit.*, p. 180.
39 拙論「一六二三年代におけるテオフィル・ド・ヴィヨー——新資料に基づく若干の伝記的考察」（『慶應義塾創立一二五年記念論文集　法学部　一般教養関係』）参照。
40 Saba, Biographie de Viau, p. xviii.
41 *Ibid.*, p. xviii ; Adam, *op. cit.*, p. 263.
42 Adam, *op. cit.*, pp. 273–274 ; Saba : Biographie de Viau, pp. xix–xx.
43 Saba, Biographie de Viau, p. xix.
44 *Œ. H.C.* t. II, p. 50.
45 Adam, *op. cit.*, p. 260.
46 Adam, *op. cit.*, pp. 277–279. Saba, Biographie de Viau, p. xx.
47 Richard A. Mazzara, The Philosophical-religious evolution of Théophile de Viau, in *French Review*, no. 41, 1967/68, p. 622.
48 Saba, Biographie de Viau, p. xx.
49 Adam, *op. cit.*, p. 333 ; Saba : Biographie de Viau, pp. xxi–xxii.
50 Saba, Biographie de Viau, p. xxii.
51 *Ibid.*, p. xxii.
52 *Ibid.*, p. xxii.
53 Saba, Biographie de Viau, p. xxii.
54 拙論「一六二一—一六二三年代におけるテオフィル・ド・ヴィヨー——新資料に基づく若干の伝記的考察」参照。
55 Adam, *op. cit.*, pp. 280–285.
56 Saba, Biographie de Viau, p. xxv.
57 Lachèvre, *op. cit.*, pp. 197–208 ; Adam, *op. cit.*, pp. 354–357 ; Saba, Biographie de Viau, p. xxv.
58 Saba, Biographie de Viau, p. xxv.
59 *Ibid.*, pp. xxv–xxvi.
60 Adam, *op. cit.*, pp. 359–362.
61 Lachèvre, *op. cit.*, pp. 197–208 ; Adam, *op. cit.*, pp. 359–362 ; Saba, Biographie de Viau, pp. xxvi–xxvii.
62 Saba, Biographie de Viau, pp. xxvii–xxviii.
63 *Ibid.*, p. xxviii.
64 *Ibid.*, p. xxviii.
65 *Ibid.*, pp. xxviii–xxix.
66 Adam, *op. cit.*, p. 394 ; Saba, Biographie de Viau, p. xxix.
67 Lachèvre, *op. cit.*, pp. 504–524 ; Adam, *op. cit.*, pp. 400–402 ; Saba, Biographie de Viau, pp. xxix–xxx.
68 赤木昭三『フランス近代の反宗教思想——リベルタンと地下写本』（岩波書店、一九九三年）、八—十二頁。
69 Adam, *op. cit.*, p. 405.
70 Saba, Biographie de Viau, p. xxx.
71 *Ibid.*, pp. xxx–xxxi.
72 *Ibid.*, p. xxxi ; Adam, *op. cit.*, p. 407.
73 Adam, *op. cit.*, p. 407 ; Saba, Biographie de Viau, p. xxxi.
74 Adam, *op. cit.*, p. 407.
75 *Ibid.*, p. 401.
76 Lachèvre, *op. cit.*, pp. 550–560 ; Adam, *op. cit.*, pp. 407–412 ; Saba, Biographie de Viau, pp. xxxi–xxxii.

77 Lachèvre, *op. cit.*, pp. 550–560 ; Adam, *op. cit.*, pp. 407–412 ; Saba, Biographie de Viau, pp. xxxi–xxxii.

78 Saba, Biographie de Viau, pp. xxxi–xxxii.

79 *Ibid.*, p. xxxii.

80 Adam, *op. cit.*, p. 419.

81 *Ibid.*, pp. 412–422.

82 *Ibid.*, p. 418.

83 *Ibid.*, p. 418.

84 Lachèvre, *op. cit.*, pp. 575–580 ; Adam, *op. cit.*, pp. 424–428 ; Saba, Biographie de Viau, pp. xxxii–xxxiii.

85 Lachèvre, *op. cit.*, pp. 575–580 ; Adam, *op. cit.*, pp. 424–428 ; Saba, Biographie de Viau, pp. xxxii–xxxiii.

86 Lachèvre, *op. cit.*, pp. 575–580 ; Adam, *op. cit.*, pp. 424–426 ; Saba, Biographie de Viau, p. xxxii.

87 Lachèvre, *op. cit.*, pp. 575–580 Adam, *op. cit.*, p. 425. Saba, Biographie de Viau, pp. xxxii–xxxiii.

III　ヴィオー文学の特質概観

前々章Iで見たように、ヴィオーは文学的にも思想的にも非常に多様で、複雑な性格・特質を持っているので、その全体像を手短に明らかにするのは困難であるが、そのいくつかは第三部以下において少し詳しく考察することとして、さしあたり気づいたそのいくつかの特質を以下に列挙し、簡潔なコメントを試みてみよう。

テオフィル・ド・ヴィオーはサン＝タマンとともに、当時としては例外的に非常に近代的な感受性を持っていた。彼はK・エダンスやH・モンドール、さらにはJ・トルテルらが言うように、ボードレール、マラルメ、ピエール・ルヴェルディなどにも通ずる近代的な感受性と近代的苦悩を十七世紀前半にすでに知っていた詩人であり、カミュやイヨネスコ、さらにはベケットなどにも通ずる人間存在の不条理性を魂の内部に抱え込んでいた詩人・思想家でもあった。レイモン・ルベーグ R. Lebègue は彼がもし一六五〇―六〇年代まで生きていたなら、フランス文学やフランス詩の流れは変わっていたかも知れないとさえ述べているのである。[1]

自然への好み、ナチュラリストとしての詩人

レミ・ド・グールモンは、ヴィオーのうちに、ロマン派に通ずる自然への愛好・感受性、リリックな自然描写の見事さを認め、この点に彼の独自性があるとしているが、[2]実際ゴーティエ[3]やネルヴァル[4]などはヴィオーを自分たちの先駆者として称賛している。後でも触れるように、もちろんロマン主義の自然とバロックのそれとはいくつかの面で相違点というか異質な要素が存在しているにしても、ヴィオーが、とりわけ晩年のヴィオーの「自然」がほかのどのバロック詩人よりも生き生きとしていて新鮮であり、ロマン派のそれに近い、というか少なくとも類似しているのは事実であろう。たとえばヴィオーの遺作『兄へのテオフィルの手紙』の、

私は見るであろう、あのいくつもの緑萌え出る森を。／森の合間に見える中洲島やみずみずしい牧草は、／のどかに鳴きながら群れ遊ぶ牛たちの散歩場や飼場となっているのだ。／暁がふたたび戻って来ると、／そこに牛たちは昼間食んだ草をまた見出すのだ。／私は見るであろう、川の水が彼らの喉を潤すのを。／そして小石たちがぶつぶつと愚痴をこぼし、／ガロンヌ河の木霊が／船頭たちの悪口に言い返すのを／耳にするだろう。

Je verrai ces bois verdissants / Où nos îles et l'herbe fraîche / Servent aux troupeaux mugissants / Et de promenoir et de crèche; / L'Aurore y trouve à son retour / L'herbe qu'ils ont mangé[5] le jour ; / Je verrai l'eau qui les abreuve, / Et j'orrai plaindre les graviers / Et repartir l'écho du fleuve aux injures des mariniers. (XIX)

とかあるいは、

私は摘み採るだろう、あの杏の実を、／火炎色した苺を。／（…）／それからまたあのいちじくやあのメロンを摘むだろう。

Je cueillerai ces abricots, / Les fraises à couleur de flammes, / (...) / Et ces figues et ces melons[6] (XXII).

とか、もう一例挙げれば、

私はわれらのざくろの木から／半ば開きかけた赤い実を摘むだろう。／（…）／私は見るだろう、あのおい茂ったジャスミンが／とても広々とした並木路に／路一杯に緑陰をつくっているのを。／またそのジャスミンの花が並木路を芳香でつつみ、／その花が、氷砂糖の中でも（砂糖煮のジャムにしても）、／香気と色合とを保っているのを。

Je verrai sur nos grenadiers / Leurs rouges pommes entrouvertes, / Où le Ciel, comme à ses lauriers, / Garde toujours des feuilles vertes; / Je verrai ce touffu jasmin / Qui fait ombre à tout le chemin / D'une assez spacieuse allée, / Et la parfume d'une fleur / Qui conserve dans la gelée / Son odorat et sa couleur.[7]（XXIII）

といった故郷での幼少年時代の自然体験を夢想する形式でのリリックな自然描写は、ヴィオーが影響を与えたネルヴァルの『シルヴィ』における次のような自然描写との近親性が認められると言えよう。

テーヴ川は水源に近づいて細くなり、砂岩や砂利の間で、またしてもせせらぎの音を立てるのだった。その水源の泉では、川はまわりにグラジオラスや菖蒲などの生えている小さな湖となって、草地の中にやすらっているのである。ほどなく、私たちは村のいちばんとっつきの家々のところに着いた。

La Thève bruissait de nouveau parmi les grès et les cailloux, s'amincissant au voisinage de sa source, où elle se repose dans les prés, formant un petit lac au milieu des glaïeuls et des iris. Bientôt nous gagnâmes les premières maisons.[8] (VI. Othys)

テーヴ川は左手で水音を立て、その曲り目ごとによどんだ水が逆流して、黄色や白の睡蓮の花が開き、その縁をかざって、かよわい水草の花がひなぎくのように咲きこぼれていた。野には一面の乾し草の束や塚が散在し、その匂いはつんと頭にこたえるのだが、森や花ざかりのさんざしの藪で嗅いだ新鮮な香気のように人を酔わせてはくれなかった。

La Thève bruissait à notre gauche, laissant à ses coudes des remous d'eau stagnante où s'épanouissaient les nénuphars jaunes et blancs, où éclatait comme des pâquerettes la frêle broderie des étoiles d'eau. Les plaines étaient couvertes de javelles et de meules de foin, dont l'odeur me portait à la tête sans m'enivrer, comme faisait autrefois la fraîche senteur des bois et des halliers d'épines fleuries.[9] (VIII. Le Bal de Loisy)

このように両者には非常に同質的な自然感情とそれへの相似た感受性を感じるが、それでもやはりロマン派とバロック詩人の自然描写には決定的な相違があることも事実である。というのは今挙げたネルヴァルの『シルヴィ』の後者の例では、「その匂いはつんと頭にこたえるのだが、森や花ざかりのさんざしの藪で嗅いだ新鮮な香気のように人を酔わせてはくれなかった」と言っているように、ロマン主義詩人は描かれた自然のうちに作者や主人公の感情移入を行っているのに対して、ヴィオーの自然描写にはそのような感情移入はなく、かわりに「そして小石たちがぶつぶつと愚痴をこぼし、／ガロンヌ河の木霊が／船頭たちの悪口に言い返すのを／耳にするだろう」といったマニエリスム・バロック詩人やルネサンス期の詩人たちに特徴的な、擬人化による奇想的コンチェッティな発想・表現が認められるのである。このことは、ヴィオーの初・中期の自然描写を見てみるとさらに明確に理解される。

たとえば『朝』の冒頭の詩節、

暁（の女神）は一日の額の上に／紺碧と黄金そして象牙を降り注ぐ。／太陽（神アポロン）は、海原の潮を飲み飽きて、／斜向の回転に取りかかる。

L’Aurore sur le front du jour / Sème l’azure, l’or et l’ivoire, / Et le Soleil lassé de boire, / Commence son oblique tour.[10]

とか『孤独』の冒頭ストロフ、

ひっそりとしたほの暗いこの谷間に／水音を聞きながら鳴く男（牡）鹿は／せせらぎに視線を傾《かし》げて、／自らの水影《すがた》をいつまでも見入っている。／／ここの泉の精ナイアードは／夜ごと水晶の住まいの、／飾り扉を押し開き、／ぼくらにセレナードを歌って聞かせる。

Dans ce val solitaire et sombre, / Le cerf, qui brame au bruit de l’eau, / Penchant ses yeux dans un ruisseau, / S’amuse à regarder son ombre // De cette source une Naïade / Tous les soirs ouvre le portal / De sa demeure de cristal / Et nous chante une sérénade.[11]

などに見られるように、気取ったコンチェティスム concettisme となっている擬人法表現や暗喩の多用、とりわけ金属・鉱物といった硬質のイマージュの創出など、典型的なバロック的表現が認められるのである。しかも『孤独』冒頭の男（牡）鹿はこの詩の主人公の意識が投影された擬人法表現がなされているが、必ずしも作者ヴィオーの感情や魂 état d’âme が反映されているわけではない。右の例で明らかなように、『朝』、『孤独』といった初期作品における自然はレイモン・ルベーグ Lebègue の言う「愛の感情の自然への同化」、簡潔なデッサンを思わせる「クロッキー描法」

art du croquis[12]、アダンの言う「点描画法」pointillisme[13]――人物・風景などを簡潔なタッチで素描、それらを浮彫するが、全体のイメージは日本画の墨絵のように、灰色っぽく、あまり色彩感が感じられない描法――で描かれている。ヴィオーのこうした列挙的淡彩画法は後のヴェルレーヌ Verlaine の『ロマンス・サン・パロール』*Romances sans paroles* における自然描写に影響を及ぼしているように思われる、[14]少なくともそれに類似しているように思われるのである。

　サン＝タマンの場合は、たとえば「どんなに愛することか、こうした平穏な沼地を！／その水辺一帯には、ななかまど、／榛の木、猫柳、行李柳が生えている。／こうした木々を鉄さえ傷つけることはできない！／水の精《ニンフ》たちは、そこに涼気を求めて訪れ、／葦や鳥笛や燈心草、／そしてアイリスを調達する。／そこでは蛙たちが、近づこうとする人影を認めるや、／恐怖で跳び返り、／身を隠そうとする光景が見える」[15]というように、同じテーマの詩（『孤独』）でも、ヴィオーのような簡潔な「点描画法」ではなく、彼よりはるかに色彩感の感じられる、ある意味で後期・晩年のヴィオーの自然描写に近い生き生きとした多彩な表現が見られるが、それでも擬人法や暗喩の多用、水晶、象牙など硬質なイメージを好む暗喩主義、自然の中にギリシャ・ローマ神話の神々・半神・人物を多用するなど、ヴィオーと多くの共通点が見られる。そして何より重要な点はバロック詩人たちにとっての自然は、ロマン派の自然のように、作者や主人公の感情や魂が投影されてはおらず、むしろ自然そのものを、あるいはあれこれの具体的自然物を人間と対等な「生命ある存在物」として描出しようとしているように見えることである[16]。そこにアダンはロマン派とは異なったバロック詩人たちの神人同形観（擬人観）anthropomorphisme の反映を見ている。

　たとえばヴィオーは「冬」が愛するクロリスにひどい鼻炎 catarrhe を与えたと言ってその冬を責めている（「大気は鼻カタルを病み、／そして涙に溺れた天の眼［太陽］は／もはや大地を見つめることができない」[17]）のはこうした考え方の反映であるという[18]。つまり彼らは、自然が生きた（生命ある）ものを内在させており、人間と同じようにある知的意志 volonté intelligente に従って生きている霊的存在物から成り立っていると感じているのだという[19]。したがってヴィオーの場合はロマン主義的な自我投影された自然ではなく、それぞれが生命を帯び、生きている自然であり、その意味で汎神論的ないしアニミスム的な自然となっているように見えるのである。自然がこのように全的に霊化され、ものを感ずる力を持っているという考え方は、後でヴィオーの思想的問題を考察する際に再び詳しく見るつもりだが、彼のリベルタン思想、正確に言えばその宇宙的アニミスム・汎神論思想――人間や動植物はむろん、山や川や星や月にさえ〈世界の魂〉（宇宙霊）が遍在し、天と地の間、宇宙間で交流しているという思想――から来ていると思われ、アントワーヌ・アダンがバロック詩人たちに共通して認める「アントロポモルフィスム」的性格とは、おそらくこのことを言っているのではないかと考えられるのである。

ちなみに『友人ティルシスへの嘆き』からもう一例だけ引用してみよう。

私の運命は何と優しかったことだろう！／もし私の歳月が、ガロンヌ河の岸辺に寄せる波がかくも魅力的で、／私の日々がこうした孤独な場所で人知れず過ぎ去っていたならば。／私以外の誰も私におしゃべりさせたり黙らせたりしたことはなかったであろう。／私は自分の好きなように睡眠を取ったり、／気の向くままに木陰で休んだり、陽に当たったりしていたであろう。／あの木蔭さす谷あいには、母なる**自然**がわれらの家畜の群れに／永遠に尽きない牧草地を恵み、／そこで私はワインを一気に飲みほす喜びを味わっていただろう、／岩々で区切られたかなりやせた土地が／幸いにも近隣の丘陵地の斜面で生み出した／透明で発泡した、そして美味しく、新鮮なワインを。／かの地で私と私の兄弟たちは楽しく、／領主も家臣もいないとても平和な生活を送ることができていたのだ。／（…）／また私は至る所に欲求の対象を探し、／その喜びに私のペンを捧げていただろう。

Que mon sort était doux s'il eût coulé mes ans / Où les bords de Garonne ont les flots si plaisants! / Tenant mes jours cachés dans ce lieu solitaire, / Nul que moi ne m'eût fait ni parler ni me taire. / À ma commodité j'aurais eu le sommeil, / À mon gré j'aurais pris et l'ombre et le soleil. / Dans ces vallons obscurs, où la mère Nature /A pourvu nos troupeaux d'éternelle pâture, / J'aurais eu le plaisir de boire à petits traits / D'un vin clair, pétillant, et délicat, et frais, / Qu'un terroir assez maigre et tout coupé de roches / Produit heureusement sur des montagnes proches. / Là mes frères et moi pouvions joyeusement, / Sans seigneur ni vassal, vivre assez doucement; / (...) /J'aurais suivi partout l'objet de mes désirs, / J'aurais pu consacrer ma plume à mes plaisirs.[20]

たしかにサン゠タマンの『孤独』の自然描写やヴィオー晩年の『友人ティルシスへの嘆き』や『兄へのテオフィルの手紙』に語られている自然感情は、十八世紀のジャン゠ジャック・ルソーの、さらには十九世紀ロマン主義詩人たちの自然感情に、その色彩感豊かな生き生きとした描写や自然への愛着・共感といった点で、一見類似した部分も認められるとはいえ、感情移入（自我投影）の有無、「生きた自然」、「生む自然」nature jaillisante（natura naturans）と見るか否かといった本質的部分で、両者は根本的に異なっているように思われるのである。さらに言えば、『朝』や『孤独』の場合が典型的だが、『兄へのテオフィルの手紙』にあっても、ヴィオーの自然描写は神話的素材を含め、オルグの言う「空想的要素」dream elements と「現実」reality とがロマン派やとりわけボードレールの「交感」correspondances 思想におけるようには融合しておらず、[21] 両要素が分離したままという印象を免れない。もっともそうした「不自然さ」、「奇抜さ」がマニエリスムやバロック詩人たちの綺想主義や擬人的な誇張表現の面白さを生み出しているとも言えるが。

オデット・ド・ムルグはヴィオーの自然描写に見られるこうした夢想の性格を、ロマン派の典型的な夢想が内的な夢を出発点としているのに対して、ヴィオーのそれはどんなに神話的・空想的な自然のイメージであってもその出発点には必ず現実の実在があり、この点が両者の大きな相違点であるとしている。[22] たしかに今見た『友人ティルシスへの嘆き』や『兄へのテオフィルの手紙』の自然のヴィジョンはすべて詩人幼少年時の実体験——現実の自然との直接的接触により感覚的に確認された事実としての自然——に基づいており、後のロマン派詩人の「自然」にはあまり感じられない確実な「実在感」、さわやかな生を確実に回復してくれるような〈実在〉réalité の「現存」présence が感じられるのである。

バロック詩人の自然描写の性格についてのアダンの結論、すなわち「十七世紀の詩人にあっては、サント＝ブーヴが考えた意味での自然の感情は一般的には存在しない。（十七世紀バロックの）こうした自然描写派詩人たちはそれを十九世紀ロマン派のようには理解しなかった。十七世紀の詩人たちは自然を感情表現しようとは考えず、自然の形態 formes を喚起し、自然の生命を表現しようとした」[23]（強調筆者）という指摘はヴィオーの描く「自然」の性格についてもほぼ言えることで、適言と言うべきであろう。最後にアダンのこの言葉を踏まえてあえて付言するならば、十九世紀ロマン派の自然描写と十七世紀マニエリスム・バロック詩人のそれとの相違は、①今日まで一般的に言われてきたルソー流の自然への自我投影、感情移入の有無のほかに、②アダンの言う「自然の生命」表現の有無、すなわち後者マニエリスム・バロック詩人たちには、すべての存在物のうちに〈世界の魂〉âme du monde ないし〈宇宙霊〉âme universelle が宿っており、しかもこの不可思議な宇宙的生命体は本質的には人間のそれとまったく同一のものであり、人間を含め地上のすべての存在物の間では、この宇宙霊を介して生命を交感・交流し合っているという、とりわけルネサンス期に特徴的な宇宙的アニミスム思想が認められ、この思想の有無が両者を分かつ大きな相違点であるようにわれわれには思われるのである。なおヴィオーのこうしたアニミスム思想については、第三部最終章で詳しく考察することとなろう。

感覚主義

ヴィオー文学のもう一つの特徴は、これまた思想問題の検討のところで再び触れるが、その感覚主義 sensationnisme

である。これはエピクロス主義 épicurisme、快楽主義 hédonisme とも言えるが、こうした性格はたとえば『初日』*Première journée* の有名な一節「立派な紳士や美しい女性を愛するだけでなく、あらゆる種類の素晴らしいものを愛さなければならない。私は晴れた日を、澄み切った泉を、山々の眺望を、広大な平野や美しい森林の拡がりを、また雄大な海とその波浪を、その凪いだ静かな海とその岸辺を愛する。私はまたそれ以上にとりわけ五感に訴えるあらゆるものを、すなわち音楽を、花々を、素敵な洋服を、また狩猟や立派な馬を、素晴らしい香水と美味しい御馳走を愛する[24]」とか『兄へのテオフィルの手紙』の第二一詩節の「もしこうした閑寂な生活を、／生命ある限り、なお送ることができるなら、／かくも懐かしい喜びが私のあらゆる欲求を／心ゆくまで満たしてくれるのだが、／いつの日か私は自由の身となって、／こうした感覚的喜びに存分に浸らなければならないのだ。／私はもはやルーヴル宮の生活に思い残すことはない、／あのような数々の楽しみの中に生きた以上は。／願わくは父祖たちを守護している／その同じ大地が私をも覆い庇ってくれんことを[25]」。あるいは同第二一ストロフの「もし天のお召しがあったなら、／生きてもう一度、／私はわが歯とわが眼に、／あの**パヴィ**桃の赤い輝きを楽しませよう、／またマスカットブドウの香りのするあのネクタリンも／その外皮の紫紅色はカリストの飾り気ない顔色よりも／微妙な色合いをしているのだ[26]」などの例のように、初・中期のヴィオー文学には、パリという都会生活における享楽生活、酒場での羽目を外した飲めや歌えやの酒色三昧、さらに「ポエーム・サティリック」と称される多数の詩、あるいはヴィオー作とされる多くの「猥褻詩」などの官能主義、享楽主義が窺える。しかし、右に挙げた『友人ティルシスへの嘆き』とか『兄へのテオフィルの手紙』などに求められる後期・晩年の獄中での夢想詩には、自然の産物や感覚的なものを十全に楽しんで生き、そこに幸福感を見出そうとするエピキュリスム的生き方が認められるのである。

愛の詩人

ヴィオーの恋愛観や女性観、あるいは彼が現実に知り合った女性との関係といった問題については、本書第三部で少し詳しく検討することとして、以下では恋愛詩を中心にこれらの問題を概説的に述べておこう。フランス・マニエリスム・バロック期の詩人たちのほとんどは、多かれ少なかれ、ペトラルカ＝イタリア・ルネサンス風の〈純愛詩〉とエロティックな官能詩を、前者は公的な場で、後者は酒場や友人間など私的な場面でともに書いた。ヴィオーもその例外ではなかったばかりか、彼は他の詩人たち以上に、そしてペトラルカ・宮廷風恋愛の精神とゴーロワ精神という両者の伝統を強くかつ先鋭的に持っていた詩人であったように思われる。

＊プラトン主義的恋愛

ヴィオーの恋愛詩は、プラトン主義あるいは新プラトン主義的な愛を歌った初期のものと、官能的・世俗的愛を歌った初・中期のものおよび両者が統合された中・後期の恋愛詩の計三種類が考えられる。ペトラルカ風恋愛詩はプラトン主義的愛の観念に基づいた恋愛詩であるが、両者は必ずしも同一とは言えない。すなわちヴィオーにあっては、前者は肉体的恋愛を拒絶し、いかなる見返りも期待せずひたすら理想の女性を女神のように崇拝・思慕するトゥルバドゥール的宮廷風恋愛だが、後者は必ずしも感覚的恋愛を排除しておらず、相思相愛の恋人同士が協力して互いのうちに生前の記憶である〈(美＝神の) イデア〉を思慕・追求するといった性格が認められるからである。まずプラトン主義的恋愛を歌った詩をいくつか挙げてみよう。

『愛の絶望』と題されたスタンスの一節「そしてわが神は愛の神アムール以外の何物でもない。//私はわが部屋にあなたの教会を設け、たった一人でいる。/貴女の面影はわが神であり、わが情念であり、わが信仰なのです。/愛の神アムールは私を喜ばせるために、彼自らが私のために作った詩句を/私が読むことを願っているのです」[27]。この詩は後年のヴィオー裁判で彼がいかなる神（への信仰）をも投げ捨て、世俗的な愛の情念に陥ってしまった証拠として問題視されたが、もちろん本来の〈アムール・プラトニック〉は感覚的・肉体的な愛を否定しているわけではない。この詩がキリスト教の神への信仰の否認の証拠と解釈されてしまう危険性を帯びていることは事実だが、ここではむしろ恋愛詩のレトリック、つまり聖なるものと俗なるものを混融することによって女性崇拝の真情をより効果的に相手に訴えようとした女性称賛詩――彼のプラトン主義的な愛、すなわち天上的なイデアとしての女性の理想像をその恋人のうちに認め、称賛した恋愛詩――と見るべきだろう。同じスタンス形式のプラトン主義的愛、というか恋愛至上主義的な詩として、「わが情熱が貴女の数々の美しさを／わが心のうちに収めたこの神殿の中で／私は愛の神アムールを祝福しておりました、／その愛の焔がわが信仰心を逸脱させてしまうにもかかわらず[28]」なども挙げることができよう。

＊ペトラルカ風恋愛・情熱恋愛

ヴィオーにおける情熱恋愛 amour-passion、恋愛至上主義を最も典型的に表している作品は言うまでもなく、悲劇『ピラムスとティスベの悲劇的愛』である。人は「自然の大いなる掟と合致したエネルギーの源泉たる恋の情念に身を委ねる」ことによってはじめて完全な幸福を得ることができる」（J・モレル）という悲劇の定式[29]、これをヴィオーも信じているかに見える。しかしここであらかじめ注意しておきたいのは、この悲劇にはヴィオーの恋愛観、すなわち後でも見るように、プラトンの影響と思われるが、情熱的な恋愛、憑かれたような興奮状態の恋愛は自我を失った一種の「病気」、不健全な愛との考え方が底流に認められることである。つまり度を失った情熱恋愛は狂気や死に至る危険な愛であるという考え方があり、しかもその死は、ピラムスが死の直前「私の血はティスベの血の上に流れ、／かくして私の魂は彼女の魂と混じり合うであろう」と語っているので、死後の世界、天国で永遠に結ばれるという伝統的な考え方を明確に否認してはいないにしても、オウィディウスの『ピラムスとティスベ』の恋人たちが桑の木へ変容するという部分をカットしてしまっていることで来世での幸福や人々の記憶の中での愛の永続性よりも、現世での愛を生きることの重要性を暗に説いているようにも見える。

しかしそこには同時に、人間の生死は、森のライオンの出現であれ、流された血の偶然の目撃であれ、すべてはあらかじめ決定された運命にゆだねられているのだという、ペシミスティックな決定論が認められるのである。しかも人間の運命は予知することも予感することも不可能であり、それをひたすら甘受するしかないという諦観、ペシミスム。それはカルヴァン主義的な暗い運命観やペシミスティックな人間観を思わせる考え方であり、事実この悲劇にはヴィオーのそうしたカルヴァン派的な思考が無意識的に反映されているように感じられるのである。さらに言えばヴィオーはこの悲劇において真の恋愛は相互愛、相思相愛でなければならないという恋愛観、また相互的な情熱恋愛であれ、冷静な人間的恋愛であれ、愛は永続しえないものであり、終局的には死にほかならず、だからこそその過程、一日一日（の愛）を大切に生きねばならないという哲学をも暗に示しているように思われる。この悲劇がプラトン主義的愛の一典型である所以の一つは、ピラムスとティスベが地上的・感覚的愛を否定はしないにしても、地上的愛を浄化して、相愛する二人が互いに努力して精神的に高められ、天上的なもの、美しいイデアを求めるというメッセージが込められているからであると思われるのである。したがってプラトン主義的愛には、こうした相互主義、相互愛の考え方があり、ヴィオーの恋愛観の相互主義も、前述した〈憑かれた激しい恋愛情念〉＝「病気」説とともに、プラトンから影響を受けていると考えられるのである。

次に恋愛詩について簡単に見てみよう。ヴィオーはロンサールの弟子を自認しているだけあって、最もオーソドックスなソネ形式はじめ、エレジー形式、オード形式の詩などじつに多くの恋愛詩を書いている。ロンサール流のペトラルカ風恋愛詩、あるいはロンサール流の官能的な感覚的恋愛詩もかなりの数を書いている。そのテーマは恋愛における忠誠（誠実）fidélité と不誠実 infidélité、変わらぬ一途の愛 constance、愛における心変わり inconstance、愛する女性との別離 séparation による苦悩（再会を期待する中で感ずる喜びと苦しみ）さらには恋人 amant ＝犠牲者、愛の苦しみ martyr ＝恋の病から治癒することの拒否のテーマ、嫉妬のテーマなどである。[30]

ペトラルカ風（宮廷恋愛風）の恋愛詩の一例を挙げると「私には心の休息も夜も昼もない／私の胸は焼かれ、恋心で死にそうです／一切が私を害し、誰も私を救ってはくれない／心の痛みが私から判断力を奪い／恋の治療薬を探せば探すほど／ますます心が慰撫されなくなってしまうのだ」[31]といった例。これは典型的なペトラルカ風インスピレーションである。もう一例を挙げれば、「もしあなたが私のために死ぬなら、私も死ぬだろう／そうでなければ私はまさしく裏切り者ということになるだろう／運命があなたと一緒に死ぬためにのみ／私をこの世に生まれさせた以上」[32]など、詩における「ピラムスとティスベの悲劇的愛」となっている。

ヴィオーのこうしたペトラルカ主義の恋愛詩は言うまでもなく、中世の宮廷風恋愛以来のヨーロッパの長い伝統に則っており、同時にロンサールの影響も受けている。たとえば次の恋愛詩は、聖なるものと俗なるものとの混融したヴィオーのロンンサール流の恋愛至上主義を歌ったプラトニックな恋愛詩と言えよう。「この寺院の中で、私の情熱は／わが心にあなた《マダム》の美しさをしのびこませる／私は愛（の神）を追い払おうとしていた／その愛の焔が私の信仰心をそらそうとしていたのに〃私はわれらの神々を思う代わりに／あなたのうちに月の女神ダィアーナの面影を認めて、あなたを崇拝しておりました／そしてあなたの瞳にわが魂を捧げることで／自らが世俗の人となることにかえって幸せを感じていたのです」[33]。同じように愛する女性を神格化するプラトニックな恋愛至上主義的な詩句を、もう一例だけ挙げておこう。「私が、貴女の教会を作ったわが部屋にたった一人でいると／あなたの面影はわが神となり、私の貴女への情熱はわが信仰となるのです」[34]。

＊官能的恋愛

サン＝タマンやメナール、トリスタン・レルミットはじめ、マレルブなど当時の有力な詩人たちは、ほとんど例外なくヨーロッパ詩の伝統であるペトラルカ主義詩人であることを自認し、そうしたペトラルカ風の女性礼賛の恋愛詩を書いていたが、同時に彼らはほとんど例外なく官能的恋愛詩、さらに言えばポルノグラフィックな恋愛詩を、詩人として認知されるための一種の通過儀礼であるかのように書いていたことも事実である。艶福家としてもつとに有名であった南仏人のアンリ四世王同様、ペトラルカ主義と対照をなすゴーロワ精神を持っていたヴィオーは、こうした分野の詩においてもある意味で〈純愛詩〉以上に「優れた」、情感豊かな作品を残している。

ヴィオーの実際の恋愛体験については後でふたたび少し詳しく考察することとなろうが、詩人が愛した女性は今日まで少なくとも四人、フィリス Philis（または Phyllis）、二人のクロリス Cloris、そして最後の恋人カリスト Caliste の名が知られている。

次に挙げる詩は「クロリス」の名で呼ばれているブセールのクロリスとの恋愛体験がもとになっている。これは感覚的・エロス的喜びを通して恋愛が深化し、官能的なものが恋愛感情に同化する過程を歌った詩と言える。「貴女が亜麻よりはるかに白いシーツの上に、／置かれている貴女の一糸まとわぬ二つの腕に僕がキスするのを見るとき、／また僕の焼けるような手が／貴女の乳房にさまようとき、／クロリスよ、貴女は実感するのです、／僕が貴女を愛しているのだということを〃敬虔な信者が天国を仰ぐように、わが眼は貴女の瞳に見入るのです／貴女のベッドの傍らで／僕は無上に激しい欲情に促されながらも／わが唇を開くこともなく／貴女とともにわが快楽を寝入らせるのです[35]」。

もう一例だけ挙げておこう。これはクレール・ゴーディアーニ C. Gaudiani がアンドロジーヌなイメージを喚起する詩の典型例として引用しているエロティックな恋愛詩である。「私は夢を見ていた、陽の光を浴びているように／

美しく光り輝きながら冥界から立ち帰ってきたフィリスが望んでいることは／彼女の亡霊がもう一度私と愛の行為をすることであり、／また私がイクシオンのように、（彼女の白い）雲のような裸身を抱くことだという夢を。／／彼女の影（亡霊）が一糸まとわぬ姿で私のベッドに滑り込んできて、／私に囁く、『愛しいフィリスよ、わたしは戻ってきたわ、／あなたが去ってしまって以来、運命が私を引き留めていた／あの悲惨な住まい（冥界）にあって、わたしはただひたすら美しくなることにつとめておりました。／／わたしは恋人の中で最もハンサムなあなたをもう一度抱くために／またあなたとの愛撫の中でもう一度死ぬために戻って来たのよ』と。／それからこのアイドルは、私の愛欲の炎を飲み尽くしてしまうや、／／私にこう言った、『さらばですわ、わたしは死者たちの国に旅立つわ／あなたは生前のわたしの肉体を征服したと自慢したように、／今またわたしの魂を征服したと自慢することでしょう』と」[36]。

これらの詩のイマージュはサンナッザロ Sannazaro やベンボ Bembo などイタリア・ペトラルカ主義詩人たちが好んで取り上げた〈イタリア的愛の夢〉ないし「眠れる美女との愛」のテーマでロンサールはじめ、その後の多くのフランス詩人たちも好んでこのトポスに依拠したエロティックな恋愛詩を作っており、ヴィオーもその例外ではなかった。ここにはまた聖なるものと俗なるものとの混合、感覚的なもの（エロティックなもの）と精神的なもの（彼岸的なもの）との融合というヴィオー特有の恋愛詩の特質も認められる。

＊両性具有的愛《アムール・アンドロジーヌ》

感覚的・官能的愛の一種と言えるが、ヴィオーの詩には両性具有的愛や同性愛を歌っていると思われる詩が存在する事実は注目に値しよう。まず前者、両性具有的愛について簡潔に見ておこう。この問題はゴーディアーニがすでに考察しているが[37]、彼女によれば「私」je で始まる五つの詩にとりわけ両性具有的人物が登場しており、これらの詩の「私」は男性と女性の両方の特徴を表しているという。同女史は、ヴィオーが恋愛詩で両性具有的愛を描いている証拠として、ジェンダーの役割の曖昧さと登場人物の名前の選択の曖昧さ（両義性）を指摘し、その典型的な例として先にエロティックな詩の例として引用した「私は夢を見ていた、陽の光を浴びているように云々」を挙げている。

この詩の女性の登場人物「フィリス」Phyllis（女）はそれ以前の版『サティリックな喜び』*Les délices satyriques* では「フィリス」Philis（男）となっており、こうした同音異義名の使用および詩中の登場人物「わたし」je、「あなた」tu の性別の曖昧さなどにより性別が入れ替わって、「彼の影（亡霊）が一糸まとわぬ姿で私（女）のベッドに滑り込んできて、／私に囁く、『愛しいフィリス（女）よ、ぼくは戻ってきました、／あなた（女）が去ってしまって以来、運命が私（男）を引き留めていた／あの悲惨な住まい（地獄）にあって、ぼくはただひたすら美しくなることにつとめておりました。／／ぼくは恋人の中で最も美しいあなた（女）をもう一度抱くために／またあなたとの愛撫の中でもう一度死ぬために戻って来ました』と。云々」とも読みうる余地があり、こうしたことがこの詩に男女両性具有的愛のヴィジョンを喚起しているとゴーディアーニは主張している。[38] こうした両性具有的ヴィジョンを喚起するヴィオー詩はゴーディアーニが挙げている五編だけでなく、本書第二部で取り上げる初期のオード『孤独』もわれわれの解釈によれば、この詩全体がじつはアンドロジーヌ的愛を歌ったものであるということになるのである。すなわちこの詩の登場人物のヒロイン、コリーヌへの「私」の愛は、冒頭の「鹿」＝ナルシス＝話者「私」のナルシス的愛が倒錯した自己幻像となって彼女に投影された愛、つまり両性具有的な愛であるとの解釈が可能なのである。

ヴィオーの恋愛詩におけるこうしたアンドロジーヌなヴィジョンの成因というか、拠ってきたる泉源は、次の同性愛の場合同様、やはりプラトンであったと思われる。プラトンの『パイドン』の翻訳者である彼はこの哲学者の『饗宴』*Symposium* で説かれている〈原初の男女《おめ》〉primaeval androgynes の持つ完全性に共鳴していたのではなかろうか。またこの両性具有的愛の詩に登場する男女がともに男女の私的（性愛行為などで）・社会的（男は勇気）性差への反発、男女の対等性・相互性の主張を行っている点も、プラトンやプラトン主義的愛からの影響かもしれない。

＊同性愛

テオフィル・ド・ヴィオーの同性愛 homosexualité はすでに当時からつとに有名であった。事実このことでも、イエズス会などから非難されており、それに対して詩人は『シルヴィの家』などで彼へ同性愛批判に反論し、この愛の正当性を主張している。「墳墓の後（死後）までもなお、／この青年（パイドン）を愛したと言って、／君（キュクノス）の恋愛を非難するかも知れない／世間の邪推などを恐れることはないのだ。／有徳の士の心は／敬意に満ちた恋心に見られるあらゆる美徳を／罪を犯すことなく、愛することができるのだ、／まるで、汚れなき、ともに分かり合えるこうした／話題を君の恋愛に与えることにより、私の心が／自分の詩句を少しも省略しなかったように。〃詮索好きなあら捜し屋は、そこに／嫌悪を催させる風俗紊乱を嗅ぎつける。／しかし人を誹謗する彼らの猜疑心は、じつは／彼らの考え自体が不健全であることを示しているのだ。／貞節〈純潔〉であうとする意志〈決意〉は／自由な振る舞いの中にも礼節を弁えており、／偽善者たちがこと細かに規定する／愚かしい行動制限を乗り越えてしまう。／彼ら偽善者は博士の法服の下に／男色家の魂を隠しているのだ[39]」。

親友パイドンを失った悲しみのあまり白鳥に変身してしまったキュクノスとパイドンの同性愛に仮託して、自らの、すなわちダーモン（ヴィオー）とティルシス（デ・バロー）の同性愛をこのように弁護しているのである。二人の関係は醜い男色家 sodomites のそれでは決してなく、プラトンやソクラテスが理想の愛の一つの姿とする少年との愛のように、純潔であり、互いに精神的に高め合う親密な友情なのだと。ヴィオーの現実の同性愛がここで歌われているようなものであったかどうかはかなり疑わしいが、同性愛に対する考え方は両性具有的愛同様、プラトンからかなり影響を受けていると考えられるのである。

＊相互主義的恋愛

ヴィオーの恋愛に関する考え方の特徴の一つは、先に述べたように、恋愛とは両者が互いに愛し合っていてはじめて成立するのであって、男女であれ男同士（彼はプラトン学者でもあったので、自身も弟子のデ・バローとそうであったと言われているように、古代ギリシャ風の男同士の愛、同性愛も恋愛として認めていた）であれ、一方が他方を愛さなくなってしまったり、まったく一方的な片思いの恋は真の恋愛とは言えないという信念を持っていたことである。すなわち彼は自身が書いた悲劇の主人公たち「ピラムスとティスベ」のような相思相愛でなければ真の愛とは見なさないという恋愛観を持っていた。逆に言うとヴィオーは理想的な恋愛は、それが女性とであれ男性とであれ、相互愛、両者が愛し合っている愛こそが真の愛であると考えていたことである。「私を愛するふりなどもうしないで欲しい／そしてかくも甘美な愛の炎（情念）を失うことが／私にとってどんなにつらいことであるにせよ。／もし貴女が私への愛を少しも持っていないなら、／私は貴女の瞳と私の魂に誓って／貴女のことなど金輪際思いはしないと言おう」[40]。

ヴィオーの恋愛観は初期には、愛＝神といった愛至上主義的な恋愛、プラトニスム的なエロスの愛、詩作で言えば、ペトラルカ風恋愛詩への愛好と肉体的・官能的な愛、詩作面ではエロティック恋愛詩、猥褻詩への好みとが詩人のうちで分離・並存していたが、中期・後期に至るにつれ、肉体的・官能的な愛をも否定せず、それをも含んだ相思相愛の情熱恋愛、互いに努力して人格を高め合おうとする理想的愛、つまり本来のプラトン主義的愛――プラトン自身の説いた、肉体的愛をも含んだ「エロスの愛」（互いに相手のうちに天上的なものや至高の美を認め――想起し――、崇拝する愛）――を求めた（カリストとの愛の場合）が挫折し、（逮捕・投獄以後）最終的には故郷の田舎に帰ってキリスト教的な「アガペの（結婚）愛」、つまり相手に天上的なものを求めるのではなく、互いの人格を認め合う隣人愛的相思相愛の愛を希願するようになっていったと思われるのである。

こうした恋愛観の変遷を暗示しているように見える中期のオード作品がある。「何と幸せなことか、自らがその被造物と／信じている自然の大いなる主人に、／彼が常に順応して／生きている限り！／彼は決して他人を羨むことはなかった、／彼よりもはるかに幸せな人々が皆、／彼の逆境をあざ笑ったにしても。／（…）／彼はいつも閑暇があり余るほどあり、／正義が彼の喜びであり／そして聖なる生活の心地よさを／自らの願望に適用させることによって、／ただ理性のみを通して／自らの欲求の充足を押さえる。／利得心が彼を煩わせることもなく／彼の財産は自らの心のうちにあり、／王侯貴族たちがそこで称賛される／金箔で装飾された彼らの部屋の輝きも／田園やその雲の飾り気ない眺めほどには／彼に気に入られはしないのだ。／宮廷人の愚かさも／工芸職人の辛い仕事も／同様に恋する男が哀訴する苦しみも／彼にはお笑い草であり、／彼は富にも貧困にも／かつて一度も過度に心を煩わされることがなかった。／彼は召使でも主人でもない。／彼は自らそうありたいと望んでいるもの以外の何者でもないのだ。／イエス＝キリストが彼の唯一の信仰である。／このような生活が私の友となり、私そのものとなるだろう」[41]。

近代人、自由人、〈自主独立人〉たろうとした詩人

＊近代人・近代派

ヴィオーはプラトンの『パイドン』を自由翻案している事実を見ても明らかなように、古代ギリシャ・ローマの文芸・哲学も貪欲に学んでいるが、決して盲目的古代称賛者ではなく、したがってフランス文学史上何度か繰り返された〈新旧論争〉では、決して「古代（称賛）派」ではなく、むしろ〈近代派〉であった。「近代的に書かなければならない」Il faut écrire à la moderne[42]という有名な言葉通り、彼はとりわけ散文にあっては時代にふさわしい適切な明快なフランス語で表現することを主張している。韻文においても、時代に適った新しい表現法の工夫など、フランス詩の刷新に努めるべきであると主張しているのである。「議論は首尾一貫していなければならず、またその意味は自然で平易でなければならない。また、言語は簡潔で意味がはっきりと伝えられなければならない。気取り（わざとらしさ）は軟弱さ、小手先のごまかしにほかならない。そこには必ずわざとらしさと不明確さがつきまとう。古代の作者

たちの模倣と呼ばれているこうした剽窃は、われわれの書き方には決して適合していない装飾と言われねばならない。われわれは近代的に書かねばならない。（…）ホメロスのように見事に書かねばならないが、決して彼の言い回しや彼が使う形容詞を使って書いてはならない。彼が書いたように書かねばならないが、彼が書いたものを（模倣して）書いてはならない」[43]。あるいはまた『ある婦人へのエレジー』ではこんなふうに語っている。「（古代の）人々や神々がかつて一度も考えなかったような／何らかの新しい言語を創出し、／新しい精神をわがものとし、／昔より良く考え、より適切に表現しなければならない」[44]。このように彼は古代人の模倣を嫌い、「理性」に基づいた時代に適った新しい言語と文学を創造することによって自ら「近代人」となることを目指そうとしていた。

またヴィオーは十九世紀前半のゴーティエ、ネルヴァルといったロマン派の作家・詩人からも彼らに近い近代的感受性と魂の所有者として評価され、さらにはボードレール、ヴェルレーヌとの親近性、二十世紀のピエール・ルヴェルディの詩、ダダ・シュルレアリスム詩との類似性も指摘されるといった意味では、現代のわれわれから見ても、いつまでも「近代人、現代人でありつづけている」のである。

＊リベルタンあるいは近代的理性人（合理主義者）

ヴィオーが若いリベルタン貴族やリベルタン詩人たちのリーダーであったことは、当時すでに「リベルタンの王」prince des libertins と呼ばれていた事実を見ても、明らかである。哲学者＝詩人としてのヴィオーのリベルタン思想がどのようなものであったかについては、第三部の最終章「思想と生き方」で少し詳しく考察するので、ここではリベルタンの理性主義的側面のみを見ておこう。リベルタンの思想、すなわちリベルティナージュ libertinage の内容は複雑多岐にわたっていている。大雑把に言えば、当時の正統思想、社会規範であるカトリックの教義と規律にとらわれない自由な立場で考え、行動することであり、したがって具体的には無神論、唯物論、理神論を含む、イタリア・ルネサンスの宇宙論的アニミスム（これも一種の唯物論か？）・汎神論思想、合理主義、科学主義をも包含し、さらにとりわけヴィオー、サン＝タマンといった十七世紀前半のリベルタンは魔術的・占星術的星辰思想、決定論的運命観、ペシミスムなど互いに矛盾しあう思想をも同在させている思想であった。そしてこのリベルティナージュ思想、というより〈リベルタン〉という言葉は十七世紀後半から十八世紀に進んでいくにつれて、そうした思想的意味ばかりでなく、社会規範、キリスト教的公序良俗からも自由な人々、つまり良識人が眉を顰めるような奇抜な衣装や言動をする輩、男女の性道徳にも自由な人々、さらには放蕩者、無節操なプレイボーイ、無頼漢、無法者といった悪い意味まで帯びるに至る。無論ヴィオーの生きた十七世紀前半においても、すでにこうした風俗としての意味も含めて使用されていた。それゆえヴィオーをリーダーとするリベルタンたちは、一六一八年頃よりイエズス会はじめ、当時の支配階層より、キリスト教（カトリック）信仰の毀損への懸念のみでなく、「風俗リベルタン」として健全な風紀・良俗をも乱す者として指弾され始めていた。

ほとんどのリベルタンが多かれ少なかれ合理主義、科学主義を共有していたことは事実で、ヴィオーもその例外ではない。そのことはたとえば、『初日』第三章で語られている故郷での悪魔憑きの少女の実地見聞のエピソードで、きわめて科学的、合理的な方法で、この娘の「悪魔憑き」の演技性を見破っている事実――つき添いの老人の制止を無視して突如その「悪魔憑きの娘」に面会し、（演技の）準備時間を与えなかったため、この娘がいつもするという奇声を発したり、のたうちまわったりといった異常な行動が見られなかったこと、また当時魔女は教えられていないのにラテン語をしゃべるとされ、それが魔女の証拠の一つとされていたので、ラテン語で話しかけたが何の反応も示さなかったことなどにより、彼はこの娘を魔女ではないと断定[45]――、あるいは先の「相互主義的恋愛」の項ですでに引用した詩も、理性を重視し、それに基づいて判断・行動しようとする彼の近代人、合理主義者 rationaliste としての一面を示しているのではなかろうか。「彼にはいつも十二分な閑暇があり、／正義が彼の喜びであり／そして聖なる生活の心地よさを／自らの願望に適用させることによって、／ただ理性のみを通して／自らの欲求の充足を押さえる。／利得心が彼を煩わせることもなく／彼の財産は自らの心のうちにある」[46]。

＊自由人・独立人

当時のすべての文学者・詩人がそうであったように、ヴィオーもまた王侯貴族に「雇われ」なければ生きていけない弱い立場にあった。彼らは皆特定の貴族や王に「雇われ」、その主人に仕えねばならなかった。彼らの仕事は当然のことながら、主として詩作を通しての奉公であり、それも公私二つあり、一つは主人の業績・人物を称賛したり、主人の敵を批判・攻撃する詩を作ることであり、ほかは社交儀礼的な詩、とりわけ主人の恋の詩つまりラヴ・レターの代作であった[47]。ヴィオーの「主人」つまり雇い主を年代順に挙げると、カンダル、リアンクール、リュイーヌ、ルイ十三世、モンモランシーと五人いたが、それぞれの主従関係のあり方はケース・バイ・ケースであった。詩人の主従関係については前章ですでに触れたように、彼は主人を次々と換えたというわけではなく、たとえばリュイーヌとルイ十三世は前者が急死するまでほぼ「二重雇用」となっていたし、ルイ十三世とモンモランシーとも二重雇用の関係が死ぬまで続いている。リアンクール侯爵などとは友人として生涯交際しており、彼は詩人が出獄したときモンモランシー公がパリに不在であったため、同公が戦地より帰還するまでの間、リュイリエ Luillier とともに詩人の身元引受人となり、寝食などの世話をしている。

このように当時の詩人は庇護者なしでは生活は成り立たず、したがって詩人自身の真意、真情とは異なった称賛やお世辞を含むパネジリックな詩も書かざるを得なかった。むろんヴィオーもその例外ではなく、第一回追放直前まで反リュイーヌ＝ルイ十三世のマリ・ド・メディシス陣営に属していた彼は追放解除の交換条件として、リュイーヌ公のお抱え詩人とさせられ、彼のためにかなり屈辱的な称賛詩、一年前まで自らが属していた反リュイーヌ陣営への罵倒・脅迫の詩を書かされている。[48] しかしこのケースを除けば、ヴィオーはおおむね心にもないお追従的賛辞を口にしたり卑屈になることを拒否し、保護者の主人に対しても思い切った忠言を行っているのである。たとえばカンダル伯宛と推定されている手紙では、主人の浮気や放蕩を諫め、忠言しており、[49] リアンクールに献呈した詩では「リアンクール、お願いですから、私をこう扱って欲しい、／この上なく自己練磨した精神の持ち主として、／だから力ずくや、脅迫で／私の意志を支配しようとしないで欲しい[50]」と言い、あるいはモンモランシー公宛の詩では「そのような（心にもないお追従を言う）虚言家たちは放っておき、／彼らの作品からあなたの名を救い出してください／おべっか使いの口から出た称賛は犯罪ものです。／この私はといえば、自らの詩や魂を（おべっかで）粉飾したと／人さまから非難されたことはかつて一度たりともありません[51]」と訴えて、自己の自主性や無原則な隷従の拒否を表明している。それゆえヴィオーは、田中氏も指摘しているように、[52] 寵臣リュイーヌ公への屈辱的な屈服を唯一の例外（これほどではないにしてもルイ十三世との関係でもある程度同じことが言えるが）として、「保護者にして友人」としばしば呼んでいたカンダルにもリアンクールにも、そして大貴族のモンモランシーに対してさえも、同時代の多くの詩人とは異なり、例外的とまで言えるほどの「自主独立」の気概と「率直なもの言い」を示しているのである。

何よりも自由を愛し、規律に縛られることを嫌う詩人の性格は、ボルドーの医学コレージュの学生時代にもすでに現れている。「ちょっとせっかちであった私の精神は、自身のモラルとして規律が必要であったのに、教師への絶対服従を超越してしまっていたからである。私の友人たちは私より年上であったが、私ほどには自由な精神を持ち合わせてはいなかった[53]」。また前に引用した次の詩は彼の近代人的な「自由人」、あくまで自分自身であろうとする「自主独立人」の、エピキュリアンとしての面目を躍如とさせている典型例と言えよう。「同様に恋する男が哀訴する苦しみも彼にはお笑い草であり、／彼は富にも貧困にも／かつて一度も過度には心を煩わされることがなかった。／彼は召使でも主人でもない。／彼は自らそうありたいと望んでいるもの以外の何者でもないのだ[54]」。

強制や束縛を嫌い、自由であろうとするヴィオーの精神・気概は、上述のような実生活においてばかりでなく、文学における創作活動においても同様であった。そのことは『作品集第一部』に見える「ある婦人へのエレジー」の「私は主題の展開にきちんと脈絡をつけようとは思わず、／いろいろなものをそのままうっちゃっておき、そしてふたたび自分のテーマを取り上げる。／私の精神は、想像力を働かせながら書く過程で、／詩句をきちんと推敲したり、表現法を整えたりする忍耐心を少しも持っていない。／私は規則が大嫌いなので、無秩序に書く。／（…）／かつて私の詩が舞台にインピレーションを与えていた頃、／私が従わざるを得なかった規律 ordre が私にひどい苦痛を与えていた。／私はこのわずらわしい仕事に永い間苦しめられていた。／しかしついに神のご加護により、私はそこから抜け出すことができた」[55]という詩句や「ところで私はこうした脱線が好きであり、私は想像力が赴くままに書く」[56]といった同第二部の『初日』の言葉でも確認できるのである。彼は詩や散文を創作する上でも、実生活においても、窮屈な規則や規律を非常に嫌い、想像力の赴くままに自由に書くことを愛し、自由に生きることを願っていたのである。

モラリスト、名散文家としてのヴィオー

ヴィオーはモンテーニュやパスカルに連なるモラリストであり、名散文家であるとの評価は、フィラレット・シャッスル Philarète Chasles[57]、エミール・ファゲ Emile Faguet（「テオフィルは［フランス］散文史において一つの画期的出来事である[58]」）はじめ、アントワーヌ・アダン[59]などによってすでに認められている。アダンは自著『テオフィル・ド・ヴィオーと一六二〇年代におけるフランス自由思想』において「彼は大詩人ではない」が、彼の想像力が最も見事に発揮されているのは散文においてである、[60]と言い、またそのフランス文学史では「テオフィルはわれわれの古典主義時代の大散文家の中では最初の人であり、たとえば『バルザックへの手紙』の散文など、パスカルの『田舎人への手紙』に比肩しうる」[61]と言っている。たしかに彼の散文はたとえば中期の『初日』など、のびのびとした軽快な文体で、

自己に誠実であろうとして書いており、サバも指摘するように[62]、そのモラリスト的な精神とともに、モンテーニュの『エセー』を思わせるし、『バルザックへの手紙』を典型例とする主として獄中で書かれたいわゆる「パンフレット」（論争・攻撃文書）類はその舌鋒の鋭さ、論理の組み立て、文体の完璧さなどで、パスカルの『田舎人への手紙』のそれに比較しうると言えよう。もっと言えば彼は文体のみでなく、人間や人生に対する考え方、すなわちその懐疑主義（ピュロニスム）やストア派的運命観、決定論的ペシミスム、後期・晩年の「運命、自然に抗わず」、心の平静状態（アタラクシア）のうちに「こことい ま」の生を静かに楽しむというエピクロス主義、さらにまたその個人主義、理性主義といった点でも、より多くモンテーニュに、またかなりの部分でパスカルにも似ているように思われるのである。

「彼ら（獣たち）の生は、お前（人間）の生を内的にも外的にも苦しめている／不快な出来事に人間ほどには影響を受けてはいない。／獣たちはペストの怖さも戦争の恐ろしさも飢饉の恐怖も感じはしない。／彼らの身中は大罪への呵責に蝕まれておらず、／病気にも無知なのでそれを恐れはしないのだ。／作り話の地獄のアケロンの話も知らないので、それを恐がることもない。／彼らは頭を低くし、眼は大地に向いているので、／人間よりもたやすく休息でき、雷からもよりたやすく守られているのだ。／だから最期（死）の影ももはや彼らをいらだたせたり、動揺させたりすることもない。／われら人間は、動物が死ぬとき、絶望が訪れるのを見ることはない。／獣はあらゆる欲望から離れて、／自然が彼らに定めた期限（最期）を取り乱すこともなく、従容として受け入れるのだ[63]」。『作品集第一部』の「第一諷刺詩」Satire première に見えるこれらの詩句には、死を感知しないがゆえに死の恐怖に〈煩わされない状態（アタラクシア）〉で自然をそのまま受け入れて生きている動物のように、われわれ人間も「獣の平静状態」で生きるべきといった、モンテーニュ的・エピクロス主義的人生観が透けて見えるのである。

さらにまた、たとえば同じく『作品集第一部』に入っている「ド・L氏への弔慰」という詩（スタンス）の一節「死の悲しみが君にどのようなことを思いめぐらせるにせよ、／君の美しい日々はそうした悲しい思いに沈むには／

ふさわしくないのです、／死の季節が彼に与えられていたように、／生きるということが君の今の季節なのです」[64]とかあるいは「ですからそのような死別の涙をむなしく溢れさせるのはおやめなさい／そしてあなたがその悲しみのために嫌悪したこうした運命を心静かに見守って下さい」（Arrête donc ces pleurs vainement répandus; / Laisse en paix ce destin que tes douleurs détestent）[65]といった言葉はモラリストそのもののディスクールではないだろうか。

詩法上の変遷

アダンによれば[66]、ヴィオーはある時期より、それまでのオード odes（いくつかの詩節より成り、各詩節は一定数の詩句より成るが、常に同一の脚韻、同一の配列の韻律を持っている詩形。詩節数は制限はないが、比較的長いのが一般的）やスタンス形式 stances（不定数の規則正しい詩節から成る、多くは愛を歌う不定詩形）をあまり使用しなくなり、アレクサンドラン alexandrins 形式の詩、すなわち諷刺詩 satires やエレジー élégies（古代にあっては多く恋愛の喜びや悲しみを主題とする哀歌体二行詩を指したが、ロンサール以降、近代にあっては形式ではなく、不実、死、拒絶された恋、挫折した恋といった主題が歌われている詩）と称される形式の詩を多く書くようになっていった。もちろん恋愛詩は中期までオード形式やソネ形式でも変わらず書き続けているが、われわれの見方によれば少なくとも一六一八―一九年頃より理念・思想詩 poésie d'idées というか、哲学詩 poésie philosophique、分析詩 poésie d'analyse、あるいは人生詩、生き方詩とも呼びうるどちらかといえば抽象的な詩作品が書かれるようになり、この種の詩はサティールとかエレジーと呼ばれる詩形で書かれた。この種の詩は、われわれの見方では一部ロンサールには存在するとはいえ、アダンによれば、マレルブ Malherbe にもプレイヤード詩派の伝統にも存在せず[67]、ヴィオー独自のものであるという。[68]

詩人はこの頃よりこのエレジー形式で〈カリスト〉Caliste と呼んだ詩人の最後の恋人（マリ・ド・メディシスの侍女で後に政府高官と結婚した女性と推定されている）に対する情熱とその顛末（失恋）を、一種の「ドラマティックな物語」としてかなりの数の恋愛詩を書いた。ヴィオーがこうした形式（satire, élégie）の抽象詩 poésie abstraite を書くようになったのは、それまでの単なるリリックな自然詩人・風景詩人、あるいはプレイヤード詩派以来の伝統的抒情詩である「エロティックな愛の夢」や「アルバ・ロンガ」Alba Longa をテーマとした恋愛詩に飽き足らなくなったことを示している。そして一六二三年秋の逮捕・投獄以後は、ふたたびオード形式の長い詩を書くようになっていく。ヴィオーはこうした比較的長い形式の詩によって、情熱に疲れた人間の絶望や反逆、挫折感、人間や人生についてのペシミスティックな想念──人間存在のはかなさ・弱さ、人間の条件の悲劇性、宿命の不可避性、未来の不可知性等々──を語っている。しかも内容も獄中および出獄後は（本質的には政治的・異端審問的裁判であったにしても、表向きは風俗紊乱の廉《かど》で逮捕されたので当然といえば当然だが）、初・中期のエロティックな官能詩や同性愛・両性具有的愛を歌った詩は姿を消し、『シルヴィの家』や『兄へのテオフィルの手紙』などに見られるようなペトラルカ風の典雅なスタイルで、政治的・社会的なもの（敵対者への攻撃と自己防衛）と個人的なもの（抒情・信条・人生観など）を混在させた詩を書くようになっていった。

マニエリスム・バロック的特質

＊ナルシシスム、両性具有性・同性愛

これらの特徴はバロック的というよりはマニエリスム的特質だが、後者の両性具有性・同性愛については前記「愛の詩人」の項でも触れているので、要点のみを指摘しておこう。両性具有性《アンドロジーヌ》がマニエリスムの大きな特質の一つであることは、たとえばフォンテーヌブロー派の『狩人のディアーナ』の女神、パルミジャニーノの『弓を削るキューピッド』のキューピッド、さらにはブロンズィーノの『若い男の肖像』や『婦人像』の人物像、とりわけ『ヴィーナスとキューピッドと〈時〉』中のキューピッド像に見られる男女の区別の曖昧性・不分明性で明らかであるが、同性愛のマニエリスム性については、ヴァザーリの『ペルセウスとアンドロメダ』中の女性同士の同性愛が描きこまれたと思われる女性群像や、ブロンズィーノの『ヴィーナスとキューピッドと〈時〉』中の女性的に描かれたキューピッドとヴィーナスの関係がそのことを示唆しているように思われる。先に「愛の詩人」の項で見たように、ヴィオーにもこうしたアンドロジーナスなヴィジョンやイマージュ、同性愛のテーマが数多く見られるのである。ナルシシスムと両性具有性（および同性愛）が結合した特異な例として、オード『孤独』における話者〈私〉とヒロイン・コリーヌが結合したアンドロジーヌ的＝同性愛的自己幻像《ナルシシスム》への愛を挙げることができよう（第二部第Ⅱ章参照）。また同性愛については、『シルヴィの家』のキュクノスとパイドン、ダーモンとティルシス（詩人とデ・バロー）、あるいは『孤独』における太陽（神）アポロンとナルキッソスの愛などがその一例である。

　これらのテーマがマニエリスム的とされるのは、男女・明暗・生死といった自然の対極性を明確に峻別しようとした盛期ルネサンス・古典主義や後期バロックの持つ自然主義を否定するその反自然主義的性格、すなわちその偏向性、男女の境界破壊的愛、すなわち生産（生殖）的、生肯定的愛の否定、少なくともその不可能性の象徴として表現されているからである。先に「愛の詩人」のようなヴィオー詩に見られる両性具有的イマージュやヴィジョンは、「そこの小川は源泉（みなもと）に逆流し」といった自然の秩序の崩壊した世界を歌った『カラスが一羽私の眼前でかあと鳴き』で始まる有名なオードに通ずる転換期にあった詩人の時代に対する危機意識、すなわちその時代が顕在化させつつあった古典的秩序の動揺、その全般的崩壊に対する詩人の危機意識の無意識的反映とも、あるいはプラトン的な〈原人間〉（男女《おめ》）の総体性・統合性・融合性への憧憬の反映とも解釈されうるのである。

　両性具有《アンドロジーヌ》や同性愛とともにマニエリスムのもう一つの特徴であるナルシシスムは、絵画ではパルミジャニーノの『凸面鏡の自画像』が有名であるが、ヴィオー作品にもこうしたナルシシックなテーマやイマージュが少なからず見られる。その最も代表的なものとして、初期オード『孤独』冒頭部の男（牡）鹿（＝ナルシス＝「私」）を挙げることができよう。「ひっそりとしたほの暗いこの谷間に／水音を聞きながら啼く男（牡）鹿は／せせらぎに視線を傾《かし》げて、／自らの水影《すがた》をいつまでも見入っている」[69]。

この「牡鹿」には沐浴する女神アルテミスの裸身を見て鹿に変身させられ、自分の犬たちに咬み殺されてしまったアクタイオンと水面に映る自分の姿に恋して死んだナルシスの神話が投影されており、しかもこの「牡鹿」は話者〈私〉の寓意ないし象徴となっているばかりか、死と実現不可能な愛（愛の不毛性）の象徴ともなっている。というのは右に述べたように、『孤独』のヒロイン・コリーヌはこの鹿＝話者〈私〉のナルシシックな自己幻像にほかならないからである。つまり「水面に映った美人に恋するナルシス」像には、アンドロジーヌ的愛の願望がかすかに投影されており、この美女＝ナルシス像には異性の愛を必要としない自己完結的な自足した愛、言ってみればプラトン的意味でのアンドロジーナスな愛への詩人の願望――神によって分離させられる以前の〈男女《おめ》〉としての原初の完全体人間への復帰願望も反映されているように思われるのである。

が別の見方を立てれば、もちろんこのオード『孤独』におけるナルシス像は右のような解釈が不可能ではないが、とりわけ、これ以外のナルシシックな人物像――たとえば「愛の詩人」の項で挙げた「彼の影（亡霊）が一糸まとわぬ姿で私（女）のベッドに滑り込んできて」で始まるソネのヒーロー＝ヒロインやある意味で『ピラムスとティスベの悲劇的愛』のピラムスなど――には、ハウザーが言う意味でのマニエリスム的精神風土、すなわち古典主義やバロックが依拠していた〈現実〉からの乖離や逃避、自己の内面への「ひきこもり」、あるいは疎外《アリエナッション》や自己のアイデンティティの喪失といった意識の反映を読み取ることができるのである。

＊死の詩人――死の観念に憑かれた詩人

ヴィオーによって代表される十七世紀前半の（後期）バロック期の詩人たちは、アグリッパ・ドービニエやジャン・ド・ラ・セペードといった十六世紀後半の前期バロック期（またはマニエリスム期）の詩人たちほどには、宗教戦争という内戦を生々しく体験していなかったので、後者ほど生々しく死や死体の腐敗などを描いてはいない。とはいえ彼らはその伝統を受け継ぎ、死や死の国、死の恐怖などを「詩における一トポス」のような形で描き続けている。「死の恐怖はこの上なく強固な意志を持った人をもたじろがせるものだ／それはひどく難しいことだ、／絶望のさなかにあってまた自らの最期が近づいているとき、／精神が落ち着いていられるということは。／この上なく堅固な魂の持ち主で、かつ宿命がもたらす出来事に／この上なく心の準備ができている人でさえ、／自らの死がすぐ近くに確実に訪れているのを知ったとき、／ひどく驚愕するものである。／（…）／しかし血塗られた判決が彼の刑を確定し、／死刑執行人が姿を現し、その情け容赦のない手が／彼から鎖をはずし、かわりに絞首紐をかけたとき、／凍らぬ血は一滴もなく、／彼の魂は鉄鎖に閉じ込められたままだ。／（…）／死刑囚の教誨師のもたらす慰めの言葉も／彼には決して慰めにはならないのだ[70]」。

あるいはまた彼は恋人クロリスへのあるエレジーで、死後の肉体の崩壊と骸骨を描写している。それゆえこの恋愛詩は、人間にはどうすることもできない「宿命」を信じるリベルタン詩人＝思想家としてのヴィオーの〈死を想え《メメント・モリ》〉memento mori の詩ともなっている。「だから最期（死）の影ももはや彼ら（動物たち）をいらだたせ、動揺させることはない。／われら人間は、動物が死ぬとき、絶望が訪れるのを見ることはない。／獣はあらゆる欲望から離れて、／自然が彼らに定めた期限（最期）を取り乱すこともなく、従容として受け入れるのだ[71]」とかあるいは「死んだ愛する女の瞳のうちで生きていくのに、／充分なだけの強い魂を持っていると誓う人々は／肉体を破壊させてしまうおぞましい死がもたらす威力を／見届ける時間を持たなかったのだ。／そのとき混乱した感覚は機能が麻痺し、／顔面は目に見えて崩れ醜くなり、／精神は麻痺し、四肢はきかなくなり、／そしてさらばと自分に言い聞かせながら、もはや意識がなくなり、／やがて生命が消えた後、／顔はその皮膚から表情が消え、／悪臭放つ死骸の腐敗がわれらに開けさせるのだ、／その死体を隠す（葬る）ための穴を大地に」[72]と「死のトポス」を歌った、恋愛詩らしからぬ異様な恋愛詩。ここには同時に、デュ・バルタス、ドービニエやジャン・ド・スポンドはじめ、サン＝タマンといったカルヴァン派出身の詩人たちに共通して認められるある傾向、すなわち人間の運命や死はあらかじめ天の神によって決められてしまっており、人間の努力ではいかんともしがたいといったペシミスティックな人生観・運命観も窺われるのである。

＊変身 métamorphose

このテーマは、ジャン・ルーセの説[73]を俟つまでもなく、そして美術においてベルニーニの「アポロンとダフネ」像がそのことを見事に示しているように、最もバロック的な主題の一つである。ヴィオーにあっては、このテーマが最も頻出しているのは晩年の傑作『シルヴィの家』であり、次がオード『孤独』であろう。『シルヴィの家』の典型的な「変身」métamorphose の例を見てみよう。

海神トリトンたちは水ガラスを通して
シルヴィを見つめながら、
まず最初、彼女の放つ火の視線に触れて、
自分らの身体がもはや濡れていないのに気づく。
そしてダマ鹿の身体となった彼らの一人一人は
そのことに突然驚き、

Les Tritons en la regardant
Au travers leurs vitres liquides,
D'abord à cet objet ardent
Sentent qu'ils ne sont plus humides,
Et par étonnement soudain
Chacun d'eux dans un corps de daim

魚の鱗の皮膚が剝がれてしまったその身体を隠し、
角が生えた自分の姿を見て驚き、
また濡れた鱗の上に、どのようにして
動物の皮が生じたのだろうかと驚く。
神々から獣に変身させられてしまい、
そして額の角の下に
その恥ずかしい頭を垂れて、
自らの残酷な恥辱〈不名誉〉を嘆きながら、
彼らは水を捨て去った。
そしてそこに生えている樹木の枝葉が
彼らのとても暗い住まいとなった
岸辺に、ひどく驚いた視線を巡らせながら、
自分らを裏切った池に対しては
もはや自らの影しかあえて委ねない。
太陽の妹《ディアーナ》は、同じような変身によって
猟人アクテオンが人の姿を失ったとき、
このように自然を変身させる力を
Cache sa forme dépouillée,
S'étonne de se voir cornu,
Et comment le poil est venu
Dessus son écaille mouillée.
Soupirant du cruel affront
Qui de Dieux les a fait des bêtes,
Et sous les cornes de leur front
A courbé leurs honteuses têtes,
Ils ont abandonné les eaux,
Et dans la rive où les rameaux
Leur ont fait un logis si sombre,
Promenant leurs yeux ébahis,
N'osent plus fier que leur ombre
À l'étang qui les a trahis.
On dit que la sœur du Soleil
Eut ce pouvoir sur la Nature
Lorsque d'un changement pareil

持ったという。 Actéon quitta sa figure.[74]

これは第二オードの二詩節と次の四詩句だが、ここにはシルヴィによる海神トリトンのダマ鹿への変身と森の女神ディアーナによる狩人アクテオンの鹿への変身が語られている。サン＝タマンなど多くのバロック詩人たちは〈変身〉の題材をオウィディウスの『変身物語』*Métamorphose* から得ているが、ヴィオーもその例外ではない。ヴィオーはこの長編オード作品の中で、上記二つを含め、変身のテーマを六つも取り上げている。第三オードではキュクノスの「白鳥」への変身、第六オードではナルキッソス（ナルシス）の水仙への、水の精エコーのこだまへの、第八オードではピロメーラーの夜鳴き鶯への、第九オードでは暁の女神アウローラによる夫ティトーノスの蟬への変身が語られている。同様に『孤独』でも第六オードでピロメーラーの夜鳴き鶯への変身が、またヒルによれば、[75]第九オードに現れる女神ディアーナはこの後の第十六オードに登場する主人公〈私〉の恋人コリーヌへの変身を暗示しているという。またこの詩『孤独』では第十一、十二オードでヒアシンスに変身したヒュアキントスがその同性愛の相手である太陽神アポロンとともに登場する。

ヴィオーはじめ、サン＝タマンなどバロック期の詩人たちはなぜ好んで変身のテーマを取り上げるのであろうか。それは、一つにはコルネイユの『イリュージョン・コミック』に代表されるバロック演劇や後の宮廷バレーなどがそのことを示唆しているように、当時の人々、バロック人の変身願望、人生は舞台だというバロックの考え方に見られる他者願望、一時であれ異郷や驚異の世界に遊んで（演じて）みたいという願望、あるいはＪ・ルーセの言う「誇示（見せびらかし）」ostentation への願望、「存在」être ではなく「外見」paraître にこだわるバロック時代の人々の意識の反映かも知れない。バロック期の詩人たちの〈変身〉というトポス topos への愛好にはそうした意識の反映も否定できないにしても、またマニエリスム学者ルネ・ホッケに言わせれば変身も隠喩の一つ[76]ということになろうが、われわれの仮説に従えば、それはむしろ次のことがより大きく関係しているのではないかと思われるのである。

すなわちわれわれが本書第三部最終章で考察することとなる、多くのバロック（ないしマニエリスム）詩人たちが共有していたリベルタン思想、すなわち宇宙的汎神論・アニミスム――人や動植物はむろん、山や川などにも〈天の火〉を介して〈宇宙霊魂〉より〈霊魂〉（生命）が授けられ、人間もその宇宙霊を通して動物や植物とも魂＝生命を交流し、交感し合っているという宇宙観――および先に見たアダンの言う「神人同形同性論（擬人観）」anthropomorphisme というこの二つの思想が彼らバロック詩人たちの精神の背景に存在し、それが彼らの変身願望の原動力となっているのではなかろうか。

＊光と闇、昼と夜、生（愛）と死のコントラスト・二元論

ルーベンスの『夜警』にしても、ティントレットの『最後の晩餐』にしても、ベルニーニの『聖ロドヴィカ・アルベルトーニ』彫像にしても、バロック特有の光と闇、あるいは生と死のコントラストが鮮明であるが、ヴィオーの作品にもこうした正反対のものの対立・対照 antithèse を喚起するヴィジョンやイマージュが多数見られる。水（雪・氷）［寒］と火［暖］のコントラストとか若さと老い、楽園と地獄（牢獄）の対比なども見られるが、とりわけ昼と夜、生と死の対立に重大な意味が込められているように見える。「そして私のこの上なく熱い血はそのために氷となってしまう」Et mon sang le plus chaud en devient tout de glace[77] などは寒暖のコントラスト例と見ることができよう。昼（光）と夜（闇）の対立イマージュの例としては「太陽は私のために死に、夜が私を包む。／（…）／私は何も見えず、誰とも話もしない、／これは死そのものではなかろうか？」[78] あるいはクロリスとの愛を歌ったエレジーの「そして私のように、愛の神アムールに苦しめさせられる人たちは昼も夜も妄想を抱いている。／クロリスは太陽であり、その強力な光（視線）は／彼女に見られただけで恋に憔悴したわが魂を慰めてくれ、／彼女が近づいてくるだけで、わが不

安を遠ざけてくれ、／生の苦悩と死の不安をかき消してくれるのだ」[79] などが挙げられるが、さらに『シルヴィの家』の、

私の魂は、私の暗黒の塔牢（モンゴメリー塔）を貫いて、
太陽の眼（日の光）さえ横切るのが非常に困難な
（シャンティイの）この庭園の中を
横切って行く光線を持っているのだ。

Au travers de ma noire tour
Mon âme a des rayons qui percent
Dans ce parc que les yeux du jour
Si difficilement traversent.[80]

といった詩句や『高等法院長へのテオフィルの慎ましやかな請願書』の、

空の光も奪われた
独牢の暗い穹窿の囲い壁の中、
ここでは私の眼は己の影の
範囲内しか見えないのです。

Privé de la clarté des cieux
Sous l'enclos d'une voûte sombre,
Où les limites de mes yeux
Sont dans l'espace de mon ombre,[81]

なども挙げられよう。また生と死の対立例としては、すでに引用した「もしあなたが私のために死ぬなら、私も死ぬだろう／そうでなければ私はまさしく裏切り者ということになるだろう／運命があなたと一緒に死ぬためにのみ／私をこの世に生まれさせた以上」[82] とかあるいは「クロリス、貴女はまさに私の運命の支配者です／なぜって、貴女は私に生命を与えることができた以上、／まさしく私に死をも与えることができるのですから」[83] が挙げられるが、ルイ十

三世への献呈詩では「なぜなら、生命を擲《なげう》つためにのみあるわが勇気は／今日彼らに死を与えるべく運命づけられているのだ[84]」といった生・死の対立を歌った詩も見られる。

夜と昼の対立が生と死に、そして愛と死の対立へと緊迫化していくバロック的二元論が認められるのは、先に見た悲劇『ピラムスとティスベの悲劇的愛』であろう。藤井康生氏もすでにこの悲劇における昼（生）と夜（死）の対立の問題に言及し、M・フーコー Foucault やルージュモン D. de Rougemont の言説などと関連づけて興味深い考察を行っているが[85]、われわれはここではこのコントラストをヴィオーにおけるバロック的特徴の一つとして問題提起しておくにとどめておきたい。次の詩句は『ピラムスとティスベ』の冒頭の科白である。

わたしは天空の明かりの下でわたしの魂を開くことができるわ
声と眼でもって自由に。
ここでは許されているのよ、わたしが貴方を呼ぶことが、ピラムスって、
貴方をわたしの魂と呼ぶことも。
わたしの魂ですって、わたし今何って言ったの？　それはとんでもなく間違った言い方だわ、
なぜって、魂は私たちに生きよと命じるのに、貴方はわたしを死なせるのですから。
貴方の愛がわたしを委ねようとしている死はまた
わたしが生きることと呼んでいるものにほかならないというのも本当だわ。[86]

ここでは昼と光が生と生きることに、そして夜と闇が死と死に向かうこととと結びつけられている。そしてティスベにとって、ピラムスによって与えられようとしている死は生きることにほかならない。つまり死後の共生への願望が

込められた新たな生にほかならない。ここにはルージュモンの言うエロスの愛、つまり現世を現実の生を犠牲にし、ひたすら死を目指し、死の中、死の彼方に愛の究極の完成・成就を見るマニ教的な愛の観念が見え隠れしている。ピラムスとティスベのこのような二元論的な愛は「人生の側に立って見れば（キリスト教的立場に立って見れば——筆者解）、全《まった》き不幸と言うよりほかはない」Considéré *du point de vue de la vie*, un tel Amour ne saurait être qu'un malheur total[87]（ルージュモン）のである。次は最終第五幕第一場の冒頭のピラムスの科白である。

私の愛はもはや愛の神アムールの火にしか導かれない。
私はさまよいながら、十分な光を見出す。
お前の影の天幕を私に張っている美しい夜よ、
ああ！　本当に太陽はお前の夜にも値いしないのだ
甘く、穏やかな夜よ、お前は以後
この上なく良く晴れた昼以上に私には価値あるものとなろう。[88]

死を覚悟したピラムスには、ティスベの魂との合体を実現してくれる死＝夜は太陽や昼以上に価値あるものとなるのである。「私の血はティスベの血の上に流れ、／かくして私の魂は彼女の魂と混じり合うであろう」と独白するピラムスが死後の世界、天国で永遠に結ばれるという伝統的な考え方を作者ヴィオーも是認しているかに見える。『ピラムスとティスベ』の作者ヴィオーは、自らの故郷南仏の人々の記憶の底に生き続ける異端カタリ派の霊肉分離の二元論による、死の世界での魂の救済を信じているようにも見える。あるいはこの悲劇はバロック演劇が示す人間存在のはかなさ、無意味さ、虚無性をのみ強調したリベルタン的ペシミスムのドラマなのだろうか。というのも夜と闇を舞台にひたすら死に向かって進行していくこの悲劇は、レンブラントの絵画のように、一点に光を照射されることで、かえって夜と闇の全体の深さ、その先に潜む死の無意味性、虚無性を暗示しているようにも感じられるからである。

＊〈逆さ世界〉le monde à l'envers（renversé）

このテーマは本書第三部第III章において再び少し詳しく取り上げるので、ここでは概略のみを見ておくこととしたい。この〈逆さ世界〉mondus inversus というトポスはバロック的とは言えず、むしろマニエリスム的であり、不安と秩序の逆転の反映である後者にこそふさわしいテーマと言うべきだろう。が、このトポスは、ヴィオーやサン＝タマンといったマニエリスト的詩人の専売特許ではなく、E・R・クルティウス Curtius[89] やバーバラ・バブコック B. Babcock[90] も指摘しているように、古代・中世を通じてヨーロッパ文学に存在した「不可能事の連鎖」impossibilia から生まれてきたもので、クルティウスによれば後者が最初に現れるのは古代ギリシャの詩人アルキロコスであり、後者から前者の〈逆さ世界〉のトポスが形成されたのは紀元前四百年頃活躍したアリストファネスにおいてであるという。[91]

ヴィオー作品にはこうした〈逆さ世界〉のヴィジョンが七つ、八つ数えられるが、一六二〇年の『作品集第一部』のあるエレジー最終部には次のようなヴィジョンが認められる。「セーヌ河の水はその流れを止め、／時間も死に、空ももはや消失してしまうだろう、／そして宇宙（世界）はすっかり様相（景観）を変えてしまっているだろう」（L'eau de la Seine arrêtera son flux, / Le temps mourra, le ciel ne sera plus, / Et l'univers aura changé de face）。[92] 同じく同作品集中のルイ十三世への年頭祝賀詩には「私は（父王の）この崩御で世界が消失してしまうのではないかと思いました。／彼亡き後は大地は砂漠と化したままとなっているのではないかと、／大気はいつまでも嵐で乱され、／天は地獄の中に真っ逆さまに落ち込んでいき、／四大元素は秩序も光も失われて、／恐ろしい原初の塊へと還元されてしまうのではないかと思われた」[93] といったヴィジョンがある。

以下には〈逆さ世界〉のヴィジョンの典型例として、ヴィオー作品だけでなく、マニエリスム・バロック文学においてもその代表例とされている詩を引用しておこう。

カラスが一羽私の眼前でかあと鳴き、
死者の影が私の視線をさえぎり、
小貂が二匹、そして狐が二匹、
私の通るところを横切って行く
私の馬はぐらぐらとよろめき、
従僕は癲癇発作を起こして倒れ、
雷がめりめりと鳴り渡るのを聞く。
亡霊が私の前に姿を現し、
私は冥府の渡し守カロンが私を呼ぶのを耳にし、
地球の中心をしかと見る。

Une corbeau devant moy croasse,
Une ombre offusque mes regards
Deux bellettes, et deux renards,
Traversent l'endroit où je passe :
Les pieds faillent à mon cheval,
Mon laquay tombe du haut mal,
J'entends craqueter le tonnerre,
Un esprit se presente à moy,
J'oy Charon qui m'appelle à soy,
Je voy le centre de la terre.

そこの小川は源泉《みなもと》に逆流し、
牡牛が一匹鐘楼によじ登り、
血潮がそこの岩から流れ出し、
まむしは雌熊と交尾する。
古びた尖塔の頂で

Ce ruisseau remonte en sa source,
Un boeuf gravit sur un clocher,
Le sang coule de ce rocher,
Un aspic s'accouple d'une ourse.
Sur le haut d'une vieille tour

蛇が禿鷹をずたずたに喰いちぎり
火は氷の中で燃えさかり、
太陽は真黒になった。
月が墜落していくのをながめ、
そこの樹は場所を変えてしまった。

Un serpent déschire un vautour,
Le feu brûle dedans la glace,
Le soleil est devenu noir,
Je vois la lune qui va choir,
Cet arbre est sorti de sa place.[94]

このオードはP・ルヴェルディやシュルレアリストたちに影響を与えた詩としても有名である。ヴィオーやサン＝タマンなどリベルタン＝マニエリスム詩人たちは、ルネサンスから近代へと転換していく時代の「裂け目」から噴出し始めていたさまざまな矛盾や人間存在の不条理性を意識的であれ無意識的であれ、こうした戦慄的ヴィジョンを通して表出しようとしていたのかも知れない。

＊〈ロクス・アモエヌス（悦楽境）〉locus amoenus

このテーマもまたヴィオーやサン＝タマンの独創ではなく、クルティウスによれば[95]、古代ギリシャ・ローマよりヨーロッパ文学にあまねく存在していた伝統的トポスである。ヴィオーはこのトポスをサン＝タマンとともに初期オード『孤独』で取り上げており、また晩年の長編オード『シルヴィの家』ではそれをさらに発展させている。クルティウスによればその主要な道具立ては樹木が数本茂り、そこから泉または小川（またその両方）、（平坦な）草地があり、これに小鳥のさえずりや草花、それに微風も加えられることもあるという。したがってこの〈ロクス・アモエヌス〉には元来は恋人の存在は必要条件ではなかったようだが、サン＝タマンやヴィオーはこの「悦楽境」に恋人を登場させるか、恋（人）の存在を暗示させている。

ヴィオーの『孤独』のそれを見てみよう。「ひっそりとしたほの暗いこの谷間に／水音を聞きながら啼く男（牡）鹿は／せせらぎに視線を傾《かし》げて／自らの水影《すがた》をいつまでも見入っている／／ここの泉の精ナイアードは／夜ごと水晶の住まいの／飾り扉を押し開き／ぼくらにセレナードを歌って聞かせる」[96]。この男（牡）鹿はナルシスの暗喩であり、恋人である「私」＝話者の意識の投影像となっている。「この庭園の中には、密やかな谷間があり、／それは小暗い木々の繁みで全体が覆われ、／ここでは太陽はとても控え目なので、／影たちを打ち負かすことが決してできない／この谷は、とても速い流れで、／二つの小川に逆巻く銀の波を勢いづかせ、／またとてもみずみずしい爽やかさを／周囲のすべてのものに与えるので、／愛の殉教者たちでさえ、恋の苦しみを取り去って／もらうために、この小川に入りたくなってしまう」[97]（『シルヴィの家』）。この「密やかな谷間」un vallon secret およびそれを中心に歌われている第三オード第一、第二ストロフ部の情景は、先に挙げた『孤独』*La Solitude* の冒頭部の「ひっそりとしたほの暗い谷間」ce val solitaire et sombre および第一、第二ストロフのそれに酷似しており、これらは典型的な「愛の場」ロクス・アモエヌスのイマージュとなっている。すなわち両者のこの谷間には泉が湧き出ており、木々が茂っているのでほの暗く、ともに「ひっそりとした」、「ひそやか」な静けさが漂っている。そして、この渓流にはともに、泉の精ナイアードが住まい、この泉＝渓流のあたりにはともに恋に苦しむ恋人（後者は「恋の殉教者たち」les martyrs d'amour ―「ダマ鹿たち」、前者は「男（牡）鹿」le cerf ―アクテオン＝ナルシス）が佇んでいる。

『孤独』、『シルヴィの家』とも、これ以下の「愛の悦楽境」の描写は、オウィディウスの『変身物語』を下敷きとしたギリシャ・ローマ神話の神々や人物・動物が、詩人の空想として次々と現れるが、『シルヴィの家』の〈悦楽境〉では、その数は『孤独』より少なくなっている。なお『シルヴィの家』の「太陽がとても控え目なので」とは「日光がとても弱いので」の擬人的な気取った表現。G・サバはこの「愛の殉教者たち」について、「テオフィルは中世の愛の詩人、とりわけヴィヨンに親しい愛人＝殉教者という古いモティーフを思い起こしているのだろうか？」（*Œ.*

H.C. t. I, p. 378）と注釈しているが、この解釈はおそらく誤っており、そうではなく、むしろこういう意味ではなかろうか。すなわちシルヴィに憧れ、恋してしまい、ダマ鹿に変身させられてしまった海神トリトンたちが、恋の情念の熱さから逃れるために、またかつての住まいの水恋しさからこの小川に入りたくなってしまう、との詩人のコンチェッティ的な気取った想像と解すべきではなかろうか。

マニエリスム・バロックの詩人たちは、ヨーロッパ文学に連綿と伝えられてきたこうした〈ロクス・アモエヌス〉のトポスを踏まえて、それぞれの仕方で自らが理想とする「愛の語らいの場」を夢想していたのではなかろうか。そしてそうした理想化された〈ロクス・アモエヌス〉の映像は彼らの「ひっそりとした緑の谷間」への愛好、そこでの「愛の語らい」への憧憬を反映しているのかも知れない。

＊詩語・詩法上のいくつかのマニエリスム・バロック的特質

ヴィオーのみでなく、サン＝タマンなど、いわゆるバロック詩人と言われる詩人たちにかなり共通して見られる詩法上の特徴として、十六世紀後半の前期バロック（またはマニエリスム）詩人ほどではないが、主語代名詞の省略やルネサンス詩に見られたラテン語法の残存、詩の題材を好んでギリシャ・ローマ神話（ヴィオーは先人のこうした手法の模倣を非難しているにもかかわらず、自身も相変わらず依存）に求める点、オクシモロン（矛盾語法）oxymoron、さらにはポワント（奇警句法）やイタリアのコンチェッティ concetti やプレシオジテ préciosité、メタフォールへの好み、とりわけ金属・鉱物といった硬質なもののイマージュによるメタフォールへの好み、プレシオジテの一種だが、具体語を避け遠まわしの表現をする迂言法 périphrase、婉曲語法 euphémisme、誇張法 hyperbole、擬人法 personnification などを挙げることができる。

①ポワント pointe 詩法

典型的なバロック技法とされてきたが、マニエリスム的とも言いえる。詩または詩節の最後のところで洒落た、あるいは意表を突くような止め句、あるいはコンチェッティにも重なる本来の意味と比喩的な意味をかけた技法を言うが、作品においてこの技法の最も有名な例は『ピラムスとティスベ』の最終部でのティスベの次の叫びである。

ああ、卑怯にも主人の血にまみれたこの短刀よ

お前は赤くなっている、裏切り者！

Ha! voici le poignard qui du sang de son maître

S'est souillé lâchement; il en rougit, le traître[98]

ほかにも初期のオード『朝』の最終詩節の「朝が来た、フィリスよ、起きよう／僕らの庭に出て、見よう、／まるで君の顔のように／庭がどんなにバラや百合の花に溢れているかを」(Il est jour, levons-nous, Philis, / Allons à notre jardinage, / Voir s'il est comme ton visage, / Semé de roses et de lis)[99] はこの最終詩節全体が、いわばポワント・ストロフ strophe de pointe となっている典型的な例である。『孤独』の「ルノーでさえ恋人アルミッドの魅力（魔力）に／これほどまでに虜にはなりはしなかった」(Renaud ne fut pas mieux épris / Par les charmes de son Armide)[100] は « charmes » に「魔術」sortilège と「魅力」séduction の意味をかけたポワント詩法と言えよう。もう一例だけ挙げれば「おお、あなたの髪が僕の恋心を誘ってくれることを／あなたの髪の毛は額の上で楽しそうに跳ね回っている／彼らの美しい立ち振る舞いを見つめている僕は／彼らがあなたを愛撫すると、嫉妬してしまうのだ」(Mon Dieu! que tes cheveux me plaisent! / Ils s'ébattent dessus ton front; / Et, les voyant beaux comme ils sont, / Je suis jaloux quand ils te baisent)[101]。これは気取ったコンチェッティな発想のポワント詩法と言えよう。

②コンチェッティスム、迂言法、婉曲語法、擬人法、メタフォール（一般的にはマニエリスム的技法）

これらの例をいくつか挙げると、単語による婉曲表現の例としては「結婚」Mariage →「婚礼 hymen,「愛」、「恋愛」Amour →「火」、「炎」feu, flamme、「魅力」charme →「（もともと魚を釣る）餌」appas などがあるが、詩句による迂言語法の例として『孤独』の「愛の使者（クピドー）は、甘美な恋の炎で／この谷間の夜をあけ開きながら、／太陽神アポロンが心に想っていた美少年を／眼の前に差し出すのであった[102]」。つまり恋の炎で闇を焼き払い、森の下草の間に生えているヒアシンスの花の姿を彼に恋している太陽（神アポロン）に見えるようにしてやることを、このように擬人的に表現したヒュアキントス神話への迂言法である。あるいは「生命の神は／父祖伝来の領地で、もう一度／私の面前でご機嫌伺いをするだろう／そして私は太陽のブロンドの髪の数々が／タホ河にきらめいている黄金と同じ色で／われらの河原の銀の砂を金色に染めるのを見るだろう」（Encore un coup le Dieu du jour / Tout devant moi fera sa cour / Aux rives de notre Héritage, / Et je verrai ses cheveux blonds / Du même or qui luit sur le Tage / Dorer l'argent de nos sablons）[103]。太陽を「生命の神」とする換喩 métonymie、「ご機嫌伺いする」は擬人法、「ブロンドの髪」は太陽光線のメタフォールであり、以下最終詩句までの表現はコンチェッティないしプレシオジテでもあり、誇張法 hyperbole ともなっている。

またここにはバロック（マニエリスム？）詩人たちの金銀装飾への好み、恋人の女性などを象牙、水晶、金、銀といった鉱物質・硬質なイマージュに喩えるメタフォールへの好みも認められる。こうした鉱物質メタフォールの例や擬人法、奇抜で洒落た表現のコンチェッティないしポワント的技法例として、『朝』の冒頭詩節が挙げられよう。「暁（の女神）は日の額の上に／紺碧と黄金そして象牙を降り注ぐ／太陽（神アポロン）は海原の潮を飲み飽きて／斜向の回転にとりかかる[104]」。

『孤独』よりもう一例だけ挙げておこう。「もしあなたが象牙の指を／この小川の水晶の中に入れて濡らすなら／この水の中に住まっている神は／あえてこの水を飲んであなたを愛してしまうだろう」（Si tu mouilles tes doigts d'ivoire /

Dans le cristal de ce ruisseau, / Le Dieu qui loge dans cette eau / Aimera s'il en ose boire）[105] とか、さらにこれと類似したメタフォールとして、『シルヴィの家』第九オードの例を挙げることができよう。「暁の女神は東方《オリエント》海岸でこうした朝の光を、／その黄金、真珠、ルビーを収集する。／彼女の燃え立つ炎とその衣服は／かつて蟬とその華麗な衣装に／その黄金や真珠やルビーを塗り込めた」[106]。こうした硬質な金属的イマージュはジャン・ルーセ Jean Rousset などによってバロック的とされてきたが、サン＝タマンやヴィオーのそれは人工的・理知的であり、コンチェッティ的であるという意味でむしろ、アーノルド・ハウザー A. Hauser やグスタフ・ルネ・ホッケ G. René Hoche が言うように、むしろマニエリスム的と言うべきかも知れない。付言するならヴィオー、サン＝タマンなどこの時期のカルヴァン派出身の詩人たちは、その厳しい決定論的思想、ペシミスティックな運命観、人間の悲惨さ、無力さの認識などのために、救済への懐疑や不安・絶望・刹那主義に陥り易い条件にあったという意味で、詩の技法面からのみでなく、内面的・精神的次元においてもよりマニエリスムに近い詩人であったようにわれわれには思われるのである。

　綺想 concetti でもあり、擬人法でもある、いかにもマニエリストのヴィオーらしい隠喩例を挙げておこう。「われらの美しい花壇の七宝（色とりどりの花々）は／その生き生きとした色艶を失ってしまい、／氷の寒さが花々を殺してしまい、／大気は鼻カタルを病み、／そして涙に溺れた天の眼（太陽）は／もはや大地を見つめることができない」[107]。最後にここでマニエリスム・バロック詩人たちが好んで使った「メタフォール・フィレ（紡ぎ暗喩）」métaphore filée を挙げておこう。「ぼくに貸して下さい／あなたの乳房を、そこに漂う香水の香りを飲むと、ぼくは香気に満たされるだろう／こうしてぼくの五感はぼっと無感覚になるだろう／あなたの象牙の腕の罠にとらわれて∥ぼくは陽気にはしゃぐ手を泳がせたい／あなたの波うつ髪の中に」（Prête-moi ton sein pour y boire / Des odeurs qui m'embaumeront ; / Ainsi mes sens se pâmeront / Dans les lacs de tes bras d'ivoire. // Je baignerai mes mains folâtres / Dans les ondes de tes cheveux）[108]。詩人はここで「飲む」boire から「泳ぐ」baignerai へ、そして「（髪の毛の）波」ondes と、ある暗喩から次の暗喩を、さらにその次の暗喩へと次々にメタフォールを連想させて（紡ぎ出して）いる。

③バロック・マニエリスム的誇張法

「誇張法」hyperbole という語法ないし詩法は本来バロック的でマニエリスムにはあまり馴染まないが、しかし美術においてエル・グレコオやパルミジャニーノの人物が上下に異様に引き延ばされ、九頭身・十頭身に誇張されていたり、ミケランジェロの『最後の審判』の人物像が異様にデフォルメされ筋肉などが誇張されている事実を考慮するなら、その質は異なるにしても「誇張」もマニエリスムに無縁ではないということが一つ、およびヴィオーの場合、『イリュージョン・コミック』のマタモールに見られるような大言壮語的誇張がマニエリスムのコンチェッティ（気取った綺想）と結合ないし融合しているという二つの理由から、われわれは以下においてあえて「バロック・マニエリスム的誇張」という言い方を使用することとしたい。

「私の大公夫人が触れるや／ただちに魂と口とを授けてやれないほどの／硬さを持った物がいったい存在しうるだろうか。／誇り高い彼女の建物の中にあって、／また素晴らしい散策路の中にあって、／彼女の視線が浸透しえない／どんなに硬い大理石が存在しうるだろうか。／彼女の視線を神々のものと評価しない／どんな泉、どんな樹木が一体存在するだろうか」[109]。こうした綺想的誇張法 concettisme hyperbolique は、詩人がどんなに公爵夫人を崇敬し、讃美しようとしているかを読者に示すパネジリックな表現ともなっている。シルヴィの澄みきった黒い瞳の不可思議な魔力、「透視力」を強調。『シルヴィの家』からもう一例を挙げると「私の著作が人々から無視され、／彼女の栄光の証言として／認められることがかなわないならば、／これらの水、これらの岩、そしてあそこの森が、／彼女の栄光の記憶をいつまでも保持するために／魂と声とを獲得することになるだろう」[110]。こうした表現はバロック・マニエリスム詩によく見られる気取った誇張的・綺想的表現と見ることもできるが、他方でA・アダンの言うヴィオーの広義の神人同形同性観 anthropomorphisme、すなわち宇宙のあらゆる事物に〈世界の魂〉âme du monde が宿るという、当時の宇宙的物活論《アニミスム》思想の反映と見ることもできよう。

　次のオード『朝』の冒頭二詩節も気取った綺想（コンチェッティ）を伴った擬人法による誇張 hyperbole（誇張的隠喩 métaphore hyperbolique）と見ることができるのではなかろうか。

暁（の女神アウローラ）は一日（太陽）の額の上に
紺碧と黄金そして象牙を降り注ぐ
太陽（神アポロン）は、大海原の潮を飲み飽きて
斜向の回転にとりかかる。

L'Aurore sur le front du jour
Sème l'azur, l'or et l'ivoire,
Et le Soleil, lassé de boire,
Commence son oblique tour.

陽馬車牽く馬たちは、波間から現れて、
陽炎と光に包まれて、
口と鼻孔を開け広げ、
世界の光をいななき出す

Les chevaux, au sortir de l'onde,
De flamme et de clarté couverts,
La bouche et les naseaux ouverts,[111]
Ronflent la lumière du monde.

④オクシモロン（矛盾撞着語法）

　この技法は不安や懐疑のうちにも最終的に信仰（救済）を目指すバロッキスムというより、むしろ不安や絶望あるいは懐疑・不信の精神風土に根ざしたマニエリスムに馴染む詩法と言えるが、この技法を効果的に使ったことで有名なのは偉大なマニエリストのシェイクスピアである。これはマニエリスムに特有の詩法というわけではなく、ロート

レアモンやP・エリュアールあるいはシュルレアリストたちの「かけ離れたもの同士の結合」手法も一種のオクシモロンであり、こうした詩法は汎ヨーロッパ的に見られる現象である。ロンサールに代表されるルネサンス詩よりドービニエ、メナール、サン＝タマン、ヴィオーと受け継がれ、半ばトポス化した矛盾撞着語法の典型例としては« la belle vieille »「美しい老女、美人の老婆」が有名だが、トリスタン・レルミットらが好んで取り上げた« la belle gueuse »「美しい乞食女」、« la belle malade »「病気の美人」などの例も挙げることできよう。ほかにも« neige brûlante »「火傷しそうな雪」、« un silence éloquent »「雄弁なる沈黙」、« obscur clarté »「薄暗い明るさ」（コルネイユ）などがあり、ヴィオー作品にもこうした矛盾した語法が結構散見される。『シルヴィの家』では、

彼女の瞳は水の中に火を投げ入れていたが、
この火は、水を吃驚《びっくり》させはするが、怖がらせることはない。

Ses yeux jetaient un feu dans l'eau :
Ce feu choque l'eau sans la craindre [112]

とか中期の『王へのオード』中の、

この上なく過酷な流刑はとても心地よいものです

Le plus dur exil est trop doux [113]

などがあり、あるいは、

そして婚礼のベッドは彼の死である

Et que le lit d'hymen est le lit de sa mort [114]

といったあるエレジーの例、さらには、

太陽は私を傷つけ、空気は死を招くかも知れず、
この上なく心地よい平和は私には戦いとなるかも知れないのです

Le jour m'offenserait, l'air me serait fatal,[115]
Et la plus douce paix me serait une guerre.

などがある。もう一例挙げると、

太陽（神ジュピター）はもはや、
夜の無数の小さな天火（星）の中に
隠れている暗い火の一つにすぎないのだ

Jupiter n'est plus qu'un feu sombre
Qui se cache parmi le nombre
Des petits flambeaux de la nuit.[116]

最後に、先に見た「そこの小川は源泉に逆流し」で始まる〈逆さ世界〉のヴィジョンも最も著しい「矛盾・撞着語法（詩法）」で構成されていると言えるので、ここに再掲しておこう。「そこの小川は源泉《みなもと》に逆流し、／牡牛が一匹鐘楼によじ登り、／血潮がそこの岩から流れ出し、／まむしは雌熊と交尾する。／古びた尖塔の頂で／蛇が禿鷹をずたずたに喰いちぎり／火は氷の中で燃えさかり、／太陽は真黒になった。／月が墜落していき、／そこの樹は場所を変えてしまった[117]」。

結論――マニエリスム的バロック詩人となりきれなかったバロック的マニエリスム詩人？

テオフィル・ド・ヴィオーの文学の特質を、とりわけそのマニエリスム・バロック的特徴に注目して概観してきた

が、そもそもこの詩人はいったいバロックの詩人なのだろうか、それともマニエリストなのだろうか。フランスでは一九五〇、六〇年代にA・アダン、R・ルベーグはじめ、J・ルーセなどほとんどの研究者がヴィオーをバロック詩人としているが、ドイツではほぼ同時期のG・R・ホッケ（『文学におけるマニエリスム』[118]）やA・ハウザー（『マニエリスム――ルネサンスの危機と近代芸術の始源』[119]）においてマニエリスム詩人としており、この問題はいまだに曖昧なままであり、決着はついていない。マニエリスム問題は、バロックという概念がもともと芸術・美術の分野で問題にされ、文学の分野にその概念・理論が〈移入〉され、類推的に文学（作品）に適用・解釈されたので、そこに多少の無理があり、美術におけるように、マニエリスムとバロックを明確に区別できないのはある意味で当然であった。実際A・アダンやM・レーモン、J・ルーセなどフランス・ジュネーヴ学派系の学者・評論家がバロック的と規定していたほとんどすべての文学現象を、ホッケの師匠E・R・クルティウスはマニエリスムであると修正・再規定することを提案しているのである。

「マニエリスムス（マニエリスム）という語の表すものは、古典主義に対立するすべての文学的傾向――それが古典主義前であろうと古典主義後であろうと、あるいは、なんらかの一つの古典主義と時代を同じくしようと、およそ古典主義に対立するすべての文学的傾向の公分母にすぎない、というように。この意味ではマニエリスムス（マニエリスム）はヨーロッパ文学の一つの恒数である。それはすべての時代の古典主義に対する補完現象である。われわれは古典主義－ロマン主義という対概念《つい》が、非常に限定された有効範囲しか持たぬことをすでに見てきた。〈古典主義とマニエリスムス（マニエリスム）〉という対極性は、概念的な道具としてははるかに有用であって、容易に見すごされる関連性を解明しうる。われわれがマニエリスムス（マニエリスム）と呼ぼうとするものの多くは、今日「バロック」と称せられる。しかし「バロック」という語とともに非常に多くの混乱がひき起こされたのであるから、その語は排除した方がよい。「バロック」に較べて歴史的連想が僅少であるという理由からいっても、マニエリスムス（マニエリスム）という語の方が優先してしかるべきである」[120]。

文学用語をめぐる一九六〇年前後のこうしたドイツ・フランス間のバロック／マニエリスム覇権論争はマルセル・レーモンの（どちらかと言えばバロック寄りの）仲裁・妥協が何度かなされたにもかかわらず[121]、明確な決着を見ることなく今日に至っているようである。本書の冒頭より今までわれわれがヴィオーの文学の特質の多くの部分を言おうとしたとき、それを〈マニエリスム・バロック〉（または〈バロック・マニエリスム〉）的と曖昧な言い方をしてきたのはこのような理由からである。その意味ではH・ルメートル Henri Lemaître が十七世紀前半のいわゆる「後期バロック」の詩人たちを《 maniérisme baroque 》「バロック的マニエリスム」という用語を使って特徴づけているが、言い得て妙であるような気もする。というのはわれわれの結論的見方から言えば、ヴィオーやサン＝タマンはバロック的特徴・要素とマニエリスム的なそれの両者を併せ持っているように感じられるとはいえ、どちらかと言えば精神的にも詩法上からもマニエリスム的だからである。

先に見た「変身」（メタモルフォーゼ）のトポスを含む変装や外見 paraître、変移 passage、見せびらかし ostentation への愛好、死や骸骨のテーマ（メメント・モリ）、光と闇（生と死）のコントラスト・二元論への執着、あるいは『ピラムスとティスベの悲劇的愛』における主人公の雄弁調 éloquence や英雄主義 héroïsme（「勇気ある男たちは自分の死にたいときに死ぬのだ」[122]）などはたしかにバロックの特徴であるが、「逆さ世界」、「世界の崩壊」のヴィジョン、ナルシシスム narcissisme、両性具有性や同性愛といったテーマ、さらには詩語や詩の技法面すなわち矛盾語法《オクシモロン》 oxymoron、さらにはポワント（奇警句法）や綺想コンチェッティ concetti やプレシオジテ préciosité、メタフォールへの好み、とりわけ金属・鉱物といった硬質なもののイマージュによるメタフォールの多用、具体語を避けて気取った遠まわしの表現をする迂言法 périphrase、婉曲語法 euphémisme などはパルミジャニーノ、ブロンズィーノ、フォンテーヌブロー派といった美術におけるマニエリスム寄りの類推から言っても、ほとんどマニエリスム的と見るべきであるように思われるからである。ただテーマで言えば「ロクス・アモエヌス」や人生の無常性、はかなさの自覚、あるいは運命の不可避性への自覚やペシミスム、あるいは技法面での誇張法 hyperbole、隠喩主義 métaphorisme、擬人法 personnification などはバロック、マニエリスムのどちらにもあり（誇張法、暗喩などはその誇張、暗喩の仕方が両者で異なるとはいえ）、一方の専売特許とは言えないように感じられる。したがってわれわれは、少なくともサン＝タマンやヴィオーはバロック的要素・性格を持っているとはいえ、どちらかと言えば（そして精神的、本質的には）マニエリストの詩人であったと考えるが、そう考える最大の根拠は、彼らがいずれもカルヴァン派の出身者であるという点である。

　こうした精神的・思想的問題は本書第三部最終章の「思想と生き方」のところでも再度詳しく検討することとなろうが、ここでは要点のみを述べておこう。P・コルネイユ Corneille は最も代表的・典型的なバロック作家と見なされ、われわれもそう思うが、その彼はカトリック、それもイエズス会の学校出身者であった。バロック芸術がもともとカトリック、とりわけイエズス会による旧教の再攻勢（再布教）のためのプロパガンダとしての意味も付与されて誕生している事実がそのことを示唆しているように、バロック精神とは、芸術、文学のいずれにあっても、生成 devenir であれ、流動性であれ、不安定性であれ、不安であれ、死（を想え）であれ、つねに存在 être や安定や平安（救済）を目指し、予感した精神であり、その意味で自らのうちに擬古典主義的精神を内包したそれであったこと、さらに言えば人間の「自由意志」を認めたイエズス会的確信、つまり悔い改め、他者のために自己犠牲や善行を行えば神は憐れんで救ってくれるという確信に支えられた精神であった。コルネイユの『ル・シッド』における隣人や義、国家などのための自己犠牲＝英雄主義はこうしたイエズス会的バロック精神から生まれてきたと考えられるのである。

　それに対してマニエリスム精神は、ハウザーも指摘しているように、[123] コペルニクスの地動説や（偉大なマニエリスト・）ジョルダーノ・ブルーノの無限宇宙観に代表される革命的な宇宙観の出現により、盛期ルネサンス的世界観、すなわち天動説に基づく地球＝教会＝人間中心主義的世界観や伝統的なキリスト教的価値観が崩壊し、新たな地球観に依拠した大航海の実現と新大陸の発見によってもたらされた価値の相対性への覚醒、新大陸からの大量の銀の移入等によるヨーロッパ各国の社会的・経済的基盤の激変と農民・労働者のプロレタリア化、プロテスタンティスムの成立と宗教戦争による混乱などに遭遇した人々の精神の内部に生じた懐疑主義、不安、不信、疎外、非現実への逃避願望、絶望などに根ざした時代思潮であった。ハウザーも指摘しているように[124]、ルター、とりわけカルヴァンに代表されるプロテスタンティスムの冷厳な救霊予定説 prédestination や自由意志の否定は、マニエリスムとの深い関連性・親近性があり、ある意味ではマニエリストの精神そのものでさえある。ルターやカルヴァンの決定論的な暗い人間観、つまり人間の運命は神によってあらかじめ決定されており、人間はただそれに奴隷のように、「不自然で、機械的なあやつり人形のように[125]」従うほかない、というペシミスティックな人間観の通俗化こそ、あの疎外感や抑圧感、不自然なこわばった表情を示すマニエリスム芸術（文学）の精神そのものではなかろうか。

たしかに現実のカルヴァン派の信者たちの多くは歴史的にはこうした疎外感や暗いペシミスムに陥ることなく、社会的にも個人的にも積極的に生きたが、それは自らぎ、自らが神に選ばれ、救済を予定されていると信じ（得）ていたからである。しかしこの信念が何かの契機・理由で揺らぎ、「自分はもしかすると選ばれていないのではないか？」という疑念に襲われたカルヴァン信者の行き着く先は、マニエリスムの懐疑主義、不信、不安、疎外、絶望だったのではなかろうか。実際、ハウザーも「プロテスタンティスムは、聖人や天使で混み合っていた天国を、パスカルを怖れさせたあの無限の、空ろな空間に変えてしまった。この空漠たる、空ろな空間は、至るところに口を開いたのだ[126]」と言って、ルターやカルヴァンの予定説的・決定論的信仰とマニエリスムの精神風土との共通性・類縁性を指摘しているのである。

われわれもマニエリスムがプロテスタンティスム、とりわけカルヴァン主義から生じたとまで主張するつもりはない。しかし少なくともマニエリスムの精神と形式が、カルヴァン＝ルター派の予定説・決定論や暗い人間観と、さらには両派の信者たちの置かれた被抑圧的状況や疎外感により容易に共鳴し合い、彼らの間にカトリック信者たちの間以上により多くのマニエリスム芸術や文学が育ったのではないかとわれわれは考えるのである。

それゆえわれわれは、福井芳男氏が『フランス文学講座』[127]で十六世紀後半の詩人たちを前期バロック詩人、十七世紀前半の詩人たちを後期バロック詩人とそれぞれ呼んでいるその呼称を次のように変更した方がベターではないかと考えている。すなわち両者併せてマニエリスム詩人とするか、あるいは前期バロック詩人を前期マニエリスム詩人、後期バロック詩人は後期マニエリスム詩人と呼ぶべきではないか、と。というのは福井氏の言う前期バロック詩人にはデュ・バルタス Du Bartas、ドービニエ、J・ド・スポンド J. de Sponde などカルヴァン派出身者が多く、彼らにはバロック的要素も認められるとはいえ、マニエリスム的な特質が目立つからである。むろんシャーシニエ J.-B. Chassignet、ラ・セペード J. de la Ceppède などはカトリック出身でかつ信者であったが、彼らはいずれもデュ・バルタス、ドービニエなどを通して新教の影響を受け、聖書を愛読しており、かつ現世の悲惨や苦悩、死のおぞましさなどの強調というマニエリスム的ともバロック的とも言える特徴を有しながら、最終的に神の国での魂の救済を信じているという意味で、彼らは「マニエリスム的バロック詩人」と呼ぶべきかも知れない。

同様に十七世紀前半の詩人たちのうち、ヴィオーやサン゠タマンらカルヴァン派出身者は「バロック的マニエリスム詩人」とし、メナール、トリスタン・レルミットなどカトリック出身者は（彼らがカトリックの神を信じているとすればなおのこと）、「マニエリスム的バロック詩人」と呼んだ方がより実態を反映していると言えるのかも知れない。少なくともヴィオーは、アダンやサバも等しくその真実性を認めているように、獄中での「第二の回心」により心底よりカトリック信仰に帰依したことに疑いはないにしても、無意識的には幼年時より魂の奥深くまで浸透してしまっていたカルヴィニスムの心性や世界観を払底しきれず、その意味でバロック的マニエリスム詩人と言えるのではなかろうか。

とはいえこれは試みの提言ゆえ、われわれは以下でもこれまで同様、ヴィオーとその文学・思想に関して、「マニエリスム・バロック（またはバロック・マニエリスム）的」という曖昧な修飾辞を使用することとなろう。

テオフィル・ド・ヴィオーがバロック詩人であるのか、それともマニエリスム詩人であるのか、あるいはバロック的マニエリスム詩人あるのか、さらにはバロック的リベルタン＝マニエリスト詩人であるのか、はしばらくおき、いずれにせよ、十七世紀初頭に彗星のごとく出現して瞬く間に消えていったこの謎を秘めた詩人はゴーティエやネルヴァルなど十九世紀ロマン派の詩人たちばかりでなく、二十世紀のピエール・ルヴェルディやダダ・シュルレアリストたち、そして二十一世紀のわれわれに対してまでも、変わることなく〈衝撃的・痙攣的〉なヴィジョンとある種の黙示録的メッセージを与えつづけている事実には、われわれはもっと注目して然るべきではなかろうか。

註

1 Raymond Lebègue, *La Poésie française de 1560 à 1630*, Deuxième partie, Malherbe et son temps, Société d'Édition d'Enseignement Supérieur, 1951, p. 111.

2 Rémy de Gourmont, *Promenades littéraires*, troisième série, Mercure de France, 1919, pp. 196–197 ; Poètes français, tome II, juillet 1861, pp. 275–285.

3 Théophile Gautier, Les Grotesques, in *Œuvres complètes t.* III, Slatkine Reprints, 1987, pp. 63–123.

4 Gérard de Nerval, *Œuvres*, I, éd. Pléiade, 1966, p. 215.

5 Théophile de Viau, *Œuvres complètes* t. II, Honoré Champion, 1999, p. 243.（以下、*Œ. H.C.* t. II と略。）

6 *Ibid.*, p. 244.

7 *Ibid.*, p. 244.

8 *Œuvres*, t. I, éd. Pléiade, 1966, p. 19, p. 253. 入沢康夫訳。

9 *Ibid.*, p. 259. 入沢康夫訳。

10 Théophile de Viau, *Œuvres complètes* t. I, Honoré Champion, 1999, p. 158.（以下、*Œ. H.C.* t. I と略。）

11 *Ibid.*, pp. 160–161.

12 Raymond Lebègue, *op. cit.*, p. 116.

13 Antoine Adam, *Théophile de Viau et la libre pensée française en 1620*, Droz, 1935, Slatkine Reprints, Genève, p. 44.

14 Raymond Lebègue, *op. cit.*, p. 116.

15 Saint-Amant, *Œuvres* I, édition critique publiée par Jacques Bailbé, Marcel Didier, 1971, p. 37.

16 Cf, Antoine Adam, « Le sentiment de la nature au XVIIe siècle en France dans la littérature et dans les arts » in *C.A.I.E.F.*, no. 6, juillet 1954, p. 14.

17 *Ibid.*, p. 155.

18 *Ibid.*, p. 9.
19 *Ibid.*, p. 9.
20 *Œ. H.C.* t. II, pp. 145–146.
21 *Ibid.*, p. 68.
22 Odette de Mourgues, Reason and Fancy in the Poetry of Théophile de Viau in *L'Esprit Créateur*, vol.I, No. 2, Summer 1961, p. 68.
23 Antoine Adam, « Le sentiment de la nature au XVIIe siècle en France dans la littérature et dans les arts » in *C.A.I.E.F.*, no. 6, juillet 1954, p. 14.
24 *Œ. H.C.* t. II, p. 14.
25 *Ibid.*, p. 245.
26 *Ibid.*, p. 243.
27 *Œ. H.C.* t. I, p. 193.
28 *Ibid.*, p. 200.
29 Jacques Morel, *La Tragédie*, Armand Colin, 1964, pp. 29–30.
30 Saba, Biographie de Viau, p. xiv, in *Théophile de Viau : Œuvres complètes*, tome I, par Guido Saba, Honoré Champion, 1999.
31 *Œ. H.C.* t. I, p. 241.
32 *Ibid.*, p. 167.
33 *Ibid.*, pp. 200–201.
34 *Ibid.*, p. 193.
35 *Ibid.*, pp. 194–195.
36 Théophile de Viau, *Œuvres complètes* t. III, Honoré Champion, 1999, p. 130.（以下、*Œ. H.C.* t. III と略。）
37 Claire Gaudiani, The Androgynous Vision in the Love Poetry of Théophile de Viau, in *P.F.S.C.L.*, no 11, 1979.
38 *Ibid.*, pp. 124–125.
39 *Œ. H.C.* t.. II, pp. 212–213.
40 *Œ. H.C.* t. .I, p. 188.
41 *Ibid.*, pp. 176–177.
42 *Œ. H.C.* t. II, p. 11.
43 *Ibid.*, pp. 11–12.
44 *Œ. H.C.* t. I, p. 206.
45 *Œ. H.C.* t. II, pp. 16–18.
46 *Ibid.*, p. 176.
47 田中敬一氏がヴィオーにおけるこうしたパトロナージュの問題を詳しく考察されている。「十七世紀フランスの詩人における patrononage の問題の一考察—— Théophile de Viau の場合について」、『フランス文学研究一九六〇』（日本フランス文学会）二〇—二九頁。
48 *Œ. H.C.* t. I, pp. 142–146. « A Monsieur le Duc de Luynes, Ode »
49 *Œ. H.C.* t. III, pp. 17–21.
50 *Ibid.*, p. 169.
51 *Œ. H.C.* t. I, p. 147.
52 田中敬一「十七世紀フランスの詩人における patrononage の問題の一考察—— Théophile de Viau の場合について」、『フランス文学研究一九六〇』（日本フランス文学会）、二七頁。
53 *Œ. H.C.* t. I, p. 205.
54 *Œ. H.C.* t. I, pp. 146–177.
55 *Œ. H.C.* t. I, p. 205.
56 *Œ. H.C.* t. II., p. 12.
57 Philarète Chasles, *Revue de Deux Monde*, le premier août 1839.
58 Robert Casanova, Introduction in *Théophile de Viau en prison et autres*

pamphlets, Jean-Jacques Pauvert, p. 14.

59 Antoine Adam, *Histoire de la littérature française au XVIIe siècle*, t. 1, Edition Mondiale, 1962, p. 88 ; Théophile de Viau et la libre pensée française en 1620.

60 Antoine Adam, *Théophile de Viau et la libre pensée française en 1620*, p. 435.

61 Antoine Adam, *Histoire de la littérature française au XVIIe siècle*, t. 1, Edition Mondiale, 1962, p. 88.

62 Guido Saba, *Théophile de Viau : un poète rebelle*, PUF, 1999, p. 170.

63 *Œ. H.C.* t. I, pp. 220–221.

64 *Ibid.*, p. 198.

65 *Ibid.*, p. 200.

66 Antoine Adam, *Histoire de la littérature française au XVIIe siècle*, t. 1, Edition Mondiale, 1962, p. 87.

67 *Ibid.*, p. 87.

68 Antoine Adam, *Histoire de la littérature française au XVIIe siècle*, t. 1, 1962, p. 87.

69 *Œ. H.C.* t. I, p. 160.

70 *Ibid.*, pp. 196–197.

71 *Ibid.*, pp. 220–221.

72 *Œ. H.C.* t. II, p. 42.

ちなみに、サン＝タマンの詩や骸骨のトポス、そのイマージュの一例を見てみよう。「呪われた垂木の下に／哀れな恋人のおぞましい骸骨がぶらぶら揺れている。／彼はつれない羊飼娘のために／そこで首を吊ったのだ。／彼女はただ憐憫の眼をもってさえ／恋人の愛にこたえなかったのだ。∥法を厳格に維持している／公正な裁判官たる天は、／冷酷極まる彼女に対して／恐るべき死刑判決を下したのだ。／これらの古びた白骨の周りには／死刑を執行された彼女の亡霊が／苦悶の呻き声を長々と発しながら、／自らの不幸な運命を嘆き悲しんでいるのだ。／死の恐怖を増すために／いつまでも目の前に自らの過ちを抱きながら」(『孤独』)。

73 Jean Rousset, *La Littérature de l'âge baroque en France*, Ciré et le paon, José Corti, 1954, pp. 7–39.

74 *Œ. H.C.* t. II, pp. 205–206.

75 Robert E. Hill, In Context : Théophile de Viau's La Solitude, in *Bibliothéque d'Humanisme et Renaissance travaux et documents*, tome XXX, Droz, 1968, pp. 524–536.

76 グスタフ・ルネ・ホッケ『文学におけるマニエリスム』、種村季弘訳、現代思潮社、一九七一年、I巻、一四四頁。

77 *Œ. H.C.* t. I, p. 217.

78 *Ibid.*, p. 178.

79 *Œ. H.C.* t. II, p. 66.

80 *Œ. H.C.* t. II, pp. 229–230.

81 *Œ. H.C.* t. II, p. 185.

82 *Ibid.*, p. 167.

83 *Œ. H.C.* t. I, p. 247.

84 *Ibid.*, p. 258.

85 藤井康生「バロックと演劇（I）—— Théophile de Viau の *Pyrame et Thisbé* における〈夜〉のテーマ」『大阪市立大学紀要、人文研究、第二二巻第九分冊、フランス語・フランス文学』、一九七一年、二三一—三九頁。

86 *Œ. H.C.* t. II, p. 87.
87 Denis de Rougement, *L'Amour et l'Occident*, Plon, 1939, p. 53.（『愛について』川村克己訳、岩波書店、昭和三十四年、八五頁。）
88 *Ibid*., p. 128.
89 Ernst Robert Curtius, *La Littérature européenne et le moyen âge latin*, traduit par J. Bréjoux, P.U.F., 1956, p. 118（邦訳、南大路・岸本・中村訳『ヨーロッパ文学とラテン中世』みすず書房、一九七一年、一三三—一三四頁。）
90 バーバラ・バブコックほか『さかさまの世界』岩崎宗治ほか訳、岩波書店、一九八四年、六頁。
91 クルティウス、前掲邦訳書一三四頁。
92 *Œ. H.C.* t. I, p. 238.
93 *Ibid*., p. 132.
94 Théophile de Viau, *Œuvres poétiques*, première partie, édition critique avec introduction et commentaire par Jeanne Streicher, Droz, 1967, pp. 164–165（*Œ. H.C.* t. I, p. 244）.
95 クルティウス、前掲邦訳書、二八一—二八六頁。
96 *Œ. H.C.* t. I, pp. 160–161.
97 *Œ. H.C.* t. II, pp. 208–209.
98 *Ibid*., p. 135.
99 *Œ. H.C.* t. I, p. 160.
100 *Ibid*., p. 165.
101 *Ibid*., p. 163.
102 *Ibid*., p. 162.
103 *Œ. H.C.* t. II, p. 243.
104 *Œ. H.C.* t. I, p. 158.
105 *Ibid*., p. 164.
106 *Œ. H.C.* t. II, p. 230.
107 *Œ. H.C.* t. I, p. 155.
108 *Ibid*., p. 165.
109 *Œ. H.C.* t. II, p. 203.
110 *Ibid*., p. 203.
111 *Œ. H.C.* t. I, p. 158.
112 *Œ. H.C.* t. II, p. 205.
113 *Œ. H.C.* t. I, p. 123.
114 *Ibid*., p. 212.
115 *Ibid*., p. 182.
116 Théophile de Viau, *Œuvres complètes* t. III, Honoré Champion, 1999, p. 158.（以下、*Œ. H.C.* t. III と略。）
117 *Œ. H.C.* t. I, p. 244.
118 グスタフ・ルネ・ホッケ、前掲邦訳書、I巻一八〇—一八二頁、II巻一〇一頁。
119 Arnold Hauser, *Mannerism, The Crisis of the Renaissance and the Origin of Modern Art*, 1965, Routledy and Kegan Paul, translated in collaboration with the Author by Eric Mosbacher, pp. 289, 308.
120 クルティウス、前掲邦訳書、三九六—三九七頁。
121 Marcel Raymond, *Baroque et renaissance poétique*, José Corti,1964, pp. 47–59 : *Vérité et poésie*, Baconnière, 1964, p. 47.
122 *Œ. H.C.* t. II, p. 132.
123 Arnold Hauser, *op. cit*., pp. 3–143.
124 A. Hauser, *op. cit*., p. 71.
125 A. Hauser, *op. cit*., p. 71. 同邦訳書（若桑みどり訳、岩崎美術社、

一九七〇年）一一四頁。

126 A. Hauser, *op. cit.*, p. 114. 同邦訳書（若桑みどり訳、岩崎美術社、一九七〇年）一七七頁。

127『フランス文学講座5・詩』大修館書店、一九七九年、一〇二―一二七頁。

IV 二人のヴィオー——詩人の肖像画について

現存するテオフィル・ド・ヴィオー（一五九〇—一六二六）の肖像画は四葉のみだが（口絵参照）、最も知られているのはメーレ編のヴィオー作品集（パリ、一六四一年）所収のP・ダレ作のものとBN所蔵のE・J・デロシェ作の肖像画である。欧米人はこの二つを好むらしく今世紀に刊行された詩人の作品集、一九九〇年に行われた生誕四百年祭の招待状でも、すべてこのどちらかを採録している。理由は、両者が青年時代の最も生き生きとしたヴィオー、つまり若い詩人たちから「リベルタンの王」と呼ばれて、意気揚々となっていた頃の詩人をおそらく最も正確に伝えているからである。一六〇四年生まれのダレは、青年期の詩人を実見したであろうし、ほかにもルイ十三世やシャルル・ドルレアンの肖像画も残している有名な版画家であるだけに、その芸術的完成度という点では、たしかにこれが四葉中最も優れている。詩壇へのデヴュー詩『朝』や『孤独』に見られるその若々しい才気煥発な詩才、秘められた激しい情念、その自由闊達な思索などを彷彿させるという点でたしかに貴重だが、他面悪い意味でのリベルタン（放蕩者、伊達者）の嫌らしさが僅感されるという意味で、私はあまり好まない。デロシェ（一六六一年生まれ）のものは、ダレ作をコピーしたと思われるほど似ているが、それより少し老けた詩人という感じで、前者の持つ大胆不敵さ、若々しい情熱・エスプリが感じられず、かわりにある種の精神の翳り、不健全さが微見される。

ところで私が最も惹かれるのは、完成度という点ではダレ作のものとは較ぶべくもなく、むしろ稚拙とさえ言える出来映えだが、いわゆる「グルノーブル版」と言われる作品集（一六二八年）に付せられたP・パリオ（一六〇八年生まれ）作の肖像画である。それは単にジェズイット派による執拗な迫害、二年の長きに及ぶ投獄・裁判で心身ともに憔悴しきった詩人の姿、その悲劇性が痛ましいほどに表現されているというだけでなく、この受難を耐え抜くことによって別人の如くに生まれ変わったもう一人の詩人の姿をそこに認めることができるからである。必死に何かを堪え、何かを見届けようとしているその一途な眼差し、そこに精神の緊張感とともに昇華された悲しみをうちに秘めたある種の宗教的諦心、精神の気高さが感じられる。このパリオ像を模したと思われる十七世紀の作者不詳の肖像画（BN所蔵）は、静かな諦観と生の悲哀そして老成は感じられるとはいえ、三十五、六歳とはとても思えない老人像であり、前者の如くの凄みというか、精神の高揚は感じさせない。これは出獄後の余生を友人の哲学者たちと文通して過ごした、最晩年の哲人ヴィオーを思わせる肖像である。まったく別人のようなこの二人の人物が、明暗際立った前後二つの人生を生きた一個の詩人ヴィオーその人の姿なのである。

V　テオフィル・ド・ヴィオーとモンモランシー公爵夫人

序論　シャンティイ――〈シルヴィ〉を求めて

その年の初夏、私はシャンティイをめざして早朝パリを発った。ラ・シャペルの町で国道十七号を左折、D・924Aに入る。一面に拡がる麦畑の合間に林檎畑や瀟洒な家々が点在するのどかな田園地帯をしばらく走ると、やがて眼の前にシャンティイの森が現れる。森に入ってすぐの十字路を再び左折、黒々とした地面に木漏れ陽が輝く小道を辿る。左手の下方にテーヴ川の水面が木々の間に見え隠れし始めたので、車を捨て川岸に降りる。流れに沿って下って行くとテーヴ川の清流はいつのまにか淀みはじめ、やがて沼沢状となる。そう、ここが『シルヴィ』の〈私〉とオーレリーが散歩したコメールの沼だ。沼の遥か遠方には優美な「白姫」城館 château de la Reine Blanche が樹々の合間に白く光って見え、その下に拡がるコメールの澄み切った紺碧の湖面に象牙色の倒像を映している。シャンティイの森のこのあたりには、シルヴィも少年の〈私〉と花摘みにしばしば訪れたことだろう。そしてまた遠い昔の日にはコンデ公の奥方やモンモランシー公の奥方もこのあたりを散策したに違いない。そういえばこの奥方も詩人たちから〈シルヴィ〉と呼ばれていたのだ。

〈シルヴィ〉[1]。この言葉は、長い間私に魔術的とさえ言える一種不可思議な connotation を与え続けてきた。それは、まず第一にジェラール・ド・ネルヴァルの小説『シルヴィ』とその同名のヒロインであり、それらが喚起する〈フランスの故郷〉ヴァロアの地であり、そこに広がる美しい森や水に恵まれた平和な田園風景であった。それはまたテオフィル・ド・ヴィオーのオード『シルヴィの家』やジャン・メーレのモンモランシー公爵夫人に捧げられたいくつかの〈シルヴィ詩篇〉、たとえば『ピエモンへ旅立つアルシッドとの別離を悲しむシルヴィ』とか『シャンティイのニンフたち』といった作品に歌い語られているシャンティイの城や森であり、同名のヒロインのイメージであった。

そうした私のうちなるシルヴィ像に近年、もう一人のシルヴィが新たに加わることとなった。それはヴィオーやジャン・メーレの〈シルヴィ〉のモデルとなったモンモランシー公爵夫人、マリ゠フェリス・デ・ズュルサン Marie-Félice des Ursins の伝記作者やモンモランシー伝の作者たちが伝えるシルヴィ像である。この〈シルヴィ〉は詩人たちによって歌われたシルヴィとは、共通した側面も有しているとはいえ、かなり趣を異にした女性である。じつはその日私がシャンティイの城館を訪れたのは、ほかならぬヴィオーその人やシルヴィことマリ゠フェリスその人を知りたかったからであり、そこに生き続けているかも知れないそうした古人の面影の一端に触れたかったからにほかならない。鬱蒼とした樹々が両側に果てしなく続く長い森道を抜けると不意に視界が開け、夢にまで見たシャンティイの城が眼前に現れた。それは私がかつて見たフランスのどの城館よりも美しく優雅・壮麗な城であった。広大な城前広場 esplanade を越え、清流が幾重にも流れている城内の森を散策、森の片隅にひっそりと佇む〈シルヴィの家〉や〈シルヴィの池〉を観た後、かねてコンタクトしていたコンデ図書館の司書F・ヴェルニュ氏に、城館内のいくつかの部屋を案内され、最後にお目当てのコンデ図書館に通される。その多くはコンデ公やとりわけこの城の最後の所有者オマール公が収集したという豪華な古書が壁面の書架にびっしりと収められていた。そして私はついに、中庭の芝生や花壇越しに濠や森が遠望できる素晴らしい閲覧室で、ヴィオーやメーレがモンモランシー公やその奥方に捧げた詩、書簡の草稿類、同公夫妻の肉筆書簡を手に取って見ることができた。

ヴェルニュ氏にそのすべてをコピーして郵送してくれるよう依頼してシャンティイ城を後にしたのは、午後四時過ぎであった。私は、パリへの帰途、ハンドルを握りながらふとこんなことを思った。〈シルヴィ〉という名で詩人たちからかくも慕われ、讃えられたこの城の奥方とはいったいどのような女性だったのだろうか。かつてこの城でその城主夫妻と詩人たちの間に何があったのだろうか。彼らの運命にいったい何が起こったのだろうか、と。そこで本章では、その折のこんな素朴な疑問にわずかながらも答えるべく今日までに調べてきた事柄をもとに、詩人ヴィオーを庇護したマリ＝フェリスおよび彼女の夫君モンモランシー公アンリ二世の人物像、詩人との関わり合いの実態、同公夫妻がリベラルな詩人たちを保護したその政治的意味、あるいは同公夫妻に保護されたことの、ヴィオーにとっての政治的（さらには文学的・思想的）な意味などについて若干の考察を試みてみたい。

受難と平安——晩年のテオフィル[2]

テオフィル・ド・ヴィオー（一五九〇—一六二六）がシャンティイの城[3]に滞在したのは、二年間に及ぶ暗黒の獄中生活の前後、すなわち一六二三年の秋と一六二六年の春から夏にかけての前後二回にすぎない。前者は『サティリック詩人詩華集』*Parnasse des Poetes satyriques* 出版（一六二二年十一月）を機に、ガラス神父[4] père Garasse を中心とするイエズス会 les Jésuites とパリ高等法院マチュー・モレ Mathieu Molé 検事総長指揮下の司法当局より弾劾・追跡され、シャンティイに避難所を求めてきた折りの半月ばかりの短い滞在であった。すでにほかのところで述べたように[5]、テオフィルは当時国王ルイ十三世 Louis XIII のお抱え詩人であったが、同時にこの年の初めにはモンモランシー家の正式な家臣 domestique ともなっていたので、主人である同公が求めに応じて当初パリのモンモランシー館に、ついで居城のシャンティイに詩人を〈保護〉したわけである。モンモランシーはパリ高等法院により逮捕判決（七月十一日）を受けていたテオフィルのために、八月十五日、シャンティイから書簡で、詩人の人物・行動の責任を引き受ける旨を記した上、同人の無実を訴える救済要請をモレ検事総長に行っている。国王につぐ大領主たる同公のこうした介入にもかかわらず、高等法院は八月十八日被告人欠席のまま、「神と教会の名誉を傷つける冒瀆と不敬心、猥褻に満ちた書物を著した」かどにより、著書とともに「生きたままの火焙り」brûlé vif の死刑判決[6]を下す。パリのモンモランシー館に匿われていた詩人は身の危険を感じ、同公夫人マリ＝フェリスのいるシャンティイに避難する。奥方に暖かく迎えられ、彼女の傍らでしばしの安息を見出した彼は、こうした好意と庇護に対する心からの感謝の気持ちから、後に『シルヴィの家』[7] *Maison de Silvie* という長編のオードを彼女に捧げることになる。広大な森と濠に守られたシャンティイでのこうした平安な日々は、長くは続かなかった。というのは一つには司直と協力したジェズイットの手の者が、彼を追って城の周囲にまで徘徊し始めたからであるが、それ以上に問題だったのは、一度は救済に同意するかに見えたルイ十三世の態度が曖昧であったため――この年の初めにモンモランシーのために書いた作品が王の怒りに触れ、このときから国王は詩人とともに同公に対しても冷淡になっていた――、詩人を保護していたモンモランシー公自身の立場が悪くなりつつあったからである。八月下旬ベルギーへの亡命を決意、同公夫妻から金貨一袋と従卒つきの馬を与えられて城を出るが、九月十七日サン＝カンタン Saint-Quentin 郊外のカトレ Catelet という小さな町で逮捕、パリのコンスィエルジュリー監獄 la Conciergerie に投獄されてしまう。

　彼がふたたびシャンティイを訪れたのは一六二六年四月頃[8]、すなわち高等法院の「王国からの即時永久追放」判決（一六二五年九月一日）により二年に及ぶ獄中生活から解放された後、七カ月も過ぎてからであった。出獄後すぐに訪れなかったのは、一六二五年初頭から夫人とともに任地ラングドックに赴いていたモンモランシーがこの年の五月、王より改革派とのレ島・オレロン島海戦の指揮をとるように命じられ、この方面に転戦していた上、夫人も南仏のペズナス Pézenas やボケール Beaucaire に滞在中で、パリのモンモランシー館、シャンティイ城ともに主人なき館となっていたからである。彼が幽閉されていた牢獄は前王アンリ四世の弑逆犯ラヴァイヤックが投獄されていた牢獄、コンスィエルジュリー監獄の中でも最も陰惨なモンゴメリー塔内の独房――それは「永遠の日蝕におかされた薄日が正午前後わずかに射し込む」以外、「一日中暗黒で、湿気のために」[9]「腐りかかった寝藁には蛆虫が巣食う」「不潔きわまりない」[10]牢獄――であった。火刑の恐怖に怯えながらのジェズイットや検事との孤独で長い裁判闘争に加えて、闇や湿気、蛆虫やシラミに悩まされて心身ともすっかり憔悴した姿で出獄してきたテオフィルを迎え、世話したのは、友人でかつての主人でもあったリアンクール Liancourt や友人のラ・ロッシュ＝ギュイヨン La Roche-Guyon といった貴族たちであった。

改革派との休戦が成立し、ラ・ロシェルから帰還するモンモランシー公とセール Selles の町で合流してシャンティイの城を再訪したのは翌年の四月中旬であった。テオフィルはここで病身を休めながら、夏を過ごす。シャンティイではメーレ Jean Mairet、ピエール・ド・ボワッサ Pierre de Boissat といった若い詩人や哲学者ラ・ブロス La Brosse といった新しい友人たちと親しくなるが、時折パリに出たり、書簡を通して哲学者エリー・ピタール Elie Pitard や旧友デ・バロー Des Barreaux、リアンクール侯、ベチュンヌ伯 comte de Béthune、フランソワ・リュイリエ F. Luillier などと交友する。この年の九月二十五日、獄中で得、その後もおもわしくなかった病い（恐らく結核）のため、パリのモンモランシー館において息を引きとる。受難が死期を早めたとはいえ、享年三十六歳という夭折であった。葬儀はモンモランシー公の手で、翌二十六日サン＝ニコラ・デ・シャン教会 Église de Saint-Nicolas des Champs において行われ、同教会の墓地に埋葬された。

以上が、モンモランシー家の正式な家臣となった一六二三年からその死に至るまでのテオフィル・ド・ヴィオーの動静、公爵夫妻との関わりのあらましであるが、この間に詩人が経験したシャンティイ体験や牢獄体験、さらに言うならモンモランシー公夫妻との関わりの総体は、彼に政治的にも文学的・思想的にも重大な影響を及ぼしたが、同時に公爵夫妻にとっても、テオフィルとの関わりは重大な政治的意味を持つこととなった。こうした体験や公爵夫妻との関わりの詩人への文学的・思想的影響についてはしばらく措き、本章では両者の出会い・関わりの政治的意味に触れつつ、主としてシャンティイの奥方マリ＝フェリスの人物像を探ってみることとしよう。

詩人に歌われた〈シルヴィ〉像

すでに述べたようにテオフィルは、一六二三年八月中旬、シャンティイに避難所を求めてきたが、当時二十三歳になったばかりのモンモランシー公爵夫人、マリ＝フェリスはこの逃亡者を温かく迎え入れた。彼女の伝記作者の何人かは、「当時のイタリア女性同様、この上なく厳格で真摯な信仰心を持っていた」彼女、「フランスの高貴な婦人のうちでも最も敬虔なこの婦人」が「テオフィルのような無信仰者を教会の権威に逆らってまで、保護することに同意した」事実を不思議がっている。[11] 詩人に対するこうした彼女の態度は、いくつかの理由により、彼らが考えるほど矛盾した謎とは言えないのであるが、この点については後で改めて考えることとしよう。シャンティイに来て真近に見るモンモランシー公爵夫人は、テオフィルの眼にはどのように映っていたのであろうか。そこでわれわれは、以下において、長編オード『シルヴィの家』に歌い語られているマリ＝フェリス像を見ていくことにしよう。

テオフィルは庭園の木陰や〈シルヴィの池〉のほとりを毎日夢見心地で散策する奥方の姿を見て、彼女に捧げる歌を作ることを思い立つ（「自然による消滅以外には／決して滅びえない絵のような光景の／生き生きとした表情を／死ぬ前に書きとめておくために、／私は美徳〔貞節〕〔シルヴィ〕が身を寄せる／この上なく崇高な場所に／黄金色の絵筆を走らせる」[12]）。詩人は、まず最初に自分をこのように「この上なく聖なる場所」シャンティイに匿い、火刑から「我が道」、生命を救ってくれたシルヴィへの感謝の念を歌う（「そしてこの聖なる場所は／私の身代わり人形が焼き殺されたとき、／その港を私に開いて私の生命を守ってくれたのだ[13]」）。実際彼は一六二三年八月十九日、似せ人形によってグレーヴ広場で火刑に処せられていたのである。

詩人はこの若々しく魅力的な公爵夫人のシャンティイでの生活の一端をこんな風にわれわれに伝えている。「海の波が、／日の光のくびきに繋がれている／四頭の赤い馬車引き馬のために／柔らかい寝藁を用意していたある夕暮れ、／私は水の精《ナイアード》が眠る／ベッドの縁に視線を傾げていた。／そしてシルヴィが釣りをしている姿を見つめていると、／彼女の釣針に掛かってほかの魚よりも早く生命を失うのを／名誉に思っている魚めがけて、多くの魚たちが／我先にとぶつかっていく光景が目にとまるのであった」[14]。詩人は、夏の暑い夕日が落ちる頃、〈シルヴィの池〉の岸辺で釣りを楽しんでいるシルヴィの姿を、このような誇張したhyperbolique、神話的用語を用いて描写する。彼はまた彼女が好んで散策する場所で出会う自然――庭園に続く仄暗い樹々の茂みに覆われた密かな谷間、そこに勢いよく「銀色に」流れる二つのせせらぎ、激しく湧出する泉や波一つない池――を歌う。「この庭園の中には、密やかな谷間があり、／それは小暗い木々の繁みで全体が覆われ、／ここでは太陽（日の光）はとても控え目な（弱い）ので、／影たちを打ち負かすことが決してできない。／この谷は、とても速い流れで、／二つの小川に逆巻く銀の波を勢いづかせ、／またとてもみずみずしい爽やかさを／周囲のすべてのものに与えるので、／愛の殉教者たちでさえ、恋の苦しみを取り去ってもらうために、∥この小川に入りたくなってしまう。／小川のすぐ近くにある池の水は眠っている。／この池の中にある噴水は激しく吹き上げ、／流れ出し、わざと音を発して、／池の緩慢な波を目覚めさせる」[15]。テオフィルによれば、彼女は「鮮紅色にうっすらと染まった」顔色をしており、「澄み切った」、「雪のような」白い肌をしていた。そしてとりわけその大きな「黒い瞳」が美しく、印象的であった、という。「庭園を散策中のシルヴィは／黒い瞳の輝きをあたりに放射させ」[16]というように彼は公爵夫人の美しさをその黒い眼と身体的・精神的な〈純白性〉blancheurに認めているのであるが、最初に、彼女の眼の美質qualitéをどのように歌っているか見てみよう。

詩人はバロック期の詩人に共通した独特な誇張法hyperboleや綺想的メタファーを用いて[17]、彼女の眼（視線）の持つ不思議な〈魔力〉、〈透視力〉を、あるいは朝陽を浴びて燦然と輝くその黒い瞳の美しさを、たとえばこんな風に称讃している。彼女の視線は威厳に満ちたシャンティイの建物の大理石や夢かと見紛うばかりに素晴らしい庭園の散歩道に敷きつめられている堅固な大理石にさえ、貫き渡る。「私の大公夫人が触れるや／ただちに魂と口とを授けてやれないほどの／硬さを持った物がいったい存在しうるだろうか。／彼女の住む威厳に満ちた建物の中にあって、／また素晴らしい散策路の中にあって、／彼女の視線が浸透しえない／どんなに硬い大理石が存在しうるだろうか[18]」。またあるときは、彼女の眼は陽光の中で燦然と輝き、鮮紅色の朝陽を浴びて、その美しさを際立たせる。何ものもこの暁の女神たるシルヴィの美質を消し去ることはない（「彼女の瞳は太陽の光の中に描き出され、／暁〈女神〉《アウローラ》の光はその鮮紅色の顔色の中に／大公夫人の別の美しさをいくつも描き出している。〃そして天が崩壊し、星々が消滅してしまわない限り、／彼女の美徳〈貞節〉を消し去ってしまうものは／何物も存在しないであろう[19]」）。詩人はまたシルヴィが、水や空、庭園の芝草などに注ぐ優しい視線をも目敏く捉え、それらを多分にコンチェッティ concetti 風な気取ったメタフォールを駆使して讃える。たとえば、「彼女の眼が、輝く火を水に投げかけると、水はこの火に驚きはするが、怖がることはない。この火がとても美しく思われたので、水はあえてそれを消そうとも思わない」かに見える。庭園の怒り狂った**太陽**、**西風**、波、芝草といったすべてのものが、「彼女の美しく優雅な眼を敬して、争いをやめ、彼女を不快にするのを恐れて、互いの生来の敵意を隠さざるを得なく」なる（「彼女の瞳は水の中に火を投げ入れていたが、／この火は、水を吃驚《びっくり》させはするが、怖がらせることはない。／そして水はこの火がとても美しいと感ずるので、／それをあえて消そうともしないだろう。／いつもはひどく仲の悪いこれら二つの四大元素は／彼女の美しい瞳への敬意のために、／自分らの喧嘩を中断した。／そして彼女を不快にするのを恐れて、／彼らの生来の仲の悪さを／隠さざるを得なかった[20]」）。このようにテオフィルはシルヴィの美しさ、その高貴さ、優しい心性を、彼女の眼や視線の美しさ、不思議な魔力に仮託し、それらを通して讃えているが、同時に彼女自身の白い肌や白いドレス姿をはじめ、彼女の周囲にある〈白色物〉――たとえば、天空に銀色にきらめく雪や庭園に降り積もった雪、あるいは彼女の視線の魔力で「白色化された」トリトン

＝ダマ鹿――に、その魂の崇高さ、純粋性を認めている。そしてこうした彼女の美化・称讃のレトリックの一つとして、詩人は神話的変容 métamorphose mythologique というとりわけバロック的なメタフォールを多用する。たとえばモンモランシーはアポロンに譬えられ（「人は言う、アポロンは、／庇護を求める人を加護し」[21]）、「公爵夫人」la Princesse、シルヴィは「太陽神アポロンの妹」sœur du Soleil、女神ディアーナ Diane に譬えられている。その「公爵夫人」＝ディアーナは、〈光の女神〉（ディアーナのこと）がアクテオン Actéon を鹿の姿に変えてしまったように、〈シルヴィの池〉や〈シルヴィの泉〉に棲む海神トリトンたちをダマ鹿の姿に変えてしまうが、このとき彼らの全身を「雪のように白い毛で蔽ってしまう」（「ダマ鹿たちを魅了した大公夫人が／彼らを海神から鹿に変身させたとき、／彼らを雪のように白い鹿にした」[22]）。彼女に魅せられた海神はこの変態により、彼女の傍らに寄り添い、「彼女の吐く空気を吸える幸せを喜ぶ」（「だがダマ鹿たちは、シルヴィが呼吸する空気を／ともに呼吸できて幸せに思う」[23]）。

シルヴィの放つまばゆいばかりの輝きはどんなに抗っても空しく、その輝きに見入る者の眼を眩惑させてしまう（「雪が放射する輝きに対して／われらがどんなに無感覚になろうとしても、／その輝きはわれらを虜にし、その美しい輝きを／見つめる者を魅了する」[24]）。また「雪のように白いダマ鹿の群れ」はこのほの暗い庭園で明るく輝き、控え目な衣装をまとった薄化粧のシルヴィの顔を「天空の雪」と競って光り輝かせる（「このようにして、雪のごとく白いダマ鹿の群れは、／緑陰深きこの庭園の中で、光り輝き、／そして彼らの慎み深い白い衣装に／シルヴィの額の白さが描き出され、／彼女の顔色の輝きを／天の雪と競って美しく光り輝かせる」[25]）。

公爵夫人はまた、シャンティイの池や泉に棲む水の精、その繊細な容貌と「白く輝く裸身」corps d'une blacheur éclatante で名高いナイアード la Naiade にも譬えられる。「この池は彼ら、純白に輝く白鳥たちに水の爽やかさを供し、／ニンフ、ナイアードは彼らに飲み物を与え、／一面の池水は白鳥たちの白さから、／象牙色の輝きを得る」[26]。

テオフィルはこのように、シルヴィの美しさ、気高さを、その「黒い瞳」と「白色性」に認めているのであるが、他方モンモランシー公夫妻がともに持っている善意、学識、富、崇高さ、そして「身も心も結ばれた二人の幸福な絆」といった美質を讃え、それらを神の摂理の賜物とまでみる（「自然はその善意のすべて、／その知識（叡智）とその豊穣さと／またその美しさの数々の宝を／公爵と公爵夫人の上に注いだのだ。／自然はお二人の魂と肉体とを結び合わせる／幸福な和合を作ったのだ」[27]）。

獄中にある詩人は、彼を逮捕・投獄した「忌まわしい迫害者たち」infames persécuteurs を呪い、彼らへの復讐を考えるが、こうした怨念は、「天使たちよりも美しい」シルヴィというポエジーの女神 Muse を讃えるこの頌歌にはふさわしくないと思い直す（「しかし天使たちよりも美しい女性〔シルヴィ〕を／讃えることを誇りとしている私の詩句は、／ここでは称賛することに専念するために／私を中傷する人々のそうした憶測はうっちゃっておく。／牢獄の恐怖が／なおわれらに理性を残しておく以上、／詩神《ミューズ》よ、迫害の嵐が通り過ぎるのを待っていよう。／われらを迫害する者を呪うより、むしろ／われらによくして下さった人を称賛するような／話題を取り上げよう」[28]）。モンゴメリー塔の暗い獄舎の中で、過ぎ去ったシャンティイでの束の間の平和な日々を夢見る（「そして私の眼は、私の願望に従って、こうした牢獄の／暗闇の中でシャンティイを見る」[29]）。彼はその闇を通して、シャンティイの庭園の光を憧れ、渇望する。そして公爵夫人とともに、夕刻水辺に来て、夏の一日の終りを惜しみつつ、涼をとり、花々の香気を楽しんだ日々を思い出す（「私の魂は、私の暗黒の塔牢〔モンゴメリー塔〕を貫いて、／太陽の眼〔日の光〕さえ横切るのが非常に困難な／〔シャンティイの〕この庭園の中を／横切って行く光線を持っているのだ。／私はこの庭園全体を絵として感覚的に思い描ける。／私は水辺に花々が咲いているのを感じており、／その花々に水分を与えている冷気を浴びる。／また大公夫人がそこにやって来て、腰を下ろす。／彼女が夕暮れどき、ここを訪れたため、日の光が／逃れて、彼女に敬意を表したりするのを見る」[29]）。

テオフィルは最終オード（Ode X）で再び公爵夫妻の数々の美点とモンモランシー家の栄光を讃えて、この詩を終えているが、オード『シルヴィの家』におけるモンモランシー公爵夫人は、上にも挙げたいくつかの詩節からもわかるように、女神ディアーナや水の精ナイアードにも譬えられる控え目で純真な女性、寛大で心の優しい貴婦人として、あるいは詩人に霊感を与え続けた詩の女神 Muse として描かれている。[30] また黒い瞳によく映える純白のドレス姿の彼女の美しさや雪・白鳥・白いダマ鹿あるいはせせらぎや泉・池などに白く輝く水のイメージに象徴される彼女の天上的な純粋さ、純白性、無垢性が讃えられているのである。

この詩は、シャンティイ滞在という光と緑溢れる楽園体験と逮捕・投獄という暗黒の地獄体験を機に生まれた特異な作品だけに、そこに太陽や光、木々や花、動物といった自然への生命願望と闇や死への切迫した恐怖とが同在している。この意味で同オードは詩人の感性や思想のドラスチックな変質を認めることができるが、いまはこの問題には触れず、最後にもう一人の〈シルヴィの歌い手〉chantre de Sylvie、メーレの歌うシルヴィ像についても見ておこう。

ジャン・メーレはテオフィルが出獄してまもなく弟子となり、彼の友人でもあったが、この頃、師匠同様、モンモランシー家の家臣となり、ラ・ロシェルの戦いでは同公のもとで一兵士として戦い、負傷している。彼はこの頃書いた田園劇『シルヴィ』[31] *La Sylvie, Tragi-Comédie-Pastrorale* をモンモランシー公に献呈している。この劇のヒロイン、シルヴィは羊飼いの姿をした農民の娘であり、この意味では公爵夫人が彼女の直接のモデルとなっているわけではない。とはいえ彼女は貴公子から求愛されるほど美しく、才知も気品もある心優しい女性として描かれており、この点でそこに公爵夫人の面影が反映されているようにも感じられる。メーレの作品でモンモランシー公夫妻がモデルとなっているものとしては、〈シルヴィ詩篇〉と呼ぶにふさわしい一連の詩作品を挙げることができる。メーレは、たとえば「ピエモンに旅立つアルシッドとの別れを悲しむシルヴィ」[32] Une Plainte de Sylvie sur le voyage d'Alcide en Piémont という詩ではこんなふうに歌う。

私の大切な生命《いのち》のアルシッドよ、

勝利への飽くなき望みを心ゆくまで満足させて
あなたはいったいいつ家に戻ってくるのでしょう……

シルヴィほどに彼を深く愛している女性はいないゆえ、
彼ほど彼女から愛されるにふさわしい男性もおりませぬ……

それゆえ彼だけが、私がどんなに別れを悲しんでいるか知ることができるのです。
彼は私の内部に宿って、その心の秘密を知っているのですから……

出立をとめることも叶《かな》わぬ私ゆえ、どうして彼について行けないことがありましょう?……
もう一人の〔駿足で名高い〕カミーユとして、彼に従ってどこにでも行きますものを……[32]

この詩は、マリ＝フェリス(シルヴィ)が夫モンモランシー(アルシッド)への「深すぎる愛」ゆえに、彼との別れをどんなに辛く、悲しく感じていたかを語っているが、こうしたエピソードは次で見るように、すでに同時代人の間でも有名であったらしい。また「モンモランシー夫人に捧げられた花束」Sur un bouquet donné à madame de Montmorency という詩では、「純白さに満ちた」plein de blancheur 彼女(マリ＝フェリス)の美しさを、花々の生き生きとした新鮮さ vive fraîcheur、花の盛りの美しさに譬えてこう称賛している。「美しい花々よ、うら若い美女を映す見事な鏡よ、/お前たち花の盛りは、/春や夏の一日の長さによって/しばしば決まってしまう以上、//その生き生きとした新鮮さが、/お前らを身につけている女性(マリ＝フェリス)の/純白に満ちた顔色に勝るほどに光り輝くものが、／おまえたち花々のうちにいるとでも言うのだろうか？」[33] そしてメーレはこれに続けて、「彼女のうちに認められる」、「かくも美しい魂の中で、／花のように育っている類い稀な数々の美質」[33] を讃えて、この詩を終えている。メーレは、これ以外の〈シルヴィ詩篇〉、たとえば「シャンティイのニンフたち」Les nymphes de Chantilly とか「シャンティイの泉に住むナイアード」La Nayade de la fontaine de Chantilly といった詩で、師匠テオフィルがそうしたように、シャンティイの美しさを讃え、その森や泉に棲むナイアードやニンフたちが、アルシッドとの別れを悲しむシルヴィを慰めている場面を歌っている。

シャンティイの奥方マリ＝フェリスは、詩人たちによってこのように褒め讃えられているのであるが、他方彼女の夫モンモランシー公の伝記作者や同時代人、歴史家の中には、こうした彼女の数々の美点とは矛盾するマリ＝フェリス像を伝えている者も少なくはない。そこで次に伝記作者や同時代人・史家が伝えるマリ＝フェリス像を見つつ、テオフィルとモンモランシー公夫妻にとって、両者の関係がいったいどのような意味を持っていたかといった点についてさらに考えてみることとしたい。

伝記作者・同時代人の見る〈シルヴィ〉像

テオフィルやメーレといった詩人たちからこれほどまでに讃美された女性、彼らにとっては文字通りこの世の女神 Diane とも詩神ミューズとも感じられたに違いないこの女性、イタリア第一級の名家に生を受け（一六〇〇年）、王に次ぐフランス最強の大領主の妃として十四歳で嫁ぎ、パリやシャンティイの居城で、あるいは婚家の領地ラングドックのモンペリエ、ペズナス等々に同家が所有していた城館で、栄光と名声、巨万の富に包まれて、夫への「無上の愛」に生きた女性、その彼女は、一六三二年のガストン＝モンモランシー事件の悲劇とともに、一瞬にしてそれらすべてを失い、ムーランの尼僧院ヴィジタシヨン・ド・サント・マリ Monastère de la Visitation de Sainte Marie de Moulins

の〈最上者〉Supérieure として三十四年間に及ぶ涙と悔恨の生涯を終えねばならなかった（一六六六年）のである。彼女は聖人や高位聖職者、軍人を輩出したローマの名門貴族の出身であり、ローマ法王シクトス五世 Sixte-Quint は彼女の大叔父であった。彼女の父親ブラッチアーノ公爵 duc de Bracciano は、ヴィルジリオ・オルシーニ Virgilio Orsini（またはヴィルジリオ・デ・ズュルサン Virgirio des Ursins）という名で、トスカーナ艦隊の名艦長としていくつかの海戦で輝かしい戦功を収めたが、後にローマに引退した。同地で法王シクトス五世の姪の娘フルヴィア・ペッレッティ Fulvia Perretti と結婚、十人の子供に恵まれる。マリ＝フェリスは末子の三女であった。彼女は二人の姉とともに伯母のトスカーナ大公妃に預けられ、フィレンツェで育てられる。マリ・ド・メディシス Marie de Médicis は、姪のこの娘に特別目をかけ、彼女の名付け親となる。マリ＝フェリスも、彼女から与えられた〈マリ〉という王妃の名に生涯愛着を抱き、尼僧になってからもこの名を捨てることはなかった。[34]

ところで彼女は、詩人たちが歌っているように美貌の持ち主だったのだろうか。雄弁な伝記作者たちも、なぜか彼女の容姿については多くを語っていない。今世紀のある史家は「気品に満ちたマリ＝フェリスは、お人好しで、きれいな（jolie）女性であったが[35]」と語ってはいるが、この場合同時代人の証言の方が説得力があろう。モンモランシー公の伝記作者の中では数少ないマリ＝フェリス称讃者であるシモン・デュ・クロ Simon du Cros でさえ「目鼻立ちや弱々しい体つきという点で〔ハンサムとは言い難い〕父親ヴィルジリオ・オルシーニに似ていた[36]」と言っており、また同時代人のモンパンシエ嬢 Mlle de Montpensier は「感じは良いけれど、決して美人ではなかった[37]」と明言している。同じく同時代人のタルマン・デ・レオー Tallemant des Réaux に至っては、「(見た) 感じが非常にいい女性というわけではなかった[38]」とまで言っている。彼女に非常に好意的な今世紀の伝記作者アメデ・ルネも「彼女は完璧な美人というわけではなかったが、娘らしい若々しい魅力と……[39]」と彼女の容貌については苦しい言い方をしている。いずれにしてもマリ＝フェリスが際立って魅力的な美人とは言い難い女性であったことは事実のようである。尼僧姿の彼女の肖像画が今日まで三つ伝えられているが、宗教的な美化・聖化が加えられていると思われるこれらの肖像画からは尼僧前の彼女の素顔は想像しにくい。尼僧姿の彼女は崇高さや気品が漂う感じのいい女性として描かれているが、それでも、いわゆる〈美人〉とは言い難い。

マリ＝フェリス称讃者の伝記作者たちが等しく認め、称讃している彼女の美点、それは主としてその精神的な美しさである。たとえば彼女は、先に引いたルネによれば、「完璧な美人というわけではなかったが、娘らしい若々しい魅力と繊細で純粋なある雰囲気を持って」いたという。その眼は「ローマ人のそれで、深く、孤独な想いと愛とを湛《たた》えて」[40]おり、その「つつましやかな」もの腰には「貴族らしい上品さと高雅さが漂っていた」とのことである。またある伝記作者によれば、彼女は五歳のときから、すでにその魂の偉大な無垢性 grande innocence、性格のやさしさ douceur、従順さ docilité などによってフィレンツェの人々から聖処女マリアの〈生まれ変わり〉[41]のように思われていた。王宮はじめ、彼女の周囲の人々は、結婚当時まだ十四歳であったにもかかわらず、「成熟した女性らしい美しい肢体に恵まれ、大領主の奥方にふさわしい思慮深さと落ち着いた雰囲気を漂わせていた」[42]彼女のうちに、優しさ douceur と同時に荘重さ majesté、敬虔なキリスト教徒の心性 mentalité d'une pieuse chrétienne、すなわち純潔 chasteté と魂の偉大さ grandeur d'âme、貞節 constance といった徳性を認めていた[43]、という。伝記作者たちが等しく指摘する彼女の容姿・人格のこうした美点は、詩人たちが讃えたものとほぼ一致している、と言えよう。詩人、伝記作者のみでなく、彼女を知る同時代人が一様に認めている彼女のもう一つの美質、それは彼女が「結婚愛の精神」[44] génie de l'amour conjugal の理想を完璧すぎるほどに実現していたという点である。つまり平たく言えば、マリ＝フェリスは終生夫アンリ二世に我を忘れるほどに「夢中になっていた」という点である。十四歳にしてすでに「特殊な成熟」maturité singulière と「偉大な英知」grande sagesse、「機知」tact と「思慮深さ」prudence に満ちた精神を備えていた[44]彼女が、未知の花婿アンリを一目見ると、たちまち彼に「狂おしいまで夢中になって」[44]しまったのであり――ルージョンは、これを〈結婚における一目惚れ〉coup de foudre dans le mariage とも言うべきケースと言っているが[44]――、そうした彼女の夫への狂おしい思いは生涯変わることはなかった[45]。

彼女が若きアンリ公に「まいってしまった」という話は、同時代人の間でも有名であった。たとえば彼女をよく知っていたある聖職者によれば、彼女は「人がこの世で持つことのできるあらゆる愛を込めて、夫モンモランシー公を愛することをやめなかった[46]」のであり、「こうした過剰な愛がモンモランシー夫人の人生のうちに見出しうるただ一つの混乱」であり、これが「彼女の内的信仰の妨げとなって[46]」いたという。この点に関して次のようなエピソードも伝えられている。結婚後数週間経ったある日、彼女は夫アンリにミサの供犠祭に今後は自分と一緒に行かないようにと懇願した。彼が驚いて理由を尋ねると、彼女はこう答えたという。「あなたが御一緒ですと、わたしはボーッとしてしまい、その席で自分の宗教上の義務を忘れてしまうものですから。ミサの間中あなたばかりをただじっと見つめてしまって、必要な信心を抱くことができなくなってしまうのです[47]」。

そのモンモランシー公アンリ二世（一五九五―一六三二）は、「彼女にこれほどまでに愛されるだけの価値のある男性[48]」であったという。実際、同公はシャンティイの創建者であり、国王フランソワ一世 François Ier の片腕であった祖父アンヌ・ド・モンモランシー Anne de Montmorency や王アンリ四世 Henri IV の「相棒」compère であった父アンリ一世 Henri I de Montmorency に劣らず、武勇に優れ、大領主の風格を備えた好青年であった。たとえばタルマン・デ・レオーは、彼が「やぶにらみ」であったとはいえ、「非常にハンサムで、勇猛であり」、その上「リベラル（太っ腹）で、ダンス上手のプレイボーイであった[49]」と証言している。モンモランシー伝作者、マリ＝フェリス伝作者ともほぼ一致して、同公の気品に満ちた美貌、大きな背丈、堂々とした立ち振る舞い、戦場での勇猛心、男らしい大きな雅量、決して約束を違えぬ律気さ、女性に対する優しさ等々を称讃している。要するに彼は、一方で自由主義的で寛大な領主でありながら、他方で中世以来の封建的な「領主像の生きた理想的典型であり、その額に垂れかかったブロンドの巻き毛とともに、王公の典型を実現していた」[50]がゆえに、高貴な若い娘たちの多くを「うっとりとさせてしまう魅力的な青年」[50]であった。この男らしい好青年の名付け親で、彼を実の息子のように愛していたアンリ四世王は、ある日、大臣のヴィルロワやジャナンにこう語ったという。「見たまえ、我が子モンモランシーを。彼は何と出来のいい子だろう！　いつの日かもしブルボン家が断絶するようなことがあったなら、彼の家以上にフランスの王冠を継ぐにふさわしい王家はヨーロッパには存在しない」[51]。アンリ四世は息子のルイ十三世とガストン・ドルレアン Gaston d'Orléans がともに小心で猜疑心が強く、体つきも貧弱であっただけに、威風堂々たるこの貴公子をひとしお眩しく感じていたのではなかろうか。

十七世紀末に現れたモンモランシー伝の匿名作者は、またこんなエピソードも紹介している。ラングドック地方を通過した折り、総督府を訪れたスペインの領主オッスナ Ossuna 公は、アンリ公の顔をじっとみつめながら、「自然は、あなたを偉大な王にすることを考えながら、一人の公爵しか作らなかった」[52]と述べたという。若きアンリ二世公への先王はじめ、女性を含む周囲の人々のこうした称讃や人望 popularité、それに支えられた彼自身の優越感、自信に満ちた態度は、女性に対しても異常なほど臆病であったルイ十三世に屈折したコンプレックスを抱かせ、後の二人の不仲やモンモランシーの破滅の遠因となっていたようにも思われる。[53] 若きマリ＝フェリスは、このようにあらゆる意味で「素晴らしいこの貴公子」、「人望があり、太っ腹で威厳もある」[54]夫モンモランシーに、「ほとんど神への畏れにも似た畏敬心を抱いて」[55]いたという。

彼女はまたダンスがとても上手であったが、夫に「首ったけ」だったので、彼以外の人と踊るのは好まなかったという。モンモランシーが不在の折、王太后マリ・ド・メディシスに半ば強制されて時折出仕していたルーヴル宮でも、慎ましく、控え目な態度に終始し、華やかな宮廷の気晴らしや社交にはあまり関心を示さなかった。[56] むしろモンモランシー館やシャンティイで静かに過ごすのを好んだ[56]彼女であったが、ルイ十三世も王宮でのそうした控え目な彼女に密かに憧れ、母后にこう漏らしている。「母上、あなたにもおわかりでしょう、彼女にはほかのどんな女性にも見られない何か類い稀なもの、ある英知といったものが感じられるのを」[57]。王宮でのマリ＝フェリスは、慎み modestie からいつも白い手袋をしていたが、ルイ十三世は時折彼女からその白い手袋を奪おうとした[57]という。

モンモランシー公は、そのように慎み深い彼女、自分に対して一途な愛を抱く彼女を事実愛していた[58]。だが彼女にとって不幸なことに、彼が愛していたのは彼女だけではなかった。宮廷の女性たちの羨望の的であった彼は、多くの女性たちとの噂が絶えなかった[59]。とりわけサブレ夫人 marquise de Sablé や王妃アンヌ・ドートリッシュ Anne d'Autriche との恋愛は有名であった。スキュデリー嬢 Mademoiselle de Scudéry は同公を主人公にした小説『グラン・シリュス』*Grand Cyrus* において、彼のハンサムぶり、勇猛さ、サブレ夫人との華麗な恋愛の一部始終を語っている。王妃との関係は、ルイ十三世との不仲の一因ともなり、反乱失敗後、王が彼の助命を赦さなかった理由の一つであったと言われている[60]。マリ＝フェリスは結婚後も浮名の絶えなかった「夫にやがて嫉妬するようになった」[61]が、彼が「浮気 galanteries を正直に白状しさえすれば、彼女は決して夫を責めなかった」[61]という。彼女は、二人の間にモンモランシー家の後継ぎが生まれないことに心を痛めていただけに、夫が女性に「もてすぎる」のを気に病み、いつも夫と一緒にいることを望んでいた。一六二二年の南仏改革派との戦いにも夫に同行し、モンモランシーがモントーバン包囲戦で負傷すると、彼女は献身的に夫の看護をしている[62]。モンモランシーはラングドックの総督として、同地に何度も赴いているが、マリ＝フェリスはほとんどの場合、その都度同行している。ラングドックでの彼女は、モンペリエの城館やペズナスのラ・グランジュ・デ・プレ城 château de la Grange des Prez で、同地の名士を集め宮廷を主宰している[63]。伝記作者たちは彼女が、パリのモンモランシー館周辺の貧しい人々やラングドック地方の貧者・乞食に対して心から同情し、施し物を与えていたこと[64]、そのため彼女は、パリの民衆の間で大変人気があったこと、また南仏の人々からは女王か聖母マリアのように思慕・敬愛されていた[64]事実を伝えている。

このようにマリ＝フェリスは、彼女の伝記作者からはそのさまざまな美点を讃えられているのであるが、夫モンモランシーの伝記作者や史家、彼女の同時代人の多くは必ずしも称讃一色ではなく、彼女をもっと醒めた眼で見ている。とりわけ彼らは、彼女が置かれていた政治的環境をもその視座に入れることを忘れていない。すなわち彼らは、マリ＝フェリスが後にルイ十三世と対立することになる王太后マリ・ド・メディシスの姪であり、その彼女の媒酌でモンモランシー家に嫁入りしたという事実に注目、彼女を伯母のメディシス同様、政治に関心を持つ野心家と見ているのである。

ガストン＝モンモランシー事件とマリ＝フェリス

彼女の政治的関心の有無、彼女の取った政治的立場に関して、マリ＝フェリス伝作者とそれ以外の人々の見解が最も際立って異なるのは、一六三二年の〈ガストン＝モンモランシー反乱事件〉への彼女の関わり方についてである。マリ＝フェリスの伝記作者はほとんど例外なく、彼女をモンモランシー公の政治的野心の犠牲者、すなわち彼女は夫がガストンや母后メディシスの側に加担するのをやめさせようとしたが、聞き入れられず、ついには悲劇のヒロインとなってしまった、と見ている。逆にモンモランシー公アンリ二世の伝記作者や史家・同時代人のほとんどは、これとはまったく正反対の見方をしている。つまり彼女は、ガストン＝王太后の反王＝リシュリューの陰謀に積極的に協力し、夫に立ち上がるよう執拗に「けしかけて」いたと見る。モンモランシー公は妻のこの執拗な懇請に負けて蜂起したのであり、この意味で同公こそ、自身にも宰相リシュリュー Richelieu に取って代わろうとする政治的野心があったことは事実であるにしても、妻の野心の犠牲者であったと見ているのである。

初めに前者から見てみよう。マリ＝フェリス擁護者、すなわちコトランディー Cotolendi（一六八四年、同夫人伝刊）、ガロー Garreau（同、一七六四年）、アメデ・ルネ Amédée Renée（同、一八五八年）、モンロール Monlaur（同、一八九八年)、ルージョン H.Roujon（同、一九〇八年）、デュガ Dugas（同、一九六〇―六一年）[65]といった彼女の伝記作者やシモン・デュ・クロ（一六六五年、同公伝刊）に代表される一部のモンモランシー伝作者は、当然のことながら、彼女の〈事件〉への無関与説を採る。史家も指摘しているように、一六三二年の〈ガストン＝モンモランシー反乱事件〉は、反リシュリューを標榜するガストン＝王太后勢力とルイ十三世＝リシュリュー勢力の対立――〈ジュルネ・デ・デュープ〉Journée des Dupes（一六三〇年）――のエピローグとして起こったものだが[66]、同夫人伝作者によれば反王＝リシュリューの陰謀は、夫人の与り知らぬところで、ガストン・王太后とモンモランシーとの間で進められ、王にあくまで忠誠を尽くすことがモンモランシー家安泰の道と信じていた彼女は、これに気づいてとめようとしたが、すでに夫がガストンに加担を約束した後で手遅れであったという。ある伝記作者は、その根拠として一六一九―二〇年頃ルイ十三世と対立した母后マリ・ド・メディシスがモンモランシーに助力を求めてきたとき、マリ＝フェリスは、「王太后が自分の縁者で、彼女に恩があるとはいえ、自分たちの現在の地位は本質的に王への忠誠に基づいている[67]」との理由から、夫にこの要請を断るよう勧めたに違いないという見方[67]を挙げている。たしかにモンモランシーは、自分たちの結婚の媒酌人でもあった王太后の加勢要請の手紙を黙殺する形で、一六一九―二〇年に起きたルイ十三世＝寵臣リュイーヌ duc de Luynes 勢力とエペルノン公 duc d'Epernon を中心とする王太后勢力の対立に対して中立を保ったが[68]、この事実は、マリ＝フェリスが自分の縁者で恩人でもある王太后を追放したルイ十三世を快く思っていたわけでも、彼女が王側につくよう夫に積極的に勧めたことを示しているわけでもない。事実はむしろ逆で、モンモランシーは妻の意向にもかかわらず、王太后側に利なしと見て、中立の立場をとらざるを得なかったと考えられるのである。実際、この対立を静観したモンモランシーの態度に不満だったルイ十三世は、事件以後、彼を警戒するようになっているの[69]である。

　次に一六三二年の〈事件〉へのマリ＝フェリス関与説を見てみよう。たとえばデゾルモー Desormeaux はそのモンモランシー伝（一七六四年）において、「彼は長い間、彼女に逆らって心の葛藤に苦しんでいたが、ムッシュー（ガストン・ドルレアン）や王太后に味方してやってください、という妻のたび重なる涙の哀願に抵抗できないまでになった[70]」と述べている。同作者によれば、モンモランシーは妻への愛情から彼女の哀願に負け、王太后・ガストンの陰謀に引きこまれたという[71]。一六九九年に現れた『モンモランシー伝』の匿名作者や一七八八年に出版された『モンモランシー伝』の作者アンベール・ド・ラ・プラチエ伯も同様の見方をしている。同伯はマリ＝フェリスが伯母のマリ・ド・メディシスを介してこの陰謀に関与していたと見ている。枢機卿がラングドックに導入しようとしていたエリュ Élus 制度（王による直接徴税制）に渋々同意していたとはいえ、大領主の既得権の縮小やその弱体化を狙った彼の中央集権政策に反発していたモンモランシー総督は、ベルギーに亡命していた王太后やロレーヌに逃亡していたガストンから反リシュリューの働きかけを受け、迷っていた。同伯によれば、マリ＝フェリスは敬愛する伯母の王太后から密使を介して積極的な働きかけを受けて説得され、メディシスとガストン母子が提案した賭けに加わるよう夫に働きかけることを約束。頼りにしていた恩人マリ・ド・メディシスを追放したルイ十三世を恨んでいた上、夫こそ王にふさわしいと心密かに思っていた彼女は「王は子供がいないので、リシュリューを排して、王と実弟が仲直りされるということは国家のために好ましいことです」と言って、夫に栄光への夢を煽ったという[72]。モンモランシーは妻のたび重なる執拗な哀願に負け、ある夜彼女にこう言った。「わかった。お前がそれを望むなら、お前の野心を満足させてやるためにそうしよう。だがそれは、私の生命を賭けた戦いとなるだろう」と。彼女はこの恐ろしい話から話題を逸そうとしたが、彼は妻の言葉を遮ってこう続けたという。「いや、もうその話はやめにしよう。賽はすでに投げられたのだ。だが私は［この決断に］決して後悔はしないだろう[73]」。

アンベール伯はデゾルモーも挙げているこの有名な二人の会話を紹介した後、公爵夫人マリ＝フェリス自身が、たとえそれを望まなかったにせよ、モンモランシー公の不幸の原因であり、夫の死後彼女が生涯流しつづけた無量の涙の源であった[74]、と結論づけている。事実、マリ＝フェリスは後年、ガストン・ドルレアンの娘モンパンシエ嬢にこう語ったという。「私が王太后に抱いていた愛情ゆえに、私自身がモンモランシーの反乱の原因だったのです[75]」。

ルイ十三世の伝記作者や史家のほとんども、マリ＝フェリスがこの事件に関与していたと見ている。今世紀の作者に限ってみても、たとえばモングレディアン G. Mongrédien は「マリ・ド・メディシスの手先であったイタリア人の公爵夫人は夫に蜂起するよう盛んに勧めていた[76]」と述べ、またシュヴァリエ P. Chevallier も「リシュリューをおもしろく思っていなかったモンモランシーは、王太后と血縁関係にあったため、リシュリューの王太后に対する勝利を許すことのできなかった彼の妻マリ＝フェリス・デ・ズュルサンから反リシュリュー熱をけしかけられていた[77]」と述べている。またボルドノーヴ G. Bordonove も、「二人の王妃（マリ・ド・メディシス、アンヌ・ドートリシュ）に同情していたモンモランシーの妻は、枢機卿の言いなりになっている夫を激しく責めた[78]」と述べ、いずれも彼女の伝記作者が主張する事件へのマリ＝フェリス無関与説を退けている。こうしたマリ＝フェリス陰謀加担説に関連して、先に見たタルマン・デ・レオーの「彼女は非常に感じのいい女性というわけではなかった」という言葉は、文脈からは主として容貌について言っているにしても、精神的・性格的なニュアンスも込められているように感じられ、注目される。

このように見てくると、現実のマリ＝フェリスという女性は、カトリック教会と国王を一途に信じ、政治的感覚・野心にはまったく無縁な純真無垢な女性、いわば聖母マリアないし女神ディアーナのような女性であった、とはかならずしも言えないのである。それは、彼女に恩を受けた詩人たちによって美化された〈理想的なマリ＝フェリス像〉であり、伝記作者にあっては、神の下僕となったムーラン以後の聖女マリ＝フェリス像から逆照射された〈美化されすぎたマリ＝フェリス像〉であるように思われる。なるほど現実の彼女にも、詩人や彼女の伝記作者が讃える数々の美点があったことは事実であろう。だが彼らは encomiastique で panégirique たらんとするあまり、何かを言い落としているのではなかろうか。この意味でたとえば、先に見たモンモランシー伝作者や同時代人の語るマリ＝フェリス像、とりわけその政治的マリ＝フェリス像は、その何かを掬い取り、あるがままの彼女の一面を言い当てているように思われるのだ。現実のマリ＝フェリスは、大領主の奥方として嫁いできたその日から、政治に無関心・無縁ではありえなかったし、事実それを許されてもいなかった。それにマリ・ド・メディシスがそうであったように、多くの政治勢力が錯綜し、権謀術数の渦巻いていた当時のローマやフィレンツェという際立って政治的な風土の中で生まれ育った彼女が、政治的感覚をまったく身につけていなかったとは考えられないのである。これまで見てきたマリ＝フェリス伝作者以外の人々の証言からも窺えるように、少なくとも彼女が聖女のように純真無垢な女性、政治的配慮のまったく欠落した女性でなかったことだけは事実のようである。

そのことは、この悲劇的事件からは離れるが、それに先立つ〈テオフィル事件〉すなわちイエズス会や司法当局から断罪されたテオフィルを、夫の同意の下にあえて保護し、匿った事実にも窺えよう。彼女が詩人を匿ったのは、彼女の伝記作者が言うように、世間知らずで純真な彼女が、ただ単に〈家人〉としての詩人に同情したわけでも、彼の「罪状」を知らなかったためでもなく、その「罪」を矯正するためでもなかった。あえてそうしたのは、むしろ彼女が夫とともに、当局やイエズス会の断罪の仕方に疑義を抱き、そこに政治的な迫害の匂いをも感じていたからであるように思う。というのは、「神の名誉」と「公序良俗」honnesteté publique に違反した「猥褻な詩」を書いたことが詩人弾劾の真の理由なら、マレルブ Fr. Malherbe をはじめとしてバロック期の多くの詩人もテオフィル以上に「きわどい」詩を書いており、実際テオフィル逮捕のニュースを知ったマレルブは、ラカン Racan に宛てた手紙で「彼にはいかなる点においても罪はないと思う」[79]と述べているからである。したがって一六二三年のテオフィル受難の隠された理由は、体制側がリベルタン詩人のリーダーであった彼をスケープ・ゴートとしようとしたという理由のほか、反王権勢力に近づきつつあったモンモランシー公の家臣となり、同公のために前年からこの年の初頭にかけて書いた作品、すなわち同公の、王妃アンヌ・ドートリシュへの求愛や王位への野心を暗示する詩や散文にあったと思われるのである。

この〈事件〉でルイ十三世の怒りを買ってしまったモンモランシーとテオフィルは、以後、王やリシュリューから冷たい目で見られつつあった。[80] 誇り高いモンモランシー公は、王権、イエズス会、パリ高等法院といった権威へのある種のプロテストとして、家臣 domestique であった詩人をあえて保護した、という側面も認められるのである。それにマリ＝フェリスという女性は、詩人や彼女の伝記作者が等しく認めているように、たしかに熱心で敬虔なカトリック信者であり、また精神的な純粋さ・気高さを感じさせる女性であり、目立ったことは好まぬ内気な女性であったらしいことはほとんど疑いないが、この事実は必ずしも、彼女が政治的人間でなかったことを意味するものではないだろう。両者はむしろマリ・フェリスという一個の人格のうちに同在し両立しえていたように思われる。信仰に関して言うなら、彼女はローマ・カトリックの信者には違いなかったが、そのことは、フランス王権という〈体制〉に密接に結びついていたイエズス会への忠誠を必ずしも意味するものでもなかった。したがって彼女がイエズス会の神父たちから断罪された詩人を「教会の権威に逆らってまで」保護したという事実は、彼女のうちにあっては、必ずしもその良心・信仰に矛盾するものではなかったのである。

以上のことから、一六三二年の〈事件〉に対するマリ＝フェリスの関わり方については、こういうことが言えるように思う。すなわちモンモランシーやルイ十三世の伝記作者がそう見ているように、その失敗を恐れていたのは事実であるにしても、彼女がかなり早い時期からこの反リシュリューの企てを知っており、それを夫に積極的に勧めたか否かはともかく、少なくとも黙認していたのは事実であろう、ということである。伯母のマリ・ド・メディシスに対して終生変わらぬ敬慕と恩義を抱いていたマリ＝フェリスが、その王太后を排除・追放したルイ十三世を快く思っていなかったこと、同様に領主層の弱体化政策を進め、夫モンモランシーを冷遇していたリシュリューを嫌っていたのは事実であり、そういう彼女が、夫モンモランシーへの熱烈な愛とほとんど絶対的な畏敬心ゆえに、〈公爵〉ではなく王位こそふさわしいと密かに思い、先王アンリ四世やスペインのさる領主もそう認めていた夫を、ガストンを押し立てることによって、王位とまで言わないまでも、リシュリューのような宰相の座につけてやりたいという願望を抱いていなかったとは言えないのである。

モンモランシー公爵夫人マリ＝フェリスは、一方で詩人や彼女の伝記作者が言うように、敬虔で慎み深く、他人の不幸に心を痛めることのできるやさしい女性であったと思われるが、他方で美貌や子供に恵まれなかったこと、夫の浮気などのため、タルマン・デ・レオーやデュガ Mlle Dugas が仄めかしているように[81]、ときには、感じがいいとは言いかねるヒステリックな言行がなかったとは言えない女性であったらしいこと、夫への一途な愛ゆえのそうした屈折した情念をやがて信仰と政治に向けるようになった女性と考えることもできなくはないのである。すなわち彼女は、権謀術数家で権力志向家のフィレンツェ人マリ・ド・メディシスの姪として、「この世では考えられぬほどの深い愛で」愛していた夫の政治権力を王やリシュリューから守るべく――ただ彼によかれと信じたところに向かって――密かに行動したきわめて政治的な女性、後にフロンドの乱で積極的に動いたシュヴルーズ公爵夫人 duchesse de Chevreuse とは違った意味で、きわめて政治的な女性であった、という気がしてならない。マリ＝フェリスは夫への「無上の愛」ゆえに、知略家リシュリューに対するモンモランシーの甘い政治的・軍事的判断に同調、二人の悲劇を招いてしまったとはいえ、夫への愛と自己の政治的信念にこの上なく誠実に生きぬいた女性であったと言えるのではなかろうか。この意味でモンモランシーは、野心家メディシスの意を受けたマリ＝フェリスの政治的野心の犠牲者であるという同公の伝記作者やモンパンシエ嬢の見方、あるいは逆に公爵夫人こそ夫の政治的野心の犠牲者といった見方も、ともに正しくないように思われる。モンモランシーが死の直前、夫人に愛といたわりに満ちた別れの手紙[82]とともに、自分の口髭とカドネット（長い髪の一部）を送っている事実、さらに公爵夫人の夫への一途な愛、夫軍敗北直後の逃避行、没収財産に関する義兄コンデ公への書簡に窺えるプライドに満ちたもの言い、といった事件後の彼女の言行等から判断する限り、公爵夫妻は一六二三年にテオフィルを〈選択〉したように、このときもまた両者合意の上で、同一の〈運命〉を〈選択〉していた、と見るべきであろう。

彼女の運命共有者としての夫への想いやその愛は、彼の死後、ムーランの城に囚われの女として、二年あまり幽閉されていたときはむろん、尼僧となってからも変わることはなかった。そのことは、たとえば〈旧敵〉リシュリュー、ルイ十三世の死後、摂政となったアンヌ・ドートリシュの許可を得て、トールーズのサン・セルナン寺院 église de Saint-Sernin のシャペルに葬られていた夫の遺骸を彼女の主宰するムーランの尼僧院内に改葬、彫刻家フランソワ・アンギエ François Anguier に命じて、そこに、二人の若き像を戴いた巨大な霊廟 mausolée を、十七世紀の墳墓建築としては最も豪華壮麗な墳墓を建築させた事実によっても窺うことができるのである。それは、単に亡き人への彼女の変わらぬ愛の証であったばかりでなく、彼女が大逆罪 crime de lèse-majesté で死刑となった者を少しも恥辱と考えず、むしろその行動と勇気を世に誇り、讃美しているようにさえ見えるのである。彼女はこうすることによって、フランス最大の領主の妻としての意地と誇りを示すと同時に、亡き人の王やリシュリューへのレジスタンスを価値づけようとしたのではなかろうか。それにしても〈体制〉側から死罪をもって糾弾された詩人テオフィルを匿い、助命した者が、その七年後には、王の精鋭軍と激突、満身創痍となって捕えられ、断頭台の露と消えねばならなかったということ、そしてその妻は囚われの身となってムーランの荒城に幽閉された後、尼僧となって三十四年もの悲しみと無念の生涯を過ごさねばならなかったということ、それは運命の皮肉というものであろうか。

テオフィルと〈シルヴィ〉夫妻の〈出会い〉の意味

一六二三年という年は、モンモランシー公夫妻にとって運命的な年であった。それは、タルマンも述べているように「リベラルな」（懐の広い）彼らが、トリスタン・レルミット Tristan L'Hermite を保護した王弟ガストン・ドルレアンとともに、王権（ルイ十三世・リシュリュー）＝イエズス会に対抗して、テオフィルをはじめ、サン＝タマン Saint-Amant、メーレ、ジョルジュ・ド・スキュデリー Georges de Scudéry、ボワッサといった「リベラルな」（リベルタン的な）詩人たちの側に立つことを決定づけた年でもあったからである。[84]このことは、単に〈リベラルな（太っ腹な）大領主〉Grand libéral として、そうした詩人たちの〈メセーヌ〉mécène の立場を引き受けたというにとどまらず、モンモランシー公夫妻が、ガストン、王太后とともに、反ジェズイット、反王＝リシュリューの勢力に加わっていかざるを得ないという政治的選択を行ったことをも意味していた。テオフィルに結果として王を刺激する詩文を書かせ、イエズス会や高等法院に断罪された詩人をあえて匿い・保護したということは、この時点ですでに同公夫妻は、そうした政治的選択をしていたのである。そこで最後に問題の〈詩文〉について少し詳しく触れておこう。それは、一つは一六二二年から二三年初頭の間に書かれたと推定される「女神ディアーナに宛てたアクテオンの手紙あるいは恋の猟人」Epstre d'Actéon à Diane ou le chasseur amoureux という散文であり、ほかは一六二三年二月二十六日に催された王主催のバッカス舞踏会 ballet de Bacchanales のために作られた「王前舞踏会に寄せて。モンモランシー公閣下のために」Sur le Ballet de Roy pour monseigneur le duc de Montmorency という詩作品である。前者はアクテオンが長文の手紙で女神ディアーナに愛を告白するという一種の書簡体小説であるが、この女神に仕える侍女カリスト Caliste は王妃アンヌの侍女であった詩人の恋人と同名であること、その表現に、たとえば「あなたを愛することによって犯した私の誤り」とか「ほんのわずかな敬意を逸する行為も許されざる犯罪行為となるあなたのような身分の女性[85]」というように、高い身分の女性に対する畏れの感情が認められること、アクテオンと女神の出会いやアテナでの再会といった二人の関係が史実上のモンモランシーとアンヌ・ドートリッシュの関係・動静とに一定の対応関係が見られる等々の事実から、この女神ディアーナに王妃アンヌ・ドートリッシュが、アクテオンにモンモランシーが、各々ほのめかされていると考えられるのである。

次に後者の詩を見てみよう。この詩には、たとえば次のような問題の詩句が認められるのである。「彼女のためなら死をも厭わぬその女性は、／私にかくも心地よい苦しみを与えるので、／この恋の病いを治癒されてしまったなら、／私はかえって惨めな男になってしまうだろう。／／かくも甘美な苦しみのために、／持てるあらゆる愉悦を捨ててしまいかねない王は、／そんな私を見て、／私の恋の牢獄と責め苦を嫉妬するのではなかろうか。／／（……）／／もしも私の〔変身への〕望みが成就したならば、／人間《ひと》の姿の私は、／やがて神の姿へと変身するであろうが、／それは、恋の苦しみを減ずるためというのではなく、／／むしろこうして、私を苦しめる心の痛みを／いつまでも抱きつづける術を知るためであり、／また同様に、女神の愛を／受けるにふさわしくなるためなのだ。／／願わくば、ただ一日でも／ジュピター神がその神顔を私に授けて下さり、／そして一時、彼の代わりに、／私が統治するのを許して下さることを。／／（……）／／そうすれば、パリ〔ルーヴル〕は私たち二人の住まいとなるであろう。／そうしてこのように限りない愛の喜びの中にあって、／ただこの私と平安と愛だけが／彼女の傍らに見出されることになるだろう」[86]。右に挙げた詩句で明らかなように、この詩には、モンモランシーの王妃への求愛と王位への憧れがかなりあからさまに歌われているのである。王夫妻の前で朗読されたこの詩は舞踏会における単なる社交上のギャラントリーとしてはすまされなかった。というのはこの詩を聞かされて不機嫌になったルイ十三世は、後日モンモランシーを激しく詰問、その真意を質しているからである。王のこの〈査問〉に対して公爵は、陛下に疑われるくらいなら、フランス国外で生きたほうがましであると、弁明している[87]。

テオフィルのこれらの詩や散文に端なくも現れているモンモランシー公の王権への対抗心ないし独立心 esprit indépendant、具体的に言うなら、絶対王政の確立をめざして、大領主の既得権、収入源の奪取政策を強行するルイ十三世とリシュリューに対抗して、領主自治権を確保しようとする決意は、一六二五年以降急速に深まっていく公爵夫妻の王太后や王弟ガストンへの接近・親交によって、より明確に顕在化していった[88]。それにマリ＝フェリスも、王太后を追放したルイ十三世への伺候を潔しとせず、ルーヴル宮を敬遠するという消極的な形で王やリシュリューに〈抵抗〉していた。公爵夫妻のそうした行動はルイ十三世とリシュリューをいっそう刺激し、同公への猜疑心を深めさせずにはおかなかった。事実、ルイ十三世やリシュリューは、この〈詩文事件〉、それに続く〈テオフィル事件〉の起こったこの年以後、モンモランシーに対してあからさまに冷たい態度を示しはじめているのである。たとえば一六二五年のラ・ロッシェル戦役では、輝かしい戦功を手土産に新たな作戦に対する許可を求めて帰ってきたモンモランシーを王とリシュリューは冷たく迎え、その作戦計画を許さなかったばかりか、ルイ十三世は彼に「宮廷にいる貴殿より、戦場にいる貴殿の姿を見たいものだ」と言って、追い返してしまったという[89]。また一六二九年にモンソー宮で起こったモンモランシーとシュヴルーズ公 duc de Chevreuse との喧嘩に対しても、王は二人をともに自領への謹慎処分としたが、シュヴルーズはまもなく許されて王宮に出仕しているのに、モンモランシーは二週間経ってもこの処分を解かれなかった。ある史家は、彼が反王、反リシュリューへと決定的に傾斜していったのは、このときからであったと見ている[90]。というのは、シャンティイに謹慎していたモンモランシーは、王宮への出仕を諦め、ラングドックに引退する決意を固めた後、妻にこう語っているからである。「ラングドックに急いで帰らねばならないが、これが最後の旅となるであろう[90]」。

ところで一六二三年のテオフィルとモンモランシー公夫妻との〈出会い〉は、公爵夫妻のみならず、詩人にとってもある重大な政治的意味を帯びていた。なぜなら、十七世紀にあっては詩人が特定の領主の保護下に入るということは、好むと好まざるとにかかわらず、彼もまた主人と同一の政治的立場に立たざるを得ないという、きわめて政治的な選択を行うことを意味していたからである。それは、たとえばルイ十三世と対立していた母后マリ・ド・メディシスのお雇い詩人エティエンヌ・デュラン Etienne Durand が、その反王的詩のために国王侮辱罪で車裂きの死罪を受けたように、多くの場合文字通り生命を賭けた選択であった。テオフィル・ド・ヴィオーは、デュランがグレーヴ広場の露と消えた翌年（一六一九年）、一時母后側に属して寵臣リュインヌを嘲笑する詩を書いたために、国外追放を受けており、一六一九―二〇年の王と母后の対立を静観して以来、ルイ十三世の信望を失いつつあったモンモランシー公の正式な家臣となった一六二三年には、すでに述べたように、同公の依頼で書いた上述の〈詩文〉が災いして、逮捕・投獄された上、長い裁判にかけられているのである。

そしてこれもまた運命の皮肉と言うべきか、一六一八―二二年代にリベラル（＝リベルタン的）な思想を持っていた詩人たち、たとえばボワロベールやサン＝タマン、トリスタン・レルミット、さらにはメーレ、ボワッサといった詩人たちのリーダーとして「リベルタンの王」prince des libertins とまで言われたテオフィルは、一六二五―二六年代までマリ・ド・メディシスに仕えていたボワロベールが以後、リシュリューに属して次第に〈体制化〉していくように、一六二三年のモンモランシー夫妻との〈出会い〉とそれに続く〈事件〉を機に、自由思想 libertinage を捨て〈体制思想〉としてのカトリック信仰へと、より正確に言うなら、ピュロン主義 pyrrhonisme 的カトリック思想へと進んでいく。[91] この思想的〈改宗〉conversion は、直接的には文字通りの生き地獄であった牢獄体験、湿気と暗黒の中で火刑の恐怖に怯え続けた牢獄・裁判体験がその主因となっているとはいえ、同時に謙譲 modestie と敬虔 piété の徳を備え、静謐 sérénité と純白性 blancheur をこよなく愛したマリ＝フェリスの傍らで過ごしたシャンティイ体験もその重大な副因となっているのである。テオフィルにおけるこうした思想的変容の進展過程や彼のピュロン主義的カトリック信仰の実体については、『獄中のテオフィル』*Theophilus in carcere* をはじめとする獄中で書かれた多数の弁明書、詩作品、出獄後に書かれた貴族のリュリィエ、ベチュンヌ、詩人デ・バロー、哲学者エリー・ピタールといった友人やモンモランシー夫妻に宛てたラテン語書簡を含む彼の書簡によって確認できるのであるが、こうした問題は稿を改めて検討することとして、ここでは一六二三―二五年の牢獄体験や一六二三年と二六年の公爵夫人との出会いを含むシャンティイ体験が詩人にこのような思想的変化をもたらした事実を指摘しておくにとどめておこう。

一六二三年に始まるこうした二つの〈事件〉は、思想面だけでなく、詩人の創作活動の上にもある確実な変化をもたらした。この時期、『シルヴィの家』とか『裁判長閣下へのテオフィルのいと慎ましやかな嘆願書』*Très-humble Requeste de Théophile, à Mgr. le Premièr President*、書簡詩「兄への手紙」Lettre de Théophile à son Frère といった特異な詩作品や「王への嘆願書」Requeste au Roy、「テオフィル弁明書」Apologie de Théophile などといった、パスカルの『レ・プロヴァンシアール』*Les Provinciales* の名レトリックを思わせる一連の注目すべき散文作品が書かれているが、これらの作品はいずれも、初・中期作品——一例を挙げれば、有名なオード『孤独』*La Solitude*、『朝』*Le Matin*、『からすが一羽私の眼前でかあと鳴き』*Un corbeau devant moi croasse* とか未完の自伝的滑稽譚『初日』*Première journée* といった作品——とは微妙に異なった新しい文体で書かれているのである。さらに詩作品に限って言うなら、こうした一六二三年以降の作品群には、これも広義の文体の変質と見ることができるが、詩的感性、テーマ、イメージの扱い方にも微妙な変化が認められる。

だがこうした問題の分析も、思想的変質の問題同様、別稿に譲り、ここではその要点を図式的に挙げておくにとどめよう。(1)初期作品、たとえば『孤独』、『朝』といった詩がレーモン・ルベーグ Raymond Lebègue の言う〈クロッキー描法[92]〉、アダン Antoine Adam の言う〈点描画法[93]〉pointillisme——人物・風景などを簡潔なタッチで素描、それらを浮彫するが、全体のイメージは灰色っぽく、あまり色彩感の感じられない典型的なバロック描法——で描かれているのに対し、この時期(後期=晩年)の詩作品は、ある意味でロマン派の詩に通ずる特質、すなわち自然への愛着や共感、自然描写に生き生きとした色彩感が認められること、また(2)描かれているテーマ、イメージ、メタフォールの種類、〈製法〉とも初・中期は、概して中世・ルネサンス的伝統に従っているため、類型的・様式的であり、バロック的誇張 hyperbole や気取り concetti が目立つが、後期では、『シルヴィの家』や『兄への手紙』に見られるように、なおそうしたバロック的ないしマニエリスム的特性が認められるとはいえ、詩人固有の、より具体的で新鮮なテーマ・イメージも存在しており、特定のテーマ・イメージの特殊な意味づけ、それらへの偏向的こだわりなどが認められるようになる。（3）彼の愛着するテーマ・イメージの具体例としては、愛、とりわけ愛の苦悩、青春や美のはかなさ、死と腐敗、人間の運命の無常性、宿命、逆さ世界 le monde renversé などであり、さらには太陽、星、空、暁、光、影（闇）、西風、動く水、雪、緑、牧場、葡萄畑、眼等々だが、これらの多くは後期ではより迫真的・内省的・個性的になり、とりわけ生、太陽、光[94]、緑とか死、運命、闇、炎といったテーマ・イメージに独特なこだわりを示すようになる。それは、太陽と緑と水の中で過ごしたシャンティイでの生命的な《明》体験と火刑台の炎に怯えつつ闇と死の恐怖に耐えて生きたコンスィエルジュリー牢獄での《暗黒》体験とが、詩人の感性・魂にもたらした実存的変質を物語っているように思われるのである。

一六二三年のこうした二つの体験、すなわち〈シルヴィ〉との出会いと投獄・裁判という受難は、詩人にこのような思想的・文学的変質を引き起こしたのであり、同時にこの年から始まったモンモランシー公爵夫妻との親密な結び付きが、政治的には彼を死の瀬戸際まで追いつめる危機的状況を生み出したばかりか、ついに暗黒の獄舎で病を得て死期を早める結果となったのである。

このように一六二三年という年は、テオフィルにとっては政治的にも文学的・思想的にも危機的な転機の年であった。だが同時にそれは、モンモランシー夫妻にとっても、ある重大な政治的選択を行った年であった。というのはすでに述べたように、イエズス会とパリ高等法院に断罪された〈反体制〉的リベルタン詩人テオフィルを受け入れ、彼に反王的詩文を書かせたことにより、ほぼ同じ頃テオフィルの友人トリスタン・レルミットを受け入れたガストン・ドルレアンとともに、自ら王＝リシュリューの専制体制に対抗する反中央集権的な政治勢力となることを選択した年だったからである。詩人と公爵夫妻とのこうした〈出会い〉から彼らの悲劇の第一歩が始まったという意味で、一六二三年という年は、両者にとって文字通り〈運命的〉な年であったのである。

結論——囚われの身の〈シルヴィ〉を想って

かつて〈家臣〉のテオフィル・ド・ヴィオーがパリのコンスィエルジュリー監獄の暗黒の独房で寝つかれずにいたとき、シルヴィとともに過ごした光り輝くシャンティイの城での幸福な日々を想ったと同じように、今は囚われの身のモンモランシー公爵未亡人、シルヴィもまた、荒れ果てたムーラン城の薄暗い一室で、再び帰ることの叶わぬ遠く遥かなシャンティイの城で過ごした亡き人との幸福な日々を、涙ながらに何度夢見たことであろう。私はパリに帰る車中、シルヴィの夫の死後、勝利者に没収されたモンモランシー公の血塗られた膨大な遺産の多くはコンデ家に〈施与〉されたとはいえ、一部はリシュリューの手に、彼女がこよなく愛したシャンティイの城はその広大な森とともに、ルイ十三世の手に落ち、王の休暇と狩猟用の別荘となってしまった[95]事実をふと思い出し、シルヴィの無念さを想った。子供に恵まれなかったシルヴィにとってせめてもの救いは、ルイ十三世の死後、この城が亡夫の実姉シャルロット Charlotte de Montmorency の嫁ぎ先のコンデ家に相続されたことだろう。だがそれは、皮肉にもルイ十三世と宰相に卑屈なまでに忠誠を尽くし、息子（後の大コンデ公）をリシュリューの姪と結婚させたアンリ・ドゥ・ド・ブルボン Henri II de Bourbon に対してであり、王と宰相を恐れて、モンモランシー公がテオフィルを伴って同家を訪ねることを拒否し[96]、彼女の夫の助命嘆願も進んではしようとしなかった「欲深で卑しい[97]」義兄に対してであった。この日私が訪ねた十八世紀ロココ風の華麗なシャンティイの城館や〈シルヴィの家〉が彼女の義兄の息子、大コンデ公 le Grand Condé によって改再築されたものであることも思い出した[98]。

パリのアパルトマンに落ち着いた私は、光と白と緑に包まれて輝くこの城の美しい残像に、モンモランシー公の鮮血が飛び散ったトゥールーズのカピトール（現市役所）の薄茶色の壁面や名付け親アンリ四世王像の、また今はリセ・

ド・ムーランのシャペル内にある公爵夫妻の黒々とした巨大な墳墓のイメージが時折よぎるのを認めて、今さらながらシルヴィの悲劇を想った。

註

1〈シルヴィ〉という名は、当時の文学において、ある種のヒロイン——強いて言えば素朴で牧歌的なヒロイン——に好んで与えられた一種の流行名であった。ヴィオーやメーレ以外にもたとえばオノレ・デュルフェ Honoré d'Urfé（『アストレ』）やタッソー Tasso（『アミンタ』）、あるいはサン＝タマン（『リリヤンとシルヴィの変身』）などが作中の女性にこの名を与えている。

2テオフィル・ド・ヴィオーの伝記を扱った単行本、雑誌論文は十七世紀より今日に至るまでかなりの数にのぼるが、最も本格的で信頼できるものとしては、今世紀初頭に刊行された次の二つの研究書すなわち Frédéric Lachèvre, *Le procès de Théophile de Viau*, 2 vol., Paris, Champion, 1909（以下、Pr. I、II と略）および Antoine Adam, *Théophile de Viau et la libre pensée française en 1620*, Paris, Droz, 1935（以下 Ad. と略）である。以後現在まで—筆者は前稿『テオフィル・ド・ヴィオーの出自について』（「教養論叢」第六八号）においてヴィオーの誕生地、母、祖父などについては種々の史料に基づいて新説を提起したが——詩人の生涯全般にわたってこの二書の記述内容の重大な変更を迫るような新しい伝記的事実を明らかにした研究は現れていない。それゆえ以下の詩人の動静、その年代決定については、特に断らない限り、この二書に依拠したが、両者の見解が異なるいくつかの史実についてはA・アダンに従った。

3シャンティイの城館とその所領地、歴代の領主の変遷については、Gustave Macon, *Chantilly et le Musée Condé*, Paris, H. Laurens, 1910 を参照。同書によればシャンティイがモンモランシー領となったのは、シルヴィの夫 Henri II duc de Montmorency の曾祖父 Guillaume de Montmorency が叔父の Pierre d'Orgemont から譲り受けた一四八四年以降で、シャンティイ城もオルジュモン家時代は城砦 forteresse にすぎなかった。モンモランシー家の居城として大規模な修復・整備が行われたのは二代目の Anne de Montmorency の時代であった。シャンティイを「フランスで最も美しい城館」と感嘆・羨望していた王アンリ四世は、その広大な森で狩猟を楽しむため、また晩年は当時絶世の美女と誉れ高かったモンモランシー公アンリ一世の娘、シャルロット（後にコンデ公と結婚）への〈老いらくの恋〉から、この地をしばしば訪れている。

ヴィオーが訪ねた頃シャンティイ城館には、彼が『シルヴィの家』で歌っているオウィディウスの『変身物語』を表したタピスリーが見られたという。一六〇八年にこの城を訪ねた Lord Herbert de Cherbury は、当時のシャンティイ城の様子をこう語っている。« Je passai ainsi tout l'été tantôt dans ses exercices, tantôt en visites chez le duc de Montmorency, à sa délicieuse résidence de Chantilly, dont je vais décrire ici la position et les beautés peu communes. Une petite rivière descendant des hauteurs du pays, qui appartient au duc presque en entier, finissait par rencontrer un rocher au milieu de la vallée, où, pour continuer sa route, elle était obligée de se diviser en se frayant un passage à droite et à gauche. Les ancêtres du duc, pour aider la rivière dans ce travail, creusèrent différents conaux au travers du rocher, en le partageant ainsi en plusieurs petites îles, sur lesquelles ils bâtirent un grand château fort, relié dans ses parties par des ponts et somptueusement garni de tentures de soie et d'or, de tableaux précieux et de statues : tous ces bâtiments réunis furent entourés d'un large fossé plein d'eau et taillé dans le roc. (...) On peut y voir les grosses carpes, les brochets et les truites, gardés dans des bassins séparés et nageant au travers de ces eaux limpides; mais rien, à mon avis, n'ajoute tant à la beauté du château que la forêt qui le touche et se trouve de niveau avec lui. C'est une très vaste étendue de bois, composée de magnifiques futaies et d'épais taillis peuplés de sangliers, de cerfs, de daims et de chevreuils, et coupée en tous sens par de longues allées. »（Lord Herbert Cherbury, *Mémoires traduits par le comte de Baillon*, Paris, Techener, 1863, pp. 62–63.）

4 le père François Garasse は一六二二年より二三年にかけて一連のリベルタン攻撃文書、とりわけテオフィルを標的とした pamphelets を精力的に執筆。二三年の夏に出版された « *La doctrine curieuse des beaux esprits de ce temps ou pretendus tels*, Paris, Sébastien Chappelet, 1623 » はこれらの pamphelets をまとめたものである。

5 拙稿「一六二一—一六二三年代におけるテオフィル・ド・ヴィヨー」（慶應義塾創立一二五年記念論文集、法学部、一般教養関係）参照。

6 « Ce jour d'huy Messieurs de la Grand Chambre et Tournelle se sont assemblez en ladite Grand Chambre pour juger les deffaux de contumaces obtenuz par le procureur général contre les nommez Theophille, Berthelot, Colletet et Fernide, et ont lesditz Theophille et Berthelot esté condamnez faire amende honnorable devant Nostre-Dame, et ledit Theophille à estre de faict bruslé vif comme aussy ses livres brulez et ledit Berthelot pendu et estranglé sy pris et aprehendez peuvent estre, sinon ledit Theophille par figure et ledit Berthelot en un tableau attaché à ladite potance, leurs biens confisquez et ledit Colletet banny pour IX ans du royaulme, et pour le regard dudit Fernide informer plus amplement.

R^{r} Pinon. »

（A. N. 〈Archives nationales〉 : X^{2A} 986 ; Pr. I, p. 141）

7 La Maison de Silvie, par Théophile, M. DC. XXIIII（S. G. 〈Bibliothèque Sainte-Geneviève〉 : Z. 8^{0} 1016, pièce 21）このオードについてはパリ第三大学の恩師ジャック・モレル教授の研究がある（J. Morel, La structure poétique de la "Maison de Silvie" de Théophile de Viau, dans *Mélanges d'histoire littéraire, XVIe–XVIIe siècle, offerts à Raymond Lebègue*, Paris, Nizet, 1969, pp. 147–152.）。

8 一六二五年九月に出獄してから翌年の春までのテオフィルの動静は、Lachèvre、Adam はじめ多くの研究家によって推定されているが、ここではひとまず Adam の説に従っておいた。しかし現在伝えられているラテン語書簡を含む彼の書簡集に散見する indications から判断するなら、Adam が言うよりもっと早い時期にシャンティイを再訪している可能性が強い。

9 *Œuvres complètes de Théophile par M. Alleaume*, I, Paris, Jannet, 1856, p. 258（以下、Œ. I と略）

10 *Ibid.*, p. 247.

11 Henry Roujon, La Maison de Sylvie, dans *le Journal de l'Université des*

Annales, t. II, avril-novembre, 1908, p. 638.

12 Recueil dépouillé de Théphile (52 pièces), no. 21, "*La Maison de Silvie par Théophile*, M. DC. XXIIII (1624)", p. 3 (Biblio. Sainte-Geneviève, Z 8° 1016 〈pièce 21〉)。一六二五年の「第三部」初版本を底本としている Guido Saba 編注のヴィオー全集 *Théophile de Viau : Œuvres complète*, troisième partie, Roma, Ed. dell'Ateneo & Bizzarri/Paris, Nizet, 1979, tome III（以下、*G. S.* t. III と略）の『シルヴィの家』のテキストより、一六二四年に出た右記サント＝ジュヌヴィエーヴ図書館所蔵の初版本（以下、*M. S.* と略）テキストの方が、一部を除きおおむねベターと判断されるので、本章では以下前者に依拠。カッコ内は後者 Guido Saba 版の頁を示す（ここの引用部は、*G. S.* t. III, pp. 128–129）。

13 M. S., p. 3.（*G. S.* t. III, p. 129）

14 *Ibid.*, p. 9.（*Ibid.*, p. 136）

15 *Ibid.*, pp. 16–17.（*Ibid.*, p. 142）

16 *Ibid.*, p. 12.（*Ibid.*, p. 139）

17 Théophile de Viau の詩作品の持つバロック性ないしマニエリスム的特性を扱った研究としては、たとえば *La Métamorphose dans la baroque française et anglaise*, publiés par Gisèle Mathieu-Castellani, Paris, Jean-Michel Place, 1980 とか John Pedersen, *Image et Figure dans la poésie française de l'âge baroque*, Copenhague, Akademisk Forlag, 1974 ; James Sacré, *Vers un paradis baroque*, Th. de Viau : Œuvres poétiques, première partie, la Maison de Sylvie ("Un sang maniériste", Neuchatel, Éd. de la Baconnière, 1977）; F. J. Warnke, *European Metaphysical Poetry*, New York, 1961 ; *Version of Baroque*, New Haven, Yale Univ. Press, 1972 ; Renee Winegarten, *French Poetry in the Age of Malherbe*, Manchester, 1954 ; Lowry Nelson, *Baroque Lyric Poetry*, New Haven, 1961 ; Odette de Mourgue, *Metaphysical Baroque & Précieux Poetry*, Oxford, 1953 ; D. B. Wilson, *Descriptive Poetry in France from Blason to Baroque*, New York, 1967 ; Gilbert Delley, *L'Assomption dans la lyrique française de l'Age baroque* 等々があるが、ヴィオー詩におけるこうしたテーマ・イメージあるいは思想的問題を中心とした作品分析は別の機会に試みることとしたい。

18 M. S. p. 7.（*G. S.* t. III, p. 134）

19 *Ibid.*, p. 9.（*Ibid.*, p. 135）

20 *Ibid.*, p. 10.（*Ibid.*, p. 137）、スキュデリー版は初版の "Ses" を "Ces" と訂正。

21 *Ibid.*, p. 4.（*Ibid.*, p. 130）

22 *Ibid.*, p. 13.（*Ibid.*, p. 139）

23 *Ibid.*, p. 13.（*Ibid.*, p. 139）

24 *Ibid.*, p. 14.（*Ibid.*, p. 140）

25 *Ibid.*, p. 14.（*Ibid.*, p. 140）

26 *Ibid.*, p. 19.（*Ibid.*, p. 145）

27 *Ibid.*, p. 44.（*Ibid.*, p. 168）

28 *Ibid.*, p. 52.（*Ibid.*, pp. 175–176）

29 *Ibid.*, p. 53.（*Ibid.*, p. 176）

30 テオフィルは、詩作品中で讃美のための単なる詩的レトリックとして公爵夫人をミューズと呼んでいただけでなく、マリ＝フェリス宛の書簡でも、「あなたが私の内部に詩の霊感 les Muses をお与え下さった」と述べている（A Mme la D^{esse} de Montmorency, *Œ.* II, par Alleaume, 1855, p. 368）。（G. S. t. IV, 1987, p. 100）

31 *La Sylvie du Sieur Mairet. Tragi-Comedie-Pastorale.* Dediee A

32 Monseigneur de Montmorency. A Paris, chez François Targe, 1628.
citée par Amédée Renée, *Madame de Montmorency*, Paris, Firmen Didot, 1858, p. 128.
33 *Ibid.*, p. 129.
34 Amédée Renée, *op. cit.*, p. 3.
35 Louis Vaunois, *Vie de Louis XIII*, Paris, B. Grasset, 1944, p. 407.
36 Simon du Cros, *Histoire de la Vie de Henry, dernier duc de Montmorency*, Grenoble, François Feronce, 1665, p. 16. (B. N. 〈Bibliothèque nationale〉: Ln^{27} 14696)
37 cité par Henry Roujon, *op. cit.*, p. 631.
38 Tallemant des Réaux, *Historiettes*, I, éd. publiée et annotée par Antoine Adam, Bibliothèque de la Pléiade, 1960, p. 364.
39 Amédée Renée, *op. cit.*, p. 5.
40 *Ibid.*, p. 5.
41 Jean-Claude Garreau, *La Vie de Madame la Duchesse de Montmorency*, supérieure de la Visitation Sainte Marie de Moulins, Clermont-Ferrand, 1769, p. 11. (B. N.: Ln^{27} 14703)
42 Cotolendi, *La Vie de Madame la Duchesse de Montmorency*, supérieure de la Visitation de Ste Marie de Moulins, Paris, Claude Barbin, 1684, p. 6. (B. N.: Ln^{27} 14701)；J-C. Garreau, *op. cit.*, p. 11, 37–39 ; A. Renée, *op. cit.*, p. 5.
43 J-C. Garreau, *op. cit.*, pp. 7–11 ; Cotolendi, *op. cit.*, p. 6.
44 Henry Roujon, *op. cit.*, p. 631.
45 *Ibid.*, p. 631; J-C. Garreau, *op. cit.*, pp. 40–41.
46 J-C. Garreau, *op. cit.*, pp. 40–41 ; A. Renée, *op. cit.*, p. 7.
47 H. Roujon, *op. cit.*, p. 631.
48 Charles Garrisson, *Théophile et Paul de Viau*, Paris, Al. Picard, 1899, p. 189.
49 Tallement des Réaux, *op. cit.*, p. 362.
50 H. Roujon, *op. cit.*, p. 631.
51 *Histoire du duc de Montmorenci, par un anonyme*, 1599, p. 14 ; M. Desormeaux, *Histoire de Montmorenci*, tome troisieme, Paris, Desaint & Saillant, 1764, p. 191 ; A. Renée, *op. cit.*, p. 8 ; Ch. Garrisson, *op. cit.*, p. 189.
52 *Histoire du duc de Montmorenci*, 1599, p. 85 ; A. Renée, *op. cit.*, p. 24. M. R. Monlaur, *La Duchesse de Montmorency*, Paris, E. Plon, 1898, p. 66.
53 モンモランシー公アンリ二世や同公爵夫人マリ＝フェリスの伝記作者は、ほとんど例外なく、同公の長所・美点のみを指摘、称讃しているが、同時代人や史家は彼のいくつかの欠点にも言及している。たとえばタルマン・デ・レオーによれば、モンモランシー公は「バカなことは言わなかったが、才気がなく〈頭が悪く〉esprit court」、「人前で筋道を立てて話すのが苦手で、しばしば言葉に詰まってしまうことがあった」という。彼はまた、モンモランシーが喧嘩早かったこと（事実彼はBassompierreはじめ、duc de Retz、duchesse de Luynes、duc de Chevreuseなどと喧嘩をしており、ある場合には決闘ざたにまで及んでいる）、さらには伝記作者や一般の評価とは反対に、〈フランス王軍元帥・大提督〉の同公が「戦争に関して非常に無知無能な男であった」とも言っている（Tallement des Réaux, *op. cit.*, p. 364）。タルマンのこの評価は意外だが、一六三二年のCastelnaudary会戦で、Schomberg将軍の率いる国王軍にその倍以上の兵力で立ち向かいながら、自ら先陣に立って敵陣深く突進、本隊から孤立したまま奮戦、十七カ所も負傷して捕らえられてしまっている事実を見ても、タルマンも認めているように、たしかに「勇猛」ではあったが、リシュリュー的な戦略家、知略家の軍人ではなかったと思われる。モンモランシーはタルマンが言うように、「リベラル（リベルタン）」な詩人たちを庇護したとはいえ、自身はあまり「才知」も「教養もない」d'une culture médiocre（G. Mongrédien）武人タイプの貴族であったこと、また「旧い騎士道的な武将」であったがゆえに、冷厳な「政治のレアリスム」に疎く」（P. Chevallier）、リシュリューに認められるような政・軍にわたる近代的な〈戦略〉を持ち合わせていなかったことも確かだろう。

54 A. Renée, *op. cit.*, p. 25.

55 H. Roujon, *op. cit.*, p. 632. ルージョンは、この点についてさらに「彼女は自己の生を〈二つの宗教〉で二分していた。一つは神への信仰であり、もう一つは夫へのほとんど絶対的な〈信仰〉である」と述べている。

56 *Ibid.*, p. 632 ; A. Renée, *op. cit.*, p. 61.

57 A. Renée, *op. cit.*, p. 18.

58 H. Roujon, *op. cit.*, p. 632 ; J-C. Garreau, *op. cit.*, p. 106 ; A. Renée. *op. cit.*, pp. 25–26, etc.

59 Tallemant de Réaux, *op. cit.*, p. 364 ; H. Roujon, *op. cit.*, p. 632 ; J-C. Garreau, *op. cit.*, p. 106 ; A. Renée. *op. cit.*, pp. 25–26, etc.

60 十八世紀の P. Griffet によれば、モンモランシーは、Castelnaudary の戦いで捕らえられたとき、王妃アンヌの肖像の入ったブレスレットをしていたという。Vittorio Siri は、ルイ十三世がモンモランシーの助命嘆願に対して頑なな態度を崩さなかったのはこのためであったと見ている（note des "*Historiettes*" de T. des Réaux par A. Adam, p. 1033）。

61 Tallemant des Réaux, *op. cit.*, p. 364 ; A. Renée, *op. cit.*, pp. 25–26 ; J-C Garreau, *op. cit.*, pp. 106–107, etc.

62 A. Renée, *op. cit.*, pp. 36–38, etc.

63 Louis Vaunois, *op. cit.*, p. 408 ; M. R. Monlaur, *op. cit.*, pp. 93–96.

64 T. des Réaux, *op. cit.*, p. 363 ; J-C. Garreau, *op. cit.*, pp. 101–103, etc.

65 C.-M. Dugas : Marie-Félice des Ursins, la Sylvie de Chantilly, dans *Mémo. de la Société d'Hist. et d'Archéo. de Senlis.* 1960–61, pp. 20–21 ; 1962–63, pp. 9, 11, 13, 16.

66 Georges Bordonove : *Les Rois qui ont fait la France*, t. 2, Louis XIII, Paris, Pygmalion / Gérard Watelet, 1981, p. 43 ; Imbert de la Platiere, *Henry II de Montmorency*, Pair & Maréchal de France, Paris, Bailly, 1788, pp. 38–40.（B. S.〈Bibliothèque de la Sorbonne〉: H. B. g. 5）; Georges Mongrédien, *La Journée des Dupes*, Paris, Gallimard, 1961, p. 147.

67 J-C. Garreau, *op. cit.*, p. 132.

68 *Ibid.*, pp. 132–34 ; A. Renée, *op. cit.*, 30–33 ; Monlaur, *op. cit.*, pp. 99–102 ; M. Desormeaux, *op. cit.*, pp. 210–213.

69 M. Desormeaux, *op. cit.*, pp. 211–213.

70 *Ibid.*, p. 374.

71 *Ibid.*, pp. 370–375.

72 Imbert de la Platiere. *op. cit.*, p. 38.

73 *Ibid.*, pp. 38–39 ; Desormeaux, *op. cit.*, p. 374 ; G. Mongrédien, *op. cit.*, p. 135.

74 Imbert de la Platiere, *op. cit.*, p. 39.

75 Monlaur, *op. cit.*, p. 172.

76 G. Mongrédien, *op. cit.*, p. 135.

77 Pierre Chevalier, *Louis XIII*, Paris, Fayard, 1979, p. 460.

78 Georges Bordonove, *op. cit.*, p. 213.

79 Malherbe, *Œuvres*, éd. présentée, établie et annotée par Antoine Adam, Paris, "Biblio. Pléiade", 1971, p. 252.

80 A. Adam, *op. cit.*, p. 285; G. Mongrédien, *op. cit.*, p. 132.

81 Tallemant de Réaux, *op. cit.*, p. 364; G.-M. Dugas, *op. cit.*, 1962–63, p. 11.

82 « Mon cher cœur, je vous dis le dernier Adieu, avec une affection pareille à celle qui a toujours esté parmy nous. Je vous conjure par le repos de mon Ame, que j'espere estre bien tost au Ciel, de moderer vos ressentimens, & de recevoir de la main de nostre doux Sauveur cette affliction. Je vous conjure ... tant de graces de sa bonté, que vous devez avoir tout sujet de consolation. Je reçois Adieu encore une fois, mon cher Cœur. » (Simon du Cros, *op. cit.*, pp. 389–390.)

83 P. Chevalier, *op. cit.*, p. 468. 亡夫モンモランシーの改葬とその霊廟の建立についての経緯は、上に挙げたマリ＝フェリス伝のほか、美術史的考察も加えた次の二つの研究に詳しい。Marcel Genermont : *A propos du mausolée du duc de Montmorency*, dans Bulletin de la Société de l'histoire de l'art français, 1929, pp. 187–191 ; Jacques Monicat : *Le tombeau du duc et de la duchesse de Montmorency dans la Chapelle du lycée de Moulins*, dans "Gazette des Beaux-Arts", oct. 1963, pp. 179–198.

84 A. Adam, *op. cit.*, pp. 430–432 ; G. Mongrédien, *op. cit.*, p. 131.

85 *Œuvres complètes de Théophile de Viau* par M. Alleaume, 1855, t. II, p. 391.

86 « Celle pour qui je veux mourir, / Me fait un mal si favorable, / Que si l'on ne venoit guerir, / On me rendroit bien miserable. // Un Roy pour des tourments si doux, / Quitteroit toutes ses delices, / Et me voyant seroit jaloux, / De mes fers et de mes supplices. // (...) // Pour moy si mes vœux avoient lieu, / On verroit ma figure humaine / Bien tost se changer en un Dieu, / Non pas pour moins souffrir de peine, // Mais plustost pour sçavoir ainsi, / Conserver le mal qui me presse, / Et pour estre plus digne aussi, / De l'amitié d'une Deesse. // Pleust au Ciel qu'un jour seulement, / Jupiter m'eut donné sa face, / Et qu'il voulut pour un moment, / Me laisser regner en sa place. // (...) // Paris seroit nostre sejour / Et dans ceste joye infinie, / Rien que moy, la paix, l'Amour / Ne seroit en sa compagnie. » (*Œuvres du sieur Théophile*, seconde partie, à Paris, chez Pierre Billaine, M. DC. XXIII (1623), (S. G.: Y 1217 [inventaire 2654]), pp. 149–151. (*G. S.* tome II, pp. 141–143.)

87 G. Mongrédien, *op. cit.*, p. 132 ; A. Adam, *op. cit.*, pp. 279–285.

88 Mongrédien, *op. cit.*, p. 133 ; A. Adam, *op. cit.*, p. 410 ; L. Vaunois, *op. cit.*, pp. 408–409.

89 G. Mongrédien, *op. cit.*, pp. 132–133 ; A. Adam, *op. cit.*, p. 407.

90 Simon du Cros, *op. cit.*, pp. 326–33 ; Monlaur, *op. cit.*, p. 166.

91 cf. A. Adam, *op. cit.*, pp. 410–419.

92 *Ibid.*, p. 44.

93 Raymond Lebègue, *La poèsie de 1560 à 1630, deuxième partie, Malherbe et son temps*, Paris, S. E. E. S., 1951, p. 116.

94 テオフィル・ド・ヴィオーの詩作品には、投獄体験以前のかなり早い時期から一貫して〈太陽〉や〈光〉のテーマないしイメージが頻出しており、そこに詩人の想像力の秘密を解く鍵があるとさえ思えるほどである。そしてこれらの多様なテーマ・イメージには彼の感性・思惟体系と密接に関連した、いわば〈太陽の象徴学（象徴主義）〉symbologie（symbolisme）du Soleil といったものが認められるのである。

95 G. Macon, *op. cit.*, pp. 74–80 ; A. Renée, *op. cit.*, pp. 208–210.

96 *Œ.* II, p. 324; Simon du Cros, *op. cit.*, p. 175 ; A. Adam, *op. cit.*, p. 408.

97 A. Renée, *op. cit.*, p. 209.

98 G. Macon, *op. cit.*, pp. 90–96.

第二部　作品

I　オード『朝』

1　テクスト比較

序論

テオフィル・ド・ヴィオーの最初期の代表的詩作品『朝』*Le Matin* は、『孤独』*La Solitude* とともに、同詩人の近現代のポピュラーな選集や詩華集さらには教科書版にもほとんど必ず収録されている最も有名な詩である。そのためか多くの研究者・注釈者により注目され、ヴィオーの詩作品の中では最も研究の進んでいる詩である。そこでわれわれも以下においてこれらの先学を参照しつつ、この詩の持つさまざまな問題を考察することとしたい。

この詩は『孤独』とともに青年期、それも事実上のデビュー作であるが、正確な執筆年代はいまなお明らかにされていない。今世紀初頭の最初の本格的ヴィオー研究家であるA・アダン Adam は、いくつかの傍証を根拠にこの作品がオード『孤独』の初期形と同時期に書かれたと考えられること、さらに同詩の文体的特質（点描法 pointillisme、プレイヤード派、とりわけロンサール詩の影響）あるいは用語や作詩法 prosodie に認められるアルカイスムなどの理由により、一六一二年（ヴィオー二十二歳）に書かれたと推定している。[1] アダンのこの説の当否はともかく、この詩の印刷形の初出が一六一九年に出版された『詩の女神たちのキャビネ』*Le Cabinet des Muses* という詩華集であり、当時の詩は印刷形となる前に肉筆形で社交界や詩人・友人の間に流布するというパターンがかなり一般的であった事実を考慮すれば、一六一九年より数年前に書かれたことはほぼ間違いないと思われる。

次に注目したいのは、この詩には三つの異なるテクストが存在しているということである。つまり一六二一年に出た詩人の最初の『作品集』*Les Œuvres du sieur Theophile* で決定稿となったオリジナル版（以下、これをC版とする）とこれに先立つ二つのプレ・オリジナル版（前述の一六一九年の *Le Cabinet des Muses* 版と一六二〇年の *Le Second Livre des Delices* 版）がそれである。むろんこの一六二一年刊の『作品集』（初版）以降も同集は一六二二年、二三年、二六年と詩人生存中版が重ねられたが、いずれも少なくとも『朝』の詩については初版との間に綴字法や句読点に多少の差異はあるにしても、意味の変更を迫るような重大なヴァリアントは存在しない。したがってわれわれはこれらの諸版のテクストの検討は割愛することとしたい。しかし一六一九年と二〇年のプレ・オリジナル版（以下、これをそれぞれA版、B版とする）については事情が異なる。A版はヴィオーの詩が七篇収められた『詩の女神たちのキャビネまたは当代最高の新詩選集』*Le Cabinet des Muses ou nouveau recueil des plus beaux vers de ce temps*, à Rouen, De l'imprimerie de David du Petit-Val, 1619,〈Biblio. nat.: Ye 11440〉という詩華集に見えるテクストであり、B版は、『至上の喜びをもたらすフランス詩華集第二書』*Le Second Livre des Delices de la Poesie françoise ou, nouveau recueil des plus beaux Vers de ce temps.* Par J. Baudoin. à Paris, Chez Toussainct du Bray, 1620,〈Biblio. nat. Ye 11445〉という詩華集に収められた詩形である。なお後者に十二篇のヴィオー詩が収録され、そのうち『朝』の詩を含む五篇は前者A版（一六一九年）に既出のものである。これらA、B、Cの三版における『朝』の詩のテクストには互いに重大なヴァリアントが認められるのである。

そこでまずはじめにこれら三版のテクストを互いに比較検討しつつ、〈表層的注解釈〉することとしよう。それによってこの詩の生成過程や意味・構造の変容の一端が明らかになると考えられるからである。その際一九七三年にI - M・クリューゼル Cluzel が提起した問題、[2] すなわち今日まで研究者の間で「不当にも」(クリューゼル)無視されてきた一六二二年刊の詩華集『秀逸詩選集』*La Cresme des bons vers, tirez du meslange et cabinet des sieurs Ronsard*, (...), *Theophile et autres.* à Lyon, 1622(オリジナル)のコピー版『詩の女神たちの住処または秀逸詩選集』*Le Séjour des Muses ou la Cresme des bons vers*, à Lyon, Pour Martin Courant, Imprimeur et Libraire, 1622 に収められた『朝』の詩のテクストに存在するという二、三のヴァリアント(A、B、C版のいずれとも異なった)についても併せて検討してみることとなろう。

次にこれらA、B版の持つ主要なヴァリアントの考察を踏まえた上で、決定版Cテクストの解釈を試みることとしたい。

Bテクストを中心としたヴァリアント考察

A、B、Cの三版のテクストを比較検討する前に、長くなるが、各版のテクストを試訳を付して以下に示してみよう。

(1) 一六一九年のテクスト(A版:初出)

——*Le Cabinet des Muses ou nouveau recueil des plus beaux vers de ce temps*(『詩の女神たちのキャビネまたは当代最高の新詩選集』)

DESCRIPTION D'UNE MATINEE　　朝の叙景

ODE　　オード

I

L'Aurore sur le front du jour
Seme l'azur, l'or et l'ivoire,
Et le Soleil lassé de boire,
Commence son oblique tour.

II

Ses chevaux au sortir de l'onde,
De flame et de clarté couverts,
La bouche et les nazeaux ouverts,
Ronflent la lumière du monde.

III

Ardans ils vont en nos ruisseaux,
Alterez de sel et d'escume,
Boire l'humidité qui fume,
Si tost qu'ils ont touché les eaux,

IV

Les oiseaux d'un joyeux ramage
En chantant semblent adorer
La lumiere, qui vient dorer

曙《アウローラ》（の女神）は一日の額の上に
紺碧と黄金そして象牙を降り注ぐ。
太陽（神アポロン）は、海原の潮を飲み飽きて、
斜向の回転にとりかかる。

陽馬車牽く馬たちは、波間から現れて、
陽炎と光に包まれて、
口と鼻孔を開けひろげ、
地上の光をいななき出す。

激しく燃え立つ馬は塩や潮泡で喉が渇いて、
ぼくらの川にやって来る。
馬たちは、その流れに触れるや
湯煙となって立ちのぼる水蒸気を飲みほす。

鳥たちは、茂みの中で楽しげに、
さえずりながら、讃えているかに見える、
彼らの隠れ家と羽並を

Leur cabinet, et leur plumage.

V

Desja la lune s'esblouyt,
La nuict plie ses noires voiles,
Et le sombre feu des estoiles
Devant nos yeux s'esvanouyt.

VI

Desja la diligente Avette
Qui se leve de bon matin,
Boit la marjolaine et le tin
Qui fleurit sur le mont d'Himette.

VII

Je voy le genereux Lyon
Sortir d'une caverne creuse,
Herissant sa perruque affreuse,
Qui fait fuir Endymion.

VIII

Sa Dame entrant dans les bocages
Poursuit quelque Sanglier baveux,

黄金色に染めるあの陽光を。

はや、月も陽の光に目がくらみ、
夜はその黒いヴェールを引きはらう。
星々の暗い灯は
ぼくらの目の前で消えうせる。

勤勉な**蜜蜂**は
早起きして、もう、
イミトス山に花咲く
マヨナラ草やタイム草の蜜を飲んでいる。

ぼくは見る、勇猛（高貴）な**ライオン**が
奥深い洞穴から立ち現れ、
おそろしげなたてがみを逆立てて
エンデュミオーンを逃げまどわすのを。

彼の**婦人**は叢林に分け入って
涎流して逃げまどう**猪**を追いまわす。

Ou va voir ses esprits larveux
Aux Cocitiques marescages.

あるいは冥界の**コキュトス河**の沼地にさまよう
仲間の悪霊たちに会いに行く。

IX

Je voy les aigneaux bondissans
Sur ces bleds qui ne font que naistre,
Cloris chantant les meine paistre
Dessus ces coupeaux verdissans.

ぼくは見る、芽吹きはじめたあそこの麦の上で
子羊たちが跳ねまわるのを、
クロリスが歌をくちずさみながら、草を食ませに
緑萌えでたあの丘の上に彼らを連れてゆくのを。

X

L'araire fend desja la plaine,
Le Bouvier qui suit les seillons,
Presse de voix et d'aiguillons
Le couple des bœufs qui l'entraine.

犂がすでに広野を切り進み、
牛飼い農夫は、畝に沿って進みながら、
掛け声や鞭棒で、犂ひく
二頭の牛を駆り立てる。

XI

Philis apreste son fuseau,
Neere qui luy fait la tasche,
Presse le chanvre qu'elle attache
A sa quenouïlle de roseau.

フィリスは紡錘《ボビン》を整え、
ネールはその仕事の下準備に
麻糸を絞り出しては
葦の紡錘竿に結いつける。

XII

Les Feres sont dans leur tasniere

野獣たちは、太陽の光を恐れて

Craignans la clarté du Soleil,
L'homme delaissé du sommeil
Reprend son œuvre coustumiere.

巣穴に閉じこもる。
眠りから打ち捨てられた（目覚めた）
人間は日々の仕事にとりかかる。

XIII

Il est jour, levons nous Philis,
Allons à nostre jardinage,
Voir s'il est comme ton visage
Semé de roses et de lis.

朝がきた、フィリスよ、起きよう。
ぼくらの庭に出て、見てみよう、
まるで君の顔のように
庭がどんなにバラや百合の花に溢れているかを。

（2） 一六二〇年のテクスト（B版）

—— *Le Second Livre des Delices de la Poesie Françoise*（『至上の喜びをもたらすフランス詩華集第二書』）

ODE DE L'AURORE

曙のオード

I

L'Aurore sur le point du jour
Seme l'azur, l'or et l'yvoire,
Et le Soleil lassé de boire,
Commence son oblique tour.

曙《アウローラ》（の女神）は一日が始まろうとするとき
紺碧と黄金そして象牙を降り注ぐ。
太陽（神アポロン）は、海原の潮を飲み飽きて、
斜向の回転にとりかかる。

II

Ses chevaux au sortir de l'onde,
De flamme, et de clarté couvers,
La bouche, et les nazeaux ouvers
Ronflent la lumiere du monde.

III

Ardans ils vont à nos ruisseaux,
Et dessous le sel, et l'escume,
Boivent l'humidité qui fume,
Si-tost qu'ils ont quitté les eaux,

IV

La Lune fuit devant nos yeux,
La nuict a retiré ses voiles,
Peu a peu le front des estoilles
S'unit a la couleur des Cieux.

V

Les ombres tombent des montagnes
Elles croissent a veuë d'œil,
Et d'un long vestement de deuil

陽馬車牽く馬たちは、波間から現れて、
陽炎と光に包まれて、
口と鼻孔を開けひろげ、
地上の光をいななき出す。

激しく燃え立つ馬たちは、ぼくらの川にやってくる。
彼らは全身に塩や潮泡をつけたいでたちで、
大海原の潮から離れるや
川から立ちのぼる水蒸気を飲みほす。

月（の女神）がぼくらの目の前から逃げだし、
夜はそのとばりを引きはらい、
星々の額は、少しずつ
天空の色と混じり合う。

闇が山々から降りきて
見る見るうちに暗さを増し、
ついに長々とした喪服で

Couvrent la face des compagnes.

野原の顔（一面）を覆い隠す。

VI

Le Soleil change de sejour,
Il penetre le sein de l’onde,
Et par l’autre moitié du monde
Pousse le chariot du jour.

太陽（**神**）はすみかを変え、
海原の胎内にしのび込み、
やがて地球の裏側へと
陽馬車を押してゆく。

VII

Desja la diligente avette
Boit la Marjolaine, et le Thyn,
Et revient riche du butin
Qu’elle a pris sur le mont Hymette.

はや、勤勉な蜜蜂は
マヨナラ草や**タイム草**の花蜜を飲みほし、
イミトス山上でとらえた獲物（蜜）で
豊かに太って巣に帰る。

VIII

Je voy le genereux Lyon
Qui sort d’une caverne creuse
Herissant sa perruque affreuse
Qui faict fuyr Endimion.

ぼくは見る、勇猛（高貴）な**ライオン**が
奥深い洞穴から立ち現れ、
おそろしげなたてがみを逆立てて
エンデュミオーンを逃げまどわすのを。

IX

Sa Dame entrant dans les bocages
Compte les Sanglier qu’elle a pris,

彼の**婦人**は叢林に分け入って
捕らえた**猪**の数をかぞえ、

Ou devale chez les espris,
Errans aux sombres marescages.

あるいは（冥界の）暗い沼地をさまよう
亡霊たちのもとへと降りて行く。

X

Je voy les agneaux bondissans
Sur ces bleds qui ne font que naitre.
Cloris chantant les meine paistre
Parmy ces costaux verdissans.

ぼくは見る、芽吹きはじめたあそこの麦の上で
子羊たちが跳ねまわるのを。
クロリスが歌をくちずさみながら、草を食ませに
緑萌えでたあの丘の合間に彼らを連れてゆくのを。

XI

Les oyseaux d'un joyeux ramage
En chantant semblent adorer
La lumiere qui vient dorer
Leur cabinet, et leur plumage.

鳥たちは、茂みの中で楽しげに、
さえずりながら、讃えているかに見える、
彼らの隠れ家と羽並を
黄金色に染めるあの陽光を。

XII

Le pré paroist en ses couleurs,
La Bergere aux champs revenuë
Moüillant sa jambe toute nuë
Foule les herbes et les fleurs.

牧場がとりどりに色づいて姿を現し、
野原に再び戻ってきた**羊飼いの娘**は
あらわな脚を草露に濡らしながら
小草や花々を踏みすすむ。

XIII

La charruë escorche la plaine,

犂が広野をほり返す。

Le bouvier qui suit les sillons
Presse de voix et d'éguillons
Le couple des boeufs qui l'entraine.

XIV

Alis apreste son fuseau,
Sa Mere qui luy fait la tasche
Presse le chanvre qu'elle attache
A sa quenoüille de roseau.

XV

Une confuse violence
Trouble le calme de la nuit,
Et la lumiere avec le bruit
Dissippent l'ombre, et le silence.

XVI

Alidor cerche a son réveil
L'ombre d'Iris qu'il a baisée,
Et pleure en son ame abusée
La fuitte d'un si doux sommeil.

牛飼い農夫は、畝に沿って進みながら、
掛け声や鞭棒で、犂ひく
二頭の牛を駆り立てる。

アリスは紡錘《ボビン》を整え、
母は、娘の仕事の下準備に
麻糸を絞り出しては
葦の紡錘竿に結いつける。

雑然とした騒がしい物音が
夜の静寂をかき乱し、
朝の光は物音とともに
暗闇と沈黙とを追い払う。

目覚めたアリドールは、探し求める、
ベーゼを交わしたイーリスの幻影を。
そして裏切られた思いで
かくも甘美な眠りの消滅を嘆き悲しむ。

XVII

Les bestes sont dans leur tasniere
Epouvantées du Soleil,
L'homme remis par le sommeil
Reprend son œuvre coustumiere.

獣たちは、**太陽**に恐れおののいて
巣穴に閉じこもる。
睡眠をとって元気を回復した
人間は日々の仕事にとりかかる。

XVIII

Le forgeron est au fourneau,
Oy comme le charbon s'allume,
Le fer rouge dessus l'enclume
Estincelle sous le marteau.

鍛冶屋は鉱炉の前に立つ。
聞きたまえ、炭火が燃え立つあの音を！
金床の上で真っ赤になっている鉄は
ハンマーの下で火の粉を散らしている。

XIX

Ceste chandelle semble morte,
Le jour l'a faict évanoüir,
Le Soleil vient nous éblouïr,
Voy qu'il passe au travers la porte.

あそこのローソクは消えたように見える、
朝日がその火を消し去ったのだ。
太陽が訪れてぼくらの目をくらませる。
見たまえ、ドアの間から射し込むあの朝の陽を！

XX

Il est jour, levons-nous Philis,
Allons a nostre jardinage,
Veoir s'il est comme ton visage
Semé de roses, et de lis.

朝がきた、フィリスよ、起きよう。
ぼくらの庭に出て、見てみよう、
まるで君の顔のように
庭がどんなにバラや百合の花に溢れているかを。

（3）一六二一年のテクスト（C版：決定版）

——Les Œuvres du sieur Theophile（édition originale）（『テオフィル氏作品集』［エディション・オリジナル］）

LE MATIN

ODE

朝（オード）

I
L'Aurore sur le front du jour,
Seme l'azur, l'or et l'yvoire,
Et le Soleil lassé de boire,
Commence son oblique tour.

曙《アウローラ》（の女神） は一日の額の上に
紺碧と黄金そして象牙を降り注ぐ。
太陽（神アポロン） は、海原の潮を飲み飽きて、
斜向の回転にとりかかる。

II
Les chevaux au sortir de l'onde,
De flamme, et de clarté couverts,
La bouche et les naseaux ouverts,
Ronflent la lumiere du monde.

陽馬車牽く馬たちは、波間から現れて、
陽炎と光に包まれて、
口と鼻孔を開けひろげ、
地上の光をいななき出す。

III
La Lune fuit devant nos yeux,
La muict a retiré ses voiles,

月（の女神） がぼくらの目の前から逃げだし、
夜はそのとばりを引きはらい、

Peu à peu le front des estoilles
S'unit à la couleur des Cieux.
IV

Desja la diligente Avette
Boit la marjolaine et le tin,
Et revient riche du butin,
Qu'elle a prins sur le mont Hymette.
V

Je voy le genereux Lion,
Qui sort de sa demeure creuse
Herissant sa perruque affreuse,
Qui faict fuyr Endimion.
VI

Sa Dame entrant dans les boccages
Compte les Sangliers qu'elle a pris,
Ou devale chez les esprits
Errant aux sombres marescages.
VII

Je voy les Agneaux bondissans
星々の額は、少しずつ
天空の色と混じり合う。
はや、勤勉な**蜜蜂**は
マヨナラ草やタイム草の花蜜を飲みほし、
イミトス山でとらえた獲物（蜜）で
豊かに太って巣に帰る。
ぼくは見る、勇猛（高貴）な**ライオン**が
住まいの洞穴から立ち現れ、
おそろしげなたてがみを逆立てて
エンデュミオーンを逃げまどわすのを。
彼の**婦人**は叢林に分け入って
捕らえた**猪**の数をかぞえ、
あるいは（冥界の）暗い沼地をさまよう
亡霊たちのもとへと降りて行く。
ぼくは見る、芽吹きはじめた麦の上で

Sur les bleds qui ne font que naistre:
Cloris chantant les mene paistre
Parmy ces costaux verdissans.

VIII

Les oyseaux d'un joyeux ramage,
En chantant semblent adorer
La lumiere, qui vient dorer
Leur cabinet et leur plumage.

IX

La charruë escorche la plaine,
Le bouvier qui suit les seillons
Presse de voix et d'aiguillons,
Le couple des boeufs qui l'entraine,

X

Alix apreste son fuseau,
Sa mere qui luy faict la tasche,
Presse le chanvre qu'elle attache
A sa quenoüille de roseau.

子羊たちが跳ねまわるのを、
クロリスが歌をくちずさみながら、草を食ませに
緑萌えでたあの丘の合間に彼らを連れてゆくのを。

鳥たちは、茂みの中で楽しげに
さえずりながら、讃えているかに見える、
彼らの隠れ家と羽並を
黄金色に染めるあの陽光を。

犂が広野をほり返す。
牛飼い農夫は、畝に沿って進みながら、
掛け声や鞭棒で、犂ひく
二頭の牛を駆り立てる。

アリックスは紡錘《ボビン》を整え、
母は、娘の仕事の下準備に
麻糸を絞り出しては
葦の紡錘竿に結いつける。

XI

Une confuse violence
Trouble le calme de la nuict,
Et la lumiere avec le bruit,
Dissipent l'ombre, et le silence.

雑然とした騒がしい物音が
夜の静寂をかき乱し、
朝の光は物音とともに
暗闇と沈黙とを追い払う。

XII

Alidor cherche à son resveil
L'ombre d'Iris qu'il a baisee,
Et pleure en son ame abusee
La fuitte d'un si doux sommeil.

目覚めたアリドールは、探し求める、
ベーゼを交わしたイーリスの幻影を。
そして裏切られた思いで
かくも甘美な眠りの消滅を嘆き悲しむ。

XIII

Les bestes sont dans leur taniere
Qui tremblent de voir le Soleil.
L'homme remis par le sommeil,
Reprend son œuvre coustumiere.

獣たちは、**太陽**に出会うのを恐れて
巣穴に閉じこもる。
睡眠をとって元気を回復した
人間は日々の仕事にとりかかる。

XIV

Le forgeron est au fourneau
Oy comme le charbon s'alume,
Le fer rouge dessus l'enclume,
Estincelle sous le marteau.

鍛冶屋は鉱炉の前に立つ。
聞きたまえ、炭火が燃え立つあの音を！
金床の上で真っ赤になっている鉄は
ハンマーの下で火の粉を散らしている。

XV

Ceste chandelle semble morte,
Le jour la faict esvanouyr,
Le Soleil vient nous esblouyr,
Voy qu'il passe au travers la porte.

あそこのローソクは消えたように見える、
朝日がその火を消し去るのだ。
太陽が訪れてぼくらの目をくらませる。
見たまえ、ドアの間から射し込むあの朝の陽を！

XVI

Il est jour, levons nous Philis,
Allons à nostre jardinage,
Voir s'il est comme ton visage,
Semé de roses et de lis.

朝がきた、フィリスよ、起きよう。
ぼくらの庭に出て、見てみよう、
まるで君の顔のように
庭がどんなにバラや百合の花に溢れているかを。

これら三テクストを概観してまず気づくことは、タイトルが三変していること、一六二十年のB版が二十ストロフと最も長く、一六一九年の初出形A版が十三ストロフと最短形で、一六二一年の決定版Cはその中間の十六ストロフから成っているという点である。A版のタイトルは「ある朝（マチネ）の叙景、オード」Description d'une Matinée, Odeとなっており、B版は「暁のオード」Ode de l'Aurore、C版は単に「朝」Le Matinとなっている。初出形のA版のタイトルからは、具体的なある午前中の日の出や月や星の消滅といった自然現象、日の出後の人間や動物たちの活動を話者が見たままに（じつは想像もしているようだが）ただ叙述した詩ということが想像されるが、各ストロフを見てみると、必ずしもそうとは言えない詩節も散見される。

B版の題名からは、女神アウローラや太陽神アポロンなどに「擬人化された」暁や太陽とその直後の自然現象、さらにこの暁の到来で開始される動物や人間界の活動への賛歌と予想されるが、一読すると新たに加えられた七詩節により、バラエティと厚みのある詩となっている。半面夕刻や夜の現象と想像される場面もあり、各ストロフの進行も必ずしも経時法に従っておらず、多少混乱した印象を与える。

決定稿C版のタイトルは“Le Matin”と定冠詞が付せられ、普遍化というか抽象化された〈朝〉（さらに言えば〈宇宙化された朝〉）が問題となっているという印象を与える。事実このテクストを読むと、ライオンのエンデュミオーン追いと「彼の婦人」の猪狩りの部分（C版第五、六ストロフ）がAからB、C版とかなり大きなヴァリアントを伴いつつも最後まで削除されなかった点に謎が残るとはいえ、一六二〇年に追加された七詩節のうち夕刻や夜の描写と思われる部分（B版第五、六ストロフ）がカットされ、形式的にも内容的にも、最もバランスのとれた詩となっているように見える。

次にこれら三版の各ストロフの消長を見てみると、第一ストロフ「暁（の女神）は」L'Aurore sur le front（point）du jour と第二ストロフ「陽馬車牽く馬たちは」Les（Ses）chevaux au sortir de l'onde および最終ストロフ「朝がきた、フィリスよ、起きよう」Il est jour, levons-nous Philis の三詩節のみがA、B、Cの各版にあってその位置も、句形もほとんど変わらずに最後まで生き残っているが、このことはこれらの三詩節がオード『朝』のキーストロフというか少なくとも外枠的骨格となっているのではないか、ということを予想させる。なお綴字法以外A→B→C版にわたってまったく変更を受けていないストロフとして「鳥たちは、茂みの中で」Les oiseaux d'un joyeux ramage の詩節が挙げられる。詩中の位置（配列）は、A版では第四ストロフ（以下詩節を単にI、IIとローマ数字で示す場合がある）と前半部にあるが、B、C版では中央部（XIIおよびVIII）に変更されている。またA→B（＝C）版で語法や語彙が〝近代化〟されただけで、ほかはすべて生かされ、したがって意味内容もほとんど変わっていないストロフを、A版の詩節番号に依拠して挙げると、ストロフVII（「ぼくは見る、勇猛なライオンが」Je voy le genereux Lyon）とストロフIX（「ぼくは見る、小羊たちが跳ねまわるのを」Je voy les aigneaux bondissans）およびストロフX（「犂がすでに広野を切り進み」L'araire fend desja la plaine）の三詩節である。ほとんど一六一九年の原形のまま一六二一年の決定版テクストに採用されている以上九ストロフは、この詩の原骨格となっているようにも思われる。しかし問題は大きく修正されたり、カットされた部分あるいは新たに追加されたストロフにあるとも考えられるので、次にそうしたストロフを中心に見ていくこととしよう。

大きな修正が行われたのはA→B版においてであり、他方B、C版を比較してみると、B版に新たに付け加えられた七ストロフのうち、前述の夜や夕暮れの描写と思われる二ストロフ、削除理由が明確でない第十二ストロフ（「牧場がとりどりに色づいて姿を現し」Le pré paroist en ses couleurs）および大きな修正を経てA→B版まで生きていた第三ストロフ（「馬たちは、ぼくらの川に」Ardans ils vont à nos ruisseaux）がカットされたほかは、A→Bで修正された各ストロフを含め、C版テクストはB版とほとんど同一である。そこで最もヴァラエティに富んではいるが問題点も少なくない一六二〇年のB版を中心に、ヴァリアントを考察し、あわせてストロフの追加・削除の理由についても考えてみよう。

第一ストロフ（B版、以下同様）　この詩節に認められるヴァリアントは第一詩句だけである。“front”（A版）→“point”（B版）→“front”（C版）と詩人は一度は“front”をB版で“point”に変えたが、一六二一年の決定版では迷いつつも結局元に戻して“front”としている。一六二〇年版の第一詩句“L'Aurore sur le point du jour”も悪くなく、作者が迷ったのもゆえなしとしない。というのはこの修正によって、ヴィオーはおそらく「暁（の女神）は、一日（朝日）がまさに始まろう（現れよう）とするときに」という時間的意味のほかに「太陽が正に（水平線上に）姿を現すその地点に」という空間的意味を込めようとしたと考えられるからである。しかし“sur le point du jour”では「日の出どき」という時間的意味が強すぎ、「暁の女神アウローラが大洋から現れようとする太陽神アポロンの頭上に」という空間的・神話的意味が弱まってしまうので、最初の“front”（額・前面）という具体的・空間的表現を最終的に採用したと考えられる。事実“L'Aurore sur le front du jour / Seme l'azur, l'or et l'yvoire”「暁の女神アウローラは、一日の前面（太陽神アポロンの額）に」という言い回しは、いかにもバロック的な誇張した hyperbolique 表現だが、洒落ていて、しかも“front”の語により「日の出直前」という時間的意味も表しえている。

第二ストロフ　この詩節もヴァリアントは第一詩句の“Ses”（A）→“Ses”（B）→“Les”（C）のみ。つまり所有形容詞“Ses”を決定版で定冠詞“Les”に変えたわけだが、この修正で第二詩節が、対となっている第一詩節と対等な関係となる。A、B版の“Ses”では、「太陽の（神アポロンの馬車を牽く）馬」という意味が明確になるとはいえ、第二詩節の主語たる「馬たち」とこの詩節全体が、前詩節に従属した弱い感じになっている。この詩節冒頭の“chevaux”は、B・ブレー Bray が言うように[3]、第一詩節第一詩句冒頭の“L'Aurore”とシメトリーとなっており、定冠詞“Les”の使用により、この馬たちと第二詩節が前節からの独立度を高め、より対等的・対称的詩的価値を持つに至っている。

第三ストロフ　この詩節はA→Bの過程で大幅な改変がなされ、決定版Cでは結局削除されてしまっている。以下にヴァリアントを示すと、

A版（一六一九年）

Ardans ils vont en nos ruisseaux,
Alterez de sel et d'escume,
Boire l'humidité qui fume,
Si tost qu'ils ont touché les eaux.

B版（一六二〇年）

Ardans ils vont à nos ruisseaux,
Et dessous le sel, et l'escume,
Boivent l'humidité qui fume,
Si tost qu'ils ont quitté les eaux.

となっているが、第二詩句をこのように修正した理由は、A版では、太陽の馬たちの喉の渇きの原因を示す前置詞

“de”を伴った過去分詞“alterez”を使用しているが、この表現では馬がどこで喉が渇いたかが曖昧であり、詩節全体としても太陽の馬の旋回運動を暗示する力が弱い。そこで馬たちは、「(海中を潜ってきたために)塩や潮泡を全身につけているので(喉が渇き)、潮から離れるや、(ぼくらの川から)立ち昇る湯気(水蒸気)を飲みこむのだ」と変えることで、太陽の馬の経路とその円周運動、経過時間を示そうとしたと思われる。また過去分詞“alterez”を落としても“dessous le sel et l'escume”という表現で馬の渇きは暗示できているように感じられる。それに形容詞“Ardans”は、その激しい運動と自ら発する火炎による渇きだけでなく、海の塩水による馬の渇きをも含意していないだろうか。

このストロフが決定版で採用されなかったのは、B版のタイトル「暁(の女神)のオード」が示しているように、暁を主題とする詩としては、太陽(神)の描写が前詩節から続き長すぎること、そして何より作詩法上の理由からと想像される。このオードは八音綴り四行詩で脚韻はいわゆる抱擁韻で書かれており、しかもA、B、C各版とも[m.f.f.m / f.m.m.f / m.f.f.m]と男性脚韻で始まる詩節と女性脚韻で始まる詩節とが交互にきている。ところがB、C版にはこの作詩法を守っていない部分がそれぞれ一カ所だけある。B版ではいま問題にしているこの第三詩節から次の第四詩節に移行する部分がそれである。つまり第三詩節は[m.f.f.m]と男性脚韻で終わっているが、第四詩節もまた[m.f.f.m]とこの箇所だけ男性脚韻で始まっている。そこで決定版のように、この第三詩節をカットし、[f.m.m.f]となっている第四詩節を第三詩節の直後に持ってくることで、この欠点を取り除いたと思われる。[4]

第四ストロフ　一六一九年版の第五詩節に対応するが、やはり大幅な改変がなされている。

A版(一六一九年)	B版(一六二〇年)
Desja la lune s'esblouyt,	La Lune fuit devant nos yeux,
La nuict plie ses noires voiles,	La nuict a retiré ses voiles,

Et le sombre feu des estoilles　　　Peu a peu le front des estoilles
Devant nos yeux s'esvanouyt.　　　S'unit a la couleur des Cieux.

これは一瞥してわかるように、修正というより書き変えと言える。私見ではA版テクストはそのバロック的擬人法による気の利いた表現といい、その心地よい響き、さらには“le sombre feu des estoile”といった目前の自然現象を見事に表現しながら、読者に撞着語法《オクシモロン》的ショックを与える言い回しなどむしろB版より優れているとさえ感ずる。したがってこの改変はアルカイックな語法を近代的な語法に直す必要からも行われたように見える。たとえばA版第一行の“s'esblouyt”は“s'aveugle”の意だが、いくつかの辞書用例によれば代名動詞としてのこうした用法はすでに古法であり、同様に“plie”もアルカイックな用法という。またA版の“ses noires voiles”に見られるヴェール“voiles”の男性、女性としての用法の区別は、ヴィオーの時代にようやく確立されたという。[5]

ところでA・アダンによれば改変されたB版テクストも「嘆かわしい」出来ばえだという。たとえば第三、四詩句の“le front des estoilles / S'unit a la couleur des Cieux”について、「ある色と結合した額のメタフォールは〈まったくわけのわからぬもの〉pur galimatisだ」[6]という。この点に関連して、I－M・クリューゼルは一六二二年の詩華集“*Le Séjour des Muses*”版のヴァリアント“S'unit à la clarté des Cieux”の方がベストではないにしても優れているとして、この版を研究者がもっと重要視せねばならない根拠の一つとしている。[7]だが私見では、B版の“Peu a peu le front des estoilles / S'unit a la couleur des Cieux”という表現はアダンやクリューゼルが言うように、「ちんぷんかんぷん」でも“à la clarté des Cieux”より劣っているとも感じられない。ここは「星々の放つ青白い光（front）が（暁とともに少しずつ白んできた）空の色と見分けがつかないほどに混じり合う」と解せるからである。“la couleur”を“la clarté”に変えると意味はより明確になるが、反対に暁の空が暗い紺色から時間の経過とともに次第に明るく白っぽい色に変わっていく間中、星の光が空のその白い色に混じり合うという微妙な時間的ニュアンスが失われてしまうように思うからである。なお決定版CはこのB版テクストと同一。

第五、六ストロフ　この詩節はB版で新たに加えられた部分だが、決定版では削除されている。この二詩節は、研究者が一致して認めているように、[8] そして何より作者自身の証言を信ずるなら、[9] 伝えられてはいないがおそらく実在した〈夜〉と題された別の作品の一部と推定され、一六二〇年刊の“*Le Second Livre des Délices*”の出版者が、不注意からこのオードの中に混入させてしまったものと思われる。たしかにこの二詩節は前掲のテクストを注意して読めば気づくように、〈夕暮〉ないし〈夜〉と題されていたであろう詩の一部と考えた方が合理的である。しかしここで奇妙なのは、B・ブレーも指摘しているように、[10] 一読しただけではこの誤りに気づかないような自然さを持って紛れ込んでいるという点である。つまりこのB版テクストの詩節I―VIは暁→日の出→朝→夕暮→夜という太陽の地球旋回運動を経時的・空間的に描写しており、少なくともこの第六詩節まで読んだ限りでは理論的にもそれほど不自然には感じられないのである。

第七ストロフ　A版の第六ストロフをかなり大幅に修正したもので、決定版Cテクストはこの修正版Bをそのまま採用している。

A版（一六一九年）

Desja la diligente Avette
Qui se leve de bon matin,
Boit la marjolaine et le tin
Qui florit sur le mont d'Himette.

B版（一六二〇年）

Desja la diligente avette
Boit la Marjolaine et le Thin,
Et revient riche du butin
Qu'elle a pris sur le mont Hymette.

A版は、言ってみれば元禄俳諧のいわゆる見様体風ないし〈ただごと俳諧〉に墜ちる寸前の蕉風かるみ体の発句を思わせる、写実風な（じつはギリシャ・ローマ神話に依拠した空想を交えているのだが）すっきりしたイメージを喚起する典雅な絵となっている。だが見ようによってはアダンやB・ブレーが指摘しているように[11]、たとえば第二行の“Qui se leve de bon matin”などはイメージ喚起力の欠けた凡庸な詩句であり、さらには経時性と運動性の観念を欠いた平凡なスナップ・ショット的絵画に終わっている。B版は、アルカイックな“florir”（fleurit）といった動詞を捨て、代わりに“revient”とか“elle a pris”とすることで経時性や運動の観念を暗示するよりダイナミックで複雑なイメージを喚起するテクストとなっている。だがこうした修正にもかかわらず、B版では前節との時間的関係に無理というか不自然さがある。あえて解するなら（1）没した太陽が地球の裏側を一周して翌日の明け方となり「はや、勤勉な蜜蜂は」と取るかあるいは（2）ストロフI―VIで語られてきた太陽の一日の旋回運動の叙述はここで終え、ところで夜明け以後の動物・人間界は、と場面転換し、時間的にも朝に戻した上での話、と解釈するしかない。しかしいずれも不自然であることに変わりなく、この点からも前節第五、六ストロフのこの詩への誤入説が間接的に裏付けられるように思う。実際決定版Cではこの詩節は、問題の二詩節が削除された結果、B版の第四詩節「月（の女神）はぼくらの目の前から逃げだし」（C版第三節）に接続してこうした矛盾は解消されている。

第八ストロフ　この詩節はA、B、C版を通してほんのわずかのヴァリアントしかない。相違点は第二詩句のみ。

A：Sortir d'une caverne creuse,
B：Qui sort d'une caverne creuse
C：Qui sort de sa demeure creuse

このストロフは一六一九年、一六二〇年、一六二一年と三度にわたり、このようにわずかな修正が行われているが、意味内容にはほとんど影響していないように思われる。あえて言えば、A版の“Sortir”よりB版の“Qui sort”の方が調子がスムーズで響きも良いように感じられる。またC版の“sa demeure creuse”の方が後半部の響きや調性がA、B版テクストより改善されており、同時にA、B版の“caverne creuse”という、言ってみれば同語反復的 tautologique 感じも解消されている。

第九ストロフ　B・ブレーは、A・アダン同様[12]、語法の近代化 modernisation 以外ほとんど何も語っていないが、この詩節は、古来より注釈者、研究者から議論・仮説が出されてきた難解な部分である。ここもA→B＝Cの関係、つまりB版で大幅に改変され、決定版CはBテクストと同一である。

A版（一六一九年）

Sa Dame entrant dans les bocages
Poursuit quelque Sanglier baveux,
Ou va voir ses esprits larveux
Aux Cocitiques marescages.

B版（一六二〇年）

Sa Dame entrant dans les bocages
Compte les Sangliers qu'ella a pris,
Ou devale chez les esprits,
Errans aux sombres marescages.

この改変の主な理由はA・アダンが言うように[12]、詩語と語法（作詩法）の近代化と思われる。A版には、“baveux”（涎を垂らす）とか“larveux”（“larve”の形容詞。この語は Grand Littré には“terme de l'antiquité. Génie malfaisant, qu'on croyait errer sous des formes hideuses. — [étym.] Lat. *larva*, fantôme, masque; on le rattache à *lara*, déesse des morts.”とある）、“Cocitique”（“Cocyte”コ

キュトス河の形容詞。なお“Cocyte”については、十九世紀ラルースに詳しいが、たとえばGrand Quillet, 1934にも、“[Myth. gr.] Mot à mot: Fleuve des Lamentation. Fleuve des Enfers; Virgile, dans *l'Enéide* (liv. VI), l'a décrit comme un vaste marais infranchissable enveloppant, ainsi que le Styx, le séjour des morts.”とある）といった古めかしい稀語が使用されているが、B版ではこれらの語彙が除かれ、よりスマートな詩形に書き変えられた結果、A版に感じられたゴツゴツしたぎこちない調子が消え、調性や響きも良くなっている。

次にこの改変が意味内容の変更を意図して行われたものかどうかということが問題となるが、この点は議論の分かれるところである。この問題は次章で再度少し詳しく触れるが、結論だけ先に言えば、この書き変えにもかかわらず、意味内容は、本質的にはA版と変わっていないように思う。つまりAテクストの持つ暗く不吉な感じやストレートなどぎつさを、ソフトな表現で和らげているにすぎないのではないかということである。

ここで前に付言したI‐M・クリューゼルがその重要性を主張した一六二二年刊行の詩華集 *Le Séjour des Muses ou la Cresme des bons vers* のヴァリアント——この詳しい検討は決定版テクスト解釈のところに譲ることとして——についても触れておこう。クリューゼルが個人的に見つけたという一六二二年の初版コピー本に収録されている『朝』のテクスト（以下これをD版と呼んでおこう）には、同氏によればヴァリアントは二カ所あるという。一つはすでに取り上げた第一詩節四行目の［“couleur”/“clarté”］だが、ほかが本詩節第三行目のヴァリアントである。

B、C版（一六二〇、一六二一年）	D版（一六二二年）
Ou devale chez les esprits	Ou devalez chez les esprits

〈クリューゼル本〉では以上の二カ所とのことだが、同氏がBNには存在しないと言っている（一九七三年）初版の

再版ないしコピー本（一六二二年）*La Cresme des bons vers*, Lyon, 1622〈Biblio. nat. Rés. P. Y^{e} 771〉――以下これをD″版としておこう――は一九九〇年の時点では同図書館にあり、それによれば、この二カ所のほかにもう一カ所（もっともこれは単なる綴字法の相違と見た方が合理的で、クリューゼルもそう見てこれをヴァリアントに数えなかったのかも知れない。とすると〈クリューゼル本〉とBN所蔵本とは表紙のタイトルが異なるにもかかわらず、少なくとも本文はまったく同一である可能性が高い。というのは、両者とも四三五頁と同一であること、また前者は「二重表紙」double page de titre が付せられている[13]とのことであり、二枚目はタイトル、収録詩人リスト、刊行地ともBN本の表紙とまったく同一であること、しかもBN本には、クリューゼル本の一枚目の表紙が欠落した痕跡はまったく認められないなどの理由により、クリューゼル本は「国家納本」された初版［BN本］に発見された収録詩人リストの誤りを正した上で、*Le Séjour des Muses ou la Cresme des bons vers* という表題の修正表紙をBN本表紙の前につけ加えただけで、本文はまったく同一の版と考えられるからである）あったので、以下ではこれも併せて考察してみよう。

　クリューゼルは、D版に見られるこの二つのヴァリアントは、一六二七年まで三回刊行された同詩華集再版本に作者が一度も手を加えていないこと、「したがって印刷屋の不注意によって変えられたように見える詩句は、テオフィルの作品の中には一つも見出されない」[14]（!?）以上、出版者や印刷者の単なるミス・誤植とは考えられず、それに意味内容から考えても、一六二二年のヴァリアントの方が、このオード全体の意味によりマッチしていると言う[15]。彼の主張を確認するために、この詩節を再度引用してみよう。［Sa Dame entrant dans les bocages / Compte (D″: Conte) les Sangliers qu'elle a pris, / Ou devale (D, D″: devalez) chez les espris. / Errans aux sombres marescages.］最初にBN所蔵の一六二二年版（D″）に認められるヴァリアントを見てしまおう。第二詩句の［Compte / Conte］がそれだが、十七世紀中葉まではこの動詞は互いに混同されて使用されていた（J. Dubois の Dictionnaire du français classique; Grand Robert; Grand Littré, etc.）とのことからすると、ここは単なる綴字法の相違にすぎず、その意味ではヴァリアントと見るべきではないかも知れない。ただそうなると問題は、B、C版のこの“Compte les Sangliers”の“Compte”を“Conte”つまり“Raconte”の意味に解せないかという疑問が残る。“les Sangliers”という直接目的補語を考えると無理な気もするが、Grand Robert 仏語辞典にはたとえば « Hélas! avec plaisir je me faisais conter / Tous les noms des pays que vous allez dompter, (Rac., Iphig.) » などの用例があり、また『仏和大辞典』（白水社刊）の［〈古・方言〉（一々数えあげるように）逐一話す、raconter］という“conter”の語釈を参考にするなら、この部分は次のように解釈することもできるのではなかろうか。「彼女（女神ディアーナ）は自ら捕らえた猪のことを逐一（同行しているニンフたちに）語って聞かせる」と。

次にD（D″）版のヴァリアントの問題を考えてみよう。

注釈者の間では“Sa Dame”の所有形容詞“Sa”が誰を指しているかで意見が分かれているが、二説あり、一つは前節中のライオン説（レミ・ド・グールモンなど）[16]、ほかは前節直前のエンデュミオーン説（ジャンヌ・ストレシャーなど）[17]である。この点は後で詳しく見ることとして、ここでは差し当たり〈彼〉としておこう。B、C版ヴァリアントによるクリューゼルの解釈はこうである。「彼の婦人（勇猛なライオンの妻、雌ライオンの場合）は森に入って、彼女が捕らえた猪の数を数えるか、あるいは自らの死を見出す。[18]」あるいは「彼の婦人（エンデュミオーンの恋人ディアーナの場合）は森に入って、彼女が捕らえた猪の数を数えるか、あるいは地獄の亡霊の中に降りていく[19]」となる。しかし彼はB、C版によるこうした解釈はこのオード全体の持つ朝の明るい雰囲気を破壊してしまう奇妙な解釈であり、受け入れ難い[19]という。ところがD版に従えば「彼の婦人（クリューゼルは最終的にディアーナと取る）[20]は森の中に入って行き、彼女が捕らえたり、あるいは殺した猪の数を数える」qu'elle a capturés ou tués［= dévalez aux Enfers］[20]となると見る。つまり動詞“dévalez”をB、C版のように“dévaler”（自動詞）の直説法現在形ととらず、他動詞と見、直前の“pris”と同格の複数過去分詞ととる。[20]こう解釈すれば、ギリシャ神話のアルテミスと同一視された森や狩猟の女神であるディアーナの猪猟の光景は、この詩全体に支配的な明朗な朝のイメージと矛盾しない一場面となる[20]という。

さらにクリューゼルは一六二一年のヴィオー作品集初版や同集再版がこのD版と異なる理由として、詩人がB、C版でもD版と同じ修正を行ったにもかかわらず、印刷者が問題の箇所《pris ou devalez》の複数の印の“z”を入れ忘れたと推測する。[20] クリューゼルのD版に基づくこの解釈は理解できる部分もあるが、結論的にはわれわれは採らない。理由は解釈自体にも問題があるが、何よりこの説の前提としてのD版のヴァリアントの妥当性に大いに疑義があるからである。第一点については、G・サバ Saba も指摘しているように、[21] B、C版の“devale”のままでも、この部分はたとえ闇や亡霊のイメージを伴うにしても、この詩全体の統一性を壊してはいないと考えられるからである。後者について言えば、一六二一年以降ヴィオーが死ぬ一六二六年までに四版も作品集が刊行されているにもかかわらず——死の二、三年前は投獄や病気という事情があったにせよ——クリューゼルの言う「印刷ミス」を一度も修正しないということは考えにくいからである。

第十ストロフ　A—IX、C—VIIに対応。このストロフのヴァリアントはわずかで、Aテクストのアルカイックな語彙・語法の修正と名詞限定詞の改変のみ。A版の最終行“Dessous ces coupeaux verdissans.”という古風な語法・語彙をB、C版で“Parmy ces costaux verdissans.”に、またB、C版の第二詩句の“Sur ces bleds”を決定版Cで“Sur les bleds”と定冠詞に修正。この修正により、詩に響きの良さと広がりが感じられるようになった。いま「広がり」と言ったが、それは主として指示形容詞から“les”という定冠詞への改変でもたらされているように思われる。同じことは、第二詩節の“Ses chevaux”→“Les chevaux”についても言える。つまり詩人は決定版では、個々の事物の従属性、個別性ないし限定性を強調する所有形容詞や指示形容詞の使用を避け、むしろ事物の独存性、普遍性ないし一般性の獲得を意図して、定冠詞に変えたように見える。

第十一ストロフ　A—IV、C—VIIIに対応。このストロフには、ヴァリアントはまったくなく、A＝B＝C。ただ配列が大幅に変更され、B、Cでは中央部に移動している。理由は（1）作詩法上の問題と、（2）内容面の両者からと思われる。（1）について言えば、B版では第三詩節（"Ardans ils vont à nos ruisseaux"）の後に、新たに二詩節加えられたため、脚韻［f.m.m.f］の詩形を持つ直後の詩節（V）と同一の抱擁韻詩形のこの詩節をその後に置けなくなってしまったからである。また（2）内容から言ってもこの詩節の喜びに満ちた小鳥たちのさえずりの場面は、朝日の到来によってもたらされる動物や人間界の喜びや活気が描かれる後半部に置かれた方が適切だからである。

第十二ストロフ　第五、六詩節同様、B版で新たに加えられながら決定版Cではなぜかカットされてしまった詩節である。この詩節が喚起するその新鮮な現実感、爽やかさは、ランボーの初期詩篇『サンサション』*Sensation* を思わせる。この詩節はこうした捨て難い美質と魅力を持っているだけに、決定版から落ちてしまった理由を解しかねるが、あえて推測するなら二つ考えられる。

一つは、前々節にすでに羊飼いの娘（クロリス）が登場していて内容的にダブっているという理由。[22] もう一つは出版者か作者の遺漏説である。というのは決定版にも、前述の男性脚韻による抱擁形と女性脚韻による抱擁形の交互配置の詩形システムが破られている箇所が一つあり、そこにこの詩節を差し込むと全詩節間にこの交互性が実現し、形式的にも完璧となるからである。その箇所はB、Cともこの詩節の前後詩節間（「鳥たちは」と「犂は広野を」の間）である。しかしこうした遺漏は作者自身が事後気づくはずで、あえて再版で修正しなかったのは、作者の形式美への無頓着のゆえでなければ、訴追・逃亡・欠席裁判による死刑宣告・逮捕・投獄・尋問、病気と、一六二二年十一月の『サティリック詩人詩華集』刊行以来死に至るまで詩人の身の上に起こった生死に関わる大事のため、それどころではなかったということかも知れない。

ここでさらに付言するなら、詩人の同時代、また今世紀に入ってからもこの『朝』のオードについては、一六二一年の『作品集』に依らず、このB版テクストを採用した作品集や選集が少なくない。たとえば一六二二年の Gilbert Vernoy[23]、一九二六年の Louis-Raymond Lefèvre[24]、一九四九年の Marcel Bisiaux[25] などのヴィオー選集がそれである。彼らが決定版に依らずあえてこのB版テクストを採用した理由の一つは、混乱はあるにせよそこに詩的豊穣さやこの十二詩節に見られるような捨て難い魅力を認めていたからではなかろうか。

第十三―十四ストロフ　A―X、XI、C―IX、X。この二詩節もヴァリアントは語彙の近代化 modernisation のみで、A→B＝Cの関係にあるが、詩句の外形的構成はA≒B＝C（ただしXIVは意味上からは、A→B＝C）。第十三詩節では“L'araire”→“La charrue”と動詞の“fend”（A）→“escorche”（B、C）、また第十四詩節では“Philis”（A）→“Alis”（B）→“Alix”（C）および“Neere”（A）→“Sa mere”（B、C）のみである。第十四詩節は、このように糸紡ぎ娘の名が各版にわたり三変している点が重要である。というのは、A版では最終節に登場する話者の恋人と同名となっているからである。同一人物とすると、話者はこの田舎と思われる糸紡ぎ娘の家を訪ね、彼女と夜をともにした翌朝、最終節の前までのことを空想ないし想起していることになろう。B・ブレーは糸紡ぎ娘を話者の恋人と同名で呼んでいるのは作者のケアレスミスで同一人物ではないとしている。[26] たしかにそのようにも取れるが、われわれはこのA版テクストの段階では、作者が同一人物として場面設定していると考える。そう見た方がこの詩の下敷きの一つとなっていると思われるアルバ alba〈暁の衣ぎぬの哀歌〉の構造によりスムーズに適合するからである。アリドールの詩節（B―XVI）の挿入によりB版テクストに〈ベーゼ〉や〈夢の中での愛〉のテーマが加えられたため、糸紡ぎ娘を話者の恋人とは異なるアリスという人物にしたと考えられる。

しかしこの娘はC版ではさらにアリックスと改名させられてしまう。これは詩句の響きや名前の持つ固有のイメージ効果を狙った意識的な修正と見られるが、あるいは例によって出版者か作者のミスかも知れない。A版の「ネール」Neere という名は、ブレーも言うように、[26] ヘレニズム的印象を受けるが、元来はニンフの名前だろうか。いずれにせよこの女性と糸紡ぎ娘との人物関係が曖昧である。これをB版で「彼女の母」Sa Mere と変えることで、人物関係が明確になり、より鮮明な現実感を持ったイメージに変わっている。

第十五―十六、十八―十九ストロフ　B版で追加され、順序もそのままでC版に踏襲される。したがって、誤植とも考えられる一カ所を除くと、B、C間にヴァリアントはまったく存在しない。唯一のヴァリアントらしき箇所は第十九ストロフ（C―XVI）の第二句の « Cette chandelle semble morte, / Le jour l'a (C: la) faict évanoüir, » である。どちらも意味は通ずるが、誤植とすれば、おそらくアポストロフの欠落が考えられ、B版が正しいことになろう。しかし論理的にはどちらかと言えば、決定版Cの方がベターと思われるので、やはり意識的な修正と見るべきであろう。

第十七ストロフ　A―XII、C―XIII。このストロフはA→B→Cと各段階でかなり大幅な改変が行われている。

A版（一六一九年）

Les Feres sont dans leur taniere
Craignant la clarté du Soleil,
L'homme delaissé du sommeil
Reprend son œuvre coustumiere.

B、C版（一六二〇、一六二一年）

Les bestes sont dans leur taniere
（B）Espouvantées du Soleil,
（C）Qui tremblent de voir le Soleil.
L'homme remis par le sommeil
Reprend son œuvre coustumiere.

A版の古語“Feres”はB、Cテクストでは“bestes”に変えて、ロンサール風アルカイスムを除いているが、この語は、コトグレイヴ Cotgrave の『仏英語辞典』にも“A wild beast”とあり、またニコ Nicot の『古近仏語辞典』にも“une fere, ou beste sauvage, Ronsard, Fera”とあってロンサール Pierre de Ronsard のヴィオーへの影響が窺えるような語解である。第二詩句の三度にわたるこうした大幅な修正は、ヴィオーがこの部分の表現に満足しなかったことを物語っている。事実「認めがたい母音衝突」（Adam）を含むBテクストもAテクストの“L'homme delaissé du sommeil”とともに、擬人法的な発想とイペルボールからくるおかしさ、奇抜さが感じられておもしろいが、反面、調性や響きがどことなくぎこちない。またA版の"la clarté du Soleil"も音の響きは良いが、トートロジックな感じで言葉の詩的緊迫感が弱い。C版になると音の調子が以前より整えられ、こうした欠点が目立たなくはなったが、詩的おもしろさは減殺されてしまっている。

第二十ストロフ　A、B、C版の各テクストとも最終節となっている。これはいかなる修正も配置変更も受けていない二詩節の一つである。すでに述べたようにこの最終節は、構造的にも意味作用上から言ってもこの詩全体を収束するキーストロフとなっている。それはあたかもモーツァルトのいくつかの短調作品が最終部で突如長調に転調するように、ここで不意にディスクールの調子が変わっている。それまで傍観者であった話者が突如自ら行動を開始するからである。こうした問題は次章でさらに検討することとして、これまで見てきたテクストの比較研究を簡単にまとめておこう。

これら三つのテクストの変容過程すなわち修正の有無・度合い、各ストロフの配列の変化・追加・削除といった関係を図示してみると、およそ次頁のようになろう。われわれのこれまでの考察で明らかになった事実は以下の点である。すなわち最も大きな修正が行われているのは、一六二〇年の詩華集『至上の喜びをもたらすフランス詩華集第二書』*Le Second Livre des Delices*のBテクストであり、決定稿である一六二一年のCテクスト（ヴィオーの最初の作品集"*Les Œuvres du sieur Theophile*"）はこのBテクストにわずかな手直しと一部詩節の削除を行った上での最終的な追認にすぎないということである。具体的に言えばAテクストからBテクストへの変容過程において、詩語や語法の現代化modernisation、詩的表現の緊密化、詩構成のダイナミック化（詩節の追加・配置換え）などが行われている。とりわけ注目すべきは、恐らくミスと思われる異質な詩節の紛れ込みによる混乱が認められるとはいえ、Bテクストへの新たな詩節の挿入による意味作用と詩的構造のダイナミック化・重層化である。このような修正により、このオードはA

テクスト変遷図（A、B、C 各版対応図）

詩節番号	1619 年版（A）		1620 年版（B）		1621 年版（C）（決定版）	B 版からみた異同関係
I	L'Aurore sur le front du jour		L'Aurore sur le point du jour		L'Aurore sur le front du jour	A＝C≒B
II	Ses chevaux au sortir de l'onde		Ses chevaux au sortir de l'onde		Les chevaux au sortir de l'onde	A＝B≒C
III	Ardans ils vont en nos ruisseaux		Ardans ils vont à nos ruisseaux		La Lune fuit devant nos yeux	A→B　×
IV	Les oiseaux d'un joyeux ramage		La Lune fuit devant nos yeux		Desja la diligente Avette	A→B＝C
V	Desja la lune s'esblouyt		Les ombres tombent des montagnes		Je voy le genereux Lion	×　B　×
VI	Desja la diligente Avette		Le Soleil change de sejour		Sa Dame entrant dans les boccages	×　B　×
VII	Je voy le genereux Lyon		Desja la diligente avette		Je voy les Agneaux bondissans	A→B＝C
VIII	Sa Dame entrant dans les bocages		Je voy le genereux Lyon		Les oyseaux d'un joyeux ramage	A≒B≒C
IX	Je voy les aigneaux bondissans		Sa Dame entrant dans les bocages		La charruë escorche la plaine	A→B＝C
X	L'araire fend desja la plaine		Je voy les agneaux bondissans		Alix apreste son fuseau	A≒B≒C
XI	Philis apreste son fuseau		Les oyseaux d'un joyeux ramage		Une confuse violence	A＝B＝C
XII	Les Feres sont dans leur tasniere		Le pré paroist en ses couleurs		Alidor cherche à son resveil	×　B　×
XIII	Il est jour, levons nous Philis		La charruë escorche la plaine		Les bestes sont dans leur taniere	A≒B＝C
XIV			Alis apreste son fuseau		Le forgeron est au fourneau	A≒B＝C
XV			Une confuse violence		Ceste chandelle semble morte	×　B＝C
XVI			Alidor cerche à son réveil		Il est jour, levons nous Philis	×　B＝C
XVII			Les bestes sont dans leur taniere			A→B→C
XVIII			Le forgeron est au fourneau			×　B＝C
XIX			Ceste chandelle semble morte			×　B＝C
XX			Il est jour, levons-nous Philis			A＝B＝C

註（1）各ストロフはそれぞれ第一詩句を表示

（2）——→：修正がほとんどないかまったくなく移行

（3）━━➡：大きな修正を経て移行

（4）-+-+-→：小さな修正を伴って移行

テクストには見られない多様性と詩的豊かさを獲得しているように見える。ただ惜しまれるのは、いま述べた異質詩節の混入やA版では完全に守られていた男女抱擁韻の交互性が、決定版C同様一カ所だけ破綻している点である。

決定版Cテクスト解釈――補足的表層解釈

これまでのテクスト比較、ヴァリアントの考察の過程で、また翻訳も一つの解釈という意味では、すでに相当部分の解釈・注解を行っているので、以下では決定版Cのテクストを中心に、必要に応じてA、B版にも触れながら補足的注解を加えてみよう。

第一、二詩節では、日の出前の暁と東方海上からの朝日の出現という自然現象を、ギリシャ・ローマ神話の神々やオウィディウスの「暁の女神」に比喩 parabole して叙景。暁や朝日を女神アウローラや太陽神アポロンに譬えて歌うというスタイルは、ヴィオーと同時代の詩人たちの間でも見られるかなりコンヴァンショナールな発想である。とはいえ「(海中から立ち昇ってくる) 太陽 (神) が海水を飲み飽きて、斜向の回転運動に取りかかる」"Le Soleil lassé de boire, / Commence son oblique tour" とかあるいは「馬たちは地上の (に) 光をいななき出す」"Les chevaux au sortir de l'onde, / Ronflent la lumiere du monde" などは、前章でも触れたようにバロック的な大袈裟な hyperbolique 言い回しで、いわゆる綺想 concetti 表現となっているが、発想のユニークさ、奇抜さという点では数多いバロック詩人中にあっても抜群である。

第三詩節も前二節同様、月や星そして夜といった自然物とその現象をいわゆる擬人法的発想により描写。ただここで注意したいのは、冒頭三節に顕著なこうした比喩 parabole や擬人法 personnification 表現は、単に当時の流行に乗ったということでも、新奇さや効果を狙って使用したということでもなく、詩人の内的要請にも起因しているらしいということである。つまり哲学で言う広義のアニミスムの一つとして擬人観 anthropomorphisme 的世界観が詩人にそうした擬人的発想を取らせているとも思われるのである。

この点は稿を改めて取り上げることとして、次に詩の構成 composition の問題に触れておくと、A・アダンが言うように[27]、たしかに論理的・経時的観点から見れば、月や星の描写は暁の到来の場面の直後に置かれるべきで、その意味で「遅すぎる」し、B版テクストでは「早すぎる」と言えよう。こうした難点はヴィオーの構成や形式美への無頓着、無関心からきている[28]（アダン）とも考えられる。しかし一見不統一に見えるこの詩も、（1）空想または睡眠中の夢の情景の想起と考えれば、この経時的不自然さは解消されるのであり、また（2）詩的効果の観点から見ても、少なくとも決定版テクストでは、この冒頭三節の配列は適切とも言える。この詩のB版タイトルが「暁のオード」であることを考えるなら、暗黒の夜の描写の前にまず明朗な暁に続く輝かしい朝の太陽の描写から始めるのが詩的効果の点からいって自然だからである。なおこの第三節までが日の出前後の天文現象の描写で、次節以降最終節までは、第五、六詩節は必ずしも朝の光景とは言えず問題だが、一転して動植物界・人間界の活動の点描画 peinture pointilliste となっている。

第四詩節も「勤勉な」diligente とか「飲む」Boir、「分捕り品を得て、裕福になって帰宅する」revient riche du butin といった表現に、前四節と同様な擬人観的思想からくる発想のおかしさとある種のユーモアを見ることができる。ここにはわれわれの宇宙に棲息する小さな生命に対する作者の共感や子供時代の故郷南仏の思い出と、暁の女神がこの世から「夜」を追放した（オウィディウス『変身物語』VII、7）アテナイのイミトス山との「取り合わせ」が認められる。

相互に密接に連接し、セットになっていると思われる第五、六節は、第一―三節（第四節にも一部）のヴィジョンの基底に埋め込まれている神話的記憶に依存したイメージと言える。「ぼくは見る」“Je voy”という表現により、話者が観察者としてこの場面に立ち会っているかのような印象を受けるが、当時のフランスにはライオンは実在しなかったと思われる以上、これはギリシャ・ローマ神話以来、ヨーロッパの文学・美術史にしばしば現れる神話・伝説上のライオン（たとえばヘラクレスに退治されたライオン）である。そのことは「住まいの洞穴から出て来た」このライオンが「たてがみを逆立てて、エンデュミオーンを逃げまどわす」という神話的記述で明らかである。この部分は〈月の女神セレネーとエンデュミオーンの恋〉のエピソードがおそらくパロディ化されている。というのは羊飼いの美青年エンデュミオーンに恋した月の女神セレネー Séléné は、ゼウスによってとある洞窟の中で不老不死の永遠の眠りを与えられた恋人を夜ごと訪ねては逢い引きを楽しんだという話をもじり、ライオンが永遠の眠りについているエンデュミオーンを目覚めさせ、彼の洞窟を自分の巣穴として奪った上、脅かしてエンデュミオーンを追い払っている、と永生を信じぬ（?）ヴィオーがこの神話をパロディ化しているとも解せるからである。

また先に触れた"Je voy"の意味は、コルネイユの喜劇『イリュージョン・コミック』*Illusion comique* にその典型が見られる現実的・具体的なものと空想的・夢想的（神話的）なものとのグロテスクな結合、当時の詩人たちが多用したいわゆるバロック的コラージュ詩法による異物接合のためのジョイント・ワードとひとまず考えることができよう。しかしヴィオーの詩には"J'oy"とともに、この「ぼくは見る」je voy という表現が目立つ。このオードにも第七節に見られるほか、たとえば有名な"Un corbeau devant moy coasse"[29]のオードにも"J'oy Charon qui m'appelle à soy, / Je voy le centre de la terre."とか、あるいは"Je voy la Lune qui va cheoir"のように、神話的、非現実的視聴覚が認められるのである。この意味で上例もヴィオーの幻視家 visionnaire 詩人としての側面からのアプローチも考えられるが、ここでは問題提起にとどめておこう。

もう一つ考えられることは、詩構成とも関わる問題だが、このオードをフランス中世以来の文学的伝統の一つであるいわゆる"la belle matineuse"ないし南仏詩人が好んで歌った〈暁の衣ぎぬの哀歌〉Alba Longa（Aube-la-Longue）のパロディと解釈できるとすれば、"Je voy"とは恋人と一夜をともにしたときに見た夢の中で「〈私〉が観ている」と解釈できる。この解釈仮説に従えば、朝の光景を描出しているほかの詩節と異なり、この詩節と次の第六詩節だけが、夜や地下界（冥界）の場面を描いている矛盾を説明できるように思う。

第六詩節は、前節ですでに見たように、難解で議論の分かれる部分である。冒頭の「彼の婦人」Sa Dame が曖昧だが、文法的には前節の「勇猛なライオン」le genereux Lion の妻（雌ライオン）と取るのが自然な気がするが、エンデュミオーンの女性、つまり彼の恋人である狩猟の女神ディアーナ＝セレネー＝アルテミスとも取れる。レミ・ド・グールモン Rémy de Gourmont はこれを雌ライオンと解した上で、「だがなぜこうした心地よい朝の描写の中に、〈勇猛なライオン〉を介入させねばならないのだろうか。もっと悪いことにはこのライオンの夫人は叢林の中に入っていくのだ[30]」と言って、この五、六詩節が詩の統一性や朝の明るい雰囲気を破壊していることを嘆いている。

クリューゼルはグールモンのこの説に従えば五、六節は「雌ライオンは、彼女の夫ライオン同様、狩りに出かけた。そしてこの狩猟は良い結果となったにせよ、悪い結果になったにせよ終了した。言い換えると彼女雌ライオンは狩猟の上首尾の光景に感嘆しているか、あるいは逆に失敗して死んでしまった[31]」となるが、一六一九年のテクストを参照するなら、こうした解釈は成り立たない[32]という。また「彼の婦人」Sa Dame を月の女神ディアーナと解するJ・ストレッシャー Streicher に従えば、この部分は「女神ディアーナは森の中に入っていき、彼女が捕らえた猪の数を数えるか、地獄の亡霊たちの所へ降りていく[33]」となるが、ヴィオーの作品中には、地下の冥界や精霊とも関係する三界の女神ヘカテー Hécate に結びつけられた女神ディアーナの不吉なイメージは存在しない[33]以上、この部分は一六二二年の *Le Séjour des Muses* 版のヴァリアントに従い、「女神ディアーナは森の中に入っていき、彼女が捕らえるか殺した猪の数を数える[34]」と解すべきであるとする。したがって“Sa Dame”のうちには、エンデュミオーンの恋人である「いつも若々しく、愛らしく、美しい[35]」（ヴィオー）女神ディアーナ＝セレネーをこそ見るべきで、夜と冥界の女神でもある不吉な三界の女神ヘカテーと同一視されたディアーナを見る必要はない[34]という。

一六一九年のAテクストでは、「彼の婦人」は、「叢林に分け入って／涎流して逃げまどう猪を追い回す。／あるいは冥界のコキュトス河の沼地にさまよう／仲間の悪霊たちに会いに行く」以上、三界の女神ヘカテーと同一視されたディアーナ＝セレネーであることは確実である。なぜなら天上、地上、地下（冥界）を支配する三界の女神ヘカテーは、『十九世紀ラルース』その他の辞書によれば、地下（冥界）の精（亡）霊の女神でもあるからである。またこのディアーナ＝ヘカテーは狩猟の女神アルテミスと同一視されており、後者の最も有名な猟がカリドンの「猪の猟」であることを知れば、「彼の婦人」はアルテミス＝セレネー＝ヘカテーたる女神ディアーナ以外ではありえないということになろう。また『十九世紀ラルース』によれば、ヘカテーはギリシャの大地母神キュベレー Cybèle とも同一視されているらしい。そしてこの女神キュベレーは二匹のライオンを従えるか、それに牽かれた戦車に乗っているという[36]。この伝説を踏まえれば第五、六詩節にライオンが登場する理由も説明がつく。

ところで詩人はこの女神の、森の光景から地獄の情景への突飛な変移の持つ重大な不統一性に気づき、"Ou devalez chez les esprits / Errans aux sombres marescages" とすることで、詩句の形態だけでなく、意味の変更をも行ったとクリューゼルは見るが[34]、われわれは一六二二年のD版ヴァリアント "devalez" を前章で述べた理由から採用しないと同様、こうしたテクストの意味改変説は採らない。というのは、この部分は前詩節とセットとなってバロック的グロテスク・イメージ、コラージュ・イメージを形成し、しかも少なくとも決定版では全体の統一性と雰囲気を破壊してしまうほどのショッキングで暗いイメージとはなっていないからである。G・マチュー＝カステラーニ Mathieu-Castellani[37] やJ・ラファイエット Lafayette[38] が述べているように、ロンサールなどルネサンス詩人以後のいわゆるバロック詩人たちの間では「地獄下り」descente aux Enfers のテーマや不吉な沼地 marais といったイメージは、一種の流行となっていたのだ。

しかも注意しなければならないのは、デュ・バルタス Du Bartas やA・ドービニエ d'Aubigné などには恐怖と絶望を喚起していた、この「冥界」や「地獄下り」さらにはこの詩にも出てくる「うす暗い沼地」などは、後期バロックになるにつれて次第にそのリアリティ、不吉感が失われていき、ある場合には「夢の形態」[39] structure d'un rêve を取ることで恋人たちの特権的・理想的な（逢い引きの）場所とさえなっていく傾向が見られるのである。事実この二詩節も恋人〈わたし〉（話者）が見た夢の場面の想起ととることができる以上、このような文学史的コンテクストに照らすなら、この二詩節の決定版テクストは、それほど不自然でも詩全体の統一性を破壊してもいないのである。

第七、八、九詩節は一転して現実的・具体的なものを喚起するリアリスティックなヴィジョンを展開している。しかも注目すべきは、「ぼくは見る」"Je voy" という第五詩節と同一の措定法により、こうした現実的・具体的であると同時に idyllique でもある農村風物が、前節第五、六詩節と同一の詩的水準、詩的ディスクールで語られていることである。つまり異質の二要素が前述したバロック的グロテスク＝コラージュ画法により、接合ないし重ね合わされているのだ。これら第七—九詩節は内容的には、次の第十、十四節同様、朝日の到来によって動植物・人間界にもたらされた生命への頌歌、生きて（目覚めて）あることを感覚を通して知覚できる喜びを告白した詩となっているように感じられる。

第十詩節から最終節第十六詩節まではいずれも、B・ブレー[40]、D・L・ルービン[41] Rubin が指摘しているように、第十三節を唯一の例外として、それまでのパノラマ撮影からカメラ・アングルが狭められ、室内場面を写し出すクローズアップ撮影となっている。第十三詩節はカメラ・アングルが曖昧で中景撮影かと思われるので、また論理的・経時的にももう少し前の詩節、あえて言えば、第九詩節の前後あたりに置かれた方がベターな気がする。だがこの詩が夢の論理に基づいているとすれば、この配列で問題ないとも言える。

一六二〇年の改変で、この十一、十二、十四、十五の各詩節が加えられた意味は大きい。これにより詩的構造が重層化され、よりダイナミックな詩となったからである。第十二節「目覚めたアリドールは」は「朝が来た、フィリスよ、起きよう」の最終詩節を準備し、このオードのアルバ alba 詩のパロディとしての意味と構造を強化している。また第十一節と第十五節はそれぞれ直前の第十節と直後の第十二、第十四節と十六節のイメージを架橋する機能を果たしているように見える。つまり、朝の到来による人間一般の具体的な活動イメージから恋人の個人的内面的イメージへと連接するジョイント・ストロフとして、それは光と闇の明暗対照法[42] chiar-obscur というこれまたきわめてバロック的な詩法により、夜の、そして同時に死の世界から昼という生の世界への移行を表象するイメージとなっている。とりわけ第十四節の鍛冶屋の赤々と燃え立つ炭火が生の再来を象徴していて印象的である。

第十二詩節はロンサールからバロック詩人にわたって広く見られる暁どきの〈エロティックな夢〉のテーマだが、この問題は別の機会に取り上げることとし、次に第十三詩節の後半詩句の解釈について言えば、「睡眠をとって元気を回復した」とひとまず訳したが、過去分詞“remis”はむろん「眠り（夜・死）の世界から覚醒（昼・生）の世界に返された人間は」の意味でもある。野生の動物たち“Les bestes”（A版＝Les Feres）が太陽の光を恐れるのは、昼の到来によって開始される人間の活動を恐れるからであり、彼らの生命活動は夜にあり、この意味で獣たちの生は人間の夜の中に隠されている。つまり生と死はこの宇宙にあっては表裏一体のものであり、生は死の中に、死は生の中に存在しているのだ。

それにしても第十四詩節と十五詩節の「聞きたまえ」“Oy”と「見たまえ」“Voy”という命令法は、いったい誰に向かって発しているのだろうか。最終節の夜をともに過ごした〈私〉（話者）の恋人に言っていると考えられるが、夢の中で話者が自分に向かって呼びかけているように取れなくもない。

最終詩節は、この詩全体を締めくくるポワント・ストロフ strophe de pointe となっている。このストロフの皮肉っぽい破調は前節ですでに触れたように、この詩節に至ってディスクールの調子が変わり、それまで傍観者であった話者が突如行動し始めることで示されているのであるが、さらにはこの詩のカップルが、暁に別れる伝統的な〈暁の衣ぎぬの哀歌〉のようには別れず、二人で愛の庭園に入って行き、ふたたび真昼の逢瀬を楽しむという予想外の結末にも起因していると思われる。とはいえこの詩節は、最終二行の“Voir s'il est comme ton visage, / Semé de rose et de lis”がこの詩の冒頭の“L'Aurore sur le front du jour, / Seme l'azur, l'or et l'yvoire”という詩句と照応、アナロジー関係を持つことで、あたかも太陽の一日の円環運動を暗示しているように、この詩の出発点に回帰している。[43]

結論

これまでの考察で明らかになった点をまとめるなら、テクストの改変という面では、B版、すなわち一六二〇年の『フランス詩の至上の喜び第二書』*Le Second Livre des Delices* のテクストで最も重要な改変が行われたこと、具体的に言えば詩節の配置替え、さらには一六一九年の初出テクストでは萌芽的にしか現れていなかった（A版、第VII、VIII、XI、XIII節）暁どきの「エロティックな愛の夢」のテーマや「アルバ・ロンガ」Alba Longa のテーマが、Bテクストで明確化され、より増幅された結果、詩構造がダイナミックとなったこと、また決定版である一六二一年の『作品集』のCテクストが、Bテクストで誤って混入されてしまったと考えられる詩節（第V、VI節）の削除、長すぎる太陽の描写の簡略化（B版第III節の削除）などにより、B版で追加された第XII詩節のC版での原因不明の欠落によりAテクストで実現していた男女抱擁韻の完璧な交互性が一カ所破られているとはいえ、内容的にはもっとも充実しており、形式面でもB版より完成されたオードとなっていること、などである。

次に形式、内容両面にわたる問題に関して言えば、A→B→C版というテクストの変成過程において、たとえばタイトルが「朝の叙景」Description d'une matinée、「暁のオード」Ode de l'aurore、「朝」Le Matin と変えられた事実や“Ses”とか“Ces”といった所有形容詞、指示代名詞から“Les”という定冠詞への変更、さらに「婦人の冥界下り」の詩節におけるAテクストの特定的・具体的描写から、B、Cテクストの特定物の明示を避けた描写へといった書き変えなどから窺えるように、具体的な朝から普遍的・一般的な朝、さらに言えば宇宙的な朝へと詩的内実が変化というか深化していることが確認できたように思う。

またI‐M・クリューゼルの主張したこの詩に関する二つの論点、すなわち決定版Cテクストの第VI詩節三行の“devale”はミスで、一六二二年の“*Le Séjour des Muses*”のヴァリアント“devalez”の方が正しいとした“devale”誤植説、したがってこの詩節は作者自身がAテクストの「彼の婦人の冥界下り」のイメージから、「彼女が捕らえ、地獄へ落とした（殺した）猪を数えている」と意味を変更したのだというA→B・C版での意味改変説は、われわれのこれまでの考察で明らかなように、いずれも誤っているのではないかということである。

クリューゼルのこうした主張に関連して、われわれが本稿のはじめに提起した疑問、つまり「朝のオード」にマッチしていないように見えるライオンと「婦人」の冥界下りの二詩節（Cテクスト、第V、VI節）がなぜ最後まで削除されないで残されたかという疑問に対しても、それが暁どきの「エロティックな愛の夢」のテーマや「アルバ・ロンガ」Alba Longaのテーマと密接に照応している事実を明らかにしたことで、一応の解答は得られたと言えよう。むろんこの「朝」のオードの持つ意味や構造の解明には、話者の視線や視点の問題、その独特な叙法についても考察せねばならないし、またロンサール詩の影響やペトラルカ主義者たちが好んで取り上げた、いわゆる〈イタリア的愛の夢〉のテーマやその派生的テーマである〈ベーゼ〉のテーマとの関連、さらにはこの詩に窺える形而上学的意味や宇宙論的意味についても考察する必要があるが、それについては次節で検討することとしたい。

註

1 Antoine Adam, *Théophile de Viau et la libre pensée française en 1620*, Paris, Droz, 1935, pp. 43–54.

2 Irénée-Marcel Cluzel, Le « Matin » de Théophile dans le « Séjour des Muses », dans *la “Revue d'Histoire Littéraire de la France”*, janv-fév, 1973, pp. 89–98.

3 Bernard Bray, Pour l'explication de l'ode de Théophile de Viau : “Le Matin”, dans *“Het Franse Boek”*, XL, 2, avril 1970, Universiteit van

Amsterdam, p. 102. なお同氏のこの論考は、後で触れる David Lee Rubin の解釈とともに、ヴィオーの『朝』の最も本格的な解釈であり、筆者も本稿執筆にあたり同論考より多くの示唆を受けた。

4 こうした脚韻や作詩法の問題は B. Bray も指摘している。cf. *op. cit.*, pp. 102–103.

5 B. Bray, *op. cit.*, p. 103.

6 A. Adam, *op. cit.*, p. 53.

7 I-M. Cluzel, *op. cit.*, p. 93.

8 たとえば、A. Adam, *op. cit.*, p. 51 ; B. Bray, *op. cit.*, p. 103 ; Guido Saba : Théophile de Viau, *Œuvres Complètes*（以下 *G. S.* と略）, t. I, Paris, Nizet, 1984, pp. 244–245 ; I-M. Cluzel, *op. cit.*, p. 95 など。

9 « ce qui a esté débitté par Bileyne et Quesnel n'est pas du tout de son consentement non plus que de sa composition, et que mesmes il n'y a nulle sorte d'aparence qu'il ayt composé ou fait imprimer des choses si absurdes que dans une ode où il a fait quelques quatrains pour la description du point du jour il y eut meslé la description de la nuit, qui est un tesmognage qu'ilz se sont precipitez en caste édition et qu'ils n'ont pas attendu la veine de l'autheur et ont pris les ténèbres pour la lumière. »（Frédéric Lachèvre, *Le Procès du poète Théophile de Viau*, t. I, Paris, Champion, 1909, pp. 473–474.）ビレーヌ Bileyne とケネル Quesnel が出版したのは一六二一年の作品集（初版）であり、したがってヴィオーは『朝』の詩の決定版Cテクストにさえ、「夜のオード」が混在していると主張しているが、これはおそらく裁判上の駆け引きで、実際は一六二〇年のBテクストのことを言っていると思われる。

10 B. Bray, *op. cit.*, p. 103.

11 A. Adam, *op. cit.*, p. 51 ; B. Bray, *op. cit.*, p. 103.

12 A. Adam, *op. cit.*, p. 52.

13 I-M. Cluzel, *op. cit.*, pp. 89–90.

14 *Ibid.*, p. 94.

15 *Ibid.*, p. 98.

16 Rémy de Gourmont, *Théophile*, "*Collection des plus belles pages*", Paris, Société du Mercure de France, 1907, p. 9.

17 Jeanne Streicher, *Théophile de Viau : Œuvres Poétiques*, t. I, Genève, Droz, p. 14.

18 I-M. Cluzel, *op. cit.*, p. 96.

19 *Ibid.*, p. 97.

20 *Ibid.*, p. 98.

21 G. Saba, *op. cit.*, pp. 247–248.

22 B. Bray もこの詩節の qualité と charme を認め、決定版からの削除の理由は不明とした上で、考えられる憶測として、羊飼い娘 Cloris の既出と素脚の「不作法さ」incongrue といった理由を挙げている。

23 Gilbert Vernoy, *Recueil de diverses poésies du sieur Théophile, la plus part, faictes durant son exil*, à Lyon par Antoine Soubron, 1622.〈Biblio. Sorbonne, R. ra 829〉

24 Louis-Raymond Lefèvre, *Œuvres poétiques de Théophile*, Paris, Garnier Frères, 1926.

25 Marcel Bisiaux, *Œuvres choisies de Théophile de Viau*, Paris, Stock, 1949.

26 B. Bray, *op. cit.*, p. 103.

27 A. Adam, *op. cit.*, p. 50.

28 *Ibid.*, pp. 50–51.

29 *G. S.* t. I, pp. 452–453.

30 Rémy de Gourmont, *Théophile, odes et stances*, "*Collection des belles pages*", Paris, Société du Mercure de France, 1907, p. 9.

31 I-M. Cluzel, *op. cit.*, p. 96.

32 *Ibid.*, p. 98.

33 *Ibid.*, p. 97.

34 *Ibid.*, p. 98.

35 *G. S.* t. I, p. 41.

36 高津春繁『ギリシャ・ローマ神話辞典』（岩波書店、一九六〇年）。なおギリシャ・ローマ神話に関する情報は十九世紀ラルースほか Le Petit Robert 2 ; Joël Schmidt : Dictionnaire de la mythologie grecque et romaine, Larousse, 1965 ; Piere Brunel, Dictionnaire des Mythes littéraires, Rocher, 1988 ; Pierre Lavedan, Dictionnaire de la Mythologie et des Antiquités grecques et romaines, Hachette, 1931 ; Dictionnaire Quillet, 1934 などを参照。

37 Gisèle Mathieu-Castellani, *Eros baroque* "10/18", U. G. E., pp. 27–37 ; *Les Thèmes amoureux dans la poésie française*（1570–1600）, Paris, Klincksieck, 1975, pp. 431–455.

38 James Lafayette Maritin, *L'Imagerie infernale et la Descente aux Enfers dans la poésie française 1570–1630.* dissertation for the degree of Doctor of Philosophy, University of California, Los Angeles, 1981, pp. 21–75. なお後者の論考はよく調べてはいるが、凡庸。

39 G. M-Castellani, *Eros baroque*, p. 29.

40 *op. cit.*, pp. 106–107.

41 David Lee Rubin, *THE KNOT OF ARTIFICE, A Poetic of the French Lyric in the Early 17th Century*, Ohio State University Press, 1981, p. 57. なお Rubin のこの著作の参考文献に、B. Bray の前掲論考は挙げられていないが、両者ともこの詩の持つ運動性や方向性――円環性や水平性、斜向性、垂直性など――に注目している。

42 David Lee Rubin は第XV詩節の光と闇のコントラストの強調が視覚と聴覚の結合効果を持つと述べるにとどまり、その思想的・哲学的意味については触れていない（cf., *op. cit.*, p. 54.）。

43 B. Bray, *op. cit.*, p. 109 ; D. L. Rubin, *op. cit.*, p. 55.

2　視的構造とエロス的・形而上的意味[1]

前節[2]では、この詩が一六一九、二〇、二一年と三段階（I‐M・クリューゼル Cluzel によれば一六二二年を加え、四段階）にわたるテクストの変遷を見たこと、つまり三種のヴァリアントが存在することなどが明らかにされた。そしてこれら三種のテクストをヴァリアントを中心にかなり詳しく比較検討した結果、およそ以下のような結論が得られたように思う。すなわち初出形（一六一九年）から決定版（一六二一年）の過程で個別的なものの強調から普遍的なものの強調へといった傾向が見られること、またI‐M・クリューゼルの主張[3]——一六二二年刊の『詩の女神たちの住処』*Le Sejour des Muses* のテクストを作者が最終的に採用した最も正しい詩形と見る見解——には妥当性が欠けていること、さらに言えば一六二一年の決定版テクストが、男女抱擁韻の交互性の欠落部が一カ所認められるとはいえ、内容的にも形式的にも最も充実しバランスの取れたオードとなっており、かつ最もダイナミックな詩的構造——とはいえこの構造の問題自体は前節ではほとんど検討していないので、本節で視点と叙法の面から詳しく考察したい——を示していることなどが確認された。

いま「個別的なものから普遍的なものへ」と言ったが、それは決して個別的なもの、具体的なものが一六二一年の決定版テクストで無視され、抹消されたという意味ではなく、むしろそれらが普遍的なものによって根拠づけられ、生かされているという意味である。つまり具体的・特定的なものが普遍的というかむしろ〈宇宙的な〉と言った方が適切と思われるある種の根源的力によって生命を与えられ、活気づけられているのである。それゆえこの詩の本質的意味の解明には、こうした哲学的・思想的な側面からのアプローチ――その本格的考察は筆者の今後の課題として残らざるを得ないが――も不可欠であることは言うまでもない。

またクリューゼルが“*Le Séjour des Muses*”の一六二二年のテクストの正しさの根拠の一つとした点、すなわち一六二二年テクストにおける第VIストロフ（とりわけ第三詩句）（Sa Dame.../ Compte les Sangliers qu'elle a pris/）Ou devale chez les esprits,（/ Errant aux sombres marecages.）は、輝かしい朝の到来というこの詩全体の明るい雰囲気や詩的調和を破壊してしまうという主張も、バロック詩人の間で流行となった〈地獄下り〉ないし〈冥界下り〉のテーマが必ずしも不吉で恐ろしいイメージを喚起するものではないこと、またロンサールはじめルネサンス以降のフランスの詩人たちが好んで取り上げたいわゆる〈暁どきの愛の夢〉のテーマや〈ベーゼ〉のテーマとの関連でこの詩を見てみるならば、この第VIストロフの冥界のイメージはあながちこの詩全体の雰囲気を乱しているとは言えないことなどが、ほぼ確認できたように思う。だがこうした問題はこの詩に影響を与えていると思われるさまざまな文学的伝統、たとえば中世の南仏吟遊詩人以来の伝統的哀歌〈衣ぎぬの別れの哀歌〉Alba Longa、さらにはオウィディウスやロンサールの恋愛歌などの関連から考察してみる必要もあろう。

そこで本節では、まず最初に話者の視点から見たこの詩の持つ構造の問題を、次にいま述べた典拠や影響の問題を検討し、最後に先に述べたようなこの詩に窺える思想的・形而上学的問題についても若干触れてみることとしたい。

この詩は注釈者が一致して指摘しているように[4]、話者がいったい誰でどこにいるのか、また知覚しているのか想像しているのか想起しているのかあるいはそれらを組み合わせているのか曖昧であり、またディスクールも内的独白であるのか対話者を持つドラマなのか、またドラマチックとすれば対話者は誰であるのかも曖昧である。多くの注釈者たちは、このような叙法の曖昧さに加え、われわれがすでに見てきた詩構成の不統一性（たとえば月や星の消滅を述べた第三節、巣穴に隠れる獣の詩節の不自然な配置、さらに第五、六節のライオンの出現や詩全体の詩想と一見不釣合いに見える月の女神ディアーナの冥界下りのイメージなど）を作者の構成や形式美への無関心に帰すが、われわれは、すでに述べたように、それは睡眠中の夢の情景つまり時間・空間を自在に駆けうる夢の想像力によるバロック的コラージュ＝グロテスク画法からきていると見る。つまりこうした一見した限りでの不明確さや不統一感は必ずしもヴィオーの不注意や構成美への無関心によるのではなく、相当程度意識され、計算された上でのものと考えられるのである。

そのことは、たとえば各ストロフのディスクール構造にも窺える。すなわち各詩節は驚くほど単純な構造で、最終三節を除くとすべて平叙文で構成され、統辞法上完全に独立した一単位を構成している。しかも文法上の主語はブレーも触れているように、[5] 全詩節とも第一詩句に置かれ、（二つの主語を持つ詩節を含め）等位文 coordonnés で構成されているのである。また従属節は最終三節を除くと、全詩節とも形容詞的機能を持つ現在分詞（一カ所ジェロンディフ）ないし過去分詞か関係詞節となっている。また単文は第六詩節を唯一の例外としてすべて“et”（四カ所）かヴィルギュル“,”による並置かポワン“.”による独立単文となっている。次に動詞の時制はほとんどが直説法現在であり、複合過去の使用はごくわずかである。しかも五つの複合過去形使用例中四例は関係代名詞節中であり、主節での使用は一例（第三ストロフ）のみである。こうしたきわめて特徴的な語法ないし統辞法は意識的なものであり、その意図するところは事物列挙 énumération ないし事物点描 pointillisme であり、さらにはこの詩の一六一九年テクストのタイトル *Description d'une matinée* が示しているように、物語（récit）るというより、〝叙述〟することによって、現に存在するもの、生成しつつあるものをあるがままに読者に「呈示」することにあると思われる。このことの意味についてはさらに後で見ることとして、次に文中の人を示す主語人称代名詞や所有形容詞に注目しながら、本節冒頭で提起した話者の視点（視線）や位置の問題を考えてみよう。

日の出前後の天文現象を描いた第一、二詩節には太陽を示す所有形容詞“son”以外には人称代名詞や指示代名詞がまったく使用されていない。このため話者の存在場所が特定されず、したがってその視点も視線の方向（角度）も曖昧である。第三ストロフに至ってはじめて所有形容詞「われらの」“nos”が現れ、ようやく話者の視点（位置）が地上にあるらしく、したがって視線の方向は上方つまり仰角方向であること、また、暁・太陽・馬また月・星といったヴィジョンが呈示されたこの場面の世界は客観的というか脱人間的・神話的で、話者の視点から非常に遠いところにあることがわかる。第三節で登場したこの“nos”は最終部に出てくる「われわれ」“nous”すなわち〈私〉（話者）とその恋人であろうか。ここでは結局は彼らをも含む一般的な人間であろう。この“devant nos yeux”の一句により、第四詩節以下の地上的・現実的なものと冒頭三詩節の天上的・神話的なものとが接合されている。

第四ストロフ冒頭の「すでに」“Desja”は地上の小さな生き物（蜜蜂）の生存活動が予想より早く開始されていることに対する話者の驚きの強調であり、それとともに話者の視点はイミトス山と同程度の高さのところにあり、視線も前後の垂直的・斜向的運動から一転して水平的運動に変わる。また視覚は前三詩節同様、広角的 panoramique であり、提示場面と視点との距離は前三節に較べるとかなり短くなってきているが、視点位置つまり話者の存在場所はなおかなり曖昧で、視点は移動しつつあるような印象を受ける。またこの視線の所有者（主体）は第三詩節の「われらの」“nos”により、第五詩節ではじめて現れる〈私〉（話者）を予想させはするが、なお曖昧で一般的人間でもある。第五詩節に至って冒頭に「私には見える」“Je voy”と一人称主語代名詞が現れることにより、視線が個別化され、その主体がこの〈私〉（話者）であることがほぼ確実となる。同時に視点の位置もほとんど固定された感じとなる。

この第五詩節および次の第六詩節で提示された場面は、視点との距離がさらに狭められ、視点を映画撮影に譬えるなら、[6]それまでの広角撮影から、中角度の中景撮影のイメージへと変わっている。この“Je voy”という措定辞は第七詩節のそれとともに、非常に重要なキー・ワードである。この発語によって、つまりこの〈私〉の視線を受けて、暁どきの月光下の森に、また朝焼けに光り輝く地上に、数々の動物や人間そして事物が生まれないし出現するのである。

それは「高貴なライオン」やエンデュミオーン（Ⅴ）や女神ディアーナや猪や亡霊（Ⅵ）の出現であり、また小羊（Ⅶ）や小鳥（Ⅷ）、牛（Ⅸ）、野獣（XIII）の生誕であり、クロリス（Ⅶ）やアリックスとその母（Ⅹ）、アリドールとその恋人イリスそして人々（XIII）や鍛冶屋（XIV）を、さらには「芽吹いたばかりの若麦」や緑の丘（Ⅶ）、「隠れ家」の愛の巣（Ⅷ）、犂や畝（Ⅸ）、巣穴（XIII）、鉱炉や炭（XIV）をまたローソク（XV）を次々と地上に誕生させるのだ。したがってこの第五詩節の"Je voy"は、第七詩節のそれとともに、以下の第十五詩節まで、意味論的に冠辞として懸かっているのだ。

　ところで第五、六詩節における話者の視点はどこにあるのだろうか。森より少し高いところにあって見ており、視線は俯角の斜向運動を示した後、「あるいは亡霊たちのもとへ降りて行く」"Ou devale chez les esprits"により、垂直的になっているように感じられる。第七詩節冒頭で繰り返される"Je voy"により、以下少なくとも第十二節までは〈私〉の視点は丘の上から屋並の真上あたりに移動していくような感じである。ただ提示場面と視点間の距離は次第に狭められ、第七、八、九、十三詩節の中景撮影を経て、室内撮影へとクローズアップされていく。そして視線は、第七詩節の小羊と羊飼い娘クロリスの場面から朝陽を浴びた叢林でさえずる小鳥たちの光景を経て、牛飼い農夫が広野を耕す場面に至る。ここでは視線の運動は水平的だが第十、十一、十二詩節に至ると、屋根を言わば〈透視して〉再び垂直に近い俯角の斜向運動を示しているように思われる。第十二詩節はデリケートなイメージを形成している。というのは、一見話者の〈私〉が上方から覗いているようなヴィジョンでありながら、最終詩節XVIと照応・反響しつつ、じつは話者がアリドールの内面に浸透しているからである。つまり話者の視線が傍観者としての客観的視線から、アリドールの内的視線に同化し、話者がこの恋人の感情を共有し始めているのだ。[7] そのことは、この詩の冒頭からこの詩節まで人間の内面や感情を表現するいかなる形容詞やその他の言葉の使用も見られなかったが、この詩節ではじめて「悲しむ」"pleure"とか「裏切られた心」"ame abusee"さらに「かくも甘美な眠り」"si doux sommeil"といった感情語が使用されることによって成立した主客同化であり、そしてこのことによって〈私〉は作者とさえほとんど同化してしまっているように思われる。なぜなら〈私〉＝話者は場面を叙景 description するだけでなく、アリドールの内面や感情を語り récit 始めているからである。

こうして話者は〈私〉と作者となかば同化し始めたため、第十三詩節と前半詩句の叙景的、呈示的表現（とはいえすでに「恐れおののいて」qui tremblent という感情的、説明的言辞を使用）のあとに「睡眠から覚醒へと戻されて元気を回復した人間は日々の仕事にふたたび取りかかる」“L'homme remis par le sommeil,/ Reprend son œuvre coustumiere.”という説明的、語り的 narratif 詩句が現れ、叙景やものの呈示を成立させていた主体と客体の距離すなわち視線が曖昧になってしまっている。

次の第十四、第十五詩節はそれまで一貫して使用されていた平叙構文の中に突如「聞け」“Oy”と「見よ」“voy”という命令文を割り込ませることで、視線と視点は再び明確になったが、命令文の持つ切迫感により、第十、十一詩節以上に短縮視線のクローズアップイメージとなり、視点は部屋の中にある感じである。だが話者はいったい誰に向かって命令しているのだろうか。われわれ読者のような気もするが、やはり最終節の「われわれ」“nous”すなわち〈私〉の恋のパートナー、フィリスに対してであろう。したがって十五詩節の“nous esblouyr”の「われわれを」は第三詩節の「われらの」“nos”たる一般的な人間としての「われわれ」ではない。第十五詩節の視点は最終節と同様、ベッドの上にまで降りてきている。この二詩節は、第十一詩節同様、明暗、生死、そして昼と夜の対照法による、生命と昼の誕生、というよりその回帰運動が強調されている。さらにこうした命令法により、作者の意識もこの場面に浸透している。

最終詩節では二つの〈私〉を含む一人称複数命令法の使用により、〈私〉の視点は消滅しているが、話者ないし作者の視線はふたたび明確となり、第十および十二詩節とほぼ同一の地点すなわち屋上ほどのところにある感じである。

また第十四詩節から最終詩節に至る三詩節には命令法動詞の目的節たる従属節の存在により、語りのディスクールが平叙文による事物の呈示ディスクールに結合し、この詩を二重構造化している。

これまでの考察でおおよそ明らかになったと思われるが、この詩の構造は、神話的・天体（上）的水準と地上的・山水草木動物人間的水準と個我としての〈私〉の感情的・内面（およびこうした内面の象徴としての夢や地下・冥界的世界）的水準の三者の重ね合わせ juxtaposition、複合体となっているのだ。また〈話者〉の意識（視線）の運動という点で言うならば、この詩は、"Seme" "Commence son oblique tour（I）" "au sortir de（II）" "fuit" "a retiré（III）" "revient（IV）" "sort" "faict fuyr（V）" "entrant" "devale" "Errans（VI）" "bondissans" "mene（VII）" "vient（VIII）" "escorche" "suit" "l'entraine（IX）" "fuitte（XII）" "vient" "passe（XV）" "levons" "Allons（XVI）" などといった運動性を示す動詞を中心とした語彙の多用がそのことを暗示しているように、動性に満ちている。また第七詩節の「芽吹きはじめた麦の上で」"Sur les bleds qui ne font que naistre" は春の再来の観念を喚起させ、さらになぜか決定版テクストで捨てられてしまった一六二〇年のテクスト第十二詩節冒頭の「牧場がとりどりに色づいて姿を現し」"Le pré paroist en ses couleurs" という詩句は、朝の太陽光線が野山に射し始めたとき、暁の薄灰色が一面緑その他の色に変わっていくさまを捉えた巧みな表現だが、これらの詩句は、先に挙げた "Seme（花をばら撒く）" "Commence（始める）" "sort（出る）" "entrant（入る）" "vient（来る）" といった動詞とともに、事物の出現と始まりを暗示している。あるいは "mene（連れて行く）" "fuyr" "passe（射し込む）" "Allons（行こう）" といった動詞は事物の移り行き、変容、変換の観念を呼び起こす。

話者の視線は、こうした動詞やその他の語で示された行為（運動）や生成・流動する事物を追いながら、事物の誕生を、より正確に言うなら生成しつつあるものをそのあるがままの姿で、そこにいかなる解釈もほどこすことなく、われわれに呈示しようとしているのだ。むろん最終部で語りのディスクールが一部現れるが、それは平叙文構造のみでは単調となり、われわれ読者の心を捕らえ切れないとの思いから、あるいはまたヴィオーの内面が平叙単文のみで

話者の視線（意識）から見た各詩節の空間構造図

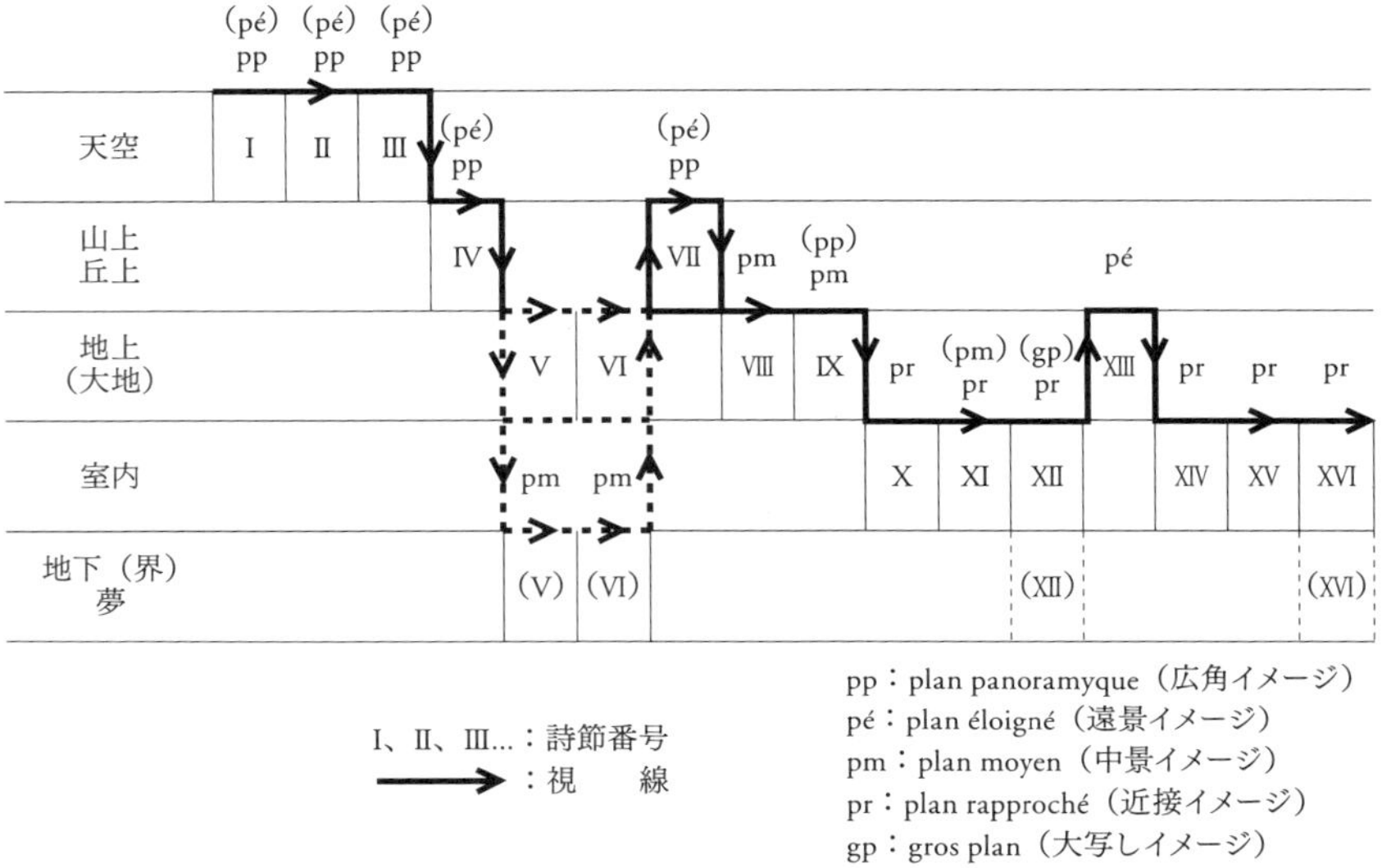

は、一幅の絵として事物を呈示するばかりで、その意味を解く鍵を読者に示し得ないがゆえに、語り récit の要素を最終詩部に付加せざるを得なかったのかも知れない。この意味でそれは詩人のやむを得ざる破調であり、破格とも考えられるのだ。

最後にこのオードにおいて提示された各詩節の場面（情景）を、話者の視線（意識）から見た空間的構造図として表してみると、およそ次の図のようになろう。

このように話者の視線（意識）からは各場面は五つの水準に位置しており、したがって視線の空間的水準面から見る限り、オード『朝』は五層構造を持つ詩と言うことができよう。

また最終詩節XVIを除くこのオードの全詩節がじつは夢の中で見た光景の叙述で、第十六詩節のみが暁どきの覚醒時の叙述であると解釈できるとすれば、この詩は二層ないし二重構造となっていると見ることもできるのであるが、この点は次節のアルバ・ロンガの問題との関連でさらに触れることとなろう。

前節[2]での考察でもすでに明らかなように、このオードにはいくつかの文学的伝統を認めることができる。ヴィオーは多くの同時代詩人たちと同様、田園風景を背景とした羊飼いの抒情的な愛への趣味、気取ったメタフォールを多用したその綺想主義 concettismo といった主題と技法の両面で、ペトラルカ F. Petrarca やマリーノ G. B. Marino、サンナッザロ J. Sannazzaro といったイタリア詩人から、またギリシャ・ローマ神話や古代の詩人たち、とりわけオウィディウス Ovidius から影響を受けている。たとえばこのオードの冒頭の“L'Aurore sur le front du jour, / Seme l'azur, l'or et l'yvoire”という綺想的メタフォールによる暁の女神アウローラの描写にすでにそのことを確認することができる。この詩の前半部には、太陽神アポロンや月の女神ディアーナ、彼女の恋人エンデュミオーン、アテネのイミトス山などギリシャ・ローマ神話へのアリュージョンが散見される。また前節で行った一六一九年のテクスト検討で明らかなように、語法や語彙の上からは、プレイヤード詩派とりわけロンサールの影響が大きい。この詩の注釈者・研究者たちは、こうした影響を一致して指摘してはいるが、D・L・ルービンを唯一の例外として、その具体的な影響関係には立ち入っていない。われわれは、この詩の成立に大きな影響を与えたのは、オウィディウスの『変身物語』*Metamorphoseon* と『恋愛詩集』*Amores*、それにロンサールの『続恋愛詩集』*Le Second livre des amours* であると考えるので、以下において具体的に見ていくこととしたい。

　D・L・ルービンは、（1）『朝』の詩はオウィディウスの『変身物語』（第二巻）を下敷きにし、（2）その構造は同詩人の『恋愛詩集』（I－13）と類似性を持っており、（3）これに南仏吟遊詩人トゥルバドゥール発明の伝統的なアルバ Alba 詩を逸脱した形でこの詩に結合したものと見ている。[8]（1）について言えば、この詩は、モチーフ的にも構成的にも、『変身物語』第二巻冒頭の「パエトン（続き）」の物語を下敷きとしており、この詩の各詩節は同物語で語られる黄道十二宮その他の星座の動物や人物たちに対応・アナロジーしているという。[8] たしかに「パエトン（続き）」の章には、オード『朝』の冒頭部で描かれている太陽神アポロンの車を牽く火を吐く馬とその円周運動が語られているほか、女神アウローラも登場しており、ヴィオーがこの物語からモチーフを得ていることは間違いないと言えよう。

しかし問題は、ルービンがこの詩の各詩節に登場する動物や人物が、同物語中の「パエトン（続き）」の章で語られる黄道十二宮その他の星座となっている動物や人物に照応しそれらを象徴している、と見ている点である。たとえばライオン（Ⅴ）は大獅子（座）に、小羊たち（Ⅶ）は牡羊座の牡羊に、小鳥たち（Ⅷ）はプレイヤデス（すばる座）、アリックス（Ⅹ）は乙女座の乙女、アリドールと恋人イーリス（Ⅻ）はオーリーオーン（座）と彼のエロース（またはアウローラ）に、また獣たち（ⅩⅢ）はリーパス座のうさぎに、鍛冶屋はヴァルカン座のウールカーヌスに、それぞれアナロジー関係にあり、牛に犂を牽かせる農夫（Ⅸ）は馬に陽馬車を牽かせる太陽神アポロンのビュルレスクな（道化た）アナロジーとなっているという！[9] たしかに星座化されたこれらのギリシャ・ローマ神話上の人物や動物像はこの詩の各節に描かれているそれを思わせるものもないではないが、このように詩中のすべての動物・人物を星座中の神話的人物・動物と対応させ、前者を後者の象徴と見るのは問題があろう。たとえば農夫は太陽神アポロンの戯化されたアポロンとか鍛冶屋をウールカーヌスとする見方などは面白くなかなか説得的だが、その他についてはあまりアナロジーの必然性は感じられないからである。

次にルービンは、オウィディウスのこの『変身物語』に加えて、同詩人のもう一つの詩作品「暁の女神」（『恋愛詩集』第一巻第十三章）がこの詩の下敷きとなっていると見る。[10] われわれも以下に見るように、この事実自体は確認できたが、ヴィオーの下敷きの仕方に対するルービンの解釈には大いに疑問が残る。つまりルービンはオウィディウスのこの詩「暁の女神」で語られている主題なテーマ――つまり辛い労働を強制する昼への、そうした昼をもたらす暁の女神への嫌悪、休息と愛の楽しみを約束する夜への希求など――もヴィオーの『朝』にそのまま引き継がれていると見ているが、われわれはそのパロディ化、つまりオウィディウスの主題を倒立させていると見る。あるいは少なくとも外形はオウィディウスのこの詩を模倣・借用しながら、それとは異なった新たな主題を導入しているのではないか、ということである。

そこでまず両詩に共通して登場する人物・動物・事物という面から両者の外形的・題材的共通性・類似性を見てみると、（一）暁の女神アウローラ、（二）大洋、水、（三）小鳥とその朝の囀《さえず》り、（四）共寝している暁どきの〈私〉とその恋人の女性、（五）睡眠、（六）朝露（ヴィオーでは一六一九年版）、（七）星、太陽、（八）月（の女神）とその恋人エンデュミオーン、（九）畑を耕す農夫と犂をつけられる牛（ヴィオーの詩では犂をつけてすでに働いている牛、以下同じ）、（十）朝の訪れとともに始まる女たちの仕事、（十一）羊毛（麻糸）を紡ぐ女性、（十二）若く美しい女性たち（羊飼い娘）、（十三）アウローラの（アポロンの）馬、（十四）暁の女神の到来による人間たちの不本意な日々の仕事への復帰（必ずしも不本意とは言えない日々の仕事への回帰）、（十五）（詩人に）「ゆっくり走れ」と願われる夜（「とばり」を引きはらう夜）などである。このように両詩には登場人物・事物などで驚くほど共通点が認められるのである。内容的にも暁の到来による夜の退場と人間・動物たちの日常の「仕事」への復帰という点で一致している。

とはいえ題材的に異なる点も少なくない。たとえば『朝』に登場する蜜蜂、ライオン、猪、獣、鍛冶屋、ローソクなどがオウィディウスの暁の詩には見られないこと、反対に後者に見られる船乗り、旅人、兵士、昼になって学校に行かされる生徒と鞭打つ先生、訴訟仕事につかされる法律顧問と弁護士、ティートーヌスやケパルスといった神話上の人物は前者には登場しない。そしてそれ以上に重要なことは、両詩がともに暁（の女神）の到来による夜と昼の交替、人々の仕事への回帰、動物たちの活動の開始という一見共通した主題を扱っているように見えながら、両詩人のこの主題に対する態度はまったくと言っていいほど異なっていることである。すなわちオウィディウスにあっては、女子供・恋人から、また人々から甘美な眠りを奪い、鞭打つ先生のいる学校や昼の辛い仕事に駆り立てる暁（の女神）の到来を好まず、夜が少しでも長く続くことを願っている（「ゆっくり走れ、夜の馬」"Lente currite, Noctis equi"[11]）のに対して、ヴィオーは逆に生命を育む太陽の先導者たる暁（の女神）の到来を寿ぎ、昼の生命活動の再開を称賛しているように見えるからである。

たしかに一部夜の終わりを惜しむ詩節（「目覚めたアリドールは（…）かくも甘美な眠りの消滅を嘆き悲しむ」str. XII）も存在するとはいえ、この恋人と心理的に同一化している〈私〉は朝の到来とともに起床して、恋人フィリスと愛の喜びを再び享受すべく庭園に赴くという事実を見るなら、話者（〈私〉）は必ずしも日の出を嫌がっているとは言えないのである。ルービンもこうした両詩の相違点に気づいているらしく、「少なくとも（この詩の）話者は気持ちの一端として、日の出を嫌がっているのである。なぜなら日の出は労働という労苦の再開を予告しているからである」[12]と苦しい説明をしている。

ルービンはさらにこの詩の恋人たちに注目し、この詩が伝統的な〈暁の衣ぎぬの別れの哀歌〉alba形式を伝統から逸脱した形で踏襲していると見る。[12]この点はわれわれも同意見だが、ただ彼は、この詩の伝統的なアルバからの逸脱点――暁が訪れても二人が別れない――を、恋人たちがこの詩に登場するすべての人物とは異なり、日常的労働から解放された特権的・神話的次元に立っているためと説明するに留めている。[13]われわれの見るところでは、ここにはもっと深い意味が込められているように思われるのだが、それについては後で触れることとし、次にこの詩におけるロンサールの影響を見てみよう。

われわれはこの詩の、少なくとも第十二詩節（一六二一年版）ととりわけ最終詩節に登場する〈私〉とその恋人フィリスの場面には、伝統的なアルバのほか、ロンサールの『続恋愛詩集』（一五六〇年）に収められているソネ「マリ、起きなさい」の詩の影響の方がむしろ大きいのではないかと考えている。[14]少し長いが引用すると、

Marie levez-vous, vous estes paresseuse,
マリ、起きなさい、寝ぼ助さん

Ja la gaye Alouette au ciel a fredonné,
Et ja le Rossignol doucement jargonné
Dessus l'espine assis sa complainte amoureuse.

もう陽気な雲雀は大空で囀っていますよ
すでに夜鳴鶯も優しく歌っていますよ
叢の上にとまって、恋の哀歌を。

Sus debout allon voir l'herbelette perleuse,
Et vostre beau rosier de boutons couronné,
Et vos œillets mignons ausquels aviez donné
Hier au soir de l'eau d'une main si songneuse.

さあ、起きて真珠の露の降りた若草を
蕾を戴いた貴女の美しい薔薇の木を
また愛くるしい撫子を見に行きましょう。
昨夕貴女がかくも心を込めて水くれをしたあの花々を。

Harsoir en vous couchant vous jurastes vos yeux
D'estre plus-tost que moy ce matin esveillée :
Mais le dormir de l'Aube aux filles gracieux

昨夜、貴女は寝るとき、瞳にかけて明日の朝は
貴女より早く目を醒ますわと誓ったのに
乙女の心地よい暁の眠りのために

Vous tient d'un doux sommeil encor les yeux sillee.
Ça ça que je les baise & vostre beau tetin
Cent fois pour vous apprendre à vous lever matin.

貴女の眼は、いまだに眠そうに瞬いている。
さあさあ、僕がその眼と貴女の美しい乳首にキスしてあげましょう。
貴女に早起きの仕方を教えるために、百遍も。

ロンサールのこのソネは彼の『続恋愛詩集』を特徴づけているいわゆる「甘媚調」"style mignard"で書かれた魅力

的な〈暁の美女〉la belle matineuse の歌である。一読して気づくように、下線を付した第一、五詩句などに窺われるこの詩の文体や調子は、ヴィオーの『朝』の最終詩節のそれに酷似しており、また恋人たちの暁の甘美な眠りとかベーゼの主題は、『朝』の詩の第十二詩節のそれと類似していると見ることができる（"d'un [si] doux sommeil" の詩句など両詩ともほとんど同一である）。さらに言えばロンサールのこの詩に認められる〈暁の美女〉あるいはロンサール以後一種の流行となったいわゆる官能的な〈ベーゼ〉のテーマ thème du baiser、小鳥の囀りや露草、バラや撫子といった生命を抱いた自然への瑞々しい感性、その生命礼賛、またそうした自然への愛そして同時に生きてある証、生命の証としての女性への愛、これらはほとんどすべてヴィオーがこのオードの中で歌っているものである。

ロンサールのこのソネも中世以来の伝統的なアルバ詩〈暁の衣ぎぬの別れの哀歌〉を踏まえているが、ヴィオーの『朝』のオード同様、アルバ詩の約束に反して、恋人たちは暁が訪れても別れず、〈私〉の恋人が丹精込めて世話をしているバラや撫子の咲き乱れる彼女の家の庭園に入っていく。このカップルの行動パターンやバラと撫子（ヴィオーでは百合）が咲き乱れる庭といった道具立ては両詩ともまったく同一であり、この点でもヴィオーがこのソネから影響を受けていることはほぼ確実である。ヴィオーがロンサール同様、アルバの伝統的形式に反して、恋人たちを別れさせなかったのは、単に伝統的なアルバ詩を換骨奪胎しそれをパロディ化しようとしただけでなく、そこに彼の思想、つまり昼であっても仕事から解放された自由な時間、生命の証としての愛の交歓があっても構わないという多分にリベルタンな信念、というよりロンサール流の生命＝愛至上主義の表明を行おうとしているのではなかろうか。

ヴィオーの生命＝愛至上主義に関連して、いわゆる〈イタリア的愛の夢〉のテーマについてもここで付言しておこう。これは、夢の中で愛する女性が恋人の求愛を受け入れるが、目覚めとともに彼女の姿は消え、幻滅が訪れるという夢の中の愛のテーマで、サンナッザロ Sannazzaro、ベンボ P. Bembo といったイタリア・ペトラルカ主義者が好んで取り上げたものである。ロンサールをはじめプレイヤード派詩人やそれ以後のフランス・バロック詩人は、このテーマを、その派生テーマである〈ベーゼ〉のテーマとともに、より官能的・エロティックな愛の夢として描いている。[16] ヴィオーも当然その例外ではなく、このテーマによる恋愛詩（あえて言えばかなりの数のポルノ詩をも）を書いている。この『朝』の詩の第十二詩節に描かれているアリドールとイリスの愛はまさにこのテーマのエスキスである。夜明けどきの愛の夢は同意した恋人との「想像上で実現した肉体的結合を寿ぎ」はするが、この夢の中での喜びは「目覚めとともに」（à son resveil）、「甘く苦い思い」を残す（en son ame abusee）。実現されたと思った愛は、結局は愛の喜びの「影」にしかすぎないからだ（L'ombre d'Iris qu'il a baisee）。

こうした「愛の夢をテーマにした詩」というコンテクストからこの詩を見るなら、すでに指摘したように、この詩は最終詩節XVIを除き、全詩節で語られている情景が夢の場面の想起と見ることもできるわけである。つまりこの詩は、第十六詩節で目覚めた話者〈私〉が以前覚醒時に眼にした現実の光景が夢の中で再現し、純粋に夢想的・神話的イメージと時空を超えた夢の論理で混融・コラージュ化して暁どきの夢の中で現れたヴィジョンと解釈することも不可能ではないのだ。この解釈に従えば、第五、六詩節のイメージの異質感や一部に経時性を損なう詩節、場面の配列が見られる矛盾も解決されるのである。

これまで見てきた〈暁どきの官能的な愛の夢〉のテーマに関連して、最後にヴィオーの生命＝愛至上主義という観点から、この詩に対してもう一つのエロティックな試解、それもかなりスキャンダラスな解釈をあえて試みておこう。この解釈は、『朝』の詩が当時の文学的潮流の一つとなっていた前述の〈夢の中での愛〉や〈ベーゼ〉のテーマに基づいて書かれているという事実を考慮するなら、一概にナンセンスな見方とは言えないと考えるからである。ヴィオーは、周知の通り、多くの poèmes satyriques（poèmes obscènes）を書いている。もっともこれは、程度の差こそあれ、ロンサール以来のフランス詩人の間の一種の〝伝統〟、先に述べた Songe érotique et amoureux のテーマの延長線上にある伝統であり、一人ヴィオーにのみ特異な現象ではない。実際彼と同時代のあのマレルブ Malherbe でさえ、ヴィオーと同数程度、メナール Maynard に至っては、それ以上書いているという。[17] 最近でもたとえば P・ヴァレリーでさえ、草稿形とはいえ、この種の詩を遺している。

当時の司法当局や教会から風俗を紊乱する「猥褻詩」と断定されたヴィオーのこうしたいわゆる poèmes satyriques の研究は、古くはリベルティナージュ libertinage との関連でラシェーヴル Lachèvre[18] が、最近ではゴーディアーニ Gaudiani[19] が行っているので、これ以上立ち入らないが、この詩もある意味で一種の poème satyrique、ゴーディアーニの用語に従えば、"cabaret poetry"、積極的意味で言うなら愛と生命礼讃の詩と見ることができるのではなかろうか。というのは、(1) この詩が収録されている一六一九年の "*Le Cabinet des Muses*" や一六二〇年の "*La Second livre des délices*" という詩華集には、他の詩人たちにあってもかなり官能的・エロティックな恋愛詩が散見されるからであり、また (2) 限定出版でエロティックな挿画入りの "*Florilège des poèmes de Théophile de Viau*" (Paris, 1914) という官能的・肉感的恋愛詩を収録したヴィオー詩選集の冒頭にこの『朝』のオードが収められているからである。

われわれの推測では、後者の匿名編者は『朝』の詩をそうした性愛的な詩と解釈して、この詩華集の巻頭詩としたように思われるのである。『朝』のオードは、生命と愛の礼讃者としての若きヴィオーが、男女の性愛行為の喜び、その生命増殖の営みを全的に肯定した性愛詩、生命礼讃詩として、しかもきわめて婉曲的・象徴的表現を用いて書いた詩と見ることができるのではなかろうか。そのような眼でこの詩を再読してみると、そこには性愛行為を暗示する語彙や言い回しが無数に〈散乱〉しているように感じられるのだ。

『朝』のオードを性愛詩とも見ることができるとするなら、こう読めるのではなかろうか。

最終節の第XVIストロフは、〈私〉と恋人フィリスとの終夜に及んだ〈愛の戦い〉combat amoureux のひとまずの終戦である。冒頭の暁(の女神 femme)は、(1) 太陽 (homme) の性愛行為におけるパートナーである。あるいは (2) 太陽 (phallus、以下 p. と略) は暁 (sexe féminin; vulve、以下 v. と略) に紺碧や黄金色そして象牙色の光 (体液) を浴びせられ、それらの液を飲み飽きて、斜向の回転運動（acte sexuel）を始める、とも解しうるが、次節の「馬」を一六一九、一六二〇年のテクストのように、「太陽の馬」Ses chevaux と取った場合は（1）の解であり、一六二一年の決定版テクストのように“Les chevaux”と定冠詞に変えられ、太陽から独立性を強く持った馬と取るなら、（2）の解も成り立つように思う（I）。第二詩節の「馬」とその運動は phallus とその運動である。太陽の馬たちは波間（lèvres de la v.）から姿を現し、火炎と光（体液）に包まれ、地上に生命をもたらし育む光 lumière du monde（sperme）をいななき吹き出す（II）。月や夜、暁の薄暗い空は女性ないし女性器の象徴である。彼女は、太陽の光（passion amoureuse）を前にしてあるいは恥らいから身を引き、あるいはその着衣を脱ぎ捨てる（III）。精力的な蜜蜂（hommes / p.）は香り高い唇形をしたマヨナラ草やタイム草の花々（v.）から花蜜を存分に味わい飲みほす（IV）。「勇猛なライオン」（p.）は住まいの洞穴（vagin）から出てきて恋仇のエンデュミオーンを追い払う（V）。その勇猛高貴なるライオン（牧神パーンないしオーリーオーン）の恋のパートナーである「婦人」（アルテミス＝セレネーあるいはアウローラ）はかつて交えたほかの愛人との情事（猪＝p.）を夢想したり compte、あるいは現在の愛人との行為の絶頂で「奈落の底に落ちていく」“Ou devale chez les esprits”。

バロック調のエロティックな「愛の夢」を信奉する詩人たちにとっては、「地獄（冥界）下り」Descente aux Enfers の夢は、このテーマの終局形態の一つとして、性愛行為におけるエクスタシー状態をも表象するヴィジョンとなっていたのである。したがって『朝』のオードのこの詩節における「彼の婦人」の冥界降下のイメージは、必ずしも不吉で恐怖感を呼び起こすものではなく、むしろ愛の忘我状態、憑依状態を暗示していると見るべきであろう。第VIストロフのわれわれのこうした解釈は、一六二一年のテクストにおける第VI詩節の女神ディアーナの冥界下りのイメージの異常さを理由に、作者自身が同詩節第三詩句の devale を devalez と過去分詞に変え、同時に意味も変えたとするI－M・クリューゼルの説に対する反証の一つとなりうるだろう（VI）。

第VII詩節の〈私〉は、子羊ら（p.）が萌え出たばかりの麦畑（v.）の上を嬉しそうに跳びはねる春の景色を眺めている。羊飼い娘のクローリスは春の訪れ（puberté）を喜ぶ歌を歌いながら、彼女の子羊たちを青々と緑が覆う丘（mont de Vénus, lèvres de la v.）の間に導く（VII）。また鳥たち（homme / p.）は彼らの隠れ家（v.）と羽並（poils de la v.）を黄金色に染める朝日にみとれているようである（VIII）。犂（p.）が広野（v.）を切り開き fend（一六一九年版）、掘り進む escorche。農夫（homme）は畝（lèvres de la v.）に沿って進みながら、鞭棒（p.）で犂牽く牛（v.）を駆り立てる（IX）。アリックスは紡錘（v.）を整え、母（一六一九年版、彼女の女友達）は二人の仕事（情事）の手助けをして麻糸を紡錘竿（p.）に結いつける（X）。混じり合った騒々しい人声や物音（暁の情事における）が夜の静寂を破り、朝日がその物音とともに闇と静寂を追い払う（XI）。

第XII詩節は、それまでの暗示的・象徴的ないし寓意的な描写に代わり、語り récit を含む暁の情事の婉曲な描写となっているが、この部分についてはすでに問題にしたので、それ以上の説明は不要であろう。獣たち（femmes）は巣穴（閨房・ベッド）に閉じこもり、睡眠を取って元気を回復した男たちは、日々の営み œuvres（愛の）にふたたび取りかかる（XIII）。鍛冶屋（homme / p.）は鉱炉（femme / v.）の傍らにいる。炭火（p.）が炉（v.）の中で激しく燃える音が聞こえ、金床（v.）の上で赤熱している鉄（vagin）はハンマー（p.）に打たれて火の粉を散らしている（XIV）。暁の訪れとともに、終夜燃え続けるという仕事を終えたローソク（p.）は消えた（萎縮した）ように見える。はや朝日が寝室のドアの隙間から射し込んできて、共寝する〈私〉と恋人フィリスの眼を眩ませる（XV）。朝の到来とともに、カップルは起床し、薔薇と百合の咲きほこる愛の庭園に行き、再び昼の逢いびきを楽しむこととなるだろう。大自然にあっては、太陽や昼が月や夜をパートナーとして毎日〈宇宙的な愛の営み〉をいとなんでいるように（XVI）。

こうした解釈は、A・ランボー Rimbaud のソネ『母音』Voyelles に対して試みたR・フォリッソン Faurisson のショッキングな解釈[20]の、いわば〈拙いヴィオー版〉と言えるかも知れない。『朝』のオードをフロイトの夢分析に似た仕方で、このように形而下的に解釈してしまうと、ひどく猥褻で下品な戯事歌のような感じになってしまうが、ヴィオー本人は、バロック的誇張・婉曲技法を駆使しながら、大真面目に形而上的・宇宙的な性愛・生命豊穣化行為の礼讃詩を書いたに違いないのだ。

この詩は詩人の最初期にありがちな欠点、すなわち詩語の結晶度や構成面での未熟さが認められ、この意味では優れた詩とは言い難いが、半面処女作特有の美質――俗に処女作には、後年の作家のすべてが萌芽的に内包されていると言われる意味での――も窺われるのだ。その一つは、上に見たような思想、後期の作品で顕在化するある哲学的思想の萌芽がすでにこの詩に認められることである。そこで以下では、本章のまとめを兼ねて、こうした思想的側面からこの詩の意味を少し考えてみることとしたい。

最初にこの詩のとりわけ前半部に見られるバロック的メタファーと擬人法 personnification の意味について考えてみよう。これまでの考察で明らかなように、この詩は太陽、月、星あるいは暁、夜、朝（昼）といった天体的事象が、またライオン、子羊、小鳥、牛といった動物ばかりでなく、犂とかローソクといった物に至るまで、主として人間的事象に関して使用される名詞、形容詞、動詞を使って描かれ、それらがある種の人間的属性を帯びている。動詞（現在、過去分詞を含む）ではたとえば“Seme”“lassé”“boire”“Commence（Ⅰ）”“fuit”“a retiré（Ⅱ）”“Boit”“revient（Ⅳ）”“sort”“fait fuyr（Ⅴ）”“entrant”“Compte”“Errant（Ⅵ）”“bondissans”“naistre（Ⅶ）”“chantant”“adorer（Ⅷ）”などがあり、さらに“morte”“fait esvanouyr”“vient nous esblouyr”などの例を挙げることができよう。名詞や形容詞では“front（Ⅰ、Ⅲ）”“voiles（Ⅲ）”“diligente”“riche”“butin（Ⅳ）”“genereux（Ⅴ）”“joyeux（Ⅷ）”“fuitte（Ⅻ）”などがそれであるが、ほかにも“La charruë escorche la plaine”などまるで人や動物が畑を耕しているような表現も見られるのである。こうして暁や太陽、月は大文字の使用とあいまって神話上の人物に同化され、朝日の光もアポロンの馬と同一視され、人間のように描かれている。星や夜も、蜜蜂、ライオン、子羊、小鳥たちと同様、人間と同一次元の生き物のように描写されている。

こうした詩法上ないし発想上の特質はどこからきているのであろうか。それは少なくともロンサール以来の多くの前・後期バロック詩人たちが共有していたある世界観・宇宙観からきているように思われるのである。その一つは、A・アダンがヴィオーをはじめトリスタン＝レルミット Tristan L'Hermite とかサン・タマン Saint-Amant といったバロック詩人が共有していたと指摘する擬人観、神人同形同性観[21] anthropomorphisme である。ヴィオーが『朝』の詩において、誇張したメタフォールや比喩を多用しているのは、実証主義に親しんだわれわれには荒唐無稽に見えるこの神人同形観を所有しているからなのであり、そこにあるレアリティと霊性を感じているのである。つまり詩人は太陽や月や星も「生命を持ち、ものを感ずるある力を内在させて」おり、「人間と同じように生きている霊的存在物、人間と同様にある知的意思に従っているある霊的存在物に包まれている[22]」と感じているのである。したがって彼が「太陽は、海原の潮を飲み飽きて、／斜向の回転にとりかかる」とか「月がぼくらの目の前から逃げ出し」と言うとき、それは単に詩法上のレトリックではなく、そこに人間と同じようなある精神的な存在を感じているのである。ところでアダンの言う「生命を持ち、ものを感ずるある力」、「ある知的意思に従っているある霊的存在物」とは、ヴィオーにあっては、〈世界の魂[23]〉 âme du monde である。それは神によって宇宙の万物、森羅万象に与えられたものであり、こうして地上に「豊穣な自然」が形成されているのである。

世界に魂を与えるこの偉大な神は
自ら好むがままに豊穣な自然を思い出さないわけではなく、[24]
あなたのエッセンスを形成していた神は

あなたが誕生する時、天より
自らの最良の火を選び、
美しい肉体のうちにとても優れた精神を宿らせたのだ。[25]

神が「天よりその最も見事な火」を選び、霊魂 esprit を与えたのは、人間ばかりではない。『朝』の詩で描かれている自然は、すべての動植物や犂やローソクといった無生物さえ、この〈世界の魂〉が宿り、それによって生かされているある種の生命体なのである。しかしこの詩の後半部に強く窺われる動植物に対するこうした擬人観的 anthropomorphique 感性は、ある意味で一種のアニミスムである（もっとも擬人観も狭義のアニミスムと言えるが）。蜜蜂も子羊たちもまた小鳥も、そして萌え出たばかりの麦や草木も、この〈世界の魂〉によって生命と魂を与えられ、人間と同一の生命活動を行っているのである。

ところでこの〈世界の魂〉は星の光とともに、太陽光線によってもたらされる。というのはルネサンス以来、光は精霊の運び手 véhicule de l'Esprit と考えられていたからだ。[26] この考え方を引き継いでいるヴィオーは、この詩において太陽の運動とその光によって実現されているこうした宇宙的生命活動や生命の宇宙的な「誕生」を讃えているのであり、この意味で前節で見た人間の性愛や生命増殖活動もこうした宇宙的生命活動への人間存在の〈参加〉participation なのである。またこの詩の前・中間部に出てくる蜜蜂による花蜜の収集、芽吹きはじめた麦や緑、羊の飼育、畑の耕作といった田園風景は、B・ブレーも指摘するように、太陽によってもたらされる豊作や生命の豊穣性を示すシンボルとなっている。ここに見られるヴィオー的アニミスムは、地上のあらゆる存在物に遍在し、その生命を司る〈世界の魂〉の存在により、宇宙的活（生）気論 vitalisme cosmique と呼びうるかも知れない。[27]

翻ってこの詩にあってはそうした生気、一切の事物にみなぎるその遍在的な生命感は、何によってもたらされたのであろうか。それは話者の視線によってである。話者のそして結局は詩人の視線が世界内のあらゆる存在に〈世界の魂〉âme universelle をもたらし、この〈世界の霊火〉esprit-feu が個々の存在内に生命を誕生させ、生かしているのだ。というのも視線は、太陽光線とともに古来より〈火の運び手〉porte-feu であり、〈生命の運び手〉porte-vie と考えられてきたからである。[28] それゆえこの詩における〈私〉の視線は、バシュラールに倣うなら、詩人の夢想や想像力を〈物質化〉しているといえるかも知れない。[29]

すでに見たように、話者が「私には見える」"Je voy" とか「見たまえ」"Voy que..." と発話することにより、世界に生あるもの、生なきものが忽然と出現し、誕生してくるのである。それはときに太陽であり、月であり、星である。また視線が地上に向かうとき、それは「高貴なライオン」であり、子羊であり、鳥であり、牛であり、野の獣たちである。それはまたときとしてクロリスであり、アリックスであり、鍛冶屋であり、またときに犂であり、鉱炉であり、金床であり、炭火であり、ローソクである。これは視線の列挙作用 énumération であり、固体化・個別化作用 particularisation である。視線はものを指し示し montrer、呈示 présenter することで、ものに世界内での個別存在性と現存性を与える。別の言い方をするなら、前々節ですでに触れたように、詩人の視線はそのように誕生し、生成しつつあるものを、そこにいかなる人間的解釈をも持ち込むことなく、ただ現にそこにあるものとして、そのあるがままの姿で、裸形な無垢存在として、われわれ読者に呈示しているのだ。

詩人が『朝』を含む多くの詩の中で、「あの」や「あそこの」を意味する "ce" "cette" "ces" という指示形容詞や「ここに」icy などの場所の副詞を多用するのは、視線のこうした〈指し示し〉や場所の特定による事物の個別現存性を強調するためであったに違いない。またこの詩がほとんどすべて並置かポワンによる独立単文で語られ、直説法現在形の動詞で語られているのも、指示形容詞や場所の副詞同様、話者の視線の到達地点に、次々と事物を〈出現〉させ、生命を与え、おのおのの場で生き始めさせるためであり、それらの事物の現在性・現存性を、さらにそれらの宇宙的な存在の裸形性・無垢性をも強調するためであったに違いない。詩人の視線を受け、〈世界の火〉＝生命 feu-vie universel を受けてそのようにものが次々に出現し、生きはじめた世界、それはすでにほとんど宇宙的なアニミスムの、精霊＝生命崇拝観の、あるいは宇宙的な活（生）気論の世界である。だが同時にそのように生を受けた個物は、前節で見た一六二〇年のテクストにおける太陽の円環運動がそのことを暗示しているように、やがてその個体としての生を終え、〈世界の魂〉、少なくともその一部である〈天の火〉flambeau cœleste は個体から離れ、天に帰っていく。そして再び「時が満ちて」[30]〈天の火〉は、太陽が翌朝戻ってくるように、地上に帰り、新たな個体に宿って生命を誕生させる。この詩のテクストが暗示する詩人の死生観・時間意識は、このように円環的・永遠回帰的であり、この意味で多分にヘレニズム的な時間意識・死生観である。そしてこの点が、後年イエズス会から弾劾された（青年期の）〈テオフィルの罪過〉の一つでもあったのかもしれない。

いずれにしてこの詩は、彼の神人同形同性観、宇宙的アニミスム＝活気論や太陽信仰さらには（性）愛＝生命主義に裏付けられた、その意味できわめて哲学的な詩的ヴィジョンをわれわれに示しているのである。少なくともわれわれは、この『朝』のオードのうちにヴィオーのそうした哲学的・形而上学的な思惟 pensée を読み取りうると考えるのである。

註

1　本テクストは、この詩の texte définitif と考えられる Les *ŒUVRES du sieur THEOPHILE*, A Paris, chez Jacques Quesnel, M. DC. XXI, 〈Biblio. nat., Rés. p. Ye 2153〉(édition originale) に依拠（pp. 7–10）。

2　拙稿「テオフィル・ド・ヴィオーのオード『朝』のテクスト比較——試訳と解釈」（『教養論叢』第九二号、一九九三年）。

3　Irénée-Marcel Cluzel, Le « Matin » de Théophile de Viau dans le « Séjour des Muses », dans la *Revue d'Histoire de la France*, janv.-fév., 1973, pp. 89–98.

4　B. Bray, Pour l'explication de l'ode de Théophile de Viau : "Le Matin", dans *Het Franse Boek*, XL, 2, avril 1970, Universiteit van Amsterdam, pp. 105–107; David Lee Rubin, *THE KNOT OF ARTIFICE, A Poetic of the French Lyric in the Early 17th Century*, Ohio State University Press, 1981, p. 51. われわれが以下に述べるこの詩の持つ運動や方向性に関しては、基本的には両氏の着想を踏襲した上でさらに詳しく発展させようと試みた。

5 『朝』の詩に特徴的な統辞法についても、すでに Rubin もわずかに言及（*op. cit.*, p. 54）、B. Bray はかなり詳しく同趣旨の指摘を行っている（*op. cit.*, pp. 104–105）。

6 B. Bray もこの詩に特徴的な各場面の描写法を映画撮影に譬えている（*op. cit.*, p. 106）。

7 B. Bray, *op. cit.*, p. 105.

8 D. L. Rubin, *op. cit.*, pp. 50, 55–56.

9 *Ibid.*, pp. 56–57.

10 *Ibid.*, pp. 50, 55.

11 Émile Ripert, *Ovide : Les Amours* (*AMORES*), Paris Garnier Frères, 1957, p. 44.

12 D. L. Rubin, *op. cit.*, p. 51.

13 *Ibid.*, p. 57.

14 ヴィオーの『朝』とロンサールのこのソネとの類似性は、今世紀初頭すでに Émile Faguet が指摘している。« C'st le goût de Théophile, ou peut-être n'est-ce après tout qu'un souvenir de ce très beau poème de Ronsard qui commence ainsi : "Marie, levez-vous, vous êtes paresseuse." »（Émile Faguet, *Histoire de la Poésie Française de la Renaissance au Romantisme*, t. II, Paris, Boivin, p. 193.）

15 Isidore Silver, *Les Œuvres de Pierre de Ronsard*, texte de 1587, t. II, Librairie Marcel Didier, Paris, 1966, pp. 59–60.

16 thème du « Songe amoureux » や thème du « baiser » については以下の研究に詳しい。Henri Weber, *La Création Poétique au XVIe siècle en France de Maurice Scève à Agrippa d'Aubigné*, Paris, Nizet, 1956, pp. 356–391 ; Platonisme et sensualité dans la poésie amoureuse de la Pléiade, dans *Lumières de la Pléiade*, Paris, J. Vrin, 1966, pp. 158–194 ; G. Mathieu-Castellani, *Les Thèmes amoureux dans la poésie française*（*1570–1600*）, Paris, Klincksieck, 1975, pp. 147–165.

17 Robert Casanova, *Théophile de Viau en prison et autres pamphlets*, Utrecht, Jean-Jacques Pauvert, 1967, p. 19.

18 Frédéric Lachèvre, *Les Recueils collectifs de poésies libres et satiriques*（"Le Libertinage au XVIIe siècle", t. V）, Genève Slatkine Reprints, 1968.

19 Clarie Lynn Gaudiani, *The Cabaret poetry of Théophile de Viau*（"études littéraires françaises" 13）, Paris, Jean-Michel Place, 1981.

20 Robert Faurisson : A-t-on lu Rimbaud?", dans *Bizarre*, no. 21/22, 1961. なおヴィオーの研究家であり、プレイヤード叢書版ランボー全集の編註者でもあるA・アダンはフォリッソンのこうしたエロティックな「母音」解釈、つまり母音の音韻にではなく、その形態に着目してこの詩を「性行為中の女体の紋章学《ブラゾン》」と見る解釈を一定の留保つきながら、基本的には認めている（Arthur Rimbaud, *Œuvres complètes*, édition établie, présentée par Antoine Adam, "Biblio. de la Pléiade", Gallimard, 1972, pp. 900–901）。

21 Antoine Adam: Le Sentiment de la Nature au XVIIe siècle en France dans la littérature et dans les arts, dans *Cahiers de l'Association Internationale des Études Françaises*, juillet 1954, N°. 6, p. 9.

22 *Ibid.*, p. 9.

23 ヴィオーのこの « âme du monde » の問題は A. Adam がアヴェロイスム averroïsme との関連で言及している（*Théophile de Viau et la

libre pensée française en 1620, p. 136）ほか、赤木昭三氏もヴィオーが思想的影響を受けたと考えられているイタリア・パドーヴァ学派のJ. Cardanとの関連で論じている（「Théophile de Viauの Traicté de l'immortalité de l'ame論考」、『フランス十七世紀文学I』一九六六年、一一一―一一二頁。この「世界の魂」âme du mondeまたは「世界に遍在する魂」âme universelleの思想は、ヴィオーや彼の同時代詩人のみでなく、ロンサールなど十六世紀詩人の間にも見られるという。フランス・ルネサンス詩人に見られるこの「世界の魂」âme du monde/ âme universelleをaverroïsmeやJérôme Cardanとの関連で論じたものとしては、Henri Weber, *La Création poétique au XVIe siècle*, p. 23, 44–48とかA. Kibédi Varge, Poésie et Cosmologie au XVIe siècle, dans *Lumières de la Pléiade*, pp. 151–155などがある。

24　Théophile de Viau, *Œuvres Complètes*, édition critique publiée par Guido Saba, Nizet, Paris, 1984, t. I, p. 345.（以下 *G. S.* と略）

25　*Ibid.*, p. 365.

26　Hélène Tuzet, *Le Cosmos et l'imagination*, Paris, José Corti, 1965, p. 170. « Au temps de la Renaissance, le Rayon, véhicule de l'Esprit, sera chanté plus que jamais. »

27　B. Brayも『朝』の詩を「エロティックな夢想」として、また「宇宙に関する（ヴィオーの）活気論的観念の具現化」として解釈しうるとしている。« Le Matin peut donc s'interpréter comme une rêverie érotique, comme la mise en œuvre d'une conception vitaliste de l'univers. »（*op. cit.*, p. 111）

28　Hélène Tuzet, *op. cit.*, p. 170. « Quant au Regard, comme le rayon astral, il est alors porte-feu, porte-vie : »

29　cf. Hélène Tuzet, *op. cit.*, pp. 169–172 ; Gilbert Delley : *L'Assomption de la nature dans la lyrique française de l'âge baroque*, Berne, Herbert Lang et Cie SA Berne, 1969.

30　*G. S.* t. I. p. 365.

II　オード『孤独』

1　報われぬ恋またはアンドロジーヌ的愛の悲劇

序論

テオフィル・ド・ヴィオーの詩壇へのデビュー詩『孤独』La Solitude は、彼が文学者としての名声と地位を決定的にした青春期の記念碑的作品である。またこの詩は、『朝』Le Matin とともに、詩人の作品の中で最も有名であり、多くの詩華集や教科書版にもほとんど必ず収録されている。「青春の新鮮さと熱気」[1]を感じさせるとはいえ、多分に若書きのこの詩は、なぜか多くの研究者・注釈者から注目され、今日までヴィオー作品中で最も多量かつ多様な解釈がなされてきた作品である。これらの解釈は次の四つに大別されるように思われる。

すなわち（一）テクスト・クリティックを中心としたこの詩の成立事情やサン＝タマンの同名の詩との比較・影響関係を論じたもの（たとえばA・アダン[2]やR・A・マッツァラ[3]）、（二）そのバロック性、「ドラマティック性」や詩としての統一性の有無を問題にした研究（オデット・ド・ムルグ[4]やL・ネルソン[5]そしてD・ストーン[6]、A・R・ピュー[7]など）、また（三）ヨーロッパ抒情詩の二つの伝統である〈女性勧誘詩〉invitation poem としての牧歌詩（田園詩）pastoral の伝統と、いわゆる〈ロクス・アモエヌス〉（悦楽境）locus amoenus というトポスの伝統との関連から論じたもの（R・E・ヒル）[8]、最後に（四）最近のテマティックな研究（たとえばバロックの主要テーマである変身 metamorphosis 中に窺われる〈誤解〉と〈阻害されたコミュニケーション〉のテーマなどを論じたJ・R・リーヴァ）[9] などである。そこでわれわれも以下においてこれらの先学をも参照しながら、この詩を分析し、解釈してみたいと思う。

テクスト・影響関係・構造

アントワーヌ・アダン Antoine Adam は、現代のヴィオー研究の出発点となった博士論文『テオフィル・ド・ヴィオーと一六二〇年代におけるフランス自由思想』[10] において、この詩の成立年代や影響関係、最終テクストの成立経過などを各種の版の比較検討を通して論じている。このオードは、フレデリック・ラシェーヴル Frédéric Lachèvre のサン＝タマン模倣説[11] 以来、一般に一六一七年に書かれたサン＝タマン Saint-Amant の同名の詩『孤独』La Solitude の影響下に書かれたと考えられてきたが、アダンは上記博士論文において、この通説に反論して次のように述べている。すなわち「ヴィルナーヴ Villenave 草稿の存在のおかげで、『朝』と『孤独』はほぼ一六一二年頃作られたという結論に達する」[12] と。アダンがこの詩の成立年代決定の根拠としているヴィルナーヴ草稿とは、この草稿の所有者がマチュー・ヴィルナーヴ Mathieu Villenave であったことからこう呼ばれているが、その後行方不明となってしまったこの草稿には所有者により次のような指示が付せられていたという。« Recueil de poésies diverses, fait vers 1611...... »[13] そしてこのヴィルナーヴ草稿中の『シャンソン』Chanson と題された八行詩の二詩節の前半四行と、『孤独』中の二詩節（決定版の第三十四と第三十五詩節）とが、ほとんど同じかまったく同一となっている事実[14] から、アダンは少なくとも『孤独』のこの部分は一六一二年頃にはすでに書かれていたと主張している。[15]

同草稿に付せられた〈一六一一年頃〉という日付を信用するなら、たしかにアダンが言う通り、同草稿中に見える詩『シャンソン』の詩句を含むこの部分（アダンが〈第三番目の部分〉と呼ぶ決定版のテクスト［全四十一詩節から成る］）に初めて現れた終末部の第三十三―三十八詩節および第三十九―四十一詩節は、少なくとも『孤独』の決定版（一六二一年）よりかなり以前に書かれていたと推定することができよう。したがってこのオードのそれ以外の部分、すなわち一六二〇年刊行の『至上の喜びをもたらすフランス詩華集第二書または当代最高の新詩選集』“*Le Second livre des délices de la poesie françoise, ou nouveau recueil des plus beaux vers de ce temps par J. Baudoin*”（B. N. cote: Ye 11445）、いわゆるボードワン版のテクスト（全二十八詩節から成る）の制作年代は推定不能と言うべきだが、アダンは次の二つの理由から、この部分もヴィルナーヴ草稿とほぼ同じ頃書かれたと見ている。[16]

すなわち第一―十五詩節のいわば原「孤独」詩篇部分――この部分はギリシャ・ローマ神話の神々や女神、ニンフ、サテュロスといった半神の幻像が棲まう人里離れた静かな森の風景描写となっている――と主として決定版における中間部（第十六―十八詩節と第二十三―三十二、三十八詩節）のいわゆる「コリーヌ詩篇」部分から成っているボードワン版のテクストや一部詩句にヴァリアントがあるとはいえ、この版とまったく同一のいわゆるヴェルノワ版（“Nouveau Recueil de diverses poesies du sieur Theophile, la plus part, faictes durant son exil, par Gilbert Vernoy, 1620”, Sorbonne : R. ra 829）の後半部は恋人コリーヌへの語り手〈私〉の求愛詩となっている。決定版でこの部分につけ加えられたヴィルナーヴ・テクストを含む追加詩節もやはり恋人コリーヌを称賛する求愛詩であり、したがって第二番目と第三番目の部分は同質の詩で、「同じサイクルに属している」[17]がゆえに、「同じ時期に作られた」と推定している。[18]また冒頭部の原「孤独」詩篇（第一―十五詩節）は、ボードワン版やヴェルノワ版がそのことを証明しているように、アダンが言う第二番目の部分（第十六―十八、第二十三―三十二、三十八詩節）（いわゆる「原コリーヌ詩篇」部分）と「常に結びつけられており、両者がかなり昔から一つの詩として呈示されてきた」[19]という事実から、オード『孤独』の成立時期は「一六一一年頃より始まり、一六一四年が終わる頃である」[20]としている。

この詩の成立時期に関するアダンのこの仮説は今日かなり多くの研究者から支持されており、筆者も次の点に多少問題を感ずるとはいえ、大筋でアダン説を支持したい。多少の問題点というのは、アダンは「一六一一年頃作成」という日付のあるヴィルナーヴ草稿中の『シャンソン』という八行詩（各詩節の後半四行はエロティックというより猥褻なポルノ詩となっている）に関して、後に『孤独』の一部となるこの詩の前半の四行詩が先に書かれ、その後この詩の各詩節後半部に例の猥褻な四行詩を加えたパロディ詩『シャンソン』が作られたとしているが[21]、（J・ストレッシャー[22]もアンソニー・ピュー[23]もなぜかこのアダン説を支持）、逆のケースも考えられるからである。すなわち猥褻詩句を含む八行詩『シャンソン』が一六一一年頃書かれ、その後原「孤独」詩後半に結合するために、猥褻な後半四行をカットした可能性もあり、ヴィルナーヴ草稿にすでに八行詩として現れている以上、この可能性が高いと見ることもできるのである。『孤独』のこの部分（一六二一年の決定版に初めて現れた「追加コリーヌ詩篇」）が一六一一年頃書かれたことに変わりはないにしても、これをもってただちに原「孤独」詩篇と原「コリーヌ」詩篇も一六一二年頃書かれたと推定することはできない。なぜなら一六二〇年の原「コリーヌ」詩篇も、サン＝タマンと知り合った一六一九年頃、原「孤独」詩篇（この部分がサン＝タマンの『孤独』より先に書かれていたにせよ後に書かれたにせよ）に結合するときに作成した可能性も否定できないからである。

次にこの詩の構造を、友人サン＝タマンとの影響関係の有無をも視野に入れつつ、一六二〇年のボードワン版と一六二一年の決定版のテクストとを比較しながら考察してみよう。『孤独』の詩形はａｂｂａ／ｃｄｄｃ／ｅｆｆｅ／……という抱擁韻 rimes embrassées で書かれた典型的なオード形式の四行詩であり、一六二一年の決定版のテクストでは全四十一詩節から構成された長詩である。また一六二〇年のプレオリジナル版では、全二十八詩節から成り、決定稿に較べ十三詩節短くなっている。この二つのテクストの比較からオード『孤独』の成立過程とその構造をかなり知ることができる。すでに右に見てきたように、この詩は三つの部分から成り立っており、最初の部分は第一詩節から第十五詩節までで、これはいわば「原孤独」詩節群（以下詩の一部という意味で「詩篇（群）」とは言わず、「詩節（群）」と呼ぶ）である。この部分は場面設定、登場する人物・神々・動物などの点で、サン＝タマンの有名な十行詩オード『孤独』との類似性が認められる詩節群であり、この意味でサン＝タマンとの影響関係が問題となる部分だが、それについては後で再び取り上げることとしたい。中間部は第十六―三十二詩節で、この部分は主として一六二〇年に刊行されたボードワン版とヴェルノワ版テクストの後半部を構成している、いわゆる「原コリーヌ詩節群」である。終末部はそのほとんどが一六二一年の決定版で初めて追加された部分（第三十三詩節から最後の第四十一詩節まで）で、いわゆる「追加コリーヌ詩節群」である。問題はこの原コリーヌ詩節群と追加コリーヌ詩節群の詩質、文体、内容に差異が認められるかどうかだが、アダンも指摘しているように、[24]ほとんど認められないのである。この意味で、両者はほぼ同じ時期に作られたであろうというアダンの推定は妥当性があると考えられるのである。

　アダンはこの詩の構造に関連した成立事情について「現在の形の『孤独』は合併体である。それは最初真正の〈孤独〉を含み、これは十五ストロフから成っていたと思われる。次に古い様式で書かれた〈陽気〉Gaietez という名のコリーヌにあてた二つのオードがこれに加わった。そしてこれは一種の瞑想詩 méditation でもある『孤独』とは主題も異なり、一部調子も異なっている」[25]と述べている。同氏のこの『孤独』合併体説はJ・ストレッシャー女史[26]はじめアンソニー・ピュー[27]、ギッド・サバ[28]など多くの研究者からも支持されているが、これに続けて「したがって『孤独』とこれに結合された作品との間に認められるある種の不調和 dissonance は、テオフィルの手になるものではなく、何らかのミスの結果である」[29]と述べている点は筆者には受け入れがたい。アダンは、前半「原孤独」部と後半「コリーヌ」部の不調和、合併・混淆は編集者（出版者）か印刷者のミスと言いたいのだろうか。筆者は、アンソニー・ピュー[30]同様、これは、「複合汚染」contamination[31]や編集ミスではなく、あくまでヴィオー自身による意識的な創作的探究の結果と考える。単なるミスなら一六二一年の最初の作品集ですでに正されているはずであり、この版で見落としがあったとしても少なくとも一六二二年の第二版――このテクストで初めて『孤独』*La Solitude*というタイトルを付けているだけに――で修正されたはずである。

次にアダンやJ・ラニイー Lagny が「解決不能の問題」[32]と言っている『孤独』に関するサン＝タマンとヴィオーの影響関係の有無の問題を考察してみよう。『孤独』というヴィオーとサン＝タマンの同名の詩は、いったいどちらが先に創作されたのだろうか。すでに触れたように、ラシェーヴル以来ヴィオーがサン＝タマンの『孤独』を模倣したとされてきたが、アダンはこの通説を覆してヴィオー先行説を唱え、着想を得たのはサン＝タマンの方であるとしている。[33] たしかにサン＝タマンの詩は、ヴィオーの最初の部分（第一―十五詩節）と類似している。両者の用語や題材、たとえばナイアード Naïade、水晶の住まい demeure de crystal（王座 throsne de cristal）、世紀 siècle、太陽 Soleil、眠りの神 Sommeil、ピロメーラー Philomèle、尾白鷲 ofraye、フクロウ hibou、洞窟 creux、西風 Zephire（ヴィオー、決定稿では Bore）、アモール神 Amour などが共通して見られる題材である。そしてこのことはヴィオーの現在の形の『孤独』のそれ以外の部分、いわゆる「コリーヌ詩節群」はこの頃はまだ別々の詩として知られていたという事実を示唆している。

サン＝タマンがこのオードを書いたのは一六一七年とされており、二人が出会ったのはこの年から一六一九年の間、というより一六一九年の可能性が高いと推定されている。[34] したがってアダンが言うように、[35] サン＝タマンは『孤独』を書く前に、流布していたヴィオーの十五詩節から成る「原孤独」の草稿詩を読んでいた可能性もないとは言えないのである。リチャード・A・マッツアラ Mazzara もアダンのこの説を支持して「サン＝タマンの作品が、彼によって疑いもなく一六二一年と一六二三年における詩の師匠 master poet と考えられていた詩人（ヴィオー）の作品のモデルとなっていたということはありそうもないことである」[36]と言っている。またマッツァラは一般にテオフィルの『孤

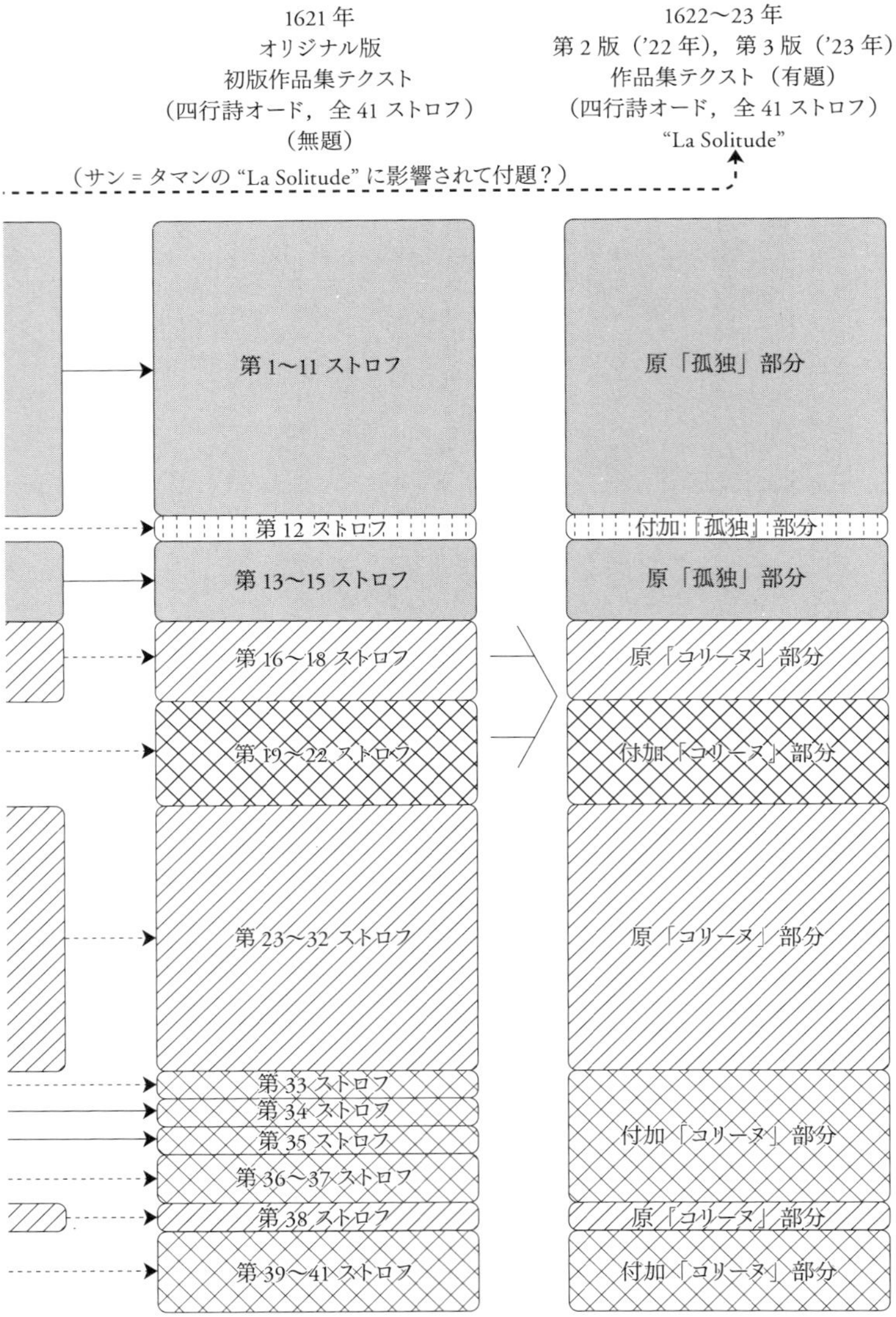

(4)──▶：移行や影響が確認できるもの
(5)----▶：移行や影響が推定されるもの（太い破線はその可能性の高いもの）

影響関係・テクスト変遷図

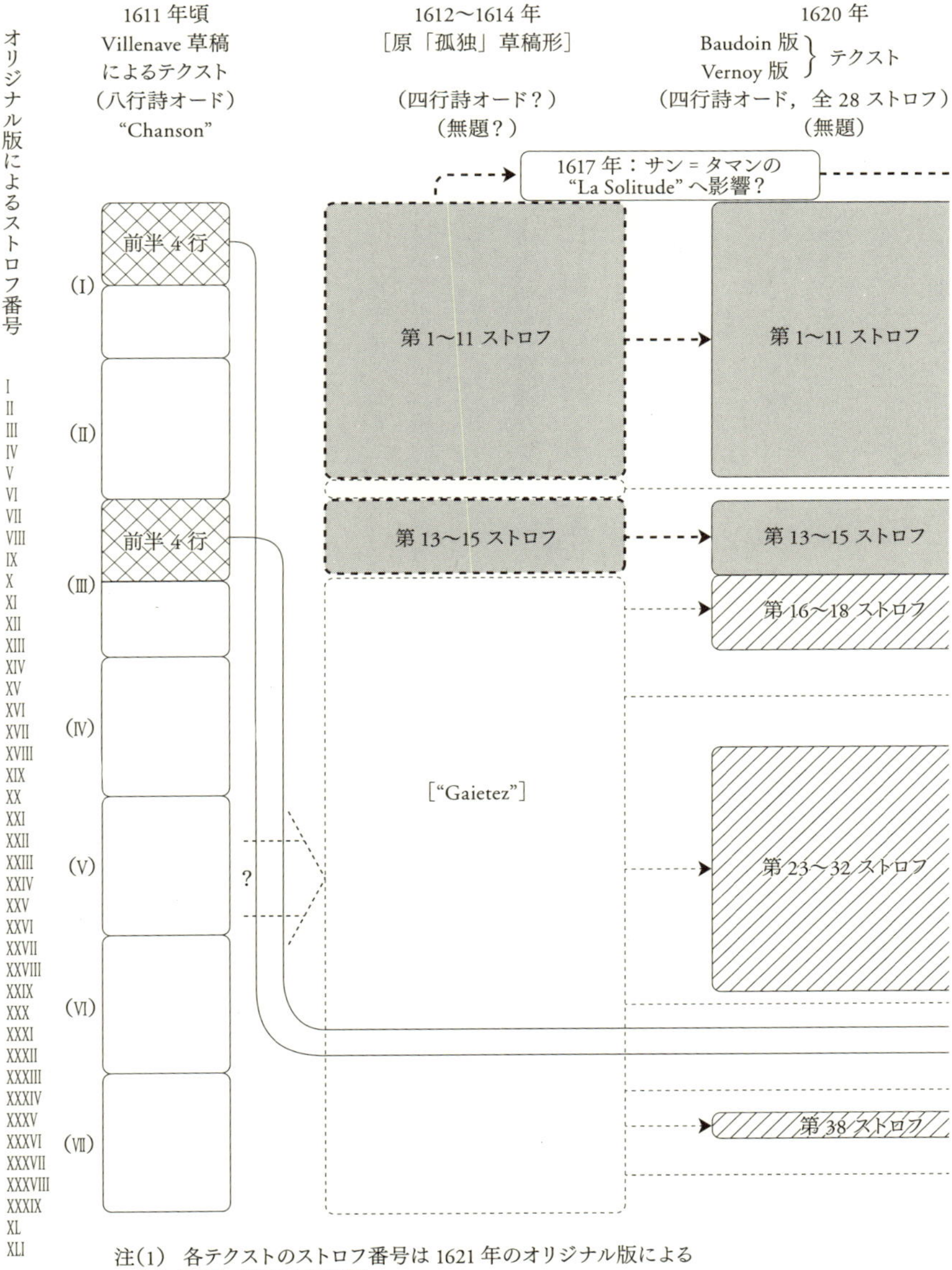

注(1)　各テクストのストロフ番号は 1621 年のオリジナル版による
(2)　▭：現存する詩句
(3)　┆┆：その存在が推定される詩句（太い破線は存在した可能性の高いもの）

独』がサン＝タマンのそれより劣っていると考えられているのは、ヴィオーの試みが「フランス詩にあっていまだ新しい〝ジャンル〟における初期の試みであったということをのみ示しているにすぎない」[37]として、暗にヴィオーがサン＝タマンに先行してこの詩を書いたことの傍証としている。

他方でヴィオーのこのオードが、一六二二年以前のボードワン版やヴェルノワ版では無題詩であったものが、同年刊行の作品集第二版で初めて「孤独」La Solitude という名がこの詩に付けられた事実は、ピュー Pugh も指摘しているように[38]、すでに流布していて評判を得ていたサン＝タマンの詩と同じ名を自分の詩に与えることによって、両作品の類似性に読者の注意を向けさせようとしたのではないだろうか。こうすることによって、類似した両詩の新機軸性の所有権は自分にあることを読者に意識させようとしたのではないだろうか。

最後にこれまでの考察を踏まえ、この詩のテクストの成立過程や影響関係を図示すると前頁のようになろう。

詩的統一性の問題——主題との関連から

ヴィオーの『孤独』は一種の瞑想詩である「原孤独」詩に、それとはまったく異質な、古風な文体で書かれたロンサール流の求愛詩が何らかのミスにより混淆し、接合してしまったと見るアダンの考え方に立てば、この詩には一貫した統一性なり、全詩節を支え、有機的に結びつけている原理なり、テーマは存在しないということになろう。少なくとも前半「孤独」部（第一—十五詩節）と後半「コリーヌ」部（第十六—四十一詩節）は別々の主題と雰囲気を持っており、アダンに言わせれば、前者はサン＝タマン流の「人々が頻繁に通うところから離れた場所」（Littré）としての〈孤独〉への詩人の愛好、さらに言えばスペイン文学における“soledad”の訳語としての Solitude つまり「瞑想」méditation への好みがテーマとなっており、ここでは「楡の木蔭に眠る冷たく暗い沈黙や森の聖なる性格、詩人の内面の聞き手である森」[39]が問題となっているということになろう。また後者ではテオフィルの女性美への特殊な趣味、つまり「女性のうちに愛よりもむしろ美を愛する」[40]詩人の趣味が問題となっており、この意味でのプレイヤード詩派の愛の伝統、とりわけロンサール流の女性美と恋愛への情熱が主題となっているという。

これに対してL・ネルソンは、この詩のテーマについてはアダン同様、恋愛と孤独と見ているが、前半部と後半部との間にアダンが認めるような分裂、不調和を見ず、〈自然〉と〈孤独〉に対する話者〈私〉の態度が恋人コリーヌとの関係の変化に対応して〈ドラマチックに〉dramatically 変化しており、このことがこの詩全体の「ドラマチック性」dramaticality と構造性 structure（統一性）を成立させていると見る。[41]すなわちネルソンは、人里離れた自然（森）への潜入によって獲得された話者の孤独がコリーヌの登場とともに次第に変質していき、自然からの孤絶（洞窟入り）による孤独（プライバシー）へと変化していること、またコリーヌが森と一体化し、「森となった」彼女とともに生きようとする話者は自然と和解し、自然とともに〈生きるあり方〉modus vivendi を獲得するに至るという事実、この二点に主人公の内面のドラマチックな発展性（＝詩に内在する物語性）と自然（森）＝孤独＝秘密＝コリーヌと見る話者の変転する心的態度が認められるのであり、この二要素こそこの詩全体に統一感を与えている原理であるという。

ドナルド・ストーン D. Stone は、「テオフィルの『孤独』——詩と詩人の評価」という論文においてネルソンのこうした解釈を批判している。ストーンの見るところではヴィオーの『孤独』には、ネルソンが言うような物語的な進展性やドラマチック性は明確には認められないという。[42]なるほど話者〈私〉と恋人コリーヌとの間あるいは彼らと自然（森）との間に物語的進展がまったく見られないわけではないが、それは『孤独』の構造と統一性を支え、保証しうるほどの要因とはなっておらず、この詩の統一性は、むしろ全詩節にわたって何度も出てくる神々や動植物の「擬人化と、そしてほとんどすべての部分での暗喩 metaphors などの執拗な使用」と首尾一貫した雰囲気によって保証されているという。[43]したがってストーンは、この詩にはネルソンが言う意味での構造 structure はないとは言わないが、かなり希薄であると見ている。

これに対してアンソニー・ピュー A. Pugh は、「テオフィルの『孤独』の統一性――批評上の論争の続き」において、ストーンのいくつかの主張は説得的だが、基本的にはネルソンの見解を支持したいとして、この詩における物語的進展性や構造の存在を認めている。[44] 彼は同論文の結論部で、ネルソンの物語的進展性に関連して「話者はどの点から見ても彼の（愛の）目標に到達している」[45] という同氏の主張やこの詩を〈自然詩〉Nature poem と類別するオデット・ド・ムルグ Odette de Mourgues 女史の見方、[46] あるいはヴィオーの詩がイペルボール hyperbole や暗喩あるいは幻想 fancy の自足的世界に安住してしまう危険を指摘するストーンに反対して、詩人の夢想性とレアリスト性の融合によるヴィオー詩のレアリティの有効性を主張してはいるが、[46] ピュー自身の主張は必ずしも明確ではない。

また『十七世紀初期フランス詩』*La poésie française du premier 17*^{e} *siècle* の編註者たち（G・サバ Saba、A・ユースティス Eustis、C・ゴディアーニ Gaudiani）は、アダンの二分的考え方を踏まえた上で、今日まで多くの研究者たちがこのオードに論理的・一元的な統一性を探究してきたが、こうした探究法は的外れであると批判。この詩における統一性 unité は、対立的運動から出てくる主題的な両極性 bipolarité thématique にあると主張。[47] すなわち一つは〈背景〉décor（第一―十三詩節）、もう一つはカップル（第十六―四十一詩節）であり、第十四と十五詩節は両者の転移項として働いているという。[47] この見方は本質的にはアダンとネルソンの解釈の射程内にある考え方と言えよう。

次にロバート・E・ヒル Hill の大部な『孤独』[48] 論におけるユニークな解釈を見てみよう。彼は、この詩の主題は古代以来のヨーロッパ文学の二大伝統としての〈悦楽境〉locus amoenus のテーマ（前半部第一―十五詩節）と牧歌詩 pastral のテーマ（後半部第十六―四十一詩節）が結合した求愛の物語詩と見る。[49] つまりこの詩はヴィオーの師匠たるロンサールの『恋するシクロープ』*Cyclope amoureux* の系譜を引く牧歌勧誘詩 invitation poem であり、各詩節は（男から女への）牧歌的勧誘を動機として、「緊密に構成されている」[50] solidly constructed とはいえ、構造 structure というものは、この詩ではそれほど問題ではないという。『孤独』における真の問題は、オウィディウス的神話と牧歌的勧誘の神話とが融合することによって、「この詩に特殊な豊かさを与えているいわく言い難い調子であり」[50]、これと前述の牧歌的勧誘とがこの詩の統一性を支えているとして、ストーンとネルソンの両説に近づいている。

最新の注目すべき『孤独』論としては、ジェイムズ・R・リーヴァ Leva の論考[51]（一九九一年）が挙げられるが、彼は同論でこの詩の主要テーマや統一性をこう見ている。すなわちこの詩の統一性を保証し、主導的な力となっているのは、前半「原孤独」部に潜在しているアクテオン、ピロメーラー、エンディミオンあるいはヒュアキントスなどの神話や後半「コリーヌ」部でのコリーヌの森や女神ディアーナ＝ヴィーナスへの変容に見られる〈変身〉metamorphosis のテーマであり、他方アクテオン、ピロメーラー、エンディミオンそしてヒュアキントスなどの神話に共通した〈誤解〉misunderstanding のテーマ、〈無効にされ、妨害されたコミュニケーション〉のテーマもこの詩に統一性を与え、この詩の物語性を主導する力となっているとしている。彼は結論として、「このテクストによって喚起された神話中の人物と同じように、話者の愛は実現されぬままとなっており、恋人（〈私〉）の言葉は聞き届けられておらず、誤解されたままであり[52]」、したがってヴィオーの『孤独』は「恋愛と心の交流の実現不可能性[52]」を表白した詩であるとしている。

ヴィオーの『孤独』における詩の主題と統一性の問題については、このように多くの見方が提起されてきたわけだが、議論の出発点となったアダンを除いて、その後の研究者はいずれもこの詩に何らかの統一性の存在を認めているのである。言い換えるなら『孤独』はアダンが推定したような作者以外のミスによる二作品の結合によって成立したのではなく、作者の意識的な結合によってできた作品と見ているのである。アダン以後の見方は、いずれもそれなりの説得力のある解釈であるが、筆者が特に関心を持ち重要と思うものは、最初に紹介したネルソンの見方とR・E・ヒルおよび最後のリーヴァの説である。

ところで筆者自身の見方は次章で述べるが、『十七世紀初期フランス詩』の編註者のような二分論は採らない。強いて言えば、最後に紹介したリーヴァの考え方に近いと言えようか。〈変身〉métamorphose のテーマと心の交流の不可能性がこの詩の主要テーマというか主導的なモティーフとなっており、両者がこの詩全体の統一性を支えているとするリーヴァの説を踏まえた上で、われわれとしてはむしろこう考えたい。すなわちこの詩の前半の「原孤独」部分と後半の「コリーヌ」部分とを統一し、この詩全体を主導している原理は、まさにこの詩のタイトル「孤独」、それもスペイン語の「報われぬ愛」という意味を含む“solitude”のテーマと〈ナルシス的愛〉amour narcissique ないし〈両性具有的愛〉amour androgyne のテーマではないかと思われるのである。そこで以下では、この問題をさらに詳しく考察してみよう。

「孤独」とは?——タイトルの真意

ヴィオーとサン＝タマンの同名のオード『孤独』はしばしば比較されるが、すでに見たように、両者の影響関係については、推定による仮説はいくつか出されているが、現在までのところそのいずれも確定されてはいない。J・ラニイーは両作品を題材やモティーフ、表現、構成法などにわたって詳しく比較した結果として、一方が他方に影響を与えた形跡はほとんどないか全然ないと結論づけている。[53]

そこでわれわれは以下においては、ヴィオーのこの詩の主題やモティーフなどについて、必要に応じてサン＝タマンの同名詩とも比較しながら考察してみよう。すでに見たように、ヴィオーは一六二二年の第二版作品集では、おそらく友人のサン＝タマンの詩の『孤独』という題名に刺激されて、それまで無題であったこの詩にはじめて「孤独」La Solitude というタイトルをつけた。この命名は一見すると、サン＝タマンの詩には適切だが、ヴィオーのこの詩にはあまりふさわしくないように見える。というのもサン＝タマンのこの詩のタイトル「孤独」とは、G・サバらも指摘しているように、「人々が頻繁に通うところから離れた場所」(Littré) の意味であり、一六一一年のコトグレイヴ Cotgrave 仏・英語辞典がこの語に与えた“a desert, wildernesse, uncouth and an unhabited place”(淋しく荒れ果てた、人跡まれな、人が住んでいない場所) という意味であり、サン＝タマンの『孤独』は、この題名にマッチした内容が語られているからである。サン＝タマンにあっては登場する題材こそ、たとえば〈悦楽境〉topos amoenus としての森、そこに現れる太陽神、ピロメーラー、ニンフ、サテュロス、眠りの神、愛の神アモール、不幸なカップル (の亡霊) と共通点があるとはいえ、その語り口や喚起する情景・雰囲気はヴィオーのそれとはかなり異なっているのである。つまりサン＝タマンの『孤独』の場合、たしかに恋愛のテーマも語られてはいるが、その恋は話者〈私〉とは何の関係もない第三者の問題として館の廃墟を眺めながら空想しているにすぎないのである。[54]

　この例でわかるように、話者〈私〉は周囲の景色に触発されて古代神話や空想的物語を夢想することはあっても、彼の目的はあくまで巷の喧騒から離れた静かな大自然それ自体――したがってサン＝タマンの自然描写はヴィオーのそれよりはるかに豊かであり、絵画的生彩がある――の中を一人で散策する喜びを享受することにあり、ヴィオーのように〈報われない恋〉を嘆きに森に来たわけではない。それに対してヴィオーの詩は、〈孤独〉自体をテーマとしているサン＝タマンの詩とは異なり、本質的に牧歌的勧誘詩の体裁を取った求愛詩 (恋愛詩) となっているのである。つまりこの詩の主人公〈私〉は、これまでの考察で明らかなように、人里離れた森の中で一人ぼっちではなく、コリーヌという彼の恋人とともにいるらしいからである。つまりヴィオーの『孤独』では、森という背景 décor は淋しい solitaire が、そこで情熱的に恋を語って恋人に言い寄る主人公は少しも孤独ではないように見える。したがって「孤独」という命名は、冒頭から第十五詩節までの「原孤独」部分には適切であっても、求愛詩となっている後半の「カップル」部分を伴ったこの詩全体のタイトルとしては、不適切と感じられるのである。

　ここからアダンのミスによる二作品混淆説が生まれ、この詩の前半部と後半部の不調和説が出てきたわけであるが、一体説を採る研究者もこの点についてはかなり苦しい解釈を試みている。たとえばドナルド・ストーンは、この矛盾を「孤独の変質」という概念を用いて解決している。すなわち冒頭から第十五詩節までは〈森の孤独〉の意味であるが、第十六詩節から最終詩節までのいわゆる「カップル」部分では、〈二人だけで森の中にいる孤独(求愛のプライバシー)〉→〈二人だけで洞窟の中にいる孤独(情事のプライバシー)〉と「孤独」の意味内容が物語の進展とともに変質しているとする見方[55]がそれである。

われわれは外形的には矛盾しているように見えるこの問題に対して、アダンやストーンとはいささか異なる解釈を示そうと思う。スペイン文学のテオフィル・ド・ヴィオーへの影響を最初に指摘したのはおそらくアダンと思われる[56]が、マッツァラは「テオフィル・ド・ヴィオー、サン=タマン、そしてスペイン文学の〈孤独〉」という論文において、サン=タマンの『孤独』とスペイン・ポルトガル文学におけるその原型 prototype との間の類似性を解明しながら、フランス語の"solitude"という語に当たるポルトガル語"saudade"やスペイン語"soledad"のニュアンスについて、こう述べている。「伝統的ポルトガル語の"saudade"またはスペイン語の"soledad"は、〈失望・落胆〉disappointment を表しており、しばしば〈報われない愛〉または〈不在の愛(片思い)〉を、あるいは〈来世的悟り〉other-worldly *desengaño*(迷いから覚めること)を意味しているのである[57]」。テオフィル・ド・ヴィオーもサン=タマン同様、スペイン文学に親しんでおり、当然スペイン語"soledad"のこうしたニュアンスを心得ていたと思われる。

したがってこの四行詩オードのタイトル"La Solitude"とは、話者〈私〉の「報われない愛」または「不在の愛」(片思い)ゆえの「孤独」ということを意味しているのである。この詩の話者〈私〉は報われない愛で傷ついた心を癒しに、人里離れた静かな森をただ一人で訪れ、そしてこの森の中に一人佇んで古代ギリシャ・ローマの神話世界の熱烈なあるいは暴力的なまた片思い的な恋愛の数々が繰り広げられる様子を夢想しながら、傷心を癒している(前半「原孤独」部)。やがてこの暗く孤独な森の中に恋人コリーヌの幻が訪れるのを感じると、彼は夜の闇が明け始めるほの暗い森の中を彷徨しながら、最愛の、とはいえいっこうに自分を思ってくれない恋人コリーヌを想像し、空想しつつ、現前に実在しないコリーヌの幻に対して熱烈に求愛し続けるのである（後半「コリーヌ」部）。

こう考えれば、前半の「原孤独」部（第一―十五詩節）と後半の『コリーヌ』部（第十六―四十一詩節）の間に一見存在しているように見える不調和ないし矛盾は、じつは存在しないということが納得できるであろう。つまり両者を統一している原理ないしモティーフは〈失望〉ないし〈報われない恋〉としての「孤独」solitude なのである。したがって真に内容にマッチした、誤解を招かぬタイトルをこの詩につけるとすれば、「孤独」solitude ではなく、「幻の愛」amour illusionné あるいは「報われぬ恋」amour malheureux とでもすべきであり、この理由から一六二〇年の二つのプレオリジナル版のテクストや一六二一年の初版作品集 *Les Œuvres du sieur Théophile* のテクストでは無題だったのではなかろうか。

だがテオフィル・ド・ヴィオーのこのオードの前半部と後半部とを共通して支え、統合しているテーマとしては、上述の〈報われない恋〉unrequited love[58] のみではなく、〈ナルシス的愛〉amour narcissique あるいは〈アンドロジーヌ的愛〉amour androgyne というモティーフも存在しているように思われるのである。そこで以下ではこの二テーマを中心に『孤独』のテクストをもう少し詳しく検討してみることとしよう。

報われぬ愛とナルシス＝アンドロジーヌ的愛

サン＝タマンの十行詩オード『孤独』は、冒頭から「おお、僕は孤独を愛す！／夜に捧げられ、／巷や喧騒から遠く離れたこうした場所は、／ぼくの落ち着きのない精神には何と心地よいことだろう！」O que j'ayme la Solitude!/ Que ces lieux sacrez à la Nuit,/ Esloignez du monde et du bruit,/ Plaisent à mon inquietude![59] と歌い、最終詩節でも「おお、ぼくはどれほど孤独を愛することか！」O que j'ayme la Solitude![60] というルフランで結んでいる事実でもわかるように、「孤独」そのものを中心テーマとしており、しかも「私」という詩人の存在が、冒頭から最終部に至るまで前面に出ているが、テオフィル・ド・ヴィオーの同名の詩には後につけられたタイトルを除くと、「孤独（静けさ）」solitude という名詞は、「孤独な＝静かな」solitaire という形容詞同様、本文中ではたった一度出てくるだけである。また話者である〈私〉は、前半「原孤独」部の第十三詩節まで出てこず、第十四詩節になってようやく現れる点が特徴的である。

とはいえ注意して読むと、話者〈私〉はたしかに第十四詩節までは直接的にはこの詩の場面に登場しないものの、神話上の人物・動物の姿を借りてすでに詩の冒頭から潜在的に現れていることに気づく。そのことはたとえば、第二詩節ですでに「ここの泉の精ナイアードは／……／ぼくらにセレナードを歌って聞かせる。」De ceste source une Naïade/ ... / Et *nous* chante une serenade[61] と歌っていることからも窺うことができるのである。

ひっそりとしたほの暗いこの谷間に
水音を聞きながら啼く牡鹿は
せせらぎに視線を傾げて、
己の水影《すがた》をいつまでも見入っている。

Dans ce val solitaire et sombre,
Le cerf qui brame au bruict de l'eau,
Panchant ses yeux dans un ruisseau,
S'amuse à regarder son ombre.[62] (str. I)

有名なこの冒頭部に、すでにわれわれが以下で問題にするナルシス的愛と不在の愛のテーマが潜在している。すなわちこの悲しく啼いている牡鹿と己の水影に見入っている牡鹿にはそれぞれ、女神アルテミスの怒りに触れて鹿に変身させられてしまったアクテオンと、水面に映る自分の姿に恋して望みが達せられないままに死んだナルシスの神話が投影されており、この牡鹿こそ話者〈私〉の寓意ないし象徴にほかならない。というのもこの牡鹿は擬人化されて描かれており、言うならば「動物の装いをした人間の感受性[63]」を持った鹿だからである。そして神話の語るところによればアクテオンはアルテミスに言い寄ったため、一説にはゼウスとセメレーを争ったために罰せられて鹿に変身させられ、飼い犬に八つ裂きにされて死んだ人物であり、したがってこの牡鹿は実現不可能な愛に起因した苦悩と死をも象徴している。

またナルキッソス、つまりナルシスも〈もう一人の自分〉への恋にとりつかれ、アクテオン同様、実現不可能な恋に苦悶しつつ死んだ（一説には絶望して自殺した）人物である。己の水影に見入っている牡鹿のイメージにはこうしたナルシス神話が潜在し、投影されているように思われる。と同時にこの「美しい水影に恋する」ナルシス像にはヴィオーの同性愛 homosexualité の反映さえ認められるのであり、実際ヴィオーと年下の詩人デ・バロー Jacques Vallée Des Barraux（1599–1673）との同性愛的友情は当時から有名であり、バロー宛ての〈友愛溢れる親密な〉書簡も多数残されている。[64] さらに言うならこの「水面に映った美人像に恋するナルシス」像には、彼の両性具有的愛の願望さえ投影されているように感じられる。つまり異性のエコーの愛を必要としない、自己完結的な自足した愛、言い換えるならプラトン的意味での両性具有的愛への詩人の欲求――神によって分離させられる前の〈男《オ》・女《メ》（または男・男）結合体〉としての原初の完全体人間（アンドロジーヌ）への復帰願望――が、自己の水影に見入るこの牡鹿のイメージには反映されているように思われる。なぜならナルシスは、男性である自己の水影のうちに「完璧なる女性美を備えた理想の恋人」の映像を認めているからである。がこれら二つのイメージはいずれの場合も現実には「実現不可能な愛」を暗示しており、さらにはこの詩の後半部に登場するコリーヌと話者〈私〉との「不可能な愛」をも予告し、象徴しているように感じられる。

R・ヒルやリーヴァなど何人かの評者はサン＝タマンの『孤独』とともに、この詩の冒頭部の水の精ナイアードが棲む小川を抱いた静かな森のイメージは、古代以来のいわゆる〈悦楽境〉“locus amoenus”のトポスであり、これはヨーロッパ文学において牧歌詩と結びついてしばしば出てくるモチーフである[65]としているが、たしかにそれに違いないとしても、問題は「愛を語るに理想的であるべき楽しい場」lieu de plaisance[66]がここでは必ずしもそうではないことである。というのもここ夜の森にすでに来ている話者は、この詩の冒頭より以下第十五詩節まで（「原孤独」詩節群）において、ギリシャ・ローマ神話における必ずしも「明るく健康的」とは言えない、むしろ暴力的・謀略的・一方的な恋愛の数々を空想し、こうしたアヴァンチュールがあたかも話者〈私〉のいる目の前の森で繰り広げられているかのように想像しているからである。たとえば第二、第三詩節の魅力的な泉や森のニンフたちが好色で暴力的なサテュロスに追われる場面、第四詩節に現れるセイレーノスも第三詩節のサテュロス同様、バッカス神に従ってニンフを追いかける好色な半神であり、アモール神ももともと人間の激しい肉体的欲望を象徴していた愛の神である。これらの神話上の人物はいずれも話者〈私〉の満たされない潜在的願望（欲望）の象徴となっており、それゆえこの森には至る所に「愛の暴力」amoureuse violence（第五詩節）の雰囲気が漂っているのである。

愛の暴力の極めつきは第六詩節のピロメーラーの悲劇である。妻プロクネーの姉妹ピロメーラーに一目惚れしてしまったテーレウス王は計略を使って彼女をレイプした後、この犯罪を隠すため残忍にも舌を抜いて彼女を幽閉したが、妻の知るところとなる。姉妹は、（プロクネーの実子でもある）王の息子イテュスを殺害して彼に食させるという復讐を行う。怒った王に追われた二人は鳥に変身、ピロメーラーは夜鳴鶯に、プロクネーは燕《つばめ》になったという神話がこの詩節のイメージの内部に込められている。ここでもテーレウス王は話者の満たされない愛の欲求の代償（行）者として象徴ないし寓意化されているのである。このように空想の世界、夢想化された神話世界では、愛の暴力を働いた狼男たちも、正義の女神から必ずしも罰せられることはない（第七詩節）。

愛の神アモールは、神聖なこの森に叱られながらもやって来る。そして女神ディアーナの恋の手助けを買って出て、彼女の恋人エンディミオンを洞窟に隠すのである（第九詩節）。彼女は愛の神アモールないし愛の使者クピドーによって仕掛けられた、美青年エンディミオンという愛の罠に見事に落ちてしまう（第十詩節）。ここでは愛の暴力の実行者は男性ではなく、女神ディアーナである。神話によれば、月の女神セレネーと同一視された女神ディアーナは、惚れてしまった牧人エンディミオンを意のままにするために、ゼウスの助けを借りて彼に不老不死の永遠の眠りを与え、この眠れる恋人と洞窟で夜な夜な交わったという。そしてこの女神ディアーナと牧人エンディミオンの恋のテーマにも、アンドロジーナスな愛への詩人の密かな願望が込められているように思われるのである。なぜならここで話者〈私〉の意識は半ば女神ディアーナに同化して語っており、さらに言えばC・ゴディアーニもエレジー「この上なく生き生きとした花々から季節の近くで」"Proche de la saison où les plus vives fleurs" という詩の解釈に関して同様のことを指摘しているように[67]、伝統的性役割から見た場合、この神話では男女の役割が逆転しているからである。すなわち古典的抒情詩では通常、愛と美の追求者としての攻撃的な恋人は男性であるが、この神話では女神がその男性的役割を演じており、男性であるエンディミオンはまったく受け身的であり、女神にされるがままとなっている。このような性役割逆転のヴィジョンには、詩人のアンドロジーヌ的愛の願望が反映されているように思われるのである。

第十一詩節から第十三詩節にかけて語られている太陽神アポロンと北風神ボレアース（一六二〇年のボードワン、ヴェルノワ版では西風神ゼピュロス）および彼らの共通の恋人ヒュアキントス少年との三角関係も、愛の不可能性を表象するエピソードであり、不幸で悲劇的な同性愛 homosexualité のエピソードである。神話が伝えるところによれば、西風神ゼピュロスはアポロン神と美少年ヒュアキントスを争うが、退けられたので、アポロンが投げた円盤に風を吹きつけ、少年の額に当てて死なせてしまったという。アポロンにとって最愛の恋人は、その死によって不在の愛ないし不可能の愛となってしまったのであり、ゼピュロスにとっては美少年ヒュアキントスへの愛は〈報われない愛〉であり、死をもたらす呪われた愛であった。そしてこの神話の余韻は次の第十四、十五詩節にも及んでいる。「あなた（森）に隠れた恋など二度とすまい」と恋の仕方を日の神アポロンにかけて森に対して誓う〈私〉は、同時に太陽神にも自己投影しており（第十四詩節）、そのアポロンは〈私〉の天使（コリーヌの幻）がこの森を訪れるのを見て、ヒユアキントス美少年と初めて激しく燃え上がった恋を思い出して恨めしく思うのである（第十五詩節）。

話者〈私〉が孤独な森で神話世界を空想している場面となっているこの詩の前半部（「原孤独」詩節群）では、リーヴァの説く〈変身〉metamorphosis のテーマと〈阻害された意思疎通〉impeded communication のテーマという二つのモティーフがほとんどすべての詩節に「遍在」しているのは言うまでもない。後者についてはたとえば、鹿に変身させられてしまったアクテオンは襲ってくる飼い犬に自分が飼い主であることを伝えることが不可能であり、舌を抜かれて夜鳴鶯にされたピロメーラーについても事情は同様である。また自己愛に絶望して死に、同名の花に変身したナルキッソスも、さらにそこに潜在しているエコー神話、すなわちナルキッソスに恋したが受け入れられず、悲しみのあまり死して声だけ残った森の精エコーも、同名の花に変身したヒュアキントスも、言語によるコミュニケーションはもはや不可能である。

さらにこの詩の前半部の神話世界の空想場面には、「愛の暴力」amoureuse violence、暴力的な愛のテーマがあり、これは、上述のコミュニケーション阻害のテーマとともに、おそらく話者〈私〉の隠された潜在的な願望（欲望）――欲求不満――を寓意化ないし象徴化しているのではなかろうか。なぜなら後半の「コリーヌ」詩節群に明らかなように、彼は現実には恋人に思われず、少なくとも彼女は彼の愛を積極的には受け入れていないように思われるからである。

『孤独』の調子というか語り口は、第十四詩節から突如変化する。リーヴァも指摘しているように[68]、冒頭部から第十三詩節までの話者〈私〉の視線は、カメラアイに譬えるなら、森の内部の林間を「接写」で写していたのが、ここから次詩節にかけて突如「中・遠景撮影」的イメージとなる。そしてこのカメラ・アイがじつは話者の眼さらには主人公〈私〉自身にほかならないことが、この第十四詩節で明らかとなる。というのもここで初めて詩の舞台上に話者〈私〉が登場してくるからである（「わが心の聞き役たる聖なる森よ、／ぼくは日の神にかけて誓おう／二度と再び恋などすまいと、／あなたにまったく見られることのないような恋は」)。そして第十五詩節で初めて話者〈私〉の恋人（コリーヌ？）が登場する。

わが天使は森のこの木蔭を通って行くだろう。
太陽神は彼（コリーヌ？）がやって来るのを見て、
ヒュアキントスとの恋の思い出を恨めしく思うだろう、
初めて彼に激しく燃え上がった恋の情念を。

Mon Ange ira par cest ombrage,
Le Soleil le voyant venir,
Ressentira du souvenir
L'accez de sa premiere rage.[69]

ここで話者が「わが天使」Mon Ange と言っているのは、次詩節冒頭で「コリーヌよ、後生だからもっと近寄っておくれ」Corine, *je te prie, approche* と呼びかけている事実から考えても、明らかにコリーヌを指していると思われるが、わが天使とは自分の中のもう一人の自分でもありうるのであり、コリーヌさえ話者〈私〉の幻像ではないかと疑えるのである。つまりこの「わが天使」は男でも女でもありうるのであり、〈両性具有的愛〉amour androgyne の対象と見ることもできるように感じられる。ヴィオーに見られるこうした両性具有的愛の願望は、彼自身大変なプラトン学者であり、現に『パイドン』*Phædon* の訳者でもあったので、この哲学者の影響、とりわけその『饗宴』*Symposium* におけるプラトンの恋愛衝動の原動力としての〈男女両性具有人間〉説からの影響が大きいと考えられるが、この問題は後でふたたび考察してみることとしよう。

第十六詩節から後半のいわゆる「コリーヌ」部が始まるが、不思議なことに、以後第二十六詩節まで森のことには一切言及せず、専ら恋人コリーヌの愛を得ようと褒め讃える言辞に終始しているのである。コリーヌへの求愛の最初の詩節で話者〈私〉は森の中のこの「緑のじゅうたん」（芝草）の上で、さらには岩の洞窟の中で情事をしようと懇願する。同じような勧誘というより誘惑は最終詩節の第四十、四十一詩節でも行われるが、彼女はこうした〈私〉の熱烈な求愛にいっこうに反応しようとはしない。

　素晴らしい恋愛詩を数多く書いているテオフィル・ド・ヴィオーは、ムルグ女史が言う通り、[70] 十七世紀フランスにおけるおそらく最大の恋愛詩人と言えるのではないだろうか。彼の恋人称讃法にはいくつかのパターンがあり、そのほとんどは第十五詩節以下の「コリーヌ部」に現れている。彼は何よりもまず愛する女性の眼の美しさを讃える。次には透き通るような白い膚や雪のように白い顔色を、またギリシャ女性のように美しく整った顔かたち、さらには波うつブロンドの髪、丸みを帯びた愛くるしい唇などを気取った précieuse、大げさな hyperbolique レトリックを駆使して褒め讃える。その称讃法はたとえば、「象牙の指」（第二十七詩節）、「象牙の腕の罠」（第三十六詩節）とか「水晶の住まいの飾り戸を押し開いてセレナードを歌って聞かせるナイアード」（第二詩節）あるいは「髪の毛の波」（第三十七詩節）、「髪の毛への嫉妬」（第二十四詩節）、「無数の愛の神クピドーが宿っているあなたの眼」（第十七詩節）といったコンチェッティ concetti の多用がそうであり、あるいは第十六詩節の「運命たちは一世紀にもわたって、／懸命に彼女の瞳を追い求めた。／だがぼくは思う、どんなに歳月をかけようとも、／首尾よく彼女以上の眼を得ることはないだろうと」[71] とか「恋の炎に溢れた表情で、／あなたの甘美な声の響きでもって、／河や森が燃え上がるのを目にするのだ」[72]（第二十六詩節）といったマニエリスム・バロック詩人に特徴的な誇張法 hyperbole が挙げられよう。

　このように話者〈私〉が恋人コリーヌを女神（ディアーナ）にまで高め、同一視して懸命に求愛しているにもかかわらず、彼女はその彼に一言たりとも応答しない。話者〈私〉はわれわれ読者の方に意識や視線を向けることもなく、「孤独な」森という大自然には、第二十六詩節を除けばほとんど見向きもせず、ただひたすらコリーヌにのみ、懸命に話しかけている。こうした懸命な呼びかけにもかかわらず、まるでガラス越しの女性のように彼女の声は話者にもわれわれ読者にも聞こえてこない。

したがってわれわれ読者は、話者〈私〉の彼女への熱烈で大袈裟な hyperbolique 称讃の洪水にもかかわらず、彼女の声がいっこうに聞こえてこないので、ついには彼女は本当に彼の目の前に実在しているのだろうか、と思ってしまう。それは第三十五詩節（「来てごらん、来てごらん、ぼくの森の精ドリアードよ、／ここでは、小川の清流がさらさらと囁き、／恋する小鳥たちが／セレナードを歌うでしょうから」Approche, approche ma Driade,/ Icy murmureront les eaux,/ Icy les amoureux oyseaux/ Chanteront une serenade）[73]や第三十六詩節（「こうしてぼくの五感はぼうっと無感覚になってしまうだろう、／あなたの象牙の腕の罠に囚われて」Ainsi mes sens se pasmeront/ Dans Les lacs de tes bras d'yvoire）[73]あるいは最終詩節（「ここでぼくらがしようとしていることは／彼らには知り得ない秘密なのだから」ce que nous ferons icy/ Leur est un incogneu mystere）[74]で、これから起こるかもしれないことを未来時制で語っている事実からも窺える疑念である。また第十九―二十詩節において、

おゝ紛れもなく不滅なる美女よ、
神々もあなたのうちに魅力を見出す
ぼくはあなたの瞳がかくも完璧なまでに
美しいとは思ってもいなかった。

O beauté sans doute immortelle,
Où les Dieux trouvent des appas,
Par vos yeux je ne croyois pas
Que vous fussiez du tout si belle.

もし人があなたの美貌を表現し得る絵を
描こうと望むなら、いつの日か自然が、
作り出すであろう以上のものを
創作せねばならないであろう

Qui voudroit faire une peinture,
Qui peust ses traits representer,
Il faudroit bien mieux inventer,
Que ne fera jamais nature.[75]

と、恋人コリーヌをマニエリスム・バロック一流の誇張法で完全無欠の究極的美女として称讃しているが、こうした完全無欠の理想的な恋人のイメージは、じつは話者＝作者ヴィオーが心のうちで想像し、作り出した恋人像の理想＝観念 Idée idéale にすぎず、問題のコリーヌは話者〈私〉の眼前には実在していないのではなかろうか、という疑念をわれわれ読者に抱かせる。このコリーヌなる女性とは、じつは話者〈私〉のナルシス的幻像なのであり、あるいはそのナルシシックな自己幻像と話者自身とが相互に入れ替わり得るようなアンドロジーナスな幻像にほかならないのではなかろうか、との疑いをわれわれは抱かざるを得ないのである。

ヴィオーの詩における両性具有的ヴィジョンはほかにも多数見うけられるが、第十五詩節の「わが天使」＝「彼」＝「コリーヌ」の例に見られる登場人物の性 gender の曖昧さと、第九―十詩節の女神ディアーナと牧人エンディミオンの情事に認められる性役割の逆転という二要素に起因するアンドロジーヌ的ヴィジョンのもう一つの典型例として、たとえば「私は夢を見た、冥界のフィリスが帰ってくるのを」“Je songeois que Phyllis des enfers revenüe”という恋愛ソネを挙げることができよう。

私は夢を見た。（朝）陽の光を浴びているように
美しく輝きながら冥界から立ち帰って来たフィリス Phyllis が願っていることは、
彼女の亡霊がなお、私と愛の行為をすることであり、
またイクシオンのように私が（彼女の真白き）雲のような裸身を抱擁することだ、という夢を。
彼女の影《ぼうれい》が一糸まとわぬ姿で私のベッドに滑り込んできて、

私に言う、「愛《いと》しいフィリス Philis よ、わたしは戻って来たわ、
あなたが去ってしまって以来、運命がわたしを引き留めていた
あの悲惨な住まい（冥界）にあって、わたしはただひたすら美しくなることに専心しておりました。
わたしは恋人の中で最も美しい人（あなた）をもう一度抱くために、
またあなたとの愛撫の中でもう一度死ぬために戻って来たのよ」と。
それからこのアイドル（女?）は、私（男?）の愛の炎を飲み尽くしてしまうとすぐに、私に言った、
「さらばですわ、わたしは死者たちのもとに去って行くわ。
あなたは、生前わたしの肉体を征服したと自慢したように、
今またわたしの魂を征服したと自慢することでしょう」と。[76]

このソネでは、〈私〉と〈わたし〉や〈あなた〉の性別が微妙であり、曖昧になっている。さらに Phyllis（女）／Philis（男）という同音異義名 noms homonymes の使用は、ゴーディアーニも指摘しているように[77]、〈わたし〉と〈あなた〉の性別の曖昧さ以上に、この詩のアンドロジーヌ的ヴィジョンの形成に役立っている。この詩には先に見た女神ディアーナと牧人エンディミオンの恋同様の男女の性役割の逆転も認められる。すなわち女性のフィリス（の亡霊）は、“Comme tu t'es vanté d'avoir foutu mon corps,/ Tu te pourras vanter d'avoir foutu mon ame” と伝統的な女性的役割も引き受けてはいるが、中間部では、明け方のフィリス（男）のベッドに彼女自ら入ってきて、まるで男性が欲望するように積極的に性愛の欲求の充足を追求しているのである。他方男性のフィリスはまるで彼女に「レイプされる」（“eut abuse[77]）かのように、彼女のこの〈攻撃〉を受動的に受け入れるばかりである。

上に見てきたように、この詩には同性愛的ないし両性具有的愛のヴィジョンの典型例が認められるのであるが、『孤独』との関連で言うなら、このオードのヒロイン、コリーヌが受け身的で主人公〈私〉の求愛に全然積極的に応答しないように、男性のフィリスは女性のフィリスの積極的な「攻撃」に対して消極的にしか応じていない点、さらにはこのソネでは恋のパートナーの一方（女性のフィリス）が、オード『孤独』では〈私〉の恋人コリーヌがともに実在しない幻（亡霊）らしい点が共通しており、こうしたアンドロジーナス的な愛のヴィジョンは作者ヴィオーの両性具有者（同一人）のうちでの男女の理想的・究極的愛の成就――プラトンが『饗宴』で説くアンドロジーヌ的愛の完成[78]――への願望を反映しているように感じられる。しかし現実には両詩で語られている両性具有的ないしホモセクシャルな愛はなぜかともに一方通行的な愛、つまり神から男・女あるいは男・男に分裂させられている人々の本源的完全体人間への復帰願望というプラトン的意味でのアンドロジーヌ的愛の実現ヴィジョンというより、むしろ自己完結的なナルシス的愛ないし一方通行的なホモセクシャルな愛のヴィジョンに終わってしまっており、詩人の願う相思相愛的な理想的愛は実現されていない。

そのことはこのソネの第一詩節に現れるイクシオンの神話への言及によっても確認できる。というのもヘラを誘惑しようとしたイクシオンは、ゼウスの策略でヘラの形をした雲と交わり、ケンタウロスをもうけたが、この情事を自慢したためにゼウスの怒りを買い、冥界に落とされ、そこで永遠に回転する車に繋がれてしまったからである。この神話にも『孤独』における愛のあり方と同じように、暴力的愛や策略的愛、そして恋人の幻影との不毛な愛の交流（一方通行）というテーマ、したがって愛の不可能性のテーマが認められるのである。

結論

たしかに話者〈私〉は彼女の声を聞いたような気がした（第二十五—二十六詩節）が、それは「あなたの話しぶりはぼくを不快にする、／もしあなたが……と言わないなら」[79]と仮定形であり、また「あなたの甘美な声の響き」も「かつてぼくの魂がそうしたように」[80]と過去時制が暗示しているように、森の精エコーと同じく、過去の残響にすぎない。したがってリーヴァも指摘しているとおり、[81]話者〈私〉の愛は最後まで、そしておそらく将来も実現されぬままであり、話者の必死の求愛の言葉も聞き届けられず、心のコミュニケーションも阻害されたままなのである。その理由は話者〈私〉の愛がじつはナルシス的自己幻像への、それも倒錯した「男女両性具有的（ないし同性愛的）愛」の幻像に恋しているからではなかろうか。そしてこうした〈実現されない愛〉のテーマこそ、前半の「原孤独」部分の神話上の数々の恋愛と、後半の「コリーヌ」部分の恋人コリーヌというナルシス的幻像ないしアンドロジーヌ的幻像への実現不可能な愛とを統合する詩的原理となっているのである。

　このように見てくると、この詩のタイトル「孤独」は話者〈私〉のコリーヌに対しての孤独な関係からも、また彼の「報われぬ愛」amour malheureux、「不在の愛」amour absent に対するそのスペイン語的意味からも、まことに適切な命名だったかも知れない。そして以上の考察からわれわれは、本質的に恋愛詩であるヴィオーの四行詩オード『孤独』と、大自然や廃墟の中をたった一人で夢想しつつ行う孤独な散策への愛を歌ったサン＝タマンの『孤独』という十行詩オードとは、同時期に作られ、同名のタイトルを有しているとはいえ、また歌われている題材も共通している部分が少なくないとはいえ、両者はまったく異質の詩であることを確認するに至るのである。

註

1 Théophile de Viau 1590–1626, par Guido Saba, Alvin Eustis, Claire Gaudiani, in *La poésie française du premier 17e siècle, texte et contextes*, Tübingen, Gunter Narr Verlag, 1986, p. 230.

2 Antoine Adam, *Théophile de Viau et la libre pensée française en 1620*, Droz, 1935.

3 Richard A. Mazzara : Théophile de Viau, Saint-Amant, and the spanish soledad, in *Kentucky Romance Quarterly*, 14, 1967, pp. 393–404.

4 Odette de Mourgues : Reason and Fancy in the Poetry of Théophile de Viau, in *L'ESPRIT CREATEUR*, vol. I, No. 2, 1961, pp. 75–81.

5 Lowry Nelson Jr. : Théophile's "La Solitude", in *Baroque Lyric Poetry*, New Haven and London, Yale University Press, 1961, pp. 110–120.

6 Donald Stone, Jr. : Théophile's "La Solitude": An Appraisal of Poem and Poet, in *The French Review*, vol. XL, oct., 1966, pp. 321–328.

7 Anthony R. Pugh : The unity of Théophile de Viau's La Solitude: Continuation of a critical debate, in *The French Review*, vol. XLV, Special Issue, No. 3, Fall, 1971, pp. 117–126.

8 Robert E. Hill : In Context : Théophile de Viau's La Solitude, in *Bibliothèque d'Humanisme et Renaissance*, tome XXX, Genève. Droz, 1968, pp. 499–536.

9 James R. Leva : Latency and Metamorphosis in *Théophile de Viau's La Solitude*, in *Théophile de Viau, Actes de Las Vegas* (*Actes du XXIIe colloque de la North American Society for Seventeenth Century French Literature*, University of Nevada, Las Vegas, 1900), P. F. S. C. L., 1991, pp. 115–119.

10 Antoine Adam, *op. cit.*, pp. 46–51.

11 Frédéric Lachèvre, *Le Procès du poète Théophile de Viau*, tome I, Genève, Slatkine Reprints, 1968, p. 20. « C'est à l'imitation de Saint-Amant que Théophile composa également une *Ode à la Solitude.* »

12 Antoine Adam, *op. cit.*, p. 47.

13 Théophile de Viau, *Œuvres complètes*, première partie, édition critique par Guido Saba, Paris, Nizet, 1984, p. 252.（以下、*G. S.* t. I と略）

14 Antoine Adam, *op. cit.*, p. 46. ちなみに両オードの問題の部分を比較すると、

"Chanson"	"La Solitude"
Approche, approch, ma Dryade!	Approche, approche ma Driade,
Icy murmureront les eaux ;	Icy murmureront les eaux,
Icy les amoureux oiseaux	Icy les amoureux oyseaux
Chanteront une sérénade ;	Chanteront une serenade.
（第1詩節前半四行）	（第三十五詩節）
Oy le pinçon et la linote	Oy le Pinçon et la Linotte,
A l'ombrage de ce laurier;	Sur la branche de ce rosier,
Voy frémir le petit gozier,	Voy branler leur petit gosier,
Voy comme ils ont changé la note.	Oy comme ils ont changé de notte.
（第三詩節前半四行）	（第三十四詩節）

のように、『孤独』の第三十五詩節と『シャンソン』の第1詩節前半四行とは綴り字法や句読点の相違を除けばまったく同一であり、また前者の第三十四詩節と後者の第三詩節前半四行も多少のヴァリアントは認められるとはいえ、ほとんど同じである。

15 Antoine Adam, *op. cit.*, p. 47.

16 *Ibid.*, p. 47.

17 *Ibid.*, p. 47.

18 *Ibid.*, p. 47.

19 *Ibid.*, p. 47.

20 *Ibid.*, p. 47.

21 *Ibid.*, p. 47.

22 Théophile du Viau, *Œuvres poétiques*, première partie, édition critique par Jeanne Streicher, Genève, Droz, 1967, p. 16.

23 Anthony Pugh, *op. cit.*, p. 118.

24 Anthoine Adam, *op. cit.*, p. 47.

25 *Ibid.*, p. 51.

26 Streicher, *op. cit.*, p. 16.

27 Anthony Pugh, *op. cit.*, pp. 118–119.

28 Guido Saba, *op. cit.*, p. 252.

29 Antoine Adam, *op. cit.*, p. 51.

30 Anthony Pugh, *op. cit.*, p. 119.

31 Antoine Adam, *op. cit.*, p. 47.

32 Jean Lagny：*Le Poèts Saint-Amant* (*1594–1661*), Essai sur sa vie et ses Œuvres CNRS, Nizet, 1964, p. 93; Antoine Adam：*Histoire de la littérature française au XVIIe siècle*, Paris, Éditions Mondiales, 1962, p. 95.

33 Antoine Adam：*Théophile de Viau et la libre pensée française en 1620*, p. 122.（以下 Antoine Adam, *op. cit.* と言った場合、この著作を指す）

34 Guido Saba, *op. cit.*, p. 253.

35 Antoine Adam, *op. cit.*, p. 122.

36 Richard Mazzara, *op. cit.*, p. 394.

37 *Ibid.*, p. 394.

38 Anthony Pugh, *op. cit.*, p. 119.

39 Antoine Adam, *op. cit.*, p. 48.

40 *Ibid.*, p. 49.

41 Lowry Nelson, *op. cit.*, pp. 114–120.

42 Donald Stone, *op. cit.*, pp. 323–325.

43 *Ibid.*, p. 325.

44 Anthony Pugh, *op. cit.*, p. 117.

45 *Ibid.*, p. 117; L. Nelson, *op. cit.*, p. 119.

46 *Ibid.*, p. 126.

47 Guido Saba, Alvin Eustis, Claire Gaudiani, *op. cit.*, p. 230.

48 Robert Hill, *op. cit.*, pp. 499–531.

49 *Ibid.*, pp. 500–501.

50 *Ibid.*, p. 504.

51 James R. Leva, *op. cit.*, pp. 115–119.

52 *Ibid.*, p. 119.

53 Jean Lagny, *op. cit.*, pp. 93–94.

54 Théophile de Viau や Saint-Amant といったマニエリスム・バロック詩人（十六世紀末から十七世紀初頭の文学者、詩人については、いまだにマニエリスムとバロックの区別が曖昧で混乱しているが、少なくともヴィオーやサン＝タマンは技法やレトリック面では、後期バロック的傾向を持つとはいえ、精神史的にはマニエリスム詩人とわれわれは考えている）の〈自然〉や〈現実〉に対する態度あるいは夢想や空想に対する考え方とロマン主義者たちのそれとの相違についても、ここで触れておこう。ロマン派の詩人たちが夢を出発点として自己の内面に沈潜し、実在（現実）とは直接的には関係ない世界（非実在的ヴィジョン）を夢想する傾向があるのに対して、ヴィオーやサン＝タマンの空想にあってはその出発点はつねに現実（実在）に根ざしているので、どんなに彼らの空想が拡大してもその先に必ず具体的世界との直接的な接触を知覚することができる（cf. Odette de

Mourgues, *op. cit.*, p. 78)。またロマン派の詩人たちが、自然に自己のメランコリックな感情を移入したり、世紀病に苦しむ自己を投影するのに対して、両詩人の『孤独』がそのことをよく示しているように、サン＝タマンやヴィオーは自然に対してそのようには自己投入することはない。

そのことをImbrie Buffumは、たとえば「『孤独』の世界は実際、古代の神々や女神たちが棲息しているが、（……）詩人は彼らを非常に真剣に受け取っているわけではなく、彼らの役割は本質的に詩人に白日夢の心地よい状態においておくことである」とかあるいは「『孤独』の作者は（ロマン派の）ルネでもウェルテルでもない。断崖絶壁は〈不幸な人々〉には似つかわしいが、詩人自身は不幸なわけではない。彼は超然と白日夢を見ているのだ。演劇がかったものに対する典型的なバロック的喜びをもって、またロマン派のように、自身の幻想の犠牲になることもなく、彼はこの島の荒磯海岸を悲劇的場面に最も適した場面と考えて眺めているのである」(Imbrie Buffum : *Studies in the Baroque from Montaigne to Rotrou*, Yale University Press, 1957, pp. 141–142) と言っている。これはサン＝タマンの『孤独』についての発言であるが、ほとんど同じことが、テオフィル・ド・ヴィオーの『孤独』の情景描写や自然描写についても言える。

55 Donald Stone, *op. cit.*, pp. 323–324.

56 Antoine Adam, *op. cit.*, p. 63.

57 Richard Mazzara, *op. cit.*, p. 394.

58 *Ibid.*, p. 394.

59 Saint-Amant, *Œuvres I*, édition critique publiée par Jacques Baibé, Paris, Nizet, 1971, pp. 33–34.

60 *Ibid.*, p. 47.

61 Théophile de Viau, *Œuvres complètes*, première partie par Guido Saba, Paris, Nizet, 1984, p. 254.

62 *Ibid.*, pp. 252–254.

63 Robert Hill, *op. cit.*, p. 506.

64 cf. Théophile de Viau, *Œuvres complètes*, IV, Lettres françaises et latines par Guido Saba, Paris, Nizet, 1987.

65 Robert Hill *op. cit.*, pp. 504–510. なお『孤独』における〈悦楽境〉locus amoenus のテーマについて、ギッド・サバ（*G. S.* I, p. 253）やリーヴァ（*op. cit.*, p. 117）も簡単に触れているが、ヨーロッパ文学における古典的伝統としてのこの“locus amoenus”というトポスについては、その牧歌詩、恋愛詩との結びつきも含めて、E・R・クルティウスの名著『ヨーロッパ文学とラテン中世』（みすず書房、一九七一年刊、二七五〜二八六頁）に詳しい。仏訳版 *La Littérature Européenne et la Moyen Age Latin traduit par Jean Bréjoux*, Paris, P. U. F., 1956, pp. 236–244.

66 G. S. t. I, p. 253 ; E. R. Curtius, *op. cit.*, pp. 240–244. (traduit par J. Bréjoux)

67 Claire Gaudiani, The Androgynous Vision in the Love Poetry of Théophile de Viau, in *Papers on French Seventeenth Century Literature*, No. 11, 1979, pp. 125–126.

68 James Leva, *op. cit.*, p. 118.

69 *G. S.* I, p. 257.

70 Odette de Mourgues, *op. cit.*, p. 78.

71 *G. S.* t. I, p. 259.

72 *Ibid.*, p. 260.

73 *Ibid.*, p. 262.

74 *Ibid.*, p. 263.

75 *Ibid.*, p. 258.

76 Théophile de Viau, *Œuvres Poétiques*, seconde et troisième parties par Jeanne Streicher, Droz, 1958, pp. 202–203.

77 Claire Gaudiani, *op. cit.*, pp. 124–125.

78 田中美知太郎編『プラトンＩ』（世界文学全集十四、筑摩書房、昭和三十九年刊、一三四～一三七頁）。

79 *G. S.* t. I, pp. 259–260.

80 *Ibid.*, p. 240.

81 James Leva, *op. cit.*, p. 119.

2　ヴィオーとサン＝タマンのオード『孤独』の比較

前節1においてすでにサン＝タマンの十行詩オード『孤独』との比較、すなわちその影響関係の有無、内容・主題の相違などについてある程度触れてきたが、本節において改めて少し詳しく両詩を比較し、その共通点、相違点を考察してみよう。

詩形・構造・詩的統一性

前節ですでに検討した影響関係を再度概観し、次に詩形や構造を比較してみよう。

友人関係にあった（とはいえ、両者はそれぞれがこの同名の詩を書くまではまだ友人関係にはなかったらしい）ヴィオーとサン＝タマンの両者がともに『孤独』という同名のオード詩を書いているので、古来どちらが先に書き、どちらが影響を受けたかといった議論がなされてきたが、アントワーヌ・アダンのヴィオー先行説が発表されるまでは、近代の実証的な本格的ヴィオー研究の魁《さきがけ》となったフレデリック・ラシェーヴルの「ヴィオーのサン＝タマン模倣説」（「テオフィルもサン＝タマンを模倣して『孤独』というオードを書いた[1]」）により、ヴィオーがサン＝タマンの『孤独』（一六一七年頃書かれたとされている）に影響されて、同名の詩を一六一九年頃書いたと考えられてきた。しかしアダンはヴィオーの『孤独』の一部の詩句と同一の詩句が書かれていた『ヴィルナーヴ草稿』（同草稿には「一六一一年頃書かれた詩の……」と記されていた）を根拠に、少なくともヴィオーの『孤独』の一部は一六一二年頃にはすでに書かれていたと主張し、以後ほぼ同説が支持されてきた。この間の詳しい経緯はすでに前節で考察しているので繰り返さないが、事実はマッツァラもほぼわれわれのような見方に立っているが、[2]ヴィオーもサン＝タマンもスペイン文学、とりわけゴンゴラ Gongora の『孤愁』Les Soledades などの影響を受けて、まずヴィオーが「原孤独部」の詩を書き、次にサン＝タマンもヴィオーのこの詩からの影響も多少は受けながらも、主としてゴンゴラの『孤愁』の影響下に、オード『孤独』を完成させたのではなかろうか。サン＝タマンのこのオードがあまりに評判になったので、それに刺激を受け、一六二〇年ヴィオーは「原孤独」詩に求愛詩「コリーヌ部」を結合させて新たな詩（無題）を作ったと思われる。ヴィオーはさらに一六二一年の『作品集』で『コリーヌ部』に決定版における第三十三詩節以降第四十一最終詩節までの九詩節を新たに加え、翌二二年の『作品集第二版』で、サン＝タマンの『孤独』とは異なった視点、発想で書かれたことをアピールするために、この詩にあえて「孤独」というサン＝タマンのそれと同じタイトルを付して発表したのではなかろうか。

推察されるそんな経緯もあって、題材やモティーフ、表現、構成法などは以下に見るように、いくつかの点で類似点は認められるにしても、ラニーの「一方が他方に影響を与えた形跡はほとんどないか全然ない」[3]との指摘は言いすぎにしても、両者の間には本質的にはそれほど強い影響関係はなく、むしろそれぞれが相手を意識して互いに自らの独自性を強調していると見るべきだろう。実際以下に見るように、両詩はその主題や場面構成法、描写法、作者の場面への視点などまったく異なっているのである。

次に両者の詩形を見てみると、ヴィオーの『孤独』は八音綴四行詩の詩節が四十一ストロフ連なったオード形式（脚韻配列は abba / cddc / effe /…という抱擁韻）だが、サン＝タマンのそれは八音綴り十行詩（脚韻配列は abba / cdcdee /…という特殊な変則脚韻）が二十詩節連なってできている。ヴィオーの四行詩オードの脚韻配列がごく一般的な抱擁韻であるのに対して、サン＝タマンの『孤独』における押韻法は、十七世紀初頭の十行詩オードの抒情詩に一般的に使用されていたいくつかの押韻形式のいずれにも属さないかなり特殊な押韻法と言える。すなわち当時は①abab ccdeed（たとえばヴィオーの『シルヴィの家』やサン＝タマンの『雨』）、②abab ccdede（ヴィオーの『兄へのテオフィルの手紙』やサン＝タマンの『観察者』）、あるいは③abba ccdeed（スキュデリーの『テオフィルの墓』）、また時折④abba ccdede（ヴィオーの『ラングドックから帰還途上の王へ』）などが一般的な脚韻配列であった。『十七世紀初期フランス文学』の注釈者バイベ J. Bailbé などによれば、サン＝タマンの『孤独』のこの押韻形式は、各詩節の独立感を強調する効果を持っているという。[4] 各詩節のこうした孤絶性にもかかわらず、この詩の統一性を支えているものは、詩節冒頭で何度も反復される「おお、ぼくはどんなに孤独を愛することだろう！」（Que j'aime la Solitude !）とか「何と心地良いことだろう！」（Que je trouve doux…!）といった詩句に窺われる詩的〈自我〉の熱気、迫力にあるという。[5] このことを言い換えると、サン＝タマンの『孤独』には全編にわたって詩人の〈孤独〉への強い愛好や大自然に対する積極的な〈画家的参与〉およびそれを〈楽しもう〉とする意志が一貫して存在しており、これに対してヴィオーの『孤独』は、〈孤独〉や自然へのサン＝タマン流の愛好や参与の意志がほとんど存在せず、この点がまず両者の大きな相違点と言える。

またヴィオーの『孤独』は「原孤独部」と「コリーヌ部」というまったく異なる二つの詩が結合されてできており、アダンなどに言わせれば、印刷ミスさえ想起させるほどこの二つの部分の詩質はまったく異なっており、したがって両者の間には統一性がまったく欠けているという。[6] 前節で詳しく見たように、無論アダンのこの見解に対する反論も出されており、多くの研究者が、この詩の前半部（「原孤独部」）と後半部（「コリーヌ部」）を統合する何らかの要素・原理をいくつか提起している。われわれは前節において、両者を統合する原理は「孤独」solitude のスペイン語的意味でもある「報われぬ愛」ゆえの「孤独」というモティーフおよび自己幻像に対するナルシス的愛ないし両性具有的愛というテーマであり、これこそがこの詩の根本的テーマとなっているのではないだろうかと提起した。

両詩の題材の共通点

この二つのオードには以前から言われてきたように、題材には多くの共通性・類似性が認められるのも事実である。たとえば主としてギリシャ・ローマ神話やオウィディウスの『変身物語』からの題材に限ってみても、

ヴィオー

①ここの泉の精ナイアードは
夜ごと水晶の住まいの
飾り扉を押し開き[7]

②この上なく慎み深い精神でさえ
このような甘美な所に喜んで留まるのだ
そこではピロメーラーが夜となる昼となく
哀れを催すことばかり考えている[9]

③この森は世俗的ではないのだ
愛の神アモールは決まってこの森の怒りを
　買いながらも
かつてここにやって来て、牧人エンディミ
　オンを隠し

サン＝タマン

そこでは眩いばかりに美しい水の精ナイアードが
誕生姿でベッドの中にあるごとく
水晶の王座に君臨している[8]

春が恋い慕う
この花咲けるさんざしの上で
ピロメーラーは嘆きの歌を歌いながら
何と巧みにぼくの夢想と話を交わすことだろう！[10]

愛の神アモールが寒さで凍えてしまうかも知れぬ
この冷気に満ちた洞窟の内部で
森の精エコーは相変わらず燃え上がっている

この狩人は女神ディアーナから恋の手ほど
きを受けたのだ[11]冷たくつっけんどんな彼女の恋人に対して[12]
④尾白鷲と梟がその樫の枝にとまり
狼男たちがここに住みついている
怒った正義の女神もここでは
決して罪人を探しだすことはしない[13]
運命の不吉な占い鳥たる尾白鷲は
陰鬱な叫び声を発して
暗闇に覆われたこの場所で
その悪戯好きな妖精たちを爆笑させ、踊り狂わせる[14]
⑤森の精《ニンフ》たちは、狩われて
この森の茂みに
人目につかぬ隠れ家を探す
サテュロスの罠を逃れて[15]
こうした木々を鉄さえ傷つけることはできない！
森の精《ニンフ》たちはそこに涼気を求めて訪れ
葦や鳥笛や燈心草
そしてアイリスを調達する[16]
⑥太陽ほどに歳月を経た
あの樫の大木の根元に
バッカス神、アモール神、眠りの神は
かつてセイレーノスの墓穴を掘った[17]
眠りの神は眉を重そうにして
沈み込んだ静寂に取り憑かれたまま
そこにまどろんでいる——
あらゆる心配事から解放されて[18]

このように両者を対置してみると、ラニーが言うほど両者がその「モティーフ、表現、構成法にわたって、一方が他方に影響を与えた形跡はほとんどないか全然ない」わけではなく、少なくともたとえば右に挙げた①―④の詩句には題材ばかりかその表現法、場面設定法、発想などでも類似点が認められるのではないだろうか。ただサン＝タマンのイマージュの方が十行詩で表現力に余裕があるためでもあろうが、写実が微細であり、同じ空想にしても自然な感じで、喚起力に富んでおり、反対にヴィオーのそれは四行詩という表現上の制約があるためか、素描的・説明的で、たとえば④、⑥例のように空想にも飛躍があって難解な部分が認められるのである。

主題・テーマについて

＊主題

サン＝タマンのオードが、「孤独」solitude本来の意味、すなわち「人びとが頻繁に通うところから離れた場所」(Littré)、「人のいない大自然の静かなところ」への愛好とその「孤独な自然」nature solitaireへの讃歌となっており、したがって詩人は荒涼とした自然や廃墟などを散歩しながら次々に読者に提示し、その自然やそこで浮かんだ神話的空想などを詩人とともに楽しむよう読者に誘いかけているのに対して、ヴィオーのオードの「孤独」はスペイン語“soledad”の持つもう一つの意味、すなわち「失望・落胆」さらには「不幸な愛」、「報われぬ（片思いの）愛」およびそうした報われぬ不在の愛ゆえの「孤独（淋しさ・疎外感）」という意味が込められており、したがってこの詩は実質的には恋愛詩、それもナルシス的・両性具有的愛の詩となっているのである。つまりこの詩の表題「孤独」にはサン＝タマン的な本来の意味はほとんど込められていないのである。こうした相違点こそ、すなわち一方が「自然礼讃詩」であるのに対して、他方は〈不可能な愛〉を希求した恋愛詩、失恋詩であるという主題の根本的、本質的な相違こそ、両詩が最も異なっている点と言うことができるだろう。

＊テーマ

次にこの詩のテーマの異同点を見てみると、〈ロクス・アモエヌス〉については両者とも詩の中に、それも詩の冒頭で歌っており、この点では共通性がある。

ヴィオーの詩の冒頭部は、「ひっそりとしたほの暗いこの谷間に／水音を聞きながら啼く男（牡）鹿は／せせらぎに視線を傾げて／己の水影《すがた》をいつまでも見入っている。[19]」と典型的な〈ロクス・アモエヌス〉のイマージュとなっており、他方、サン゠タマンも詩の冒頭部で「おお、ぼくは孤独を愛す！／夜に捧げられ、／巷や喧騒から遠く離れたこうした場所は／ぼくの落ち着きのない精神には何と心地良いことか！／…[20]」と、彼の理想的な〈ロクス・アモエヌス〉を歌っているのである。ただその相違は次に見る話者＝詩人の視点というか、場面での話者の立場が際立って異なっていることである。ヴィオー詩の冒頭の〈ロクス・アモエヌス〉には、話者〈私〉が〈男（牡）鹿〉（＝ナルシス）となって（寓意化ないし象徴化されて）、「場面」そのものの中に「参与」ないし「没入」してその場面の主人公となってしまっているのに対して、サン゠タマンの話者〈私〉はあくまでも〈ロクス・アモエヌス〉という理想的な場所への「来客者」ないし観察者・傍観者に留まっていて、その静かな大自然に癒され、それを客分の立場で楽しんでいるにすぎないという相違点、この違いは以後両詩ともに最後まで言える重要な点である。

次にヴィオーのオードにはギリシャ・ローマ神話やオウィディウスの『変身物語』中の「恋愛事件」、たとえばテーレウス王によるピロメーラー凌辱やサテュロスによるニンフたちへの、また女神ディアーナによるエンディミオンへの、さらにヒュアキントスと太陽神アポロンの同性愛や北風の神ボレアスによる前者への横恋慕的「暴力的愛」といったテーマ、さらには種々の「嫉妬」のテーマが認められるのに対して、サン゠タマンには、ピロメーラーの嘆きには言及されているとはいえ、そうした暴力的愛や同性愛・嫉妬のテーマは存在しない。ただしサン゠タマンの詩では第九詩節に前世紀より流行していた牧人劇・小説からの影響と思われる「恋愛事件」、すなわち非情な羊飼い娘に失恋して自殺した恋人とその娘への神による懲罰という荒唐無稽な恋愛のテーマが、森の中にたたずむ館の廃墟を見ての空想として語られている。この失恋というテーマはヴィオーの詩では中心的テーマというか詩全体の主題となっているので、この意味では共通点があるものの、サン＝タマンの場合はほんのエピソード的なテーマの一つにであり、しかも〈ロクス・アモエヌス〉のテーマ同様、重要な点はサン＝タマンはこの失恋のエピソードの傍観者、ないし語り手にすぎず、この失恋した青年と決して「同化」ないし「感情移入」することはないのである。それに対してヴィオーの『孤独』では失恋は〈私〉に同化し、一体化した話者＝詩人の問題でもあり、話者はこの詩の後半部の恋人コリーヌへの必死の求愛とその失恋を〈私〉とともに生き、苦しんでいるのである。

次に両詩ともに存在するテーマとして、不吉なものへの関心および死や骸骨への興味を、サン＝タマンの詩のみに存在するテーマとして廃墟を挙げることができる。

ヴィオー

尾白鷲と梟がその樫の枝にとまり
狼男たちがここに住みついている
怒った正義の女神もここでは
決して罪人を探しだすことはしない[21]

サン＝タマン

運命の不吉な占い鳥たる尾白鷲は
陰鬱な叫び声を発して
暗闇に覆われたこの場所で
その悪戯好きな妖精たちを爆笑させ、踊り狂わせる
呪われた垂木の下に
哀れな恋人のおぞましい骸骨がぶらぶら揺れている[22]

という先に挙げた例④は、不吉なものへのマニエリストたちの共通した偏執である。ロマン主義詩人たちにも認めら

れる〈廃墟〉への愛好も、マニエリストに多く見られる特質だが、ヴィオーのこのオードにはなく、サン゠タマンのオードにのみ、典型的な形で見られる。「ぼくはどんなに愛することか／荒れ狂う歳月が不埒な振る舞いを働き／廃墟と化したこの古い館の／荒れ果てたさまを眺めるのが[23]」（第八詩節）。この詩節前後で歌われた一連の「廃墟」の映像は、詩人の別の詩『幻影』*Les Visions* などを連想させる怪奇・幻想的雰囲気を帯びているが、この場合も〈ロクス・アモエヌス〉の場合同様、マニエリスム・バロック詩人たちの廃墟や怪奇・醜悪なものへの好みは、十九世紀のロマン主義者とは異なり、そうした場面や情景に自我を同化させたり、感情移入したりすることはなく、それらをもっぱら「スペクタークル」として、傍観者の立場で眺め、楽しむだけである。

I・バッフンは先に挙げた④例に見られるようなバロック・マニエリスム詩人たちの不吉なものや醜悪なものへの偏執について、こう分析している。「実際、サン゠タマンは、不幸な恋人の骸骨を見つけても（話者の空想なので）それほど深く気が動転しているわけではない。廃墟となった城館は素晴らしく演劇的な舞台装置に見えたので、彼は恋愛の悲劇を想像して楽しんでいるのである。同様に彼は魔女たちのサバトにも恐怖しているわけではない。悪魔たちが廃墟の中でダンスをしていると空想して悦に入っているのである。彼は自らが語る魔女や悪魔たちが〈われらの感覚をだましている〉ということに気づいているのだ。が彼はこうした幻想を大事にし、それを楽しみ、読者も作者同様この幻想を楽しむことを願っているのだ。これに対してロマン主義者たちは、そうした異常感覚に完全にとらえられ、読者もその中に没入することが求められているのである[24]」。

次にマニエリスム・バロック詩人たちが好んで取り上げた「死」や死の恐怖のテーマについて言えば、これもサン゠タマン、ヴィオーの両オード中に認められるが、後者はより「装飾化」されて現れ、前者は俗に言う後期バロック、われわれに言わせれば「バロック的マニエリスム」詩人が偏愛した典型的な死や骸骨への恐怖のイマージュが表象されている。

ヴィオー

バッカス神、アモール神、眠りの神は
かつてセイレーノスの墓穴を掘った[25]
（…）
嫉妬深い北風《ボレアース》の神は犠牲者のまぢかにいて
恋の苦しみに胸を締めつけられ
この若者の死をなおも嘆き悲しむのであった[26]

サン＝タマン

これらの古びた白骨の周りには
死刑を執行された彼女の亡霊が
苦悶の呻き声を長々と発しながら
自らの不幸な運命を嘆き悲しんでいるのだ
死の恐怖を増すために
いつまでも目の前に自らの過ちを抱きながら[27]

J・ルーセは『フランスバロック期の文学』の「死のスペクタル」の章において、アグリッパ・ドービニエやジャン・ド・スポンドなど十六世紀末の詩人たちが示した死や死の踊り、腐敗した死体や骸骨といったものへの深刻な実存的関心がサン＝タマン、ヴィオーなど十七世紀後期バロック詩人たち（われわれの言うバロック的マニエリスム詩人たち）にあっては、「死はそれ自体気味悪さと茶目っぽさの総体としての装飾物となる」と指摘。そうした装飾化した死や骸骨の実例として、サン＝タマンの『孤独』のこの詩節を挙げている。[28]こうした変質は、十六世紀後半の詩人たちは実際、宗教戦争という内戦（市民戦争）のさなかにあり、彼らは日常的に死や死の恐怖を感じ、腐敗した死体や骸骨を目にしていたので、彼らが喚起する死や死体のヴィジョンには実存的リアリティと迫真性があったが、サン＝タマンやヴィオーの時代、すなわちルイ十三世の時代になるとなお第二次宗教戦争は何度か勃発したとはいえ、前世紀のそれとは規模とその凄惨さでまったくスケールが異なっており、詩人たち自身の戦争体験もほとんどなくなっていたという事情に主として起因していると思われる。

またルーセによれば、ドービニエ、スポンドらのこうした死への強い関心は彼らが生まれ育ったカルヴァン信仰というユグノー派独特な精神風土に関連しているとのことだが、事実ヴィオーもサン＝タマンもユグノー派、つまりカルヴァン派の出身であり、彼らの死のヴィジョンが前世紀のような実存的リアリティを失いつつあったとはいえ、死そのものや人間の運命への関心は、彼らのカルヴィニスム信仰とその思想——人間の運命はあらかじめ神によって予定され、定められているという決定論的な運命観やその暗いペシミスム——から来ていると思われるのである。

話者＝作者の〈場面・情景〉への態度・視点

サン＝タマンの話者〈私〉が徹頭徹尾、詩に歌われている場面や情景を眺め楽しむ傍観者の立場を崩さないのに対して、ヴィオーの語り手ないし〈私〉は、すでに指摘したように、冒頭の第一詩節より、〈男（牡）鹿〉＝ナルシス＝〈私〉となって場面に「参与」participer しており、第二詩節でも「ここの泉の精ナイアードは／…／ぼくにセレナードを歌って聞かせる」と場面に「参加」しており、以後話者は第十三詩節までの「原孤独部」においてさまざまな神話上の神々・半神・人物などを白日夢として、一見サン＝タマンの「話者」のように語るが、しかしその「私」ないし話者はサン＝タマンよりはるかに「当事者意識」を持ち、その場面に「参加」している印象を受けるのである。この話者または「私」の場面への参加は前半「原孤独部」の最終部の第十四、十五詩節より、後半「コリーヌ部」に至って直接的となり、それは最終部の第四十一詩節まで変わることなく持続している。つまりこの後半部より話者〈私〉は自己の恋愛を語り、自己の恋愛感情を相手のコリーヌに向かって訴えており、しかもそのコリーヌがじつは自己のナルシス的＝同性愛的幻像らしいのである。ところがサン＝タマンの話者〈私〉にあっては神話上や牧歌劇における恋愛や失恋の顛末を語ることはあっても、最初から最後まで、「舞台の外からの」語り手であり、あるいは傍観者としてその場面を見、あるいはそれらを白日夢として夢想しているにすぎず、決して自己の恋愛や感情は語らないのである。

話者〈私〉の静・動性

ヴィオーの話者〈私〉が森の中の小川が流れる〈ロクス・アモエヌス〉の空間やそこにある洞窟のほかにはほとんど動かず、決して新たな空間へ移動しようとしないのに対して、サン＝タマンのオードの話者〈私〉は森の中の〈ロクス・アモエヌス〉から小川に沿って丘陵地帯へ、さらに湖池地帯（湿地帯）へ、次に廃墟の城館へ、その後洞窟の中へ、さらには海蝕崖の岩山の高みへ、最後に浜辺（砂浜）へと次々と移動して、その大自然の素晴らしさとそこで触発される神話的夢想を語っており、静・動両者の対照が印象的である。

自然描写・イマージュ喚起力の相違

通説ではサン＝タマンはヴィオーに較べ、想像力が豊かで、自然描写や夢想的映像の喚起力も、ヴィオーより優れていると言われているが、こうした見方はたしかに間違ってはおらず、一定の留保付きで正しいとさえ言える。想像力そのものだけを見たならば、前者の方が後者より豊かなのも事実だろう。そこでこのオード『孤独』における両者の自然描写とそのイマージュの質について見てみよう。

ヴィオー

ひっそりとしたほの暗いこの谷間に
水音を聞きながら啼く男（牡）鹿は
せせらぎに視線を傾げて、

サン＝タマン

どんなに愛することか、こうした静やかな沼地を！
その水辺一帯には、なかなかまど
はんの木、猫柳、行李柳が生えている

自らの水影《すがた》をいつまでも見入っている
ここの泉の精ナイアードは
夜ごと水晶の住まいの
飾り扉を押し開き
ぼくにセレナードを歌って聞かせる[29]

こうした木々を鉄さえ傷つけることはできない！
森の精《ニンフ》たちは　そこに涼気を求めて訪れ
葦や鳥笛や燈心草
そしてアイリスを調達する
そこでは蛙たちが　近づこうとする人影を認めるや
恐怖で跳び返り
身を隠そうとする光景が見える[30]

ヴィオーの緑なす谷間で鹿が水面に映る倒立像を見つめ、ナイアードたちが水晶の住まいの中でセレナードを歌うというイマージュは〈ロクス・アモエヌス〉の典型的な例だが、他方サン＝タマンの例は第五詩節の〈沼地〉の場面で、第一、第二詩節の、さらには第四詩節までの〈ロクス・アモエヌス〉の延長ないし変相（異種）と見ることもできる。一読してすぐ気づくように、ヴィオーの自然描写はむろん四行詩オードという形式に制約されている面もあるが、簡潔なタッチで素描的であり、L・ルベーグの言う「クロッキー描法」art du croquis[31]、アダンの言う「点描画法」pointillisme[32]風に描かれている。つまり人物・風景などが簡潔なタッチで素描的に描かれ、それらが浮彫されてはいるが、全体のイメージは日本画の墨絵のように、灰色っぽく、あまり色彩感が感じられないのである。これに対してサン＝タマンの自然描写は十行詩オードのためか、息の長いのびのびとした、しかも微細な描写がなされており、非常に絵画的、ピトレスクな描写となっている。描写が具体的で生き生きとしており、新鮮な現実感があり、ヴィオーのそれより色彩感のある絵画的イメージの喚起力に優れている。

ヴィオーの場合、『朝』とかこの『孤独』といった初期オードに限って言えば、たしかに右に見たようなことが言えるのであるが、晩年の『友人ティルシスへのテオフィルの嘆き』、『シルヴィの家』あるいは最後の作品『兄へのテオフィルの手紙』などに見られるヴィオーの自然描写は決して素描的でも、色彩感の欠けた墨絵的描写でもなく、むしろサン＝タマン以上に、色彩感豊かで、生き生きとした現実感を喚起する描き方となっているのである。「もしも天のお召しがあったなら／生きてもう一度／私はわが歯とわが眼に／あのパヴィの赤い輝きを楽しませよう、／またマスカットブドウの香りのするあのネクタリンも／その外皮の紫紅色はカリストの飾り気ない顔色よりも／微妙な色合いをしているのだ／…／／私は摘み取るだろう／火炎色したあの苺を　そこでこれらの果物を食べながら／…」[33]（『兄へのテオフィルの手紙』第二十一—二十二詩節）。

　サン＝タマンの先の自然描写とヴィオーの『兄へのテオフィルの手紙』のこの描写を比較したとき、サン＝タマンはこの生き生きとした色彩感豊かな大自然を前にしてもやはり、それに対して傍観者的で、「画家」的に自然を対象化して見てその美しさを楽しもうとしている姿勢が感じられるのに対して、ヴィオーは大自然の中に溶け込み、一体化して（ロマン主義詩人たちのように、感情移入や自我の自然への没入・同化では決してないが）生き、自然を楽しもうという態度があり、この点は大きな相違と言えよう。

庇護者への媚びの有無

　田中敬一氏が研究されているように、[34]「独立自尊」を旨としたヴィオーといえども、庇護者なしには生きられず、したがってパトロンへのパネジリックな称讃詩をいくつも書いているが、それでもリュイーヌ公への政治的屈服の結果として不本意な称讃詩を書かされるという「事件」を唯一の例外として、当時の詩人としては例外的に庇護者に対しても「自尊」を、つまり自己のプライドをほぼ守り切った詩人であった。サン＝タマンは庇護者〈アルシドン〉（ノルマンディ高等法院長シャルル二世、メナール・ド・ベルニエール）に献呈することを意図してこの詩を書いたので、庇護者への過度な追従の言葉が最後の三詩節を占めており、この部分がそれまでの繊細にしてかつ雄渾な自然称讃詩との違和感・不統一感を読者に感じさせることは否めない。少なくとも現代のわれわれから見ると、この長々しい追従部が冒頭の詩節より第十七詩節まで一貫して保たれていたこの詩の高い格調と気品を損ねてしまっているように感じられるのである。これに対してヴィオーのこのオードは、サン＝タマンのように特定の庇護者への献呈詩ではなかったので、当然といえば当然であるが、こうしたパネジリックなお追従的言辞はない（代わりに恋人「コリーヌ」への過度のお追従的称讃があるのだが……）。

結論

テオフィル・ド・ヴィオーとサン＝タマンのオード『孤独』は、両詩人を代表する初期の代表作であり、有名な詩であること、また両詩ともほぼ同時期に書かれ、題材も共通した部分が少なくない等々の理由で、今日まで多くの研究者によってしばしば比較されてきた。実際両詩は同じ題名であり、ともに大自然が舞台となり、ギリシャ・ローマ神話やオウィディウスの『変身物語』の神々や半神、人間、動物などが次々に登場するので、両詩は一見「孤独」solitudeという同じ主題のもとに競作し合って生まれた詩のように感じられるが、これまでの考察で明らかなように、この二つのオードは本質的にはまったく異なった詩である。われわれのこれまでの概括的考察から結論的に言えることは、サン＝タマンのオードが「自然」や自然の中での「孤独」そのものを愛する自然称讃詩・自然散策詩、すなわち自然の中を散策しながら、空想をも交えて織りなした自然称讃詩であるのに対して、ヴィオーのオードは本質的には恋愛詩であるということ、すなわち「自然」や人里を離れた静かな所という意味での「孤独」はほとんど語られず、もっぱら恋愛が、前半「原孤独部」にあっては神話やオウィディウスの『変身物語』に基づいた空想上の恋愛、それも主として「暴力的恋愛」が語られ、後半「コリーヌ部」ではナルシス＝アンドロジーヌ的自己幻影への倒錯的恋愛が語られる求愛詩ないし恋愛詩であるということである。

このように両詩は本質的にはまったく異なっているのだが、最後に両詩に共通した性格をもう一点だけ指摘して本章を終えよう。それはセルヴァンテスの『ドン・キホーテ』が、隆盛していた前代の騎士道物語に対するアンチテーゼであったのと同じように、両者がともに前世紀から十七世紀にわたって大流行していた田園詩・劇や牧歌劇・小説（「悲喜劇」tragicomédie）からの影響とともにそれへの痛烈な批判・パロディとしての意味も込められているという事実である。この問題は稿を改めて検討しなければならないだろう。

註

1 Frédéric Lachèvre, *Le Procès du poète Théophile de Viau*, tome I, Genève, Slatkine Reprints, 1968, p. 20.

2 Richad A. Mazzara, Théophile de Viau, Saint-Amant, and spanish soledad, in *Kentucky Romance Quarterly*, 14, 1967, pp. 393–404.

3 Jean Lagny, *Le poète Saint-Amant* (*1594–1661*), *Essai sur sa vie et ses œuvres*, CNRS, Nizet, 1964, pp. 93–94.

4 David Lee Rubin, *La Poésie du premier* 17e *siècle : texte et contexte* (*ELF 38*), Saint-Amant, textes choisis et commentés par J. Bailbé, Ch. Wentzlaff-Eggebert, Ch. Rolfe, E. Duval, R. Corum, C. Ingold, 1986, Gunter Narr Verlag, p. 265.

5 *Ibid*., p. 265.

6 Antoine Adam, *Théophile de Viau et la libre pensée française en 1620*, Droz, 1935, pp. 44–52.

7 *Œ. H.C.* t. I, pp. 160–161.

8 Saint-Amant, *Œuvres I*, *Les Œuvres* (*1629*), *Édition critique publiée par Jacques Bailbé*, (S.T.F.M.) Libr. Marcel Didier, 1971, p. 36.（以下、Saint-Amant, *Œuvres I* と略。）

9 *Œ. H.C.* t. I, p. 161.

10 Saint-Amant, *Œuvres I*, p. 35.

11 *Œ. H.C.* t. I, p. 161.

12 Saint-Amant, *Œuvres I*, pp. 42–43.

13 *Œ. H.C.* t. I, p. 161.

14 Saint-Amant, *Œuvres I*, p. 40.

15 *Œ. H.C.* t. I, p. 161.

16 Saint-Amant, *Œuvres I*, p. 37.

17 *Œ. H.C.* t. I, p. 160.

18 Saint-Amant, *Œuvres I*, p. 42.

19 *Œ. H.C.* t. I, p. 160.

20 Saint-Amant, *Œuvres I*, pp. 33–34.

21 *Œ. H.C.* t. I, pp. 161.

22 Saint-Amant, *Œuvres I*, p. 140.

23 *Ibid.*, p. 39.

24 Imbrie Buffum, *Studies in the Baroque from Montaigne to Rotrou*, Yale University Press, 1957, p. 143.

25 *Œ. H.C.* t. I, p. 161.

26 *Ibid.*, p. 162.

27 Saint-Amant, *Œuvres I*, p. 41.

28 Jean Rousset, *La Littérature de l'âge baroque en France, Circé et le paon*, José Corti, 1954, pp. 106–107.

29 *Œ. H.C.* t. I, pp. 160–161.

30 Saint-Amant, *Œuvres I*, p. 37.

31 Raymond Lebègue, *La Poésie française de 1560 à 1630, Deuxième partie, Malherbe et son temps*, Société d'Édition d'Enseignement Supérieur, 1951, p. 116.

32 Antoine Adam, *Théophile de Viau et la libre pensée française en 1620*, Droz, 1935, Slatkine Reprints, Genève, p. 44.

33 *Œ. H.C.* t. II, pp. 243–244.

34 田中敬一「テオフィル・ド・ビヨとその保護者たちとの関係について」、『静岡大学文理学部研究報告（人文科学）』第九号、一九五八年、六五―八一頁、「十七世紀フランスの詩人における patronage の問題の一考察—— Théophile de Viau の場合について」、日本フランス文学会『フランス文学研究』、一九六〇年、二〇―二九頁。

III　スタンス「死の恐怖は……」とオード「何と幸せなことか……！」の間

——宮廷での政争による死の恐怖から田園での賢者の理想的生活へ

序論

この二つの詩はともに執筆年代は不明であるが、アダン A. Adam は「死の恐怖は……」で始まるスタンスは一六一九年の第一回の追放に至るルイ十三世の寵臣リュイーヌ公との軋轢（当時ヴィオーは若き王と対立していた母后マリ・ド・メディシスの陣営に属していた）の過程で体験した死の恐怖、すなわち詩人エティエンヌ・デュラン Etienne Durand が同公への陰謀に加担したとの理由で、一六一八年グレーヴ広場で車刑の死罪に処せられており、ヴィオー自身も主人カンダル伯との関係で母后マリ・ド・メディシスの側にあって、同公を中傷・誹謗する文書を書いたらしく、その咎が追及されるのを深刻に怖れていた頃に書かれたと見ているが、[1] サバ G. Saba はこの詩で語られている恐怖は特定の伝記的事実に結びつけることはできないとし、むしろモンテーニュの『エセー』などから、とりわけ「想像力について」（I—21）の死刑囚の恐怖のエピソード（「恐怖のために死刑執行人の手を煩わせることなく死んだ人がいる。ある者は人が彼に恩赦状を読んでやるために目隠しを解いてやると、想像力に打たれただけですでに処刑台の上で堅くなって死んでいた[2]」）などからの影響とともに、人間の弱さについての詩人の個人的省察から生まれた作品と見ている。[3]

われわれは基本的にはアダン説を支持するが、同時にサバが言うように、モンテーニュの『エセー』の影響も少なからずあったと考えている。この詩の執筆の直接の動機はやはりアダンが言うように、この政争の敗北者側にあった詩人の死に対する恐怖心がE・デュランのむごたらしい刑死のイマージュと重ね合わさって、ヴィオーにこのような詩を書かせたように思われるのである。モンテーニュの『エセー』の影響についてはサバの指摘する第二十一章「想像力について」のみでなく、その一つ前の第二十章「哲学を究めることは死ぬことを学ぶこと」での死の一般的な省察からも影響を受けているようにわれわれには思われるのである。こうした状況を考えると、この詩は一六一八年から一九年の第一回追放までの間に執筆されたのではないかとわれわれは推定している。

次に「何と幸せなことか……！」で始まるオードの執筆時期だが、サバはその内容からこの作品は彼が盛んに「思想詩」poésies d'idéesを書いた一六一八―二〇年頃に書かれたのではないかと推定している。[4] われわれもそう推定するが、少なくとも後者「何と幸せなことか……！」の詩の方が前者「死の恐怖は……」のスタンスより後、それも第一回の追放令の解除により、パリに帰還が許され、リュイーヌ公への伺候を強いられた一六二〇年の春以降に書かれたのではないかと推定している。その根拠は、第一にサバが一六二一年版初版本『作品集第一部』(*Les Œuvres du sieur Théophile, Reveües, corrigées, et augmentées, Troisiesme édition*, Paris, Pierre Billaine, MDCXXI (1621) (B.N.: Rés. Ye. 7613) より、著者自身により誤りが訂正されていること。たとえ政治的思惑も入っているにしても、詩人の最終的な意思が反映されているとの理由で、この版を彼の近代版全集の底本としている『作品集第一部』(*Les Œuvres du sieur Théophile, Reveües, corrigées, et augmentées, Troisiesme édition*, Paris, Pierre Billaine, MDCXXIII (1623) (B.N.: Ye. 7613) では、「何と幸せなことか……！」のオードの方が「死の恐怖は……」のスタンスよりかなり前に掲載されているのに対して、政治的思惑の反映された一六二三年版より誤植は多いとはいえ、著者の文学的意図（各作品が比較的編年体で編集されている）がより純粋に反映されているとの理由から、J・ストレッシャーが『テオフィル・ド・ヴィオー詩集』*Œuvres poétiques* の底本として採用している一六二一年の前記『作品集第一部』(B.N.: Rés. Ye. 2153) では、「何と幸せなことか……！」のオードの方が

「死の恐怖は……」のスタンスよりかなり後の方に掲載されている。第二に追放解除後のリュイーヌ公への伺候が本意からではなく、政治的取引による伺候、すなわち追放解除と引き換えに前の仲間であったマリ・ド・メディシス側を非難・攻撃する詩文を執筆するという屈辱的条件つきでの不本意な伺候であったため、ヴィオー自身、このとき宮仕えの屈辱・悲哀を痛感させられ、そのような生活に嫌気を覚えていたからである。そこでそれとは正反対の自由な田園生活、誰にも命令されず、つまり「召使でも、主人でもない」自主独立の自由気ままな生活をひそかに憧れ、エピクロス主義的賢者としての自己の理想的生活を夢想してこの詩を書いたと想像される。

詩形・構成

スタンス「死の恐怖は……」は、［12–6–12–6］と十二音と六音とが交代する相称形四行詩 quatrain symétrique で、脚韻は［abab bcbc dede］という交韻 rimes croisées で男女韻配列は［fm fm fm f］となっている。十一詩節、全四十四詩行より成っている。鈴木信太郎によれば、この詩形はロンサールやバイフあたりから始まり、古典派に継承され、十九世紀に至ってユゴーやバンヴィルなどによって盛んに使用されたが、その後はやや衰えたという。また多くの詩人たちが「結句のついた四行詩」quatrain à clausule（ヴィオー詩の場合で言えば、たとえば［12–12–12–6］の『ド・L氏への弔慰』など）よりもいっそう好んでこの詩形を用いたという。[5]

オード『何と幸せなことか……』は八音綴りの三十四行詩、つまり鈴木信太郎の分類によれば、「詩節の数の限定されてゐない定型詩」で「十二行詩以上のオオド」、つまり三十四詩行の単一詩節より成るオードということになろうか。脚韻は［aa bb cc］という平韻で、男女韻配列は［mm ff mm ff］となっている。十七世紀に「オード」と称された詩形の詩には、恋愛から歴史的事象や人物の称讃詩とほとんどあらゆる内容のものが歌われているとはいえ、この詩は内容的にはむしろ宗教や哲学、生き方などを歌ったスタンスや諷刺詩に近いテーマが歌われているようにわれわれには思われるのである。

屈辱と死の恐怖の宮仕えから大自然の中での〈カルパ・ディエム〉の自由気ままな生活へ――スタンス「死の恐怖は……」の恐怖からオード「何と幸せなことか……!」の夢想へ

＊スタンス「死の恐怖は……」について

La frayeur de la mort ébranle le plus ferme ;	死の恐怖はこの上なく強固な意志を持った人でさえたじろがせるものだ。
I　Il est bien malaisé	それはひどく難しいことだ、
Que dans le désespoir, et proche de son terme,	絶望のさなかにあって、また自らの最期が迫っているとき、
L’esprit soit apaisé	精神が冷静でいられるということは。
L’ âme la plus robuste et la mieux préparée	この上なく堅固な魂の持ち主で、かつ宿命がもたらす出来事に
II　Aux accidents du sort,	この上なく心の準備ができている人でさえ、
Voyant auprès de soi sa fin toute assurée,	自らの死がすぐ近くに確実に訪れているのを知ったとき、
Elle s’étonne fort.	その人はひどく驚愕してしまう。
Le criminel pressé de la mortelle crainte	罪人は恐ろしい刑苦に対する死ぬほどの

III　D'un supplice douteux,
Encore avec espoir endure la contrainte
12　De ses liens honteux.
Mais quand l' arrêt sanglant a résolu sa peine,
IV　Et qu'il voit le bourreau,
Dont l'impiteuse main lui détache une chaîne
16　Et lui met un cordeau,
Il n' a goutte de sang qui ne soit lors glacée ;
V　Son âme est dans les fers ;
L'image du gibet lui monte à la pensée,
20　Et l' effroi des enfers.
L'imagination de cet objet funeste
VI　Lui trouble la raison,
Et sans qu'il ait du mal il a pis que la peste,
24　Et pis que le poison.
恐怖を抱きながらも、
なお一縷の望みにすがって屈辱的な縛紐による
拘束に耐えているのである。
しかし血塗られた判決が彼の刑を確定し、
死刑執行人が姿を現し、
その情け容赦のない手が、彼から鎖をはずし
かわりに絞首紐をかけたとき、
そのとき凍らぬ血は一滴もなく、彼の魂は
鉄鎖に閉じ込められたままだ。
絞首台のイメージと地獄の恐怖が
彼の脳裏に浮かんでくる。
こうした不吉な映像を想像すると
彼は正気を失い、
病気でもないのに、ペストや毒以上に
ひどい状態となるのだ。

Il jette malgré lui les siens dans sa détresse,
VII Et traîne en son malheur
Des gens indiffèrents qu'il voit parmi la presse
Pâles de sa douleur.

Partout dedans la Grève il voit fendre la terre,
VIII La Seine est l'Achéron,
Chaque rayon du jour est un trait de tonnerre,
Et chaque homme Charon.

La consolation que le prêcheur apporte
IX Ne lui fait point de bien,
Car le pauvre se croit une personne morte,
Et n'écoute plus rien.

Les sens sont retirés, il n'a plus son visage,
X Et, dans ce changement,
Ce serait être fol de conserver l'usage
D'un peu de jugement.

彼は意に反して家族の者たちを悲嘆のどん底に投げ込み、
　また群衆の中に彼の苦悩で青ざめている人々を認めるが、
そういう無関係な人々をも
　彼は自らの不幸の中に引き込んでしまうのである。

彼はグレーヴ広場の地面が至る所でひび割れ、
　セーヌ河は地獄のアケロン川となり、
太陽光線の一つ一つが雷光であり、
　男という男は地獄の渡し守カロンなのだ。

死刑囚の教誨師のもたらす慰めの言葉も
　彼には決して慰めにはならないのだ、
なぜならこの気の毒な男は自分が死人と思い込んでいて、
　もはや何事にも耳を貸そうとはしないからである。

感覚が失われ、もはや表情もなくなっており、
　そして彼がこのように変化する中、
ほんの少しの判断力の機能を保持しようなどとすることは
　気違いじみたことだろう。

La nature, de peine et d'horreur abattue,
XI　Quitte ce malheureux ;
Il meurt de mille morts, et le coup qui le tue
44　Est le moins rigoureux.[6]

自然は、苦痛と恐怖に打ちひしがれた
　この不幸な男を見捨てる。
彼は千の死を死ぬので、彼を殺す死の一撃は
　極度に軽微なものである。

この詩はヨーン・ペデルセンJohn Pedersenによって詳細な分析がなされているので[7]、以下では同氏の見解を参照しつつ、この詩の問題点やテーマ・主題などについて考察してみることとしよう。この詩はペデルセンが指摘しているように[8]、大きく二つに分けられる。すなわち冒頭の第一行から第八行までの二詩節（これを仮に第一部と呼んでおこう）と第九詩行から最終第四十四詩行まで（これを第二部と呼んでおこう）で、冒頭部第一部は死の恐怖というものに対する人間の心理的反応に関する一般論であり、第二部はその具体例、つまり「罪人」が死刑の確定判決を受けてから刑が執行される直前までの彼の心的・感情的な反応を具体的に描写していると見ることができよう。第一部で詩人は彼のリベルタン的、われわれに言わせればカルヴァン的運命観の立場から、死に直面した人間の一般的態度・心的反応を明らかにしている。すなわち「どんなに強固な意志を持った人でさえ」、あるいはまたカルヴィニスムが教える人間の宿命・運命がしからしめる一連の出来事・不幸に「この上なく心の準備、覚悟ができている（つもりの）人でさえ」、死が身近に迫ると動揺し、「ひどく驚愕してしまう」ものであるという。ここにはとりわけ第六詩行の「宿命がもたらす出来事に」Aux accidents du sortという詩句に、カルヴァン派的諦観・運命観に基づいた彼の死生観・人間観・人生観が窺われるのである。

第二部では死の恐怖に関する一般論から具体論に入り、死刑囚という「罪人」Le criminelの判決時や死刑執行時に

おける反応、その心的・感情的反応を具体的に描写していく。「罪人」は死刑は免れないと覚悟をしながらも、なお「一縷の望みを持って屈辱的な拘束」に耐えているが、ひとたび死刑判決が確定し、「死刑執行人が彼の前に姿を現し、その情け容赦のない手が、彼から鎖を外し、かわりに絞首紐をかけた」そのとき、「凍らぬ血は一滴もない」ほど、動揺し、失神寸前となってしまうのである。ここの描写はたとえば「血塗られた判決」とか「情け容赦のない（刑吏の）手」、「魂が鉄鎖に閉じ込められる」などと擬人的な表現で、映画で言うクローズアップ手法に似た「接写」ないし「ズーム・アップ描法」で生々しく迫真的に「罪人」の表情を外的に描くことによって、かえってその内面や感情の動揺の大きさを読者に想像させようとしている。次に「罪人」の内面、すなわち心的イマージュが描出され、彼の心理的動揺の大きさを「ひどい病気」や服毒状態に喩える（第五―六詩節）。「絞首台のイメージと地獄の恐怖が／彼の脳裏に浮かんでくる。／こうした不吉な映像を想像すると／彼は正気を失い、／病気でもないのに、ペストや毒以上に／ひどい状態となるのだ」。第七詩節で詩人は突如罪人の対社会的・対家族的影響に言及する。つまり死罪となった罪人はその家族をいかに不幸のどん底に「投げ入れる」かを、また死刑執行に立ち会わせた群集の中の、彼とは「無関係な他人」が、彼の死の恐怖からくる苦悩の表情を見てショックを受け青ざめることで、そういう無関係な人々さえ彼の不幸の中に「引きずり込んで」しまう重大性にも触れる。

次の第八詩節ではすっかり動転し、我を失ってしまったこの死刑囚の知覚する幻覚、ヴィオーのお得意ないわゆる〈逆さ世界〉、有名な「カラスが一羽かあと鳴き……」やオード『ド・L氏へ　父上の死について』に見られる倒錯ヴィジョン、〈世界の大混乱〉のヴィジョンが表出されるが、これは死刑執行直前の罪人の心理や精神の混乱・動転の「客観的ヴィジョン化」である。これはまたマニエリスム・バロック特有の誇張 hyperbole 技法でもある。

彼はグレーヴ広場の地面が至る所でひび割れ、

セーヌ河は地獄のアケロン川となり、
太陽光線の一つ一つが雷光であり、男という男は
　地獄の渡し守カロンなのだ。

こうした日常的次元を逸脱した「不条理で」異常な状態の表現、誇張法はほかにもたとえば、第六詩節の「病気でもないのに、ペストや毒以上にひどい状態」とか第十詩節の〈彼は顔を失い〉とか十一詩節の「自然はこの不幸な男を見捨て」、「彼は千の死を死ぬので、彼を殺す死の一撃は／極度に軽微なものである」といった表現にも見られるのである。なおついでに付言すれば、こうした「日常世界の突如とした地獄化」のヴィジョンは失恋による絶望を歌ったあるエレジーにも見られる。「そのあらゆる残忍な行為をわが廃墟に差し向けるとき、／わが額はしおれた百合よりもっと色あせ、／わが血潮は凍結した小川よりもっと凍りついてしまい、／私にとってブロアは地獄であり、ロワール河はコキュトス川である。／私は、もし甦らなければ、もはや生きていないに等しい」[9][10]。

第九詩節では再び死刑が執行される直前の死刑囚の心理、心的状態を描写する。彼は「教誨師のいかなる慰めの言葉も慰めにならない」、なぜなら「この気の毒な男」はすでに「自分が死人と思い込んで」いたので、どんな言葉も物理的には耳に入っていても、心理的には何も聞こえない、うわの空の状態だからである。つまり「感覚が失われ、もはや「顔がない」つまり（正気の）表情が失われてしまっているのである（第十詩節）。ヴィオーのこの、死刑囚の刑が執行される直前の心理描写はまことにリアルであり、迫真的で、まるで本人が体験したかのようである。こうしたリアルでショッキングな描写の背景には、あるいは権力闘争に敗れた側にあった彼自身が体験した忍び寄る死の恐怖体験やグレーヴ広場での詩人デュランの車刑執行やその他の政治犯などの死刑執行を直接見たり、その目撃談を聞かされたりした経験が存在しているのかも知れない。

最終第十一詩節はこの詩の結論であり、とりわけ第四十三、四十四詩句の「彼は千の死を死ぬので、彼を殺す死の一撃は／極度に軽微なものである」はいわばこの詩のポワント句、挙句、結句であり、奇抜で滑稽味さえ漂わせたヴィオー一流の締め括りと言えるのではなかろうか。そしてまたこの最終詩節の「自然は、苦痛と恐怖に打ちひしがれた／この不幸な男を見捨てる」の詩句には、再び冒頭の第一、二詩節に見えていた彼のリベルタン的ないしカルヴァン的諦念、ペシミスムが顔を覗かせているように見える。

またこの詩には、ペデルセンが「逆説」paradoxe と呼んでいる[11]相対立するものの併置・対比表現が随所に見られるのも、いかにもヴィオー的な特徴と言えるかもしれない。誇張的表現を伴った逆説的表現を、原文・和訳を併置して示してみよう。プラス的・正常的要素を下線で、マイナス的・異常的要素をゴシックで示してみよう。

La frayeur de la mort ébranle le plus ferme;
死の恐怖はこの上なく強固な意志を持った人でさえたじろがせるものだ。

I
Il est bien malaisé
それはひどく難しいことだ、
Que **dans le désespoir, et proche de son terme,**
絶望のさなかにあって、また自らの最期が迫っているとき、
L'esprit soit apaisé
精神が冷静でいられるということは。

II
L'âme la plus robuste et la mieux préparée
この上なく堅固な魂の持ち主で、**かつ宿命がもたらす出来事に**
Aux accidents du sort,
この上なく心の準備ができている人でさえ、
Voyant auprès de soi sa fin toute assurée,
自らの死がすぐ近くに確実に訪れているのを知ったとき、
Elle s'étonne fort.
その人はひどく驚愕するのである。

(.....)

L'imagination de cet objet funeste — **こうした不吉な映像を想像すると**

VI　Lui trouble la raison, — 彼は正気を失い、

Et sans qu'il ait du mal il a **pis que la peste,** — 病気でもないのに、**ペストや毒以上に**

Et pis que le poison. — **ひどい状態となるのだ。**

Des gens indifférents qu'il voit parmi la presse — 彼が群衆の中に認める**彼の苦悩で青ざめてしまった**

Pâles de sa douleur. — 無関係な人々をも。

Partout dedans la Grève il voit **fendre la terre,** — 彼はグレーヴ広場の**地面が至る所でひび割れ、**

VIII　La Seine est **l'Achéron,** — セーヌ河は**地獄のアケロン川となり、**

Chaque rayon du jour est **un trait de tonnerre,** — 太陽光線の一つ一つが**雷光であり、**

Et chaque homme **Charon** — 男という男は**地獄の渡し守カロンなのだ。**

La consolation que le prêcheur apporte — 死刑囚の教誨師のもたらす慰めの言葉も

IX　**Ne lui fait point de bien,** — 彼には**決して慰めにはならないのだ**

(.....)

Ce serait être fol de conserver l'usage — ほんの少しの判断力の機能を保持しようなどすることは

X　D'un peu de jugement. — **気違いじみたことだろう。**

(……)

Il meurt de mille morts, et *le* **coup qui le tue**　**彼は千の死を死ぬので、彼を殺す死の一撃は**

XI　Est le moins rigoureux.　極度に軽微なものである。

こうした一連の相対立するものの対置、逆説的表現は、強制的に生命を絶たれる者の精神の動揺・混乱・呆然自失を劇的に表現しているとともに、その世界の異常性をも強調している。またこうした表現法はサン＝タマンなどバロック的マニエリスト詩人たちに、とりわけヴィオー詩に特徴的に認められる傾向であり、二十世紀のシュルレアリスム詩の「遠く隔たったもの、相反するものの強制的な接近・結合」による〈新しい現実感〉、〈驚異の世界〉le merveilleux の創出にも通ずる手法である。

われわれ読者は死刑を執行される直前の「罪人」の異常な心理を微細に描出したこの詩は、ペデルセンも指摘しているように[12]、一見、とりわけ当初は、われわれ一般人からは切り離された特殊事例 un cas isolé のように見えながら、読み進んでいくうちに、この「不幸な男」の心理やあり方に共感していき、彼が生きているものをわれわれも生き、彼が遭遇している外的世界の変化はわれわれのものでもあるという感じになってくることに気づく。この事実は、この詩の第一部、冒頭二詩節の死（の恐怖）の一般的省察や最終部の第十一詩節の「自然は、苦痛と恐怖に打ちひしがれた／この不幸な男を見捨てる」という詩句がそのことを暗示しているように、彼の運命、悲劇は、特殊例外的事例では決してなく、終局的・根源的にはわれわれ人間すべての、全人類のそれと少しも変わりないのであり、彼の生きている世界とわれわれの世界は本質的には同質であるという真理をわれわれ読者に教えているのである。こう考えると死の一般論を語った冒頭第一行から第八行までの第一部と死の恐怖の具体例、特殊例を歌っている第九行から最終第四十四行までの第二部との間には緊密な統一性が存在するのである。そしてこの詩自体も今挙げた最終部第十一詩節の「自然は、苦痛と恐怖に打ちひしがれた／この不幸な男を見捨てる」という詩句の持つ一般性により、再び冒頭二詩節の第一部へ、つまり死の恐怖の一般的省察を行っている冒頭部に戻り、この詩の円環を閉じて終えているのである。

この詩の執筆事情は、すでに序論でも触れたように、モンテーニュに通ずるモラリストとしてのヴィオーが彼の人間観・運命観に基づいて死（の恐怖）についての自らの考え方をこの詩で披露した側面もあるが、直接的には政争に敗れた側に属していた彼がルイ十三世の寵臣リュイーヌ公攻撃の文書執筆の責任追及を怖れ、その最悪ケースとしての詩人デュランと同じ運命を想定して書いたと推定されるのである。彼はカンダル伯への伺候から第一回追放を経て敵対側のリュイーヌ公にやむを得ず伺候するという生活の中で、権力闘争に明け暮れる貴族たちに伺候することの危うさ、その屈辱、隷属性に辟易していた。そのことはこの頃のほかの詩、たとえば『ある婦人へのエレジー』の次の言葉にも窺うことができよう。

慣習や人々の数の力が愚か者たちに我が物顔をするのを許し、
宮廷風生き方（お追従）を愛し、悪口を言って大笑し、
下劣な人間に近づき、気に入られ、彼を持ち上げねばならないのだ。
このようなことがわが身に起こるとき、それは犯罪ものだと思う。
私はそのために頭に血がのぼり、心臓は胸中で高鳴り、
もはやとても健全な判断力を持っているとは思えないのである。
そしてこうしたおぞましいつき合いでわが身が汚されたとき、
私はその後長い間、わが魂がペストに取りつかれてしまったのだと思った。[13]

＊オード「何と幸せなことか……！」について

彼は一六二〇年春以降より、このような隷属的な惨めな生活、すなわち政治的取引により不本意ながら旧敵のリュイーヌ公に仕え、旧友たちを非難する政治的宣伝詩文を書かされるという屈辱的生活を強いられ、悶々としていた。それだけにこうした不本意で隷属的な生活から一日も早く脱し、自己の尊厳が保たれ、誰に遠慮することもなく、自由気ままに暮らせる生活を願望し、夢想するようになっていた。オード「何と幸せなことか……！」はこんな状況下で執筆されたと推測されるのである。

Heureux, tandis qu'il est vivant,
Celui qui va toujours suivant
Le grand maître de la nature,
Dont il se croit la créature !
Il n'envia jamais autrui,
Quand tous les plus heureux que lui
Se moqueraient de sa misère ;
Le rire est toute sa colère ;
Celui-là ne s'éveille point

何と幸せなことか、自らがその被造物と
信じている自然の大いなる主人に、
彼が常に順応して
生きている限り！
彼は決して他人を羨むことはなかった、
彼よりもはるかに幸せな人々が皆、
彼の逆境をあざ笑ったにしても。
嘲笑はまったく彼の怒りの種であり、
彼は、世の中の気苦労から離れて

田園や水辺に足繁く通うためとはいえ、
暁が現れはじめてもすぐには
決して目覚めはしない。
彼はいつも閑暇があり余るほどあり、
正義が彼の喜びであり、
そして聖なる生活の心地よさを
自らの願望に適用させることによって、
ただ理性のみを通して
自らの欲求の充足を押さえる。
利得心が彼を煩わせることもなく、
彼の財産は自らの心のうちにあり、
王侯貴族たちがそこで称讃される
金箔で装飾された彼らの部屋の輝きといえども、
田園やその雲の飾り気ない眺めほどには
彼に気に入られはしないのだ。
宮廷人の愚かさも、
工芸職人の辛い仕事も、
同様に恋する男が哀訴する苦しみも
彼にはお笑い草であり、

Aussitôt que l'aurore point
Pour venir des soucis du monde
Importuner la terre et l'onde ;
Il est toujours plein de loisir ;
La justice est tout son plaisir,
Et, permettant en son envie
Les douceurs d'une sainte vie,
Il borne son contentement
Par la raison tant seulement ;
L'espoir du gain ne l'importune,
En son esprit est sa fortune ;
L'éclat des cabinets dorés,
Où les princes sont adorés,
Lui plaît moins que la face nue
De la campagne ou de la nue ;
La sottise d'un courtisan,
La fatigue d'un artisan,
La peine qu'un amant soupire,
Lui donne également à rire ;

彼は富にも貧困にも
かつて一度も過度に心を煩わされることがなかった。
彼は召使でも主人でもない。
彼は自らそうありたいと望んでいるもの以外の何者でもないのだ。
イエス＝キリストが彼の唯一の信仰である。
このような生活が私の友となり、私そのものとなるだろう。

Il n'a jamais trop affecté
Ni les biens ni la pauvreté ;
Il n'est ni serviteur ni maître ;
Il n'est rien que ce qu'il veut être ;
Jésus-Christ est sa seule foi :
Tels seront mes amis et moi.[14]

ここにはテオフィル・ド・ヴィオーが、そのニュアンスや意味内容に多少の差異は認められるにしても、青年期より最晩年まで一貫して保持していたエピキュリスム的生活信条・人生観が窺われるのである。すなわち青年期のリベルタン的刹那主義 hédonisme であれ、『兄へのテオフィルの手紙』などに認められる晩年の賢者・哲人的エピクロス主義的感覚主義 sensationnisme であれ、彼の人生は無意識的なカルヴィニスム思想から来るそのペシミスム、暗い運命観・宿命観にもかかわらず、一貫して〈カルペ・ディエム〉（「今を楽しめ」、今とここを楽しめ）主義に貫かれており、この詩にもこうした思想・信条、とりわけ晩年の賢者・哲人的エピクロス主義による自由な理想的生活への夢が語られているのである。

「何と幸せなことか、自らがその被造物と／信じている自然の大いなる主人に、／彼が常に順応して／生きている限り！」という冒頭の詩句は彼のリベルタン的自然観（宇宙観）を、すなわち彼のルネサンス的（物活論的・アニムスム的）自然主義 naturalisme（hylozoïste-animiste）renaissant をすでに暗示しているとも、彼のカルヴァン派的運命＝神の摂理観に裏付けられた自然＝世界（宇宙）観をそれとなくほのめかしているとも解釈できるが、いずれにせよ「自らがその被造物と信じている自然の大いなる主人に、彼が常に順応して生きている限り」、人間は楽しく、幸せに暮らせるのだ。それはたとえ彼より幸せな人々が彼の貧困を笑ったとしても、（謂われなき軽蔑や中傷には我慢できないとはいえ）、彼は決して他人を羨むことはなく、その生活に充分満足しているのだ。そして『友人ティルシスへの嘆き』で願っていたフランスの人知れぬ片田舎の隠遁地での、あるいは『兄へのテオフィルの手紙』で歌われた故郷の大自然の中での隠者・哲人の理想的な生活を描写していく。彼は「世の中の気苦労から離れて」、「田園や水辺に足繁く通うためとはいえ、／暁が訪れてもすぐには目覚め」ることも、起床することもなく、自由気ままに起床したいときに起床する。なぜなら彼には「閑暇があり余るほどある」からである。その倫理的・内面的な生活のあり方は、筋の通ったこと、正義・理性を愛し、教会の教える聖なる生活に自己の欲望・願望を適応させ、理性によって自己の欲望をコントロールさせるのである。したがって金銭的利得には無関心であり、己の「財産は心のうちに」こそあるので、パリで体験したような「王侯貴族たち」の金箔で装飾された」豪華な部屋など羨ましくも何ともなく、そんなものはこの「田園やその雲の飾り気ない眺め」の素晴らしさに較べれば何の価値もないのである。もはや「宮廷人の愚かさも」「恋する男が哀訴する苦しみも」彼には「お笑い草」であり、そんな虚栄心や恋の情念からはとっくに卒業してしまっているのである。今の彼は「富にも貧困にも／過度に心を煩わされること」もなく、かつてパリで惨めな思いをした「召使でも」なく、かといって「主人でも」ない、つまり彼は「自らそうありたいと望んでいるもの以外の何物でもない」、まったく自主自立・自尊の自由人なのである。したがって彼は過度の欲求は抑えながらも、自然に従った自然な欲求を〈カルペ・ディエム〉（今を楽しめ）のエピクロス主義に則って、大自然の中で一日一日を楽しく生きているのである。そして彼は結句となっている最後の二詩行で「イエス＝キリストが彼の唯一の信仰である。／このような生活が私の友となり、私そのものとなるだろう」と語り、自らのキリスト教信仰の揺るぎなきこと、上述のような生活がキリスト教信仰に少しも違犯していないことを強調して、この詩を終えているのである。

しかしこの最後の二詩行は問題で、アダン、サバもこの二詩行の sincérité（本心性）に否定的で、アダンはその博士論文で、裁判時での判事と詩人とのやりとり（一六二四年三月二十七日の尋問。「被告はこの詩を印刷されたのとは別様に手書きで書いたというのは真実ではないか？」との判事の疑義を込めた質問に対して、被告の詩人は「いいえ、真実ではありません」と答える）[15]を根拠に、これはリベルタンであることをカモフラージュし、自らがキリスト教信者であることの〈言質〉ないし〈言い訳〉であり、非公開の手書き原稿にはこの部分が書かれていなかったか、もっと別な書き方になっていた〈真のヴァージョン〉が存在していたはずであると、大変な確信を持って断言しており[16]、サバもこの説を詳しく引用することによって暗に同説を支持しているが[17]、われわれは両研究者のこの説は採らない。たしかに判事に上記のような質問をさせるだけの根拠、すなわちそれまでのエピクロス主義的発言とやや違和感のあるこうした優等生的結句を取ってつけたようにあえてつけ加えることによって、リベルタンとか不信心の嫌疑をかけられるのを未然に防いだという印象を読者に与えることは否定できない。われわれも詩人にこのような意図がまったくなかったと言うつもりはないが、われわれはこの最後の二詩行は詩人の心に自然に浮かんできた感情を、つまり本心からそう思ったことを書きとめたのだと推測する。つまり彼の魂の底部にはプロテスタントからカトリックに改宗し、獄中でも〈第二回心〉まで体験しながら、その無意識的部分では最後までカルヴァン派的な思惟形態、同派的な信仰の原核が残存していたと考えており、ましてやこの詩が一六二二年のカルヴィニスムからカトリック信仰への改宗以前の作品であることを斟酌するならば、彼がカルヴァン派的キリスト教信仰に基づいた運命＝神の摂理観、人間存在の悲惨性を諦観したそのペシミスムを抱きながら、特に矛盾も感ずることなく、この詩を、否この詩の最後の二行も最初から書き、その通り印刷させたと考える方がむしろ自然であるようにわれわれには思われるのである。

晩年の『兄へのテオフィルの手紙』の原型、予兆としてのスタンス「死の恐怖は……」とオード「何と幸せなことか……！」

不思議なことに、この両詩は詩人晩年の受難時における死の恐怖と解放後の田舎での隠遁生活への希求を予告しているのである。すなわち一六二三年夏から初秋にかけてのテオフィル逮捕令・火刑判決（欠席裁判）に継ぐ逮捕、長い投獄・裁判の過程で体験した死の恐怖（『兄へのテオフィルの手紙』）とこの死を免れた暁には是が非でも実現しようと希求した夢、すなわちフランスの片田舎（『友人ティルシスへのテオフィルの嘆き』）か南仏の故郷（『兄へのテオフィルの手紙』）においてエピキュリスム的隠者として大自然の中で感覚的喜びを享受しながら「カルペ・ディエム」な自由な生活を送りたいという夢（「領主も家臣もいない、とても平和な生活」）を予告していることである。運命のいたずらというか宿命というか、ヴィオーは一六一八年から二〇年にかけて体験した死の恐怖を一六二三年から二五年にかけてまる二年間再び繰り返す、しかも今回はより「現実的に」、より過酷な形で。一六一九年頃のスタンス「死の恐怖は……」の「罪人」、死刑囚とまったく同じ恐怖を彼自身の「現実のもの」として体験させられたのである。一六二〇年春からの、助命との交換条件に近い主人リュイーヌ公への不本意な屈辱的主従関係は翌一六二一年十二月のリュイーヌ公の突然の死で解消されたとはいえ、その後のルイ十三世、モンモランシー公との主従関係でも、リュイーヌ公の場合ほど屈辱的ではなかったにしろ、詩人の主たる職務は主人自身や主人の功績を礼讃し、あるいは敵対陣営を非難攻撃する詩文を執筆したり、ときには主人のラブレターの代筆などであり、その主従関係の本質はリュイーヌ公のときと基本的には変わりなかったのである。

こうした詩人の弱い立場や再度の今度はより危機的に死の恐怖を体験させられることとなり、こうした二要素が一六二三年の『ティルシスへの嘆き』や一六二五年の『兄へのテオフィルの手紙』を詩人に執筆させることとなるが、そこで歌われている痛切な願望がすでにこのスタンス「何と幸せなことか……！」に予告されているのである。たとえば一六一九年頃のスタンス「死の恐怖は……」の死の恐怖は『兄へのテオフィルの手紙』の中ではこのように再現されるのである。

私の精神は、長く激しい恐怖のために陰欝になり、
心を滅入らせることにしか関心が向かなくなっている。
そしてただ絶望だけが、私の内部にあって
それに抗らういかなるものをも見出すことがない。
夜になると私の眠りは中断されるのだ、
腐敗し尽くした血から引き出された悪夢によって。
睡眠中かくも多くの恐怖が私の魂に現れるので、
私は火刑台の火炎や敷布の間に
何匹もの毒蛇を認めるのを恐れて、
どうしても腕を動かすことができないのだ。[18]（第六詩節）

ところで天体は、神が自然に対して守らせている
定軌道に従って、
私の日々の生命を司っており、そして今や
私の人生の流れを変えようとしている。
私の眼は悲嘆で涙も涸れ果て、

不幸の数々でぼろぼろになってしまった私の精神は、
恐怖で凍りついた血で生きているのだ。[19]（第十七詩節）

一六二三―二五年の死の恐怖は一六一八―二〇年のときそれよりはるかに現実的で、切迫したものであり、裁判に破れれば即火刑死であった。したがってこの詩ではもはや「罪人」（「彼」）ではなく、まさに詩人自身であり、「私」が主人公であった。カルヴァン的な冷厳な神によって運行されている天体は「私」の人生を翻弄し、過酷な試練に遭遇させているのだ。コンスィエルジュリー監獄の独房に二年近く幽閉され続けている「私」。その精神は数々の過酷な不幸のためにずたずたとなり、真夜中、夢に現れたグレーヴ広場の火刑台の赤い火炎に戦慄するのである。スタンス「何と幸せなことか……！」に予告された哲人・自由人のエピキュリスム的理想は一六二三年の『友人テイルシスへのテオフィルの嘆き』ではこのように歌われている。

私の運命は何と穏やかであったことだろう！
もし私の歳月が、ガロンヌ河の岸辺に寄せる波がかくも魅力的で、
私の日々がこうした孤独な場所で人知れず過ぎ去っていたならば。[20]
私以外の誰も私におしゃべりさせたり黙らせたりしたことはなかったであろう。
私は自分の好きなように睡眠を取ったり、
気の向くままに木蔭で休んだり、陽に当たったりしていたであろう。
あの木蔭さす谷あいには、母なる**自然**がわれらの家畜の群れに
永遠に尽きない牧草地を恵み、

そこで私はワインを一気に飲みほす喜びを味わっていただろう、
岩々で区切られたかなりやせた土地が
幸いにも近隣の丘陵地の斜面で生み出した
透明で発泡した、そして美味しく、新鮮なワインを。
かの地で私と私の兄弟たちは楽しく、領主も家臣もいない、
とても平和な生活を送ることができていたのだ。
かの地では私がその犠牲となっているあの中傷者たちは
誰も決して私を妬んだり、私の楽しみを
咎め立てしたりしなかったであろう。また私は至る所に
好みの愛する女性を追いかけ、その喜びに私のペンを捧げていただろう。
そこでは私は、深刻でも軽薄でもない情熱でもって、
羊飼い娘の瞳にわが恋の炎を捧げていただろう。
彼女の心は私の約束に満足していただろう、
彼女の髪に亜麻のバンドをプレゼントとしてあげるという約束に。
カリストの自尊心がそのために嫉妬で破裂してしまうほど、
私はこうした喜びにわが人生をとても満足させていたことだろう。
私たちの甘い官能の高ぶりを、二人の抱擁の証人である
あらゆる場所で描いていただろう。
この風土は世界で最も美しいので、

わが詩的霊感はほかより千倍も豊かであったろう。
この地の蝶の羽が、今日世間の評判がそうするであろうよりも、
いっそう多く詩句を私に提供してくれていただろう。
わが精神が英雄叙事詩を書くという堂々たる計画を
自慢せねばならないとしたなら、わが意に反して、
パリやあるいは宮廷に留まるよりも、
たしかにもっと打ち解けて滞在できるところを探さねばならない。
もし私の状況が今より好転するようであったなら、
私が安全な隠遁地に引っ込むことを王が許して下さらんことを、
フランスのどこかにひっそりとした片隅が見出せることを、
わが迫害者たちが私をとても遠い存在と感じるような片隅を。[21]（『友人ティルシスへのテオフィルの嘆き』）

この詩に歌われた理想的〈場〉は前半部は美化された故郷ブセールであり、後半部の最後に出てくるそれは「わが迫害者たちが私をとても遠い存在と感じるような片隅」「フランスのどこかにひっそりとした片隅」であるが、これは一六二〇年に書かれた「何と幸せなことか……！」のオードで想定されていた理想的な場であり、この『ティルシスへの嘆き』で夢想されている生活ぶりも、「私は自分の好きなように睡眠を取ったり、／気の向くままに木蔭で休んだり、陽に当たったりしていたであろう」といった言葉に窺われるように、恋愛を除けば一六二〇年のオード「何と幸せなことか……！」で歌われていたそれとほとんど同じである。

ところでこの『ティルシスへの嘆き』の歌い方は条件法（過去）で、パリに出て来なければ、迫害を受けることも

なく、こういう幸せな生活がありえたろうという〈後悔のヴィジョン〉が中心だが、一六二四年の『兄へのテオフィルの手紙』では、

私は見るであろう、あのいくつもの緑萌え出る森を。
森の合間に見える中洲島やみずみずしい牧草は、
鳴き声を上げながら群れ遊ぶ牛たちの散歩場や飼い場となっているのだ。
暁が再び戻って来ると、
そこに牛たちが昼間食んだ草を見出すのだ。
私は見るであろう、川の水が彼らの喉を潤すのを。[22]（第十九詩節）

と、やがて解放される予感から強い「決意」を表す直説法単純未来形により、隠棲地としての故郷での理想的生活を夢見ているのである。

もしも天のお召しがあったなら、
生きてもう一度、
私はわが歯とわが眼に、
あのパヴィの赤い輝きを楽しませよう、
またマスカットブドウの香りのするあのネクタリンも
その外皮の紫紅色はカリストの飾り気ない顔色よりも

微妙な色合いをしているのだ。[23]（第二十一詩節）

まだ獄中にある詩人は、このように直説法単純未来形で強い願望表現を行うことによって、五年前に「何と幸せなことか……！」の詩で表明されたエピクロス主義的カルペ・ディエムによる感覚主義的生活、迫害のない自由気ままな生活を故郷で実現しようと願っているのである。カルヴァン派的天命（＝運命＝摂理）に随順しながらも、迫害者から逃れて、こうした感覚的喜びを精一杯楽しみながら自由気ままに生きること、それがヴィオーの最晩年の夢であった。さらには、

もしこうした閑寂な生活を、生命ある限り、
なお送ることができるなら、
かくも懐かしい喜びが私のあらゆる欲求を
心ゆくまで満たしてくれるのだが。
いつの日か私は自由の身となって、
こうした感覚的喜びに存分に浸らねばならない。
私はもはやルーヴル王宮に思い残すことはない、
あのような数々の楽しみの中に生きた以上は。
願わくば父祖たちを守護している
その同じ大地が私をも覆い庇ってくれんことを。[24]（第二十七詩節）

ここには一六一八―十九年頃書かれたと思われるオード「何と幸せなことか……！」とほとんど同じ理想的生活、すなわち大自然の中での自由気ままな生活、パリの宮廷生活の虚飾を捨て、迫害者の目からも逃れた隠棲地でのエピキュリスム的閑寂生活、そのカルペ・ディエム的、感覚主義的生活を楽しむという理想が、ここではほとんど唯一条件法現在形で語られているのである（「もしこうした閑寂な生活を、生命ある限り、／なお送ることができるなら、／かくも懐かしい喜びが私のあらゆる欲求を／心ゆくまで満たしてくれるのだが」）。

最後に、使用されている動詞の法や時制、あるいは登場人物の人称に注目してみると、右に見てきたように『ティルシスへの嘆き』は故郷の自然を称賛する部分はほとんど条件法過去か過去第二形（それに半過去）で歌われ、学問を積み、詩人となり、パリで「有名になったがために、生命をも奪われる迫害を受け」、不幸になってしまったが（「私が抱える罪のすべて、それは私があまりにも有名すぎることである」）、故郷に留まっていたなら、そのような素朴で自由なエピクロス主義的生活ができ、幸せになれていただろうに、という後悔と、逮捕前後に執筆されただけに、いわば「後ろ向きの」願望・夢のヴィジョンとなっている。これに対し『兄へのテオフィルの手紙』の故郷礼讃部では、ほとんどが直説法単純未来形が使用されており、このことは、この詩が裁判末期で、死刑でなく何らかの形で釈放される可能性が見えてきた段階で書かれているので、詩人が生への強力な願望、「生きて再び故郷へ帰り、そこで記憶の中にあるあの素晴らしい大自然の中で、カルペ・ディエムの精神で感覚的喜びを享受して生きよう」という未来への、生への希望を強力に抱いていることを示している。

ところが一六一九年頃に書かれた問題のスタンス「死の恐怖は……」の詩は、接続法現在が二カ所（第五詩節の「そのとき凍らぬ血は一滴もなく」Il n'a goutte de sang qui ne soit lors glacée と第六詩節の「病気でもないのに」sans qu'il ait du mal）と条件法現在が一カ所（第十詩節「気違いじみたこととなろう」Ce serait être fol de......）以外、すべて直説法現在であり、これは冒頭第一部における死の恐怖についての一般論の論述や第二部の死刑囚の刑執行時でのその罪人の具体的な表情や心理などを映画のクローズアップのように現在進行形的に微細に描いているので、当然直説法現在形の使用が最適である。他方オード「何と幸せなことか……！」の詩も、単純過去、条件法現在、複合過去、それに最終行に単純未来がそれぞれ一回だけ使用されているだけで、残りはすべて直説法現在形で歌われている。これは一六二〇—二二年頃の彼にはこの詩に歌われているような生活をするための具体的な隠遁計画はなく、ただ漠然と将来の「理想」的生活を夢見ただけだからである。語り手の強い願望・意志を込めず、ただ未来の賢者としての「理想」的生活や理想化された「彼」の心的態度を語るだけなら直説法現在で充分だからである。直説法現在形で理想的生活を語り終えたところで「このような生活が（将来）私の友となり、私そのものとなるであろう」と単純未来でこの詩を閉じているのである。

また一六二三—二五年に書かれた『ティルシスへの嘆き』と『兄へのテオフィルの手紙』の主人公は、いずれも一人称単数の「私」つまり語り手であり作者であるヴィオー自身であるのに対して、これらの詩の原型、「予告詩」となっている一六二〇年前後に書かれたスタンス「死の恐怖は……」とオード「何と幸せなことか……！」の詩はいずれも主人公が第三人称単数の「彼」であるが、この変化の意味は、一六二〇年前後の詩人の「危機」はまだ真に「現実的」とはなっておらず、したがって詩人自身にまだ心理的余裕があり、自己の身の上や危機的状況を「罪人」とか「この不幸な男」（スタンス「死の恐怖は……」）とか「彼」（オード「何と幸せなことか……！」）と第三人称を使って、客観化・一般化できたが、一六二三—二五年の火刑判決、逮捕・投獄・裁判という過酷な現実が詩人自身の身の上に現に襲ってきたため、とても客観化したり抽象化して語る余裕がなくなったことを意味している。

ヴィオーはカルヴァン派的な天命論者、神があらかじめ個人の運命を決定しているという予定説信者として、スタンス「死の恐怖は……」やオード「何と幸せなことか……！」の詩を書いた一六二〇年頃、それから三、四年後に起こることとなる恐ろしい受難を予感していたのだろうか。少なくとも詩人は一六二三—二五年頃、『ティルシスへの嘆き』や『兄へのテオフィルの手紙』を執筆しているときには、三、四年前に詩に書いた運命がわが身に現実化した事態を前にして、ある種の宿命観、すなわち個人の運命は予定され、決定されているのではないかという予定説的宿命観を覚えたのではないだろうか。

結論

このように見てくると一六一八―一九年に書かれたと推定されるスタンス「死の恐怖は……」と一六二〇―二一年に書かれたオード「何と幸せなことか……!」は、ヴィオーの白鳥の歌となった一六二四年の『兄へのテオフィルの手紙』を予告し、その原型となっており、さらに言えばヴィオーのカルヴィニスム的人生観や運命（天命）観、そのカルヴァン派的ペシミスムにもかかわらず、というかそれゆえに並存しているそのエピクロス主義的生き方、とりわけそのカルペ・ディエム（その日を楽しめ）的感覚主義はそのニュアンス、意味内容に変化があるとはいえ、一貫して変わらず存在していたことが確認されるのである。

さらにまた一六一八―二一年頃に書かれたと思われるスタンス「死の恐怖は……」とオード「何と幸せなことか……!」という二作品の間にもある共通点が認められることをここでもう一度確認しておこう。両詩作品はほぼ同時期に書かれながら、一見したところではその主題・性格はまったく正反対の詩のように見える。すなわち一方は死や死の恐怖についての絶望的な省察であり、他方はある意味で生の賛歌であり、少なくとも生命に対する外的・政治的な危険のないフランスの片田舎で隷属や屈従に無縁な自主・自尊の生活、大自然の中で気ままに「カルペ・ディエム」できる理想的生活への願望・夢を語った詩となっているのである。が他方で今述べたように、両詩の根底にはある共通した詩人の世界認識、人間観、人生観、運命観が存在しているのであり、これらの事実はすでに上の分析で指摘した通りだが、あえて繰り返せば、それはヴィオーのカルヴィニスム、カルヴァン流の峻厳な人間認識、すなわち人間存在の地上での悲惨さ、無力さの強調、その天命（＝運命＝摂理）への諦念である。スタンス「死の恐怖は……」はむろんのこと、オード「何と幸せなことか……！」にさえ、その明るく理想主義的色調にもかかわらず、詩の背後というか歌っている詩人の声の背後に、こうしたカルヴァン的天命観、人間観、諦観が明確に認められるのである。さらにつけ加えれば先に見たように、両詩とも主人公は三人称単数であり動詞の使用時制や法も、ほとんど直説法現在形であり、このことは、すでに述べたように、たとえこの詩を書かせるような伝記的事実があったにしても、それを第三者のこととして、あるいは人間一般に起こりうる不幸として、あるいは人間一般の求めうる理想的生活として、客観化し、普遍化する余裕が詩人にまだあったことを意味しているのである。

いずれにしても一六二〇年前後に書かれたこの二つの詩がそれから三、四年後の詩人自身の運命を予告し、一六二三—四年に書かれた『兄へのテオフィルの手紙』と『ティルシスへの嘆き』で語られることとなる詩人自身の現実の死の恐怖とフランスの片田舎での理想的な隠者生活を「予言」している事実は、「幻視詩人」visionnaire とも評されるいかにもヴィオーらしい一面を示していていささか興味深い。

註

1 Antoine Adam, *Théophile de Viau et la libre pensée française en 1620*, Droz, 1935（以下 Adam, *op. cit.* と略）, p. 159.

2 『世界文学大系　モンテーニュ　エセーI』（原二郎訳、筑摩書房）六〇頁。

3 Guido Saba, *Théophile de Viau : Œuvres complètes*, tome II, par Guido Saba, Honoré Champion, 1999, t. I（以下 *Œ. H.C.* t. I と略）, pp. 347–348.

4 *Ibid.*, p. 334.

5 鈴木信太郎著『フランス詩法』（下）、白水社、一九五四年、四〇頁。

6 *Œ. H.C.* t. I, pp. 196–198.

7 John Pedersen, Description et interprétation, quelques réflexions sur un poème de Théophile de Viau, dans *Baroque*, 4, 1969, pp. 59–65.

8 *Ibid.*, p. 61.

9 コキュトス川、罪人が流す嘆きの涙で増水する水が非常に冷たい地獄の川の一つ。

10 *Œ. H.C.* t. II, p. 77.

11 *Ibid.*, p. 62.

12 *Ibid.*, pp. 63–64.

13 *Œ. H.C.* t. I, pp. 202–203.

14 *Ibid.*, pp. 176–177.

15 Frédéric Lachèvre, *Le Procès du poète Théophile de Viau*, tome I, Champion, 1909, p. 398.

16 Adam, *op. cit.*, p. 174, note 3.

17 *Œ. H.C.* t. I, p. 334.

18 *Œ. H.C.* t. II, p. 239.

19 *Ibid.*, p. 242.

20 詩人の白鳥の歌とされている『兄へのテオフィルの手紙』と同様、以下、この詩の中央部で、詩人は都会に出て有名とならず、ガロンヌ河中流域の故郷で無名なままに暮らしていれば、どんなに幸せであったかを歌っている。

21 *Œ. H.C.* t. II, pp. 145–146.

22 *Ibid.*, p. 243.

23 *Ibid.*, p. 243.

24 *Ibid.*, p. 245.

IV 『ド・L氏への弔慰』、『ド・L氏へ　父上の死について』および『ド・リアンクール氏へ』の三作品の比較考察

序論

終生ヴィオーの親しい友人であり、保護者でもあったリアンクール侯爵（後に公爵となる）に捧げられたと一般に考えられているこの一連の三作品は、いずれも同公爵の父親の死を悼む、言わば哀悼詩、追悼詩と考えられてきた。作品の公刊（初出）年度は『ド・L氏への弔慰』が一六二一年で最も早く、『ド・L氏へ　父上の死について』および『ド・リアンクール氏へ』は死後出版で前者は一六三二年、後者に至っては十九世紀末の一八八七年となっている。また最後の詩のタイトルはリアンクール宛てと明示されているが、前二者もタイトル中のイニシャルは同氏を指していると考えられ、したがって上記三作品は多少の変奏、ヴァリエーションはあるものの、その扱われている主題や題材はほぼ同一、すなわち故人の追悼と遺された友人リアンクールへの哀悼・慰撫である、というのが今日までの通説となっている。これらの事実を考え合わせると、この三作品は同一のテーマを扱った「三部作」とも見なすことが一応できよう。

しかしこれらの三作品を仔細に比較検討してみると、右記の通説が誤っているとは言えないにしてもかなり修正されなければならない問題点が存在することに気づく。そこでわれわれは以下において三詩を相互に比較しつつ、個々

の作品を検討し、その意味と問題点を明らかにすることとしたい。

執筆事情・初出の経緯・詩の性格

『ド・L氏への弔慰　スタンス』は「三部作」中最も初期で一六二一年刊行の『作品集第一部』に発表されたもの（これをわれわれは仮に「L詩」と呼んでおこう）である。

詩人の年下の友人で庇護者でもあるロジェ・リアンクール・デュ・プレシス（一六〇二―七四年）は後のルイ十三世の幼少年時の遊び友達で、六歳のときすでにルーヴル宮内に一室が与えられていた。一六二〇年に父親の役職であった「小厩舎」Petite Écurie の「主席主馬」premier écuyer となり、後年公爵および「フランス重臣（大貴族）」pair de France となっている。タルマン Tallement の証言[1]によれば、彼の父シャルル・デュ・プレシスは王ルイ十三世に対しても直言できた実直な人格者であったという。宮廷では、息子にその職を譲るまで同職にあり、同時に王太后 Reine-Mère の栄誉騎士 chevalier d'honneur でもあった。その彼が息子に職を譲った同年の十月二十日に急死、ショックでひどく悲しんでいた息子である友人を慰めるために、このオードを献呈したと思われる。

『ド・L氏へ　父上の死について』は、一六三二年にスキュデリー Scudéry によって刊行された『作品集』第一、二、三部合本版（B.N.: Ye. 7616）の第三部（一〇六―一〇九頁）に、「この作品は著者の死後、彼の書類の中より発見された」との編者の注記が付せられて初めて発表される（われわれはこれを仮に「L'詩」と呼んでおこう）。« Monsieur de L. » とはマリオ・ロック Mario Roques による異論もあるとはいえ、詩人の友人であり、保護者でもあったリアンクール侯爵ロジェ・デュ・プレシスであることは確実であり、実際この友人の父は一六二〇年十月二十日に亡くなっており、この直後にはより直接的に友人の父の死を哀悼している『ド・L氏への弔慰　スタンス』という哀悼詩をこの友人に送っている。マリオ・ロックもこの二つの詩がリアンクールの父親の死に際して、その追悼と友人の慰撫を目的にほぼ同時期に書かれ、この友人に献呈されたことを、テオフィル訴訟での詩人の証言などを根拠に一応認めた上で、死後出版のこのオードがド・L氏とのイニシャルを持つ別人（たとえばこの詩の本文中に出てくる「ティルシス」といった仮名で呼ばれた）に「転用された」可能性も否定していない。[2] われわれも死後出版のこの詩が別の友人・庇護者の「不幸」に「転用」された可能性を否定するものではないが、この点はむしろこう考えている。すなわち友人の父親の死の直後に書かれた最初の詩をもとに、というか友人が深く悲嘆するこの死を契機として、より普遍的な詩を、いわば別の詩を書こうとしたのであって、したがって執筆時期はマリオ・ロックが言うように「同時期」ではなく、最初の詩より少し時間が経過した時期に書かれたものと推測している。

マリオ・ロックは「転用」説の可能性について本文中の「ティルシス」という仮名の存在以外には挙げていないが、われわれはさらにもう一点、注目すべき事実を挙げておきたい。つまり他の二作品――「L詩」および十九世紀末に発見された『ド・リアンクール氏へ』という詩（これを仮に「L″詩」と呼んでおこう）――が語りかける相手をすべて友人など親しさを表す「君」で呼び、L詩では主語としての tu だけでなく、命令法や目的補語の te や所有形容詞 ton などを含めると、じつに三十八回も使用され、L″詩は二十四回も使われているのに対し、このL′詩は所有形容詞などを含め「君呼ばわり」tutoyer は皆無、まったくゼロで、代わりに上位者や敬意を示す「あなた」vous の使用が七回（星や暁など自然物を tu の複数形としての「お前たち」の意味の vous の使用が一回あるが、これは除外）という事実を挙げることができるだろう。ただこの相手の呼称の問題も、不幸から少し時間が経ち、モラリストとしてあるいはリベルタンとして、あるいはカルヴィニスト的思想家として、人間の死や生きる意味をより冷静、普遍的に思索し直した、「私的」ではなく、より「正式な詩」を、侯爵から公爵となった庇護者リアンクールに襟を正して改めて献呈し直したとも解釈し得るのである。

こう考えると、この詩が友人のリアンクール侯爵の父の死の直後に書かれたと思われる『ド・L氏への弔慰』というスタンスの持つ直接的な哀悼詩という性格を薄め、より抽象的、哲学的に深化・発展させた思索詩、思想詩となっている理由も納得がいくのである。ことに後半部は古代からのトポスの一つである「逆さ世界」のヴィジョン、すなわち「世界の終末」による宇宙的規模の「混沌の到来」のヴィジョンを歌っていて、イメージやヴィジョンの新鮮さ、奇抜さ、その思想性、形而上的省察のユニークさといった点で、『一羽のカラスが私の眼前でかあと鳴き』のオードとともに注目に値する思想詩・メタフィジック詩となっているのである。

『ド・リアンクール氏へ』という詩は先にも触れたように、詩人の死後二百六十年以上も経った十九世紀末（一八八七年）に、南仏のヴィオー研究家で伝記作者でもあるジュール・アンドリュー JuLes Andrieu によって、テオフィル・ド・ヴィオーの子孫が保有していた書類の中より発見され、その著『テオフィル・ド・ヴィオー　伝記的・文献的研究　付録未発表作品と家系図』（一八八七年）で発表された未刊作品で、全百五十詩行と三作品中では最も長い詩である。なお第一二五―一三〇詩行はなぜか第八五―九〇詩行の反復となっていたり、テーマも前二詩に較べ、散漫気味で、たとえば愛する人との死別の悲しみであったり、主人（雇用者）と伺候者としての詩人の関係であったり、リベルタンにとっての死の意味であったりと、いかにも未刊未定稿らしい詩である。

形式・構成

L詩、『ド・L氏への弔慰』は、「異韻律四行詩」quatrains hétérométriques で、アレクサンドラン（十二音）綴りの三詩行に第四詩行が六音綴りの「結句のついた四行詩」quatrain à clausule となっている。スタンス形式で十七詩節、全六十八行で、三詩中最も短い。脚韻配列は［abab cdcd］（男女韻配列は［mfmf nfmf］）という典型的な交韻 rimes croisées となっており、その表題にも「スタンス」と銘打たれているように、一般に宗教的・教訓的あるいは悲劇的事項ないし悲哀を歌う抒情詩形式の「スタンス」にふさわしい内容が込められ、その歌い方も美しく感動的で、以下に見るように、L′詩とともに、ヴィオーを代表する優れた詩の一つと言えよう。

L′詩、『ド・L氏へ　父上の死について』は八音綴り八行詩、オード形式で、十二詩節、全九十六行で長さは三詩の中では中位。脚韻配列は［aabccbbc］（男女韻配列は［mmfmmffm］）という八行詩では変則的なものとなっている。これは［aabc］という四行詩と［cbbc］という抱擁韻の結合形である。鈴木信太郎によれば[3]、八行詩は一般に［abba cddc］または［abab cdcd］というように抱擁韻には抱擁韻、交韻には交韻を連続させるのが好ましいとされていたが、十七世紀に至ると［ababa cdcd］という交韻二連続が多くなり、テオフィルやトリスタン・レルミットは［aab ccb cb］（または［cc bcb］）、［aab ccb bc］（または［cc bbc］）（本L′詩はこれに該当）の脚韻の八行詩の詩も書いたが、これは「一時的な形態で、爾後はまったく忘れられ、近代詩に於いては使用されてゐない」[4]という。ヴィオーは内容から言って、こうした変則的詩形（脚韻配列）をあえて採用することによってその悲劇性、宇宙的大混乱の予感を表現しようとしたのではなかろうか。

最後のL″詩『ド・リアンクール氏へ』は八音綴り十行詩の、そう銘打たれていないがおそらくオード形式で、十五詩節から成り、全百五十行と三詩中最も長い詩である。脚韻配列は［abab ccd eed］（男女韻配列は［fmfm ffm ffm］）というもので、マレルブが多用したこの形式は十行詩オード中、「最も純粋な形」であるという[5]。推測だが、この詩に見られるような親密で内輪話のような「君」への語りかけの詩には、こうした「自然で、無理のない」詩形が適っていたのかも知れない。

先に「君」tu による語りかけの問題に触れたが、詩の構成との関係からここで人称の使用法について改めて注目してみると、L詩とL″詩がプライベートで内輪な語り口のため、「あなた」vous がまったく使われず、もっぱら「君」tu が多用されており、それに対してより「かしこまった」、正式な詩、より普遍化・一般化され、深化され、思索詩・思想詩となっているL′詩には「君」がなく、もっぱら「あなた」vous のみが使用されている事実は先に見たが、同様なことが他人称についても言えるのである。すなわち最も私的で内輪話的な書簡体風なL″詩はある意味で当然だが、一人称が多用され、「私」(所有形容詞や目的補語を含む)は四十九四回も使用され、「われわれ」も十四回使われており、これは同じように私的なで内輪な語り口でありながら、L詩には「私」がたった二回、「われわれ」はは三回のみという事実と比較しても、特徴的現象である。この事実は最後のL″詩が最も私的・内輪的であり、語りかけられている友人のリアンクールの死別の不幸以上に、詩人が自分自身のことを語っていることを示している。事実この詩の中心テーマは自己PRと庇護者である友人の賞讃・追従であって、相手の死別の悲しみ(の慰撫)はついでというかそのための口実という印象すら与える詩となっているのである。

次に各詩の内容を主題・テーマあるいは題材別に比較検討してみよう。

主題・テーマ・題材

①死別の悲しみの慰撫、哀悼性

三詩とも少なくとも表向きというか建前上はあくまでも「哀悼詩」ないし父親の死を深く悲しむ友人の慰撫が趣旨であるが、その哀悼詩らしさ、弔慰の程度、深さ、ないしその質にはかなりの差異が認められる。

最も早い時期に、すなわち友人の不幸の直後に書かれたと思われるL詩が当然のことながら、故人への哀悼の情や友人への慰めの真情、友人の悲しみに対する深い同情が最も強く語られており、全編哀悼と弔慰の言葉となっている。最後のL″詩はこれに較べればかなり弱い、というか率直に言えば哀悼は本当に言いたい「本題」のための「きっかけ」ないし「ついで」という感じ。これに対して不幸からかなり(少し、かも知れない)時間が経過した後、新たに書かれたと推定されるL′詩は「父上の死について」との副題がつけられているにもかかわらず、直接的な慰撫や哀悼の感情は語られていないのが意外であるが、考えてみると副題の意味も「父上の死を契機に死という問題をモラリスト的・リベルタン的・宇宙的規模で冷静に再考し、われらの今後の人生に生かしていきましょう」との意味に取れるのである。

遺された人への弔慰や哀悼というテーマが見られる詩節を引用してみよう。

君を不意に襲った死別の悲しみに少し休息を与えなさい。
自然の権利（力）に決して反抗しないで欲しい、
そして肉体への愛のためにあなたの精神を
　墳墓の中に入れないで欲しい。

死は哀惜中の君の目の前に現れています、
死は恐怖と悲惨以外の何物でもないということを肝に銘じなさい、
死が君の父になしたと同じことをなぜ君自身にもするように
　仕向けるのですか？

死の悲しみが君にどのようなことを思いめぐらせるにせよ、
君の素晴らしい日々はそうした悲しい思いに沈むにはふさわしくないのです。
彼には死の季節が与えられていたように、
　今の君には生きるということが君の季節なのです。

（……）

たしかに、そのような心の痛みは癒され難く、
君の精神がどんなに強靭であろうとも、
君を誕生させた人が亡くなったとき、
　君が嘆くのは避けられないことです。[6]（『ド・L氏への弔慰』［L詩］第一―三、第六詩節）

L詩における友人の慰め方の特徴は二つあり、一つは死別の悲しみは何ものによっても癒し難いので気がすむまで十分に悲しみなさいという慰め方で、これはL″詩のそれとほぼ同質と言える。もう一つはこのL詩のみとは言えないにしても最も明確に表明されている慰め方（考え方）で、それは十分に悲しんだ後には、諦観して再び生に立ち返り、現世の今とここの生をもう一度楽しみなさい（carpe diem「日々を楽しめ」）という、ある意味でリベルタンらしいヴィオーの人生哲学によって慰めようとしていることである。次のL詩の冒頭部にはこの第一の考え方、慰め方が反復されている。

その悲しみといつまでもつきあいなさい、
君は自ら喜んでその悲しみに死なんばかりに浸っているのだから。
だからその陰鬱な気分を克服しようなどと考えるのは
気違い沙汰です。
もの思いに沈み、青ざめた悲しみは

その悲しみ自体にしか慰めは求め得ないのですから。

悲しみのみがその秘密を聞いてくれるのです。

心の痛みというものは決して忌むことがないのです。

たとえ理性がそれに対してどう働こうとも、
死別の悲しみはあらゆる愛惜の念を十全に味わわせるのです。[7]（『ド・リアンクール氏へ』［L″詩］第一詩節）

十分に悲しんだら再び現世の生きる楽しみに戻りなさいというこの第二の考え方、慰め方は、L′詩、L″詩にも潜在的、言外には認められるが、L詩のようには明言されてはいない。同じくL′詩、L″詩ともに直接的には認められない慰め方・考え方として「いつまでも悲しんでいると天国で永遠の喜びを得ている死者（父上）がかえって悲しみ、故人に苦痛を与えてしまうからおやめなさい」という考えで、この考え方はL詩中間部に語られている。

いつまでも消えない君の哀惜の情は犯罪的にさえなるだろう。
なぜなら、父上には永遠の喜びが認められているように見えるのに、
君がいつまでも苦しんでいると、君の父上がその永遠の休息の中で
苦痛しか見出さないことになってしまうだろうから。[8]

こう言った後、人間世界における親・子の世代交代を古木の消滅と若芽の発芽という樹木の世代交代に喩え、人間の死生も宇宙的な自然現象の一つであることを、宇宙（大自然）においては生と死が必然的に交替・循環することをこの詩の中で最も美しい詩的イマージュを喚起する隠喩を駆使して説いている。

心の痛みはわれらがそれを刺激するとますます大きくなるのです。
だから青春がもたらすさまざまな喜びの中に再び戻りなさい。
切り株が死んだとき、その根元から芽吹いた若芽が、
　花咲くのを目にするのは大いなる幸せなのだから。[9]

そして最終部で、再び現世の幸福を楽しみなさいという第二の慰め方でこの詩（［L詩］）を終えている。

だから深く悲しんだ後には自らを楽しませることを考えなさい。
君に悲しみを与えた者はその治療薬をも君に置いて行ったのです。
君にはもはや君が所有している幸福を享受する術しか
　残されてはいないのです。

ですからそのような死別の涙をむなしく溢れさせるのはおやめなさい。
君がその悲しみのために嫌悪したこうした運命をそっとしておきなさい。
われらが失ったこれらの幸福の後では、
　われらに残されている幸福を救わなければならないのだから。[10]

②故人（の現世での功績と来世での幸せ）への言及の有無

この点もL詩『ド・L氏への弔慰』のみに特徴的で、ほかの二作品にはほとんど言及がなく、L″詩にはまったくない。L′詩には間接的にはほのめかされているが、それとて人間の現世での功績など死んでしまえば無に等しい空しいものだと否定的に言及されているにすぎない。

また父上の高潔さは、自然が強いる義務[11]を超えて
君のうちで彼への友情さえ生まれさせていたのであった。
その結果、理性は、君を深く悲しませている悲嘆を
　もっともなことと認めるのです。

彼の助言は王を勝利に導く術を持っていたし、
彼の名声は平和と戦争を名誉あるものとしていた、
そして私は思う、天が彼を地上から奪ってしまった
　原因は羨望にあったのではないかと。

（……）

君は、父上が神より授けられたもの[12]を返したことを知っているので、
彼が天の至福を得たことを確信しているに違いありませんが、
もしかすると動揺した君の精神は、永遠なるものは

忘恩に満ちていると思ってしまうのです。[13]（『ド・L氏への弔慰』第七―八、第十二詩節）

③キリスト教の救いや天国、聖書への言及

これもL詩、『ド・L氏への弔慰』のみで、L″詩が故人の天国ではなく、君（またはわれわれ）の来世（「君がいつの日か天使たちの間に召されたとき」）を語っているのみで、L′詩ではまったく言及されていない。

君は、父上が神より授けられたものを返したことを知っているので、
彼が天の至福を得たことを確信しているに違いありませんが、
もしかすると動揺した君の精神は、永遠なるものは
　忘恩に満ちていると思ってしまうのです。

（……）

良識の人は不幸を意に介さない。
同様に彼は自分の女中や娘をも哀れむ。
ヨブ[14]は彼の家族全員の不幸にも
　一滴の涙も流さなかった。[15]（『ド・L氏への弔慰』第十二、第十五詩節）

第十五詩節の旧約聖書のヨブへの言及もこのL詩のみで、どんな理不尽の不幸もひたすら神の「御心」として諦観

し、涙することなく生きねばならないというこのエピソードを持ち出して友人を励ましている。旧約のヨブの苦難のエピソードへのこうした言及には、カルヴァン自身このヨブ記から深く影響を受けているという意味で、ヴィオーのカルヴィニスム思想が暗に反映されているように思われるのである。

④カルヴィニスムないしその運命観

この③に関連して、ヴィオーのカルヴィニスム性が窺われるのは、L詩第十七詩節の「ですからそのような死別の涙をむなしく溢れさせるのはおやめなさい。／君がその悲しみのために嫌悪したこうした運命をそっとしておきなさい」という詩節に見える運命観、つまり神によって予定されている個人の運命は変えられないのだから甘受しなさい、という考え方やL″詩の第四詩節の「運命の力が／私を心地良く引っ張っていき、／かくして私の魂があくまでも君を永遠に／愛するように仕向けるのです」とか、終末部の「その上、生の存在者たるわれわれは／何と墓に運命づけられていることか。／そしてどんな正しい判断力が、あるいはどんな心配りが／われらに運命づけられている未来の不確実さをわれらから取り除くことができるだろう。／あるいは人間存在の無力さ、／悲惨さの自覚を挙げることができるのだろうか？」といった宿命観・不可知論、あるいは人間存在の無力さ、悲惨さの自覚を挙げることができるだろう。L′詩にはこのような意味でのカルヴァン派的運命観や人間観は一見存在しないように思われないでもないが、注意して読んでみると、この詩全体がある意味でカルヴァン的な世界観・人間観をヴィオー的に変奏した形で表象していると見ることもできるように感じられるのである。

ああ、太陽は何と美しいのだろう！
墓の寒い夜々は自然に対して
何と酷い暴力を振るうことだろう！

絶望と暗闇と愁訴に、
白骨と蛆虫と腐敗に
満ち満ちた死は
われらの力と欲望を
墳墓の中で窒息させる。

死の中では、巨人でさえ小人にすぎず、
ムーア人やアフリカ人でも
スキタイ人と同じように氷のようになってしまう。
死の世界では神々は櫂を引く。
シーザーが火刑執行人のように、
毎日コキュトス川の岸辺で
人々が甦るのを待ちながら、
地獄の渡し守カロンの起床に立ち会う。

ティルシスよ、あなたもいつの日かそこにやって来るであろう。
そのとき美の三女神と愛の神アムールは
途上であなたと別れてしまうだろう
そしてこうした虚無の王国にあっては、

あなたは人間の地位から消し去られ、
動きも顔もなく、
眼や手の使い方さえもはや
わからなくなってしまうだろう。

あなたの父上は埋葬されてしまった、
忘却の暗黒の波間に[16]、
そこに彼を死の女神パルカが沈潜させた、
父上はあなたの悲しみのことは何も存知あげない。
たとえ彼が今日亡くなったにしても、
もはや白骨と遺灰にしかすぎない以上、
彼はアレキサンダー大王と同じくらい死んでいるの[17]であり、
大王と同じくらいほとんどあなたとは関わりない存在なのです。[18]（『ド・L氏へ　父上の死について』第四—七詩節）

むろんこれは第一次的には以下で見るヴィオーのリベルタン的思考を反映している詩句例なのだが、人間界の悲惨さと人間の無力・無価値性の強調と神の与えた大自然の美しさへの感嘆などはカルヴィニスムに通じているように感じられるのである。

⑤バロック・マニエリスム的死、墓場と白骨、灰（塵芥）、腐敗あるいはリベルタン思想

死そのものや墓、死の世界についての言及は当然のことながら、三詩すべてに見られる。L詩は友人の父親の死やその墓についてもしばしば言及しているが、L′詩は「あなたの父上は埋葬されてしまったが」とたった一行触れているのみであり、L″詩に至っては友人の父親とは無関係な一般的なあるいは「われわれ」の死や墳墓のことを語るのみである。

またバロック・マニエリスム詩にしばしば出てくる冥府の川や地獄の渡し守カロン、あるいは死の象徴たる白骨や遺灰、粉塵、腐敗といったイマージュは不思議なことにL詩『ド・L氏への弔慰』には皆無で、L′詩『ド・L氏へ父上の死について』とL″詩『ド・リアンクール氏へ』の二詩にのみ現れ、とりわけL′詩に頻出している。

［冥府の川・渡し守カロン］

冥府の川や渡し守カロンのイマージュはL′詩とL″詩のみに現れる。

毎日コキュトス川の岸辺で
人々が甦るのを待ちながら、
地獄の渡し守カロンの起床に立ち会う。[19]（『ド・L氏へ　父上の死について』第五詩節）

それは冥府の川の岸にたどり着く前に、
冷水を飲むことである、
（……）
外見は立派になっているが、

他方でわれらの年齢は
死のアイドル・カロンが手にする
チップを支払う[20]べきときにはまだ到達していないのです。[21]（『ド・リアンクール氏へ』第十三―十四詩節）

［白骨、灰、粉塵、腐敗］

さらにバロック・マニエリスト詩人たちが好んで表象した白骨、灰、粉塵あるいは腐敗といったイマージュはL′、L″の二詩にのみ現れ、L詩には皆無だが、その理由はこの詩が不幸の直後の弔慰詩であり、お見舞いという性格を有していたので、詩人が儀礼上、あまり不吉な、おぞましいイマージュの描出は意識的に避けたためと思われる。

墓の寒い夜々は自然に対して
何と酷い暴力を振るうことだろう！
絶望と暗闇と愁訴に、
白骨と蛆虫と腐敗に
満ち満ちた死は
われらの力と欲望を
墳墓の中で窒息させる。[22]（『ド・L氏へ　父上の死について』第四詩節）

あなたの父上は埋葬されてしまった、
忘却の暗黒の波間[23]に、

そこに彼を死の女神パルカが沈潜させた、
父上は君の悲しみのことは何も存知あげない。
たとえ彼が今日亡くなったにしても、
もはや白骨と遺灰にしかすぎない以上、
彼はアレキサンダー大王と同じくらい死んでいるのであり、
大王と同じくらいほとんどあなたとは関わりない存在なのです。[24]（『ド・L氏へ　父上の死について』第七詩節）

われらの後には腐敗物と遺灰しか
期待してはならないのです。[25]（『ド・リアンクール氏へ』第九、第十三詩節）

私はすぐにも信じようと決心したい、
君が粉塵にすぎないということを。[26]（『ド・リアンクール氏へ』第十二詩節）

これら詩句には、バロックやマニエリスムの詩人たちの人間の生の空しさ・無常性、死の虚無性の認識とともに、リベルタン的モラリストの人間認識、死の認識が窺われるのである。すなわち「どんなに立派で功績のあった父上でも死という忘却の海、虚無の海に沈んでしまえば、今生の息子の悲しみなどまったく感知するところではなく、父上がたとえ今日亡くなったとしても、（死とは）もはや白骨と遺灰にしかすぎない以上、二千年近く前の大昔のアレキサンダー大王の死と同じ程度、君とは無関係の遠い存在となってしまっているのだ（から諦観し、今を生きようとすることが大事なのです）」といういかにもリベルタンらしい思惟が認められるのである。また「君（人間）が粉塵にすぎない」とか「われらの後には腐敗物と遺灰しか」残ってはいないのだといった思想もリベルティナージュ思想と見ることができよう。同じ思想はL′詩の「そしてこうした虚無の王国にあっては、／あなたは人間の地位から消し去られ、／動きも顔もなく、／眼や手の使い方さえもはや／わからなくなってしまうでしょう」といった〈死＝虚無〉思想、あるいは一部はすでに引用したL″の第十三詩節全体のヴィジョンや思想も、その突飛でコンチェッティな発想とともに、きわめてリベルタン的と見ることができるのではなかろうか。

だがこんな葬式談義がいったい何の役に立とう、
墳墓や死者の談義が？
それは冥府の川の岸にたどり着く前に、
冷水を飲むことである、
われらの後には腐敗物と遺灰しか
期待してはならないのだ。
アキレスの古い墳墓は
最近でもとても有名だが、
彼の瞼が閉じられているときは
彼の姿は勇ましくも、美男子でもなかった。[27]（『ド・リアンクール氏へ』第十三詩節）

［リベルタン思想］

リベルタン的思想といえば、L詩の『ド・L氏への弔慰』に見える次のような言葉も先に見た「人間、死んでしまえば腐敗と白骨、灰（塵芥）にすぎない」といった考え方とともに、きわめてリベルタン的省察と言えるのではなかろうか。

君を不意に襲った死別の悲しみに少し休息を与えなさい。
自然の権利（力）に決して反抗しないで欲しい、
そして肉体への愛のために君の精神を
　墳墓の中に入れないで欲しい。

死は哀惜中の君の目の前に現れています、
死は恐怖と悲惨以外の何物でもないということを肝に銘じなさい、
死が君の父になしたと同じことをなぜ君自身にもするように
　仕向けるのですか？[28]（『ド・L氏への弔慰』第一―二詩節）

「自然の権利」つまり大自然、大宇宙の原理、摂理に決して反抗しないで生きること、肉体存在としての父上への愛、その墳墓への愛着のために、君の心や精神まで死に至らしめようとすることはナンセンスであるといった考え方、あるいは「死は恐怖と悲惨・無残以外の何物でもない以上、なぜ父上の後追いのような真似をするのですか」といった合理的・モラリスト的省察もある意味でリベルタン的と言えるだろう。さらには、「しかしながらこうしたすべての叫びは余計な心配であり、／われらの嘆きは虚空に空しく押し出されてしまう。／埋葬された人はわれらの眼もわれらの思いをも／もはや考慮してはくれないのです。／（……）∥だから深く悲しんだ後には自らを楽しませることを考えなさい。／君に悲しみを与えた者はその治療薬をも君に置いて行ったのです。／君にはもはや君が所有している幸福を享受する術しか／残されてはいないのです。／／ですからそのような死別の涙をむなしく溢れさせるのはおやめなさい。／君がその悲しみのために嫌悪したこうした運命をそっとしておきなさい。／われらが失ったこれらの幸福の後では、／われらに残されている幸福を救わなければならないのですから」[29]（『ド・L氏への弔慰』第十一、第十六—十七詩節）。

「われらの嘆きは虚空に空しく押し出されてしまう。／埋葬された人はわれらの眼もわれらの思いをも／もはや考慮してはくれないのです」といった死後の精神性、霊性の否定、あるいは「深く悲しんだ後には、自らを楽しませることを考えなさい」とか「悲しみの運命はそっとしておき、現世の今とここの生活が幸福になるように考えなさい」といったホラティウス流の「カルペ・ディエム」（「日々を楽しめ」）、刹那主義、享楽主義、エピキュリスムもある意味でリベルタン思想の一側面と言えるだろう。

⑥カルペ・ディエム（「今を楽しめ」）思想

このカルペ・ディエム思想は刹那主義 épicurisme、享楽主義 hédonisme の一種とも見ることができるが、一般的にはリベルタンたちの思想と生活態度とほぼ一致した思想と考えられている。この問題をもう少し仔細に検討してみると、この「日々を楽しめ」という考え方もカルヴァン信仰に一見矛盾するようだが、無意識の領域でカルヴィニスムに連接しているようにも考えられるのである（この問題は詳しくは本書第三部最終章で検討する）。

このカルペ・ディエム思想は『ド・L氏への弔慰』にのみ顕著で、『ド・L氏へ　父上の死について』には間接的・潜在的にしか認められず、『ド・リアンクール氏へ』にはまったく認められないのは多少奇異な感じがしないでもない。「心の痛みはわれらがそれを刺激するとますます大きくなるのです。／だから青春がもたらすさまざまな喜びの中に再び戻りなさい。／切り株が死んだとき、その根元から芽吹いた若芽が、／花咲くのを目にするのは大いなる幸せなのですから。／／（……）／／だから深く悲しんだ後には自らを楽しませることを考えなさい。／／君に悲しみを与えた者はその治療薬をも君に置いて行ったのです。／君にはもはや君が所有している幸福を享受する術しか／残されてはいないのです。／／ですからそのような死別の涙をむなしく溢れさせるのはおやめなさい。／君がその悲しみのために嫌悪したこうした運命をそっとしておきなさい。／われらが失ったこれらの幸福の後では、／われらに残されている幸福を救わなければならないのですから」[30]（『ド・L氏への弔慰』第十四、十六―十七詩節）。

こうした考え方・生き方はまさに感覚主義、官能主義、刹那主義、快楽享受の現世肯定主義そのものであった。ヴィオーの感覚主義を問題にするとき、必ず引用される『初日』*Première Journée* の一節を引用してみよう。「立派な紳士や美しい女性を愛するだけでなく、あらゆる種類の素晴らしいものを愛さなければならない。私は晴れた日を、澄み切った泉を、山々の眺望を、広大な平野や美しい森林の拡がりを、また雄大な海とその波浪を、その凪いだ静かな海とその岸辺を愛する。私はまたそれ以上にとりわけ五感に訴えるあらゆるものを、すなわち音楽を、花々を、素敵な洋服を、また狩猟や立派な馬を、素晴らしい香水と美味しい御馳走を愛する」[31]。ヴィオーのこうした感性主義的傾向は一面において南仏人共通の風土的特質からきている面も否定できないとはいえ、ある意味でリベルタンの青年詩人たちに共通した特徴でもあった。今引用した一節はヴィオー前・中期における典型的なエピクロス主義的快楽肯定（本来のエピキュリスムは感覚的・官能的快楽の肯定というより、むしろ知的・精神的快楽の受容であるが）であり、これは詩人のカルヴァン派的な暗い人生観や人間観と一見矛盾するようだが、カルヴァン派信徒がそうであったように、そこにカルヴィニスムのパラドックスが存在しているようにもわれわれには思われるのである。すなわち神による一方的予定説に絶望し、自己の絶対的無力を知るとき、かえってキリストによる贖罪と救いの確かさを（あるいは自分は救霊される者として神に選ばれているのだと）確信し、（無信仰者以上に）人生を「明るく」積極的に生きたように、サン＝タマンとともに、ヴィオーも思想的にはカルヴァン派的なペシミスティックな世界観・人生観を有していたにもかかわらず、神の予定と恩寵による自己の魂の救済を確信していたがために、現実生活の場面では、明るく、楽しく「今とここ」を生きることができたと思われるのである。

ところで先に引用した『ド・L氏への弔慰』の「君にはもはや君が所有している幸福を享受する術しか／残されてはいないのです」とか「われらが失ったこれらの幸福の後では、／われらに残されている幸福を救わなければならないのですから」という現世の喜び、幸福を追求しようとする考え方をさらに一歩進めたヴィオーの〈カルペ・ディエム〉主義、「今とここ」を精一杯楽しく生きようとするあり方が、ブセールのクロリスに宛てた恋愛詩にも認められるので参考までに引用しておこう。「私は今の今手にできる楽しみを享受しよう、／できる限り最大限に／私が感じうる甘美なるものをわがものとしよう。／神はわれらにかくも多くの気晴らしをお与えになったのです。／われらの感覚はその気晴らしのうちにかくも多くの喜びを見出すので、／われら自身のうちに／自分が愛していた人と自分を愛してくれる人とを見つけるのは、大いなる喜びとなるのです[32]」。

⑦モラリスト的性格

先述のリベルタン的性格とともに、モンテーニュの弟子をひそかに自任していたらしいヴィオーのこれらの詩にもそのモラリストらしい考え方、言葉が散見される。この性格が最も明確に出ているのは最初の詩、つまり『ド・L氏への弔慰』である。この詩の冒頭部から中央部は、いかにもヴィオーらしいモラリストとしての省察であり箴言ではなかろうか。「君を不意に襲った死別の悲しみに少し休息を与えなさい。／自然の権利（力）に決して反抗しないで欲しい、／そして肉体への愛のために君の精神を／墳墓の中に入れないで欲しい。//死は哀惜中の君の目の前に現れています、／死は恐怖と悲惨以外の何物でもないということを肝に銘じなさい、／死が君の父になしたと同じことをなぜ君自身にもするように／仕向けるのですか？〃死の悲しみが君にどのようなことを思いめぐらせるにせよ、／君の素晴らしい日々はそうした悲しい思いに沈むにはふさわしくないのです。／彼には死の季節が与えられていたように、／今の君には生きるということが君の季節なのです。〃彼は名誉にも、財産にも、人生にも倦んでいた／君の若い年月は人生を歩み始めたばかりなのです。／そしてもし君が人生の流れをすぐに終わりにしてしまうなら、／リヴィー[33]はどうなってしまうだろうか？〃君の暗い顔から消え去ってしまいそうな／こうした魅力を彼女への愛のためにもう一度取り戻しなさい。／そしてかくも長い悲しみが君を苦しめることなく／亡き人の魂が安らかになりますように。〃たしかに、そのような心の痛みは癒され難く、／君の精神がどんなに強靭であろうとも、／君を誕生させた人が亡くなったとき、／君が嘆くのは避けられないことです」[34]（『ド・L氏への弔慰』第一—六詩節）。

あるいは、「いつまでも消えない君の哀惜の情は犯罪的にさえなるだろう。／なぜなら、父上には永遠の喜びが認められているように見えるのに、／君がいつまでも苦しんでいると、君の父上がその永遠の休息の中で／苦痛しか見出さないことになってしまうだろうから。〃心の痛みはわれらがそれを刺激するとますます大きくなるのです。／だから青春がもたらすさまざまな喜びの中に再び戻りなさい。／切り株が死んだとき、その根元から芽吹いた若芽が、／花咲くのを目にするのは大いなる幸せなのだから。〃良識の人は不幸を意に介さない／同様に彼は自分の女中や娘をも哀れむ。／ヨブは彼の家族全員の不幸にも〃一滴の涙も流さなかった。[35]／だから深く悲しんだ後には自らを楽しませることを考えなさい。／君に悲しみを与えた者はその治療薬をも君に置いて行ったのです。／君にはもはや君が所有している幸福を享受する術しか／残されてはいないのです。〃ですからそのような死別の涙をむなしく溢させるのはおやめなさい。／君がその悲しみのために嫌悪したこうした運命をそっとしておきなさい。／われらが失ったこれらの幸福の後では、〃われらに残されている幸福を救わなければならないのだから」[36]（『ド・L氏への弔慰』第十三—十七詩節）。

もちろんこの『ド・L氏への弔慰』の詩では詩人のモラリスト的省察は、前節で見たリベルタン的思考・性格とかなりの部分が重なってはいるが、しかし完全に重なり合っているというわけではなく、このモラリスト性には、ほかにもたとえばカルヴァン的思想——カルヴァンがモンテーニュから深い影響を受けていたように——も反映されているのである。ヨブの受難への言及などに見られるカルヴァン派の運命や宿命を神の「意志」、「摂理」と同一視する傾向や人間の悲惨さ、人間の条件に対するペシミスティックな考え方が表明されており、これは、いわゆる「人間の悲惨のトポス」topos de la miseria hominis の表明でもある。

『ド・L氏へ　父上の死について』の詩では、これもリベルタン的思考とほぼ重なってしまうが次のような詩句にそのモラリスト性が認められるように思われる。「ティルシスよ、あなたもいつの日かそこにやって来るでしょう。／そのとき美の三女神と愛の神アムールは／途上であなたと別れてしまうでしょう／そしてこうした虚無の王国にあっては、／あなたは人間の地位から消し去られ、／動きも顔もなく、／眼や手の使い方さえもはや／わからなくなってしまうでしょう。〃あなたの父上は埋葬されてしまった、／忘却の暗黒の波間に、／そこに彼を死の女神パルカが沈潜させた、／父上はあなたの悲しみのことは何も存知あげない。／たとえ彼が今日亡くなったにしても、／もはや白骨と遺灰にしかすぎない以上、／彼はアレキサンダー大王と同じくらい死んでいるのであり、／大王と同じくらいほとんどあなたとは関わりない存在なのです」[37]（『ド・L氏へ　父上の死について』第六—七詩節）。

同様のモラリスト的省察はL″の『ド・リアンクール氏へ』の第一詩節と第十詩節にも認められる。「その悲しみといつまでもつきあいなさい、／君はとても喜んでその悲しみに死なんばかりに浸っているのだから。／だからその陰鬱な気分を克服しようなどと考えるのは／気違い沙汰です。／もの思いに沈み、青ざめた悲しみは／その悲しみ自体にしか慰めは求めえないのですから。／悲しみのみがその秘密を聞いてくれるのです。／心の痛みというものは決して忌むことがないのです。／たとえ理性がそれに対してどう働こうとも、／死別の悲しみはあらゆる愛惜の念を十全に味わわせるのです」[38]（『ド・リアンクール氏へ』第一詩節）。あるいは、「無知なるわれらの時代にあっては、／良識人たちは自分たちの信念が／正しく評価されないという不幸を抱えているのです／その良識がどれほど勇気から生み出されたものであるにせよ」[39]（『ド・リアンクール氏へ』第十詩節）。

引用の『ド・リアンクール氏へ』第一詩節にはカルヴィニスム的宿命観やただただ「神の選び」にすがるしかないという人間の運命・境遇の悲惨さへの自覚も窺われ、第十詩節にはモラリスト性と同時に、フィロゾーフとしてのヴィオーの時代認識、時代批判の精神を認めることもできるのである。

⑧宇宙的想像力・マニエリスム的奇抜な発想（コンチェッティな暗喩）

リベルタン的思考とも関連して、『ド・L氏への弔慰』、『ド・L氏へ　父上の死について』の二詩には、サン＝タマンなどにも見られるが、彼以上に顕著に宇宙的想像力が認められ、また後二詩、『ド・L氏へ　父上の死について』と『ド・リアンクール氏へ』にはバロック的誇張とも見ることができるが、マニエリスム的奇抜な暗喩が認められるのである。まず宇宙的想像力を見てみよう。

私にはわかる、君の死別の悲しみを和らげるために、
宇宙全体が君の嘆きに答えることを天がどんなに望んでいるかが。
そして君からその悲しみを取り除くために、天が全世界の涙を
　どんなにか父上の棺に注ぐかを。[40]（『ド・L氏への弔慰』第十詩節）

「宇宙全体が君の嘆きに答える」とか「君からその悲しみを取り除くために、天が全世界の涙を／どんなにか父上

の棺に注ぐか」とは宇宙的規模での想像力の発現であると同時に、バロック的誇張ともマニエリスム的コンチェッティな発想・隠喩とも見ることができないだろうか。こうした宇宙的想像力がその質量ともに圧倒的に見られるのは『ド・L氏へ　父上の死について』であり、反対に最後の『ド・リアンクール氏へ』にはまったく存在しておらず、『ド・L氏への弔慰』には今右に見たように、一部見られるのみである。ただマニエリスム的な奇抜な隠喩（もっともこれはバロック的ポワントと見ることも可能ではあるが）は『ド・リアンクール氏へ』にも認められる。たとえば、

私は名声を求めて汲々とするのは
とても滑稽だと思っています、
どれほどヘラクレスの名を乗り越えねばならないにせよ。
もっとも私は彼が実在したか否かさえ疑っているのだが。
（……）
アキレスの古い墳墓は
最近でもとても有名だが、
彼の瞼が閉じられているときは
彼の姿は勇ましくも、美男子でもなかった。
（……）
ポンペイウス[41]以来、博識家たちは
抜刀して戦う準備をすることはなかったと考えられている。

世界には、わくわくすることなくしては、
自分が軍籍にあって、詩も書くことができた男と
信じることができないような怪物的人間が[42]
存在しているように見えるのである。[43]（『ド・リアンクール氏へ』第九―十詩節）

奇想天外な奇抜な発想は『ド・L氏へ　父上の死について』にも少なからず認められる。たとえば、

死の中では、巨人でさえ小人にすぎず、
ムーア人やアフリカ人でも
スキタイ人と同じように氷のようになってしまう。[44]（『ド・L氏へ　父上の死について』第五詩節）

とか、あるいは、

たとえ彼が今日亡くなったにしても、
もはや白骨と遺灰にしかすぎない以上、
彼はアレキサンダー大王と同じくらい死んでいるのであり、
大王と同じくらいほとんどあなたとは関わりない存在なのである。[45]（『ド・L氏へ　父上の死について』第七詩節）

などがそれである。これらは、もちろんバロックのポワントないしイペルボール（誇張）でもあるが、一見シュルレ

アリスム詩を思わせるP・ルヴェルディ流の「遠くかけ離れた二物の強制的結合」による「驚異」le merveilleux を創出しているのである。もっとも事態は逆で、P・ルヴェルディがテオフィル・ド・ヴィオーから深刻な影響を受けており、したがってルヴェルディのシュルレアリスティックな奇抜なイマージュ創出法は、このプレ・シュルレアリストが少なくともその一部をヴィオーから学んだとも考えられるのである。この意味ではヴィオーはルヴェルディとともに、プレ・シュルレアリストであったとも、あるいはルヴェルディの先駆者という意味で「プレ・プレシュルレアリスト」pré-présurréaliste であったと言えなくもないのである。

『ド・L氏へ　父上の死について』における宇宙的想像力に話を戻そう。

おお、美しい麦畑よ、美しい緑の岸辺よ、
おお、宇宙の大いなる松明よ、
私は詩的感興が何と自然に湧いてくるように感ずることか！
美しい暁《アウローラ》（の女神）よ、甘美な朝露よ、
お前たちは私に何と多くの詩句を与えてくれることか！[46]（『ド・L氏へ　父上の死について』第一詩節）

「宇宙の大いなる松明」grand flambeau de l'univers とは「宇宙の大いなる火」すなわち太陽や、その太陽の前触れとしての暁が詩人の想像力、詩的霊感をかき立ててくれるのである。

　この長雨は
もうこれ以上は続かないだろう。

嵐はもはや雷鳴を鳴らすことはないだろうし、
閃光が夜を払い除け、
夜の暗黒は減じ、
颪は密雲を運び去り、
そして今や太陽が光り輝く。

ああ、太陽は何と美しいのだろう！
墓の寒い夜々は自然に対して
何と酷い暴力を振るうことだろう！[47]（『ド・L氏へ　父上の死について』第三―四詩節）

あるいは、

農耕の神サトゥルヌスはもはや自らの家を持たず、
自らの翼も四季ももはや持ってはいない、
運命の女神たちはその影を一つ作った。
この偉大な軍神マルスは破壊されなかったのだろうか？
彼の所業はほんのちょっとしたうわさにすぎない。
最高神ジュピターはもはや暗い火にすぎない
この火は夜空の無数の小さな松明（火）の中に

身を隠している。[48]（『ド・L氏へ　父上の死について』第八詩節）

ここにも前例同様、ギリシャ・ローマ神話への言及とともに、太陽や大宇宙の星辰たる火星、そして無数の星々「天の火」たる宇宙霊が宿り、それが地上の大自然や人間たちの生命活動を支えているのである。『ド・L氏へ　父上の死について』の詩のこれ以下最終部までの四詩節は、有名な『カラスが一羽私の眼前でかあと鳴き』のオードとともに、いわゆる〈逆さ世界〉のトポスのヴィジョンを形成しているのである。

さまよえる小川の流れも、
早瀬の誇らかな落下も、
河川も、塩辛い海も、
音と動きを失ってしまうだろう。
太陽は知らぬ間に、
それらすべてを飲み込んだ後で、
星々の輝く天窿の中に、
それら四大元素を運び去ってしまうだろう。

砂、魚、波、
船、水夫、
海神トリトンら、ニンフたち、海の神ネプチューン、それらが最後にはすべて硬直して動かなくなるだろう。
運命の山車は彼らの背中で
もはや廻されることはないであろう
そして月の影響は
潮の満ち干を放棄してしまうであろう。

星辰はその運行を止め、
宇宙の四大元素は互いに混じり合うだろう、
天空がわれらに楽しませている
この素晴しい**構造**の中で。
われらが見聞きするものは
一枚の絵画のように色槌せるであろう。
無力な**自然**は
ありとあらゆるものが消え失せるに任せるであろう。

太陽を形作って、
深い眠りから、
空気と火と、土と水とを呼びさました者は、
手の一撃で覆すだろう、

人類の住まいを、
また**天空**がその上に建ち上がっている土台を。
そしての**世界**の大混乱は、
恐らく明日にも到来するだろう。[49]（『ド・L氏へ　父上の死について』第九―十二詩節）

これこそまさに宇宙的想像力による〈逆さ世界〉Le monde renversé（à l'envers / à rebours）のヴィジョンであり、明日突発するかも知れぬ〈宇宙の秩序の大混乱〉のヴィジョンであり、詩人はこの予感に戦慄するのである。「小川が彷徨いだし」、「滝も河川も海もその音と動きを失ってしまう〉とはどういうことだろうか？　また太陽はそれらのすべてを「飲み込んだ後で星々の輝く天窿の中に、それら四大元素を運び去ってしまう」とは太陽爆発かビッグ・バン（宇宙大爆発？）のことだろうか？　月も引力機能を失い、星辰はその運行を停止し、宇宙の四大元素が混融してしまう。つまり一切が宇宙の混沌（大星雲？）に還元されてしまうという。この世界ではもはや個人的な「父上の死」など、それこそ「（昔の栄光）今いずこ」〈ユビ・スント〉ubi sunt で、まったく意味のないものとなってしまっているのである（「あなたの父上は埋葬されてしまった、／忘却の暗黒の波間に、[50]／そこに彼を死の女神パルカが沈潜させた、／父上は君の悲しみのことは何も存知あげない」）。

『ド・L氏へ　父上の死について』のオードは、こうした世界秩序崩壊や逆さ世界のヴィジョンを圧倒的迫力で描出している点で、ほかの二作品とは異質であり、この詩が単なる社交辞令的な「追悼詩」・「哀悼詩」の域をはるかに超え、ヴィオー独自の思想詩、形而上学的思索詩となっている所以である。

⑨詩的イマージュの美しさ・結晶度

これらの要素が見られる詩は第一と第二の詩、すなわちスタンス『ド・L氏への弔慰』とオード『ド・L氏へ　父上の死について』の詩であって、最後の『ド・リアンクール氏へ』の詩にはほとんど認められない。最初に『ド・L氏への弔慰　スタンス』から見てみよう。「君を不意に襲った死別の悲しみに少し休息を与えなさい。／自然の権利に決して反抗しないで欲しい、／そして肉体への愛のために君の精神を／墳墓の中に入れないで欲しい。∥（……）∥死の悲しみが君にどのようなことを思いめぐらせるにせよ、∥君の素晴らしい日々はそうした悲しい思いに沈むにはふさわしくないのです。／彼には死の季節が与えられていたように、／今の君には生きるということが君の季節なのです。[51]∥（……）∥私にはわかる、君の死別の悲しみを和らげるために、∥宇宙全体が君の嘆きに答えることを天がどんなに望んでいるかが。／そして君からその悲しみを取り除くために、天が全世界の涙を／どんなにか父上の棺に注ぐかを。[52]∥（……）∥心の痛みはわれらがそれを刺激するとますます大きくなるのです。／だから青春がもたらすさまざまな喜びの中に再び戻りなさい。／切り株が死んだとき、その根元から芽吹いた若芽が、／花咲くのを目にするのは大いなる幸せなのだから[53]」（『ド・L氏への弔慰』第一、三、十、十四詩節）。

とりわけ第三詩節の「彼には死の季節が与えられていたように、／今の君には生きるということが君の季節なのです」の「死の季節／生きる季節」という対比とか第十四詩節の「だから青春がもたらすさまざまな喜びの中に再び戻りなさい。／切り株が死んだとき、その根元から芽吹いた若芽が、／花咲くのを目にするのは大いなる幸せなのだから」といった詩句、すなわち「死んだ切り株の根元からやがて若々しい生命力に満ちた若芽が萌え出で、美しい花を咲かせるのを見るのは何と幸せなことだろう！」いう表現には詩的結晶度の高い、美しく感動的なイマージュ例を見ることができる。この詩に劣らず、いやそれ以上に美しいイマージュやヴィジョンを喚起しているのは二番目の詩『ド・L氏へ　父上の死について』のオードである。

立ち去ってくれ、私を夢見させてくれ、
私は心中の火が燃え上がるのを感ずる
私の魂はこの炎で焼き尽くされてしまった。
おお、美しい麦畑よ、美しい緑の岸辺よ、
おお、宇宙の大いなる松明よ、
私は詩的感興が何と自然に湧いてくるように感ずることか！
美しい暁（の女神）《アウローラ》よ、甘美な朝露よ、
お前たちは私に何と多くの詩句を与えてくれることか！

風は楡の木の中に逃れて行き、
そして、生い繁った梢を圧しながら、
残っていた雲を打ち払う。
虹のアイリスは七色を失ってしまい、
大気はもはや影も涙[54]も持ってはいない
野原に戻って来た羊飼い娘は、
丸出しの脚を濡らせて、
野原の草や花々を踏みつける。

ティルシスは長雨のためにやって

来られなかったのだが、この長雨は
もうこれ以上は続かないだろう。
嵐はもはや雷鳴を鳴らすことはないだろう、
閃光が夜を払い除け、
夜の暗黒は減じ、
颪は密雲を運び去り、
そして今や太陽が光り輝く。

ああ、太陽は何と美しいのだろう！[55]（『ド・L氏へ　父上の死について』第一―四詩節）

ここには生き生きとした詩的想像力と大自然の美しさとその生命力、自然の中で生きる喜び、とりわけその感覚的喜びの享受が歌われ、それらへの讃歌となっている。ここに見られる美しいイマージュの数々はヴィオー詩の中でも数少ない詩的結晶度の高いものとなっているのである。もっともこの生への美しい讃歌は、G・サバも言うように[56]、⑦で見た不可避的な死と宇宙的な大混乱への前奏曲となっており、それらと見事な対比 antithèse をなしているのであるが。

最後にこれらの詩に見られる詩人のパネジリック性、つまり主人への称讃・追従という問題を簡単に触れてこう。

⑩パネジリック性と自主独立への願望

ヴィオーは、田中敬一氏も指摘しているように[57]、ルイ十三世の寵臣リュイーヌ公への屈辱的な屈服を唯一の例外として、「保護者にして友人」としばしば呼んでいたカンダル伯にもリアンクール侯爵にも、そして大貴族のモンモランシー公爵に対してさえも、同時代の多くの詩人とは異なり、例外的とまで言えるほどの「自主独立」の気概と「率直なもの言い」を行っているとはいえ、それでも彼の庇護者に対してはそれなりのパネジリックな賛辞を発し、〈主人―伺候者〉の礼は当然のことながら守っている。こうしたパネジリック性が明確に認められる詩はL″詩、すなわち『ド・リアンクール氏へ』のみで、『ド・L氏へ　父上の死について』にはまったく存在せず、L詩の『ド・L氏への弔慰』はほぼ全編にわたり、事実上パネジリックであり、潜在的・間接的には主人称讃詩の性格を帯びてはいるが、言葉の上ではお追従的な賛辞はまったく見られない。該当すると思われる詩句をあえて挙げれば、たとえば、「また父上の高潔さは、自然が強いる義務を超えて／君のうちで彼への友情さえ生まれさせていたのであった。／その結果、理性は、君を深く悲しませている悲嘆を／もっともなことと認めるのである。∥彼の助言は王を勝利に導く術を持っていたし、／彼の名声は平和と戦争を名誉あるものとしていた、／そして私は思う、天が彼を地上から奪ってしまった／原因は羨望にあったのではないかと。∥しかし同様にどんな国が彼に不快感を抱いているだろうか？／もし女神パルカたち[58]の罠がヨーロッパの君主の誰か一人を／捉えてしまうなら、その限りで、／ヨーロッパは彼のことで彼女たちに不平を言うかも知れぬが。∥私にはわかる、君の死別の悲しみを和らげるために、／宇宙全体が君の嘆きに答えることを天がどんなに望んでいるかが。／そして君からその悲しみを取り除くために、天が全世界の涙を／どんなにか父上の棺に注ぐかを[59]」(『ド・L氏への弔慰』第七―十詩節)。などであるが、第七―九詩節までは、間接称讃、つまり友人リアンクールの父親とその生前の功績を称讃することで、リアンクール家とその新当主を間接的に称讃しているにすぎないので、厳密には主人を称讃しているのは第十詩節だけとも言える。

　これに対し『ド・リアンクール氏へ』の詩は全十五詩節中九詩節(六〇%)が広義のパネジリック詩となっている。ただこの詩が通例のパネジリック詩(主人称讃詩)と異なる所以は、いわゆるお追従的部分も存在するとはいえ、権力や経済力による強制的・隷属的主従関係でなく、庇護者は伺候者＝詩人の人格とプライドを尊重した、相互の信頼関係のもとでの主従関係を守って欲しいと強く要望している点である。たとえば、「そして私がどんな主人に仕えようと、／わが伺候は私が君に留保つきで／お約束した勤めにほかなりません。〃運命の力が／私を心地良く引っ張って行き、／かくして私の魂があくまでも君を永遠に／愛するように仕向けるのです。／天は君なしでは私が主人を持つことが／できないように生まれさせていたのでしょう。／私の自発的な伺候を／冷たくあしらわないで欲しい／そして私に忘恩行為を働いて／決して後悔することがないようにして欲しい。〃（……）／私は君の怒りにじっと耐えることになるだろう、／私は以前どれほど君を不快にしたことだろう、／最も卑しい精神の持ち主がそうするように。／私の才能（長所）を褒めすぎないで欲しい、／しかし同様に決して私を苛立たせないで欲しい／侮辱の罵詈雑言によって。〃リアンクールよ、お願いだから私をこう扱って欲しい、／この上なく自己練磨した精神の持ち主として。／だから力ずくや、脅迫で、／私の意志を支配しようとしないで欲しい。／押しつけがましい高圧的命令は／優しい愛撫ほどにも私を強制させられないのです。／私は怒ります、君が私を屈服させねばならないとしたら。／私はあまりにもきつすぎる束縛は断ち切るつもりです。／そして私に課せられた義務が過度に厳しすぎると、／私はそれから自由になろうという気になってしまいます。〃重大な罪にも無頓着で／いかなる侮辱にも感じない魂、／また屈辱の恐怖にもかかわらず、／表情一つ変えない魂は／誰にでも仕えられるでしょうが、そういう輩は／報酬のことしか決して考えていないのです。／神々よ、私に最大の愛と勇気を／与えようと望まれたあなた方は／ほんのちょっとした侮辱でも／私を恐れさせてしまうことをご存知です」[60]（『ド・リアンクール氏へ』第三―七詩節）。

つまりヴィオーは「隷属」ではなく（詩人はリュイーヌ公に屈辱的な形でこれを強いられた）、雇い主の庇護者リアンクールに詩人の「自主独立」と「自尊」（プライド）を尊重してくれるという「留保」条件付きで伺候させて欲しいと要望しているのである。たしかにこの主張は当時としては例外的であるが、これは相手が年下の親しい友人でもあったという事情がこのようなもの言いを詩人に可能にさせたとも言えよう。

もちろんこの詩にも、普通の意味でのパネジリックな称讃部分が認められるのは当然である。たとえば、

だから君は単に自分を楽しませることにだけ
差し障りを感じているわけではない、
君は本当は瞑想や孤独が
好きなのではないだろうか?
詩は君の精神をどんなに感動させるだろうか?
私は生あるかぎり、君のために詩を書くだろう。
それは君のためなのです、天が私に授けた
この素晴らしい芸術に私が精進するのは。[61]（『ド・リアンクール氏へ』第二詩節）

とか、最終詩節の、

リアンクールよ、私は君に
ほんの八か十詩句書こうと思っていたのだ。
しかし詩的熱狂が私をかき立てるので、
私は無意識にそれに従っています。
君に誓った友情は

いかなる節度も持っていないので、
私は君のお気に召す
奉仕に留めるのが苦手です。
なぜなら君と語り合う名誉は
私の最大の喜びだからです。
テオ・ド・ヴィオー[62]（『ド・リアンクール氏へ』第十五詩節）

などであるが、ここで主人を改めて称讃、感謝の意を表するのが、この種の詩の慣例であり、詩人もこの礼儀をきちんと守ってこの詩を終えているのである。

⑪ギリシャ・ローマ神話、古代人への言及

ルネサンスのロンサールを含め、彼以後のポスト・ルネサンス期の、あるいはマニエリスム・バロック期の詩人たちは好んでギリシャ・ローマ神話やオウィディウスの『変身物語』などに登場する神々や半神、精、動物などを登場させており、この現象は当時一種の流行であった。ヴィオーは詩の題材を過度に古代ギリシャ・ローマ神話に求める詩人たちの安易な姿勢を批判しているにもかかわらず、その御当人もけっこうギリシャ・ローマ神話やオウィディウスの『変身物語』などに依存しており、この意味では彼も当時の文学上の流行を無視しえなかったのだろう。神話・歴史上の古事（人）への詩材の依存という現象が最も顕著なのはL′詩『ド・L氏へ　父上の死について』のオードであり、L詩の『ド・L氏への弔慰』には第九詩節に、「しかし同様にどんな国が彼に不快感を抱いているだろうか？／もし女神パルカたちの罠がヨーロッパの君主の誰か一人を／捉えてしまうなら、その限りで、／ヨーロッパは彼のことで彼女たちに不平を言うかも知れぬが」[63]とたった一度現れるだけであり、ここでは運命の女神パルカと「ヨーロッパ」がフェニキアの王女エウロペと掛けられて使用されている。L″詩の『ド・リアンクール氏へ』では第十三、十四詩節で冥府の川や渡し守カロンが登場することで、ギリシャ神話も使用されているが、それ以上に歴史上の古代の人物が何人か登場している。たとえば、第九節では「私は名声を求めて汲々とするのは／とても滑稽だと思っています、／どれほどヘラクレスの名を乗り越えねばならないにせよ。／もっとも私は彼が実在したか否かさえ疑っているのだが。／（……）／アキレスの古い墳墓は／最近でもとても有名だが／彼の瞼が閉じられているときは／彼の姿は勇ましくも、美男子にも見えなかった」[64]とか、第十詩節の「ポンペイウス以来、博識家たちは／抜刀して戦う準備をすることはなかったと考えられている」[65]といった具合だが、こうした人物の登場のさせ方がかなり突飛でシュールっぽいので詩句の真意が曖昧で謎めいている。

ギリシャ・ローマ神話や古代の歴史的人物が最も頻出している『ド・L氏へ　父上の死について』を見てみよう。第一詩節では暁の女神アウローラが、第二詩節では虹の女神イリスが、第五詩節では古代アーリア民族系のスキタイ人やシーザー、そして冥府のコキュトス川や地獄の渡し守カロンが、さらに第六詩節では美の三女神や愛の神アムールが、第七詩節では運命の女神パルカやアレキサンダー大王が、第八詩節では農耕の神サトゥルヌスや運命の女神、軍神のマルス、はたまたローマ神話の最高神の太陽神ジュピターが登場し、第十詩節には海神トリトンやニンフたち、海の神ネプチューン、運命の女神フォルトーナと、ギリシャ・ローマ神話や歴史上の著名人のオン・パレードである。いったいこれは何を意味しているのだろうか。それは、ヴィオーに限らず、サン＝タマンやトリスタン・レルミットなど当時のマニエリスム・バロックないしリベルタン詩人たちが共通して所有していた、ある特異な宇宙観が少なくともこの現象を増幅させた一因と思われるのである。

つまりマニエリスム・バロック詩人たちにとっての自然は、ロマン派の自然のように、作者や主人公の感情や魂が投影されてはおらず、むしろ自然そのものを、神話上のたとえば太陽はジュピターとして、暁はアウローラ、月は女神ディアーナとして人格化・擬人化し、それらを人間と対等な「生命ある存在物」として描出しようとしているように見えることとである。そこにアダンはロマン派とは異なったバロック詩人たちの神人同形観（擬人観）anthropomorphisme の反映を見ている。たとえばヴィオーは「冬」が愛するクロリスにひどい鼻炎 catarrhe を与えたと言ってその冬を責めている（「大気は鼻カタルを病み、／そして涙に溺れた天の眼［太陽］は／もはや大地を見つめることができない」）のはこうした考え方の反映である、つまり彼らは自然が生きた（生命ある）ものと感ずる力を内在させていると感じ、人間と同じようにある知的意志 volonté intelligente に従って生きている霊的存在物から成り立っていると感じているのだという。

したがってヴィオーの自然はロマン主義的な自我投影された自然ではなく、自然物を神話上の神や人物に擬人化（擬神化？）して、それぞれに生命を仮託、われわれ人間と同一の生命を内在させた存在物、「生きている自然」と感じていたのではなかろうか。この意味で大自然は、汎神論的な自然ないしアニミスム的な自然となっているように見えるのである。自然がこのように全的に霊化され、ものを感ずる力を持っているという考え方は、彼のリベルタン思想、正確に言えばその宇宙的アニミスム・汎神論思想――人間や動植物はむろん山や川や星や月にさえ〈世界の魂〉（宇宙霊）が遍在し、天と地の間、宇宙間で交流しているという思想――から来ていると思われる。アントワーヌ・アダンがバロック詩人たちに共通して認めた「アントロポモルフィスム」的性格とは、おそらくこのことを言っているのではないかと考えられるのである。

これら三詩、とりわけ『ド・L氏へ　父上の死について』におけるギリシャ・ローマ神話や歴史上の古人などの頻出は当時の単なる文学的流行、コンヴァンショネールな約束事と見ることもできようが、少なくとも神話上の人物や神などに擬人（神）化された自然物には、先述のような意味も込められているように感じられるのである。歴史上の人物の登場は読者に異界や驚異、戸惑いを誘発させようとしたヴィオーのユニークな超現実主義的詩的想像力による「詩的演出」もあったのかも知れない。

結論

以上詩人の庇護者にして親友でもあったリアンクール宛ての三つの詩を比較考察した結果、言えることは、はじめに述べた通説、すなわち右記三作品は多少のヴァリエーションはあるものの、その扱われている主題や題材はほぼ同一、すなわち故人の追悼と遺された友人リアンクールへの哀悼・慰撫であるという、今日までの通説、およびこの三作品は同一のテーマを扱った「三部作」であると見る通説は　誤りとは言えないにしても、多少修正する必要があるのではないかということである。たしかにこの三詩作品は、友人の父親の死をめぐる弔慰という点で共通点があるといえばあるが、本当の意味で哀悼詩、弔慰詩と言えるのは、友人の父親が亡くなった直後に書かれたと思われる一六二一年に発表された最初の詩『ド・L氏への弔慰　スタンス』のみで、L'詩の『ド・L氏へ　父上の死について』に関して言えば、友人の父親の死のことを第十一詩節で「あなたの父上は埋葬されてしまった」と申し訳程度にたった一行触れているのみで、およそ一般的意味での哀悼詩とはとても言えない代物である。むしろ友人の父親の死を契機として人間存在や生と死の意味、宇宙や世界の意味を問おうとして、『ド・L氏への弔慰』とはまったく別の新しい詩を、ヴィオー一流の思想詩・形而上学詩を書いたとも考えられるのである。そして父親の死の直後動転し、深く悲しんでいた友人の精神が落ち着いたところで、改めて前半は大自然の美しさ、生きることの素晴らしさ、「緑萌える野原に帰ってきた羊飼い娘が丸出しの脚を露草に濡らすその感覚的快感」を謳歌する詩を、また後半部は、人間の生と死、宇宙における人間存在の意味あるいは起こりうる宇宙の混沌に思いを馳せる思想詩を献呈したのではなかろうか。

また十九世紀末に「発見された」第三の詩『ド・リアンクール氏へ』は冒頭部で友人の父親の死を間接的に、またその慰撫の言葉を『ド・L氏への弔慰』より多少理屈っぽく述べ、また第十三詩節で一般的な葬儀や墳墓・死者談義を、第十四詩節で詩人と友人の冥府行の話をしているほかはすべて、主人である友人と伺候者である詩人の主従関係についての要望詩および主人礼讃詩（三カ所）となっているのである。肉親の死に対する弔慰は冒頭部のみで、最終部に近いところでの死（寿命）の談義は父親の死のことではなく、彼ら自身ないし人間一般の死を話題にしているにすぎず、また最終詩節では典型的なパネジリックな主人称讃詩となっているのである。したがってお世辞にも正式な「弔慰詩」とは言えず、ましてや『ド・L氏への弔慰』とともに「三部作の一部をなす哀悼詩」とはとても言えないのである。それゆえ一見同一の趣旨・主題の下に書かれたように見えるこれら三つの詩作品は、執筆の契機は友人の父親の死という同一のものであったにしても、実質的にはとても「三部作」とは言えず、これらはむしろそれぞれ別個の作品、すなわち最初のものは文字通りの「哀悼詩」であり、二番目のものは生命礼讃詩兼世界秩序の混乱ないし「逆さ世界」を表出した形而上詩・思想詩であり、三番目のものは主人称讃詩兼隷属でない自主性尊重の雇用関係要望詩となっているのである。

最後にこれら三作品の詩的完成度、芸術作品としての優劣度について言えば、最初の『ド・L氏への弔慰　スタンス』は詩人最初の『作品集第一部』に収録されただけあって、内容的にも形式的にも完成度が高く、非常にリリックで詩的な美しさが認められ、また哀悼詩としても親友としての真心・心情が込められていて感動的作品に仕上がっている。次に『ド・L氏へ　父上の詩について』も大自然の美しさや生への讃歌が歌われている前半部の詩的美しさはむろん、後半部の死についての深い省察やそのシュルレアリスティックな奇抜な発想、黙示録的ヴィジョンに見られるその戦慄性、その宇宙的詩的想像力などの点において三詩中最も優れた、最もユニークな作品と言えよう。最後の『ド・リアンクール氏へ』は長い間未定稿草稿詩として詩人の後裔が保管していただけに、内容・形式ともにその完成度は最も低い、言ってみれば公開を前提としない主従間の「私的な」書簡詩といった感じである。

註

1 Tallement des Réaux, *Historiettes*, éd. Antoine Adam, Biblio. de la Pléiade, Gallimard, 1960–1961, tome I, p. 343.
2 Mario Roques, *Les Poésies de Théophile de Viau faites pendant son prison*, Paris, 1950, Sociétés des Amis de l'Imprimerie nationale, pp. 225–226.
3 鈴木信太郎著『フランス詩法下巻』、一九五四年、白水社、一三二頁。
4 同書、一三五頁。
5 同書、一六六頁。
6 *Œ. H.C.* t. I, pp. 198–199.
7 *Œ. H.C.* t. III, p. 168.
8 *Œ. H.C.* t. I, p. 200.
9 *Ibid.*, p. 200.
10 *Ibid.*, p. 200.
11「自然が強いる義務」、すなわち親子の肉親間の情愛やさまざまな務め。
12 直訳は「祭壇に負うているもの」、すなわちキリスト教の「神」に負っている現世での生命。
13 *Œ. H.C.* t. I, p. 199.
14 旧約聖書『ヨブ記』第一章第十三―二二節参照。彼の息子や娘、召し使いなどが次々と理不尽な不幸・災難にあった時、その不幸を嘆きながらも、すべては天命と諦観し、涙することも神を呪う事もなかったことを言っている。
15 *Œ. H.C.* t. I, pp. 199–200.
16 死者たちは冥界（地獄）にあって、そこに流れるレテ川の水を飲んで、地上での生活を忘れる（ギリシャ神話）。
17「アレキサンダー大王と同じくらい死んでいる」とは「君」の父上が喩え昨日死んだとしても、その死は君と無関係の大昔のアレキサンダー大王の死と同じ意味しかなく、また「大王と同じくらいほとんどあなたとは関わりない」とは、死んでしまった父上はアレキサンダー大王と同じくらい「君」とは関わりない遠い存在となってしまった、との意。
18 *Œ. H.C.* t. III, pp. 157–158.
19 *Ibid.*, p. 157.
20 冥府の川アケロンを渡るとき死者たちが渡し守カロンに払わなければならない心づけ。
21 *Œ. H.C.* t. III, pp. 171–172.
22 *Ibid.*, p. 157.
23 註16参照。
24 *Œ. H.C.* t. III, p. 158.
25 *Ibid.*, p. 170 et p. 171.
26 *Ibid.*, p. 171.
27 *Ibid.*, p. 171.
28 *Œ. H.C.* t. I, p. 198.
29 *Ibid.*, pp. 199–200.
30 *Ibid.*, p. 200.

31『作品集第二部』（*Œ. H.C.* II, p. 14）所収。

32『作品集第二部』（ThéophiLe de Viau, *Œuvres complètes* t. II, Honoré Champion, 1999, p. 41）所収。
33 リアンクール侯爵の妻、ジャンヌ・ド・ショーンベルク。
34 *Œ. H.C.* t. I, pp. 198–199.
35 註８参照。
36 *Œ. H.C.* t. I, p. 200.
37 *Œ. H.C.* t. III, pp. 157–158.
38 *Ibid.*, p. 168.
39 *Ibid.*, pp. 170–171.
40 *Œ. H.C.* t. I, p. 199.
41 Pompeius（前一〇六—前六〇年）古代ローマの将軍、政治家。数々の戦功を立てたが、元老院と対立、平民党のカエサル、富豪クラッススらと組み、第一次三頭政治を始めるが、後にカエサルとも対立、元老院と組んでカエサルと戦うが破れ、エジプトに逃れるが同地で暗殺される。ここで「博識家たち」とは元老院の人々を含め、以後の文人・詩人たちをも指していると思われる。
42 詩人自身を暗示か。実際ヴィオーは以下に歌われたポン・ド・セの戦いでは従軍詩人としてばかりでなく、一兵士として自ら剣を取り、戦い、負傷したという。
43 *Œ. H.C.* t. III, pp. 170–171.
44 *Ibid.*, p. 157.
45 *Ibid.*, p. 158.
46 *Ibid.*, p. 156.
47 *Ibid.*, p. 157.
48 *Ibid.*, p. 158.
49 *Ibid.*, pp. 158–159.
50 註16参照。
51 *Œ. H.C.* t. I, p. 198.
52 *Ibid.*, p. 199.
53 *Ibid.*, p. 200.
54 大気の涙、すなわち雨。
55 *Œ. H.C.* t. III, pp. 156–157.
56 Gido Saba, *ThéophiLe de Viau : un poète rebelle*, 1999, PUF, p. 38.
57 田中敬一「十七世紀フランスの詩人における patrononage の問題の一考察——ThéophiLe de Viau の場合について」、『フランス文学研究　一九六〇』（日本フランス文学会）、二七頁。
58 Les Parques（パルカ女神）。ローマ神話中の運命の三女神（生誕を司るクロト Clotho、寿命や運命を決定するラケシス Lachésis、死の神アトロポス Atropos）。
59 *Œ. H.C.* t. I, p. 199.
60 *Œ. H.C.* t. III, pp. 169–170.
61 *Ibid.*, p. 168.
62 *Ibid.*, p. 172.
63 *Œ. H.C.* t. I, p. 199.
64 *Œ. H.C.* t. III, p. 170.
65 *Ibid.*, p. 171.

V 『ある婦人へのエレジー』

序論

この詩はテオフィル・ド・ヴィオーの思想（世界観・宇宙観）や詩法・文学観が表明された作品として、多くの研究者から注目されてきた。事実、詩人自身もこの作品を自己の思想的、とりわけ文学的立場を世間に表明する一種のマニフェストと考えていたらしい。そのことはこの詩が、自己の文学的・思想的立場を政治的思惑なしに最も純粋に表明した作品集である一六二一年版（初版本）の巻頭詩とされている事実によっても明らかである。[1]

この作品が書かれたのは、アダンの推測によれば[2]一六二〇年の九―十月頃で、この詩が献呈された「ある婦人」とは、詩人が「クロリス」と呼ぶ宮廷女性で、彼女はかなり教養のある知的なプライドの高い女性であったと思われる。彼はこの女性を一六一九年の最初の追放処分が許され、パリの宮廷に戻ってきてすぐに好きになったらしい。彼女は詩の中でも言及されているように、詩人の作品の良き理解者であり、彼に対して文学的なアドバイスや詩作上の助言・励ましを惜しまないインテリ女性であったと思われる。この作品の思想・文学上の重要性、意義を最初にかつ本格的に問題にしたのは、言うまでもなくアダンであり、彼は『テオフィル・ド・ヴィオーと一六二〇年におけるフランス自由思想』において、この詩の十五行目―二十行目の詩節でヴィオーはジョルダーノ・ブルーノやヴァニニの理神論的宇宙観を要約しているとしているが、[3] C・リッツァー Rizza はそこにむしろモンテーニュやとりわけピエール・シャーロン P. Charron の思想の反映を見ている。[4] ティモテ・J・ライス Reiss は「〈リベルタン的〉詩とデカルト的思惟——テオフィル・ド・ヴィオーの『ある婦人へのエレジー』」において、この詩で表明されているヴィオーの言語や理性、自然に対する考え方とデカルトのそれとの親近性を詳しく分析している。[5] またE・M・デュヴァル Duval は『テオフィル・ド・ヴィオーの『ある婦人へのエレジー』における詩についての詩人』において、この作品が詩人の詩作理論の具体化である事実を詳しく論証している。[6] われわれは以下において主としてアダンの説およびライス説も多少参照しつつ、この詩について少し考えてみることとしたい。

構成

はじめにこの詩を形式面から考えてみると、脚韻は女性韻、男性韻が aa, bb, cc, dd と交互に現れる典型的な平韻で詩節のない等韻律詩のエレジーないし諷刺詩の形式と言えよう。この詩が「エレジー」であることは、題名が「ある婦人へのエレジー」となっているので当然だが、同時に諷刺詩とも見ることができる根拠は二つある。一つはこの詩が内容的には恋愛を歌った抒情詩の要素より自己の思想・信条や社会批評を歌った、当時流行していた諷刺詩の要素の方が非常に多いからであり、ほかはこの詩の初出が詩華集『フランス詩の無上の喜び第二書』*Le Second livre des Délices de la Poésie françoise*（一六二〇年刊）で、このときの題名は「第三諷刺詩」Satyre troisiesme となっているからである。たしかにこの詩はメイヤー・ミンネマン Meyer-Minneman も指摘しているように、[7] 内容的にも諷刺詩的要素とエレジー（哀歌）的要素の二重の側面を有しているが、われわれの考えでは、この詩は後者より前者つまり諷刺詩的要素が非常に多くの部分を占めているので、実質的にはこの詩の初出時の題名「第三諷刺詩」の通り、詩人の三番目の諷刺詩と見た方がベターであるようにも思われるのである。

エレジー部

そこでこの詩の構成を主題の面から見てみると、冒頭部四詩行はエレジーの定石通り、敬愛する「さる婦人」へのオマージュとなっており、恋愛詩的なエレジー部分で始まり、こうしたエレジー部は中間よりやや前の第四十七詩行から七十詩行のところにもう一度現れ、終末部で再び現れて、円環が閉じられるように、この詩はエレジー詩として終わる。冒頭部の四詩行、中央部の二十四詩行それに最終部の第百四十七詩行から最終詩句の第百六十五詩行までの計十八詩行がエレジー部を構成しており、これは全詩行百六十五詩行のうちの四十詩行つまり全体の二四パーセントがエレジー要素となっている。これ以外の部分、すなわち七割強の千二百六十五詩行は、この詩が献呈されて、詩の中で歌われ、称讃されているこの「さる婦人」には直接的にはあまり関係ない詩人の宇宙観、人生観（処世術）、人間観、社会批判、文学的立場（詩作態度）などが語られている（もちろん、この諷刺詩部分で述べられている詩人のそうした人生観、社会批判、試作上の態度をこの婦人が理解し、支持してくれるはずという意味では間接的には彼女に関わっているが）。

そこでますエレジー部を見てみると、冒頭部は、

> 貴女のやさしい歓迎が私の苦しみを慰めてくれていなかったなら、
> 私の魂は憔悴しきっていたでしょうし、もはや詩的インスピレーションも涸れ果て、
> 私の詩的熱狂は死に絶え、私の精神は陰鬱な悲しみで覆われ、
> 詩を捨ててしまっていたでしょう。[8]

おそらく流刑前から面識があって、許されて宮廷に戻ってきた詩人を暖かく迎えてくれたこの聡明な宮廷女性の好

意がいかに詩人の精神的支えとなり、彼女の存在がいかに詩人の詩的霊感の源泉になっているかを彼女に訴えている。この後は諷刺詩部分となり、そこで詩人の社会における評価やヴィオー自身の世界観・宇宙観を披露、さらに詩人としての自分の社会での惨めな立場、自分が庇護者からも「奇妙で風変わりな夢想家」と思われ、詩も理解されない不幸を彼女に訴えた後、

しかし天によりその最も甘美なる火を、
とても美しい火を胸中に吹き込まれた貴女は
こうした不名誉な評判に惑わされる誤りは決してしないし、
こうした粗野な魂の有する無知蒙昧な怒りもお持ちではない。
なぜなら、この上なく類い稀な詩句のうちにある極度に繊細微妙な精神は
貴女に解せないような感情は決して持っていないからです。
貴女は心の中に尊敬すべき優れた知性をお持ちであり、
わが魂とわが作品に通暁した精神をお持ちです。
（……）
すべての人々に評価される詩を作り上げるためになされる
こうした厚かましい願い事の濫用癖から私は幸いにも治癒したので、
貴女が私の詩に満足してくださることだけが私の最終的な鑢《やすり》なのです。
（私が詩句を推敲彫琢するのはただただ貴女に気に入ってもらえればこそなのです。）
貴女は私の詩の重要性も意味もリエゾンも理解しており、

そして詩の善し悪しを判断するときには理性のみを持つことをめざしている。
ですから私の考えは貴女の意見に従い、
そしてその他の人からの批判や称讃は受け入れないのです。[9]

天から生命と叡智の特別な「(燈)火」flambeauを授与された彼女は優れた文学的教養も知性にも恵まれているので、詩人の精神と詩作品を完全に理解し、評価してくれるはずと称讃、したがって詩人はそういう彼女に、自己の詩を理解し、評価してもらえさえするなら、ほかの人の無理解や批判、称讃などはどうでもいいと言う。

さらに言えばこの詩節には、ライスがその主張の主要な根拠と見なしている重要な言葉が認められるのである。すなわち、「貴女は私の詩の重要性も意味もリエゾンも理解しており、／そして詩の善し悪しを判断するときには理性のみを持つことをめざしている」[10]という言葉がそれである。ライスはここにヴィオーのリベルタン的合理主義・理性主義の、さらに言えばデカルト的な合理主義の精神を見ている。[11] たしかにここには理性尊重、合理性の追求というヴィオーの「近代派」、近代人としての科学的態度が窺われ、当時のリベルタンたちがほぼ共有していた宇宙論的アニミスムや宇宙論的汎神論、秘術的星辰信仰などは別として、こうした理性主義・合理主義の側面および後で見る「言語と意識」の問題のみに限れば、ライスが言うように、後のデカルトとの共通性が認められることは事実である。というのは、ライスによれば、ヴィオーがこの詩を書いたのとほぼ同じ頃、デカルトもこう言っているからである。

われわれのうちには火打石のように、いろいろな科学（学問）の種子がある。すなわち哲学は理性によってそれを引き出すのである。詩人たちはそれらを想像力によって引き出すが、そうすることによってその学問の種子は前よりいっそう光り輝くのである。[12]

そして詩人＝哲人ヴィオーも「学問の種子が理性や想像力によって光り輝く」ためには、詩人といえども、その言語は明晰でなければならず、不自然で奇を衒った表現 affecteries は精神の不正確さ・曖昧さの隠れ蓑にすぎないと考える。「議論は首尾一貫していなければならず、またその意味は自然で平易でなければならない。また、言語は簡潔で意味がはっきりと伝えられなければならない。気取り（わざとらしさ）は軟弱さ、小手先のごまかしにほかならない。そこには必ずわざとらしさと不明確さがつきまとう[13]」。

この後、ふたたび諷刺詩部となり、彼の文学的立場、マレルブ追随者、模倣者批判、規則や伝統を嫌った自由な「詩法」の主張が述べられ、最後に若いときあまりにも大胆奔放に詩的インスピレーションを使いすぎた反省から、森の中に一人引きこもって小川のせせらぎを聞きながら、誰からも強制されることなく、好きなときに好きなテーマで四行詩を書きたいと例の理想の「悦楽境」（ロクス・アモエヌス）の夢を語った後、

こうした甘美な彷徨に陶然とした後で、
一つの大きな計画がわが詩的インスピレーションをふたたび熱してくれ、
その中で貴女が描かれるであろう何らかの素晴らしい詩についての
十年越しの作品が私を縛りつけてくれることを願っています。
そこにおいてこのような心楽しい義務を果たすことに、
もし私の意志が力不足であったなら、
わが精神がそれを約束した
かくも気高い計画を実行することに大変な苦痛を感じてしまうこととなりましょう。

人々や神々がかつて一度も考えつかなかったような
何らかの新しい言語を創出し、
新しい精神をわがものとし、
昔よりよく考え、より適切に表現しなければならない。
私の意図通りの目標点に私が到達したならば、
私の詩はアペレスの作品など意に介さないだろう。
ヘレネが生き返ったなら、彼女も赤面してしまうだろう、
以下に、久しい以前より貴女にそのことを約束せざるを得なかった私が
貴女に気に入ってもらおうとの思いから、自らの精神を鍛え直している間に、
私の作品の中で記憶に留めることができたものをお示しいたします。[14]

と将来の「大作」（たぶんルイ十三世の事績、フランス王国の偉業を称讃する叙事詩）――その中では彼女も描かれ、歌われることになるであろう――、十年越しの大作の詩を書くことを半ば彼女に約束してこの詩を終えている。このようにエレジー的部分のみを見ても、この詩はいわゆる恋愛詩とはだいぶ趣を異にしており、むしろよき理解者であり、ある意味で支持者でもある彼女に対して自己の文学的立場や世界観や人生観・人間観の理解と支持を訴えた、ある意味でリベルタン的「マニフェスト詩」という性格が強いように感じられるのである。

　ただここで注目しておきたい点は先に見た中間部の「貴女は私の詩の重要性も意味もリエゾンも理解しており、／そして詩の善し悪しを判断するときには理性のみを持つことをめざしている」という言葉とともに、ここで「何らかの新しい言語を創出し、／新しい精神をわがものとし、／人々や神々がかつて一度も考えつかなかったような／昔よ

りよく考え、より適切に表現しなければならない」(Il faudrait inventer quelque nouveau langage, /Prendre un esprit nouveau, penser et dire mieux /Que n'ont jamais pensé les hommes et les dieux) と主張している事実である。この宣言は愛する女性を前にしての言葉なので、詩人一流の「大見栄」を張った面もないわけではないが、それにしても大変な意気込みである。つまりヴィオーに言わせれば新しい文学、新しい詩は、何らかの「新しい言語」quelque nouveau langage を「創造」inventer し、「新しい精神」un esprit nouveau を「獲得」prendre しなければならないと、彼女の前で宣言しているのである。そして彼はルネサンスから近代の幕開けである十七世紀の後半に向かっての近代を生きていくためには単に文学だけでなく、思想面や科学的分野にあっても「新しい」、つまり「近代的な」意識の反映たるこの「新しい言語」と「新しい精神」とが必要であると考えているのである。彼のこうした問題意識の先には、デカルトが少し後に考えることとなる〈意識—世界—（神）—言語〉の関係の再検討という問題があったはずである。むろんヴィオーは詩人リベルタンであったがゆえに、以後デカルトほどこうした哲学的・形而上学問題を意識的に追求することはなかったが。

ここでこの後の「私の意図通りの目標点に私が到達したならば、／私の詩はアペレスの作品など意に介さないだろう」という詩句について一言しておこう。「さる婦人」に対して約束した高い理想が達成され、かつてない素晴らしい「大作品」が完成した暁には、古代ギリシャの画家でアレクサンドル大王の宮廷画家アペレスの傑作（絵画）など私の作品（詩）とは比べものにならないだろうと、彼が非難したマレルブのエピゴーネンたちと同じような奇異で不自然な比較・暗喩を用いて、大見栄を切っているが、これはおそらく脚韻合わせ（原詩 ……m'apelle, / ……d'Apelle.）のためもあったのだろう。

諷刺詩部

次にこの詩の持つ諷刺詩の側面、つまり社会や人間に対する批判・諷刺や彼の世界観や宇宙観を歌った思想詩の側面について見てみよう。

①世界観・宇宙観・神観念

冒頭のエレジー部分に続く第五—十四詩行はヴィオーの不正な社会に対する批判、詩人や知的選良の不遇などを歌った詩節であるが、この部分はひとまず措き、最初に彼の「リベルタン的」とされる思想が語られている第十五—二十詩行を検討してみよう。これはアダンによって、ヴィオーの世界観・宇宙観が典型的に表明されている詩節とされた部分で、それに続く第二十一—二十七詩行はヴィオーの哲学的・神学的な人間生成論・人間観が表明されている。

人の心のうちに悪なるものあるいは善なるものをもたらす者（神）は何物にも介入することなく、
運命の為すがままに任せている。
世界に魂を与えるこの偉大な神は
自ら好むがままに豊穣な自然を見出さないわけではなく、
そしてこの神の影響力は、なお十分に人間精神の中に
その恵みを注ぎ込んでくれないわけでもないのだ。

これはヴィオーの思想を語るとき、必ず引き合いに出される有名な詩節だが、この詩節をめぐる詩人の思想については第三部最終章で詳しく考察するので、以下ではごく概略的に見ておくこととしたい。A・アダンはこの詩節に詩

人のいわゆる「リベルタン思想」が典型的に表明されていると見ている。すなわちアダンによれば、「世界に魂を与えるこの偉大な神」とは、人格神すなわち「意志があり、怒りと悔恨、恨みそして許しの感情を持った」キリスト教的な神ではなく、「何物にも介入することなく、運命の為すがままに任せている」神、すなわち「人間のあらゆる営為に一切関与しない」、「眠れる」がごとき神＝エピクロス的神であり、理神論的神であるとしている。[16] そしてここで「世界に魂を与える」と歌われているこの魂とは、イタリア・ルネサンスの宇宙的アニミスムないし汎神論思想の中心的観念となっている「世界の魂」âme du monde (anima mundi) であり、これは「世界霊魂」「宇宙霊（魂）」âme universelle とも呼ばれ、ジョルダーノ・ブルーノの言う「世界霊魂」anima del mondo にほかならないという。この思想はジョルダーノ・ブルーノやヴァニニから来ており、前者によれば、この〈世界の魂〉は無限存在と有限存在との間に介在する中間的な「仲介物」intermédiaire（A・アダン）であり、したがってこの〈世界の魂〉は地上のあらゆる存在に生命を与えてくれる。この〈偉大な神〉は「自然に豊穣な生命力と人間精神に対して神自らが持つ恵みを注ぎ込んでくれる」生命・叡智発現体としての神であり、この意味で宇宙の一切の事物は神の顕現 épiphanie で、「万物を動かし、万物に運動を与えている」[17]「世界霊魂」anima del mondo[18] によって生かされており、宇宙（自然）全体がジョルダーノ・ブルーノの言う「生む自然」natura naturans に通ずる自然＝神である。これはアニミスムというよりむしろ、ある意味で「神〈âme du monbde〉と世界とを同一視する」[19] ジョルダーノ・ブルーノの汎神論 panthéisme に近いと見るべきかもしれない。

ここに歌われている「神」の観念には、アダンや赤木昭三氏が主張しているように、たしかにブルーノやヴァニニといったイタリア・ルネサンス思想からの影響を否定できないと思われるが、それにもかかわらずわれわれには、ここにもヴィオーのカルヴァン派的な思想の反映を見ないわけにはいかないのである。というのはこの詩節とそのすぐ後に続く、

かくも多くの紡錘糸から、地獄の女神パルクは生命の糸を撚る術を知っており、
そこでは悪徳が浸透する余地がなかった、
そして天はその生命の糸から無限を出現させる。
この無限はたくさんの神性と悟性を内在させており、
その悟性は絶え間なく、人々の誤りを
正すべく奮闘し、決して挫けてしまうことはない。[20]

という第二十一―二十六詩行の詩節を合わせて考えると、この「偉大な神」はアダンが言うような意味での理神論的神というより――もちろんこの要素がかなり強いにしても――、カルヴァンの神、すなわち人間の自由意志を一切許さず、絶対的存在として沈黙したまま天に君臨して、下界の人間の運命を、あたかも「地獄の女神パルクは生命の糸を撚る術を知って」いるかのように、あらかじめ決定し、支配している神のように見えなくもないのである。また「聖霊を通して豊穣な自然を溢れさせてくれるカルヴァンの神」(「自ら好むがままに豊穣な自然を見出さないわけではなく」)、すなわち恩寵として、天より下界の人間に恵みを注ぎ込み、豊かな自然を現出させてくれるカルヴァン派の神のようにも見えるからである。少なくともわれわれにはそこに、カルヴィニスムの神の観念が無意識的に投影されているようにも感じられるのである。

②社会批判・ペシミスム

冒頭のエレジー的部分の後、ヴィオーは詩人の境遇、社会的評価の低さ、社会の腐敗、下劣な俗物たちの社会的優

位、彼らとは対照的な詩人など知的選良の不遇を、彼女に対して嘆いてみせる。

この仕事は辛いものですし、私たちの聖なる研鑽は、
軽蔑を受けるばかりであり、努力しがいのなさを感ずるばかりです。
私たちの中で、詩作上で努力しようと心からの配慮を好んで示す者は
自らの名声も立派な境遇をも嫌悪しています。
無知がその害悪をフランスの中心に降り注いで以来、
教養は恥ずかしいものとなってしまいました。
昨今、不正が道理を打倒してしまい、
多くの美点はもはやその時節ではなくなってしまい、
徳はかつて一度もこれほど野蛮な世紀に遭遇したことはない、
また良識がかつてこれほどまでに少なくなってしまったこともなかった。[21]

詩人の仕事の労多い割に、報われず、評価もされぬむなしさ、無知と無教養がフランスの中心、ルイ十三世の宮廷内でさえ、幅を利かせるようになってしまったという嘆き。不正が道理や正義を圧倒してしまい、フランスに良心や良識がこれほどなくなってしまったことはいまだかつてない、とまで詩人は嘆く。この後の第十五—二十七詩行は、先に見た詩人の世界観・宇宙観や哲学的・神学的な人間生成論・人間観が表明されている部分だが、第二十八—四十六詩行では、ヴィオーの社会批判——詩人に代表される知的選良が社会では本心を隠して生きざるを得ない不合理さへの批判——や本心を偽り迎合して生きざるを得ないことから来る自己嫌悪、そういう宿命を背負わされた詩人の苦

悩、要するにヴィオーの暗い人間観や人生観、ペシミスムが語られているのである。

そして断固とした、真摯で思慮深い考えを抱いている人々は
ほかの人々とはまったく異なった生き方をするのだ。
しかし彼らのそうした卓越した精神は、爪を隠さざるを得ないのであり、
彼らは不幸に陥ってしまうのである、自らその精神を押し殺しえないならば。
慣習や人々の数の力が愚か者たちに我が物顔をするのを許し、
宮廷風生き方（お追従）を愛し、悪口を言って大笑いし、
下劣な人間に近づき、気に入られ、彼を持ち上げねばならないのだ。
このようなことがわが身に起こるとき、それは犯罪ものだと思う。
私はそのために頭に血がのぼり、心臓は胸中で高鳴り、
もはやとても健全な判断力を持っているとは思えないのである。
そしてこうしたおぞましいつき合いでわが身が汚されたとき、
私はその後長い間、わが魂がペストに取りつかれてしまったのだと思った。
とはいえ、人は誰にも起こるこうした不幸の中で生きねばならないし、
エスプリや誠実さや能力はひとまず脇に置き、
生来の個人的資質を押し殺し、自らの魂を胸のうちに収めておき、
あらゆる喜びを失って非難を甘受せねばならないのである。
私を風変わりな夢想家と見なす無知な人は

私に詩を注文することによって、私に恩恵を施していると思い、（私の詩を）理解できないと言って非難する。[22]

ここには詩人自身の苦い実体験に基づいた感想が歌われているように思われる。というのはカンダル伯やとりわけルイ十三世の寵臣として権勢を振るっていたリュイーヌ公爵には半ば強制的、脅迫的に伺候することを命ぜられ、屈辱的な仕え方をさせられているからである。第一部の詩人の生涯の章ですでに述べたように、最初の追放命令の解除と引き換えに、お抱え詩人となり、つい一年前まで仲間であった反ルイ十三世＝リュイーヌ公の母后マリ・ド・メディシス側を攻撃・脅迫する詩を書かされているのである。詩人は内心そういう己がわれながら情けなく、許し難かったに違いない。

そのように自らの本心や良心を偽って、心にもないお追従を言って生きざるを得なかった自分を詩人は「汚れてしまった」と感じ、まるで「ペストに感染してしまった」ようにたまらない気持ちになったという。しかしそれでも人間は「こうした不幸を抱えて生きていかざるを得ない」のだと思う。また詩人に「詩を注文することで恩恵を施していると思っている」雇い主や詩の注文者は、報酬を払っているのに理解できない詩を作ったと言って非難し、詩人を奇妙な夢想家にすぎないといって馬鹿にする。ここには人間社会における人々の堕落、悪徳・卑劣の横行に対する怒りや人間の悲惨さへの嘆きが窺われるが、こうした暗いペシミスティックな人間観や人生観、さらには社会的不公正や不正義への怒りは彼のカルヴィニスム信仰から来ており、少なくとも、人間の無力と悲惨を徹底して説いたカルヴァンのペシミスムの無意識的な反映と見ることができるのではなかろうか。

③文学論・マレルブ模倣者批判

このように前半の諷刺詩の部分では彼の世界観・宇宙観が披瀝され、その後今見たようなペシミスティックな人間観・人生観が語られているが、次のパッサージュは先に見た中間部の「さる婦人」を讃えるエレジー部となり、第七十一詩行より第百四十六詩行までの後半の諷刺詩の部分は、一転して詩人のユニークな文学論・詩法論が展開されることとなる。

はじめにマレルブの追随者・模倣者を槍玉に挙げ、自分は模倣ではなく、あくまで自己流で書く、つまり、〈近代派〉として自己の霊感と想像力を信じ、独創性をめざして書くべきであると主張する。

マレルブは非常に見事に詩を作ったけれども、彼は自分のためにそうしたのであり、
無数の小模倣者たちは一生かけて彼の皮を剝ごうとするのだ。
私に関して言うなら、こうした剽窃を私は決して望んではいないし、
各人はそれぞれ自己の流儀に従って書くことに賛成である。
私はマレルブの名声は敬愛するが、その教訓は好まない。[23]

テオフィル・ド・ヴィォーは文学史的に見ても、必ずしもマレルブの敵対者、彼に反対する立場に立つ詩人ではなく、彼自身この後でそのことにも触れているように、あまりに奇抜で不自然な隠喩や語法の使用を諫めるマレルブに賛同して、彼を師とも見なしており（「私はマレルブの名声は敬愛する」）——この詩では「その教訓は好まない」と言っているにもかかわらず——、その意味でこの詩での勇ましい発言とは裏腹に、ヴィオーはトリスタン＝レルミットとともに、古典主義文学に一歩近づき、それを用意した側面、つまり「前古典主義」préclassicisme の詩人という側面もある。したがってここでもマレルブ自身を批判しているわけではなく、マレルブのエピゴーネンたちを痛烈に批判して

いるのである。こうした「物乞い精神」esprits mendiants の詩人たちは、貧しい想像力しか持ち合わせていないので、「一生かけて彼の外皮を削り取ろうと」、つまり師マレルブの語法や比喩、暗喩など表面的要素だけに眼を奪われ、有難がって模倣することに終始する「小模倣者たち」を批判する。彼らは「師のうちでとても美しいと感ずる非常にたくさんの装飾を使って、黄金と絹を粗末な布の切れっ端につなぎ合わせる」[24]ので、その詩はホラティウスの作品に出てくる「借り羽を失ったハシボソガラス」のように不自然で奇妙なけばけばしい美しさ、悪趣味な美しか作り出せない、と批判する。彼らはまた「古代都市メンフィスと息子（フィス）とが一対の脚韻となりうるように」、レバノン Liban とターバン turban（帽子）、それからあの陰鬱な mornes（と）川 rivières とも一対の脚韻にしようと、不自然で「無理な努力」をしてかえって「それらの語の意味を混乱状態に陥れてしまった」[25]りしているという。

彼はまた、「詩を近代派流にのみ、書こうとしている」[26]ある種の「近代派」詩人たちをも批判する。彼らはヴィオーに言わせると「彼らの好みだけから見て粗雑に見える語法のすべてを非難することで、／フランス語をひどく傷つけてしまうため、／フランス語をまったくずたずたにして」[27]しまう。こうした近代派詩人たちは「ほんのささやかな小品を完成させることに、／彼らの年齢《とし》が費やされてしまったこと以外にはほかの根拠もないのに、／彼らの名声が墓の彼方まで続くことを」また「詩を作りながら自分たちが老いてしまったので／彼らの詩がプレシオジテの世界で永続することを」虚しく切望している哀れな詩人であるという。

最後に彼は第三番目に批判すべき詩人として、あまりに悲愴になり、詩人ぶりすぎている詩人も敬遠する。つまり「詩的熱狂に満ちてはいるが、／蒼白く、孤独で、夢想家であり、／髭は伸び放題、目は不安げで落ち窪んでいる」悲愴ぶった厭世詩人。「額をひどくしかめ、顔は全面蒼白くやつれ、／ベッドでうめき、ただ一人でぶつぶつ言う、／まるで経帷子《きょうかたびら》をまとった亡霊が物を言うのを聞くように」「通りでしかめっ面をし、時代に取り残され、茫然とした」[28]詩人も好まないという。この詩人はサバによれば、マルク・ド・マイエ M. de Maillet という当時の多くの詩人たち、とりわけサン＝タマンの批判の的となっていた自尊心の強い乞食詩人のことであろうという。[29]
ヴィオーはここまで語ってきて、少々この詩の主題からそれだしていることに気づく。

④自由主義・霊感優先主義

しかし私はこうした話をすでにあまりにも先に進ませすぎた。
私は港近くにいるのに、帆はあまりにもたくさんの風をはらみすぎた。
かつて一度として終えたことのない話をし始めて、
わずかな熱気で私は少しずつ高ぶってきた。[30]

こうした隠喩表現自体が、以下に語られる彼の文学観というか創作態度を暗示している。

私は主題の展開にきちんと脈絡をつけようとは決して思わず、
いろいろなものをそのままうっちゃっておき、そしてふたたび自分のテーマを取り上げる。
私の精神は、想像力を働かせながら書く過程で、
詩句をきちんと推敲したり、表現法を整えたりする忍耐心を少しも持っていない。
私は規則が大嫌いなので、順序立てずに書く。
私は主題の展開にきちんと脈絡をつけようとは決して思わず、
篤実な人は決してこれほどまでに気楽には何も書きはしない。[31]

彼のこうした創作態度――彼の実際の作品はこの通りに書かれているわけではなく、それなりに推敲もされており、論理的に書かれているのだが――は後の古典主義作家や批評家たちから痛烈に批判されることになるのだが、彼が言いたいのは、構想を練って、きちんと計画を立て、その骨組み・構想通りに書くという創作手法は――生き生きとした想像力や思いがけないアイディアを封殺してしまうので――自分は採らないということである。厳密なプランに縛られて書きたくないということを言っているのであり、文章自体の明晰さ netteté を否定しているわけではないということは留意しておくべきであろう。アダンも指摘しているように、[32] たしかに彼は雑然と書くが、しかしそれは「順序なしで」sans ordre、順序に縛られずに、という意味なのである。

詩作にあっては、奇跡的に賢く狂人のようにならなくてはならないし、
たくさんのことを想像し、同じ詩的霊感に満ちた泉から
つねに詩を汲み出さねばならない。
尖筆が多少なりとも筆を休めてしまったとき、
元の構想は消失し、話題が変わってしまうのである。
そのような仕事に私の若い頃の激しい熱情を注ぎ込みながらも、
私の詩的インスピレーションはかつて一度として涸れることはなかった。[33]

要するに彼は規則に縛られず、想像力の赴くまま、自由奔放に書きたいと言っているのである。また詩人は想像力が豊かで、汲めども尽きぬ詩的霊感に恵まれていることがベターと主張しているのである。彼のこうした文学観・創

作態度は、ロマン主義文学における想像力の重視と詩人個人の独自性・独創性 originalité の主張を先取りしており、ヴィオーのこうした点も、ゴーティエやネルヴァルなど、ロマン派の詩人たちが彼を自分たちの先駆者とした理由の一つであった。

⑤孤独・「ロクス・アモエヌス」愛好

しかし彼は今や若い頃のこのような想像力の酷使、詩的インスピレーションの過大な浪費は慎み、人里離れた静かな場所で「充電」しようと決心する。十年越しの「大作」——その中に宮廷の「さる婦人」のことも書くと約束した——を書くために。

しかしもはやその詩的源泉を無理強いしないと決心しなければならない。
それは私によく仕えてくれたので、いまやそれを愛撫してやり、
一時の休息を与えることで、詩的霊感の火が消えないようにしたい。
この火はその若い詩的熱気によって私の魂を今なお熱してくれる。[34]

こうして彼は、庇護者からの半ば強制された詩作ではなく、誰からも「強制されていない詩を書きたい」と思いながら、小川の流れる静かな森に行って、一人瞑想にふけりながら、詩作したいと思う。

また私を不快にするものが何もない密やかな場所を探し、
そこで心ゆくまで瞑想し、とてもくつろいだ気分で夢想したいものだ。

またわが姿を水面にたっぷり一時間も映しながら、
もの思いにふけるように、小川のせせらぎを聞き、
森の中で詩を書き、中断し、沈黙し、
作ろうと意識することなく四行詩を書きたいものだ。[35]

この「小川の流れる静かな森での瞑想」は初期のオード『孤独』冒頭部や晩年の代表作である長編オード『シルヴィの家』にも現れる典型的な「悦楽境」locus amoenusのトポスであり、テーマである。この「静かで孤独な場」はロンサールのそれのように詩的想像力を高揚させる場ではなく、[36]ヴィオー（とそしてサン＝タマンやトリスタン・レルミット）にとっては、休息の場であり、傷ついた魂を癒す場なのである。そしてメルセンヌ神父によれば、社会（人々）を嫌い、人里離れた「密やかな場所」lieu secretでの「孤独」solitudeを愛するという現象は「リベルタンの確実な証拠の一つ」であるという。[37]彼はこのロクス・アモエヌスとしてのこの森の中で小川のせせらぎを聞きながら、水面のわが影を見るともなく見ながら、自然と対話をする。これは「孤独の中での（自己）再生」[38]であり、小川の水面の自己の影を見るという行為を通して、オード『孤独』の男（牡）鹿同様、「自然」との「交感」であり、意識の交流でもある。

詩人は森でこのように憩い、詩的霊感を養った後で、ふたたびパリの町に帰って、十年来の懸案の「大作」（すでに述べたように、おそらくルイ十三世とフランス王国の偉業を顕彰する一大叙事詩）に取りかかろうとするだろう。だが、晩年最後の庇護者で大恩のあるモンモランシー公とその名家の偉業を讃える叙事詩を意図しながら書けなかったと同じように、この叙事詩もついに日の目を見ることはなかった。客観的プランに基づいた長大な叙事詩の創作は、自由奔放な想像力を好んだこの詩人にはもともと不向きで無理だったのだろう。

結論

このように見てくると『ある婦人へのエレジー』は冒頭に述べた通説、すなわち、彼の文学的・思想的「マニフェスト」詩であることが確認できたばかりか、その世界観や宇宙観、ペシミスティックな人間観・人生観、あるいは「古代派」に対抗した「近代派」詩人、「自由人」たろうとした点、霊感や想像力を重視した創作態度など、その後のヴィオー文学や詩人の生き方までを規定し、ある意味で予告した注目すべき作品であることが明らかとなった。またわれわれはこの考察により、この詩の構造が、恋愛詩的要素のあるエレジー的部分と社会批判を含む文学的・哲学的・思想的要素をもとにした諷刺詩的部分から成っており、エレジー部（A）と諷刺詩部（B）の構成は冒頭部A―前半部B―中央部A―後半部B―最終部Aとピラミッド型のシンメトリー形式、ないしAから始まりAで終わるという意味で円環形式となっていること、そして後者サティール部はさらに、①彼の世界観・宇宙観・神観念のマニフェスト部分、②社会・人間批判を含む彼のペシミスティックな人間観・人生観の表明部分、さらには、③伝統や権威ある詩人の模倣者批判を含む彼のユニークな文学観、創作態度の表明の三部構成となっている事実を明らかにすることができたように思う。

註

1　二つの現代版テオフィル・ド・ヴィオー全集（第一次全集四巻本、Nizet版、一九八四―八七年、原綴り版、第二次全集三巻本、Honoré Champion版、一九九九年、現代綴り採用）の編集・校訂・出版者であるギッド・サバ教授はその第一巻に収録された『作品集第一部』を一六二一年刊行の初版本によらず、一六二三年刊行の第三版を採用している。サバ教授が初版によらず第三版を底本として採用した理由は、①この版が著者生存中の最後のものであること、②したがってこの版に著者の最終的意志が反映されていること、さらに、③一六二一年の初版は印刷過程で著者が渡英し、その編集・校正が友人や印刷屋に任せられていたらしいのに対して、一六二三年版は作者がフランスにいて校正に目を通しているらしく、事実後者一六二三年版の方が誤植が少ないことなどである。しかし根拠の①には問題がなくもない。というのはこの一六二三年という年はじつはヴィオーへの迫害が開始され、その対抗策として、王や検察当局の心証をよくしようという政治的意図から編集されており、したがって一六二三年版は巻頭の『霊魂不滅論』の後の「詩集」部分の冒頭部には複数のルイ十三世献呈詩が、次にオランジュ公、リュイーヌ公、モンモランシー公、バッキンガム公と政治的に影響力を持っていた権力者への献呈詩が並んでいるのである。それに対して一六二一年の初版本は彼の文学的・思想的マニフェスト詩であるこの『ある婦人へのエレジー』が詩集部の冒頭に来ており、次に初期の代表的作品『朝』と『孤独』が続いており、したがって純粋に文学的意図という点からは、むしろこの一六二一年の初版本の方がベターと言えるのである。事実ジャンヌ・ストレッシャーJ. Streicher はヴィオーの近代版の詩集（『テオフィル・ド・ヴィオー詩集』二巻本、Droz 版、一九六七年）を一六二一年のこの初版を底本とし、これに基づいて編集・校訂している。

2 Antoine Adam, *Théophile de Viau et la libre pensée française en 1620*, Droz, 1935, Slatkine Reprints, Genève, p. 189.（以下、Adam, *op. cit.* と略。）

3 *Ibid.*, pp. 206 et suiv.

4 Cecilia Rizza, Théophile de Viau, libertinage e libertà in *Studi francesi*, XX, sett-dic. 1976, pp. 430–462.

5 Timothée J. Reiss, Poésie libertine et pensée cartésienne : L'Élégie à une dame de Théophile de Viau, in *Paroque*, 6, 1973, pp. 75–80.

6 E.M. Duval, The poet on poetry in Théophile de Viau's "Élégie à une dame", *Modern Language Notes*, 1975, pp. 548–557.

7 K. Meyer-Minneman, *Die Tradition der klassischen Satire in Frankreich Themen und Motive in der Verssatiren Théophile de Viau*, Gehlen, 1969, pp. 94–134.

8 *Œ. H.C.* t. I, p. 202.

9 *Ibid.*, p. 203.

10 *Ibid.*, p. 203.

11 T. J. Reiss, *op. cit.*, pp. 79–80.

12 R. Descartes, Les Olympiques, in *Œuvres philosophiques*, éd. Ferdinand Alquié, 3 vols, Garnier, 1963, I, p. 61.

13 Théophile de Viau, *Œuvres complètes*, tome II, par Guido Saba, Honoré Champion, 1999, p. 11.（以下、*Œ. H.C.* t. II と略）

14 *Œ. H.C.* t. I, p. 205-206.

15 *Ibid.*, p. 202.

16 Adam, *op. cit.*, pp. 206 et suiv.

17 ジョルダーノ・ブルーノ『無限、宇宙および諸世界について』（清水純一訳、岩波書店、一九八二年）、三九一頁。

18 ジョダルーノ・ブルーノ、前掲書、七三頁、二四六頁。

19 赤木昭三「Théophile de Viau の Traicté de l'Immortalité de l'ame 論考」（『フランス十七世紀文学』第I巻、フランス十七世紀文学研究会、一九六六年）、一〇—十一頁。

20 *Œ. H.C.* t. I, p. 202.

21 *Ibid.*, p. 202.

22 *Ibid.*, pp. 202–203.

23 *Ibid.*, pp. 203–204.

24 *Ibid.*, p. 204.

25 *Ibid.*, p. 204.

26 *Ibid.*, p. 204.

27 *Ibid.*, p. 204.

28 *Ibid.*, p. 204.

29 Théophile de Viau, *Œuvres complètes*, tome I, par Guido Saba, Honoré Champion, 1999, p. 356.（以下、*Œ. H.C.* t. I と略。）

30 *Œ. H.C.* t. I, pp. 204–205.

31 *Ibid.*, p. 205.

32 Adam, *op. cit.*, p. 234.

33 *Œ. H.C.* t. I, p. 205.

34 *Ibid.*, p. 205.

35 *Ibid.*, p. 205.

36 Adam, *op. cit.*, p. 235.

37 Mersenne, *L'Impiété des Déistes*, Ahtées et libertins de ce temps, Paris, 1624, t. I, p. 5.「理神論者たちは人間を嫌悪し、仲間とともに夜鳴き鶯の鳴き声を聞く方をより好む」（d'après A. Adam, *op. cit.*, p. 235)。

38 T. J. Reiss, *op. cit.*, p. 79.

VI 『第一諷刺詩』、『第二諷刺詩』

序論

第一、第二諷刺詩の初出は『作品集第一部』（一六二二刊行）だが、執筆年代はともに一六一八―一六二〇年頃と推定されている。これらの作品、とりわけ『第一諷刺詩』には、同時代の作品と技法上の特徴の共通性が認められるばかりでなく、取り上げられているテーマや題材などにも類似点が見られる。またこの二作品には、たとえば『ある婦人へのエレジー』とか「何と幸せなことか、生きている限り！」（Heureux, tandis qu'il est vivant）で始まるオードなどと共通した詩人の特異な生き方、哲学・思想上の見解等が散見される。

最初に『第一諷刺詩』について見てみよう。アダンはそこにヴィオーの典型的なリベルタン思想が現れていると解釈。すなわちイタリア・ルネサンス的自然主義哲学、とりわけヴァニニから影響を受けた悲観的人間観、決定論、運命観を見ており、このペシミスムにはモンテーニュの影響も強いことを指摘[1]。またダラ・ヴァーレはアダン説を認めながらもむしろそこにリベルタン的自然主義とストア派的モラルの融合を見ている。[2] アダンがリベルタン的としている多くの特徴は、われわれの見方に従えば、ほとんど「カルヴァン的」ないし「カルヴィニスム的」と言い換え得るように感じられるのだが、この点は以下の本論で詳しく見てみよう。C・リッツァは両者とは反対に、むしろそこに最もカトリック的とも、リベルタンに通ずる懐疑主義的とも解しうるピエール・シャーロン P. Charron の影響を見ている。[3] この諷刺詩を最も本格的に分析しているのはメイヤー・ミンネマンで、彼はテオフィルが人間の悲惨をどんなに深く認識していたか、モンテーニュやそれ以前の哲学者とも関連させながら分析している。[4]

次に『第二諷刺詩』を見てみると、当てられている詩行数から言えば、メイン・テーマはマリ・ド・メディシスに寵愛されたイタリア出身の宰相コンチーニ批判や彼に牛耳られた当時のフランスおよびフランス人への批判・諷刺であり、副テーマがアダンの言うリベルタン的、われわれの見方ではカルヴァン的な人間観・運命観が問題となっていると一応言えるが、個人的な中傷・誹謗は本意ではないという詩人自身の言葉を信じるならば、後者すなわち詩人の人間観や運命観、あるいは現今のフランス（政治）を憂えての警世というロンサール以来の詩人の社会的使命感の表明こそがこの詩の真の主題、意図と言えるかもしれない。

詩形・構成

両諷刺詩とも詩節のない平韻 rimes plates による十二音綴り定型詩（諷刺詩形 poésie satirique）、すなわち［aa bb cc dd］で、男女韻は［ff mm ff mm］となっている。鈴木信太郎によれば、「フランスの詩歌の大多数の傑作は」「平韻（連続韻）の十二音綴等韻律で歌はれた」「この詩形によって歌い出されてゐると言っても過言ではない」[5] という。諷刺詩 satire はほとんどの場合、伝統的にこの平坦韻（連続韻）で書かれており、ヴィオーもこの伝統に従っている。長さは『第一諷刺詩』が百八十詩行と長大であり、これに対して『第二諷刺詩』の方は七十二詩行と前者の半分以下と短い。

次に歌われているテーマ・主題から見た両詩の構成・構造に注目してみよう。結論から言うと、両詩とも起承転結といった論理的構造は明確には見られず、「思いつくまま気の向くまま」、テーマ・話題を取り上げ、持論を展開するといった感じである。ヴィオーに限らず、マチュラン・レニエ Maturin Régnier などの場合もほぼ同じことが言えるのであるが、こうした傾向は時代やある人物、あるいは当今の世相を諷刺・批判し、警鐘を鳴らすという諷刺詩自体の性格から来ているようにも感じられる。『ある婦人へのエレジー』について、メイヤー・ミンネマン Meyer-Minnemann は内容的にも諷刺詩的要素とエレジー（哀歌）的要素の二重の側面を有していると指摘しているが、[6]『第一諷刺詩』についてもほぼ同じことが言え、両者が混在している事実に注目したい。ただ『第一諷刺詩』は『ある婦人へのエレジー』以上に、後者より前者つまり諷刺詩的要素が非常に多いとはいえ、基本的には『ある婦人へのエレジー』と同一の構造を有しており、その意味でこの詩は『ある婦人へのエレジー』の原型であり、したがって後者は実質的には『第三諷刺詩』（事実、『ある婦人へのエレジー』は初出時には「第三諷刺詩」という題名であった）と言えよう。

かなり長く、取り上げられているテーマも多岐にわたる『第一諷刺詩』に較べ、「悪徳を描き、嘲笑することによって、人間を正道に立ち返らせることを目的とする」（サン゠テヴェルモン）諷刺詩本来の性格が単純明快に現れている短い『第二諷刺詩』から先に見ていこう。次に『第一諷刺詩』を『ある婦人へのエレジー』の分析に倣って、諷刺詩部とエレジー部とに分けて検討してみることとしたい。

『第二諷刺詩』

この諷刺詩は序論でも触れたように、マリ・ド・メディシスによって取り立てられたイタリア出身の宰相、コンチーニを諷刺・批判するとともに、彼によって支配されたふがいないフランスとフランス国民への警鐘と自国・自国民・詩人たち自身の自主独立を促す諷刺詩となっており、同時にそこに彼のペシミスティックな運命観や人間観も窺われるのである。

①コンチーニ諷刺・時局批判、あるいはカルヴァン的対比思考・運命観

君は知っているだろうか？　犬が月に向かってそうするように、
運命に向かって臆面もなく吠え立てる厄介な人間を、
また執拗で侮辱的な言論で
運命の流れを変えようと欲する、ように見える、困った人間を。[7]

この『第二諷刺詩』は冒頭からコンチーニをほのめかして、諷刺・批判しているのだが、冒頭のこの四詩行には、「運命に向かって」とか「運命の流れを変えようと欲する」などの言葉がそのことを暗示しているように、すでにヴィオーの決定論的運命観――われわれの見方に従えばカルヴァン的運命観――が認められるのである。

王の寵愛が寵臣たちに恩義を施すとき、
その名がほとんど知られていない男が
外国から新たにやって来た。
盲目な運命の女神がその輪を回しながら、
ついうっかりして泥の轍から引き出したその男は、
逆境を超えて、あらゆる妬みにもかかわらず、
絶大な信用で権力をコントロールする。
そしてわれらはそれを許し、フランス人は耐え忍ぶ、
フランス人自身の犠牲のもとに彼のあの権勢が持続するとは！

われらの君主たちはかつては今よりずっと大胆であった。
かつての勇気は今日どこに隠れてしまっているのだろうか[8]？

運命の女神が「ついうっかりして泥の轍から引き出したその男」コンチーニが逆境から這い上がり、王家に取り入って国家権力とフランス国民を支配しており、フランス人はその悪政を耐え忍び、そのフランス国民の犠牲のもとに絶大な権勢を振るい、奢侈に走っていることに対して、詩人は不満と怒りを表明する。そして「われらの君主たちはかつては今よりずっと大胆であった。／かつての勇気は今日どこに隠れてしまっているのだろうか？」とかつてのフランス君主を称讃することで、現在の君主（いまだ母后マリ・ド・メディシスに実権を握られている若き王ルイ十三世）を間接批判すると同時に、決起して実権を早急に奪取するよう暗に唆す。

次の数詩行はわれわれの見方によれば、カルヴァン的対比《アンティテーズ》思考とヴィオーのカルヴィニスム的運命観・人間観が窺える詩行である。

悪賢い者よ、お前は生き方をよく知らないのだから、学びなさい、
運命の女神の一人は黄金製であり、もう一人は銅製であることを、
運命は打ち破ることのできない掟を持っており、その羅針盤は
いつも決まった方向を示していて、それを無理に曲げることはかなわない。
われら人間は皆天からやって来て、大地を所有するのだ、
天の恩恵はある者には開かれ、ほかの者には閉ざされている。
天が定めた必然性はある者からは名誉を奪い、

ほかの者には貴族の称号を与える。
しばしば卑しい出の者が豊かな財産を相続し、
ほかの者は施療院にありながら美点に満ちている。[9]

これらの詩句にはカルヴァン派独特な二者対立的ないし二者択一的な発想が認められるように思われるのである。「天の恩恵はある者には開かれ、ほかの者には閉ざされている。／天が定めた必然性はある者からは名誉を奪い、／ほかの者には貴族の称号を与える」とかあるいは「しばしば卑しい出の者が豊かな財産を相続し、／ほかの者は施療院にありながら美点に満ちている」といった表現に、カルヴァン派のプロテスタント宗教教育を受けたテオフィルの無意識的な思考パターンが、すなわちある者には来世での永遠の救済が、ほかの者には永劫の地獄堕ちが神によってあらかじめ決定されているという二重予定説の残滓的観念が反映されている。このような対立的ないし二者択一的思考パターンは「第二の回心」により、カルヴィニスムを完全に捨てたとされる一六二四年初頭以降に書かれた晩年の長詩『シルヴィの家』や『兄へのテオフィルの手紙』にさえ執拗に認められるのである。

②運命の不公平性、隷属の拒否、独立自尊の願望

もちろん右に引用した詩句には、①で取り上げたカルヴァンの運命論や決定論が反映されているのは言うまでもない。そのことはたとえば「運命は打ち破ることのできない掟を持っており、その羅針盤は／いつも決まった方向を示していて、それを無理に曲げることはかなわない」という言葉に明らかである。なお『第二諷刺詩』のこの部分はある人たち（貴族に成り上がったコンチーニのこと）への神の摂理（運命）による恩恵（富・権力・社会的な高い地位・名誉）の授与とほかの人々へのそうした恩恵の不授与という不公平・不条理を指摘しており、そのような不公平に対し

て、いちいち心を配るほど「神々は閑ではない」という。王たちもそれをいちいちチェックできないので、こうした不公平は王の責任でもないと付言することで、ルイ十三世の怒りを未然に防ごうとしている。

卑しい身分の出の者が皆あらゆる高潔な行為をなすに値しないと
感じさせるある印をつけられてさえいれば、
神々のもとで幸福を享受する王たちは
常に功績と栄誉を増大させることになるであろうに。
神々の魂が正義そのものであったなら、また
神々が不快に感ずるものが悪徳の名を持ってさえすれば、
神々の息子であり、地上の代理人である王たちは
事の善し悪しも判断できるのだ。[10]

卑しい身分の出の者が厳粛で重要な国政を担うには値しない男であるという証拠をあらかじめ見出しえていたなら、王は今よりもっと多くの功績と栄誉を得ていただろうが、任命責任は母后にあるので、「神々の息子であり、地上の代理人である」現王は、今後のことを考えればいいのである。つまり、王に対して侮辱的態度を示す臣下は排除されなければならないのである。

そしてわが王に媚びることなく、私はとても奇妙だと感ずる、
無知な庶民が、泥水から引き出されながら、

好奇な目つきで行動することによって、
陛下に対して侮辱的な態度を示すとは、[11]

このようにイタリア人宰相を非難した後、詩人は自らの立場を語り始める。

私について言えば、王はこの上なく取るに足らぬ私に対してさえ、
目を掛けて下さり、しかと寵愛を施して下さっていたと思っている。
私はいつもとても貧乏で、軽蔑されているにもかかわらず、
羨望は私の精神に対してはいかなる影響をも及ぼさなかった、
三日天下の男が絹と黄金で身を包んでいるにもかかわらず。
彼の豪華な四輪馬車の騒音がルーヴル宮を悩ませ、
僥倖者の外国人がフランス人を馬鹿にし、無数の供の者――
私がその一人でなければよいのだが――を従えているとは。
私は大胆にも、彼の従者たちに私のこうした気持ちを表明し、
たとえ私の詩の女神が何と言おうと、私は失敗することを怖れない。
私は自由な立場からすべてを隠さず言う、[12]

「私」はいつも貧乏で、宮廷人から軽蔑されているにもかかわらず、他人に対して羨望や妬みは決して抱いたことはなく、「絹と黄金で」身を包み、「豪華な四輪馬車」でルーヴル宮に通う「三日天下の男」の「無数の供の者」に対

して、「私」は大胆にも自らの正論をあえてぶつけるのである。詩人は詩の女神が何と言おうが、自由な立場から持論をすべて隠さず提言し続けようとする。ここには『リアンクール氏へ』のオードで明言しているヴィオーの保護者・主人への隷属の拒否ないし独立自尊を維持しながらの主従関係を希求する態度が認められるのである。「運命の力が／私を心地良く引っ張っていき、／かくして私の魂があくまでも君を永遠に／愛するように仕向けるのです。／天は君なしでは私が主人を持つことが／できないように生まれさせていたのでしょう。／私の自発的な伺候を／冷たくあしらわないで欲しい／そして私に忘恩行為を働いて／決して後悔することがないようにして欲しい。〃(……)〃リアンクールよ、お願いだから私をこう扱って欲しい、／この上なく自己錬磨した精神の持ち主として。／だから力ずくや、脅迫で、／私の意志を支配しようとしないで欲しい。／押しつけがましい高圧的命令は／優しい愛撫ほどにも私を強制させられないのです。／私は怒ります、君が私を屈服させねばならないとしたら。／私はあまりにもきつすぎる束縛は断ち切るつもりです。／そして私に課せられた義務が過度に厳しすぎると、／私はそれから自由になろうという気になってしまいます」[13]（『ド・リアンクール氏へ』）。

次に、ヴィオーはコンチーニに媚びる当時の詩人たちを「自分に対して無数の鞭打ちを行わせることによって、／気の利いた一語を吐く道化師である」と揶揄し、そうした「無知な奴隷詩人たちは自分らの悪い気質ゆえに」、ろくな詩句を考え出すこともできないとこき下ろす。彼らと異なり「危険を冒すことなくしては詩句を書くことができない」「私」も、もとより特定の個人に対する「悪口は大嫌いであり」、したがって名指ししての個人的中傷は本意でなく、ただただフランス王国とフランス人のために、つまり憂国の精神から持論を述べたのだと言ってこの詩を終えている。

これまでに見てきたように、この『第二諷刺詩』は「社会の悪徳を糾弾・批判し、人々を正道に立ち返らせる」というある意味で典型的な諷刺詩となっているが、同時にヴィオーのカルヴァン派的なペシミスティックな運命観や人間観、さらには「正反対なもの同士の対比・対照」を強いるカルヴァン的対比思考法が見られた点も注目されてしかるべきであろう。

この『第二諷刺詩』の二倍以上の長さを持ち、テーマも多岐にわたっている『第一諷刺詩』を見てみよう。

『第一諷刺詩』

この『第一諷刺詩』は扱われているテーマ（話題）に注目すると、それなりの構成らしきものがあるようにも思われるので、以下にテーマ別にその構成と内容を概観してみよう。最初に『ある婦人へのエレジー』以上に、分量的に少ないエレジー的部分から見ていこう。

A　エレジー的部分

後半部の第百十九詩行より第百四十三詩行までの二十五行が恋愛や愛する女性を問題にしているが、この部分はいわゆる「エレジー」詩に見られる死別や失恋による恋の悲しみを歌っているわけではなく、むしろ諷刺的精神から愛の問題を考察しているという理由で、われわれは仮にこの部分を「エレジー的部分」と呼ぶこととしたい。

彼がこの顔の女性を失うことはめったになく、
この女性の面影から心を離すことも決してないのだ！
彼は賭け事も宮廷ももはや思い出さず、
愛の神以外にはいかなる神をも敬わないのだ！
この愛のくびき以外のいかなるものも愛さず、常に体液の中にこの愛おしい恋の病を保持しようと努めるのだ！
（……）
彼が自らの愛の衝動に従い、
自己の情熱を決して押さえつけないように努めんことを！
もし君がそれに抵抗を示せば、愛は君にとって最悪なものとなるだろう。[14]

ヴィオーはこの直前の部分で、貴族出身の者が「ノブレス・オブリージュ」による名誉や国家のために死ぬことが好ましいことであるとはいえ、彼らの戦争好きや闘争心から来る殺戮や武装の自己目的化には懐疑的見解を示した上で、彼らの熱狂的な狩猟好きに話が及び、その獲物 amorce のことを語りながら、いつの間にか「避けがたい魅力を備えた美女」une beauté d'inévitable amorce の「ハント」chasse や恋愛問題へと話題が転換していく。「彼」（この彼は「貴族出身の者」の意だが、同様に小貴族出身の詩人自身をもこの「彼」に重ね合わせている）はもはや宮廷のことやゲームなど遊びのことは考えず、自らの「愛の衝動に従い」、「自己の情熱を決して押さえつけず」、「愛おしい恋の病を」決して治そうとすることなく、ひたすら「愛の神」のみを崇拝して生きようと決心するのである。これはこの詩のほかのところで主張している「自然の本性を抑圧することなく、自然に随順して生きる」という彼のエピキュリスム的人生哲学の恋愛版である。さらにまた「愛の神以外にはいかなる神をも敬わないのだ！」という言葉には、イエズス会の神父たちからそのキリスト教信仰を疑われかねない異教神（愛の神アムール）ないし愛する女性をわが神と見なす恋愛至上主義的考え方が認められるのである。このような恋愛至上主義はいくつかの恋愛詩（たとえば「私があらゆる神々にわが救済を懇願しているとき／フィリスが入ってくるのを認めた、彼女の視線を受けたとき、／私は大声で叫んだ、彼女の眼はここでは私の神なのだと。／この寺院とこの祭壇は私の婦人に属しているのだ[15]」など）においてもしばしば認められるのである。
次に大部分を占める本来の諷刺詩部分を見てみよう。

B　諷刺詩部分

①人間観・宿命観――人間存在の悲惨さ、動物との比較

詩人が「人間（一般）」に対し「お前」と呼びかけた冒頭四行の前置きに続き、アダンの言うヴィオーの典型的なリベルタン的宇宙観・人間観の反映された有名な次の四詩行が現れる。

四元が空気と泥で作ったお前よ
身の上に不幸が生成進行する取るに足らぬお前よ
宿命が織りなすお前の生命の糸は
人が言うほどには重大な意味を持ってはいないということを知れ16

つまり「お前」人間はキリスト教の神によって己の似姿として創造されたのではなく、宇宙の四大元素 quatre éléments が「空気」air と「泥」boue で「お前」を作ったのだという。アダンの言うルネサンスの宇宙的アニミスムより成り立っているこの広い宇宙にあっては、宿命によって操られた人間の運命や生命はわれわれが思うほどには重大な意味も影響力も持っていないのだという。ここにはすでにリベルタン的というより、むしろカルヴァン的な暗い人間観・運命観、人間存在の悲惨さ・無力さ・無意味さへの詩人の認識が窺われる。以下、「お前」つまり人間の「神のような本質」に自惚れないために、誕生時における「お前」（人間）と人間以外の動物との比較をしつつ、人間が

動物と較べ、いかに悲惨で不幸であるかを延々と語る。

お前の誕生時の汚れた状況を見よ。
お前の最初の住まいから血みどろになって引き出された
お前は悲鳴を上げながら日の光を見たのだ。
お前の口は泣き騒いだり、空腹のためにのみあるのだ、
生まれたばかりのお前の哀れな肉体は一糸も覆われておらず、
何も知らないお前の精神はまだ何も形成せず、
動物的感覚はものの善悪が少しもわからない。
とても苦労して二年の歳月がお前に言葉を教えるのだ、
そして手足がお前にその使い方を覚えさせるのだ。
野の動物たちは、お前に較べて何と幸せなことだろう。
彼らはこれ以上ないくらい有害でないように、忌み嫌われてもいない。
小鳥はほんの少しの時間で巣から逃れてしまい、
そして彼が羽で叩く空気を少しも怖がらない。
魚たちは生まれると同時に泳ぎ始め、
鶏のひなは孵化するや歌い、食べようと試みる。
これらの動物たちにやさしい母なる自然は、お前に対してより
もっと広範囲にわたって彼ら動物たちに恩恵を与えた。[17]

「お前の最初に住まい」すなわち母親の子宮・胎盤から「血みどろになって引き出された」お前はただ泣くばかりで、知能もまったく白紙状態で何もできないのに対して、「母なる自然」は動物たちに対しては人間たちよりはるかに多くの恩恵を与えたのだ。すなわち野の動物たちは誕生直後より、自ら哺乳し、歩行し、小鳥は空中を飛べ、魚は水中を泳ぎ、自ら餌を取ることができるのだ。また動物たちは想像力や形而上的意識を持たず、人間が苦しみ嘆くような苦悩や不幸をも知らないので、人間よりはるかに幸福なのだ。

獣はペストにも、戦争にも、飢饉にも少しも恐れを感じはしない。
彼の身中は大罪への呵責に蝕まれてもおらず、
病気にも無知なのでそれを恐れないのだ。
作り話の地獄のアケロンの話も知らないので、それを恐がることもない。
獣は頭を低くし、眼は大地に向いているので、
人間よりもたやすく休息でき、雷からもよりたやすく守られているのだ。
だから動物は死んだ仲間の面影に自己の思い出が傷つけられることもない。
われら人間は、動物が死ぬとき、絶望が訪れるのを見ることはない。
獣はあらゆる欲望から離れて、自然が彼に定めた最期を
取り乱すこともなく、従容として受け入れるのだ。[18]

獣は人間のような意識も想像力も無縁なので「ペストも戦争も飢饉にも少しも恐れを抱かない」ばかりか、人間の

想像力の所産である宗教的な「罪責意識」に悩まされることも、「作り話の地獄のアケロン（川）」（死後の地獄）への恐怖も、仲間の死を見ての死自体に対する恐怖も少しも持ってはいない。したがって動物は最期が訪れても人間のように取り乱すこともなく、静かに死を受け入れるのだ。動物たちの生は人間のような「情欲や多くの不幸」から無縁となって、「毎日太陽の光のもとで楽しく過ごして」いるのだ（「獣は平穏な夜に眠りの魅力をもたらすのだ、／そして毎日太陽の明かりの下で楽しく過ごしているのだ、／種々の体液［気質］の変化によって変わる人間の／情欲や多くの不幸から自由になって」[19]）。こうした人間存在の悲惨さ、人間の苦悩の救われなさの例証として、動物の方が人間よりはるかに幸せではないかという「人間と動物の比較による人間存在の悲惨論」は、本書第三部最終章の「思想と生き方」（まとめ）のところでも再度取り上げることとなろうが、カルヴァンが説教のときしばしば用いた比較論そのものであり、この点から言っても、ヴィオーの人間観・運命観はアダンの言うイタリア・ルネサンス自然主義から来たリベルタン思想というより、ヴィオーが幼年時より無意識的植えつけられ、長じてサミュールのプロテスタント・アカデミーで意識的に学んだと思われるカルヴァン思想から来ているか、少なくともイタリア・ルネサンスの自然哲学思想以上にカルヴァン神学からの影響の方が大きいように感じられるのである。

②カルヴァン的対比《アンティテーズ》思考？

第四十三詩行より、「お前」（人間一般）と「私」の対比、極端なものと極端なものとの対比・対決を行っており、ここには後のシュルレアリスティックな「遠く隔たったもの同士の強制的で思いがけない近接・対比」という手法の原型、その片鱗を見るような感じがしないでもない。

私の突飛な思いつきが欲するものはお前の理性にはお気に召さない。

お前が美しいと感ずるものは私の眼には醜いと映る。
単調な生活はこの上なく忍耐強い人にさえ好かれない。
世俗の生活が聖なる生活同様われらを不快にさせる。
押さえつけられた悪徳の泥沼の中で[20]
悪事しかなさず、罪なことしか愛さない人々は
しばしばみじめであり、穏やかな喜びのうちに
時間を過ごすことができないのであり、
この世で最も自由な者は今や奴隷である。
しばしば最も無骨な者が恋に落ちやすく、
また太陽に照らし出されている最も忍耐強い人でさえ[21]
ときとして怒りに我を失うことがある。[22]

　ここでは詩人と世間一般の人々との考え方や感受性の相違、「私」の詩人としての独自性の主張がなされている。「この世で最も自由な者は今や奴隷である」とは暇があり自由な時間のある宮廷人など閑人は何をしてよいか迷い、とかく悪徳に走りやすいのに対して、奴隷は余分なことに心を迷わされず、一事に集中し、内面を充実させることができるという意味だろうか。詩人の奇想天外な空想は世間一般の人々の常識や良識にからは認められず、反対に世の人々が美しいと感ずるものは詩人には醜いと感じてしまうのである――他人の模倣、普遍的なものの追求に安住するのではなく、各人の本性、独自性の追求の主張。最も無骨で色恋に無縁そうに見える人が意外と恋に落ちやすく、日の当たる恵まれた忍耐強い人でさえ、長い人生ではときとして「怒りに我を失う」こともあるのが人間性の宿命であ

る。予想のつかないとんでもないことが起こるのが人生であるという宿命観、不可知論。このような考え方にもカルヴィニスムが影響しているように思われるのである。

農耕神サトゥルヌスが季節を置いていったり、持っていったりするように、
われらの精神も理性を捨てたり、受け取ったりする。
私はどのような体液がわれらの意志を支配しているのかわからず、
またどんな体液がわれらの情念の変化を作り出すのかわからないのだ。
今日われらに役立っているものは明日にはわれらに有害なものとなる。
人は幸福を片手でしか決して摑めない。
変転する運命は人にそれを考えさせることなく、物事を強制し、
そして運命はわれらを有名にすることによってわれらに災いをもたらす。[23]

ヴィオーはギリシャ神話の「時の神」クロノスとも同一視されるローマ神話の農耕の神サトゥルヌスを、人間に理性や判断力を施す神とも見なしているが、同様に体液が人間の病態、心的状態や気質に影響を与えるという古医学の（四）体液（quatre）humeurs 説を大真面目に信じているところが、いかにもルネサンス後期からマニエリスム・バロック期のリベルタン的合理主義者らしい思考である。ここでも人間の生涯、運命における有為転変の不可知性、われわれの幸福獲得の難しさ、その不確実さを無意識的カルヴィニストとして自覚しているとともに、「運命はわれらを有名にすることによってわれらに災いをもたらす」ものだと考えている。彼は後年同じことを言っているが、[24] 第一回目の追放という苦い経験が詩人にこうした考え方を醸成させた側面もあるのではないだろうか。

③老醜の自覚、あるいは父親（老人）と息子（若者）との対立

この後、金持ちは蓄財したものを失ってしまう不安ともっと貯めようとするあせりから心が癒されることがないという例（「最も満足したお金持ちは失ってしまう不安と／獲得しようというあせりから癒されることがない」[23]）を挙げ、人間の欲望の果てしなさ、救われなさを指摘しているが、これは次に語られる老醜の諫め、吝嗇、虚栄の諫めとともに、後半で彼流の「賢者の理想的生活」を提示するための伏線となっている。

われらの欲望は年齢の流れとともに変わっていく、
かつて移り気であった者は今やまじめで、億劫がり屋の人となる
休息の奴隷[25]たる彼の老いさらばえた肉の固まりは、
もはや夢見ることしか愛さない、そして愉快な話題を毛嫌いする。
不愉快なことに浸りきっている醜い老人たち、
彼らはいつも悲しんでおり、いつも悔しがっている。
そして一切をしぶしぶ見、その四肢は骨折し、
後悔と過ぎ去った楽しみにさいなまれて、
人生の最後に自分の子供時代を織り出そうと欲する。
彼らは煮えたぎっているわれらの血の欲求を押し殺そうとする。
妄想にふける年老いた父は、神経組織がすべて冷えきり、
もはや自分がかつて何者であったかを思い出すこともなく、

無気力が自己の切望を消失させてしまうとき、こう望むのである、
われらの良識が彼の痴呆を明らかにすることを、
濃くて健康的な血が彼の激しい感情を押さえつけることを、
また貴族出身の精神が厳しさを好むことを。
父親は自らの病んだ精神のために、あまり健全でないと思っている
人間的情熱をわれらが抱いていると思いたいのである。[26]

この指摘はヴィオーの生きた十七世紀初頭の老人の実相であるばかりか、それから四百年近く経た現代の老人の姿でもある。「妄想にふける年老いた父は、神経組織がすべて冷えきり、／もはや自分がかつて何者であったかを思い出すこともなく」とは悲劇『ピラムスとティスベ』における老人批判同様、年老いた大人（親）たちの老醜、偏狭さの風刺である。すなわち自分たちも若いときがあり、現在の若者と同じような欲望や考え方を持っていたのに、そのことを忘れ、老人となった現在の物差し・価値観で若者の行動や考え方を批判する老人の偏狭さを風刺し、槍玉にあげているのである。自然・年齢の推移によるさまざまな肉体的・精神的変化を受け入れられない老人、「その四肢は骨折し、／後悔と過ぎ去った楽しみにさいなまれて、／人生の最後に自分の子供時代を織り出そうと欲する」とは、老いによる肉体的・生理的衰えの無残さ、あるときは後悔にさいなまれ、またあるときは若かった頃の、とりわけ子供時代の喜びや楽しみだけにすがりつこうとする後ろ向き人生。彼はこうした生命力の枯渇した老人の後ろ向きの人生や老人（親）の若い人（子供）への自己の価値観の押しつけなどを批判、次にふたたび吝嗇や虚栄の罪を断罪、貴族出身者が名誉や国のために生命を擲つ価値、立派さは認めながらも、その戦争好き、殺戮好き、無意味に動物を殺傷する狩猟好きは暗に批判している。

④吝嗇・虚栄・戦争・殺戮・狩猟の諫め

自己のすべての喜びを蓄財にかけた者、
その人の吝嗇な精神はお金に目の色を変え、
（……）
また虚栄の鋭い針が支配する別の人は、
栄光以外はまったく何も評価せず、
己の身がいつも十分に保証されていても、その歩みを慎重にし、
心中で今の自分でない自分を空想するのだ、
たとえ盲目と化した自らの魂に王権を夢見させ、
また自己の野心が決して実現されないにしても！
彼は当てにならない虚しい称号を追い求めることを望み、
われらを守り、支えようとして、たいていはわれらを堕落させる。
彼は名誉に執着し、愚かしい慣習が無知ゆえに敬う
そうした峻厳な運命に従う。[27]

詩人は吝嗇という悪徳とともに、虚栄心や過度な名誉欲も人間の自然の本性を損なう悪として退ける。

私は彼の身分から来る幸福を高く評価し、
彼が名誉のために死ぬのはよいことだと思う。
自己の満足のために戦争の中に
天と地を見ようと欲する激怒した精神は
凶暴にも、火と鉄しか渇望しないのだ、
そして彼は自分の亡霊が地獄を震撼させるかも知れないと思い、
自分がその殺戮に力と魔術を使用し、
そして自らの肉体に昼夜、武器のみを身に着けているとは！
荒々しい気質の人間は恐怖の森の中で
狩猟ラッパで猟犬たちを煽ってけたたましく吼えさせ、
静かな森の中で暇人のこうした骨折りでもって
自らの愚かな目論見を楽しく追求するとは！
何と彼は森中を絶えず駆け回ることだろう、
そして決して罠からその獲物を取り逃がすことがない[28]！

貴族たちの戦争好き、殺戮好き、狩猟好きも悪として退け、すでに取り上げたように、「エレジー的」部分の後で、恋愛や愛の情念に関連して、人間の魂の苦悩を問題にする。

⑤自然＝運命随順思想ないしエピキュリスム的人生哲学

ヴィオーは苦悩に直面したとき、それが絶対的に避けえないものなら、それと戦うのではなく、それを愛し、受け入れるべきであると主張する。

そしてわれらの理解力はそうした目的や時間を推し測ることができない。
それはわれらの魂を苦しめることによって、
氷と炎の激発を魂にもたらす発熱性の苦悩であり、この苦悩は
熱病が肉体に結びついているように、われらの精神から離れない、
体液が肉体の外に完全に出てしまうまで。[29]
彼の長い努力にもかかわらず、それらへの抵抗は空しく、
その苦しみを避けることができない者はそれを愛さなければならない。[30]

カトリックの自由意志論的モラルは、あるいはストイシスムという古典的モラルは、情念を抑制し、意志を強固にし、困難や苦悩に立ち向かい、それと戦えば最終的には勝利がもたらされる（苦悩を克服できる）と教えているが、ヴィオーはそれに疑問を投げかける。

この上なく人間に属する運命でさえ明日の生存の保障を
今夕われらになしえないという過酷な人間の条件よ、
かくして自然はお前（人間の条件）を運命の流れに従わせ、
こうした共通の掟に、万物同様、お前を隷属させるのだ。[31]

この詩に歌われているヴィオーの人間観・運命観から、アダンは詩人の人生哲学を自然主義 naturalisme、それもヴァニニ流の自然主義と見ているが[32]、われわれはこの説が誤っているとは言わないが、上に引用した詩に見られる人間観・運命観は、この『第一諷刺詩』におけるそれも含めて、カルヴァン的な宿命論から来ているのではないかと考える。すなわち詩人は、何事も神が定め、予定せられた運命なのだから、自然＝運命に従い、旧約のヨブの如く、「避けえない苦悩は愛さなければならない」と考えるのである。ヴィオーは『ド・L氏への弔慰』というエレジーで、

良識の人は不幸を意に介さない
同様に彼は自分の女中や娘をも哀れむ。
ヨブは彼の家族全員の不幸にも
一滴の涙も流さなかった。[33]

と歌っている。詩人はこの詩句で、ヨブは自分の息子や娘、召使いなどが次々と理不尽な不幸・災難にあったとき、その不幸を心が張り裂けんばかりに嘆きながらも、すべては天命であり、天上に君臨する峻厳なる神が予定された試練・運命と諦観し、涙することも神を呪うこともなく、この不条理な悲劇を受け入れたように、人は死別の不幸を受け入れなければならないと友人リアンクールに諭しているのである。

牙をむき出して、自分を殺す猪槍に血だらけの口で嚙みつく、
怒り狂ったイノシシは自らの身を守るために、

自らを傷つけ、そして盲目的にあがいて、
おのれ自身を苦しめ、そして自らを死に追いやってしまうのだ。
人間もこのように、しばしばあくまで自らを滅ぼそうとするのであり、
自分自身の手で苦労して自らを害してしまうのである。[34]

カトリックの自由意志に基づいたモラルや古典的なストア主義的モラルを信奉する人間は、往々にしてこの猪槍にかかったイノシシのように、降りかかった困難や苦悩にむきになって闘おうとし、自身を苦しめ、傷つけ、結局のところ自らを死に追いやってしまうが、このようなモラルは人間の本性に反していると彼は考える。彼は普遍性や共通性を大事にするカトリック的世界観やストア主義的世界観は個人の才能や能力を十全に伸ばすことはできない、つまり普遍的なもの、他人と共通なものを求め、他人を模倣しようとすると、自己の本性を歪め、結局は自己の才能の芽を摘んでしまうこととなってしまうと考えるのである。

本性より、また神への愛によって、光明の中に入ることによって、
あまり悪徳に染まらずに誕生した者は、自らが
その天分のおかげで、より多く美徳へと導かれるとき、
自らの本性を無理強いし、まったく別の人生を形成してしまう。
他人の模倣者はもはや自己の体液（気質）に従わず、
快楽のために一連の良俗からそれてしまうのである。
もし彼が自由の身に生まれたなら、欲張り屋の話を聞いて、

かくも稀なる美徳を消し去ってしまうだろう。
彼の精神はもともと高潔であるのに、彼はそれを低俗なものにしようとする。
彼は勉強に向いているのに、戦いの話をする。[35]

つまり彼の人生哲学は他人を模倣することなく、自己の本性・適性を自覚して、あくまで自然に随順して生きるべきであるという考え方であった。天より授かった自己の本性を忘れ、他人を羨み、他人の模倣をすることは、「本来高潔に生まれついている」精神をかえって「低俗なものとしてしまう」危険や「良俗からの逸脱」、つまり不道徳や悪徳への転落の危険をはらんでいるのである。

運命は、とても善良な魂を持っていない者は誰であれ、
この世に人間存在としては生まれさせないのだ、と私は思う。
しかし人はその魂を堕落させてしまうので、理性に輝く天の火は
われら人間のうちでほんのわずかしか持続しないのだ。
なぜならば模倣はわれらの優れた生命の糸を断ち切り、
そして常に他人のうちにわれらの魂を住まわせることとなるからである。
私は思う、自然が規定する自由なペースに従うなら、
各人は十全なる精神を持つことになろう、と。[36]

運命（カルヴァン派では神の摂理と同義語）はわれらを人間存在としてこの世に誕生させた以上、本来すべて善良な

魂を授けているのに、その本性を忘れて他人の模倣に走り、自己の魂を堕落させてしまうのだ。彼は各個人が「自然が規定する自由なペースに従って」(Suivant le libre train que nature prescrit) 生きたなら、「十全なる精神を持つことになろう」(chacun aurait assez d'esprit) と考える。これと同じ考え方は、じつはこの『第一諷刺詩』の中ほどにもすでに表明されているのである。

私は各人がすべてにおいて自然の本性に従うことに賛成する。
自然の帝国は快適であり、その掟は厳しくない。
最期の瞬間まで自然のペースにのみ従えば、
数々の不幸の中にあってさえ、人は幸せに過ごせる。
私の考え方によれば、己が気持ちよいと感ずるものに愛着を抱く者や、
死に瀕した状態にあって、一切に無関心でいる者が
決して咎められるべきであるとは思わない。[37]

詩人は各人がすべてにおいて自然に従って生きるべきであると主張する。なぜなら「自然の帝国は快適であり」、その「掟は（人間にとって）厳しくない」からであり、「自然のペースにのみ従えば、／数々の不幸の中にあってさえ、人は幸せに過ごせる」からである。この生き方はまさにモンテーニュが到達した境地、すなわち「自然に順応して生きる、悟入とも言うことのできる安心立命《エピキュリスム》の境地」[38]（荒木昭太郎氏）ではないだろうか。

「己が気持ちよいと感ずるものに愛着を抱」き、「死に瀕した状態にあって」も、「一切に無関心でいる者」こそ、安心立命《エピキュリスム》の境地にある者である。他人や外的なものに心を奪われたりせず、ひたすら己の魂の声、自己の本性の声に

従って、己を楽しむ、すなわち「その日その日を楽しむ」（カルペ・ディエム）というあり方。ヴィオーはこうした「カルペ・ディエム」というエピクロス主義的生き方を『ド・L氏への弔慰』のスタンスでも述べている。たとえば「心の痛みはわれらがそれを刺激するとますます大きくなるのです。／だから青春がもたらすさまざまな喜びの中に再び戻りなさい」[39]とか、あるいは「だから深く悲しんだ後には自らを楽しませることを考えなさい。／君に悲しみを与えた者はその治療薬をも君に置いて行ったのです。／君にはもはや君が所有している幸福を享受する術しか／残されてはいないのです」[40]といった詩句にはカルヴィニスムから来る詩人の宿命観、諦観とともにエピキュロス主義的な「今とここを楽しめ」という『第一諷刺詩』と同質の精神が認められるのである。

これとほぼ同じ考え方は、この詩と同じ『作品集第一部』（一六二一年刊）所収の「何と幸せなことか、自らがその被造物と」で始まるオードにも認められるのである。この詩にはヴィオー晩年の哲人的生き方を予告するような彼の理想的な生き方が歌われているので、少し長いが全詩行を引用してみよう。「何と幸せなことか、自らがその被造物と／信じている自然の大いなる主人に、／彼が常に順応して／生きている限り！／彼は決して他人を羨むことはなかった、／彼よりもはるかに幸せな人々が皆、／彼の逆境をあざ笑ったにしても。／嘲笑はまったく彼の怒りの種であり、／彼は、世の中の気苦労から離れて／田園や水辺に足繁く通うためとはいえ、／暁が現れはじめてもすぐには／決して目覚めはしない。／彼はいつも閑暇があり余るほどあり、／正義が彼の喜びであり、／そして聖なる生活の心地よさを／自らの願望に適用させることによって、／ただ理性のみを通して／自らの欲求の充足を押さえる。／利得心が彼を煩わせることもなく、／彼の財産は自らの心のうちにあり、／王侯貴族たちがそこで称賛される／金箔で装飾された彼らの部屋の輝きといえども／田園やその雲の飾り気ない眺めほどには／彼に気に入られはしないのだ。／彼は富宮廷人の愚かさも／工芸職人の辛い仕事も／同様に恋する男が哀訴する苦しみも／彼にはお笑い草であり、／彼は自らその貧困にも／かつて一度も過度に心を煩わされることがなかった。／彼は召使いでも主人でもない。／彼は自らそうありたいと望んでいるもの以外の何者でもないのだ。／イエス＝キリストが彼の唯一の信仰である。／このような生活が私の友となり、私そのものとなるだろう」[41]。

アダン[42]やとりわけサバ[43]はこの詩をヴィオーの最も円熟したリベルタン的確信、リベルタン的な理想的な生き方を表明したものと見ている。われわれはこの見解を否定はしないが、むしろ彼のキリスト教的信仰（それもカルヴァン派的な運命観）に裏づけられたモンテーニュ流のエピクロス主義的智者の理想的生活（生き方）を歌った詩と見たい。というのは、アダンもサバもなぜか触れていないこの詩の最後の二行の「イエス＝キリストが彼の唯一の信仰である。／このような生活が私の友となり、私そのものとなるだろう」という言葉を、自身のリベルタン性をカモフラージュするための言質と見るのではなく、文字通りに受け取るなら、われわれのような見方が自然であるように思われるからである。

⑥運命＝死の絶対的平等性

ヴィオーはこの詩の中ほどで、こうしたモンテーニュ流の「自然（本性）に従え」suivre la natureというエピクロス主義的生き方を提唱した折、「死に瀕した状態にあって云々」といった言葉からの連想により、この後人間の死の問題を省察している。

終末はわれらを一人の例外もなく地獄のアケロン川に送り返す。
万人に避け得ないこのカロンの渡し舟は
悪人にも公平さを惜しまない。
ああ！　不公正な渡し守よ、お前はどうして同じ櫂で[44]

悪徳と美徳に、仕えるのか、[45]

死は万人に避けえないものであり、あの世に行くための冥府の渡し守カロンは、全員はむろん「悪人も」等しく舟に乗せてくれる絶対的平等性を示す。つまりカトリック的勧善懲悪思想から見たならば、いささか不条理で「不公正」、「悪平等」な態度で死者たちを扱うのである。たしかにここには詩人のカトリックの勧善懲悪的考え方が認められなくもないが、彼がカトリックに改宗したのは一六二二年であり、この詩が刊行されたのが一六二一年である以上、これらの詩句は「善人であれ、悪人であれ、人の来世はあらかじめ神によって予定されているのだ」という「神の選び」の不条理性へのカルヴァン派信者の嘆きと解すべきではなかろうか。

結論

ヴィオーは最終部で「彼の天分に従い、自らの信仰を保持するであろう人びとは／幸せに生きるために、私のように、生きるであろう。」と言って、私のようにキリスト教信仰を保持しつつ、「自然に順応して生きる」なら、「悟入とも言うべき安心立命《エピキュリスム》の境地」を獲得し、幸せに生きられるであろうというメッセージを読者に発して、この『第一諷刺詩』を終えている。

量的に『第一諷刺詩』の半分以下である『第二諷刺詩』はその内容も世の悪徳を糾弾し、人々を正道に立ち返らせるという典型的な諷刺詩にはなっているが、結果としてコンチーニ批判・諷刺が中心で——ヴィオー独特の人間観・運命観も窺われるとはいえ——、『第一諷刺詩』ほど重要な作品とは言い難い。それに対して『第一諷刺詩』はこれまで見てきたように、内容も多岐にわたり、扱われているテーマもヴィオーの人生観・運命観・人間観が色濃く反映された思想性の高い優れた作品と言うことができるのではなかろうか。

註

1 Antoine Adam, *Théophile de Viau et la libre pensée française en 1620*, Droz, 1935（以下、Adam, *op. cit.* と略）, pp. 206–220.

2 Daniella Dalla Valle, *De Théophile de Viau à Molière aspestos de una continuidad*, Santiago, Editorial Universitaria, 1968, pp. 30–45.

3 Cecilia Rizza, « Th. de Viau Libertinage e libertà » dans l'ouvrage *Libertinage et littérature*, Fasano di Brindisi-Schena-Paris, Nizet, 1996, p. 13–72.

4 K. Meyer-Minnemann, *Die Tradition der klassische Satire in Frankreich*, chapitre III, « Satire und miseria hominis, die Satyre première », pp. 35–71.

5 鈴木信太郎著『フランス詩法下巻』（白水社、一九五四年）二〇五頁。

6 K. Meyer-Minneman, *Die Tradition der klassischen Satire in Frankreich Themen und Motive in der Versatiren Théophile de Viau*, Gehlen, 1969, pp. 94–134.

7 Théophile de Viau, *Œuvres complètes*, tome I, par Guido Saba, Honoré Champion, 1999, p. 224.（以下、*Œ. H.C.* t. I と略。）

8 *Œ. H.C.* t. I, p. 225.

9 *Œ. H.C.* t. I, p. 225.

10 *Œ. H.C.* t. I. P. 225.

11 *Œ. H.C.* t. I, p. 225.

12 *Œ. H.C.* t. I, pp. 225–226.

13 *Œ. H.C.* t. III, pp. 169–170.

14 *Œ. H.C.* t. I, p. 223.

15 *Ibid.*, p. 249.

16 *Ibid.*, p. 220.

17 *Œ. H.C.* t. I, p. 220.

18 *Ibid.*, pp. 220–221.

19 *Ibid.*, p. 221.

20 「悪徳の泥沼」、すなわち悪徳から逃れられない窮地。

21 「太陽に照らし出されている」とは日の当たる表舞台に立っている社会的に恵まれた」の意。

22 *Œ. H.C.* t. I, p. 221.

23 *Œ. H.C.* t. I, p. 221.

24 ヴィオーは後年、逮捕・投獄され、訴追害されたときも、同じことを言っている。「私が犯した罪はあまりにも有名になりすぎたことだ」（Théophile de Viau, *Œuvres complètes*, tome II, par Guido Saba, Honoré Champion, 1999, p. 145. La Plainte de Théophile à son ami Tircis）。

25 「休息の奴隷」、すなわちいつも休みたがっている怠け者の意、ここでは年老いて萎えた筋肉が力仕事が長くできないさまをこのように擬人化している。

26 *Œ. H.C.* t. I, pp. 221–222.

27 *Œ. H.C.* t. I, p. 222.

28 *Œ. H.C.* t. I, pp. 222–223.

29 「体液が肉体の外に完全に出てしまう」とは死んでしまうこと。

30 *Œ. H.C.* t. I, p. 223.

31 Théophile de Viau, *Œuvres complètes*, tome II, par Guido Saba, Honoré Champion, 1999, pp. 209–210.

32 Adam, *op. cit.*, pp. 212–213.

33 *Œ. H.C.* t. I, p. 200. 旧約聖書『ヨブ記』第一章第十三―二十二節参照。

34 *Œ. H.C.* t. I, pp. 223–224.

35 *Œ. H.C.* t. I, p. 224.

36 *Œ. H.C.* t. I, p. 224.

37 *Œ. H.C.* t. I, p. 222.

38 荒木昭太郎『モンテーニュ遠近』、大修館書店、一九八七年、二十一頁。

39 *Œ. H.C.* t. I, p. 200.

40 *Œ. H.C.* t. I, p. 200.

41 *Œ. H.C.* t. I, pp. 176–177.

42 Adam, *op. cit.*, p. 216.

43 *Œ. H.C.* t. I, pp. 334–335.

44「同じ櫂で」、すなわち、善人にも、悪人にも無差別に、の意。

45 *Ibid.*, p. 222.

VII 『友人ティルシスへのテオフィルの嘆き』

序論

この未完成（?）の書簡詩は詩人が逮捕された直後に、おそらく友人たちの手によって出版されたが、原稿は一六二三年九月十七日カトレの町で逮捕されたとき、所持していたカバンの中より発見され、その後行方不明となってしまったという。[1] 執筆は同年七月十一日のパリ高等法院の逮捕命令判決により、潜伏・逃亡、国外脱出を決意して同九月二十六日、匿われていたシャンティイ城を退出するまでの短期間に行われたと思われる。この作品がヴィオーの現存作品では最後のものとされている書簡詩『兄へのテオフィルの手紙』と主題・テーマ、形式・構成などの点で類似点が認められながら、未完成（?）で荒削りな部分があるのは、こうした事情、すなわち逃亡に継ぐ逃亡で時間的余裕がなく、執筆途中で逮捕されてしまったという伝記的経緯のためだったのではないかとわれわれは推測している。

この詩は『シルヴィの家』、『兄へのテオフィルの手紙』とともに、晩年の注目すべき優れた詩作品の一つであることには変わりないにもかかわらず、なぜか今日まで研究者の間でほとんど注目されてこなかった不思議な作品である。そこでわれわれは、以下において本作品を主として『兄へのテオフィルの手紙』と比較しながら問題点を考察していくこととしたい。

この詩の名宛て人「ティルシス」とは誰か？

ラシェーヴルはこの作品は「彼（テオフィル）を卑怯にも見捨てていた」[2] ジャック・ヴァレー・デ・バロー Jacques Vallée des Barreaux に宛てて書かれたと見ており、以後今日までこのラシェーヴル説が定説化されているが、アントワーヌ・アダンはいくつかの理由でこの説に反対している。[3] つまりアダンは、第一にこの詩が執筆された段階（彼は一六二三年八月十日から十五日の間と見る）では、親友デ・バローの裏切りを明確には知りえず、したがって彼に不満をぶつける理由はなかったと推論する。同氏はこの詩の最後の部分である第三部の「君は私の事件以来、私が災いをもたらす存在と感じており、／私に近づくとペストをうつされると思っているのだ、／君は私が至るところで人々に非難される場面で私を咎め立てする。[4]／そして君は私を愛さなければならないのと同じくらい私を嫌う」[5] を引用して、ヴィオーがこの詩を執筆した時点（八月十八日）より前には、デ・バローはヴィオーから離れていたこと、したがってこの直後（八月十九日）にデ・バローが詩人に会って話をしたとすれば、「ティルシス」はデ・バローではありえない、と主張。[6]

次にアダンは、ラシェーヴルがこの説においてデ・バローのヴィオーの故郷ブセール行きを証明しなかった（無視している）点を挙げている。すなわち詩人は『兄へのテオフィルの手紙』同様、この詩の中央部で故郷称讃詩を挿入しているが、その最後の部分で「私はかつて君にピレネー地方を経由して（ブセールに来て）もらいたかったのだが」Je t'eusse fait jadis passer les Pyrénées と歌っている。実際デ・バローは一六一九年の第一回テオフィル追放事件のときには、わざわざパリから南仏の故郷ブセールにまでヴィオーを慰問しており、したがってブセールに行ったことのないこの詩に歌われた「ティルシス」はデ・バローではありえない、としているのである。そのほかモレ検事総長の書簡や匿名作者による『ティルシスやテオフィルに送られたダーモンの反論』など、いくつかの煩瑣な根拠を挙げ、結論として「ティルシスとはある高等法院の高い地位の人物（司法官・判事）である」としている。[7] しかしわれわれはアダンのこの説は採らない。理由は第一に、デ・バローがこの書簡詩執筆時には詩人からは離れていた根拠として引用した本文最終部の数詩行は、決してヴィオーが「ティルシス」の裏切りを知らなかった根拠にはなりえないこと、また第二点として、デ・バローは現に詩人の故郷ブセールを訪ねているので、「私はかつて君にピレネー地方を経由して（ブセールに来て）もらいたかったのだが」[8]と語りかけている人物は（実際にはブセールに行っていない以上）、デ・バローではありえないとの主張も疑問だからである。というのはこの詩行は « Je t'eusse fait jadis passer les Pyrénées » と条件法過去第二形で書かれ、「（パリから直接来るのではなく、私の）ピレネー地方（山地）（での苦難体験）を経て（追体験して）、故郷のブセールに私を訪ねて来て欲しかった」と言っているのであって、「ティルシス」がブセールを訪ねなかったと言っているのではないからである。

したがって結論としてわれわれはラシェーヴルが言うように、この詩の名宛て人「ティルシス」はヴィオーを師匠とも兄貴分の先輩とも見なし、同性愛関係にあったとされているデ・バローにほぼ間違いないと考えている。

詩形・構造

百八十六詩行よりなるこの長大な書簡詩の詩形は、最初から最後まで [aa, bb, cc, dd,...] という典型的な平韻による厳密なアレクサンドラン（十二音綴り）詩形を取っている。ただすでに述べたように、終末部に入っているらしいとはいえ、最終部が少なくとも数行（四詩行？）欠けているらしい（未完？　紛失？　おそらく前述したように、逮捕時の混乱による紛失ではなく、逮捕自体による未完と思われる）のは残念であるが、ただわれわれの一つの見方では最後に少し詳しく触れることになろうが、もしかするとこの作品は未完ではなく、完成された作品である可能性もないわけではない。

次に詩の構造、つまり詩の内容面から構成法を見てみると、この書簡詩も、『兄へのテオフィルの手紙』と同様、三部構成となっている。第一部は第一詩行から第一〇二詩行までで、この部分はさらに詩人の「事件」とともにティルシスはじめ友人たちが手の平を返すように裏切り、詩人から離反したことへの嘆きと人生・人間への諦観を歌った前半部と迫害者たち（イエズス会）への批判と反撃を歌った後半部に分けられる。

この詩の第一部と『兄へのテオフィルの手紙』の第一部とを比較してみると、前者の第一部前半部は冒頭部より親友ティルシスの離反・裏切り・忘恩への嘆き・非難となっているのに対して、後者の第一部前半部を構成している冒頭のストロフと第二ストロフの部分は、じつの兄ポールの物心両面にわたる献身的な救援に対する感謝となっており、この点から言えば両書簡詩は対照的・対立的であり、正反対の性格を有していると見ることもできる。ただ両者ともに、第一部後半部は迫害者（イエズス会士たち）への痛烈な批判とその反撃となっていて、後者『兄へのテオフィルの手紙』の方がより激烈な調子を帯びているとはいえ、ほぼ同質の内容となっている。

中央部すなわち第百三詩行から第百三十二詩行までの第二部は『兄へのテオフィルの手紙』と同じように、美しい自然に恵まれた素朴な故郷での生活がいかにすばらしく幸せであるか（ありえたか）を歌った故郷称讃詩となっている。ただ同じ故郷称讃詩であっても、その称讃の仕方には明確な相違が認められるのである。すなわち『ティルシスへのテオフィルの嘆き』は条件法過去や過去第二形の使用により、学問を積み、中央のパリに出て有名になることなく、故郷に留まっていたならば味わえたであろう数々の幸福と楽しみを、つまり「ありえたかも知れないが、実際には存在しなかった幸福」を歌っているのに対して、後者『兄へのテオフィルの手紙』では、直説法単純未来形および一部条件法現在形の使用により、無実の罪が晴らされ、解放された暁には、故郷に帰ってふたたび味わえるであろう「未来の幸福を夢想して」、つまり強い願望形で歌っているという相違が認められるのである。もちろん両者のイマージュやヴィジョンの根底には、幼少年時代の故郷での幸福な実体験が存在しているという点では両者ともに同質の夢想とも言えるが、前者は条件法過去（および過去第二形）の多用に窺われるように受難直後の精神の動揺、悔恨の心理を反映した懐古的後ろ向きのヴィジョンとなっているのに対して、後者は火刑の恐怖に脅えながらの長い幽閉生活の終息を予感していた時期に書かれたため、単純未来形の多用がそのことを示しているように、まもなく訪れるであろう出獄後の帰郷での「近未来の幸福な生活」を夢想した生への積極的・前向きなヴィジョンとなっているのである。

終末部の第百三十三詩行から尻切れトンボとなっている（?）最終詩行第百八十六詩行から成る第三部は、これまた『兄へのテオフィルの手紙』の構成と同様、ふたたび第一部の主題に回帰。すなわち最も信頼していたティルシスの離反・忘恩への嘆き・愁訴また王の恩赦、迫害者イエズス会士たちの追及の弱まりなどの可能性への期待とともに、詩人の人生や人間性への諦観などを第一部より冷静かつ内省的に語っている。また自らの悲劇が第一部の「有名になりすぎた罪」とともに、この第三部では平民ではなく「貴族出身であるがゆえの受難」であったと特異な理由づけをしている点も注目される。『兄へのテオフィルの手紙』の第三部は完璧な円環構造となっている、すなわち第三部前半部は第一部後半部と同様、迫害者（イエズス会士たち）への激しい呪詛と罵倒のポレミックな論争詩となっており、第三部の後半部を構成している第三二ストロフで迫害者たちを攻撃しつつもふたたび兄を登場させ、最終詩節の第三十三ストロフでは第一部の冒頭第一ストロフとほとんど同一詩句を反復させて、ふたたび兄ポールへの感謝の念を歌っている。それに対して、『ティルシスへのテオフィルの嘆き』では、第三部前半部は王より年金を受けていたルイ十三世のお抱え詩人であったヴィオーは逮捕直後、王の恩赦による救済と迫害者の目の届かない片田舎への隠遁の可能性への期待が語られて、後半部ではティルシスの裏切りと忘恩に対する再度の怨嗟を静かに語り、同時に迫害者たちが最終的には敗れ、絶望と苦悩の果てに、自身の幸福が再来するであろうことを期待して終わっているのであるが、すでに指摘したように、未完のため『兄へのテオフィルの手紙』のような完璧な円環造とはなっていない。また未完成といえばこの詩の第三部最終部の第百八十詩行末に［…］という省略記号があり、これが何を意味するのかは不明である。われわれの推測では、ここに『兄へのテオフィルの手紙』第三部流の激烈なイエズス会・検察批判が書かれていたため、出版に関わった友人たちかあるいは作者自身が、以後の訴訟のことを考え、パリ高等法院の判事たちの心証を悪くしかねない懸念から削除したものと考えられる。
次にこの書簡詩の内容を、各部ごとに具体的に見てみよう。

第一部　ティルシスへの嘆き・怨嗟、迫害者への反論、旧教信仰告白

G・サバはこの詩全体は、諷刺と罵りが交互するエレジアックな調子が特徴的であるとしているが[9]、たしかに『兄へのテオフィルの手紙』などに見られる激烈な呪詛や罵倒はなく、むしろモラリストとして人間性や人生に対する諦観・覚醒から、詩人の危機に直面したときの友人たちの態度をある意味で「是非もない」と諦めながらも、愚痴らずにはいられないその嘆きの感情が、「抑えた」調子、自己抑制された語り口で語られているのである。まず冒頭部を見てみよう。

ティルシスよ、君は、先刻承知しているのだ、私を押しつぶそうとしている不幸を知りながら、
自分が何もしないのは何がしかの忘恩だということを。
君は私の焚火を前にしても、まどろんでいる。
が、その炎や噂が君を目覚めさせたのかも知れない。
君は承知しているのだ、私の裁判が終了し、やがてグレーヴ広場で
私の肖像が焼かれることになるのが事実だということを。
すでにわが友人たちはこのおぞましい噂の恐怖の結末を
知ろうと無益に奔走し始めたのを。

また王が私を見捨て、この事件に巻き込まれて、
わが性格がもっともな苦悩により歪められてしまうに違いないことを。
最も腹の座った友人でさえ溜息なしには、私が耐えている
この不安を聞くことができないということも。
同様に知ってくれ、わが魂はほとんど完全に擦り切れ、
死の女神クロトはその紡錘の先端にわが生命を括りつけ、
わが望みはついにはこの災禍に屈せざるを得ないということを。
またわが理性が私に涙を流すことを勧めていることも。
わが不運のために、君が私に誓っていた友情が、
続かなくなってしまったなら、どんなに君が、
人間の本性に従って、私がよろめいているのに、
手を差し伸べることもなく、私を傍観しているかを。
少なくとも運命が私を深淵に引き込むのを見て、
少しは痛みを感じるふりはして欲しい、

ヴィニーやネルヴァルが歌ったオリーヴ山やゲッセマネの園におけるキリスト、あるいはネルヴァルが遺稿で「イエス・キリストの同胞たちはイエスを死刑に処した。――彼の使徒たちは彼を知らないと言って見捨てた。彼らのうちただ一人として彼のために自らの生命を犠牲にしようとする者はなかった――事がすんでしまうまでは。――」と語るキリスト同様、詩人が風俗紊乱と神に対する不敬罪のかどで欠席裁判によって火刑判決を受けたことに、ほとん

どの友人は驚天動地、恐れをなし、蜘蛛の子を散らすように逃げ去ったさまを見て、ヴィオーは改めて人間の本性の、人間のエゴイスムの何たるかを痛感する。あるいは友人の真価が明らかとなるのは幸運時でのつきあいの中にではなく、己が危機に陥ったときであることを身を以って知らされることとなる。ティルシスはじめ、離反した友人たちに向かって詩人は、「わが身が可愛い」という人間の本性に従って、手を差し伸べ助けてくれないのは仕方ないとしても、せめて「少なくとも**運命**が私を深淵に引き込むのを見て、／少しは痛みを感じるふりはして欲しい」[11]と訴える。ヴィオーは平時それほどのこともしてあげなかった目立たぬ友人が、手を差し伸べ救援してくれる事実に驚くとともに、自分が最も目をかけ、愛していた友（弟子）、そして平時はヴィオーとの交際や彼の友人であることを自慢していた人が、手の平を返したように裏切り、去っていく現実を見て無念に思う。

私は誰を愛すべきであったかあまりよく知らなかった、
と非難する困った噂が広まることがないように。
こうした非難を避けるために、日夜、懸命に
身も心も粉にして頑張ろうとしているダーモン[12]は、
私が彼の忠誠のおかげでずっと耐えことができるだろうということを、
少なくとも彼のそうしたささやかな救援が私に確信させてくれるのだ。
無実の私に対する迫害者たちの不当な勝手放題を
防ぎえなかったのはダーモンのせいではない。
彼は、私に君の忠誠を疑わせる脅威を私から跳ね除けるために、
可能な限りのすべてのことをしているのだ。

こうした災禍がなければ、私は君の包み隠しのない心を決して見ることはなかっただろう、
つまり君の臆病（卑怯）はそれまでは常に私には包み隠されていたのだ。
（……）
そして君が私に忠実であったこの災禍が起こる前までは
君は私の友人であることを自慢していたことを思い出して欲しいのだ。
私の不幸が君に初めて試練を与えてよりこの方、
君は勇気が挫け、私を見捨てているのだということを、[13]

「こうした災禍がなければ、私は君の包み隠しのない心を決して見ることはなかっただろう、／つまり君の臆病（卑怯）はそれまでは常に私には包み隠されていたのだ」という言葉には、彼の晩年の懐疑主義的モラリストとしての覚醒、あるいは無意識的なカルヴィニスム信仰に裏打ちされた暗い運命観・人間観の告白が見てとれるのである。彼は晩年次第にピュロン主義的なモラリストの風貌を帯びていったように見えるが、本詩『ティルシスへのテオフィルの嘆き』はその出発点の一つとなっているようにも感じられるのである。

第一部前半部より後半部への移行詩行で、詩人は自分が人を決して騙さなかったこと、誰一人にも損害を与えたことはなかったこと、ローマ教会の神を真摯に信仰していることなど、自分の心を奥底まで誰よりもよく知っているティルシスだけに、彼が詩人のこうした点を第三者、中傷者に向かって弁明してくれなかったばかりか、私の悪口さえ言う（第三部、百六十七詩行）ことに絶望する。

私の心の奥底までわかっている君自身は

私が以前どのような生活を送っていたかを、
またわが無実の精神が密やかな真実の愛の中に、
日に百回も顕わになったのを知っている君よ。
君の心が私にいかなる誤りの疑いをも抱かず、
私が誰も騙さず、何人にも損害を与えなかったことを、
またローマ教会のもとへ教導されて[14]以来、
わが魂はしっかりとカトリック信仰を感じてきたことを、
そしてわが救済の唯一の望みは世界を贖罪した人の
十字架のうちにあることを、君は知っているのだ。[15]

次にローマ教会の神と信仰の守護者を自任しているイエズス会士たちの詩人に対する批判・中傷に対してこのように反論し、自己弁明を行う。

わが心はかしこに[16]向かって一直線に進み、
ローマ教会が信ずるものをしっかりと信じるのだ、
中傷家たち[17]が盲目的な狂信から
フランスの自由に反対して、
そして彼らの暴言は婦人たちに、
私が魂を誘惑する説教者であると信じ込ませた。

人々は私の悪口を言い、まるで私がローマ教会の掟を絶滅させるべく
振る舞っているかのように、さらにいっそう私の噂をしているのだ。
彼らは、世人に私の名前の中におぞましい脚韻を見つけさせ、
無実の人々に誤った考えを説教し、人々を堕落させているのだ。
彼らは私の行く至る所に落とし穴を仕掛け、
私の眼差しを窺うスパイを放って、
立派な気質ゆえにで私と同じ意思を持っていた
人々を私から引き離してしまったのだ。
彼らは私に敵対するためにサタンと手を組んだのだ。[18]

詩人の迫害者・中傷者であるガラス神父、ヴォワザン神父といったイエズス会士たちに対する反論は、『兄へのテオフィルの手紙』に比較すると、同詩が激烈な罵倒・呪詛調であり、非常にポレミックで攻撃的であるのに対して、本詩は世間の同情を買うことを意図してかどうかはともかく、むしろ防御的で愚痴っぽい語り・嘆き節、サバ流に言えばエレジー調、哀歌調となっており、この点が両書簡詩の最大の相違点の一つとなっている。つまりヴィオーは彼らを直接的に激しく攻撃せず、むしろ迫害者であるイエズス会士たちに向かって、「わが自由思想が世界の**創造者**と**運命**とを混同しているという評判（神の摂理＝運命と見る彼の無意識的カルヴァン神学からすれば、必ずしも見当外れの評判とはいえない）を広めているにもかかわらず」、また彼が婦人たちの魂の誘惑者であり、「ローマ教会の掟を絶滅・破壊するかのように振る舞っている」との中傷をしているにもかかわらず、「わが魂はしっかりとカトリック信仰を感じてきたことを、そしてわが救済の唯一の望みは世界を贖罪した人の／十字架のうちにあることを」信じてきたの

だ、と自己のカトリック信仰の揺るぎないこと、その真摯性を強調するという形で、自己の立場を弁明しているのである。

詩人は次に、ガラス神父がその著『奇妙な教義』で行っているリベルタンたちの「悪習」批判、すなわちヴィオーに代表される当時の「リベルタン」と称された若者の、とりわけヴィオー自身のその「悪しき風俗・習慣」批判に対する反論・弁明を行っている。同神父はヴィオーたちのその刹那主義 épicurisme・享楽主義 hédonisme を批判しており、ヴィオーはその批判に対する反論として、ローマ教皇も「自然な楽しみ」や「必要な気晴らし」は許容していると主張する。

それは自然な楽しみであり、この楽しみの中に陥りがちとはいえ、
わが精神は悪い欲望を許容することはないのだ。
人間に許されねばならない気晴らし、
またそれをローマ教会では聖下（教皇）も罰せられていないのだ、
なぜなら必要が法を作る以上、帝国はそうした罪を赦免することによって、
実利的利益を得ないわけではないからだ。
このことはカトリックの聖なる帝国の汚点というわけではない、
なぜなら二つの悪のうち最悪のものを常に避けねばならないからである。[19]

ガラス神父は同書の中でとりわけテオフィルとその一派の飲酒癖を再三批判しているが、ヴィオーは「とはいえ私にも欠点があり、彼らはこの欠点を非難する吼え声を／高々と上げている。ティルシスよ、それは私が飲むという欠

点です」と、この点は率直に自分の欠点として認めた上で、しかしアルコールは彼にとっては詩のインスピレーションを得るための必要不可欠なものであると反論する。[20]

彼らはワインが、君も知っての通り、あのすらすら書く表現力を
私に喚起する火と考えており、
私が飲み屋「松ぼっくり亭」にいるとき以外は
人々は私がラテン語を話すのを聞くことができないと考えているのだ。
彼らはワインが私の呼吸を害するので、セイレーノスに描かれたものより[21]
もっと大きな瘤を私に作ったと信じているのだ。[22]

そして彼の飲酒は精神と肉体両面にわたってその働きを阻害することはなく、食事に至ってはむしろ質素であり、信じられなかったら「実況見分」して欲しいと反論ないし自己弁護する。

私の放蕩（飲酒・乱痴気騒ぎ）は精神と肉体の両者において、
その最大の働きを決して妨げることはなかったと私は信じている。
私のこの上なく質素な食事は実況見分の価値があります。[23]

第一部最終部でヴィオーは自分の迫害・受難の原因として、次のような奇妙な理由を挙げる。すなわち「私が抱える罪のすべて、それは私があまりにも有名すぎることである」。したがっていつも人々から見られ、敵対者たちから

監視され、一般人には許され、大目に見られることも見咎められ、プライヴァシーがないと嘆く。

それは私が何をしているかを多くの人々が知っているからである。
わが罪は、何里離れたところに隠れ巣籠もっても、
たちまち巷に姿を現してしまうのだ。
私は至る所で人々に自分の姿を見られるが、そこではいつも裸なのだ。[24]

つまり彼は「わが善意に反して、何がしかの評判を得るというこうした軽薄な栄光が／私の悲惨を引き起こしたのだ！」と考えるわけだが、いくら有名であっても、批判・攻撃されない人もいる以上、これは一種のこじつけとも言える。要するに彼はここで、自分が有名でありすぎるために、少しの欠点も大目に見てもらえず、見せしめのためのスケープゴートにされてしまったと言いたいのだろう。

ここで第一部は終わり、条件法過去第二形を伴う次の感嘆文から、第二部の中央部となっている「故郷称讃詩」が始まる。

第二部　故郷称讃詩、「ありえた幸福」喪失への悔恨

私の運命は何と穏やかであったことだろう！
ガロンヌ河の岸辺に寄せる波がかくも魅力的で、
私の日々がこうした孤独な場所で人知れず過ぎ去っていたならば。

私以外の誰も私におしゃべりさせたり黙らせたりしたことはなかったであろう。
私は自分の好きなように睡眠を取ったり、
気の向くままに木陰で休んだり、陽に当たったりしていたであろう。
あの木蔭さす谷あいには、母なる自然がわれらの家畜の群れに
永遠に尽きない牧草地を恵み、
そこで私はワインを一気に飲みほす喜びを味わっていただろう、
岩々で区切られたかなりやせた土地が
幸いにも近隣の丘陵地の斜面で生み出した
透明で発泡した、そして美味しく、新鮮なワインを。
かの地で私と私の兄弟たちは楽しく、領主も家臣もいない
とても平和な生活を送ることができていたのだ。[25]

この故郷讃歌は、『兄へのテオフィルの手紙』の中央部のそれとほとんど同一、同質とも言えるが、本書第二部第III章ですでに見たように、後者が直説法単純未来形を使って、牢獄からの解放が間近いことを確実に予感しつつ書かれているので、未来志向的で「生きる希望・意欲」に満ちているのに対して、本詩は逮捕命令や火刑判決直後の潜伏中に書かれたため、中央のパリに出て有名になることなく、無名のまま故郷に留まっていたなら、こんな不幸に陥らず、素朴で平和な生活が送れていたのに、という後悔の念の滲んだ条件法過去形（第二形）による「後ろ向きのヴィジョン」となっている点が対照的と言える。つまり詩人はここでそうありえた、しかも、故郷に留まっていたなら確実にそうありえた「幸福で平穏な生活」、自然とともに自然の中で、人様から非難されることなく、さまざまな感覚

的楽しみを享受できたであろうことを夢想し、そうしなかったことを後悔する。

かの地では私がその犠牲となっているあの中傷者たちは
誰も決して私を妬んだり、私の楽しみを
咎め立てしたりしなかったであろう。また私は至る所に
好みの愛する女性を追いかけ、その喜びに私のペンを捧げていただろう。
そこでは私は、深刻でも軽薄でもない情熱でもって、
羊飼い娘の瞳にわが恋の炎を捧げていただろう。
彼女の心は私の約束に満足していただろう、
彼女の髪に亜麻のバンドをプレゼントしてあげるという約束に。
カリストの自尊心がそのために嫉妬で破裂してしまうほど、
私はこうした喜びにわが人生をとても満足させていたことだろう。
私たちの甘い官能の高ぶりを、二人の抱擁の証人である
あらゆる場所で描いていただろう。[26]

故郷に留まっていたなら、誰から中傷・非難されることもなく、「深刻でも軽薄でもない情熱でもって」羊飼い娘と甘く官能的な恋をし、「こうした喜びにわが人生をとても満足させていたことだろう」し、その素朴な恋を詩に書いていただろうに、と悔恨。
第二部中間部の最終部から第三部終末部にかけて、詩人はルイ十三世による恩赦の期待（実際にはなかったが）と

その返礼の意もこめて、王に献呈されるはずの「壮大な英雄叙事詩執筆計画」のことについて言及する。もっともこの叙事詩執筆の計画（意図）については、一六二〇年頃書かれた『ある婦人へのエレジー』や同年パリのクロリスに宛てて書かれた「エレジー」と題されたさる恋愛詩などにおいても言及されているが、この計画は結局実現しなかった。

わが精神が英雄叙事詩を書くという堂々たる計画を
わが意に反して、自慢せねばならないとしたなら、
パリやあるいは宮廷に留まるよりも、
たしかにもっと打ち解けて滞在できるところを探さねばならない。
もし私の状況が今より好転するようであったなら、
私が安全な隠遁地に引っ込むことを王が許して下さらんことを、
フランスのどこかにひっそりとした片隅が見出せることを、
わが迫害者たちが私をとても遠い存在と感じるような片隅を。
苦難から脱出したというううれしい思い出に浸りながら、
私はどのような愉快なことでわが詩的霊感を養おうか？[27]

彼は王の栄光と功績を顕彰したこうした英雄叙事詩を書くためには、パリや宮廷ではなく、中傷者や迫害者の目の届かないフランスの片田舎に引き籠もる方がベターと考えるので、恩赦により自分がそのような片隅へ隠遁できるようにして欲しいと王に懇願する。そこでいかなる迫害者の目も気にせずに、豊かとなった詩的想像力を自由に駆使し

て王を称讃する英雄叙事詩を書くことを夢想する。

第三部　ふたたびティルシスの不実への嘆き＝モラリスト的省察への萌芽、苦難脱出への願望

第三部終末部は前述したように、最後が中断していて未完成となっているためか、『兄へのテオフィルの手紙』と同様、第一部のモティーフの再現でありながら、何か少しもの足りないというか、どこか尻切れトンボ的な終わり方となっているような印象が少ししないでもない。

ただ注意して読んでみると、第一部に歌われていた親友ティルシスの離反・忘恩・卑怯に対する単なる嘆き・失望の反復ではなく、より内省的、哲学的、モラリスト的省察が加えられた嘆きとなっている事実には留意する必要があろう。

そのときには君は恥ずかしく思うだろう、私が逆境にあるとき、
かくもしばしば空しく君に救援を懇願したにもかかわらず、
君が私とともに共有すべきであった
一連の運命を見捨ててしまったことを。
もし今日の君が私にとってかつての君であるならば、
もう一度探してみてくれ給え、君の願望を、今日ではかくも冷えてしまったとはいえ。
私はかつて君にピレネー地方を経由してもらいたかったのだが、
私は君の日々を私の年々で束ねておきたかったのだが、
君の計画を、大西洋岸から日出ずる世界の果てに至るまでの

わが運命の流れの中に導き入れたかったのだが。
そして私は何も、わが心の中でさえ、何もしはしなかった、
君に無理やり私の方に顔を向けさせるようなことは何も。
それ以来、私は何もしなかったし、神に誓って、君を、
おお、ティルシスよ、毎日少しずつより良く愛するということ以外は。[28]

こう歌ってヴィオーはティルシスにかつての熱い友情を思い出させようとし、友のモラル（勇気）を目覚めさせようとする。そして詩人は神に誓って、ティルシスを毎日少しずつより良く愛するということ以外は、彼に対して「何も、わが心の中でさえ、（ティルシスに悪いこと・不利益なことは）何もしはしなかった」ということ、彼に「無理やり私の方に顔を向けさせるようなことは何も」しなかったということを訴え、ティルシスに良心と勇気を目覚めさせようとする。その前の四詩行「私はかつて君にピレネー地方を経由してもらいたかったのだが、／私は君の日々を私の年々で束ねておきたかったのだが、／君の計画を、大西洋岸から日出ずる世界の果てに至るまでの／わが運命の流れの中に導き入れたかったのだが」は難解だが、ここはおそらくこういう意味ではなかろうか。すなわち詩人と同性愛関係にあった若い詩人デ・バローに、ヴィオーの第一回の追放時におけるピレネー山地放浪という苦難体験を追体験することで自分を理解して欲しかったという気持ち、さらにはデ・バローの短い人生経験（「君の日々［の生活］」）をヴィオーの長い人生体験に重ね合わせることで、自らの人生を弟子のデ・バローに理解してもらいたかった、あるいはデ・バローの今後の人生設計（「君の計画」）をヴィオー自身の人生の中で指導してあげたかった、との意ではないだろうか。

ああ、悲しいかな、もしわが不幸が何がしかの過失から生じていたのなら、
わが理性は君の冷淡な態度ももっともだと感じるのだが、
そしてわが不幸のうちに己以外には恨みを晴らすべきものが
見つからなければ諦めもするのだが。[29]

今度の不幸・災禍が自らの過失・過ちから招来し、そのためにティルシスや友人たちが彼から離反していったのなら、それは身から出た錆ということで諦めもしよう。が、根拠のない誹謗・中傷から生じ、そのことを友人たちも百も承知しているのに、国家（司法）権力に恐れをなして、彼を見捨ててしまっただけに、諦めきれず、彼らの態度に怒りさえ覚えてしまうのである。

わずかに残った友情が今日私の激怒を引き起こす、
私が深く愛している者が自分に背いていると感じて。[30]

また次の詩句は、カトリックに改宗しながらもなお無意識下にあるヴィオーのカルヴィニスム信仰の運命観が現れており、それに基づいた人間観が反映されているように思われるのである。

君にはよくわかるだろう、眼も判断力も持っていない運命は
その転機において君の意志を変えてしまうのだということを。[31]

そしてそのような理不尽な忘恩・裏切りを反省し、正そうとしない者には、神は決して「許し」grâce を与えないだろうこと、そして「無実な」彼は絶望と悲嘆の果てに、最終的には「幸福」が現れるであろうことを期待し、祈願してこの詩を終えようとする。

少なくとも安心して欲しい、そこで時節が何をしようと、
かくも不実な思い上がりは決して恩寵（許し）を得ることはないだろう。
私にはよくわかる、わが災禍はその進展を終え、
今より幸せなある太陽がわが生涯を終わらせてくれるであろうことが、
そしてわが幸運が迫害者たちの妬みを粉砕してくれるであろうことが、
わが人生を苦悶させている数々の残虐行為にもかかわらず。
絶望の彼方に、わが幸福が現れるであろう。
こうした恥辱全体がわが名誉を増大させることになるであろう。[32]

しかしここで彼はさらに突然「貴族＝受難」説を持ち出す。「そうした運命は平民出身者たちのものではない、／私を脅迫しているイエズス会の権力がどんなに大きいにせよ、／私に対するその残忍な意図を含む屈辱的な死が／彼らの陰険な胸中で討議されるとは[32]」。貴族出身の者は社会や各分野（文学・思想・哲学）で指導的立場に立たねばならず、そのことが彼の受難の一因であったと彼は考えるのである。そして最後に、

君はわが意に反して、何と自らを不実な人としてしまったのだろうか、

君は名誉がかかっているにもかかわらず、何と臆病者となってしまったことだろう。
あらゆるわが苦しみの中にあって、私は、君の意に反して、
わが心とわが信仰をいつまでも保持するであろう。
そして執拗な腹黒い悪意が、わが辛抱強さとともに、
わが栄光を増大させるであろう。[33]

と歌って、『兄へのテオフィルの手紙』と同じように、最後にふたたびティルシスの不実と卑怯（臆病）を嘆き、友人たちの裏切り・離反にもかかわらず、またあらゆる苦しみにもかかわらず、「わが心」のうちで「わが（カトリック）信仰はいつまでも保持されつづけ」、イエズス会の執拗な悪意ある迫害にもかかわらず、「わが栄光」（無罪判決による名誉回復）が訪れるであろうことを願ってこの詩を終えている。

結論

このように見てくると、最初に述べた通説となっている本作品未完成説に多少の疑問が生じてくるのも事実である。すなわち冒頭部の離反した卑怯（臆病）者のティルシスへの嘆きが最終部でふたたび変奏されながら反復されており、これはこれで『兄へのテオフィルの手紙』とまったく同様に、最初の地点に回帰し円環を閉じているようにも感じられるからである。また逮捕・投獄後まもなくしてモレ検事総長より、獄中での読書と執筆を許可されているので、逮捕時の混乱とショックのために中断されていたのならば、この段階で本詩の続きを執筆して完成させることができたはずではなかろうか？　むろん時宜を逸してしまうと続きを書く気がしなくなり、未完のまま放っておくということは多くの作家・詩人にまま見られる現象で、本書簡詩もこのケースであった可能性も否定はできないとはいえ、

いずれにしてこの書簡詩はヴィオーの白鳥の歌となった『兄へのテオフィルの手紙』の原型、少なくともその出発点となっているばかりか、晩年の彼のモラリスト的側面、すなわちエピキュロス的でありながらストア派的モラルも有した彼の人間観・人生観の萌芽が認められるように感じられるのである。むろん『兄へのテオフィルの手紙』に較べれば、その哲学的省察は明確には現れてはいないが、その原核的なものが散見されるのである。あるいはこう言えるかもしれない。すなわち本書簡詩は『兄へのテオフィルの手紙』と表裏関係にある作品であると。すなわち一方は裏切り・離反に対する嘆き・非難の詩であるのに対して、他方は苦境にある詩人への救援に対する感謝の詩であるが、同じ一つの不幸な体験がもとになっているのであり、一方は過去への「後ろ向きの悔恨詩」であるのに対して、他方は解放を予感した未来への「前向きの、生への願望詩」であるにもかかわらず、両者のイマージュ・ヴィジョンの原核はともに幼少年時代の故郷での実体験の思い出そのものであり、この意味では両詩は故郷での幼少年期体験という同じ一つのものから生成しており、それが一方は裏に出（『ティルシスへのテオフィルの嘆き』）、他方は表に出た（『兄へのテオフィルの手紙』）にすぎないと見ることもできるからである。

この作品はサバ Saba[34] やマリオ・ロック Mario Roques[35] がわずかに触れている以外、今日までほとんどの研究者から注目されることなく「放置」されてきた作品であるが、右に見てきたように作品自体の質と詩人の人生・思想との関係から見た時、その重要性は、もっと注目されてしかるべき作品ではなかろうか。

註

1 Frédéric Lachèvre, *Le Procès du poète Théophile de Viau*, tome I, p. 430.

2 *Ibid.*, p. 191.

3 Antoine Adam, *Théophile de Viau et la libre pensée française en 1620*, pp. 367–371.

4 一六二三年七月十一日、パリ高等法院より出された詩人の逮捕命令。

5 Théophile de Viau, *Œuvres complètes*, tome II, par Guido Saba, Honoré Champion, 1999, p. 147.（以下、*Œ. H.C.* t. II と略。）

6 Adam, *op. cit.*, p. 370.

7 Adam, *op. cit*., p. 370.
8 *Œ. H.C.* t. II p. 147.
9 Guido Saba, *Théophile de Viau : un poète rebelle*, PUF, 1999, p. 90.
10 *Œ. H.C.* t. II, p. 147.
11 *Œ. H.C.* t. II, p. 143.
12 ここでの「ダーモン」Damonとの仮名は、詩人の最後の庇護者モンモランシー公爵配下の軍の隊長であったジュール・ド・ボワイエ Jules de Boyerを指していると思われる。実際詩人は逮捕された直後、彼に救援を乞う手紙を書いている。
13 *Œ. H.C.* t. II, p. 144.
14 詩人のプロテスタントからカトリックへの改宗。彼は獄中で書いた多くの作品の中で繰り返し、一六二二年八〜九月のこの改宗体験を語っている。
15 *Œ. H.C.* t. II, p. 144.
16「かしこ」làとは、言うまでもなく「彼岸」、神の国。
17 ガラス神父、ヴォワザン神父といった詩人を中傷・弾劾していたイエズス会士たち。
18 *Œ. H.C.* t. II, pp. 144–145.
19 *Ibid*., p. 145.
20 ガラス神父はその著作『奇妙な教義』の中で、ヴィオーとその友人たちの飲酒癖を痛烈に批判している。
21 バッカス＝デュオニーソスを教育したと言われている野に住む精。優れた智慧を持つが、毛むくじゃらで、馬の耳や脚・尾を持ち、低鼻の非常に醜い老人とされる。
22 *Œ. H.C.* t. II, p. 145.
23 *Ibid*., p. 145.
24 *Ibid*., p. 145.
25 *Ibid*., p. 146.
26 *Ibid*., p. 146.
27 *Ibid*., p. 146.
28 *Ibid*., pp. 146–147.
29 *Ibid*., p. 147.
30 *Ibid*., p. 147.
31 *Ibid*., p. 147.
32 *Ibid*., p. 147.
33 *Ibid*., p. 147.
34 Guido Saba, *Théophile de Viau : un poète rebelle*, PUF, 1999, pp. 89–92.
35 Mario Roques, « Autour du procès de Théophile. Histoire d'une variante », dans *Mélanges offerts à Henri Chamard*, Nizet, 1951, pp. 285–292.

VIII 長編オード『シルヴィの家』

1 円環的・シンメトリー構造

序論

この長大な詩『シルヴィの家』[1] *La Maison de Sylvie* は、同じくオード形式の長詩『兄へのテオフィルの手紙』*Lettre de Théophile à son frère* とともにテオフィル・ド・ヴィオーの晩年の作品を代表するばかりか、初期の詩『朝』*Le Matin*、『孤独』*La Solitude* と並ぶ最も有名な作品であり、詩人の代表作[2]でもある。しかし、この作品はしばしば引用されるわりには本格的な研究は今日まで意外になされておらず、一応まとまった研究と言えるものは以下の四研究のみである。すなわちジャック・モレル（元パリ第三大学教授）の「『シルヴィの家』の詩的構造」[3]（一九六九年）と、マリ＝テレーズ・イップ女史の「『シルヴィの家』、あるいは寓話の使用について」[4]（一九八九年）という二つの短い雑誌論文、ジェイムズ・サクレの『マニエリスム的血――十六世紀末のフランス抒情詩における血という語をめぐる構造的研究』[5]（一九七七年）という研究書の一章（第七章）、「バロックの楽園へ――テオフィル・ド・ヴィオーの〈詩作品集第一部〉と〈シルヴィの家〉について」、そして現代のヴィオー研究における世界的な権威であり第一人者であるギッド・サバ（ローマ大学教授）のヴィオー研究の集大成となっている研究書『テオフィル・ド・ヴィオー、反逆の詩人』[6]（一九九九年）中の一章「シルヴィの家」のみである。そこでわれわれもこれらの先学を参照しつつ、千二百五十詩行というヴィオー詩の中では最も長いこの詩の持つさまざまな問題を本節および次節において考察する予定だが、本節ではこの詩の持つ特異な構造性に注目して考察することとしたい。

この詩は晩年の傑作と評されている長編オード詩『兄へのテオフィルの手紙』とほぼ同じ頃に執筆された。すなわちヴィオーは、パリ高等法院より『サティリック詩人詩華集』*Parnasse satyrique* の主要な作者に対する逮捕命令が一六二三年七月十一日に出されたことを知るとただちに身を隠し、ついでシャンティイ城に逃れたが、この詩はこの頃から書き始められ、その後逮捕（一六二三年九月十七日）・投獄されるが、獄中でも執筆が続けられ、翌一六二四年の夏にはコンスィエルジュリー牢獄のモンゴメリ塔独房で完成され、同年九月には友人たちの協力・援助により出版されている。[7]

この長詩は何よりもまず彼の晩年の庇護者である大貴族モンモランシー家の人々、とりわけ苦境に追い込まれた詩人を保護・弁護し手厚いもてなしを惜しまなかった、モンモランシー公爵アンリ二世 Henri II duc de Montmorency と同公爵夫人マリ＝フェリス・デ・ズュルサン Marie-Félice des Ursins に対する感謝と恩義の気持ちを表するために書かれた同公爵夫妻称讃詩となっているが、それは単なる庇護者称讃詩、poésie encomiastique、poésie panégyrique の域に留まることなく、同時に非常に個性的な抒情詩、風景詩、哲学・思想詩ともなっている。前者について言えば、一六二三年七月十一日、モレ検事総長の要請に基づき、パリ高等法院はヴィオーを含む『サティリック詩人詩華集』の作者たちの逮捕を命じ、翌八月十八日、被告人たち欠席のまま判決。ヴィオーはその著書とともに、「生きたまま火あぶり」brûlé vif の死刑判決。この判決は翌日グレーヴ広場で詩人の「似せ人形」effigie により執行される。詩人は逮捕命令直後、上に述べたように、パリのモンモランシー館に、ついでシャンティイの城内に避難して、難を逃れた。詩人はモンモランシー公自身に難が及ぶのを危惧し、八月二十六日、ベルギーへの亡命を決意してシャンティイ城を退去することになる。同公は夫人とともにシャンティイ城において逃亡中の詩人を保護し、客人として手厚くもてなしたばかりでなく、逮捕・訴追された詩人を積極的に弁護しており、たとえば八月十五日にはモレ検事総長に「詩人の無実と同人の行動・人物の責任を引き受ける」旨を訴える手紙を送っている。[8] 同公爵夫妻から受けたこのような数々の恩義がこの長詩執筆の動機となっているのである。

また後者つまりオード自体の性格について言えば、この詩は称讃詩でありながら同時にヴィオーの個人的運命と生き方・人生、近代的自我と感性あるいは世界観・宇宙観をも語った「胸を刺すような」「叙事詩的」[9]（G・サバ）抒情詩となっており、また最初から最後まで一貫してシャンティイ城庭園内の散策詩、ある面で後のジャン＝ジャック・ルソーの散歩者の夢想詩にも通ずる散歩詩、夢想と空想そして「創造的記憶」[10]を介した風景詩ともなっている。別な言葉で言えば、詩人の悲劇的な人生と思想を語る個人的な詩とオフィシャルな庇護者称讃詩とが見事に融合し、この二要素が調和し、平衡を保ち「和解」conciliation[11] した詩なのである。

この詩は一見するとたしかにヴィギエがそう感じたように、さまざまな「掘り出し物」trouvailles[12] の雑然とした陳列、「それ自身で価値のあるばらばらの場面画の並列」juxtaposition de tableaux séparés et valant chacun pour lui-même[13] のように見えるが、後で詳しく見るように、注意して読むとそこにはじつは見えない「無数の糸」[14] が潜在し、この糸が各場面を連接して全体を統一している一連の絵画、ちょうどカトリックの聖堂内に見られる〈キリストの道行き留〉station de la croix のような詩となっている。また内容的には自然の諸存在に対するプレシオジテな感性〈レミ・ド・グールモン）[15]、今ふうに言うならマニエリスム・バロック的でコンチェッティな感受性・表現法（暗喩、擬人法、誇張法）、ギリシャ・ローマ神話、とりわけオウィディウスの『変身物語』のモティーフ（変身《メタモルフォーゼ》）の多用、近代的自我と思想の近代性、マニエリスム時代の多くの詩人のうちに見られる一種の宇宙的アニミスムとも言える擬人観的感受性 sensibilité anthropomorphique[16] およびこの感性と密接に関連している宇宙的活（生）気論 vitalisme cosmique[17] ないしジョルダーノ・ブルーノ流の宇宙的物活論 hylozoïsme cosmique[18] とカトリック思想（信仰）などが見られ、それらがかろうじて平衡を保ち、同在している。この詩は、次々と現れる多様なテーマやモティーフにもかかわらず、各オード間の自然な連続性とともに、全体として語り口や内的リズムに詩的同質性が保たれている。別な言葉で言うなら、サバも指摘しているように[19]、語り手〈私〉の記憶を通して曲がりくねった散策路を散歩しているような詩的構成となっており、この統一感――まるで一筋の散策路のような――を支えている要因の一つは、ジャック・モレル教授が指摘した、この長大なオード詩に内在している〈詩的構造〉structure poétique[20] にあるように思われる。すなわちこの詩はすでに述べたように、一見ばらばらなテーマやモティーフの雑然たる寄せ集めのように見えるが、じつは作者の意識的かつ周到な計算によって円環的かつシンメトリックに構成されているのである（本章末「テクスト構造図」参照）。

詩形

オード『シルヴィの家』の詩形は、同じ頃書かれたオード『兄へのテオフィルの手紙』と同じように、八音綴十行詩のストロフで構成されているが、両者が異なるのは、後者が三十三ストロフ（全体で三百三十詩行）でできているのに対して、前者は長さの異なる（十から十六ストロフ）十個のオード（全体で千二百五十詩行）から成り立っているという点、およびその脚韻も後者は各ストロフとも［ababccdede］という配列であるのに対して、前者は［ababccdeed］形式という最もオーソドックスで美しい脚韻配列となっていることである。ただし五カ所だけ、この［ababccdeed］形式でなく、［ababccdccd］（第二オード第二ストロフ）という変則配列や［ababccdcdc］（第一オード第九ストロフ）および［ababccdede］（第二オード第一、五、八ストロフ）という変則脚韻配列が認められ、とりわけ第一オード第九ストロフの［ababccdcdc］と第二オード第二ストロフの［ababccdccd］という脚韻配列は変則的で筆者の見たことのない例である。オード詩における脚韻配列については『兄へのテオフィルの手紙』を考察した論考ですでに問題にしたことがある[21]ので繰り返さないが、要点を確認しておくと、ヴィオーの師マレルブが多用したこの［ababccdeed］という形式は十行詩の「フランスの抒情詩形の中で最も美し[22]」く、「最も純粋で自然である[23]」形式と言われ、事実ヴィオーも前期には、つまり逮捕・投獄される前にはこの形式を多用しているが、後期には『シルヴィの家』以外にはこの形式の十行詩は一篇も書いていない。

そこで言えることは『兄へのテオフィルの手紙』がいくぶん変則的な［ababccdede］形式で歌われているのは内容がより悲劇的で、戦闘的だからであり、これに対して『シルヴィの家』は、この詩が個人的な悲劇も語られているとはいえ、第一義的には公爵夫妻称讃詩という多少ともオフィシャルな性格を持っているため、より音楽的調子の整った明るい雰囲気をかもし出すのに好都合な［ababccdeed］という、十行詩中最も純粋でオーソドックスな形式が採用されたのではなかろうか。

構造

次にこのオードの詩的構造、つまり内容面から見たこの詩の構成の仕方について考察してみよう。ジャック・モレル教授は一見ごちゃ混ぜの集積のように見えるこの詩に統一性と一つの詩としての同質感を与えているのは「複合的で包括的なある詩的構造」structure complexe mais exigeante[24] が存在しているからであるとし、この構造を解明し定義しようとしているが、残念ながら読者に明快に説明しきれているとは言いがたい。しかし、彼が言わんとするこの詩の構造は二つあり、一つはたとえばII―IIIストロフとVIII―IXストロフおよびIV―VストロフとVI―VIIストロフとの間に見られる内的なシンメトリーないしアンティテーズ[25]（前後対称性）であり、他方は一つのオード（ストロフ）から次のオード（ストロフ）へ、あるいはあるテーマ（モティーフ）から次のテーマ（モティーフ）への自然でスムーズな〈移行〉transition[26] ないし〈移り行き〉passages[27] という詩的原理――具体的にはギリシャ・ローマ神話の使用と散策 promenade の幻想[28]――であるという。

この詩がシンメトリーおよび対照性という詩的構造と移行 transition およびパサージュ passage という二つの詩的原理によって成立しているとするJ・モレル教授のこうした見方を踏まえて、われわれは以下において、同氏が簡単に指摘するに留めているこの詩の持っているシンメトリー symétrie ないし前後対称性 antithèse についてより詳しく検討する。さらにこの詩が内在させていると考えるもう一つの詩的構造、すなわちモティーフのフーガ性つまりいくつかの動機が変奏されながら反復される性格、およびこの詩が最後に出発点に戻って終わるという円環的な構造性 cyclicité (cycle) に注目し、これら三つの構造概念 (symétrie, fougue, cycle) に基づいて、この詩の構造・構成について少し詳しい考察を試みてみよう。

この詩はすでに述べたように、十行詩の不均等な数のストロフを持つ十個のオード（総詩行千二百五十行）から成り立っているヴィオー詩中最も長い詩だが、ストロフ数を具体的に見てみると、第一オード（十二ストロフ）、第二オード（十四）、第三オード（十一）、第四オード（十一）、第五オード（十六）、第六オード（十四）、第七オード（十二）、第八オード（十二）、第九オード（十）、第十オード（十三）となっていて、中央部の第五と第六オードが最も長いオードとなっている。その理由は、この詩の一つの特質であるシャンティイ庭園の讃美を通した庇護者称讃という外的・オフィシャルな部分と詩人自身の友愛と不幸・受難を語るという内的・個人的な部分がこの中央部で融合・展開し、最も高揚しているためと考えられる。

ジャック・モレル教授は、最初と最後のオード（第一と第十オード）は前者が庇護者シルヴィの美しさと徳性の不滅化 immortalisation への意志表示、また後者はカトリック信仰への回帰とモンモランシー家の栄光の不滅化への決意を表明しているという理由で、それ以外の第二オードから第九オードまでの本体部とは異質と見て、分けて考えているが、われわれはそれらを異質とは考えず、むしろそれらは第二オードから第九オードと同様、ともにシャンティイ城やモンモランシー公爵夫妻を称讃し、キリスト教信仰とギリシャ・ローマ神話を並置し、前者の後者に対する最終的な勝利を歌っているという意味で両者はまったく同質と考えている。ただ両者が形式的に異なっているのは、第一オードはこの詩の導入部で〈序詩〉、第十オードは結論部としての〈結詩〉、それ以外の部分が本体部となっていて、第一序詩で提起されたテーマ・モティーフを発展・展開させているという点だけである。第一オードと最終オードはともにキリスト教信仰の高揚、この神の加護を通してのモンモランシー公爵夫妻の栄光とその不滅化を誓うという点で、その冒頭と最終のストロフ（第一と第三十三ストロフ）がともに兄への感謝に始まり、終わっている『兄へのテオフィルの手紙』とまったく同様、両詩はともにシンメトリー構造を有していると同時に、最後で冒頭の出発点に戻るという意味では完全な円環構造となっている。

次に〈本体詩〉部の第二オードから第九オードについて見てみると、第二オードと第九オードもシンメトリー構造となっている。というのはこの二オードとも、シャンティイ庭園の美しさとそこを散策する女主人シルヴィの美しさとその徳性を称讃しているからである。また両オードともギリシャ・ローマ神話中の女神ディアーナ、ゼフィロス（西風・春風）、またアポロンを内意する太陽が登場し、第二オードにはシルヴィが釣りをし、彼女の黒い瞳から発せられ、投げ入れられた火と喧嘩しない流水と水の精ナイアード（「彼女の瞳は水の中に火を投げ入れていたが、／この火は、水を吃驚《びっくり》させはするが、怖がらせることはない。／そして水はこの火がとても美しいと感ずるので、／それをあえて消そうともしないだろう。／いつもはひどく仲の悪いこれら二つの四元は／彼女の美しい瞳への敬意のために、／自分らの喧嘩を中断した」Ses yeux jetaient un feu dans l'eau : / Ce feu choque l'eau sans la craindre, / Et l'eau trouve ce feu si beau / Qu'elle ne l'oserait éteindre. / Ces éléments si furieux / Pour le respect de ses beaux yeux / Interrompirent leur querelle）[29]、第九オードには水晶のような美しい流水が登場している（「この鳥は自分の胸のうちに集める、／（……）／それからわれらの泉の美しい水晶［水］の／静かな転がり［水流］の音楽を」Il ramasse dedans son sein / (...) / Et les paisibles roulements / Du beau cristal de nos fontaines）[30]。

さらに注目すべきは両オードとも変身 métamorphose のモティーフが重要な役割を果たしていることである。すなわち第二オードでは女神ディアーヌによるアクテオンの鹿への変身（「太陽の妹《ディアーヌ》は、同じような変身によって、／猟人アクテオンが人の姿を失ったとき、／こうした変身させる力を自然に対して／持っていたという」On dit que le sœur du Soleil / Eut ce pouvoir sur la Nature / Lorsque d'un changement pareil / Actéon quitta sa figure）[31]とこの女神に模されているシルヴィによる海神トリトンたちのダマ鹿への変身（「海神トリトンたちは水ガラスを通して／シルヴィを見つめながら、／まず最初、彼女の放つ火の視線に触れて、／自分らの身体がもはや濡れていないのに気づく。／そしてダマ鹿の身体となった彼らの一人一人は／そのことに突然驚き」Les Tritons en la regardant / Au travers leurs vitres liquides, / D'abord à cet objet ardent / Sentent qu'ils ne sont plus humides, / Et par étonnement soudain / Chacun d'eux dans un corps de daim）[32]が、また第九オードで暁の女神アウローラによる恋人・夫であるティトーノスの蟬 Cigale への変身[33]がそれぞれ語られている。

そして何より重要なのは、前者が海神トリトンの変身させられた姿であるダマ鹿たちによるシルヴィ称讃オードとなっているのに対して、後者もやはり悲劇のヒロイン、ピロメーラーの変身した姿である夜鳴鶯によるシルヴィ称讃オードとなっている点である。つまり第二オードで提起されたダマ鹿たちによるシャンティイ庭園におけるシルヴィ称讃を、夜鳴鶯たちがあたかも対位法による遁走曲のように、第九オードにおいて引き継ぎ、締めくくっている。

次に第三オードと第八オードの対称関係 antithèse を見てみると、前者には第二オードから引き継がれているトリトンのダマ鹿への変身、さらにメリケルテスのパラエモン神への変身、最愛の友人パエトンの喪失によるキュクノスの白鳥への変身が、また第八オードではテーレウス王から受けた凌辱・迫害によるピロメーラーの夜鳴鶯への変身が語られ、これらの変身はいずれも愛がまた後の二例は愛と暴力が原因となっている。すなわちトリトンのダマ鹿への変身はシルヴィへの恋慕からであり、メリケルテスのパラエモンへの変身は母イノーのわが子への愛や女神ウエヌスのイノーへの愛のためであり、キュクノスの白鳥への変身は彼の友人パエトンへの愛とジュピター神による天空からの撃墜という友人への暴力のためであり、ピロメーラーの夜鳴鶯への変身はテーレウス王の義妹に対する恋慕と凌辱という暴力のためである（「誰にも増して、耐え難いほど落ち込んでいる夜鳴鶯は、／いまだ魂を傷つけられたままであり、／テーレウス王が彼女に行った乱暴のことを／思うように人に話すことができなかった」Sur tous le rossignol outré, / Dans son âme encore altérée, / N'a jamais pu dire à son gré / Les affronts que lui fit Terée）[34]。そして第三オードの白鳥＝キュクノスの嘆きと恨みの歌は第八オードの夜鳴鶯＝ピロメーラーの嘆きと恨みへと引き継がれ（ジャック・モレル教授の言う transition ないし passage）、これらの感情は第八オードに至って、シルヴィへの感謝と称讃の歌、つまり叡智の歌 chant de la sagesse[35] へと昇華・浄化される。このように変身《メタモルフォーズ》のモティーフはシルヴィによる海神トリトンのダマ鹿への変身に始まり、女神ディアーヌによるアクテオンの鹿への変身、キュクノスの白鳥への変身、ナルシスやエコーの変身、ピロメーラーの夜鳴鶯への変身、最後にアウローラによるティトーノスの蟬への変身と、あたかも遁走曲のように、次々と変身のモティーフが変奏され、繰り返されている。またこの二つのオードにはヒロイン、シルヴィの描写がほとんど見られず、ヒロイン不在という点でも対称関係にあると言えよう。

　すなわち第三オードではキューピッドと水の精たち、女神ディアーヌとその恋人エンディミオンとの愛の戯れといった、庭園をめぐる詩人の夢想が語られ、シルヴィの姿が見えず、同じく第八オードでも「大公夫人が居あわせているところでは」Où la Princesse *se* présente[36] と言及されることはあるとはいえ、シルヴィのイメージはほとんど現れず、もっぱら夜鳴鶯＝ピロメーラー＝〈私〉（詩人）の受難と呪詛が語られている。そしてそのことを象徴しているかのように、この二オードにはバロック文学の典型的特徴の一つである光と影のコントラスト、とりわけ影や闇のイメージが強調されている。たとえば、「それ（谷間）は小暗い木々の繁みで全体が覆われ、／ここでは太陽（光線）もとても控え目な（弱い）ので／影たちを打ち負かすことが決してできない」（Dans ce parc un vallon secret / Tout voilé de ramages sombres, / Où le soleil est si discret / Qu'il n'y force jamais les ombres）[37] とか、女神ディアーヌが恋人エンディミオンと逢引した後、夜の池の中を泳いで去っていくイメージ（「月の女神ディアーヌは、時折、／いかなる雲の影もない空の下、／キューピッドたちの瞳の火で光り輝く明るい夜、／恋人の羊飼い《エンディミオン》に別れを告げ、／一片の雲にさえ覆われていない星々とともに、／その池を泳いで、立ち去っていく」Parfois dans une claire nuit, / Qui du feu de leurs yeux reluit / Sans aucun ombrage des nues, / Diane quitte son berger / Et s'en va là-dedans nager / Avecque ses étoiles nues）[38]（第二オード）とか、あるいは「私の眼は私の願望に従って／牢獄のこうした闇の中でシャンティイを見る。」（Et mon œil, qui suit mon désir, / Voit Chantilly dans ces ténèbres.）[39] とか「私の魂は、私の暗黒の塔牢を貫いて／太陽の眼さえ横切るのが非常に困難な／この庭園の中を横切っていく光線を持っているのだ」（Au travers de ma noire tour / Mon âme a des rayons qui percent / Dans ce parc que les yeux du jour / Si difficilement traversent）[40]（第八オード）という具合である。つまり第三オードで仄めかされた光と影の戯れが第八オードでは詩人自身の問題として受けとめられ、先鋭化され、詩人の魂の眼を通した闇の光のドラマとしてヴィジョン化されているのである。

次に中心部のオードだが、第四オードと第七オードにはともに詩人の神的なもの、キリスト教の神への信仰告白があり、この点で対照関係があると言えるが、この点を除けば、第四オードと第七オード、第五オードと第六オードの間には目立ったシンメトリー関係は認められない。とはいえ、これを第四と五、第六と七オードをセットにして、この四・五と六・七のペア同士を比較してみると、そこにはある対照関係が見られるように思われる。すなわち両者はともに第三オードと第八オードがそうであったように、愛と憎悪・暴力の歌となっているのである。第四、五オードはともにキュクノス＝白鳥とパエトンおよびティルシスとダーモン（詩人）の間の熱烈な愛（同性愛）とその愛に対する弁護、あるいはジュピター神によるパエトンの天空からの撃墜、イエズス会や検察・司法当局による火刑・逮捕・投獄という暴力、そしてキュクノスのジュピター神への、またダーモンの迫害者への憎悪が語られ、第六、七オードでは　カリスト（シルヴィ）への、またエコーのナルシスへの熱烈な愛や水の精への恋をめぐる春風ゼフィロスと太陽の争い（暴力）、二人の羊飼いの恋を巡る決闘、さらに夜鳴鶯（ピロメーラー）のシルヴィへの思慕が語られ、第七オード末で義兄テーレウス王によるピロメーラーの凌辱と同王への彼女の憎悪が暗示されている。また第四、五オードは暴力（迫害）に対する戦い・憎悪の歌であるのに対して、第六、七オードは愛をめぐる戦い・暴力が問題となっている。

先に一言触れた第四オード、第七オードが対となっていて、緊密な対称関係にある理由は、両オードがともにキリスト教の神の恩寵および人間界やこの世界の神の摂理への従属のことを語っているからである。たとえば第四オードでは、「天は自らの恩寵の印として／われらに美を授ける。／美は天の神性が常にその痕跡を／わずかに印している所に存するのだ」(Le Ciel nous donne la beauté / Pour une marque de sa grâce: / C'est par où sa divinité / Marque toujours un peu sa trace)[41]とか、あるいは「もし、悪徳に染まった肉体の奴隷と化した／邪悪な魂が神の恩寵に反抗し、／自らの聖なる出自を否認する／ということがなかったなら」(Si ce n'est qu'une âme maline, / Esclave d'un corps vicieux, / Combatte les faveurs des Cieux / Et démente son origine)[42] と神による人間界の支配を認めており、また第七オードでも、「またその（自然の）肥沃な豊かさが、それぞれの場所で、かくも明白に現れているので、／神の摂理は自然の豊かさを確立して／世界を養い育てるのだ／」(Et dont la richesse féconde / Paraît si claire en chaque lieu / Que la providence de Dieu / L'établit pour nourrir le monde)[43] とか、さらには、「そして神がそれをお認めになる範囲内で、／われらの運命は自然の手に委ねられており、／また星々の人間への影響は、あるときは害を及ぼし、／またあるときは有利に働いたりするのだ」(Et, selon que Dieu l'autorise, /

Notre destin pend de ses mains, / Et l'influence des humains / Ou leur nuit ou les favorise)[44]と語り、人間界や自然界への神の意志・摂理の支配を認めている。

以上の考察で理解できるように、このオード『シルヴィの家』は内容的にもいわば左右対称のシンメトリー形式となっているが、さらに詳しく見ると、音楽でいう対位法ないしフーガ的叙法も認められることに気づく。すなわちいくつかの主題やモティーフが追いかけ合うように何度も反復して現れつつ、次第に深化していく叙法が取られているのである。最も外的・神話的なもの（庭園・シルヴィ・変身物語）の描写から次第に最も内的・個人的なもの（詩人の魂・内面の苦悩）の描写へ、そして最終的にシルヴィを中軸として両者が叡智の歌 chants de la sagesse[45]という形で浄化・昇華されて終わっているのである。このことを具体的に見ていくと、第三オード末で現れる白鳥＝キュクノスの変身のモティーフは第四オードでキュクノスとパエトンの友情の深さとその弁護、さらにはパエトンの受難に対するキュクノスの嘆きを展開するという形をとり、この同性愛弁護と受難慟哭はそのまま詩人自身（ダーモン）と親友ティルシスの関係の弁護と詩人ダーモンの受難に関するティルシスの予兆的悪夢 songe prophétique[46]のモティーフの提示へと発展している。

次の第五オードに至ると詩人の受難をめぐる悪夢の具体的なヴィジョンが示され、このオード終末部で今度は詩人の現実の受難が語られるという展開を示している。こうして変身 métamorphoses のモティーフはすでに指摘したように、言ってみれば一種のフーガ的展開を示しているのである。すなわち第二オードに現れた海神トリトンのダマ鹿への変身（その背後にはアクテオンの鹿への変身が潜在している）というモティーフは、そこに愛と受難のテーマを共通要素としつつ、この第三、四オードでキュクノスの白鳥への変身のモティーフに引き継がれ、これはやがて第七、八オードにおけるピロメーラーの夜鳴鶯への変身とその受難（詩人自身のそれとも同化・同一視）へと変奏され、深化・内面化されていく。すなわち第八オード後半で夜鳴鶯（ピロメーラー）と一体化した詩人ダーモンは、夜鳴鶯とともに敵対者・迫害者への恨みを乗り越えて、以後は恨み chants vengeurs[47] や嫌悪の歌 chants de la haine[48] ではなく、シルヴィ讃歌 chants de louange[49] という叡智の歌 chants de la sagesse[50] を歌うことによって、この変身のモティーフは愛と受難のテーマとともに、最終的に止揚されているのである（「しかし天使たちよりも美しい女性（シルヴィ）を／称えることを誇りとしている私の詩句は、／ここでは称讃することに専念するために／私を中傷する人々のそうした憶測はうっちゃっておく」Mais ici mes vers glorieux / D'un objet plus beau que les anges, / Laissent ce soin injurieux / Pour s'occuper à des louanges[51]）。

　また愛をめぐる競争・争いというもう一つのモティーフについても、同じようなフーガ的展開が見られる。すなわち第二、三オードでは〈水〉をめぐる諸テーマ（元素〈火〉との争いおよびシルヴィを介してこの火の元素と和解する〈水〉、「愛の殉教者」海神トリトン＝ダマ鹿の愛の熱＝苦しみの軽減者としての水、あるいは水の精ナイアードに口説かれる愛の神キューピッドたちの戯れを助ける水、さらには春風ゼフィロスが波立て、月の女神ディアーナが逢引の後泳いで帰る道としての池の水）は第六オードではナルシスを苦しめ、恋い焦がれるエコーの求愛を彼に拒絶させる池の水として現れ、さらには北風ボレアスを追い出し、春風ゼフィロスが氷を融解する小川の水として、また太陽とゼフィロスが水の精への愛をめぐって争う舞台となる水として登場する。この後者の求愛の争いは、「かつて二人の羊飼いが／名誉のために剣に及ぶ／流血の危険に走り」（Ainsi naguère deux bergers / Ont couru les sanglants dangers / Que l'honneur a mis à l'épée[52]）二人とも落命し、結果として森の精ナパイヤを第三者の「彼女に気に入られたある性悪者」Un vilain qui plut à Napée に横取りされてしまったように、第三のライバル海神パラエモンがナイアードの愛を獲得してしまうことで決着を見るのである（「そこは、海神パラエモンが、／彼女の愛撫を受け入れようと思ったとき、／春風《ゼフィロス》たちの愛人〈水の精〉を口説き落として、／泡と泥土をいっぱい敷き詰めて寝る所」C'est où se couche Palémon, / Qui triomphe de leur maîtresse, / Et plein d'écume et de limon, / Quand il veut reçoit sa caresse[53]）。

　つまり第二、三オードでは愛をめぐる競争は激しい争いの様相は呈さず、むしろ世界の調停者としてのシルヴィのもとで、平和的、遊戯的なのに対し、第六オードに再現するこの愛の争いのテーマはより競争的、闘争的となっており、第六オード末では求愛の争いは流血と死まで仄めかされている。そしてこの求愛のテーマは、第八、九オードでふたたび現れるが、それは前の二例よりいっそう激しく、暴力的求愛となっている。すなわち義兄テーレウス王に強引に求愛され、凌辱されてしまったピロメーラーの悲劇という形で現れ、ここに先に述べたもう一つのテーマ、すなわち詩人自身と夜鳴鶯＝ピロメーラーの受難のテーマが結合・統一されているのである。

先に見た〈水〉のモティーフに認められるフーガ的な主題の変奏・発展は上に見た愛をめぐる場面のみでなく、庭園美やシルヴィを称える水（第一オード）として、あるいは小鳥たちの歌にうんざりする水（第七オード）として、さらには詩人の無力を非難する水（第九オード）としても登場している。そして水はこの長詩全体としては詩人の魂を静め、癒す四元として作用しているのである。

また夢想として語られる神話上の寓話も、フーガ的変奏を伴いながら反復されている。たとえば第一オードに登場する太陽神アポロンや暁の女神アウローラあるいは月の女神ディアーナはシルヴィの美しさ、偉大さを証言し、讃えるものとして登場しているが、第六オードに歌われている彼らや花の女神フローラはシャンティイ庭園の美しさを証言する者として語られている（「庭園の装飾品（泉や樹木）を保守するために、／**太陽**はこの装飾品を洗ったり、拭って乾かしたりする。／というのも、晴天や雨天を作るのは、**太陽**のみに／与えられた仕事だからだ。花の女神《フローラ》は／そこ（泉や樹木）にかくもたくさんの美しい花々を置くので、／暁の女神《アウローラ》は、自分を凌駕するこれらの花々の／輝きを涙なしには見ることができない。／暁の女神がその額をあれほどまでにほとんど／見せることなく、また人に見られたとき恥かしさで顔を／赤らめるのは、こうした屈辱のためなのだ」Pour conserver son ornement / Le Soleil le lave et l’essuie, / Car c’est le Soleil seulement / Qui fait le beau temps et la pluie ; / Flore y met tant de belles fleurs / Que l’Aurore ne peut sans pleurs / Voir leur éclat qui la surmonte : / C’est à cause de cet affront / Qu’elle montre si peu son front / Et qu’on la voit rougir de honte)[54]。

そして第七オードの太陽（神）は第六オード同様、庭園の美しさの証言者として登場しているが、暁の女神は明け方、小鳥たちとともにふたたび庭園に君臨するシルヴィの美しさの証言者として登場しているのである。第九オードではこの暁の女神はじめ、「森の女王」ディアーナ、女神ヴィーナスが現れ、シルヴィの美しさを引き立てているが、同時にこの三女神はいずれも求愛のテーマに関わり、前二者は変身のモティーフとも重なり、融合している。すなわち暁の女神アウローラは夫ティートノスを熱愛するあまり、永遠に愛せるようにとジュピター神に懇願して彼に永遠の生を授けてもらったが、永遠の若さを授けてもらうのを忘れたため、恋人が次第に老化していくことに失望し、彼を蟬 cigale に変身させてしまった上で、若いケパロスに求愛するという愛をめぐる変身神話を暗示しており（「彼女（暁の女神）の燃え立つ炎とその衣服は／かつて蟬とその華麗な衣装に／その黄金や真珠やルビーを塗り込めた。／暁の女神は自分がケパロスに愛されようと、／太陽からこれらの壮麗な衣装を掠め取るのだった」Dont ses flammes et ses habits / Ont jadis marqué la Cigale, / Et tout ce superbe appareil / Qu'elle dérobait au Soleil / Pour se faire aimer à Céphale）[55]、また「森の女王」ディアーナは、裸身の目撃が不遜な求愛行為と「誤解」され、鹿に変身させられてしまったアクテオンの受難を暗示しているのである（「太陽の妹《ディアーヌ》は、同じような変身によって、／猟人アクテオンが人の姿を失ったとき、／こうした変身させる力を自然に対して／持っていたという」On dit que la sœur du Soleil / Eut ce pouvoir sur la Nature / Lorsque d'un changement pareil / Actéon quitta sa figure）[56]。

さらに女神ヴィーナスと黄金のリンゴのエピソードはパリスのヘレネー略奪愛とトロイヤ戦争の悲劇が暗示されている（「私が恋に憑かれたパリスを讃える歌を歌ったからだが、／その彼は、ヴィーナスと比較されては、／ほかのどんな美女といえども彼女の美しさには／ほとんどかなわないので、黄金のリンゴは／この女神に与えられねばならないことは子供でも／わかるということを人々に納得させたのだ」Car je chantai l'hymne du pris / Qui fit voir que devant Cypris / Toute autre beauté comparée, / Si peu les siennes égalait, / Qu'un enfant connut qu'il fallait / Lui donner la pomme dorée）[57]。

最後に春風ゼフィロスについて言えば、彼は第二（ストロフ、以下同じ）（「春風《ゼフィロス》は敢えてそこを吹きすぎることもせず」Le Zéphyre n'osait passer）[58]、第三（「春風《ゼフィロス》はこの庭園から夏の暑さを追い払い」Zéphyr en chasse les chaleurs）[59]、第六（①「天はときとして春風《ゼフィロス》が彼女《エコー》を恋人ナルシスの所に／連れて行ってあげることを許すからだ」［Et (le Ciel) permet parfois au Zéphyre / De la mener à son amant］[60]、②「また春風《ゼフィロス》たちが呼ばれて、／半ば凍っている小川の／硬い樹皮（氷）を打ち破り」［Que les Zéphyres rappelés / Des ruisseaux à demi gelés / Ont rompu les écorces dures］[61]、③「春風《ゼフィロス》は波の上でかくも美しく見える／太陽に嫉妬しているので、／蛇行するこれらの散歩道（小川）の／鮮紅色状の水の中をこうして横切っていく」［Zéphyre jaloux du Soleil, / Qui paraît si beau sur les ondes, / Traverse ainsi l'état vermeil / De ces allées vagabondes］）[62]、第七（「一言で言えば春風《ゼフィロス》をわれらの花々と／結婚させるのも自然なのだ」［Bref, c'est elle aussi qui marie / Les Zéphyres avec nos fleurs］）[63]、第九（「すぐさま私は耳にするのだ、／春風《ゼフィロス》が溜息をつきながら、／あなたがその後どうなったかと、私に尋ねるのを。／／（……）／／おお、春風《ゼフィロス》たちよ！おお、愛しい水たちよ！／そんなことで私の悪口を言わないでおくれ」［Aussitôt j'ois que le Zéphyr / Me demande avec un soupir / Ce que vous êtes devenue, // (...) // Ô Zéphyres! ô chères eaux! / Ne m'en imputez point l'injure］）[64]の各オードに現れるが、それらは、上掲の引用例からも推測できるように、いずれも庭園に春と生命力をもたらす使者、あるいはエコーの恋の取次者・助力者として肯定的に表象されていることもここで付言しておこう。

モティーフやテーマのこうしたフーガ性に関連してさらに注目すべきは、この長詩は各オードがそれぞれ独立したばらばらなタブロー（場面画）ではなく、目に見えないある種の糸によって連なっており、ちょうどカトリック教会によく見られる「十字架の道行き留」stations de la croix のような一貫した連続画像となっていることである。「見えない糸」とは、長さの異なる十個のオードから成るこの長詩全体を統一し、その同質性を支え、さらには各オード内のストロフ同士を結びつけ、連接させているもののことである。その外的・物理的なものとしては、場面の同一性を保証しているシャンティイ庭園であり、そこに君臨している女主人シルヴィにほかならないのだが、その内的・精神的

「糸」は言うまでもなく、主として作者・詩人の「意識」、より具体的に言えばジャック・モレル教授が指摘している「散策の幻想」l'illusion d'une promenadeである。さらに付け加えればこうした統一感を副次的に支えているのは、ほとんどすべてのオードにおいて神話上の神や人物が登場していることで推測されるように、ギリシャ・ローマ神話の「特殊な使用」であるように思われる。「散策の幻想」とは、別な言葉で言えば、作者たる詩人の記憶の中でのあるいは想像上の散策、つまり詩人の意識の運動であり、「神話の特殊な使用」とは古代の神話上の、たとえばアポロン、アウローラ、ディアーヌ、ゼフィロス、ナイアード、ファウヌスといった神々や人物、「四元」quatre élémentsをはじめ自然の存在物を何度も擬人化させて登場させることにより、そこにアントワーヌ・アダンの言う「擬人観的」anthropomorphique生命感があたえられる効果のことである。さらにはシルヴィや詩人自身の個人的出来事（運命）の神話への重ね合わせ、たとえば詩人自身の運命と友情の、キュクノスの白鳥への変身神話やピロメーラーの夜鳴鶯への変身神話への、詩人（ダーモン）とティルシスの友情のパエトンとキュクノスの友情神話への、さらにはシルヴィによる海神トリトンのダマ鹿への変身という詩人の夢想の女神ディアーヌによるアクテオンの鹿への変身神話への重ね合わせなどにより、そこに精神的・霊的意味が付与される効果のことである。

各オードないし各ストロフを連結している内的要因としての詩人の「想像上の散策」（意識の運動）と外的要因としての「庭園におけるシルヴィの存在」とが結びついた典型例を、一つだけ挙げておこう。

「なおこうした恐怖の場所（牢獄）にあって、／何だかわからない甘美な夢想が／死を予感させるこうしたすべての視像の間にあって、／私を喜びの方へ引っ張っていく。／そして私の眼は、私の願望に従って、／こうした牢獄の暗闇の中でシャンティイを見る。//私の魂は、私の暗黒の塔牢（モンゴメリー塔）を貫いて、／太陽の眼（日の光）さえ横切るのが非常に困難な／この（シャンティイ）庭園の中を／横切っていく光線を持っているのだ。／私はこの庭園全体を絵として感覚的に思い描ける。／私は水辺に花々が咲いているのを感じており／また大公夫人がそこにやって来て、腰を下ろす。／彼女が夕暮れどき、ここを訪れたため、日の光が／逃れて、彼女に敬意を表したりするのを見る」（Encore dans ces lieux d'horreur / Je ne sais quelle molle erreur / Parmi tous ces objets funèbres, / Me tire toujours au plaisir, / Et mon œil, qui suit mon désir, / Voit Chantilly dans ces ténèbres. // (Ode VIII, 10 str.) Au travers de ma noire tour / Mon âme a des rayons qui percent / Dans ce parc que les yeux du jour / Si difficilement traversent. / Mes sens en ont tout le tableau : / Je sens les fleurs au bord de l'eau, / Je prends le frais qui les humecte, / La Princesse s'y vient asseoir, / Je vois, comme elle y va le soir, / Que le jour fuit et la respecte）[65]（Ode VIII, 11 str.）

これは、捕らえられてコンスィエルジュリー監獄のモンゴメリー塔牢に投獄されている詩人が、その「創造的記憶」mémoire créatrice[66]によって、シャンティイ庭園でシルヴィとともに過ごしたかつての幸福と平安な日々を渇望し、想像し、記憶の中で再体験（再散策）している場面である。また神話の「特殊な使用法」の典型例を一つ挙げてみると、

「海の波が、／日の光のくびきに繋がれている／四頭の赤い馬車引き馬のために／柔らかい寝藁を用意していたある夕暮れ、／／私は水の精《ナイアード》が眠る／ベッドの縁に視線を傾《かし》げていた。／そしてシルヴィが釣りをしている姿を見つめていると、／彼女の釣針に掛かってほかの魚よりも早く生命を失うのを／名誉に思っている魚めがけて、多くの魚たちが／我先にとぶつかっていく光景が目にとまるのであった。／／シルヴィは片方の手で音を立てぬよう制止の仕草をし、／別の手で釣り糸を投げながら、／夜が迫ってきて、夕陽が前よりいっそう／そっと落ちて行くよう促すのであった。／太陽は明るく照らしすぎることを恐れ、／また身を引いて暗くしてしまうことを恐れていた。／星々はあえてまだ現れることはせず、水面の波たちは／あえて押し合いへし合いするのを控えていた。／春風《ゼフィロス》はあえてそこを吹きすぎることもせず、／芝生は伸び育つのを控えていた。／／彼女の瞳は水の中に火を投げ入れていたが、／この火は、水を吃驚《びっくり》させはするが、怖がらせることはない。／そして水はこの火がとても美しいと感じるので、／それをあえて消そうともしないだろう。／いつもはひどく仲の悪いこれら二つの四元は／彼女の美しい瞳への敬意のため

に、／自分らの喧嘩を中断した。／そして彼女を不快にするのを恐れて、／彼らの生来の不仲を／隠さざるを得なかった」（Un soir que les flots mariniers / Apprêtaient leur molle litière / Aux quatre rouges limoniers / Qui sont au joug de la lumière, / Je penchais mes yeux sur le bord / D’un lit où la Naïade dort / Et regardant pêcher Sylvie / Je voyais battre les poissons / A qui plus tôt perdrait la vie / En l’honneur de ses hameçons. // D’une main défendant le bruit / Et de l’autre jetant la li(g)ne, / Elle fait qu’abordant la nuit / Le jour plus bellement décline. / Le soleil craignait d’éclairer / Et craignait de se retirer, / Les étoiles n’osaient paraître, / Les flots n’osaient s’entrepousser, / Le Zéphyre n’osait passer, / L’herbe se retenait de croître. // Ses yeux jetaient un feu dans l’eau : / Ce feu choque l’eau sans la craindre, / Et l’eau trouve ce feu si beau / Qu’elle ne l’oserait éteindre. / Ces éléments si furieux / Pour le respect de ses beaux yeux / Interrompirent leur querelle / Et de crainte de la fâcher / Se virent contraints de cacher / Leur inimitié naturelle）[67]

このオード全体にわたって、庭園の自然をめぐるこうしたコンチェッティ concetti な夢想やマニエリスム的擬人法・比喩あるいは妖精的雰囲気を喚起する寓話的語りを通して、シルヴィ称讃が行われており、しかもそこに登場する神話上の擬人化された事物は詩人の「擬人観」（神人同形同性観）anthropomorphisme によって、ある種の宇宙的生命感が付与されている。[68] 神話のこうした特殊な意味づけが、この詩の一貫性と統一感を与えている要素の一つとなっているのである。

J・モレル教授の示唆に触発されて、われわれがこれまでかなり詳しく分析してきたこの詩の持つシンメトリー的ないしアンティテーズ（対照）的な構造性、あるいはそのフーガ的構造性を図式化して示すと、おおよそ次のようになろう。

結論

このように見てくるとオード『シルヴィの家』は、「構造」および次頁図で指摘するように、十オードの中央第五

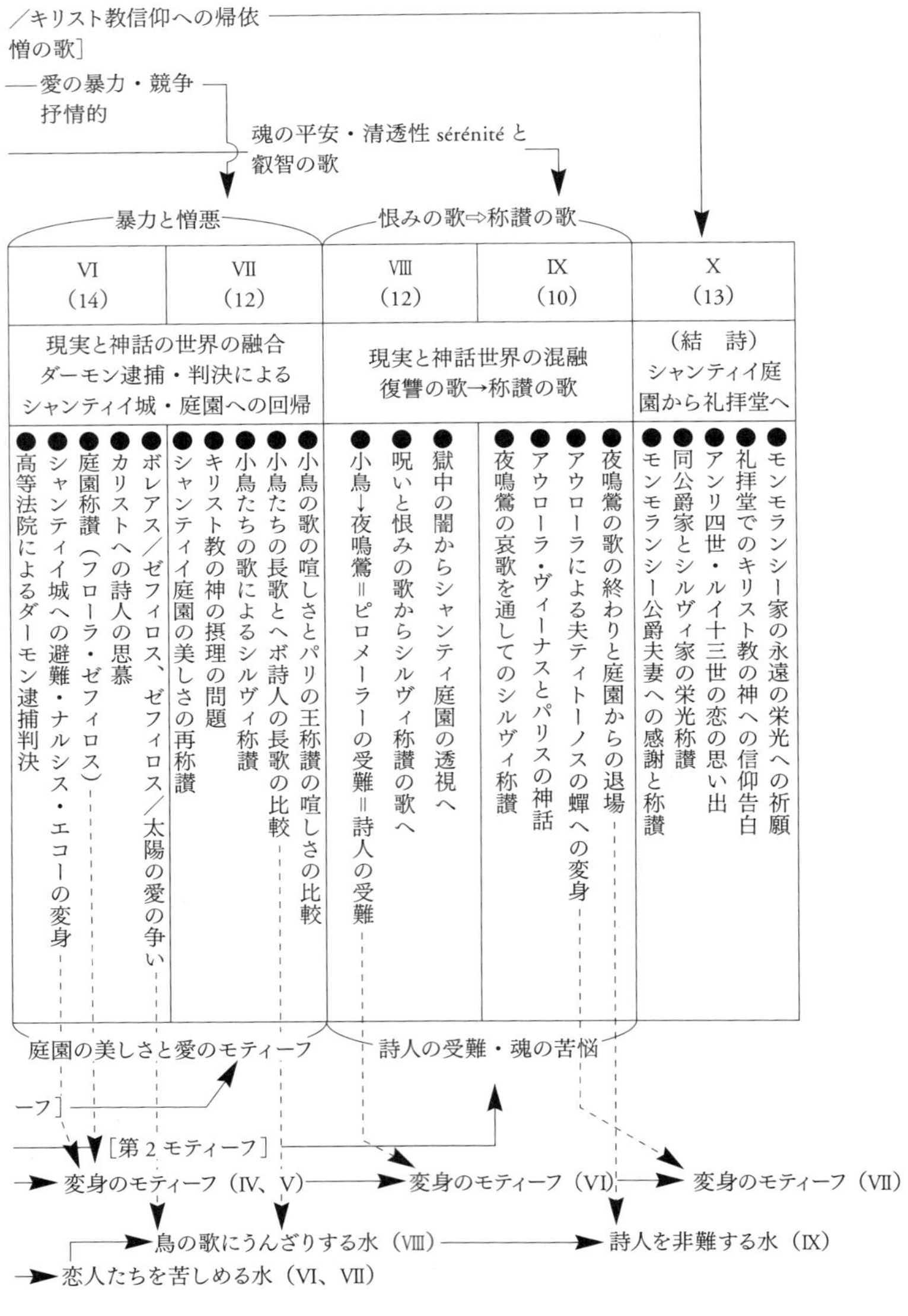
／キリスト教信仰への帰依
憎の歌]
愛の暴力・競争
抒情的
魂の平安・清透性 sérénité と
叡智の歌
暴力と憎悪
恨みの歌⇨称讃の歌
VI
(14)
VII
(12)
VIII
(12)
IX
(10)
X
(13)
現実と神話の世界の融合
ダーモン逮捕・判決による
シャンティイ城・庭園への回帰
現実と神話世界の混融
復讐の歌→称讃の歌
(結　詩)
シャンティイ庭
園から礼拝堂へ
●小鳥の歌の喧しさとパリの王称讃の喧しさの比較
●小鳥たちの長歌とヘボ詩人の長歌の比較
●小鳥たちの歌によるシルヴィ称讃
●キリスト教の神の摂理の問題
●シャンティイ庭園の美しさの再称讃
●ボレアス／ゼフィロス、ゼフィロス／太陽の愛の争い
●カリストへの詩人の思慕
●庭園称讃(フローラ・ゼフィロス)
●シャンティイ城への避難・ナルシス・エコーの変身
●高等法院によるダーモン逮捕判決
●獄中の闇からシャンティ庭園の透視へ
●呪いと恨みの歌からシルヴィ称讃の歌へ
●小鳥→夜鳴鶯＝ピロメーラーの受難＝詩人の受難
●夜鳴鶯の歌の終わりと庭園からの退場
●アウローラによる夫ティトーノスの蟬への変身
●アウローラ・ヴィーナスとパリスの神話
●夜鳴鶯の哀歌を通してのシルヴィ称讃
●モンモランシー家の永遠の栄光への祈願
●礼拝堂でのキリスト教の神への信仰告白
●アンリ四世・ルイ十三世の恋の思い出
●同公爵家とシルヴィ家の栄光称讃
●モンモランシー公爵夫妻への感謝と称讃
庭園の美しさと愛のモティーフ
詩人の受難・魂の苦悩
ーフ]
[第 2 モティーフ]
変身のモティーフ(IV、V)
変身のモティーフ(VI)
変身のモティーフ(VII)
鳥の歌にうんざりする水(VIII)
詩人を非難する水(IX)
恋人たちを苦しめる水(VI、VII)

J・モレル教授の示唆に基づくテクスト構造図

公爵夫妻への感謝と称讃

［愛・

テーマのシンメトリー性

悲劇的・暴力的

論争的

自然の諸存在の休息・調和

愛と平和のシンボル

キュクノス・パエトン／ティルシス・ダーモン

オード番号（ストロフ数）	I（12）	II（14）	III（11）	IV（11）	V（16）
場面 scènes	（序　詩）シャンティイ庭園	シャンティイ庭園		神話世界→悪夢の世界	
題材 sujets	●シャンティイ城・庭園の美しさを通したシルヴィの美しさ・美徳の称讃 ●キリスト教の神への帰依（詩的霊感）の源泉 ●異教神への祈願の否定 ●公爵夫妻への感謝と称讃	●日光と水の精、ゼフィロスの愛の争い・雪とダマ鹿の争い ●雪と色白美人のシルヴィの美しさの比較 ●ディアーヌによるアクテオンの鹿への変身 ●シルヴィによる海神トリトンのダマ鹿への変身 ●シルヴィの君臨したシャンティイ庭園の美しさ	●白鳥→キュクノス・パエトン神話喚起 ●怪物スキューラの出現 ●小川・池・ナイアード・キューピッドの愛の戯れ ●愛の谷間（locus amoenus）のテーマ	●ティルシスが見たダーモンの不幸・受難の悪夢 ●ティルシス・ダーモンの友愛の弁護 ●キュクノス（白鳥）とパエトンの友愛の弁護	●ダーモン逮捕の予兆夢 ●ダーモンが暴徒に襲われる悪夢 ●ダーモンの遺体と流血の悪夢 ●ティルシスが見たダーモンの受難の悪夢（続き）

モティーフのフーガ性

庭園の美しさと愛のモティーフ

詩人の受難・魂の苦悩

［第1モティ

変身のモティーフ（I、II）→変身のモティーフ（III）

庭園美を歌い称える水（I）→火と和解する水（II）→恋を癒す水（III）→白鳥を癒す水（V）

恋を手助けする水（IV）

オードと第六オードのところを折れ線としてほぼシンメトリー構造となっており、同時に冒頭の第一オードがいわば〈序詩〉としてキリスト教の神への帰依詩と公爵夫人への感謝詩、とりわけ公爵夫人シルヴィへの称讃詩となっている。最後の第十オードも〈結詩〉として第一オードとまったく同じように、この二つのモティーフによって成立しており、したがって詩の出発点に回帰して終結するという円環構造を有しているのである。すなわち冒頭の第一オードでギリシャ・ローマ神話の神々への信仰を捨て、正統的なキリスト教の神への帰依を告白するとともに（①「ブロンズや青銅でできたこうしたすべての神々は／決して雷を投げつけることはなかった。／天と地を創造したのは／至高なる神の投げ槍なのだ」[69]、②「われらが探し求めようとしている神は／星々よりも高い所に住まわれているのだ。／彼以外のいかなる神も／あの焔［情熱］ないしあの煙［陶酔］を／今日私に与えることはできないのだ」[70]）、カトリック信仰に篤い敬虔な公爵夫人〈シルヴィ〉を称讃し、その栄光を讃える事を誓うことで、このオードが信仰告白詩、公爵夫妻とりわけシルヴィ称讃詩 poésie panégyrique であることを読者にまず印象づけているが、このことをふたたび思い出させようとするかのように、最終の第十オードでまずシルヴィ家を称讃した後[71]、もう一度キリスト教の神とその神学を称讃し[72]、最後にモンモランシー家の優越性を讃えるとともにその永遠の栄光を祈願して[73]、この詩を終えているのである。

そして第二オードから第九オードまでの中間部は前節「構造」ですでに詳しく見たように、光と生命に輝いたいわば〈光明の詩〉としてのシルヴィやシャンティイ庭園の美しさを讃える公的な称讃詩の部分と、自身の不幸・悲嘆を語ったいわば〈暗黒の詩〉としての個人詩の部分がほぼ交互に、しかもその転移・変換も変身やアレゴリー、擬人化、同一化といったきわめてバロック的なレトリックを駆使して自然に行われている。すなわち第二、第三オードではシルヴィとシャンティイ庭園の美しさを讃美し、第三オード末で庭園の池に住む白鳥への讃歌から第四オードでは神話に転調、キュクノスの悲運の歌となり、このキュクノスとパエトンの同性愛という神話上のテーマは第四オードで親友ティルシスと詩人（ダーモン）の同性愛という個人的テーマに再転移し、第五オードと第六オード冒頭で親友ティルシスが見た予言的悪夢を語るという形で詩人自身の受難・不幸についての個人的詩となっているのである。そして第六、第七オードでふたたびシルヴィとシャンティイ庭園の美しさの描写に回帰した後、第八オード冒頭で、前オードでシルヴィを喜ばせ、讃美する中心的存在であった小鳥たちが夜鳴鶯であったことを明かし、ここでふたたび夜鳴鶯＝ピロメーラーといういわば逆変身により、神話上のテーマとなり、義兄の王に凌辱されたピロメーラーの悲運・恨みを暗示する。さらに彼女の悲劇・受難をアレゴリー化して、詩人自身のそれと同一視することにより、ふたたび神話的テーマを個人的テーマに変換させている。というか、彼の受難の悲劇をピロメーラーの悲運・恨みに重ね合わせることにより、自己の個人的不幸を神話的次元にまで押し上げ、そこに普遍的な癒しを見出している。とはいえこの第八、第九オードは同時にピロメーラー＝夜鳴鶯としてシルヴィに美しい哀歌を聞かせ、夜鳴鶯＝詩人として彼女を称讃することによって、公的なシルヴィ称讃詩ともなっており、そして最終の第十オードは第一オード同様、キリスト教の神への帰依とモンモランシー公爵夫妻への感謝とその栄光を讃える典型的な称讃詩となっている。こうしてオード『シルヴィの家』は、モンモランシー公爵夫妻とキリスト教の神に対する感謝と称讃というこの詩の最初の出発点に戻って、詩の円環を閉じることとなるのである。

註

1 本章においてわれわれが主として使用するテクストはギッド・サバが近年完成させた三巻本の最新の『テオフィル・ド・ヴィオー全集』（Paris, Honoré Champion, 1999）に依拠することとしたい。使用する理由は現代綴りで読みやすい上、最新版であるため注釈が最も充実しているからだが、一部誤った校訂と見られる個所（たとえば、サバの最新のHonoré Champion版では、第九オードの第十五詩行第二ストロフが“Car je chantai l'hymne du **prix**”と直されているが、これは「恋に落ちた、憑かれたパリス」との意味で、BNのオリジナル版やストレッシャー版の“**pris**”の方が正しいと考えられる）があり、その部分はBNのオリジナル版（“Recueil de toutes les pièces faites par Théophile, depuis sa prison jusqu'à present, Paris, 1625”, (BN. Ye 7634）やジャンヌ・ストレッシャー版（Théophile de Viau, *Œuvre poétiques*, seconde et troisième parties, Genève, Droz, 1958）に依拠することとしたい。

2 エミール・ファゲやピエール・ヴィギエは、この詩は詩人の最も優れた作品とは言えないが、人々がテオフィルを語るとき最もしばしば引用される作品であるとしている。

Emile Faguet, Théophile de Viau, le poète rustique, in *Revue des Cours et Conférences*, n. 30, 6 juin 1895, p. 387.

Pierre Viguié, Théophile et le sentiment de la nature, in *Mercure de France*, no. 678, 37e année, tome CXC, 15 sept. 1926, p. 524.

3 Jacques Morel, La structure poétique de *La Maison de Silvie* de Th. de Viau, in *Mélanges d'histoire littéraire (XVIe–XVIIe siècles) offerts à Raymond Lebègue*, Paris, Nizet, 1969, pp. 147–153.

4 Marie-Thérèse Hipp, La Maison de Silvie, ou de l'usage de la Fable, in *Travaux de littérature, II*, 1989, pp. 91–111.

5 James Sacré, Vers un paradis baroque (Th. de Viau, *Œuvres poétiques*, premières partie, La Maison de Sylvie) in *Un sang maniériste, étude structurale autour du mot « **sang** » dans la poésie lyrique française de la fin du seizième siècle*, Neuchâtel, A la Baconnière, 1977, pp. 135–159.

6 Guido Saba, La Maison de Sylvie *in Théophile de Viau : un poète rebelle*, Paris, PUF, 1999, pp. 97–106.

7 この詩の執筆時期については、同詩で語られている内容やさまざまの状況証拠により、アントワーヌ・アダン、ストレシャー女史はじめ、最近ではギッド・サバに至るまでほとんどの研究者が多少のニュアンスの相違は認められるにしてもほぼ一致して、われわれがここに述べた時期としている。たとえばストレッシャー女史は、「テクストによって知られるいくつかの指標に従えば、テオフィルによって作られた十個のオードのうちの一部は逮捕される前からすでに制作に取りかかっていた。彼は優れた記憶力によって、牢獄の中で書かれたいくつかの作品の中にそれらを溶け込ませることができた。そしてそれは一六二四年の夏のことであった」(Jeanne Steicher, *Th. de Viau : Œuvres poétiques, seconde et troisième parties*, Genève, Droz, 1958, p. 136)。同じくG・サバは「細心の注意を払うならば、いくつかの指標により、この詩の制作がテオフィルの北方への逃亡と逮捕以前のシャンティイ城内ですでに始められていたという仮説が正当化されているということにおそらく人は気づくであろう」(Guido Saba, *Théophile de Viau : un poète rebelle*, p. 98)と述べている。またアダンは「これら十個のオードの執筆時期をただ一つの時期に限定することはできないように思う。あるものは詩人が描写している風景のただなかにあって書かれたものであり、それはたとえば第二、第三オードである。また反対にあるものは獄中で書かれたものであり、それはたとえば第四、五、八それに第十オードである」(Antoine Adam, *Théophile de Viau et la libre pensée française en 1620*, Paris, Droz, 1935 [Genève, Slatkine Reprints, 1965], p. 391)と言っている。

8 A. Adam, *op. cit.*, p. 355.

9 Guido Saba, Th. de Viau: un poète rebelle, p. 106.

10 *Ibid.*, p. 106.

11 Jacques Morel, *op. cit.*, p. 147.

12 Pierre Viguié, *op. cit.*, p. 524.

13 Jacques Morel, *op. cit.*, p. 147.

14 *Ibid.*, p147. ジャック・モレル教授は同論文で、十篇のオードより成るこの長詩をフレスコ画やタピスリーに喩えて同趣旨の見解を述べている。「この詩は統一されたフレスコ画として、あるいはむしろ各種の無数の糸をもとにして調和を実現したタピスリーとして現れるのである」。

15 Rémy de Gourmont, *Théophile*, Paris, Société du Mercure de France, 1907, p. 11.

16 Antoine Adam, Le Sentiment de la Nature au XVIIe siècle en France dans la littérature et dans les arts, in *Cahiers de l'Association Internationale des Études Françaises*, juillet 1954, No. 6, p. 9.

17 B. Bray は『朝』Le Matin の詩を「宇宙に関する活（生）気論的観念の具体化」La mise en œuvres d'une conception vitaliste de l'univers として解釈しうるとしているが（B. Bray : Pour l'explication de l'ode de Théophile de Viau : « Le Matin », in *Het France Boek*, XL, 2, avril, 1970, Universiteit van Amsterdam, pp. 105–107）、このオード『シルヴィの家』にも、ジョルダーノ・ブルーノ的な物活論 hylozoïsme 信仰に通ずるこうした傾向が認められる。

18 すべての物質に生命が内在しているというヴィオーのいわゆる物活論 hylozoïsme については、『教養論叢』に掲載を予定している拙論『テオフィル・ド・ヴィオーの宇宙論・宗教観――一六二三―一六二四年におけるその変質について』で取り上げることとなろう。

19 Guido Saba, *op. cit.*, p. 97.

20 Jacques Morel, *op. cit.*, p. 148.

21 拙論『オード「兄へのテオフィルの手紙」（書簡詩）について』（『教養論叢』第九五号、一九九四年、二三―二六頁）。

22 鈴木信太郎『フランス詩法』下（白水社、一九五四年、一六二頁。

23 前掲書、一六八頁。

24 Jacques Morel, *op. cit.*, p. 148.

25 *Ibid.*, p. 149.

26 *Ibid.*, p. 149.

27 *Ibid.*, p. 150.

28 *Ibid.*, p. 149.

29 Théophile de Viau, *Œuvres complètes*, tome II, par Guido Saba, Honoré Champion, 1999, p. 205.（以下 *Œ. H.C.* t. II と略）

30 *Ibid.*, pp. 232–233.

31 *Ibid.*, p. 206.

32 *Ibid.*, p. 205.

33 *Ibid.*, p. 230.

34 *Ibid.*, p. 227.

35 Jacques Morel, *op. cit.* p. 151.

36 *Œ. H.C.* t. II, p. 227.

37 *Ibid.*, p. 208.

38 *Ibid.*, p. 210.

39 *Ibid.*, p. 229.

40 *Ibid.*, pp. 229–230.

41 *Ibid.*, p. 213.

42 *Ibid.*, p. 213.

43 *Ibid.*, p. 224.

44 *Ibid.*, p. 224.

45 Jacques Morel, *op. cit.*, p. 151.

46 Guido Saba, *op. cit.*, p. 104.

47 Jacques Morel, *op. cit.*, p. 151.

48 *Ibid.*, p. 151.

49 *Ibid.*, p. 151.

50 *Ibid.*, p. 151.

51 *Œ. H.C.* t. II, p. 229.
52 *Ibid.*, p. 223.
53 *Ibid.*, p. 223.
54 *Œ. H.C.* t. II, p. 220.
55 *Ibid.*, p. 230.
56 *Ibid.*, p. 206.
57 *Ibid.*, pp. 230–231.
58 *Œ. H.C.* t. II, p. 205.
59 *Ibid.*, p. 209.
60 *Ibid.*, p. 221.
61 *Ibid.*, p. 222.
62 *Ibid.*, p. 222.
63 *Ibid.*, p. 224.
64 *Ibid.*, p. 232.
65 *Ibid.*, pp. 229–230.
66 Guido Saba, *op. cit.*, p. 106.
67 *Œ. H.C.* t. II, pp. 204–205.
68 M.-T. Hipp もこの詩の第十オード冒頭を引用しつつ、「彼にとって宇宙は自然のあらゆる要素間の交感の広大な網である（……）すべてが思惟し、すべてが感じ、すべてが脈打ち、すべてが生き、すべてが活気づけられている」と語り、ヴィオーの〈宇宙＝生命〉観を指摘している（M.-T. Hipp, op. cit., p. 106)。
69 *Œ. H.C.*, t. II, p. 202.
70 *Ibid.*, p. 202.
71 *Ibid.*, p. 234. « Dont Sylvie a touché ces arbres. // Mais les myrtes et les lauriers / De tant de beautés de sa race / Et de tant de fameux guerriers / Me demandent déjà leur place. / Saints rameaux de Mars et d'Amour, / En quel si reculé séjour / Vous plaît-il que je vous apporte? / C'est pour vous, immortels rameaux, / Que j'abandonne ces ormeaux / Et foule aux pieds leur feuille morte. »
72 *Ibid.*, pp. 235–236. たとえば、キリスト教信仰への帰依については① « Ce serait un péché mortel / Si je ne visitais l'autel, / Étant si près de la chapelle! » とか② « Ici loge le Roi des Rois : / C'est ce Dieu qui porta la croix, / Et qui fit à ces bois funèbres / Attacher ses pieds et ses mains / Pour délivrer tous les humains / Du feu qui vit dans les ténèbres. さらに③ « Ici, Muses, à deux genoux / Implorons sa divine grâce / D'imprimer toujours devant nous / Les marques d'une heureuse trace ; / C'est elle qui nous doit guider, / Depuis celui qui vint fonder / La première croix dans la France, / Jusqu'à sa race qui promet / De la planter chez Mahomet / Avec la pointe de sa lance. » など。またカトリック神学称讃については « Son Esprit par tout se mouvant, / Fait tout vivre et mourir au monde ; / Il arrête et pousse le vent, / Et le flux et reflux de l'onde ; / Il ôte et donne le sommeil, / Il montre et cache le soleil, / Notre force et notre industrie / Sont de l'ouvrage de ses mains, / Et c'est de lui que les humains / Tiennent race, et biens et patrie. // Il a fait le tout du néant, / Tous les anges lui font hommage, / Et le nain comme le géant / Porte sa glorieuse Image. / Il fait au corps de l'Univers / Et le sexe et l'âge divers. / Devant lui c'est une peinture / Que le ciel et chaque élément; / Il peut d'un trait d'œil seulement / Effacer toute la Nature. // Tous les siècles lui sont présents, / Et sa grandeur non mesurée / Fait des minutes et des ans / Même trace et même durée. / Son Esprit par tout épandu, / Jusqu'en nos âmes descendu, / Voit naître toutes nos pensées. / Même en dormant

nos visions / N'ont jamais eu d'illusions / Qu'il n' ait auparavant tracées. » など。

73 *Ibid.*, pp. 236–237. たとえば « Il faudrait que ce devancier, / Le plus vieux que je veux produire, / Eût bien enrouillé son acier / Si je ne le faisais reluire ; / Mais les livres et les discours / Ont si bien conservé le cours / De cette véritable gloire, / Que je ferai de mauvais vers / Si vos titres les plus couverts / Ne font éclat en la mémoire. » など。

2　二元的世界

序論

このオード『シルヴィの家』*La Maison de Sylvie*[1]はヴィオーの全詩中最も長大な詩であり、前節1ですでに見たように[2]、同じくオード形式の長詩『兄へのテオフィルの手紙』*Lettre de Théophile à son frère*とともに、テオフィル・ド・ヴィオーの晩年の作品を代表するばかりか、初期の詩『朝』*Le Matin*、『孤独』*La Solitude*と並ぶ、最も有名な作品であり、詩人の代表作でもある。

このオードは苦境に追い込まれた詩人を保護・弁護してくれた晩年の庇護者モンモランシー公爵アンリ二世Henri II duc de Montmorencyと同公爵夫人マリ＝フェリス・デ・ズュルサンMarie-Félice des Ursinsに対する感謝と恩義の気持ちを表すために書かれた同公爵夫妻称讃詩となっているが、しかしそれは単なる庇護者称讃詩poésie encomiastique、poésie panégyriqueに終始することなく、むしろ非常に個性的な抒情詩、風景詩、哲学・思想詩ともなっている点にまず留意する必要があろう。

この詩の持つこうした二重の性格、すなわち「庇護者称讃詩」poésie encomiastique, poésie panégyriqueと特異な個人的抒情詩という二つの性格については、同詩の構造について論じた前節においてすでに触れているので繰り返さないが、後者すなわち詩人の個人的運命や悲哀・絶望あるいは近代的な自我や感受性が歌われているという、その特異な叙事＝抒情詩的な性格については、ここでさらに付言しておこう。このオードは詩人の悲惨で悲劇的な人生と暗い宿命観を帯びた思想・信仰を語る、いわば〈暗黒の詩〉としての個人的な詩の部分と光と生命に溢れたシャンティイ庭園とシルヴィとを歌った、いわば〈光明の詩〉としてのオフィシャルな庇護者称讃詩とがほぼ交互にかつ自然に交錯・融合し、この二要素が調和し、平衡を保っており、いってみれば両者が見事に「和解」conciliation[3]した詩なのである。

さらに注目すべきは、前節で述べたこの詩の構造上の対称性と関連して、以下に見るように、この詩は『兄へのテオフィルの手紙』同様、明暗、生死、愛憎といった互いに対立した二要素が対比・交錯した二元的世界、すなわち対称的二要素が重層化して並存したり、交錯したりして成立している二元的世界であるという事実である。すなわち獄中にある詩人にとって、公爵夫人と「シルヴィの家」を包んでいるシャンティイ庭園は美と愛そして清透さや生命と光に満ちた希望と光明の世界でありつづけているが、この牢獄や裁判での論争は火刑による無残な死の予感のする絶望と敵意・憎悪に満ちた地獄の暗黒世界にほかならなかった。そこで以下ではこのオードにおけるこうした対立的な二元世界について少し詳しく検討してみよう。

二元世界——シルヴィの家とコンスィエルジュリー監獄

右に述べたように、この詩は一部は逮捕・投獄前にすでに書き始められていたとはいえ、かなりの部分は獄中で書かれ、投獄前に書かれた部分も含め、獄中で推敲・完成され、友人たちの手で出版されたものである。したがってこの詩は美しいシルヴィの面影や壮麗なシャンティイ庭園の情景を、ある場合には眼前に見て、また多くの場合獄中にあってなつかしい幸福な思い出として語りながら、他方で自身の訴追・逃亡・逮捕・投獄・裁判という過酷な受難を神話上の白鳥＝キュクノスや夜鳴鶯＝ピロメーラーの悲運・悲劇と重ね合わせて喚起し、この明暗二つのイマージュを交互に、またある場合には並存・交錯させた一連のヴィジョンの絵巻物となっているのであり、この意味で同じく獄中にあって幼年時代の記憶を頼りに、故郷での幸福な生活を夢想して書かれた『兄へのテオフィルの手紙』と本質的には同一の性格と構造を有しているのである。

すなわち詩人にとって「シルヴィの家」（シャンティイ城庭園）はシルヴィという美そのもの、愛と叡智そのものが輝く魂の平安をもたらしてくれる場であり、希望と生命に満ちた光明の場であり、理想の地 lieu idéal、地上の楽園であったが、進行中のパリ高等法院での裁判と今投獄されているコンスィエルジュリー監獄とは憎悪と中傷の修羅場、火刑の焔と死の予兆的ヴィジョンに四六時中苦しめられる生き地獄、要するに詩人の不幸の源であり、この意味で絶望と死の暗黒地獄にほかならなかった。ジャン・トルテル Jean Tortel が『兄へのテオフィルの手紙』について「家はその中でわれわれが幸せになるはずであり、それは常に大地のただ中に存在しているのだ。すなわち『シルヴィの家』あるいは『アストレの家』は、テオフィルが獄中で夢見るほとんど魔法にかけられた宮殿であり、あるいはブセールの小さなあばら家なのである」[4]と指摘しているように、ヴィオーにとって家とは常に詩人を幸福にし、保護してくれる聖なる理想の場、避難所であり、自分を保護し、慰め癒してくれる故郷（ブセール村）の暗喩であり象徴でもあった。そのことを詩人自身はこの詩の冒頭で、

私は美徳（貞節）（シルヴィ）が身を寄せる／この上なく崇高な場所に／黄金色の絵筆を走らせる。／そしてこの聖なる場所は／私の身代わり人形が焼き殺されたとき、／その港を私に開いて私の生命を守ってくれたのだ。[5]

と歌っているように、彼にとって〈シルヴィの家〉は聖なる理想の地であり、文字通り「生命を守ってくれた港」、詩人の魂に平安と慰めを与えてくれる避難所でもあった。ジェムズ・サクレ James Sacré も指摘しているように[6]、ヴィオーの私的世界では〈家〉maison は多くの場合、聖なる場 saint lieu、理想の場 lieu idéal となっているのである。〈家

＝聖なる理想の場〉の他作品に見える典型例を挙げれば、

神によって聖なる場と／聖別されたかの家は／黄金の雨よりほかの何物をも所有していない。[7]

などがある。またヴィオーは同じく初期の詩で「私の家に私を帰して下さい！」Remettez-moy dans ma maison[8]と叫んでいるように、『シルヴィの家』に一貫して通底している欲求は、この世の地獄である現在の牢獄から脱出し、魂の平安が約束されていると信じるこの〈家〉（「シルヴィの家」）にふたたび帰ろうとする、詩人の強烈な「帰家願望」にほかならない。

ヴィオーが幽閉されていたコンスィエルジュリー監獄のモンゴメリー塔牢（アンリ四世の暗殺者ラヴァイヤックがかつて投獄されていた獄舎）が物理的にも精神的にもいかに悲惨極まりない地獄であり、絶望的な〈閉じられた家〉、〈閉鎖空間〉であったかということは、ほぼ同時期に書かれた『兄へのテオフィルの手紙』のストロフ三十一の、

火の気もなく、新鮮な外気も、また太陽の光もなく、／眠りもない夜を過ごすために、／またここの牢獄の壁に嚙みつくために、／私はなお、ただ空しく苦しんできたのだろうか。／私の極限の飢えを癒すために、／私は自らの腸《はらわた》を引きちぎらねばならないのだろうか。[9]

といった苦悶の叫びによって知ることができる。ここには牢獄の持つ、外界と行き来する自由を奪っている絶対的な〈壁〉性や物理的・精神的〈飢餓〉性からくる絶望がある。あるいはまた同オードのストロフ六の、

私の精神は、長く激しい恐怖のために陰鬱になり、／心を滅入らせるばかりであり、／そしてただ絶望だけが私の内部にあって、／それに抗らういかなるものをも見出すことがない。／夜になると私の眠りは中断されるのだ、／腐敗し尽くした血から引き出された悪夢によって。／睡眠中かくも多くの恐怖が私の魂に現れるので、／私は火刑台の火焔やシーツの間に／何匹もの毒蛇を認めるのを恐れて／どうしても腕を動かすことができないのだ。[10]

といった極限状況における絶望と恐怖にも窺うことができよう。国王暗殺の大罪により、四つ裂きにされ écartelé、あたり一面に鮮血を迸らせたラヴァイヤックの独牢に投獄されており、またすでに似せ人形による火刑が執行されていただけに、ヴィオーは獄中で絶えず火焔と血の深紅色の強迫的ヴィジョンに苦しめられていた。たしかにこの『シルヴィの家』には、庇護者称讃詩 poésie panégyrique という性格と制約のためか、獄中生活の悲惨と絶望に関するこのような直接的な激しい描写はあまり見られないが、この詩にもオード六で、友人ティルシスの見た詩人（ダーモン）の受難に関する予兆的な悪夢という形で、似たような火焔と流血を伴った地獄＝牢獄＝暗黒＝死のヴィジョンが次のように描かれている。

地底（地獄）の巨大な亡霊が／奔流する灼熱の青銅のように――それはまるで／華麗な四輪馬車が疾走しているかのよう――、／しわがれた声を発しながら、地獄の墓穴から／姿を現し、近づいて来て、私（ティルシス）を脅迫する。／そしてまた恐ろしい眼で私を脅しながら、／私の方に向かって、死の歩みを進める。／この亡霊は運命の伝達者であることをさも誇らしげに、／『ダーモンは死んだ』と三度私に言った。／それから暗闇の中に消えていった。[11]

とかあるいは、

その映像は私（ティルシス）の五感にとても強力に／刻みつけられたままだったので、／私の腕に抱かれた君（詩人ダーモン）の遺体も／私のベッドのシーツに滴り落ちた君の血も／それ以上の恐怖を私に覚えさせることはなかった。[12]／／（…）／／喪服に身を包んだ一人の青年が／柩から這い出すように感じられたが、その彼は／私のベッドのカーテンを開けながら、私に向かって／『ダーモンは殺されたのだ！』と叫んだ。／しかもそれは悪魔でさえこれ以上には残忍に／なれないほどの荒々しい調子の叫び方だった。[13]

などが一例だが、詩人にとって牢獄はこれら一連のヴィジョンにも窺えるように、この世の地獄であり、闇であり、暗黒であり、死であり、冬と生命の枯渇の象徴であり、そして災厄と不幸・不運の源であり、要するに春や生命、喜びの対極物として意識されているのである。このような〈閉ざされた家〉、〈閉鎖空間〉としての獄舎から逃れ、〈開かれた家〉としての「シルヴィの家」に、春と生命と光に満ちた至福の〈聖なる空間〉としてのシャンティイ城にふたたび帰ろうとする願望はこの詩の全編にわたって認められるとはいえ、すでに引用したオード八の第十、十一ストロフに、この上なく詩的結晶度の高い感動的なヴィジョンによって強烈に表明されている。

なおこのような恐怖の場所（牢獄）にあって、／何だかわからない甘美な夢想が／死を予感させるこうしたすべての視像の間にある／私を喜びの方へ引っ張っていく。／そして私の眼は、私の願望に従って、／牢獄のこの暗闇の中でシャンティイを見る。[14]

ヴィオーにとってシャンティイは幸福の原点であり、周囲を頑健な壁で囲われて自由を拘束されていればいるほど、喜びや生命・自由への強烈な願望は高まり、「魂の光線」がこの壁や牢の暗闇を貫き、一直線にシャンティイへと走り抜ける。

私の魂は、私の暗黒の塔牢（モンゴメリー塔）を貫いて、／太陽の眼（日の光）さえ横切るのが非常に困難な／この［シャンティイ］庭園の中を／横切っていく光線を持っているのだ。／私はこの庭園全体を絵として感覚的に思い描ける。／私は水辺に花々が咲いているのを感じており、／その花々に水分を与えている冷気を浴びる。／また大公夫人がそこにやって来て、腰を下ろす。／彼女が夕暮れどき、ここを訪れたため、日の光が／逃れて、彼女に敬意を表したりするのを見る。[15]

『兄へのテオフィルの手紙』においては、獄中から夢想する故郷ブセールの自然の風物のヴィジョンはほとんどすべて「私は（ふたたび）見るだろう」je (re) verrai、「私は聞くだろう」j'orrai、「私は楽しむだろう」je paistrai、「私は摘むだろう」je cueillerai といった単純未来形で表現され、そこに未来時での実現への強い決意を含みながらも、幼い頃の記憶に基づいた純粋に未来時のありうる出来事、「何としても再獲得されねばならない」未来時の地上楽園として提起されているのに対し、この『シルヴィの家』では詩人は幻視としてであれ、現実に〈シャンティイ〉をしかと「見 je vois、感じて je sens」いる。この意味で上に引用したオード八の詩句は、ヴィオーが眼前には見えないものをしかと見ることのできる、紛れもない「幻視者」visionnaire であることを示しているのである。

そして『兄へのテオフィルの手紙』においては〈ブセールの家〉が故郷の田舎の風物・自然によって象徴されてい

たように、この詩にあっては〈シルヴィの家〉はシャンティイの庭園の自然、とりわけ生命感に満ちた春の自然によって象徴されている。

この庭園の中には、密やかな谷間があり、／それは小暗い木々の繁みで全体が覆われ、／ここでは太陽（日光）はとても控え目な（弱い）ので、／影たちを打ち負かすことが決してできない。／この谷は、とても速い流れで、／二つの小川に逆巻く銀の波を勢いづかせ、／またとてもみずみずしい爽やかさを／周囲のすべてのものに与えるので、／愛の殉教者（ダマ鹿）たちでさえ、恋の苦しみを取り去ってもらうために、／この小川に入りたくなってしまう。[16]

オード三の冒頭部第一、二ストロフに描かれたこの場面は、題材・情景ともに初期詩編『孤独』La Solitude の冒頭部に酷似しており、Ｅ・Ｒ・クルティウスが『ヨーロッパ文学とラテン中世』で指摘するいわゆる〈逸楽境〉locus amoenus[17]、そこで恋人同士が逢引するという中世以来の牧歌恋愛詩のトポスともなっている。「愛の殉教者（トリトン＝ダマ鹿）たちでさえ、恋の苦しみを取り去ってもらうために、この小川に入りたくなってしまう。」との詩行でも明らかなように、詩人はこの庭園を春風に誘われて花々が咲き乱れ、生命が芽吹く〈愛の理想境〉と意識しているのである。そしてこの地上楽園の女主人シルヴィは、

雪は、ここのダマ鹿たちが軽蔑した態度で／自分らを踏みつけるさまを見ながら、／彼らの傲慢な跳躍に怒る。／そこで雪はこの一群の鹿たちを飢えさせるために／悔し紛れに一着の冷たいマントでもって、／すべての芝生を覆い隠し、凍らせてしまう。∥しかしこの庭園は、乳飲み子（ダマ鹿）のために／充分な乾草を貯えた有

蓋秣桶を持っているので／雪も氷も野ざらしの乾草を／見つけることは決してないだろう。／ここでは、どんなに厳しい冬でも／ダマ鹿から寝小屋や飼料を／奪ってしまうことは決してできないだろう。／彼らは、この庭園では、ほんのわずかな気遣いで／自然の危害から安全が保たれている／緑を常に見出すのだ。[18]／彼らは、この庭園では、鳥たちが雛（卵）をもうけ、/その子供たちは、蛇に見つけられても、/決してその残忍な食欲の餌食になることはない。[19]

この庭園ではダマ鹿はじめ鳥たちでさえ、厳冬期の結氷や降雪あるいは毒蛇から生命を守られる避難所となっている。また爽やかな春風が夏の暑さを追い払い、花々が咲き乱れ、白鳥たちや愛の神キューピッドたちが池で遊び戯れるこの世の楽園となっているのである。

春風《ゼフィロス》はこの庭園から夏の暑さを追い払い、／白鳥たちだけがそこでたっぷりと餌をついばんでいる。／庭の花々の下には涼しさのほかには何もなく、／花々はこの涼しさによって開花する。／庭の芝生は、ときどき数え切れぬ愛の神《キューピッド》の／ヘアバンドや弓と箙（矢筒）の留守番をする。／彼らは、そのようにして／葦の木蔭で裸身になり、／冷たい水の中に、／沸騰する彼らの若い肉体を浸すのだ。[20]

今や公爵夫妻によって保護されている詩人は、訪ねてきた友人ティルシスと緑の木蔭 cabinet の中で語り合う。そしてこの庭園では小鳥たちがシルヴィを喜ばせようと競って歌を歌うのである。

われらは噴泉と木々に包まれた緑の木蔭の中にいた。／この木蔭の調度品たる泉や樹木は／とても明るく、綺麗なので、七宝といえども樹林の大理石の透明感や輝きには及ばない。[21]∥庭園の装飾品（泉や樹木）を保守するために、／太陽はこの装飾品を洗ったり、拭って乾かしたりする。／というのも、晴天や雨天を作るのは、太陽のみに／与えられた仕事だからだ。花の女神《フローラ》は／そこ（泉や樹木）にかくもたくさんの美しい花々を置くので、／暁の女神《アウローラ》は、自分を凌駕するこれらの花々の／輝きを涙なしには見ることができない[22]（オード六）。∥（…）∥大公夫人がこの緑の木蔭に逗留するとき、／これらの鳥たちは、暁の女神が彼女に／ご機嫌伺いをする意図から／東方《オリエント》海岸を発ったと思う。／大公夫人とお近づきになるという聖なる願望が／小鳥たちを活気づけ、彼らに枝をたわませ、／その枝は夫人のために影を作る。／これらの神々しい美女たちを前にして、小鳥たちは／自分らの罪のない遠慮なさには彼女たちを冒瀆する恐れが／まったくないことを知っているのだ[23]（オード七）。

シャンティイ庭園はオード一からオード六までは絵画的・視覚的にその美しさが喚起されていたが、オード七より今度は小鳥たちの歌という音楽的・聴覚的効果も加えられることにより、その楽園性がいっそう強調されることとなる。

このようにして、そこの小鳥たちは一生懸命、／シルヴィに気に入られようとするのだが、／彼らは歌を上手に歌おうとする長い努力の中に／全生命をかけようとしているように見える。／（…）／そして喉は、いくら自制しようとしても、／シルヴィへの声の暴力をなかなかやめられず、／やっとのことで、沈黙の自由時間に／立ち帰ることができるのだ[24]（オード七）。

そして女主人のシルヴィは自然と一体のものとして、このような生命に満ちた地上の楽園に君臨している。

彼女の瞳は太陽の光の中に描き出され、／暁の（女神の《アウローラ》）光はその鮮紅色の顔色の中に／大公夫人の別の美しさをいくつも描き出している。／そして天が崩壊し、星々が消滅してしまわない限り、／彼女の美徳（貞節）を消し去ってしまうものは／何物も存在しないであろう[25]（オード一）。

こうしてシルヴィは詩人にとってほとんど〈太陽＝生命＝春＝自然〉と化しており、これらの顕現者、象徴となっているのである。

自然はその善意のすべて、／その知識（叡智）とその豊穣さと／またその美しさの数々の宝を／公爵と公爵夫人の上に注いだのだ。／自然はお二人の魂と肉体とを結び合わせる／幸福な和合を作ったのだ／一言で言えば春風《ゼフィロス》をわれらの花々と結婚させ、／かくも多くの色彩で／毎年毎年花々の壁掛け《タピスリー》を／作るのも、ほかならぬこの自然なのだ[26]（オード七）。

自然は「**神**がそれをお認めになる範囲内で、」selon que Dieu l'autorise[27] 公爵夫妻に知徳と善意、美のすべてを授け、「春風《ゼフィロス》と花々を結婚させ[28]」、つまり春風によって温風をこの地にもたらし、花々を開花させ、一面に百花繚乱と咲き乱れさせることによって、シャンティイを地上の楽園としている。したがって詩人にとってシャンティイは、そしてとりわけ「シルヴィの家」は、『兄へのテオフィルの手紙』における故郷ブセールの家同様、投獄と裁判という死の試練の果てに再生し、自らの若さ（青春）の回復を約束してくれる唯一の〈至福の場〉、太陽と緑や生命に溢れた〈聖なる空間〉として意識されているのである。

憎悪・呪詛と悲嘆の歌から感謝・叡智と平安の歌へ

オード『シルヴィの家』は、援助者への感謝と迫害者に対する呪詛および地獄としての牢獄と楽園としての家というモティーフをともに有しており、したがって基本的には同時期に獄中で執筆された遺作オード『兄へのテオフィルの手紙』とほぼ同一の性格と構造が認められる。すなわち『兄へのテオフィルの手紙』は冒頭の第一ストロフが兄ポールへの感謝で始まり、この第一ストロフとほぼ同一の詩句で最終の第三十三ストロフも兄への感謝で終え、この詩の円環を閉じているのと同様、『シルヴィの家』も冒頭の第一オードと最終第十オードはともにモンモランシー公爵夫妻、とりわけ公爵夫人〝シルヴィ〟への感謝と称讃の詩となっており、やはり詩の出発点に戻って終えるという円環的な構造が認められるのである。そして両詩ともその中間部で迫害者への呪詛・罵倒と獄中での苦悩・絶望を歌い、牢獄というこの世の地獄の対極としてのシャンティイやブセールの楽園性を語っている。そしてこの中間部の明暗の配置は、前者が光と生命に溢れたブセールを中心部（第十八—二十八ストロフ）に置き、それを挟む形で前後に迫害者への呪詛と絶望を歌っているのに対し、後者『シルヴィの家』は前者とは逆に迫害者への呪詛と自己の予兆的悪夢 songe prophétique[29] のヴィジョンを中心部に置き、それを前後から挟む形でシャンティイの明るいヴィジョンが置かれている点が、両者の構造上の最も大きな相違点である。ただ後者にあっては、シャンティイを讃美する後半部のヴィジョンの中に詩人＝ピロメーラー＝夜鳴鶯という形で迫害者への恨みが間接的に語られ、前者よりも少し複雑な構造になっている点が認められるとはいえ、両オードとも前節で述べた左右対称のシンメトリー構造となっており、基本的にはほぼ同一の構造を有していると言える。

そこで次に、このオードが詩人の受難と敵対者への呪詛の歌から保護者シルヴィへの感謝・讃美の歌へと変容していく過程を少し詳しく見ることとしよう。

詩人はオード前半部において、何よりもまず、女主人シルヴィが地上楽園であるこのシャンティイ庭園でいかに気高く美しいかを、神話的変身 métamorphose mythologique というバロック的メタフォールを多用して称讃する。[30] たとえばオード一ではモンモランシー公を太陽神アポロンに、シルヴィをその妹の暁の女神アウローラに喩えて、その美しさを称える。彼女の瞳は「太陽の光の中に映し出される」Ses yeux sont peints dans le Soleil[31] のであり、また「暁の〈女神《アウローラ》の〉光はその鮮光色の顔色の中に／大公夫人の別の美しさをいくつも描き出している」L'Aurore dans son teint vermeil / Voit ses autres beautés tracées[32] のである。そして彼女の美徳は「天が崩壊し、星々が消滅してしまわない限り、何物にも消し去られてしまうことはないであろう」Et rien n'éteindra ses vertus / Que les cieux ne soient abattus / Et les étoiles effacées[33] ほどに堅固であるという。

そしてオード二で「庭園を散策中のシルヴィは／黒い瞳の輝きをあたりに放射させつつ、／ダマ鹿たちをその眼で諭し」Sylvie en ses promenoirs / Jette l'éclat de ses yeux noirs / Qui leur font encore la guerre、ダマ鹿たちを魅了した彼女が「海神トリトンを鹿に変身させたとき、／彼らを雪のように白い鹿にした。／そして彼らは自分たちの悲しみを慰めるために、／彼女の純白という色を永久に保持するという／特権を受け取った」La Princesse qui les charma, / Alors qu'elle les transforma, / Les fit être blancs comme neige / Et pour consoler leur douleur, / Ils reçurent le privilège / De porter toujours sa couleur[34] と歌われているように、ヴィオーはシルヴィの美しさ、気高さ・純粋さを「黒い瞳」yeux noirs[35] とその視線の美しさ、「海神トリトンたち」でさえダマ鹿に変身させてしまう視線の魔力で暗示し、それらを介して讃えている。さらにはオード二の第十ストロフ「雪が放射する輝きに対して／われらがどんなに無感覚になろうとしても、／その輝きはわれらを虜にし、その美しい輝きを／見つめる者を魅了する。／このようにして、雪のごとく白いダマ鹿の群れは、／緑陰深きこの庭園の中で、光り輝き、／そして彼らの慎み深い白い衣装に／シルヴィの額の白さが描き出され、／天の雪と競って美しく光り輝かせる」Quelque vigueur que nous ayons / Contre les éclats qu'elle darde, / Ils nous blessent et leurs rayons / Éblouissent qui les regarde. / Tel dedans ce parc ombrageux / Éclate le troupeau neigeux / Et dans ses vêtements modestes /

Où le front de Sylvie est peint, / Fait briller l’éclat de son teint / A l’envi des neiges célestes[36]といった詩句に窺えるように、彼女の白い額や白いドレスをはじめ、彼女の周囲にある白色のもの、たとえば「小玉雪となって庭園に最近降り積もった雪」à petits flocons liés / La neige fraîchement venue / Sur des grands tapis délies[37]や「雪のように白いダマ鹿」blancs comme neige[38]などの純白性 bancheur に、彼女の魂の美しさ、純粋性を認めているのである。

詩人は第一、第二オードでこのように直接的に恩人シルヴィの美しさを讃美する歌を歌っているが、第三、第四オードに至ると『シルヴィの家』における明・暗二つのヴィジョンはほぼ交互に反復されている。そして詩人自身の直接的な受難とこの不運に対する嘆きは中心部の第五、六オードでのみ語られているのだが、間接的にはこの二オードの前後、すなわち第四オードで白鳥＝キュクノス＝ティルシス（詩人の親友）／パエトン＝ダーモン（詩人）という同一化ないしメタフォールによって、また後半部では夜鳴鶯ピロメーラー＝詩人という隠喩形で間接的に語っているのである。たとえば第四オードで詩人は最愛の友人パエトンを失ったキュクノスの悲嘆を

パエトンのかくも美しい面影を君に残した／あの突然の墜落死は、君の運命にとっては／耐え難いものであった。[39]

と歌って、キュクノスに対して同情を示しているが、パエトンとの死別の嘆きのために白鳥に変身したというキュクノスとパエトンの友情関係は、このオード四後半部のストロフでダーモン（詩人自身）／ティルシスの友情の伏線となっているのである。そしてこのパエトン／キュクノスの純粋な友愛関係を、

詮索好きなあら捜し屋は、そこに／嫌悪を催させる風俗紊乱を嗅ぎつける。／しかし人を誹謗する彼らの猜疑

心は、じつは／彼らの考え自体が不健全であることを示しているのだ。／貞節（純潔）であろうとする決意は／自由な振る舞いの中にも礼節を弁えており、／偽善者たちがこと細かに規定する／愚かしい行動制限を乗り越えてしまう。／彼ら偽善者は博士の法服の下に／男色家の魂を隠しているのだ。[40]

と歌って、彼らの友情関係（同性愛）についての世間や敵対者の誤解・非難に対して弁護・反論することによって、じつはこの後に語ることになる詩人自身（ダーモン）と友人ティルシスの友情関係（同性愛）に対する予備的弁明としている。「妬みを抱いたこの上なく邪悪な人々（イエズス会士たち）」が「王の寵愛を嵩にかけて、／あのような不意の恐怖をもって、／あえて私の生命を脅かしたとき、／そしてまた高等法院さえもが、／私に対する中傷の密告にけしかけられて、／私の徳性（徳行）に対する敵どもの／陰湿な迫害により、／私が情け容赦なく打ちのめされ、／虐げられるのを見たとき」[41]（オード四）、詩人は自らの運命の星 astre がその軌道を狂わせはじめ、詩人の人生を悲惨極まりないものにし、彼を迫害の嵐で苦しめるようになったと感ずるのである。

第五オードで、北方に逃亡中、逮捕され、鉄鎖で縛られたまま、六十名もの警察吏に監視されながらパリに連れ戻され、コンスィエルジュリー監獄の「薄暗い城館牢」ténèbreux manoirs[42] に投獄される悪夢を語った後、詩人は第六オードにおいて一転して、匿ってくれた庇護者モンモランシー公夫妻への感謝とシャンティイ城庭園の美しさを称えることによって、このオードを憎悪と呪詛の歌ではなく、感謝と讃美の歌、魂の平安と叡智の歌にしようとする。

私は自分が無実であり、正しいことを理由に、／迫害者たちの怒りから逃れるために、／獄中から、守護神（モンモランシー公）の／祭壇（シャンティイ）に、救いを求めた。／それは、私が自らの支えを見出した場所であり、／ティルシスがまず最初に駆けつけて、私の苦難を預言し、／慰めてくれた場所なのだ。われらはその当時、／二人ともこれらの樹々に覆われて保護されていた。／こうした保護樹林《モンモランシー家》のおかげで、私の詩句はかくも的確に／私の詩的インスピレーションを開花させるのだ。[43]

詩人はこのように自分を助け、匿ってくれた公爵夫妻に感謝し、彼らを称える詩をこのシャンティイ庭園で書き始めるのである。

言葉で一幅の絵画を描こうとする企てから、／私はかくも美しい緑の木蔭の中に／詩神ミューズを散策させ始めるのだが、／そんな絵心が私をこの魅惑的な庭園の中に留め、／ここでは、この上なく急ぎ足の春でさえ、／常に五、六カ月間立ち去ることはない。[44]

　ここシャンティイ庭園では、急ぎ足の春でさえ、「五、六カ月も立ち去ることなく」、公爵夫妻のために、そして客人である詩人や友人のティルシスのために、常春の地上楽園でありつづけるのである。そして自然は「その善意のすべて」toute sa bonté[45]、「その叡智」son savoir[46]、「その豊穣さ」sa richesse[47]、また「その美しさの数々の宝」les trésors de sa beauté[48]を公爵と公爵夫人の上に注ぎ、「お二人の魂と肉体とを結び合わせる／幸福な和合を作った」Elle a fait les heureux accords / Qui joignent leur âme et leur corps[49]のだ。彼らをこのように讃美することによって、詩人はこのオードを憎しみと呪詛の歌から彼らの叡智と善意、その美しさを称える歌にしようとする。

　そしてこの庭園の小鳥たちも大公夫人を讃美するために、彼女のまわりに集まってきて歌を歌う（「大公夫人とお近づきになるという聖なる願望が／小鳥たちを活気づけ、彼らに枝をたわませ、／その枝は夫人のために影を作る。／これらの神々しい美女たちを前にして、小鳥たちは／自分らの罪のない遠慮なさには彼女たちを冒瀆する恐れが／まったくないことを知っているのだ」)[50]。だが詩人はこの小鳥たちを名指すことなく、それが夜鳴鶯であることを暗示して、こう歌う。「我勝ちに羽根の下に隠されている／自らの宝を、／またこの上なく痛切な憂いからくる／心の痛みの一部始終を和らげる／例のかくも心地よい慰めの歌を／我勝ちに見せびらかす」[51]。そして第八オードに至ってはじめてこの鳥が夜鳴鶯であり、かつて義兄テーレス王に凌辱され、この鳥に変身したピロメーラーであることを明らかにする。

誰にも増して、耐え難いほど落ち込んでいる夜鳴鶯は、／いまだ魂を傷つけられたままであり、／テーレウス王が彼女に行った乱暴のことを／思うように人に話すことができなかった。／彼女の胸は絶えず怒りに燃えており、／甦った昔日の愁訴の源となっている。／そして彼女に残されているこのわずかな精神は／その犯罪者を呪い、／常に変わらずこの男を近親強姦者と／呼ぼうとする永遠の記憶にほかならない[52]。

このようにヴィオーは変身のテーマを巧みに使用して、小鳥たち→夜鳴鶯→（凌辱された恨みを歌いつづける）ピロメーラー→（無実にもかかわらず、迫害されている）詩人と同一化し、彼女の受難・屈辱を自身のそれと重ね合わせ、大公夫人の讃歌の中に自身の受難とその苦悩・怨恨をも忍び込ませる。その前後のオード、すなわち第七オードと第九オードは全体としては、シャンティイ庭園の美しさと公爵夫妻、とりわけその女主人シルヴィ讃美の歌となっているのであるが、第八オードは夜鳴鶯＝ピロメーラー＝詩人といういわば逆変身 métamorphose renversée により、ふたたび愁訴・怨恨の歌となっている。

彼女は自分の恥辱の長い物語を語りながら、／じつにさまざまな激情に襲われてしまうので、／彼女が自分の物語を語り終える頃には／私の裁判は終わってしまっているかも知れない[53]。

詩人はこう歌って夜鳴鶯＝ピロメーラーの受難とその恨み・愁訴の歌の長さを、詩人自身の投獄・裁判の長さを持ち出して皮肉っている。そしてこの鳥の恨みは「ペリオン山の下に永眠している死者たち、／イリオン（トロワ）の町の遺灰となった／すべての死者たちでさえ、遺恨あるこの小鳥が／自分の墓所の上に恨みを浴びせかけたほどには／告訴すべき多くの犯罪事案を／天に対して決して訴えはしなかった」[54]ほどに大きく深いのである。ヴィオーはシルヴィに歌を聞かせているその歌い手、夜鳴鶯＝ピロメーラーの「遺構の灰が、王族たちが敵でもあるにもかかわらず、／彼女の美点と彼らの恥ずべき行為を／永遠に生き返らせ」[55]後世の人々に彼女の美点と犯罪者の罪を記憶に留めさせるものだと言う。そしてこうした迫害者が「詩をこしらえる者」un faiseur de rimesで、もし「作り事にたけている ardoit aux fictions なら、」詩人の「この上なく誠実な行いに対してさえ／犯罪的色合いを潤色してしまうこともできるのだ」[56]と言って、著作物によってヴィオーを弾劾することをやめないイエズス会のガラス神父に対して暗に抗議する。

こうした「残忍な男」Un brutal は「空気や風のそよぎの中に」Dans des soupirs d'air et de vent すなわち世評や世間の噂の中に「恥ずべき気休め」[57]を求めるが、「高潔な精神を持つ人間」bons esprits である彼は、ピロメーラーが夜鳴鶯に変身して後世に恨みの歌を遺したように、詩人として「悲しい嘆きを書いて後世に残すという／復讐によってその苦悩を癒す」[58]ほかない。したがって「今日、絶えず私を襲っている不幸（災厄）がもたらす／過酷な不安の中にある」[59]彼は、もし彼の感情が「大公夫人への敬意によって／なごみ、和らぐことがなかったなら、／邪悪な人々の私への迫害という、／天も心を痛めている災厄を／恨みを込めて描いているだろう」[60]が、現在の苦難にもかかわらず、いやそうであればこそなおのこと、このオードが迫害者への呪詛の歌ではなく、庇護者シルヴィへの感謝と称讃の歌とならねばならないことを思い起こして、敵対者たちへの非難や罵倒を思い留まるのである。

しかし天使たちよりも美しい女性（シルヴィ）を／称えることを誇りとしている私の詩句は、／ここでは称讃することに専念するために／私を中傷する人々のそうした憶測はうっちゃっておく。／（…）／詩神《ミューズ》よ、迫害の嵐が通り過ぎるのを待っていよう。／われらを迫害する者を呪うより、むしろ／われらによくして下さった人を称讃するような／話題を取り上げよう。[61]

第八オードはこうして呪詛の歌ではなく、感謝と称讃の歌とすることを誓って終わる。第九オードでは夜鳴鶯（＝ピロメーラー）＝詩人として、そして最終第十オードでは詩人のアレゴリーとしての夜鳴鶯が去った庭園に一人淋しく残された詩人が、ふたたび公爵夫妻、とりわけシルヴィの美しさと叡智を称えることによって、冒頭第一オードと同一の雰囲気と調子を伴った庇護者称讃詩 poésie encomiastique、poésie panégyrique となってこの詩は終わる。

私（夜鳴鶯）だけが、空気と波しぶきの衣服の中で／彼女の美しさが光り輝くのをこのように／真近かに見るという親しさを許されているのだ。／／しかし私は自分に空気と、声と生命とを／与えてくれた天に誓って言おう。／私の判断力と眼力にかけて、私は［そうした女神たちよりも］／シルヴィの方を数千倍も愛している、と。[62]

最終オード冒頭で詩人は「夜鳴鶯よ、お前は充分に歌った。／お前が去った後のこの庭園はあまりにも暗い。／私が木蔭でこんなに長い詩を書くことに／詩神《アポロン》がうんざりしているように思う」[63]と呟いて、この長詩を終わらせることを仄めかし、最後に第一オードにおけると同じように、このシャンティイ庭園の美しさ・不滅性をもう一度褒め称える。「私は知っている、ただ一条の太陽の光さえ、その美しさを／描出するためには私がどんな労苦を払うにも値するということを。／また私の詩的霊感が、周囲に巡らされたこれらの濠の美しさを／描出するために使い果たされてしまうかも知れないということを」[64]。次に多くの優れた美人と軍人を輩出したシルヴィの出身家系の偉大さを、「しかしシルヴィの家系の持つかくも多くの美人と／かくも多くの著名な軍人に捧げられた銀梅花《ミルト》と月桂樹は／両木が占めるにふさわしい場を私に要求している。／軍神《マルス》と愛の神《キューピッド》の聖なる枝よ、／あなた方は私が用意する、／これ以上どんなに遠く離れた所に／逗留するのがお気に召すのだろうか？／私が、こうした楡の木々を省みず、／この木の枯葉を足で踏みつけるのは、／不滅の枝（家系）たるあなた方のためなのです」[65]と称讃した後、最後に「私のトラブルのことを心配して下さるリシス（モンモランシー公）は／彼の子孫と彼に対して捧げた、／私の完璧な感謝の念を見届けてくれるであろう」[66]とか「私が示そうと思うモンモランシー家の／この上なく昔のあの祖先は、その刀剣を／たしかに錆びつかせざるを得なかったかも知れない、／もし私がそれをぴかぴかに輝かせなければ。／しかしいくつかの書物や口承伝説が／こうした正真正銘の栄光の歴史を／とてもよく保存してきたので、／もしあなた方のまったく世に知られていない数々の功績が／後世の記憶の中で光り輝くことがないようならば、／私はへたくそな詩句を作ったということになるであろう」[67]と歌い、庇護者モンモランシー公爵アンリ二世への感謝と同家の末永き繁栄を祈って、[68]庇護者称讃詩 poésie panégyrique としてのこの長いオードを歌い終えることとなる。

　こうしてヴィオーはこのオードを、キリスト教信仰告白と讃美、公爵夫妻への感謝と讃美の称讃詩として出発させ、前半部では海神トリトン↓ダマ鹿とアクテオン↓鹿という「神話的変身」を通して、シルヴィをより普遍的に美化し、中間部では公爵夫妻とシャンティイ庭園の称讃詩の合間に神話上の白鳥↓キュクノス、夜鳴鶯↓ピロメーラーという逆変身のテーマを介して、自身の同性愛の弁護と迫害者・敵対者たちへの呪詛と反駁という個人的な憎悪の歌に転化しながらも、最終的にはそうした個人的な憎悪・苦難をこの「神話的変身」を通して普遍化することによって、見事に昇華させている。そして最終部においてふたたびカトリック信仰告白とキリスト教神学の讃美とともに、公爵夫妻への再度の感謝表明とシルヴィの美しさと叡智とを讃美する称讃詩・叡智の歌へと回帰して、この長詩を終えているのである。

結論

オード『シルヴィの家』は本章第1節ですでに指摘したように、十オードの中央第五オードと第六オードのところを折れ線としてほぼシンメトリー構造となっており、いま右で見たように、最後は詩の出発点に回帰して終結するという円環構造を有している。すなわち冒頭の第一オードでギリシャ・ローマ神話の神々への信仰を捨て、正統的なキリスト教の神への帰依を告白するとともに、カトリック信仰を信ずる敬虔な公爵夫人〈シルヴィ〉を称讃し、その栄光を称えて、このオードの信仰告白詩、称讃詩 poésie panégyrique としての性格・役割を読者に明示し、最終の第十オードでもう一度キリスト教の神とその神学を称讃し、最後にイタリアのシルヴィ家と彼女の嫁ぎ先であるモンモランシー家の優越性とその栄光とを讃えて、この詩を終えているのである。そして第二オードから第九オードまでの中間部は、公的な称讃詩の部分と自身の不幸を語った個人詩の部分がほぼ交互に現れ、両者はきわめて見事にバランスが取れている。このことをギッド・サバ教授は「個人的な詩と称讃詩 poésie encomiastique という二要素の和解 conciliation」による「芸術的成功の奇蹟[69]」と呼んでいるが、別な言い方をすればこのオードは全体としては公的な庇護者称讃詩の体裁をとりながら、単なる儀礼的な称讃詩に終わらせず、そこに個人的な悲劇を自然な形で巧みに織り込み、きわめて個性的な個人詩とすることにも成功していると言うことができるだろう。

火刑台の炎と死の恐怖に怯えながら生きた〈閉鎖空間〉、〈暗黒空間〉としての牢獄から、太陽と緑と生命に輝く〈開放空間〉としてのシャンティイ城とその庭園へ生きてふたたび帰還することを願いつづけていた詩人は、一六二五年九月一日、パリ高等法院での「フランス王国内からの永久追放」の判決により、ついに自由の身となることができた。解放直後、庇護者モンモランシー公はラ・ロッシェル戦役の指揮を執っていてパリには不在であったため、長期にわたる幽閉ですっかり健康を害してしまった詩人を引き取り世話をしたのは、親友たち、とりわけリアンクール侯であった。[70]

解放後、リシュリューより公の席に出ないという条件で国内に留まる恩赦を得た（らしい）ヴィオーが、戦場から帰還した庇護者モンモランシー公とともに、幾度となく夢にまで見たシャンティイ城をふたたび訪れたのは、翌二六年春のことである。[71] それについて何も書き残していないとはいえ、敬愛する女主人シルヴィと再会したときの彼の感慨はいかばかりであったろう。謙譲と敬虔の徳を備え、静謐と純白性を愛したシルヴィの傍らにあって、以後ヴィオーはリベルティナージュ思想について語ることはないだろう。[72] ヴィオーにおける前期のリベルタン的理神論ないしルネサンス的アミニスム思想から晩年のカトリック的宇宙観・世界観への変容という問題については本書第三部第Ⅳ、Ⅴ章で検討することとなろう。[73]

一六二六年九月二十六日、劣悪な拘留生活で得た病い（結核）の悪化により、庇護者モンモランシー公のパリ館 Hôtel de Montmorency にて三十六歳という短い生涯をカトリック教徒として閉じた。[74]

註

1 本章においてわれわれが主として使用するテクストは、前章1「円環的・シンメトリー構造」同様、ギッド・サバの三巻本の『テオフィル・ド・ヴィオー全集』(Paris, Honoré Champion, 1999) に依拠することとしたい。使用する理由は前章の註1で述べた通りである。

2 拙論「テオフィル・ド・ヴィオーの『シルヴィの家』（オード）について――その円環的・シンメトリー構造」（『教養論叢』第一一八号、一―二七頁）。

3 Jacques Morel, La structure du *La Maison de Silvie* de Th. de Viau in *Mélanges d'histoire littérature* (*XVIe, XVIIe siècles*) offerts à Raymond Lebègue, Paris-Nizet, 1960, p. 147.

4 Jean Tortel, Le lyrisme au XVIIe siècle, in *Histoire des Littératures III* (*littérature française*), *Encyclopédie de la Pléiade*, 1978, p. 357.

5 Théophile de Viau, *Œuvres complètes*, tome II, par Guido Saba, Honoré Champion, 1999, p. 201.（以下 *Œ. H.C.* t. II と略）

6 James Sacré, « Vers un paradis baroque : Th. de Viau, Œuvres poétiques : première partie, La Maison de Silvie », in *Un sang maniériste. Étude structurale du mot « sang » dans la poésie française de la fin du seizième siècle*, Neuchâtel, la Baconnière, 1977, pp. 147–149.

7 Théophile de Viau, *Œuvres poétiques, première partie*, par Jeanne Streicher, Droz, 1967, p. 39.

8 *Ibid.*, p. 29.

9 *Œ. H.C.* t. II, p. 246.

10 *Ibid.*, p. 239.

11 *Ibid.*, p. 216.

12 *Ibid.*, p. 216.

13 *Ibid.*, pp. 216–217.

14 *Ibid.*, p. 229.

15 *Ibid.*, pp. 229–230.

16 *Ibid.*, pp. 208–209.

17 E・R・クルティウス『ヨーロッパ文学とラテン中世』(南大路・岸本・中村訳、みすず書房、一九七一年)、二八一—二八六頁。

18 *Œ. H.C.* t. II, pp. 207–208.

19 *Ibid.*, p. 209.

20 *Ibid.*, pp. 209–210.

21 *Ibid.*, p. 220.

22 *Ibid.*, p. 220.

23 *Ibid.*, p. 225.

24 *Ibid.*, p. 226.

25 *Ibid.*, p. 204.

26 *Ibid.*, p. 224.

27 *Ibid.*, p. 224.

28 *Ibid.*, p. 224.

29 Guido Saba, *op. cit.*, p. 104.

30 変身 métamorphose はバロック文学・芸術における最も代表的な主題の一つであり、バロック美術ではオウィディウスの『変身物語』に依拠したベルニーニの『アポロとダフネ』はじめ、バロック時代の多くの芸術家・文学者が好んでこのメタモルフォーゼのテーマを取り上げている。ジャン・ルーセも有名なバロック文学論の中で取り上げているが (Jean Rousser, *La Littérature de l'âge baroque en France*, José Corti, 1954, pp. 13–39)、一九七九年ヴァランシエンヌで開催された国際シンポジウムでも英仏バロック詩における変身 métamorphose をめぐるさまざまな問題が考察されている (« *La Métamorphose dans la poésie française et anglaise* », Acte du Colloque International de Valenciennes, 1979, Gunter Narr Verlag, Tübingen, 1980)。

31 *Œ. H.C.* t. II, p. 204.

32 *Ibid.*, p. 204.

33 *Ibid.*, p. 204.

34 *Ibid.*, p. 206.

35 *Ibid.*, p. 206.

36 *Ibid.*, p. 207.

37 *Ibid.*, p. 207.

38 *Ibid.*, p. 206.

39 *Ibid.*, p. 212.

40 *Ibid.*, pp. 212–213.

41 *Ibid.*, p. 214.
42 *Ibid.*, p. 219.
43 *Ibid.*, p. 220.
44 *Ibid.*, p. 222.
45 *Ibid.*, p. 224.
46 *Ibid.*, p. 224.
47 *Ibid.*, p. 224.
48 *Ibid.*, p. 224.
49 *Ibid.*, p. 224.
50 *Ibid.*, p. 225.
51 *Ibid.*, p. 225.
52 *Ibid.*, p. 227.
53 *Ibid.*, p. 227.
54 *Ibid.*, p. 227.
55 *Ibid.*, p. 228.
56 *Ibid.*, p. 228.
57 *Ibid.*, p. 228.
58 *Ibid.*, p. 228.
59 *Ibid.*, p. 228.
60 *Ibid.*, p. 228.
61 *Ibid.*, p. 229.
62 *Ibid.*, p. 231.
63 *Ibid.*, p. 233.
64 *Ibid.*, p. 233.
65 *Ibid.*, p. 234.
66 *Ibid.*, p. 236.
67 *Ibid.*, pp. 236–237.
68 詩人の祈願にもかかわらず、モンモランシー家は詩人の死から六年後に起こったいわゆる「ガストン＝モンモランシー事件」により滅亡してしまう。モンモランシー公アンリ二世はトゥルーズで囚われ、斬首、同公爵夫人マリ・デ・ズュサンはかつての詩人同様、共犯者としてムーランの城牢に幽閉されてしまうこととなる。本書第一部第V章および拙稿「テオフィル・ド・ヴィオーとモンモランシー公爵夫人」（慶應義塾大学日吉紀要『フランス語フランス文学』第五号、一九八七年）参照。
69 Guido Saba, *Théophile de Viau : un poète rebelle*, PUF, 1999, p. 106.
70 F. Lachèvre, *op. cit.*, p. 556 ; A. Adam, *Théophile de Viau et la libre pensée française en 1620*, Paris, Droz, 1935 (Genève, Slatkine Reprints, 1965), p. 405.
71 A. Adam, *Th. de Viau et la libre pensée française en 1620*, pp. 408–409.
72 *Ibid.*, pp. 417–419.
73 テオフィル・ド・ヴィオーにおけるこうした哲学的・思想的問題については本書第三部第Ⅳ、Ⅴ章のほか、拙稿「テオフィル・ド・ヴィオーの宇宙論・宗教観――一六二三―一六二五年におけるその変質について」（『教養論叢』第一二五号、二〇〇六年）参照。
74 A. Adam, *Th. de Viau et la libre pensée française en 1620*, pp. 426–428.

IX　オード『兄へのテオフィルの手紙』（書簡詩）
──絶対的決定論からピュロン主義的予定説へ

序論

オード形式のこの長詩『兄へのテオフィルの手紙』は、同詩形の『シルヴィの家』*Maison de Sylvie*とともに、テオフィル・ド・ヴィオーの晩年の最も優れた詩として──少なくとも晩年の作品を代表する二大詩作品として──評価されてきた。事実、古くはテオフィル・ゴーティエ[1]やレミ・ド・グールモン[2]も同詩の一部を引用した上でその新鮮さに注目しており、近年の研究者の多くも同詩に言及し、[3]高い評価を与えている。だがこのように注目され、高い評価を受けながら、意外にもこの長詩には今日まで本格的な研究論考なり、エセーが、筆者の知る限りではJ・ライオンズLyonsおよびM・E・ヴィアレVialer[4]の二篇以外には存在しない。『兄へのテオフィルの手紙』はこの点で、多くの論考やエセーに恵まれている初期の代表的な詩作品『朝』*Le Matin*や『孤独』*La Solitude*と好対照をなしている。

この詩が研究者の間で〈敬遠〉されてきた理由はいくつか考えられるが、その一つは同詩が表現上からも内容的にもかなり難解であることが挙げられよう。つまりこの詩は、破格、省略語法のほか、アルカイック語法、迂言法、誇張法、頓呼法、さらに隠喩、換喩といった各種のレトリック・語法に起因する難解さに加えて、詩人の詩的感受性や思想・テーマに関していくつかの異質な要素が不統一に混在しているような印象を与えているために、その解明を難しくしているからである。そこでわれわれは以下において、浅学をも顧みず、あえてこの詩を解釈し、同詩に含まれるさまざまな問題を考察することとしたい。

この詩は、『シルヴィの家』同様、ヴィオーが風俗紊乱と神への不敬罪 crime de lèse-majesté divine（無神論）のかどにより逮捕され、コンスィエルジュリー監獄の独房に投獄されていた一六二四年に書かれたことは、二種の初版がともに一六二四年に出版されている事実によっても確実だが、制作月については異説がある。ヴィオーの最初の本格的研究者であるフレデリック・ラシェーヴル Frédéric Lachèvre は、同詩第二百九十五詩句 « Leur rage dure un an sur moy » を「この詩句から、テオフィルは一六二三年三月に出版された『サティリック詩人詩華集』の刊行者へのジェズイットたちの嫌悪を生じさせていることがわかる」[5]と解して、一六二四年四月としているが、アントワーヌ・アダン Antoine Adam は「（この詩は）一六二四年四月というより、むしろ同年の八月ないし九月を暗示している」と言い、それに「この詩全体の調子は詩人の訴訟事件がここ一年来引き起こしてきたさまざまな経緯を明らかにしている」として、八、九月説を採っている。[6]批評版ヴィオー全集の校訂者で現代のヴィオー研究の第一人者であるローマ大学教授ギッド・サバ Guido Saba 氏もアダンの八、九月説を支持しているが、[7]われわれもこの詩の内容から明らかにアダン説の方が有力と考える。

この詩は何よりもまず兄への感謝の詩、すなわちガラス神父を中心とするイエズス会の非難・攻撃や親交していた多くの詩人・友人の離反・卑怯な態度、さらにモレ検事総長による数次にわたる尋問、検事側の証人との対決などで失意のどん底にありながらも、献身的な友愛・救援を惜しまなかった実兄ポールへの感謝と敬愛への歌となっている。この点で、同詩が最後に置かれている一六二五年刊行の『投獄から現在までに書かれたテオフィルの全作品集』*Recueil de toutes les pieces faites par Théophile, depuis sa prison jusqu'à présent*（翌一六二六年刊行された『テオフィル著作集』の第三部となる）の冒頭を飾る『友人ティルシスへのテオフィルの嘆き』*La Plainte de Théophile à son amy Tircis* という詩と好対照をなしている。というのは、後者はイエズス会の迫害や司法当局の訴追により窮地に陥った詩人に対する親しい友人たちへの救援要請の形をとりながら、事実上、司法当局の弾劾とともに、手の平を返すように遠ざかったり、救援に熱心でなくなった卑怯な友人に対する失望が語られているからである。両詩はまた構成上の類似点も認められる。冒頭部で友人への失望・落胆（前者）ないし兄への感謝（後者）、迫害者への罵倒、獄中での悲惨と絶望——現在時における瞑想と夢想——を語り、中央部で、美しい自然に包まれた故郷ブセールで過ごした幸福な幼少年時代のイマージュやネルヴァルの『ニコラの告白』におけるニコラのように、そこでありえたかも知れぬ幸福——過去への回想と想像的夢想——を感動的な調子で語っており、最終部でともに現在時に立ち帰って、ふたたび迫害者への反駁・罵倒と友人への失望（前者）ないし兄への感謝（後者）を語って終えているからである。

両詩はこのように一六二五年の『投獄から現在までに書かれたテオフィルの全作品集』を前後で支える重要な役割を担っており、とりわけ『兄へのテオフィルの手紙』は詩人の最後の、少なくとも現存する最後の韻文作品となっている。またこの詩を内容的に見るなら、兄への謝辞詩であると同時に迫害者への罵倒詩、ポレミック詩、アポロジー詩となっており、詩中央部は自然礼讃詩、地上楽園希求詩となっているのである。

テクスト・詩形・構造

この詩のテクストには初出版 édition princeps である二種類のプレオリジナル版が存在しており、一つはサント＝ジュヌヴィエーヴ版（“Lettre de Théophile à son frere, 1624”,〈Biblio. Sainte-Geneviève, Z. 8° 1016, pièce 23〉）のテクストであり、もう一つはＢＮ版（“Recueil de toutes les pieces faites par Theophile, depuis sa prise jusqu'à present, 1624”,〈Biblio. natio, Ya 7633〉）のそれである。このＢＮ版のプレオリジナル・テクストとＢＮのオリジナル版（“Recueil de toutes les pieces faites par Theophile, depuis sa prison jusqu'à présent, 1625, Paris”〈Biblio. nat., Ya 7634〉との間には誤字の訂正や句読点にわずかな相違があるだけで、ヴァリアントは見られない。しかし上記サント＝ジュヌヴィエーヴ版とこの両ＢＮ版テクストの間には、オード『朝』に見られるような大きなヴァリアントはないとはいえ、わずかな句読点の相違のほか、以下に見るようにテクスト自体にヴァリアントが二カ所存在する。われわれはギッド・サバ氏とは異なり、底本として前記『投獄から現在までに書かれたテオフィルの全作品集』の初版本（ＢＮ版）を使用し、句読点、綴字法については、この詩の最初の注釈者であるジャンヌ・ストレシャー Jeanne Streicher 女史に従うこととしたい。ギッド・サバ氏は、近年完成させた四巻本の『テオフィル・ド・ヴィオー全集』や最近刊行したヴィオーの詩集において、初版（一六二五年のＢＮ版）が最も作者の意図を反映させているという理由で、作品配列はＢＮの初版本に従うが、個々の作品のテクスト本文は初出版であるサント＝ジュヌヴィエーヴ版に従って――句読点、綴字法はほぼストレシャー女史のそれを踏襲している――作品集第三部のテクスト校訂を行っている。[8] 作者の意図の忠実な反映という点では一般論としては、われわれもサバ氏の言う通りと考えるが、同氏がＢＮ版プレオリジナル・テクストを無視し、ことさらサント＝ジュヌヴィエーヴ版の初出形テクストを採用している理由がわからない。というのは、たとえば第一四一詩句の“plage”（サント＝ジュヌヴィエーヴ版テクスト）／“place”（ＢＮ版テクスト）とか第二五一詩句の“cueillerons”（ＳＧ）／“cueillirons”（ＢＮ）などのヴァリアントは内容から考えて、後者の決定版の方がベターであり、この異同は前者が誤植でないなら、獄中にありながらも何らかの方法で作者が行った変更と考えた方が自然であるように思われるからである。

次にこの詩の詩形について述べるなら、これは、八音綴十行詩節が三十三ストロフから成るオード形式の長詩である。各ストロフは［ababccdede］という混淆脚韻、つまり［abab］という交韻 rimes croisées の四行詩部と［ccdede］形式の混淆韻の六行詩から成る十行詩 dizain で、脚韻の性は［mfmf, mmfmfm］となっている。フランス詩において十行詩は、ソネ形式と並び、最も美しい抒情詩と言われている。鈴木信太郎によれば、十行詩オードの最も純粋な形はマレルブ Malherbe が多用した八音綴詩形の［ababccdeed］という脚韻配列で、脚韻の性はたとえば［fmfmffmffm］のように、各ストロフが同一の性で始まり、異なる性で終わるのが理想とされているが、これとは異なった詩形も少なくなく、たとえばテオフィルやラカン Racan、サン＝タマン Saint-Amant、ラシーヌ Racine は同一性の脚韻で始まり、終わる［ababccdede／fmfmffmfmf］の詩形が見られるとのことである。[9] ヴィオーの詩を十行詩オードに限って見るなら、［ababccdeed］というオーソドックスな詩形が、前期というか逮捕前の著作集第一部・第二部（一六二三年以前）には四篇、後期つまり獄中で書かれた著作集第三部には『シルヴィの家』の一篇のみであり、またその変形である［abbaccdeed］は後期には一つも書いていない。また［abbaccdede］形が全十行詩オード中最も多く六篇で、しかもこの脚韻配列の詩形は前期にのみ見られ、後期には存在しない。さらに注目されるのは、『兄へのテオフィルの手紙』の詩形である前述の［ababccdede］タイプは四篇あるが、前期にはわずかに一篇のみで、ほかはすべて後期に見られることである。こうした詩形の変化と内容との関わりについての考察は今後の課題だが、前三者よりも後者の［ababccdede］の方がヴィオーの悲劇的な状況や内面の苦悩を表白するのにより適した詩形だったのではなかろうか。

詩の構造というか、内容面から構成の仕方を見てみると、この詩はすでに指摘したように、三部から成っている。第一部は冒頭から第十七ストロフまでの詩節で構成され、この部分はいわば〈現在の詩〉であり、そこで詩人は現在の絶望的な苦境、迫害者たちへの怒り、兄ポールの救援に対する感謝、人生や人間の運命についての瞑想、そして神による救済の可能性についての一縷の希望が語られている。つまり第一部は兄（友人）への感謝の詩であると同時に典型的なポレミック詩、論争詩であり、同時に自己弁明詩、また救済や人生・運命などをめぐる瞑想詩、モラリスト詩ともなっているのである。第二部は第十八ストロフ〜第二十八ストロフから成っており、この中央部はいわば〈過去の詩〉、別の見方をすれば、ありうる〈未来の詩〉となっている。ここでは、一転して詩人は故郷ブセールでの子供時代の生活がいかに幸福で、生の喜びに満ちたものであったかを、リリックかつ情熱的な調子で歌っている。すなわち瑞々しい果実や牧草、また薫香を漂わせる花々に包まれた大自然、あるいはガロンヌ河とそこに来る釣り人や乾草の上にのんびりと寝そべる農夫、さらには牛や羊の群れなどを生き生きと喚起している。それは子供時代の楽園の想起であるとともに、詩人の想像力のうちにあっては、故郷のブセール村に現に存在しているはずの楽園についての夢想であり、その未来叙法が示しているように、幸運にも解放された暁には、〈私〉によって必ず再見され、再体験されなければならない〈実在〉についての夢想である。第三部は第二十九ストロフ～最終詩節の第三十三ストロフから成っており、ふたたび第一部と同じ〈現在の詩〉となるが、ここではとりわけ詩人への迫害の口火を切り、その原動力となった敵対者ジェズイットたちへの激越な罵倒・攻撃と、陰惨な独房で極限状態にある者の苦悶・絶望が語られている。最後に冒頭詩節とほとんど同一の詩句から成る最終詩節でふたたび兄の救援に対する謝意が繰り返されて、このオードは終わる。

同詩は、最終部のこうしたルフラン詩節により円環構造となって、ふたたび出発点に回帰している。詩人は薄暗い独房の中にあって自ら創出したこの円環的詩的夢想世界の中を、あるときは絶望と悲嘆に沈みながら、またあるときはほとんど不可能と思われていたが、近々ありえる解放への期待が呼び覚ます夢幻的狂喜 euphories oniriques に囚われつつ、限りなく駆け巡りつづけるのである。

受難と絶望――兄への感謝と解放願望

ヴィオーがこの詩を書いたと思われる一六二四年の八、九月頃は、ハンストという命がけの抵抗によって読書と執筆の権利をすでに得ていたので、迫害者への文書による反撃は可能であったとはいえ、肝心の裁判は遅々として進まず、その行方は彼に有利に進むのかそれとも不利な方向に進むのか、まったく予断を許さなかった。この年すでにモレ検事総長による数次にわたる尋問を受け、検事側の何人かの証人との対決もすませていたが、その結果は詩人に一縷の希望を残していたとはいえ、ますます大きな不安を抱かせる状況をもたらしていた。彼はこのような絶望的な状況にあって、友人たち、とりわけ実兄ポールの献身的な救援だけが支えであった。ポールは当時国王軍に敵対していたユグノー軍の隊長で、一六二二年には王軍に占領されていた故郷のクレラックの町を攻撃して奪回している。父母はすでに亡く、頼りになる肉親はこの兄一人で、実際彼はこのオードの第十詩節やラテン語弁明書『獄中のテオフィル』Teophilus in carcere に見られるように、パリに何度も上京し、食べ物や衣類を差し入れたり[10]、裁判費用を用立てたりしている。

　私の最後の支えであるわが兄よ、／あなたの救援だけが私を今まで耐え忍ばせてきたのであり、／またあなただけが今日、私の苦難を／長く耐え難いものと感じてくれているのです。／断固として熱烈高邁な友よ、／私のこの上なく不幸な運命にはからずも狩り立てられて、／私の運命の行く末をあれこれと心配して下さるわが兄よ、／どうか私を首尾よく救い出して下さい。／というのもあれほどまでの死を体験させられた後では、／生きることが、私に許されねばならないはずなのだから（ストロフ一）。Mon frere mon dernier appuy, / Toy seul dont le secours me dure, / Et qui seul trouves aujourd'huy / Amy ferme, ardant, genereux, / Que mon sort le plus mal-heureux / Pique d'avanture à le suivre, / Acheve de me secourir : / Il faudra qu'on me laisse vivre / Apres m'avoir fait tant mourir.[11] (I)

　神が私に課したこうした危険の数々によって、／私の希望が死滅してしまうであろうとき、／私の判事らや友人たちのすべてが／あなたに私の牢門を閉ざしてしまうであろうとき、／あなたが私の助命嘆願に奔走し、／無実を叫んで疲れ果ててしまうであろうとき、／この受難の嵐は、私の首を救済と死罪の間で／大いに揺らした後では、／ついに私の海の墓場か生還の港を／開示しなければならないのだ（ストロフ二）。Quand les dangers où

Dieu m'a mis / Verront mon esperance morte, / Quand mes juges et mes amis / T'auront tous refusé la porte, / Quand tu seras las de prier, / Quand tu seras las de crier, / Ayant bien balancé ma tests / Entre mon salut et ma mort, / Il faut en fin que le tempeste / M'ouvre le sepulchre ou le port.[12]（II）

詩人はイエズス会や司法当局からの弾劾・告発によって陥った危機を「神が課した」試練と受けとめているのであり、この言葉から彼が神の存在とその神の、摂理 Providence による人間の運命の支配を認めているらしいことがわかる。神による人間の運命の支配という問題は本章の後半で詳しく考察することとし、われわれはここでは受難をめぐる詩人の絶望的苦悩とその解放願望を見ていくこととしよう。

詩人はオード冒頭でこのように、同語反復（"seul" "Quand"）やアナフォール（頭語反復 "Quand tu seras las" "Il faudra／Il faur"）、さらには対照法 antithèse（"vivre"／"mourir" "le sepulchre"／"le port"）を駆使して、現在の極限状況を悲愴な調子で兄のポールに訴えている。兄のこれまでのそして今後の救援活動に感謝しつつも、それが報いられる保証のないきわめて困難な現実を自覚しているだけに、彼への迷惑を内心で詫びると同時に「〈天〉に希望を託さ」ないではいられないのである。

たとえかくも強力な敵側（ジェズイット）の／情け容赦のない怒りが、／私の出獄の望みに反して、／三十もの牢門のかんぬきを唸らせようとも、／そしてまた**自然**がおそらくあなたに授けた／憐憫の情から発したあらゆる心遣いにもかかわらず、／あなたが熱烈な友愛から私の救済に示したあれほどまでの熱意がむなしくなろうとも、／またあなたの御足労、あなたの嘆願の叫び、あなたの裁判経費が／行き当たりばったりの頼りないものにしかならないにしても、∥それにもかかわらず私は**天**に希望を託している。Quoy que l'implacable couroux / D'une si puissante partie / Fasse gronder trente verroux / Contre l'espoir de ma sortie, / Et que ton ardante amitié / Par tous les soins de la pitié / Que te peut fournir la Nature, / Te rende en vain si diligent / Et ne donne qu'à l'advanture / Tes pas, tes cris, et ton argent, (X) // J'espere toutefois au Ciel :[13] (XI)

これらの詩句には兄の懸命な奔走にもかかわらず、それを妨害する判事や敵側にまわった友人への不満と失望が語られている。そして何より詩人の生への強力な願望、生き抜きたいという意思がある。そのことは "Il faudra qu'on me laisse vivre / Apres m'avoir fait tant mourir" と "Il faut en fin que le tempeste / M'ouvre le sepulchre ou le port" という対句、あるいは次の "Il faut que mon repos commence" という句の、とりわけ "falloir" 「……せねばならない」という当為の動詞に現れている。ヴィオーは「屠殺される牛のそれにも似た恐ろしい悲鳴を発して[14]」悶絶していった若き日の師匠ヴァニニ Vanini や先達ジョルダーノ・ブルーノ Giordano Bruno が主義と信念に殉じて潔く火刑台に登ったようには、死を望まない。「かくも多くの死を与えられた後には」つまりグレーヴ広場で身代わりのテオフィル人形となって焼き殺された上、「一日中暗黒で、湿気のために腐りかかった寝藁には蛆虫が巣喰う[15]」陰惨を極めた独房で、ほとんど喉に通らないようなひどい食べ物をわずかしか与えられなかったため、心身ともに憔悴しきり、文字通り生きたままの死を味わわされた後では、いまや「生きのびること」を望んでいるのだ。「真夜中、精神は長く激しい恐怖のために陰鬱になり、」「絶望だけが内部にあって、」「夢の中でもかくも多くの恐怖が襲ってくるので、火刑台の真っ赤な火炎や敷布の間に幾匹もの毒蛇の姿を認めるのを恐れて、」Mon sens noiry d'un ong effroy / (...) / Et le seul desespoir chez moy / (...) / La nuict mon somme intrrompu, / (...) / Me met tant de frayeurs dans l'ame / Que je n'ose bouger mes bras, / De peur de trouver de la flame / Et des serpens parmy mes dras.[16] (VI) 彼は金縛り状態になるのである。

このコンスィエルジュリー監獄の「三十もの扉」で守られた「火の気もなく、新鮮な外気も、太陽の光もない」独房で、「牢壁に咬みつき」ながら、「眠りのない夜を過ごし、」「ただ空しく苦しみ、」「極限の飢餓を癒すために、自らの腸《はらわた》を引きちぎらん」（以上の引用、第三十一詩節）[17]ばかりに苦しみながら生ける死を体験させられたからには、生きて故郷のブセール村に帰らなければならないのだ。

わが故郷は、私がそこに生まれた以上、／私が同地に葬られるのを見届ける権利が当然あるのだ。／もし死がフランスの地で私に訪れるようなことがあるなら［筆者注――改革派が支配していた当時の南仏はカトリックの王の「フランス」領土とは意識されていなかった］、／私の運命は故郷の持つその権利を裏切ることとなろう。／否、否！　どんなに残忍な陰謀が、／故郷のガロンヌ河とロト川から私の墓を／遠ざけようと望んだにしても、／私は決して他郷において、／わが肉体を**自然**に帰すべきではなく、／また私の魂を**神**に委ねるべきでもないのだ（ストロフ二十八）。Ce sont les droits que mon pays / A meritez de ma naissance, / Et mon sort les auroit trahis / Si la mort m’arrivoit en France. / Non non, quelque cruel complot / Qui de la Garonne et du Lot / Vueille esloigner ma sepulture, / Je ne dois point en autre lieu / Rendre mon corps à la Nature, / Ny resigner mon ame à Dieu.[18] (XXVIII)

希望は私を挫折させはしない。／わが苦難はあまりにも激烈を極め、／わが試練は最終点に至っているがゆえに、／今後はわが安息が始まらねばならない（ストロフ二十九）。L’esperance ne confond point ; / Mes maux ont trop de vehemence, / Mes travaux sont au dernier point. / Il faut que mon repos commence.[19] (XXIX)

ガリレオ・ガリレイ G. Galilei がそうしたように、生きるためには、リベルタン思想 libertinage をも、自作の詩句さえ否認もしよう、判事連へのお世辞さえ惜しむまい。実際兄は弟のために、判事への épices（お菓子と現金）を当時の習慣にならって贈っている。今や彼の師匠はラブレー F. Rabelais であり、モンテーニュ M. Montaigne なのであり、彼らとともに、潔い死よりも、しぶとく生きぬくことを選ぶのである。生きてふたたび「わが歯とわが眼に、あの**パヴィ**桃の赤い輝きをまたマスカットブドウの香りのするあの紫紅色のネクタリンを楽しませ」S'il plaist à la bonté des Cieux, / Encore une fois à ma vie / Je paistray / ma dent et mes yeux / Du rouge esclat de la Pavie, / Encore ce brignon muscat / Dont le pourpre est plus delicat (XXI)[20] るために、「いつの日か自由の身となって、こうした感覚的喜びに存分に浸らなければならない」Il faut qu'un jour ma liberté / Se lasche en ceste volupté (XXVII)[21] のだ。事実彼は後で見るように、こうした発狂寸前の極限的な苦悩体験や獄中での聖アウグスチヌスの書物との出会いなどを通して、摂理 providence を否定した宿命観を主要な内容とする自由思想 libertinage を捨てたかのようになり、次第に救霊予定説的な決定論への傾斜を強めていき、一年後に釈放されてからは、事実上文学をも捨て、二重予定説的思想を抱いた懐疑主義者ないしモラリストとして生きるのである。

迫害者への罵倒《アポストロフ》と自己弁護《アポロジー》

詩人はこのような苦境、筆舌に尽くし難い絶望のどん底に陥れた敵を呪い、罵倒する。そして気を取り直して反撃に転じ、自己の無実と迫害の不当性を主張する。

王命に違犯した不実な者どもよ、／この上なく高貴な魂を墜落させる者どもよ、／**王たち**の恐るべき暗殺者どもよ、／暗殺刀と火刑台の製作者どもよ、／死を予言する蒼白い**預言者**であり、／**妖怪**であり、不吉な**狼男**であり、死をもたらす**黒衣男**たる／醜悪で悪意に満ちた嫌悪すべき者どもよ。／地獄の一族であるお前らの意に反して、／私はついには復讐するであろう、／獄門の鉄鎖による私への不当な辱めに対して（ストロフ二十二）。

Parjures infracteurs des loix, / Corrupteurs des plus belles ames, / Effroyables meurtriers des Rois, / Ouvriers de cousteaux et de flames, / Pasles Prophetes de tombeaux, / Fantosmes, Lougaroux, Corbeaux, / Horribles et venimeuse engeance : / Malgré vous race des enfers, / A la fin j'auray la vengeance / De l'injuste affront de mes fers.[22] (XXXII)

こうしたほとんど名詞の列挙からなる一連の激烈な罵詈雑言（アポストロフ）は、シェニエ Chénier やユゴー Hugo にも比せられるが、冒頭の「王命に違犯した不実な者ども」とか「王たちの恐るべき暗殺者」とは、言うまでもなくジャック・クレマンやラヴァイヤックに王暗殺を唆した旧教同盟 La Ligue 系のカトリック急進派の僧侶たちやテオフィル攻撃の急先鋒となっていた戦闘的なイエズス会士たちを指している。実際イエズス会はフランスの教育界を独占し、詩人によれば「この上なく美しい若者の魂を墜落させていた」ばかりか、当時フランスと敵対していたスペイン王フェリペ二世と通じ、アンリ四世の「王命に違犯して」利敵行為を働いた「不実な者ども」にほかならなかった。したがって彼らはジャック・クレマンやラヴァイヤックの「暗殺刀の製作者」であり、詩人を焼き殺す「火刑台の製作者」であった。こうした「死を予言する薄気味の悪い預言者、妖怪であり、不吉な狼男であり、死をもたらす黒衣男（僧侶）である」ジェズイットたちの詩人への「獄門の鉄鎖による不当な辱め」——北仏のカトレで逮捕された詩人は一時拘禁されていたサン＝カンタンの牢獄でも、またそこからパリのコンスィエルジュリー監獄に連行される間も実際手足を鉄鎖で縛り上げられていた——に対する復讐を誓う。

明け方私の脳裏に最初に浮かぶものは、／**悪魔**の息子たち（ジェズイット）が私を攻撃する／その度し難い怒りであり、／その執拗につづく残酷な企てである。／そして恐らくこうした腹黒い**妖怪**どもは／私の幸運に対する反感から、／かくも素早く私に災厄を加えるとはいえ、／善良な**守り神**に打負かされて、／私を破滅させようという意欲を失い、／彼らの攻撃の嵐をよそに吹き出すのだ（ストロフ七）。Au matin mon premier object, / C'est la cholere insatiable / Et le long et cruel project / Dont m'attaquent les fils du Diable : / Et peut estre ces noirs Lutins / Que la hayne de mes destins / A trouvé si prompts à me nuire, / Vaincus par des Demons meilleurs, / Perdent le soin de me destruire / Et soufflent leur tempeste ailleurs.[23] (VII)

泥棒がときとして／犯罪に疲れ果てることがあるように、おそらく／私の不幸の執行者たちは、／私の詩句を解読するのに疲れ果ててしまうのだ。／彼らの内に残っているいくばくかの人間性は、／人々に煽られたゆえなき誹謗が／不当にも罰せられないのを見て、／おそらく動揺し、／またかくも残忍な目論見による／自らの裏切行為に心中異議を唱えるであろう（ストロフ八）。Peut estre comme les voleurs / Sont quelquefois lassez de crimes, / Les ministres de mes malheurs / Sont las de deschiffrer mes rimes ; / Quelque reste d'humanité, / Voyant l'injuste impunité / Dont on flatte la calomnie, / Peut estre leur bat dans le sein / Et s'oppose à leur felonnie / Dans un si barbare dessein.[24] (VIII)

「悪魔の息子であり、腹黒い妖怪」であるジェズイットのボスとはヴィオーの詩句を細々と詮索、曲解してリベルタン的箇所をあげつらうガラス神父である。実際、神父はその大著『当代の才士たちの奇妙な教義』*La Doctrine curieuse des beaux esprits de ce temps*（一六二三年）などの中で、ヴィオーの詩句に見られる同神父の言う「無神論的傾向」のみならず、詩人の人間性や出自までバロック的誇張のレトリックを駆使して口汚く罵っているのである。[25] そしてこの「腹黒い妖怪」は、子分のヴォアザン神父に裁判ででっちあげの証言さえさせるという「残酷な陰謀」をも企てる。[26] そして詩人は、「彼らのうちにいくばくかの良心や人間らしさが残っているなら」、「かくも野蛮な意図による裏切行為を」自ら恥じ、心を動揺させてもいい筈だ、と当てこする。今や世間の人々も彼の無実の主張とジェズイットたちの迫害の不当性を認め、「決して彼らの片棒を担ぐことはないはずだ」と彼は自分に言い聞かせ、最終的には神の慈悲にすがろうとする。迫害者たちがどんなに詩人の破滅を誓おうと、「神の同意なしには」彼から「髪の毛一本さえ、奪うことはできないだろう」[27]（ストロフ四）と。

神への真摯な信仰さえ失わなければ、どんなに兄の救援活動が徒労に見えようとも、天は自分を見捨てるはずはないだろう（J'espere toutefois au Ciel, XI）と信仰告白することで、世間の同情と判事たちの良好な心証を得ようとする。そして自分がいかに無実であるか、つまり真摯なカトリック信仰を保持しているかを、旧約聖書の『ダニエル書』に語られている受難者たちに自分をなぞらえることによって示そうとする。

それにもかかわらず私は**天**に希望を託している。／たとえば**神**は、あの残忍な一群の獣どもが／今にもダニエルをむさぼり喰おうとしているとき、／鉤爪も獣口をも見い出さぬようにして下さったのだ。／かつて**天国**の空気を／炉の燃えさかる熱気の中に／吹き込んだのは、その同じ神なのだ。／その炉の中で**聖人たち**は、焼気に包まれながら、／まるで花々の上を歩むように、／燠火の熱さを感じなかったのだ（ストロフ十一）。J'espere toutefois au Ciel : / Il fit que ce troupeau farouche / tout prest à devorer Daniel / Ne trouva ny griffe ny bouche. / C'est le mesme qui fit jadis / Descendre un air de Paradis / Dans l'air bruslant de la fournaise, / Où les Saincts parmy les chaleurs / Ne sentirent non plus la braise / Que s'ils eussent foulé des fleurs.[28] (XI)

最後の頼みの綱であるわが**神**は、／私のこの悲惨な境遇に異を唱えているかも知れないのだ。／なぜなら**神**の救いの御手は、／われらの父祖の時代と同じように、無力ではないのだから。／**神**は、私がどんなに死の瀬戸際にいても、／やはり私を救って下さるに違いないのだ（ストロフ十二）。Mon Dieu, mon souverain recours, / Peut s'opposer à mes miseres, / Car ses bras ne sont pas plus courts. / Qu'ils estoient au temps de nos peres. / Pour estre si prest à mourir, / Dieu ne me peut pas moins guerir : (XII)[29]

預言者ダニエルは妬まれて讒言に遭い、ダリヨス王によってライオンの棲む穴に投げ入れられるが、「我の罪なきこと、彼（神）の前に明らかなれば」、神が使者を送ってライオンの口をふさぎ、彼を救った（『ダニエル書』第六章）ということだが、自分も無実が明らかである以上、ダニエルのように救われるはずであり、ダニエルの讒言者が王によってライオンの穴に投げ込まれて喰い殺されたように、迫害者は必ず罰せられるであろう。またネブカドネザル王の建てた金像と彼の神を、自らの神への忠誠から拝礼しなかった三人のユダヤ人、シャデラク、メシャク、アベデネゴが、燃えさかる炉の中に投げ込まれながら、神の力で髪の毛一本焼かれることなく、火炎の中から晴れやかに出てきた（『ダニエル書』第三章）のように、自分も今腹黒いジェズイットたちのゆえなき讒言により、そのように火刑に処せられようとしているが、無実である以上「神は、私がどんなに死の瀬戸際にいても、やはり私を救って下さるに違いない」のだ。

ヴィオーはこのような信仰告白を行うことで、不敬罪、無神論という、迫害者ジェズイットたちのテオフィル弾劾の根拠を無効化し、同時に判事たちの心証を良くしようとしているのは事実である。しかし翻って客観的に考えるなら、アダンも指摘しているように、若きテオフィルには「リベルタンの王」として神を冒瀆するような振る舞いが皆無だったわけではない。[30] 著作集第一部の作品の中には無神論と言わないまでも、少なくとも神の摂理 providence を認めない運命論ないし決定論的な思想が存在するのは否定できないようである。右に引用してきた詩句でわかるように、そうした逮捕・拘留前の思想を捨て、現にこうした信仰告白を行っている以上、彼は、「彼ら（迫害者）は、私が意気地なく屈服し、犯してもいない罪を悔い改めることを望んだのだ」[31]（ストロフ二十九）と言っているにもかかわらず、〈公然と自らの罪を認めて〉faire amende honorable いると言うべきだろう。

いずれにせよヴィオーは、迫害者へのこうした反論・罵倒を通して、モレ検事総長や判事に対して、間接的な形で自己弁護を行っているのであるが、ジェズイット側の多くは、ヴィオーのこうした〈改心〉conversion の真実性に疑いの眼を向けていた。焚刑を逃れるために行った便宜的な偽装改心にすぎないのではないか、と。すでに見てきたように、詩人のうちに悲惨な独房での絶望的苦悩、わけても一度欠席裁判で「生きたままでの火あぶりの刑」が宣告されただけに、火刑の恐怖があり、何としても生きてありたいという生への強力な執着があったことは明らかだが、だからといってただちにこの〈改心〉の真摯性を疑うのも問題があろう。こうした極限状況での死の恐怖が契機となって、詩人の魂に真の改心が訪れたということも充分考えられるからである。

近現代の評者・研究者もこの点は意見の分かれるところだが、たとえば逮捕以後に書かれた書簡や詩・弁明書を根拠にアダンなどは、単なる方便ではなく真摯なものであったと見ているが[32]、サバ氏は「われわれは迫害や長期にわたる拘禁が詩人の気力をどの程度弱め、またそれまでしばしば表明していた諸思想の放棄が真摯なものであったのか、あるいは方便ないし恐怖から単に表明されたにすぎなかったのか、決して知ることはできないだろう[33]」と述べ、暗にこの改心の真実性を疑っている。このオードや『シルヴィの家』をはじめ、逮捕以後書かれた書簡や弁明書で表明されていることを疑い出せば、サバ氏の言う通りであるが、われわれとしてはアダンとともに、詩人の言っていることをひとまず肯定的に受けとめて、次の問題つまりこの詩から窺える彼の世界観ないし広義の宗教思想を考察することとしたい。

絶対的決定論からピュロン主義的予定説へ

だがその**時**をいったい誰が知りえようか！／われわれは不幸ないくつもの流れと波動を持っており、／その終局も始源も知りえないのだ。ひとり**神**のみが、こうした変転を知っているのだ。／なぜなら**自然**がわれらに授けた精神や分別は、／それがどのようなものかいくら推測しようとしても、／**海**の隠れた潮の流れと同様に、／われらに起こる思いもよらない出来事を／理解することはできないのだから（ストロフ三）。Mais l'heure, qui la peut sçavoir ! / Nos mal-heurs ont certaines courses / Et des flots dont on ne peut voir / Ny les limites ny les sources. / Dieu seul cognoist ce changement : / Car l'esprit ny le jugement / Dont nous a pourveus la Nature, / Quoy que l'on vueille presumer / N'entend non plus nostre advanture / Que le secret flux de la Mer.[34] (III)

冒頭でその〈時〉と言っているのは、第二詩節最終部で語られた内容、つまり「迫害の嵐が、私の首を救済と死の間で大いに揺らした後、私に海の墓場（難破死）か生還の避難港を開く」ときである。われわれ人間は自らの不幸を辿る経過もその結末もまたその出発点すなわち原因も知りえず、それを知っているのは、ただ神のみである。人間の精神や理性はどんなに努力したところで、海の隠れた潮の流れ同様、われわれの身の上に起こる不測の出来事を理解することも、予測することもできないものだ、と詩人は言う。ここで彼は人生を海の航海に喩えているが、こうしたメタフォールは古代以来の常套的なレトリックである。さらにここでは人生の変転の窮まりなさ vicissitudes、無常性 inconstance という、きわめてバロック的テーマとイメージが表出されている。だがこの詩節でわれわれが特に問題にしたいのは、ここに認められる詩人の世界観ないし人間観である。

ここには、世界や人間の運命の変転はただ神のみが知り、われわれ人間は決して知りえないのだ、という不可知論の思想が窺えるのである。さらに言えばこれらの詩句の裏には、人間の運命とその変転（運動）を定め、支配しているのも、この神であるという考え方が見え隠れしている。というのも詩人はこのオードの第十六詩節では、「至高の定め（神の意思）は人間たちがどんなに明敏であろうとも、常に隠れたままなのであり、ただ神のみが人間の実体の何たるかを知っているのであり、今日のわれわれが何者であり、明日のわれわれがどうなるかを知っているのだ」Hâ que les souverains decrets / Ont tousjours demeuré secrets / A la subtilité des hommes ! / Dieu seul cognoist l'estat humain : / Il sçait ce qu'aujourd'huy nous sommes, / Et ce que nous serons demain.[35]

と語っているからである。ここで"les souverains decrets"とは、"les decrets de la Providence"つまり神の意思のことを言っていることは、その直後の詩句で「ただ神のみが云々」と述べていることからも明らかである。このように彼は『兄へのテオフィルの手紙』では、最終的には同時期に完成された『シルヴィの家』同様、はっきりと〈神による人間の運命の支配〉つまりプロヴィダンスProvidenceを認めている。なぜならキリスト教における神の摂理とは、神による永遠の〈世界計画〉、〈世界主宰〉gubernatio mundiであり、それればかりか「すべての未来の出来事に対する予知を含み、人間の自由意思までも予知することを意味する」[36]からである。

ところで著作集第一部（一六二一年）つまり逮捕・投獄前のヴィオーは神の存在を否定していないが、こうしたプロヴィダンスの存在は認めていないように思われる。

人間の心のうちに悪なるものあるいは善なるものをもたらす者（神）は／何ものにも介入することなく、運命のなすがままに任せている。／世界に魂を与えるこの偉大な**神**は自らの好むがままに豊饒な自然を見出さないわけでもなく、／そしてこの神の影響力は、なお充分に人間精神の中にその恵みを注ぎ込んでくれないわけでもないのだ（『ある婦人へのエレジー』傍線筆者）。Celuy qui dans les cœurs met le mal ou le bien, / Laisse faire au destin sans se mesler de rien ; / Non pas que ce grand Dieu qui donne l'ame au monde / Ne trouve à son plaisir la nature feconde, / et que son influence encor à plaines mains, / Ne verse ses faveurs dans les esprits humains.[37]（"Elegie à une dame"）

この神はカトリックの人格神というよりむしろ哲学的神と感じられるが、しかしこの神は「世界に魂を与え」ることによって、世界に生命を誕生させ、「豊饒な自然」をもたらす神である。この意味でそれは、神は世界の生命そのものたる〈生む自然〉natura naturans であるとするジョルダーノ・ブルーノ的神、逆に言えば一切の事物は神の顕現であり、その内在的力 forces immanentes で生かされていると見るこのイタリアの哲学者の宇宙観・神学に通ずる神である。だがこうしたブルーノの神との比較はほかの機会に譲り、われわれがここで注目したいのは、ヴィオーのこの神が「意思があり、怒りと悔恨、恨みと許しの感情を持った」[38]正統的なキリスト教における人格神ではなく、人間や世界に絶対的無関心を装った盲目的な力ないし生命としての神、詩人の言葉を借りれば「何ものにも介入することなく、運命のなすがままにしている神」であるらしいという点である。ここには神の摂理 Providence は認められず、ただ〈自然神〉natura naturans の「盲目的な湧出」jaillissement aveugle[39] が存在するばかりのように見える。ここに歌われている宇宙は、アダンの言葉を借りるなら、「絶対的決定論」déterminisme absolu[39] によって支配されているのかのようである。そしてこの運命は人間の力ではいかんともし難く、ある者には幸福を与え、ほかの者には不幸を与えるのである。

運命は打破ることのできない掟を持っており、／その羅針盤はいつも正しい方向を示していて、それを無理に曲げることはかなわない。／われら人間は皆**天**からやって来て、大地を所有するのだ。／天の恵みはある者には開かれ、ほかの者には狭められ（締め出さ）れている。／**天**が定めた必然性は／ある者には名誉を傷つけ、ほかの者には貴族の地位を与える（『第二諷刺詩』）。“Que le sort a des loix qu'on ne sçauroit forcer, / Que son compas est droict, qu'on ne le peut fausser. / Nous venons tous du Ciel pour posseder la terre ; / La faveur s'ouver aux uns, aux autres se resserre, / Une nécessité que le Ciel establit / Deshonore les uns, les autres anoblit"[40] ("Satyre seconde")

人間のこうした運命を決定するのは、先に引用した『ある婦人へのエレジー』の詩句が示しているように、少なくともカトリック的な人格神ではなく、人間の事柄に一切介入しない無意思的、盲目的な神であり、見方を変えれば、カルヴァン的な神のようにも見える。ここで注目したいのは、逮捕前に書かれた『第二諷刺詩』のこの詩句に語られているこうした運命観つまり、ある者には幸運が他の者には不運が運命の必然性によって決定されているという考え方には、そこに神の意思プロヴィダンスを認めることによって、ある者には救済が、ほかの者には地獄堕ちが神によって予め決定されているという晩年に顕著になるカルヴァル派的な二重予定説へと発展するヴィオー独自の思考パターンが認められるという点である。

このように逮捕以前の『著作集第一部』で、ヴィオーは、宇宙における神の摂理 Providence、少なくともカトリック的な神の摂理の存在を認めず、盲目的運命による万物の支配を信じているように思われるのであるが、逮捕以後の『著作集第三部』では、すでに見たように、明確に神による運命の支配つまり運命の神への従属という変化が認められる。たとえばこの『兄への手紙』の直前の一六二四年春に書かれた『裁判長閣下へのテオフィルのいと慎ましやかな嘆願』という八音綴十行詩オードでも人間の運命が神によって定められ、支配されていることを認めている。

　だがわれらの掟を作ったこの偉大な**神**が／われらの運命を定めたとき、／彼はわれらが生きる月日の長さを／決してわれらの選択に任せたりはしなかったのだ。[41] Mais ce grand Dieu qui fit nos loix, / Lors qu'il regla nos destinees / Ne laissa point à nostre choix / La mesure de nos annees. ("Tres-humble requeste de Theophile. A monsieur le Premier President")

また『兄への手紙』と同時期に完成されたと考えられる長詩『シルヴィの家』第VIIオードでもこれと同じ思想が見られる。

そして**神**がそれをお認めになる範囲内で、／われらの運命は、**神**の御手に委ねられているのであり、／また星々の人間への影響力は／ある場合にはわれらに害を及ぼしたり、またある場合にはわれらに有利に働いたりするのだ。[42] Et selon que Dieu l'authorise, / Notre destin pend de ses mains / Et l'influence des humains / Ou leur nuit ou les favorise. ("Maison de Silvie", VII)

この場合"Ou leur nuit ou les favoise"の"ou...ou..."は「ある者には云々またほかの者には云々」と解せるかも知れない。そう取ることができるとすれば、そして「ある時にはまたある時には」と取った場合でさえ、永遠の救いと永劫地獄への神による予めの個人の運命の決定というカルヴィニスム的二重予定説の原形——彼はもともとユグノー派の信者であった——さえそこに垣間見ることができるような気がする。さらに興味深いのは、このことを裏付けるかのように、これらの詩句の直前ではっきりと神の摂理のことに触れている点である。

そして彼女［自然＝シルヴィ］の肥沃な豊かさが、／それぞれの場所で、かくも明白に現われているので／**神**の摂理は自然の豊かさを確立して／世界を養い育てるのだ。[43] Et dont (de la Nature = Silvie) la richesse feconde / Paroist si claire en chaque lieu / Que la providence de Dieu / L'establit pour nourrir le monde.

さらに言えば、先に引用した『裁判長閣下への嘆願』や『シルヴィの家』の詩節には、C・M・プロウブズ Probes

も指摘しているように、[44] 当時、大衆はむろん、インテリの間にあってもかなり一般的に信じられていた占星術的観念すなわち星々の人間（の運命）への影響が語られているが、同様の観念は問題の『兄への手紙』の第十三詩節、第十六、十七詩節にも認められるのである。たとえば、

　天空のあらゆる幸運な松明（星々）を前にしても、／決してそれらを見る眼を持たない運命は、／われらを**墓穴**（**地下牢**）に導くかも知れないのだ。La fortune qui n'a point d'yeux, / Devant tous les flambeaux des Cieux / Nous peut porter dans une fosse[45] (XIII)

とかあるいは、

　ところで**天体**（太陽）は、**神**が**自然**に対して守らせている／定軌道に従って、／私の日々の生命を司っており、／そして今や私の人生を変えようとしている。Or selon l'ordinaire cours / Qu'il fait observer à Nature, / L'Astre qui preside à mes jours / S'en va changer mon advanture.[46] (XVII)

などがそれだが、『裁判長への嘆願』や『シルヴィの家』の引用部を含め、これらの例はいずれも、そしてとりわけ最後の引用詩句中の「**神**が**自然**に対して守らせている太陽の定軌道」という言葉がそのことを明示しているように、人間の運命に影響を与えている星々でさえ、神によってコントロールされていることを示しているのである。

　これまで見てきた詩句がわれわれに教えていることは、逮捕以後すなわち獄中でのカトリックへの第二の回心（一六二〇年にすでにユグノーからカトリックに改宗している）以後、絶対的決定論から有神的決定論へとその決定論が変質

していったという事実である。すなわちこの『兄への手紙』は、ヴィオーが宇宙や人間の運命は神（プロヴィダンス）によって支配され、予め決定づけられているという信仰を抱くに至った（あるいは幼少年時代のカルヴァル派的宗教意識の無自覚的再認識？）事実とその経緯を語っているのである。この詩にはさらに、世界や人間の運命＝プロヴィダンスは、自らの信ずる神の手で予め決定づけられ、支配されているばかりでなく、人間知性では決して知りえないという不可知論の思想も窺えるのであり、この思想はカルヴァンにも認められるものである。詩人はこうした決定論（運命論）や広義の不可知論の具体例として、アンリ四世の思わぬ死や戦慄的な天変地異を挙げる。

すべての**王**の中で最も勇敢な**王**は、／（…）／自らの臣下の腕の中にあって／視線に入るすべてのものに対して安全を保証され、／最良の護衛兵らに守られているように見えながら、／死に至る一撃を受けてしまわれたのだ。／この襲撃に対しては、百の矛槍の警護も無力だったのである（ストロフ十四）。Le plus brave de tous les Rois, / (...) / Entre les bras subjets, / Asseuré de tous les objets / Comme de ses meilleures gardes, / Se vid frappé mortellement / D'un coup à qui cent hallebardes / Prenoient garde inutilement. (XIV)[47]

あるいは、

人の住むどんなところに、火山ガスが／**大地**に大穴を明けえない場所があるというのだろうか。／どんな**王宮**、どんな**教会祭壇**に雷が落ちえないと言えようか。／（…）／時おり**町々**の全体が、／恐るべき天変地異（大地震）によって、／そのよって立つ土台そのもののところで、／自身の**墓場**に遭遇した（と化した）のだ（ストロフ十五）。En quelle place des mortels / Ne peut le vent crever la Terre, / En quel Palais et quels Autels / Ne se peut glisser le tonnerre ? /

(...) / Quelquefois des Villes entieres / Par un horrible changement / Ont recontré leurs Cimetieres / En la place du fondement.
(XV)

最後の引用はいわゆる〈逆さ世界〉le monde renersé のヴィジョンともなっており、こうした大地の裂開、大地震、雷撃などによる宇宙の大倒壊のヴィジョンは悲劇『ピラムスとティスベの劇的愛』Les Amours tragiques de Pyrame et Thisbé や「そこの小川は源泉に逆流し」Ce ruisseau remonte en sa source のオードなどをはじめ、多くの作品に認められるヴィオーに親しいテーマであるが、この問題はすでにほかで論じたが[49]、また本書第三部第III章でも詳しく取り上げるので、ここではこれ以上触れまい。このように世界や人間の運命——「至高の定め（プロヴィダンス）」——は「人間の精神がどんなに鋭敏であろうとも、常にわれわれには隠されたままであり、ただ神のみが」決定し、「知っている」のであり、したがってこの神のみが「未来のわれわれがどうなるかを予見している」のである。「われらの掟（運命）を作ったこの偉大な神は、われらの運命を決定したとき、われらの生きる年月の長さを決してわれらの選択に任せはしなかった」のである。ここには救済のための恩寵は人間の自由意思で選び取ることはできず、専ら神によってのみイエスを通して与えられるものであり、しかもそれは人智では知りえない神の選び（→予定）によって与えられるというジャンセニスムに通ずる有神的決定論が認められるばかりか、H・ツヴィングリ Zwingli や J・カルヴァン Calvin の救霊予定説 prédestinatianisme、さらに言えばその二重予定説、つまり個人の運命は神により救済への予定と永劫の滅びへの予定とにすでに決定されているという、二重の予定説の萌芽ないし痕跡さえ読み取ることができるように思われる。

　というのも、ヴィオーはこのオードの第二詩節やすでに引用した第十三詩節では、こう語っているからである[50]。すなわち「この上なく幸せな境遇はしばしば神を怒らせる」les fortunes supremes / Souvent le (Mon Dieu) trouve irrité (XII)

ことがあり、また「**天空**のあらゆる幸運な星々を前にしても／それらを決して見る眼を持たない運命は、／われらを墓穴に導くかも知れない」のであり、また「この運命は天翔けはするが、しかし／その**馬車**が、パエドンのそれ以上に／安全かどうかいったい誰が一体知りえようか」(Elle va haut, mais que sçait-on / S'il fait plus seur dans sa Carrosse / Que dans celle de Phaëton ?)[51](XIII)そのような運命の変転はわれら人間には誰も知りえないのである。それにこの神による運命の定めは幸運や救霊のみでなく、不運や地獄堕ちもありうるのであり、平穏な大地に突如火山が開口して地獄の業火に落とされるという運命さえありえないことではない。たしかにこの『兄への手紙』の詩はそこまで明確に言っているわけではないが、これらのテーマやイメージの先にはカルヴァン的な二重予定説の萌芽、というよりむしろその痕跡が透けて見えるようにわれわれには思われる。それは、幼少よりカルヴィニストとしての宗教教育を受け、青年時代にはソミュールのアカデミー Académie protestante de Saumur[52]でプロテスタント神学を学んでいたので、カトリックに改宗後もカルヴァン的二重予定説の影響を払拭しきれていなかったゆえかも知れない。またこの詩においても、たとえば「宿命は常に闇夜の中を進む」Le sort qui va toujours de nuit[54]とか「私のこの上なく不幸な運命」mon sort le plus malheureux[53]、「誇り高い（人の）運命は」l'orgueilleux destin とか、さらに「決してそれらを見る眼を持たない盲目的運命は」La fortune qui n'a point d'yeux[55]というように、彼が運命とか宿命をことさら決定論的な意味において強く意識している事実が認められるが、これも神の、プロヴィダンスによる個人の運命の絶対的支配というカルヴィニスムの影響と見ることができるように思われる。

二重予定説はともかく、この詩に見られる救霊予定説的思考は、あるいは死を覚悟した断食が契機となってモレ検事総長からヴィオーに差し入れられた『告白録』など、聖アウグスチヌスの著作に認められる救霊予定説的な信仰との出会いから芽生えてきたものかも知れない。いずれにせよ救いに関してともに決定論的予定説を信奉していたヴィオーとパスカルが救済における個人の自由意思と善行の〝効果〟を主張したイエズス会の迫害に遭い、これと戦った事実は興味深い。ヴィオーにおけるこうした予定説的決定論の問題は本書第三部最終章でさらに詳しく考察してみることとしたい。

『兄へのテオフィルの手紙』第一部（第一―十七ストロフ）に認められるもう一つの思想ないしその萌芽は、モンテーニュからヴィオーを経てパスカルへと連なるモラリストとしての一面を担う、その懐疑主義ないし懐疑論である。モンテーニュの《Que sçais-je ?》はあまりにも有名であるが、先の引用部で師匠に倣って《que sçait-on ?》と語るヴィオーも、世界の真正なる真理、とりわけ信仰上の真理は人間理性では把握しえないことを認めていたパスカルとともに、われわれの「精神や分別は、それをいくら推定しようとしても、われわれの人生は理解できないのだ」（第三詩節）とか「至高の定め」（宗教的真理）は「人間の理性がどんなに明晰になろうとも、常に隠されたままであり」、われら人間は「神のみが知る人間の本質」も「いま現在のわれわれが何者であるか」さえ知りえない（第十六詩節）と言っているのである。この考え方は一種の不可知論であるが、後者と決定的に異なるのは、ヴィオーはモンテーニュやパスカルとともに、世界や人間の問題の探究に関して超越的なものと有限的・可視的なものを二元論的に裁断して後者のみの探究に限ることをせず、この懐疑主義的態度を自己の積極的で全体的生き方、モラルとしていた点である。この南仏詩人は、出獄後その傾向がいっそう明確になるのであるが、すでにアダンも述べているように[56]、最終的にはピュロニスム pyrrhonisme、ピュロン的な懐疑主義に到達しているように見える。つまり死期に近づくにつれて詩人の内面で次第に深化した宗教的なあるモラル、あえて言えば人間理性には絶対的限界が存在すること、また魂の平安は信仰のうちにしかありえないという覚醒がそれだが、このことは出獄後に書かれた書簡、たとえば友人のリュイリエ Luillier、ベチュンヌ Béthune、詩人のデ・バロー Des Barreaux とか、さらには哲学者のエリー・ピタール E. Pitard など宛ての手紙からも確認できる。

アダンはピュロニスムが詩人の最終的な到達点としているが、われわれは晩年のこうした深化したモラルとしてのある宗教的態度——生き方と世界観と信仰とが渾然一体となった——をあえて〈ピュロニスム的（救霊）予定説（ないし決定論）〉と呼んでおきたい気がする。ヴィオーは解放後、詩人・文学者であることをほとんどやめ、もっぱら世間から隠れた哲人として生きており、この意味ではたしかにピュロン的生き方と言えるが、その宗教的信念という点では、必ずしもピュロンと同一とは言えないからである。というのもこれまでの考察ですでに明らかなように、彼はピュロンが真偽善悪の判断を〈中止〉（エポケー）したように、運命＝プロヴィダンスについては、人智の理解を超えるものとしてエポケーすることによって、人生への諦念、このギリシャ哲人の言う〝魂の安静〟（アタラクシア）を得ようとしている側面も認められるとはいえ、彼の信仰の核心は、最後までカルヴィニスム＝ジャンセニスム的決定論（予定説）——獄中での二度目のカトリックへの回心にもかかわらず——にあり、この信念に支えられたキリスト教信仰のうちに——神によるジャンセニスム的恩寵の可能性を信じながら——魂の救いを求めているように見えるからである。

自然への回帰——エピクロス派的感覚主義あるいはキリスト教的楽園？

オード『兄へのテオフィルの手紙』は第一部中央部でこうした詩人の人生観や宇宙観そして信仰観を語った後、第十七詩節最終部でふたたび獄中での現在の悲惨とわずかな希望を語る。

私の眼は悲嘆で涙も涸れ果て、／不幸の数々でぼろぼろになってしまった私の精神は／恐怖で凍てついた血で生きているのだ。／夜の闇はとうとう曙光を見出し、／かくも過大な拘留が／私に釈放を予感させる。Mes yeux sont espuisez de pleurs, / Mes esprits usez de malheurs / Vivent d'un sang gelé de craintes : / La nuit trouve en fin la clarté, / Et l'excez de tant de contraintes / Me presage ma liberté. (XVII)[57]

彼は明け方牢獄の薄闇の中で、子供時代、牧歌的な自然に包まれて夢のように過ごしたブセール村を夢想する。こうして第十八詩節から一転して明朗な牧歌詩、自然や農村生活の幸福を歌った田園詩に転調する。すなわちこの詩節から第二十八詩節までのオードは、幼少年時代の回想の詩であるとともに解放後にそうした黄金時代にも似た自然に包まれた生活を絶対に再体験するのだという決意が語られており、この意味では未来時の詩となっているのである。

かくも狡猾な敵対者らによって／どんな罠が張られようと、／私は相変わらず失いはしなかった、／故郷のブセール村を見るという希望を。／**生命の神**太陽は、／父祖伝来の領地において、／もう一度私の面前に**御機嫌伺い**をするだろう。／そして私は太陽のブロンド髪の数々が／タホ河にきらめく黄金と同じ色で、／われらの河原の銀の砂を金色に染めるのを見るだろう（ストロフ十八）。Quelque lacs qui me soit tendu / Par de si subtils adversaires, / Encore n'ay-je point perdu / L'esperance de voir Bousseres ; / Encor un coup le Dieu du jour / Tout devant moy fera sa Cour / Es rives de nostre heritage, / Et je verray ses cheveux blons, / Du mesme or qui luit sur le Tage / Dorer l'argent de nos sablons.[58]（XVIII）

この詩節の後半部にはバロックないしマニエリスム文学に特徴的な多くのレトリックが見られる。たとえば牢獄の暗闇にあって渇望する太陽のわが身への訪れや、故郷のガロンヌ河やロト川の砂を黄金色に輝かす日の光の御機嫌伺いとか、ポルトガルのタホ河に流れていると言い伝えられている砂金に見立てている部分に見られる擬人法やアナトミー、メタフォール、イペルボール、コンチェッティなどの技法がそれだが、同様なレトリックは、この第二部のほとんどの詩節に認めることができる。このオードにおけるレトリックの問題や、自然（風景）の描写法の前・中期とこの詩に代表される後期との比較またその変質といった問題はすでに本書第一部第III章で少し詳しく検討したので、ここでは思想的問題に係わる部分を中心に考察していこう。

おびただしい単純未来時制で語られることになるブセールとは、「未来時に投企された、理想化された過去」[59]（J・ライオンズ）の現在時への湧出にほかならない。つまり暗黒と破壊（肉体的・精神的）と死に脅かされた狭い空間に幽閉されている現在の詩人にとって、記憶の中に蘇ってくる故郷ブセールは輝く太陽の光明と動植物の誕生・成長に満ちた自由で生命にあふれた空間であり、何としても再獲得しなければならない未来時の楽園であった。

私は見るであろう、あのいくつもの緑萌え出る森を。／森の合間に見える**中洲島**やみずみずしい牧草は、／のどかに鳴きながら群れ遊ぶ牛たちの散歩場や**飼場**となっているのだ。／**暁**がふたたび戻って来ると、／そこに牛たちは昼間食んだ草をまた見い出すのだ。／私は見るであろう、川の水が彼らの喉を潤すのを。／そして小石たちがぶつぶつと愚痴をこぼし、／ガロンヌ河の木霊《こだま》が／船頭たちの悪口に言い返すのを／耳にするだろう（ストロフ十九）。Je verray ces bois verdissants / Où nos Isles et l'herbe fraische / Servent aux troupeaux mugissants / Et de promenoir et de Creche ; / L'Aurore y trouve à son retour / L'herbes qu'ils ont mangé le jour ; / Je verray l'eau qui les abreuve / Et j'orray plaindre les graviers, / Et repartir l'escho du fleuve / Aux injures des mariniers.[60] (XIX)

私は摘み採るだろう、あの**杏の実**を、／火炎色した苺を。／（…）／それからまたあのいちじくやあの**メロン**を摘むだろう（ストロフ二十二）。Je cueilleray ces Abricots, / Les fraises à couleur de flames / (...) / Et ces figues et ces Melons[61] (XXII)

私はわれらの**ざくろ**の木から／半ば開きかけた赤い実を摘むだろう。／（…）／私は見るだろう、あの生い茂ったジャスミンが／とても広々とした並木路に／路一杯に緑陰をつくっているのを。／またそのジャスミンの花が並木路を芳香で包み、／その花が、氷砂糖の中でも（砂糖煮のジャムにしても）、／香気と色合とを保っているのを（ストロフ二十三）。Je verray sur nos Grenadiers / Leur rouges pommes entrouvertes, / (...) / Je verray ce touffu Jasmin / Qui fait ombre à tout le chemin / D'une assez spacieuse allee, / Et la parfume d'une fleur / Qui conserve dans la gelee / Son odorat et sa couleur.[62] (XXIII)

私はふたたび見るであろう、われらの牧場に花々が咲き乱れるのを、／人々がそこで牧草を刈り採るのを。／それからしばらくして農夫がその乾草の上に／寝そべっている光景を見るだろう。／そして穀物倉をいっぱいにした後で、／あの聖なる風土がわれらにどんなに／気前よくブドウ酒を振る舞っているかがわかるだろう。／私は朝から晩まで見るであろう、／収穫したブドウの多量な原液が／どんな具合に圧搾機の中で泡立っているかを（ストロフ二十四）。Je reverray fleurir nos prez, / Je leur verray couper les herbes ; / Je verray quelque temps apres / Le paysan couché sur les gerbes, / Et comme ce climat divin / Nous est tres-liberal de vin, / Apres avoir remply la grange, / Je verray du matin au soir / Comme les flots de la vendange / Escumeront dans le pressoir.[63] (XXIV)

先に引用した第二部導入部や今挙げた数詩節ですでに理解できるように、このオード中央部は第一部・第三部の雰囲気とまったく異なり、後二者と著しい対照をなしている。すなわち第一・第三部のコンスィエルジュリー牢獄は暗黒と破壊と死の幽閉空間（現在）として詩人に意識されているのに対し、後者第二部のブセール村は光と生産と生命に満ちた開放空間（過去＝未来）として強烈に意識されているのである。囚われの身のヴィオーはこの越え難い〈落差〉décalage を、こうした夢想を通して、また現実的にも無罪判決の獲得を通して〈飛び越え〉ようとしているのである。

ところでJ・ペデルセン Pedersen はこの部分こそ、この詩の「中心核」noyau central をなす重要な部分と見ているが[64]、詩的イメージの美しさという側面に限定するならばその通りだが、思想的観点から見るなら、必ずしもそうとは言えないのではなかろうか。われわれのこれまでの考察で明らかなように、第一部、第三部も思想的にはこの中央部に劣らぬ重要な意味を担っているからである。さらに『兄へのテオフィルの手紙』をアポロジー詩として見るなら、この第二部はいささか問題を含んでいるようにわれわれには思われる。というのはすでに見てきたように、第一部で自己の〈改心〉の証としてカトリック信仰――より正確に言うならカルヴァン的予定説に近いジャンセニスム的なカトリック信仰――を告白しておきながら、この第二部ではこれから見るように、一転して無神論者、唯物主義者と見られていたルクレチウス Lucretius を想わせるエピクロス主義に、その感覚主義に回帰しているようにも見えるからである。たとえば前に引用した第二十一詩節では「もし**天**のお召しがあったなら、／生きてもう一度、／私はわが歯とわが眼に、／あの**パヴィ桃**の赤い輝きを楽しませよう」と語り、また第二十七詩節では、次のように、さらにはっきりとその感覚主義的人生観を表明しているのである。

もしこうした閑寂《しずか》な生活を、／生命《いのち》ある限り、なお送ることができるなら、／かくも懐かしい喜びが私のあらゆる欲求を／心ゆくまで満たしてくれるのだが、／いつの日か私は自由の身となって、／こうした感覚的喜びに存分に浸らなければならないのだ。／私はもはやルーヴル宮の生活に思い残すことはない、／あのような数々の楽しみの中に生きた以上は。／願わくば父祖たちを守護している／その同じ大地が私をも覆い庇ってくれんことを（傍点筆者）。Si je passois dans ce loisir / Encore autant que j'ay de vie, / Le comble d'un si cher plaisir / Borneroit toute mon envie. / Il faut qu'un jour ma liberté / Se lashe en ceste volupté ; / Je n'ay plus de regret au Louvre : / Ayant vescu dans ces douceurs, / Que la mesme terre me couvre / Qui couvre mes predecesseurs.[65]

こうしたヴィオーの感覚主義〝sensationnisme〟はリベルタン詩人として有名であった青年期からの信条となっており、そのことは、たとえば未完の自伝的散文『初日』Première journée（一六二三年）の中に見える次の言葉で確認することができる。「立派な紳士や美しい女性を愛するだけでなく、あらゆる種類の素晴らしいものを愛さなければならない。私は晴れた日を、澄み切った泉を、山々の眺望を、広大な平野や美しい森林の拡がりを、また雄大な海とその波浪を、その凪いだ静かな海とその岸辺を愛する。私はまたそれ以上にとりわけ五感に訴えるあらゆるものを、すなわち音楽を、花々を、素敵な洋服を、また狩猟や立派な馬を、素晴らしい香水と美味しい御馳走を愛する[66]」。ヴィオーのこうした感性主義的傾向――彼は後にそのことを、わけてもその〝美味しい御馳走〟への過度な愛好をガラス神父に咎められ、その言い訳をしなければならなくなる[67]のだが――はたしかに彼のエピキュリスムの一面を示しているように思われる。

詩人はエピクロス派の賢人がそうしたように、自分もまた「数々の楽しみ」もあったが、しかしそのためにかえって身を危険に陥れてしまった中央での公の生活、すなわちルイ十三世のお抱え詩人としてのパリでの宮廷生活からは身を退き、平穏な幸福を約束している故郷の地で隠遁生活を始めようと心に決める。そして彼は故郷に帰って、子供時代に見、聞き、嗅ぎ、味わったあらゆる感覚的喜びを「思う存分」ふたたび味わいたいと夢想するのである。

第二部冒頭の第十八詩節から最後の二十八詩節の各節には〝voir〟〝ouyr〟といった感覚動詞の単純未来時制が異常なまでに多用されており、とりわけ「私は（ふたたび）見るだろう（のだ）」〝Je (re) verray〟という表現は九回にのぼっている。このことは、暗黒と死が支配する狭閉空間の〈現在〉と、ブセールという光と生命に満ちた解放空間の〈過去＝未来〉との間に横たわる空間的・時間的〝隔絶〟décalage を超克しようとする詩人の願望がいかに強烈であるかを示している。彼は晴れて自由の身となって、ふたたび見、聞き、「味わいたい」“Je paistray”のだ。「あのいくつもの緑萌え出る森」やかつて遊んだ「河の中洲」や「花々が咲き乱れるあのみずみずしい牧草地」を、また「のどかに鳴きながら群れ遊ぶ牛たち」や「水夫たちに悪口を言い返す」浅瀬に光り輝く「小石たち」を。また「あの高価な黄色いマスカットブドウ」やそれと同じ「香りのするあの紫紅色のネクタリン桃」を、また「あの杏の実や火炎色した苺」や「半ば開いたざくろの赤い実」をふたたび摘んで味わってみたいと願う。また漁師がのんびりと漁を楽しみ、取れた魚を気にもせず「破られた網の修理代にもならないほど安く売ってしまった」り、農夫が仕事の合間に青空をのんびりと眺めながら「干草の上で寝そべっている」生活や「兄弟、姉妹、甥姪といった一族がいがみあうことなく」、「一切を分け合って収穫する」南仏の人々の生活を彼らとともに、もう一度生きたいと願うのである。

獄中の詩人がこのように憧れる理想的田園生活風景は、たしかに一見エピクロス主義的ではあるが、同時に彼が受け継いでいる古代のもう一つの思想であるストア主義 stoïcisme の倫理観も窺えるような気がする。というのは、こうした自然の中で、神から与えられた人間の本性（自然本性）に従ってすべての動植物と共生的に生きるということ、また漁師も農夫も自己の運命に逆らわず、悠々自適として生き、人々も分をわきまえて平等に収穫を分けあって平穏な生活をするというあり方は、彼が獄中で想像する限りでの理想的なストア派的生活態度であったように思われるからである。

ところでこの第二部に認められる詩的想像力は、上に見てきたように、きわめて現実的・具体的な事物や詩人個人の体験に根ざしており、決して空想的・夢幻的な次元に飛翔することがない。[68] そのことは、ヴィオー詩に特徴的に見られる指示形容詞や所有形容詞の多用による事物の個体性・具体性の強調にも現れている。[69] この〈ブセール讃歌〉（第二部）部分に限っても、たとえば“ce”“ces”などの指示形容詞の使用例は十二カ所もあり、“mon”“nos”などの所有形容詞使用例はじつに二十五回にものぼっている。彼の詩的イマージュのこうしたレアリスティックな性格も、エピクロス主義、ストア主義の両古代思想がともに有している感覚主義的ないし感覚論的要素が影響していると見ることはできないだろうか。また、こうした生き方というか倫理観だけでなく、その宇宙観・運命観についても、両古代思想とも宇宙の一切は人間の自由意思・努力に対して無関係に成立・運動しているとする、多分に絶対的決定論の傾向が見られる点で共通している。つまり前者がデモクリトスの原子論を踏襲して宇宙を〝運動する原子から成る世界〟と見、最微小原子から成る神は人間と人間の運命に絶対的無関心・無影響（→人間の事柄に一切介入しない盲目的神）であるのに対し、後者は世界の一切は宇宙の根源素たるプネウマ（火気）によって作られた地・水・火・風の四元の混融で成り立っているが、その生成運動は必然的・決定的であるという意味で、両者の世界観はともに絶対的運命論の性格を帯びているのである。

詩人は今やエピクロスがそう説いたように、そしてヴィオー自身もかつて「動物たちは死の恐怖を抱くこともなく、」「死の訪れに絶望することもなく生きている[70]」とかまた「彼らは自然が彼らに定めた生の最期をいたずらに騒ぎ立てることもなく、いかなる欲望からも離れて、従容として受け入れる[71]」と語ったことがあるように、人間もまた個人の意思や努力ではどうにもならない運命（逮捕前――世界の盲目的必然性、逮捕後――神の摂理）は諦観して、現在の具体的・感覚的なものとの関わりの中にささやかな喜びや平穏な幸福を見出して生きていくべきだと考える。

このように『兄への手紙』の〈ブセール讃歌〉部には、上に見てきたようなエピクロス派的な感覚主義や人生観が窺われるのであるが、他方でカルヴァン派的な倫理観も認められることに留意しておく必要があろう。たとえば第二部後半部の第二十一、二十四―二十六詩節とりわけ第二十五、六詩節にこの倫理観が顕著に現れている。詩人は第二十六詩節では「われわれは一切を分け合って収穫するだろう。／というのはわれわれは今日まで、／兄弟、姉妹、甥姪といった／一族が互いにいがみ合う／反目を知らないので、／同じ努力、同じ誓いをしてきたからである。／かくも温和な大地を丹精込めて耕すなら、／そこにわれらが必要とするよりも多くの収穫物を見出すことになるだろう、／たとえ戦争の嵐が、彼の地南仏に、／フランス王家のカトリック正典をふたたび導入すること（改革派の敗北による王権＝カトリックの南仏支配の確立）になったにせよ」とか、あるいは第二十一詩節では「そのネクタリンは、わたしに倹約家の眼でもって、そこに残されている足跡から誰がわれらの桃園を荒らしに来たのかを調べさせるであろう」などと語っている。こうした詩句に窺われる改革派南仏人の「勤勉な精神」、その質素倹約な生活、「一切の収穫物を仲良く分け合う」[71]相互扶助と万人平等の精神への詩人の称賛は、彼がカトリックに改宗したにもかかわらず、生まれ育った改革派（カルヴァン派）的風土への無意識的共鳴を示すとともに、彼の精神の核心が依然としてカルヴィニスム的であったことを示唆しているように思われるのである。

オード『兄へのテオフィルの手紙』が自己の信仰についてのアポロジー詩としての意味が込められているとするなら、この詩の中央部で表象されている詩的世界はかえってイエズス会からその改心の真実性を疑われかねない内容と言えないだろうか。詩人はなぜあえてこうしたエピクロス派的感覚主義を思わせる詩的世界を、この詩の中央部で長々と描出したのだろうか。同派のモラルは盲目的運命の世界支配という神の摂理を欠いた宇宙観に基づいており、そのようなモラルを暗示する詩的世界をあえて描き公表することに、ある種の危険を感じなかったのだろうか。というのはこの詩は詩人がまだ拘留・審理中の一六二四年に公刊されているからである。そこで考えられるのは、この詩の第二部で歌われていることが、少なくとも詩人自身はそれほど反キリスト教的内容とは意識していなかったのではないか、ということである。ある意味でエピクロス的・ストア的と言えるこのような現実への関心の示し方は、詩人はむろん、当時のイエズス会士たちの眼にさえ必ずしもフランスの正統信仰の伝統から逸脱した世界観とは映らなかったのではないだろうか。というのも、A・ベガン Béguin はそのアラン＝フルニエ Alain-Fournier 論の中で、そういう具体的・現実的なものへのフランス人の関心をキリスト教的世界観の一属性と見ているからである。われわれは以前書いた論考でもこの見方を紹介したが[72]、再度引用してみよう。

「フルニエがこのようにして実現したもの、それは幼年時代へのロマンティスムや、失われた楽園や、百姓の現実感覚などの最初の見事な合体である。だがこのことで彼は、いかなるロマン主義より遥かに自分に密接なフランスの一つの伝統の中に、ついにその位置を占めるようになったのである。文学史の中に名ばかりとどめているものとは似ても似つかぬ正真正銘のフランス流レアリスムを踏まえた偉大な書物が書かれねばならなかったであろうし、しかもこのレアリスムはフランス精神の大いなる天分が抽象を扱う才にありとする常套的理解を余すところなく訂正するのを可能にさせる筋合いのものであったはずだ。この民族と、もっとも真正なその代表者たちのすぐれた特性は、まさに神秘《ミステール》や精霊《エスプリ》との自然な絆における現世のさまざまな事象について、ある種の感覚を持っていることによっているのだ。フランスでは、精神的なものと肉体的なもののあいだに深淵や敵対関係《オスティリテ》が存することを認める傾向は、決してなかった。フランスでは、〈自然〉の中に唾棄すべき腐敗した現実しか見ない精神主義と同じく、**自然**と**生命**を讃美することによって**精神**《エスプリ》を異邦人か敵対者として考えている唯物主義も、嫌悪されている。フランスの伝統の真の姿勢を表すものとは、精神があらゆる瞬間に肉化して、具体的なものの中に根づくという確信であり、現世の事物と秩序が、ペギーの語ったように、天国の〈雛型《エッセイ》とその端緒〉であるという確信であ[73]」り、そしてこれこそが「キリスト教の、いやもっと正確にはカトリックの、伝統なのだ[74]」。

ベガンのこのような洞察に従うなら、ヴィオーはこの詩の中央部でアラン＝フルニエと同じように、失われた子供時代の楽園を想像力の中で再獲得しようとし、具体的なもの・現実的なものを、「百姓の現実感覚」で生き生きと喚起することで、そういう具体的なものや〈自然〉の中に「あらゆる瞬間に肉化し、根づいた」精霊との出会いを願っていたとも考えられるのである。詩人は自らが希求する楽園は「どこことも知れぬまったき架空の空間に逃げているのではなく、「現存する」事物の中に隠れていることを理解[75]」していたのであり、また彼が「霊的なものの確かな現存を求めてゆくのはほかの場所においてではなく、ヒク・エト・ヌンク、すなわちここでの今において」[75]にほかならないことを理解していたがゆえに、こうした感動的な具象詩を創出しえたのではなかろうか。なぜならキリスト教のある種の伝統の教えるところによれば、ドストエフスキー Dostoïevski がゾシマ長老にこう言わせているように[76]、現実の生が楽園にほかならないからである。「われわれは現実の生活が楽園であるということを理解しようとしない。というのもそのことを理解しようと願うだけで充分なのだ、そうすればたちまち楽園はそのまったき美しさのうちにわれわれの前に姿を現すだろう」[77]。

ヴィオーが『兄へのテオフィルの手紙』の第二部で、上に見てきたごとくの一見エピクロス派的で多少ストア派的雰囲気を思わせる感覚主義的で具体的なものへのこだわりを示した詩的世界を喜々として表象しているのは、キリスト教信仰の持つこうした逆説（ないし相即）思想を理解し、信じえていたからかも知れない。そうでなければカトリックへの、すくなくともキリスト教への改心の証としての自己弁明詩でもあるこのオードの中に、告発者のイエズス会の神父たちにその信仰の真実性を疑われかねない反キリスト教的詩句を入れるはずがないからである。

結論

オード『兄へのテオフィルの手紙』は第二十九詩節から第三部となり、第一部と同じ詩質のテーマとイマージュが歌われている。すなわちここから第一部とほとんど同様に、詩人がいかに悲惨な苦境の中で苦悩しているかを兄や判事たちに対して、そして迫害者たちに対してさえ訴えた哀訴と、告発者イエズス会士たちへの第一部にも優る激烈な罵倒（実際十七世紀に公刊された多くのテオフィル著作集は罵倒のあまりの激烈さゆえに、かつ同会への無用な刺激を恐れて、第三十二詩節をカットしているのである）が続き、第一詩節とほとんど同一の詩句から成る最終詩節でふたたび兄への感謝が述べられてこのオードは終わっている。同時にこうしたルフラン・ストロフを通して、読者をして最初に戻って再読させる円環構造となっている。この第三部は第一部とともにすでに考察しているので繰り返さないが、最後に最終詩節の兄へのオードを引用しておこう。

またふたたびあなたに訴えよう、私の最後の支えである／あなた一人の救援だけが私に苦難を耐えさせてきたのです。／あなただけが今日、私の不運が／長く苛酷すぎると感じてくれているのです。／心の寛い友である類い稀なる兄よ、／この上なく不幸なわが運命が、あなたをますます／狩り立てて、わが不幸を見届けさせようとしているが、／どうか私を首尾よく救済して下さい。／というのもあれほどまでの死を与えられた後では、／生きることが、私に許されねばならないはずなのだから（ストロフ三十三）。De rechef, mon dernier appuy, / Toy seul dont le secours me dure / Et qui seul trouves aujourd’huy / Mon adversité longue et dure, / Rare frere, amy genereux / Que mon sort le plus malheureux / Pique d’avantage à le suiver, / Acheve de me secourir : / Il faudra qu’on me laisse vivre / Apres m’avoir fait tant mourir.[78]

ヴィオーはこのオードや長詩『シルヴィの家』をはじめ、著作集第三部に収められているいくつかのアポロジー詩、散文の弁明書などの効果もあって、翌一六二五年の九月パリ高等法院での「フランス王国内からの永久追放」の判決により、ただちに釈放された。だが暗黒の獄中であれほど願っていた故郷のブセール再訪は、伝記に空白部があるので確かなことは言えないが、ついに実現しなかったらしい。おそらく劣悪極まる拘留生活で得た病気（結核）のために故郷への長旅は不可能だったのだろう。一六二六年九月二十六日、庇護者モンモランシー公のパリ館でその短い生涯をカトリック教徒として閉じた。享年三十六歳であった。悲しいことに彼の「運命が故郷で死ぬ権利を裏切ってしま」ったのである。

晩年の代表作であり、彼の白鳥の歌でもあるこのオードは、これまでの考察から明らかなように、逮捕・拘留以後の詩人の思想の集大成の観があり、この意味でもペデルセンも言うように、[79]ヴィオー作品中でもきわめて重要な詩と言えよう。しかもこの詩はすでに見たように、一見矛盾し合うような多様で異質なテーマやイマージュを混在させているために、統一的に解釈することを著しく困難にしてきた。以前よりこの詩の重要性がつとに指摘されながら、G・サバの作品解説的な小論（一九九九年）とJ・ライオンズの論考（一九七九年）を唯一の例外として――もっともそのJ・ライオンズにしても詩における時制論の一例として他例とともに論考するに留まっているが――、今日まで誰一人手をつけなかったのは、あるいはそのためかも知れない。もとよりわれわれは本書でこの詩に対して統一的解釈を施しえたとは考えていないが、このような読み方もありえるのではないかという問題提起だけはできたように思う。それゆえこの詩を含め晩年の思想面の本格的考察は、詩における自然描写やレトリックの初・中期と晩年の比較研究とともに、後日に期すつもりである。

註

1 Théophile Gautier, *Les Grotesques*, 1844, Slatkine Reprints, 1978, pp. 117–119.

2 Rémy de Gourmont, *Théophile*, "*Collection des plus belles pages*", Mercure de France, 1907, pp. 9–10.

3 たとえば Lachèvre は主著 *Le Procès du poète Théophile de Viau*, t. I, pp. 351–362. でこの詩をそっくり引用した上で、「この（中央部の）魅惑的な風景詩になぜジェズイットを攻撃するこの上なく恐ろしい詩句を加えたのだろうか。それは彼の絶望の叫びなのだろうか」と簡単なコメントですませ、われわれが本章後半部でその謎の解明を試みる、この詩における表面的には異質に見えるこうした二要素の混在に困惑している。その他、Antoine Adam, *Théophile de Viau et la libre pensée française en 1620*, Droz, 1935, p. 391 ; Jeanne Streicher, *Théophile de Viau ; Œuvres poétiques, seconde et troisième parties*, Droz, 1958, Introduction, p. 37 ; Guido Saba, *Œuvres poétiques*, Classiques Garnier, Bordas, 1990, Introduction, pp. 64–66 ; John Pedersen, Image et figures dans la poésie de Théophile, in *Théophile de Viau, Acte du Colloque du CMR 17, offerts en Hommage à Guido Saba,*

Biblio 17, Papers on French Seventeenth Century Literature, 1991, pp. 105–106. などがこの詩のことに触れている。

4 John D. Lyons, Temporality in the Lyrics of Théophile de Viau, in *Australian Journal of Studies*, Melbourne, XVII, 1979, pp. 362–376. Lyons はこの詩における動詞の時制の独特な使用法に着目し、それが詩人の救済願望や絶望の心理とどう関係しているかを、牢獄＝現在＝死と破壊の空間（第一・三部）／ブセール＝過去・未来＝光と生命誕生の空間（中央部）という時間的・空間的コントラストの中で考察している。しかしこの論考は、ほかのいくつかの抒情詩も取り上げていることでわかるように、『兄への手紙』論というより詩的レトリックとしての時制論といった印象が強い。

M. E. Vialet, Portrait d'un poète en prison : “Lettre à son frère（1624）”, in *P.F.S.C.L.*, XXI, 40, 1994, pp. 191–203.

5 Frédéric Lachèvre, *Procès*, I, p. 360.

6 Antoine Adam, *op. cit.*, p. 391.

7 Guido Saba, *Théophile de Viau, Œuvres complètes*（以下 *G. S.* と略）, III, p. 190.

8 *Ibid.*, pp. XXXIII–XXXIV.

9 鈴木信太郎『フランス詩法』下（白水社、一九五四年）一六一—一六七頁。

10 Guido Sada, *Théophile de Viau : Œuvres complètes troisième partie*, Nizet, 1979, pp. 44–45.（以下、*G. S.*, t. III と略）

11 *Recueil de touutes les pieces faites par Theophile, de puis sa prise jusquià present*, M. PC. XXV.（BN : Ye 7634）, p. 112.（J. Streicher, Théophile de Viau, *Œuvres poétiques, seconde et troisième parties*, Droz, 1958, p. 185.）

12 *Ibid.*, p. 112 .（Streicher, *op. cit.* II, III, p. 185. 以下、*J. S.* II, III と略）

13 *Ibid.*, pp. 114–115. (*J. S.* II, III, pp. 188–189.)

14 Robert Casanova, *Théophile de Viau en prison et autres pamphlets*, Jean-Jacques Pauvert, 1967, p. 43.

15 *G. S.* III, p. 40.

16 *J. S.* II, III, p. 187.

17 *Ibid.*, p. 196.

18 *Ibid.*, p. 195.

19 *Ibid.*, p. 195.

20 *Ibid.*, p. 192.

21 *Ibid.*, p. 195.

22 *Ibid.*, pp. 196–197.

23 *Ibid.*, p. 187.

24 *Ibid.*, pp. 187–188.

25 Père François Garasse, *La Doctrine curieuse des beaux esprits de ce temps ou prétendu tels*, S. Chappelet, 1623, t. I, L'autheur au lecteur, t. II, pp. 710–711, 738, 774–775, 902–908, 971–983, etc.

26 Frédéric Lachèvre, *Procès*, I, pp. 480–484.

27 *J. S.* II, III, p. 186.

28 *Ibid.*, p. 189.

29 *Ibid.*, p. 189.

30 たとえば詩人自身が未完の自伝ともエセーともつかぬ小説の中でこの事実を告白している。cf. “Première journée” in Guido Saba, *Théophile de Viau : Œuvres complètes*, t. II, Nizet, 1978, pp. 18–24, etc.

31 *J. S.* II, III, p. 196.

32 Antoine Adam, *op. cit.*, pp. 418–419, etc.

33 Guido Saba, *Theophile de Viau : Œuvres poétiques*, Bordas, pp. LVIII–LIX.
34 *J. S.* II, III, p. 186.
35 *Ibid.*, p. 191.
36『哲学事典』（平凡社、一九五四年）。
37 Jeanne Streicher, *Théophile de Viau : Œuvres poétiques, première partie*, Droz, 1967, p. 7.
38 A. Adam, *op. cit.*, p. 206.
39 *Ibid.*, p. 207.
40 *J. S.* I, p. 90.
41 *J. S.* II, III, p. 115.
42 *Ibid.*, p. 168.
43 Ibid., p. 167.
44 Christine McCall Probes, The Occult in the Poetry of Théophile de Viau, in *P.F.S.C.L.*, no. 16, 1982, pp. 7–20.
45 *J. S.* II, III, p. 189.
46 *Ibid.*, p. 191.
47 *Ibid.*, p. 190.
48 *Ibid.*, p. 190.
49 拙稿「ヴィオー詩における**太陽**と**逆さ世界**のテーマについて」（『教養論叢』第七七号、一九八八年）。
50 *J. S.* II, III, p. 189.
51 *Ibid.*, pp. 189–190.
52 *Ibid.*, p. 190.
53 *Ibid.*, p. 185.
54 *Ibid.*, p. 189.
55 *Ibid.*, p. 189.
56 A. Adam, *op. cit.*, pp. 418–419.
57 *J. S.* II, III, p. 191.
58 *Ibid.*, p. 191.
59 John D. Lyons, *op. cit.*, p. 368.
60 *J. S.* II, III, p. 191.
61 *Ibid.*, p. 193.
62 *Ibid.*, p. 193.
63 *Ibid.*, p. 194.
64 John Pedersen, Images et figures dans la poésie de Théophile de Viau, in *Théophile de Viau, Acte du Colloque du CMR*, p. 106.
65 *J. S.* II, III, p. 195.
66 Guido Saba, *Théopleile de Viau : Œuvres completes, seconde partie*, Nizet, 1978, pp. 22–23.
67 *Ibid.*, p. 22.
68 同様の指摘はO・ド・ムルグも行っている。cf. O. de Mourgues, Reason and Fancy in the Poetry of Théophile de Viau, in *L'Esprit Créateur*, vol. I, no. 2, 1961, pp. 77–80.
69 ヴィオー詩における指示形容詞や "y" や "icy" といった場所の副詞の多用による事物の特殊化や個別性の強調はすでにネルソンが指摘。cf. Nowry Nelson, *Baroque Lyric Poetry*, Yale University Press, 1961, 113–114.
70 *J. S.* I, pp. 83. "Satyre premiere"
71 *J. S.* II, III, p. 194.
72 拙稿「ネルヴァルの『シルヴィ』について——ヒロイン、**シルヴィ**をめぐって」（『教養論叢』第四五号、一九七七年）
73 Albert Béguin, *Poésie de la Présence*, Editions de la Baconnière 1957, pp.

195–196. なお引用文は山口佳己訳（国文社アルベール・ベガン著作集第二巻『現存の詩』一九七五年）による。以下同じ。

74 *Ibid.*, p. 196.

75 *Ibid.*, p. 191.

76 ドストエフスキー『カラマーゾフの兄弟』上（米川正夫訳、修道社出版、一九六二年、三四二頁。「楽園はおのおのの人に隠されています。現に今わたくしたちの中にも隠されています。だから自分でその気にさえなれば、明日にもその楽園が間違いなく訪れて、生涯うしなわれることはないものです」。

77 Thomas Merton, Le Recouvrement du Paradis, in *Hermès, Le Vide, expérience spirituelle en Occident et Orient*, Minard, 1969, p. 179.

78 *J. S.* II, III, p. 197.

79 John Pedersen, *op. cit.*, p. 105.

X　悲劇『ピラムスとティスベの悲劇的愛』

序論

テオフィル・ド・ヴィオーの唯一の劇作品であるこの悲劇は、クラシック時代のボワローの不当な嘲笑的酷評のために必要以上に誤解され、軽視、過小評価され、以後ボワローのこの不当に貶められた低評価が二十世紀に至るまで続いてきたと言えよう。前世紀の五、六〇年代よりフランス文学（史）において、バロックあるいはマニエリスム文学という概念がようやく市民権を得るにつれて、この悲劇もボワロー的偏見なしに本来の評価がなされるようになってきた。ところでこの悲劇に対するボワローの有名な批判とは、最終部の第五幕第二場の終末部のヒロイン、ティスベの死の直前の独白（第一二二七―八詩行）、

Ha! voici le poignard qui du sang de son maître
S'est souillé lâchement; il en rougit, le traître![1]

ほう！　ここに短刀が落ちている、卑怯にも主人の血に汚れて、
（血で／裏切りを恥じて）赤くなっている、裏切り者め！

といういかにもバロック的な奇抜なポワント技法ないしマニエリスム的な綺想体《コンチェッティ》表現に対して、ボワローが「北国

全体のすべての氷でさえ、私の感覚では、こうした想念ほどには冷たくはない。何という誇張だろう！　まったく！　ある男がたった今それを使って自殺したその男の短刀を染めている血の赤は、持ち主を殺したこの短刀が抱く恥の結果だというのである！」と皮肉っている事実をいっている。

ボワローはヴィオーのこの作品を全体的に、より詳細に検討することもなく、この部分のみを自己の古典主義的物差しで測り、この作品全体を一刀両断的に断罪しているのだが、彼がヴィオーをどう見ているかは次の諷刺詩で明らかである。「毎日、宮廷では、優秀な道化師が、／罰せられることもなく、歪んだ評価を下すことができるのだ、／マレルブよりも、ラカンよりも、テオフィルの方が好きだ、／またウエルギリウスの金無垢より、タッソーの金ぴか鍍金《メッキ》の方が好きだ」[2]（『諷刺第九』）。ボワローは、ヴィオーのこの悲劇作品自体の詳細な検討を行わなかったばかりか、同作品の持つフランス演劇史、なかんずく悲劇というジャンルにおける『ピラムスとティスベ』の歴史的意味合いにも顧慮しなかった。

もっともこの悲劇に対する類似した低評価は、前世紀前半のフランス劇文学や演劇史の権威H・L・ランカスターにさえ見られるのである。「(『ピラムスとティスベ』には）しかしながらある種の稚拙さがその構造のうちに存在している。最初の三つのシーン〈場〉は主要登場人物とその従者との会話から成っている。それらを接合・融合させようとするいかなる努力も払われていない。第五幕は二つの独白で構成されているが、それは非芸術的な構成法となっており、筋（ストーリー）の性質も部分的にその美的でない構成法の一因となっている。その上恋人たちは例外として、主要人物たちは決して舞台上で互いに出会うことがないのである」[3]。この指摘はまったくその通りで誤っているわけではないが、E・カンピヨンも指摘しているように[4]、ランカスターはこの作品が書かれてから約十年を経た一六三〇年代の批評基準critèreに基づいて批評しており、ヴィオーのこの悲劇はそれとは別の原理、基準によって書かれている事情や劇構成以外の優れた点などを無視した批評となっている。すなわちヴィオーがこの悲劇を執筆した頃のパリの観客からは、後のコルネイユやラシーヌなど後期バロックや古典主義作家に見られる筋立ての複雑さや繊細で深化された性格描写などは期待されておらず、もっぱら叙情的・教訓的な長い独白や恋人と親、老人と若者の対立・葛藤などが好まれたといった背景が存在していたのである。

『ピラムスとティスベ』におけるこうしたさまざまな問題は以下の本論において再度取り上げることとして、次にこの作品の執筆や初演の時期などについて考えてみよう。

執筆・初演の時期

十八世紀および十九世紀の文学史家はこの作品の執筆年代を一六一七年としているが、[5]ヴィオーの近年の本格的研究家であるフレデリック・ラシェーヴルはこの悲劇は一六二一—二三年に書かれたらしいとしている。[6]また前記のランカスターは以下に挙げるようないくつかの理由で、一六二一年に書かれたと推定している。[7]その根拠は「もし悲劇『ピラムスとティスベ』が一六二一年に書かれていたとするなら、われわれはなぜこの作品が同年出版された『作品集第一部』に収録されなかったのか理解できない。加えてこの悲劇中の第三幕第一場の流謫へのほのめかしは、彼がすでに流刑を経験していたことを暗示しており、さらに言えば、筋のいくつかの細部が一六一九年以前には出版されていなかった『アストレ』の第三部に類似していることである。こうした議論はこの作品が一六二二年に書かれたことを証明するかに見える。だがこの日付けは一六二一年ほど説得的ではない。なぜならほぼ同じ頃書かれた（ラカンの）『牧人詩劇』Bergeries は一六二〇年以後に出版されたとは考えにくいからである」とし、「したがって一六二一年が『ピラムス』のもっともありうる執筆年代である」としている。アントワーヌ・アダンはランカスターのこの説を認めた上で、さらにその時期を限定して、この悲劇が書かれたのは「英国から帰国した直後の、一六二一年初頭の何カ月かの間」であろうとしている。[8]しかしこの悲劇の執筆年代は未だに確定せず、その後もたとえばH・インピワーラは一九六三年刊の研究書で、一八九七年のケート・シルマッハー Schirmacher や一七五六年のパルフェ兄弟同様、一六一七年説を主張している。[9] 詳細な検証を行っているインピワーラ説にも一理あるとはいえ、総合的に考えるとやはりサバも支持しているランカスター説やアダン説が妥当な見解とわれわれは考えている。すなわちわれわれはこの作品は詩人が英国に渡った際、[10] 一五九五年頃書かれたと思われるシェイクスピアの恋愛悲劇『ロメオとジュリエット』に刺激され、同国より帰国してまもなくの一六二一年の前半に書かれたのではないかと考えている。

次にこの悲劇の上演時期についてであるが、これは執筆年代以上に曖昧になったままである。ただ初演時期を推定させる手がかりとなるラテン語の書簡が二通あり、その一つは親友デ・バロー Des Barreaux 宛てのそれ（サバ全集ラテン語書簡第XII）で、同書簡で詩人はデ・バローに『ピラムスとティスベ』の宮中での上演の成功とその演劇的新しさを自慢げに伝えていること、ほかは友人リュイリエ Luillier 宛てで、詩人はこの友人に自宅でこの劇を上演するので観に来るよう誘っている（同第XIV書簡）。ただ残念ながら両書簡はいずれも日付けなしのため、上演（初演）時期確定の直接的証拠資料とならないが、ラシェーヴル[11]によれば、間接的な状況証拠にはなっているという。すなわち、これらのラテン語書簡が書かれたのはジャン・メーレ Jean Mairet によって出版された時期よりそう遠くではないこと、またデ・バロー宛てのラテン語書簡は詩人出獄直後に行われた宮廷での『ピラムスとティスベ』の上演のことをいっているのであり、したがってそれは一六二五年の十月から十一月である、とラシェーヴルは推定している。ランカスターはラシェーヴルのこの推定に従いながら、初演は執筆された一六二一年と二三年の間であったろうと推定している。サバは確たる証拠はないとはいえ、ランカスター同様、初演は一六二一年から二三年の間であったであろうとしているが、われわれもこの説を支持したい。理由は一六二一年に書かれてから二三年の逮捕・投獄まであるいは出獄の二五年まで、当時随一の人気詩人であった彼の悲劇が、しかも登場人物が少なく非常に短い劇であり、自宅でも演じることができたこの悲劇が四年間も一度も上演されなかったとは考えにくいからである。

形式・構造

この悲劇はアレクサンドラン（十二音）綴りの平韻［aa bb cc dd］より成る悲劇形式 tragédie の作品であり、全部で千二百三十四詩行と、悲劇としてはA・アルディなど当時の悲劇と比較しても非常に短い。五幕ものだが、シーン数も十二シーン（三＋二＋二＋三＋二）と後の後期バロックや古典悲劇と比較しても極端に少ない（コルネイユ劇は平均三〇・二八、ラシーヌ劇が平均三〇・五場）。[12] 要するにこの悲劇の構造は、J・モレルの言葉を借りれば、「外見上、非常に原始的 primitive」[13] にできている。同氏にならって、[14] 各場（シーン）を近代劇のように登場人物の入・退場で数えると、十六場（四＋三＋四＋三＋二）となり、幕間や場面転換 changements de lieu によって分けられたシークエンス（一続きのシーンから成る場面）によって分けると十場と、古典劇や近代劇に比較して極端に場面数が少ないのも特異な点である。各幕は最後の第五幕は別として、比較的バランスの取れたシーンの配分と詩句数となっているが、最後の第五幕は主人公二人の互いに生きて対面することのない一人舞台での長独白（ピラムス百七十行、ティスベ百十八行）から成っているのが特徴的である。また各場面での登場人物の関係についても、ほとんどのシーンが二人だけの対話で成り立っており、三人が登場するのは十二シーン中たった三回のみである。エキスタインの調査によれば、この三つのうち二つの場面では、三人の登場人物のうちの一人が早々に退場し、実質的に二人の対話シーンとなっているという。[15]

また劇の最初のいくつかのシーンを含め、五、六のシーンは一部分、われわれの見方によれば実質的に独白に近い長演説となっており、繰り返すが最後の三シーンすなわち第四幕第三場と第五幕の二シーンは純粋な独白、それも非常に長い独白となっているのである。しかも各シーン間は「巧みなバランスを取っており、とりわけ登場人物の入・退場に工夫がされている」[16]（たとえば、第三幕の王をめぐっての使者と家臣スィラールの巧みで自然な入・退場が見られる二場を中心とする第一場と第三場の連関）とはいえ、全体として見ると、ランカスターやエキスタインが言うように、[17]

各シーンはあまりリンクしておらず、各場面がそれぞれ孤立した感じであり、ある種のバラバラ感を否めない。しかしモレルはこうした特質を「そこには、物語が流れて（進行して）いくのを見る代わりに、ときとして動画化された一連の絵画に立ち会っている」[18]ような印象（例を挙げれば、王とその召使いたちとの対話やティスベとベルスィアーヌとの対話あるいはティスベの母とその侍女との対話など）を受ける劇であるとしているが、たしかに好意的に見れば、そういうふうにも見ることは可能であろう。またピラムス、ティスベという二人の主人公は別として、多くの登場人物（エキスタインによれば三分の二）はたった一度しか登場せず、ティスベの「それでは今から一時間後にまたここへ」とか「もうじき夜が訪れる」といった言葉で時間的指標が明確化されている場合もあるとはいえ、多くは各場面間の空間的・時間的関係が説明されぬままとなっている。

　エキスタインはこうした〈断片化〉と分裂感をこの悲劇の持つ「極小性」「極小主義」minimalism と名づけているが、こうした断片化や分裂感・孤独感あるいは先に見た構造上の簡略化・単純化はいったい何を意味しているのだろうか。これも以下の内容面の考察で取り上げる予定だが、一つには彼の興味が後の古典劇や近代劇で特徴的となる、会話を通しての登場人物の心理描写や心境の変化（内面の深化）にあったのではなく、むしろある運命観に裏付けられた、詩人固有の恋愛観や人間の生き方そのものを読者・観客に伝えたかった（一種の教訓劇として？）からではなかろうか。また第五幕の主人公二人の有名な長独白はむろん、それ以外のところでも主人公たちの科白は長いものが比較的多く、また第四幕のティスベの母の科白は対話でありながらかなり長く、こうした特徴には次のような事情も影響していたらしい。すなわち当時の観客は詩の朗読会のように、長い科白や長独白の朗々とした朗誦を愛好していたという背景があったらしいのである。

　主として形式面のことについてさらに付言するなら、ヴィオーは彼の唯一の演劇作品であるこの悲劇によって、ルネサンス演劇とポスト・ルネサンス演劇の伝統を継承しつつ、彼より十年遅い次世代やコルネイユなどの後期バロックおよびラシーヌなどの古典悲劇の先駆となるものを確立したとは言えないにしても、それを生み出しており、この意味で両者の架け橋的役割を担っているように思われる。つまり詩人の友人でもあったアレクサンドル・アルディA. Hardyはいまだ前代の遺産である五幕形式、使者、幽霊、神の出現、合唱などを残していたが、ヴィオーは『ピラムスとティスベ』で幽霊や神の出現（ティスベの母の悪夢という形で幽霊に近いものを残しているとはいえ）、合唱を排し、五幕形式は継承し（これは古典悲劇にまで継承されるフランス悲劇の伝統となる）、アルディがときに無視した三一致の法則をほぼ守り、筋もほぼ単一であり（第四幕でティスベの母が侍女に、前夜見た悪夢を語る部分は少し主筋を外れているが――つまりバロック的だが）、話は二十四時間以内に終息し、ほぼ同一の場所（バビロニアの町）で展開される。この意味でヴィオーのこの『ピラムスとティスベ』は後の古典悲劇の魁《さきがけ》となっているとさえ言い得るのである。

もちろんこの悲劇にはバロック的要素（たとえば第三幕第一場のピラムスによる暗殺者ドゥークシスの殺害シーン、第五幕第一場のピラムスの短刀による自殺、同幕第二場のティスベの同じ短刀による自害とその出血のイマージュなど）や喜劇的要素（たとえば第一幕第一場のティスベと乳母ベルスィアーヌとの会話や王とその召使いスィラールとの、あるいはスィラールとその部下であるドゥークシスとの対話などにおける滑稽感）が含まれており、その意味では古典主義時代に強まったいわゆる「ジャンル分けの法則」に抵触している部分もあるので、ヴィオーも友人アルディ同様、バロック悲劇の作家、少なくともバロック演劇の作家であったことには変わりない。さらに言えば、この作品はJ・モレルも指摘するように、コルネイユの悲喜劇『クリタンドル』の原型となっている。というのは『クリタンドル』はカルヴァン的ペシミスムが底流に流れているヴィオーのこの悲劇を雛形としつつも、イエズス会的楽観主義に基づいてヴァージョンアップされたリメイク版とさえ言えるからである。

また修辞的な手法・構造といった側面からは、カンピヨンやブリュノー＝ペーヌあるいはグリーンベルクらによるこの作品の分析がそのことを示唆しているように、ヴィオーの『ピラムスとティスベ』はその修辞学的な手法、すなわち対照（対比）法 antithèse や誇張法 hyperbole、逆説表現 paradoxe、矛盾撞着語法 oxymoron などによってバロック的というより、よりマニエリスム的悲劇であると見ることもできる。たとえば「あなたの愛が私に委ねている死は／私が〈生きること〉と呼んでいるものそのものなのです」（v.9）とか、「そして彼女の肉体は私の肉体の中に墓を持つことになるのだが、／おお、彼女の生きた棺よ、戻ってきてこの私を貪り喰らってくれ」（v.1068–9）、「そのようなことに最も神経を使う人は最も思慮を欠いた人なのです」（v.130）などであるが、もう一例を挙げれば「時間と理性は火から氷をつくり、／私から心臓をその場所から外に引き出すこととなるだろう」（v. 223–4）などであり、テマティックな対照（対比）構造を挙げるなら、愛（エロス）と死（タナトス）、生と死、光（昼）と闇（夜）、楽しみ（喜び）と苦悩（苦痛）、宿命と自由意志、若者（若さ）と老人（老醜）、社会と個人、規則・規範と（ストア的）自然主義、（恋の）病と健康、理性と狂気（情念）、来世信仰と来世の存在への疑念、孤立・閉塞と合一・解放などなどである。こうした対比性はマニエリスム的性格を有している部分も認められるとはいえ、ヴィオーの『ピラムスとティスベ』にバロック的性格を付与している演劇と見ることもできるのである。これらの問題は後出の「主題・テーマ」および「レトリック」の項で詳しく取り上げることとなろう。

出典・影響・原典との異同

ヴィオーのこの作品の出典はいうまでもなく、古代ローマの詩人オウィディウスの『変身物語』*Métamorphoses* 中の有名な一話「ピラムスとティスベ　桑の実」（第四巻第二話第五十五—百六十六行）であり、事実ヴィオーは後で見るような異動はあるものの、基本的にはオウィディウスのこの話をほぼそのまま踏襲しているのである。何人かの研究者はこのほかの二次的な出典、というより作者が多少参照したと思われる作品にも言及している。ランカスターはその第一として、一五七三年に印刷されたアントワーヌ・ド・バイフ A. de Baïf の『桑の木』を挙げているが、われわれはむしろG・サバとともに、[19] これまたオウィディウスの『変身物語』から作られた中世（十二世紀）の『ピラムスとティスベ』（全九百二十一行）という長い抒情詩を挙げておきたい。これは後に（十四世紀）、韻文の『教訓化されたオウィディウス』としてふたたび取上げられ、十五世紀になるとさらに散文に書き換えられた物語である。サバはこれらのほかに自国イタリアの詩人ジアンバティスタ・マリノ G. Marino の『ピラムスとティスベ』*Piramo e Tisbe* などからの影響の可能性についても言及している。サバはイタリアのこの高名な詩人がパリに滞在した折、テオフィルが彼に会いに行った可能性まで推測し、マリノのヴィオーへの少なからぬ影響を、単なる推測として指摘しているが、われわれとしてはむしろ一五九五年頃書かれたとされているシェイクスピアの『ロメオとジュリエット』からの間接的影響を指摘しておきたい。というのは「執筆・初演の時期」の項ですでに触れたように、ヴィオーは一六二一年初頭、リュイーヌ公の兄弟で、イギリス王に対する特別大使であったカドネ元帥に随員として同行、ロンドンにしばらく滞在しており、このときシェイクスピアの評判の恋愛悲劇『ロメオとジュリエット』*Romeo and Juliet* を観劇したか、少なくとも読んだと思われるからである。イタリア・ヴェロナの町で起こった相愛の若い二人をめぐるこの悲劇は、オウィディウスの『ピラムスとティスベ』とまったく同じように、両家の反目のために結婚が叶わず、最後は両者とも、〈誤解〉や〈行き違い〉で青年がまず短剣で自殺し、次に女性が同じ剣を使って後追い自殺している。

次にこの悲劇の「原典」であるオウィディウスの『変身物語』中の「ピラムスとティスベ　桑の実」との異同について、少し詳しく見てみよう。

話の展開や登場人物などで両者が大きく異なる点は第一に、ピラムスとティスベの恋の悲劇の大きな原因として両家の反目のほかに、ヴィオー作品ではティスベに横恋慕し、恋仇のピラムスを暗殺しようとする王という新たな「障害」が設定されたことである。したがってオウィディウスの『ピラムスとティスベ』では、愛を成就し、結婚できるようになるためにのみ、家庭や町（社会）から逃亡するのであるが、ヴィオーの悲劇では、絶対権力を持つ王の横恋慕、暗殺計画のために、この町（社会）では愛の成就・結婚はおろか、生命の危険が差し迫っているために、やむを得ず急遽この町（社会）から逃亡せざるを得なくなるのであり、この点が両者の相違点である。

また登場人物は、ヴィオーの方が劇形式ということもあって多くなり、オウィディウスには出てこない多くの人物が加えられている。たとえばオウィディウスでは愛し合う若い二人の両父親が登場し、息子や娘の恋愛や結婚に反対するのに対して、ヴィオーではピラムスの父親とティスベの母親しか登場しない。ヴィオー作品で新たに加えられた人物を列挙すれば、すでに指摘した王とその三人の召使い（使者、スィラール、ドゥークシス）、ティスベの乳母である老女ベルスィアーヌ、ティスベの母とその腹心の侍女、ピラムスの父の友人リディアス、この青年の友人である理性的で冷静なディザルクである。両家を隔てる壁やその割れ目を通しての愛の会話などの設定、およびエピローグのニヌスの墳墓や泉、白い実の桑の木（およびその実の赤色への変容）などはオウィディウスのそれとまったく同一である。相違はヴィオーのエピローグでのニヌスの墳墓周辺の自然に対する主人公たちの「擬人観的」anthropomorphique な呼びかけ évocation とその感動的な抒情性であり、これはオウィディウスのエピローグには存在しない。

しかし細かな筋立てではこの大団円においても重大な相違点がいくつか存在している。すなわちティスベが、横たわっているピラムスを見つけて後追い自殺する場面は、ティスベが血の着いたピラムスの短剣を使う点は同一であるが、オウィディウスではティスベがピラムスの体の上に倒れ伏したときには、ピラムスは瀕死ながらまだ生きており、彼女の顔を認め、彼女に抱かれて息を引き取った（「ピュラムスはティスベという名を聞くと、すでに死のために曇った眼をかすかにひらきましたが、ティスベの姿を見さだめると、すぐまた眼を閉じてしまいました」）[20]のに対して、ヴィオーのこの場面ではピラムスはすでに完全に死んでおり、二人は「生きて再会」できない。またオウィディウスではティスベが両家の父親に二人を同じ一つの墓に埋葬してくれるよう懇願していること、そして実際両家は二人の遺骸を荼毘に付して遺骨を同じ骨壷に入れて埋葬したとあるが、ヴィオーの悲劇ではこの部分は捨象され、ティスベが短刀を胸に突き刺すシーンのみでこの悲劇を終えている。またヴィオー作品では、「二人が流した血の証拠としていつまでもこの悲しみにふさわしい黒ずんだ実をつけておくれ！」と神々に祈ることもない。最期のシーンのこれらの相違には、作者ヴィオーのあるメッセージが込められているように思われる。それは何かといえば――こうした問題は以下の主題やテーマ研究の部分で再度触れることとなろうが――ヴィオーの非情な人間観、運命観、つまり人間は最初から最期まで孤独であるということ、個人の運命は絶対的に変えられないものであるという運命観、人間的愛、つまりこの世の愛は永続しえないものだというペシミスムであり、このエピローグにはこうしたヴィオーの考え方が反映されているように思われる。この点についても、劇の構造上の特性の意味も含めて、以下において再考することとしよう。

この悲劇の主題を含め、内容的な問題点を考察する前に、主としてJ・モレルによる梗概[21]を参照しつつ、粗筋を追ってみよう。

梗概

第一幕［第一場］――両親の家から出てきたティスベは己の孤独感と芽生えた熱い愛を歌う（独白）。この独白中の「魂は私たちに生きることを命ずるが、お前は私に死ぬことを命じている」とか「お前が私に委ねる死は私が〈生きること〉と呼んでいるものでもあるというのは本当だわ」という言葉は、マニエリスム的パラドックス、オクシモロン的表現で、すでに冒頭よりその死を予感させるものとなっている。そこへ乳母の老女ベルスィアーヌが追いかけてきて合流。彼女はティスベが「誰も従えずに、外出する」ことや恋に夢中になっているのを母親が怒っていることを伝える。一人になりたいティスベはようやく、乳母のベルスィアーヌを「厄介払い」することに成功する。

［第二場］――ピラムスの父親のナルバルが登場（モレルによれば不意打ちの効果、すなわち観客は当然ティスベの母親が乳母と入れ替わりに登場してくると予想）。友人（父親の打ち明け相手）のリディアスと一緒に現れる。父親は息子

ピラムスの憑かれたような無分別な恋を、家庭や社会の秩序を破壊する危険な病、害悪として否定。父親の意見を聞かぬ息子の態度を激しく非難。リディアスは若者の恋愛の自由、恋は父親の許可制ではないことを諭す。父親の厳しさとリディアスの寛容とが好対照になっている二人の会話。会話が噛み合わぬまま退場。

［第三場］――会話をしながら宮殿を出てきた王は、恋するティスベに（おそらく使者を通して王としての権力と財力をちらつかせて）言い寄るが、ピラムスを愛しているティスベは頑なに拒絶。王は悲嘆と怒りのために最後の手段に訴えることを決意。王は、ティスベがピラムスの血だらけの死体を見れば泣き崩れるだろうが、最後は諦めて自分を受け入れるはずと考え、召使いのスィラールを呼び、恋仇であるピラムスを暗殺するよう命ずる。スィラールとのやりとりで王はマキャベリー流の道徳二重規範説を宣言する。すなわち「神の意志の地上における代理官」（スィラール）である「王の行為は神が承認する」のであり、「王に気に入られない者（ピラムス）は罪を犯すに等しく、その死は正当である」、つまり〈殺人は犯罪である〉という一般市民の道徳規範は王には適用されないのだと、スィラールを説得。

第二幕［第一場］――王とスィラールの会話が終わると、ピラムスとその友人ディザルクが登場。この場面は第一幕第一場（ティスベとその乳母ベルスィアーヌとの対話）と対関係の場面と言える。すなわち彼はティスベのように自己の魂との対話ではなく、友人と愛について議論する。すなわちピラムスはたとえその恋が死に至るものであろうとも、正常な判断を狂わせてしまう狂気じみた愛であろうとも、その恋の炎、情念に忠実であろうとするのに対して、理性的なディザルクは「友人の胸から恋の炎を取り除き」、そうすることで「彼から死を取り除いてやろうとしている」のである。ピラムスは運命が定めた恋はどうしようもないこと、ディザルクに彼の「魂をコントロールできない」こと、自然のなすがままにしておけば、おのずから心は形成されることを主張。愛に関してあまりにも理性的すぎる友人を、第一幕第一場のティスベ同様、〈厄介払い〉した後、「訪れつつある」夜を想起する。その夜は彼に、恋人ティスベと反目する両家を分かっている壁の割れ目を通して愛を囁き合うことを可能にしてくれるのである。やがて彼女がやって来る。彼はその気配を聞きつける。そして彼女の姿を認める。

［第二場］――ティスベはいつもより遅れて到着する。というのも彼女はベルスィアーヌのお説教を長々と聴かされたために遅れてしまったのだ。ピラムスはティスベを遅参させた乳母の老女の悪口をさんざん述べる。すなわち自然による人間の肉体の老化・老醜と若者の若さ・美しさとの対比・対立を語る。壁の割れ目を通して互いの熱い思いを囁き合うが、二人は誰かに見つかるのを恐れて、「遅くとも今から一時間後に」そこで再会することを約束。

第三幕［第一場］――王から報酬を約束された暗殺者スィラールとドゥークシスだが、ドゥークシスは良心の呵責のため、強いためらいを覚える。スィラールはドゥークシスに対して、あらゆる配慮・顧慮に優先して、神より授かった地上での至上権と絶対的権力を持った王たちの命令には、家臣は絶対的に服従せざるをえないことを説く。執拗に躊躇していたドゥークシスもスィラールに黄金の報酬の話を持ち出され、ついに黄金の誘惑に負け、このピラムス暗殺計画の実行を承知する。しかし、若者（ピラムス）は不意に襲ってきた二人のうちドゥークシスに深手を負わせ、死に至らしめる。スィラールは逃亡。ドゥークシスは息を引き取る前に、王が自分たちに恋仇のピラムスを暗殺するよう命じたことを告白。ピラムスはこの事実にショックを受けるが、こうなった以上はティスベとともに国外に逃亡するより助かる道はないことを悟る。

［第二場］――王とティスベのところに遣わされた王の使者との会話でこの場面が始まる。ティスベは王の愛を受け入れるよう説得されたが拒絶したことが、使者によって王に報告される。そこへスィラールが不意にやって来る。その様子で不首尾であったことを王は予感。スィラールの虚偽の報告（民衆が怒って彼を襲ったという作り話）。王はスィラールに失恋の苦悩・絶望を独白的に語る（バロック的誇張）。王の「勇気ある人間は誰であれ己の主人なのだ」という言葉はヴィオーにおける自由意志論、人間の主体的自主性の主張か、それとも己の運命を潔く積極的に受け入

れなければならないというカルヴァン的運命論の反映か？　「僭主政治は愛の神アムールが私に拒絶したものでさえ否が応でも私に認めさせるのだ」ということを「あの恩知らずの娘」に「思い知らせてやる」と息巻く王は、ピラムスの家を襲って彼を暗殺するようスィラールに再度命令。スィラールも今度は約束された報酬にそれほど魅力を感じず、王の「尋常でない怒りの激しさ、天をも恐れぬ」嫉妬の激しさ、狂気の恋に嫌気がさし、この仕事を彼以外の誰かが代わってくれるなら、「こんなにうれしいことはないのだが……」とまで思う。

第四幕［第一場］――ピラムスとティスベの壁越しでの会話で始まる。ピラムスは自分たちに迫っている危険をティスベに喚起することによって、二人はすぐに逃亡することに合意する。この場面は第三幕第一場に対応。愛の誓いの言葉の交換。ここでオード〈孤独〉にも現れるヴィオーの有名なフェティシスム的嫉妬の言葉（たとえば「貴女の口を通してかくもしょっちゅう出たり入ったりしている空気にさえ／私は嫉妬してしまう」など）を受けてティスベが発する次の言葉は、二人が目指すニヌスの墳墓が彼らの欲望充足と愛の完成の場としてのロクス・アモエヌスの理想郷として意識されていることを物語っている。「私たちを隔てているこの障害の外に出れば、／貴方の願いがこの私の望むところでもあるということをおわかりになるわ」。二人はその夜、町の郊外にある「白い実のなる桑の木」のそばにあるバビロニア王国の創立者ニヌスの墳墓で待ち合わせることを約束する。その大きな桑の木が彼らを覆って保護してくれることを期待して。それぞれが家から出発して約束のランデ・ヴの場所に向かう。夜が訪れようとしていた。彼らは陽が完全に落ちたときに出発することになるだろう。

［第二場］――ティスベの母が腹心の侍女とともに登場し、彼女が前夜見た恐ろしい悪夢のことを語る。それは宇宙的な大崩壊 bouleversement cosmique の悪夢であり、ヴィオーに親しいいわゆる〈逆さ世界〉monde renversé のヴィジョンの提示ともなっている、彼女の娘とピラムスの地獄での出会いの予兆的悪夢であった。つきまとって離れないこの悪夢を彼女は不吉な予告のように感じ、以後は娘や彼女の恋愛に寛大になってやろうと決心する。

［第三場］——ティスベは一人でニヌスの墳墓にやってくる。彼女はピラムスへの愛と不安からあたりのさまざまな自然の事物を、まるで自分と同じ人格と生命を持った人間のように、アダン流に言えば「擬人化」anthropomorphiser し、「アニミスム」化して、リリックに語りかける。しかし愛する人はいっこうに姿を見せない。この「怠け者」はやってくるのが遅れている。と突然現れた一匹のライオンに驚く。「その目が夜の闇の中に光っていたライオン」に驚愕した彼女は慌ててヴェールも落としたまま、洞窟に逃亡。

第五幕［第一場］——ピラムスはニヌスの墳墓に遅れて到着。彼は自分が遅れてやってきたことを知っている。家族のために彼は出発が遅れてしまったのだ。しかし約束した場所にティスベの姿は見えず、彼女も遅れているように思えた。彼はある種の不安と愛の感情から、第四幕第三場のティスベと同じように、自然を「擬人化」して呼びかけ、語りかけるが、ついにあたりに血痕を発見する。その中にティスベやライオンの足跡を認め、血の付いた彼女のヴェールまで見つけてしまう。彼は自分が遅刻してしまったがために、また獣の水飲み場としてそこが危険な場所であることを知りながら、夜中の逢引の場所として決めた己の軽率さのために彼女がライオンの餌食となってしまったと思い込み、絶望して短刀で自殺してしまう。

第五幕［第二場］（最終シーン）——しばらくしてティスベがそこに戻ってくる。彼を待たせてはという不安と彼に会いたい気持ちとが恐怖に打ち勝ち、戻ってきたのだ。彼女は自分が逃げたとき、慌ててヴェールを紛失してしまっていたことに気づく。不吉な予感に襲われながら、何か人の体らしきものを認める。彼女は最初、彼がそこに寝てしまっているものと思うが、彼が死んでいることに気づくと周囲の自然に向かって、例によりそれらを擬人化して、己の不幸を嘆く。パリスターの見るところとは異なり、彼女は魂の来世での存在を信じ、ピラムスの魂と一緒にあの世に旅立てるように、地獄の渡し守カロンに、舟の出発を遅らせてくれるよう祈願する。そして彼女の喪のように見えた周囲の自然、とりわけその白い実の桑の木が自分とピラムスの血を存分に吸収して、赤い実をつけてくれるよう祈願する。そしてティスベは「私たちは自分たちの聖なる合体を通して、あの世で互いの魂を結び合わせ、／二人の肉体の亡霊から一つの霊魂を作るわ」と、死を覚悟。彼女は「主人の血で卑怯にも赤く染まった」その同じ短刀で、ピラムスの体の上に折り重なって自殺する。

主題・テーマ

①愛と死、それともペシミスティックな運命観？

一見すると古典主義悲劇の原始形のようにも見える、単純簡潔なこの悲劇の真の主題はいったい何か？　その解答は意外と容易ではない。もちろんそれは愛である、あるいは愛と死の問題である、と一応は答えることができるだろう。この悲劇全体は少なくとも外見的には、愛という「ただ一つのテーマ」すなわち「運命によって望まれた情熱」passion voulue par le destin、「愛の暗い宿命性」sombre fatalité de l'amour[22]というテーマを中心にして進行している。しかしこの運命が成就することは当初から拒絶されているのである。そしてこの〈運命〉は、モレルによれば[23]さまざまな形態を取って主人公たちに襲いかかる。一つは両親との軋轢と両家の対立であり、これはシェイクスピアの『ロメオとジュリエット』のそれと同じ図式であり、愛し合う若い二人の恋愛至上主義と両親や理性的友人の「良識的」恋愛観・結婚観との対立という運命（宿命）である。もう一つはクロード・ガルニエ C. Garnier の『ネブカドネザル』*Nabuchodonosor*（バビロニアの王）を連想させる僭王としての王の嫉妬とピラムスへの殺意という運命である。二人はこの二つの〈運命〉から逃れて愛を成就し、誰からも制約されることなく、「自然に従って」自由に生きるべく、国外脱出を決意。そのための仮の〈安息所〉、〈愛の理想郷《ロクス・アモエヌス》〉と考えられた、桑の大木や小川・泉のあるニヌムの墳墓で夜、落ち合うことを約束する。

そこには清流の小川が岩の根元のすぐ脇を流れています。
この小川はその清らかな水で花々の命を維持し、
草原の霊気とさまざまな色合いを保っています。
そのすぐ近くには肥沃な地でたくさんの白い実をつけた一本の桑の木が
私たちに繁茂した枝の覆いを提供しています。
私たちはこれ以上願ってもない場所を見つけることができるでしょうか?[24]（ピラムス、v.784–89）

二人が再会場所としてここを選んだのは、彼らが孤独と孤立を好み、夜と闇を志向しているからである。物語はまるでドニ・ド・ルージュモンが定義する「トリスタンとイズー」神話における情熱恋愛 amour-passion のように展開していく。

ここでなら貴方をピラムスと呼べますし、
貴方をわが魂と呼ぶことも許されているのだわ。
わが魂よ、私は何を言ってるのよ？　とんでもなく間違った駄弁だわ。
なぜって、魂は私たちに生きよと命ずるのに、貴方は私を死なせるのですから。
貴方の愛が私に委ねる死はまた
私が〈生きること〉と呼ぶものにほかならないというのも本当だわ[25]（ティスベ、v.5–10）

冒頭のこのヒロインの言葉がすでに愛と死、あるいは生と死の弁証法、およびその両義性を語っている。彼女はすでに〈昼〉や〈光〉よりも〈夜〉や〈闇〉を、つまり生よりも死を好んでいるのである。

［ティスベ］　太陽の光はときとして私を不快にするわ。(v.56)
（……）
地獄の亡霊が私と話をしにやってきたわ (v.60)
［ベルスィアーヌ］あなたの口ぶりでは私もすでにその一人ね。(v.61)
［ティスベ］　生きているものは何ものも亡霊よりはましには見えなかったわ (v.62)
［ベルスィアーヌ］そんな生への軽蔑はどこから来たの[26]？ (v.63)

ピラムスも彼女同様、〈夜〉や〈闇〉への好みを夜の闇に向かって告白する。

［ピラムス］私の愛はもはや愛の神アムールの火にしか従わない。
このように何も見えない闇の中に私は十分な光を見出す。
美しい夜よ、お前はその影のテントを私に張る、
ああ！　本当に太陽はお前の星々にも値しない。
甘く、穏やかな夜よ、お前、以後この上なく美しい光が
かつて私に価値があった以上に、私には価値があるのだ[27]。(v. 949–54)

社会や家庭という「牢獄」、敵対者たちから脱出し（「私たちはそれぞれが自宅から逃れ、／あるいはむしろ牢獄から脱

出せねばなりません」）[28]、それらから孤絶した〈夜〉や〈闇〉のもとでの愛の成就を願った二人は、「私たちを隔てているこの障害の外に出れば、／貴方の願いがこの私の望むところでもあるということをおわかりになるわ」というティスベの言葉がそのことを示唆しているように、この愛の成就のための理想的な場所として郊外のニヌムの墳墓を選択したのである。だが最も安全な〈愛の理想郷〉locus amoenus と考えられたこの場所は、予期せぬピラムスの「延着」と「ライオンの出現」により「致命的な誤解」が発生して、「恐怖と流血の場《ロクス・テリビリス》」locus terribilis[29]「悲劇の場」へと変容してしまう。しかし、その最終的結末に至るまでの二人は、互いに相手を思いながら、〈愛の理想郷〉としてのニヌムの墳墓の美しい自然を「お前化」tutoyer し、「擬人化」anthropomorphiser し、「アニミスム」化して、ときに哀歌調にときにリリックに訴えかけ、語りかける。そうすることによって周囲の自然を自らと同じ生命あるもの、霊気（魂）ある存在としてロクス・アモエヌスに臨場させ、まもなく再会できるはずの恋人との「愛の成就」と、それを通しての人格化した自然物との宇宙的な〈交わり〉を夢想するのである。ピラムスがティスベは死んでしまったと誤解した瞬間から、ティスベ讃歌は彼女を食い殺してしまった（と思い込んだ）血塗れたライオン讃歌となり、愛と死、エロスとタナトス、生と死、聖なるものと汚穢、苦悩と喜びが同在、同一化し、はなはだ両義的、マニエリスム的となっていく。

犯罪者たちを喰らい、暗殺者たちを食い殺しなさい。
ライオンよ、わが魂はお前の中で彼女の葬儀を行った。
私の心臓を内臓ですでに消化しつつあるお前の中で。
戻ってきなさい、そして少なくともわが敵を私に見させてくれ。
まだお前は私の半分しか食べていないのだから、

お前の食事を完成させなさい、お前はそれほど有害ではなくなるだろう、
もしお前が私に対してもっと残忍になるならば、だからこの残りを食べ終えてくれ、
（……）
しかしわが苦悩がお前に虚しく話しかける、戻ってくるように、と。
この美しい血がお前の食べ物の中を通過してより、
お前の五感はその残忍な性質を失った。
私は思う、お前の気質（体液）はその性質を変え、
そして残忍さよりも愛をより多く持った、と。
彼女の美しい魂がここに溢れ出してより、
この森の恐怖は永遠に失われた。
虎やライオン、ヒョウそして熊もここでは
可愛い愛の神アムールたちしか生み出さないだろう。
そして私は思う、女神ヴィーナスはやがてこの愛の血から
無数の薔薇の花が開花するのを見ることになるであろうことを。
私の血がここで彼女の血の上に流れることになるだろう、
私の魂はこのようにして彼女の魂と交じり合う（一体となる）だろう。
私の亡霊がやってきて死の淵で彼女の霊魂と
一緒になるのがもう何と待ち遠しいことだろう！
少なくとももし私が墓に納めるべきかくも美しい傑作（ティスベ）の

何がしかの聖なる遺骨を見つけたなら、
私の胸に大きな穴を開けるのだが、
そして彼女の肉体は私の肉体の中に墓所を持つことになるのだが。
お前、彼女の生きた棺よ、戻ってきてこの私を貪り喰らってくれ、
残忍なライオンよ、戻ってこい、私はお前を崇めたい。
もしわが女神がお前の血の中に混ざらねばならないのなら、
私はお前をこの世で最も神聖な祭壇と見なそう。[30]（ピラムス、v.1042–72）

「彼女の肉体は私の肉体の中に墓所を持つ」とかライオン＝「彼女の生きた棺」、あるいは彼女を食い殺したライオン＝「この世で最も神聖な祭壇」といったバロック的、というよりむしろマニエリスム的な暗喩は、この劇の言わばポワント句ともなっているティスベの「血塗れた短剣」への罵り、「ほう！　ここに短刀が落ちている、卑怯にも主人の血に汚れて、／（血で／裏切りを恥じて）赤くなっている、裏切り者め！」という暗喩を含め、いずれも一連の「お前化」、「擬人観化」による自然物の霊化、宇宙的生命化、「人間化」によって成立しており、ボワローが言うようにたしかにイペルボリックであるとはいえ、コンチェッティで気の利いた巧みな暗喩と言うことができよう。この意味で後者の暗喩に対するボワローの揶揄・非難は当時の古典主義美学から見た場合、一定の妥当性があったにしても、現代のわれわれから見るといかにも的外れで、不当な評価であるように感じられるのである。

　他方、ピラムスが本当に死んでしまっていることを理解したティスベは、死後、ピラムスの魂と一体となることを祈願し、同時に〈愛と愉悦の理想郷《ロクス・アモエヌス》〉となるはずだったが今や〈流血と死の場〉と化したニヌムの墳墓の自然を、ピラムス同様、「お前化」する――「擬人化」する――ことで人間化し、一個の魂、生命を持った存在とし、それらが

ピラムスの魂と彼女のそれとに一体化 communion してくれることを、そしてついにはそれらの霊化した不死なる自然を通して、彼女の魂が死の世界で愛する人の霊魂と一体 communion となれることを祈願する。

この岩は死の悲しみで破裂したのがわかる、
泣きの涙を溢れさせ、私のために棺を開いてくれるために。
あの小川も私の罵詈雑言に恐れをなして逃げていきます、
それは休みなく流れている、その岸辺には今や緑も失せて。
暁の女神アウローラでさえ、今朝は花々に
朝露を与える代わりに、涙しか注がなかったのです、
そしてあの［桑の］木は一目でわかる絶望に心を動かされ、
中の見えない自らの幹の中に血を見つけたのです、
この血でその木の実は［赤く］変色してしまい、月は青ざめてしまった。
そして大地はあの人から溢れ出た血で汚れてしまった。
美しい木よ、私亡き後お前はこの世に留まる以上、
お前の赤い桑の実が天に対してよく見えるように、
そして私の誓いに対して天が犯した誤りを示すために、
後生ですから私がするように、お前の髪（葉）をかきむしっておくれ、
お前のお腹を切り開き、たくさん流しておくれ、
お前の樹皮の全面からあの血のような体液（樹液）を。

でもお前の喪が私に何の役に立つというのでしょう、枝々よ、
緑の野原よ、お前たちは私の不幸を癒すのに何と無力であることだろう！
お前たちがこの喪の悲しみで死んでくれたなら、
運命が年月を連れ戻すことでお前たちの生命を連れ戻してくれるだろうに。
毎年一度私たちはお前たちが死ぬのを目にし、
毎年一度お前たちが花を咲かせるのを目にしている、
でも私のピラムスは彼の霊魂が留まるあの蒼白い住まい（煉獄）から
戻ってくる望みもなく死んでしまった。
太陽が私たちの生と死を見届けて以来、
亡き人たちの最初の者が今やってきつつある。
そして神々が明日私のために彼をふたたび生き返らせてくれるとき、
私は今日彼の後を追う決心をしました。
私はもう我慢できないわ、そして
私たちの恋の情念が享受するに値した喜びが、
抱擁の中でわれらの魂を融合させる前に
運命が愛し合う私たちの肉体をその残酷な戦利品とした以上、
私たちはあの世で互いの魂を結び合わせ、われらの聖なる合体を通して
二つの肉体の亡霊から一つの霊魂を作るわ。[31]（ティスベ、v.1181–1214）

作者はこの悲劇でとりわけピラムスの、そしてティスベのこのような悲愴でときにリリックな訴えを通して、愛は絶対的に死が避けえないこと、愛の、そして生の真の完成は、仮にそれがあるとすれば死の中にしかありえないことを、黙示的に語ろうとしたのではなかろうか。冒頭の「魂は私たちに生きよと命じますが、貴方は私を死なせるからです」とか「貴方の愛が私に委ねる死はまた／私が〈生きること〉と呼ぶものにほかなりません」というティスベのオクシモロン的かつ両義的言葉がそのことを暗示しているように、二人の愛、この情熱恋愛における愛と死、生と死の両義性、二元論は——ルージュモンはヴィオーのこの作品には触れていないとはいえ——、あるいはヴィオーの出身地、南仏ラング・ドック地方に栄えた中世カタリ派の伝統を密かに継承しているのかも知れない[32]。すなわちマニ教的情熱恋愛では現世での欲望充足、〈愛の成就〉は禁じられ、それは死の世界でしか成就されえないという二元論。ヴィオーは情熱恋愛におけるこうした愛と死ないし生と死の二元論の悲劇をこのような形で提示することによって、「〈昼〉と〈夜〉の二元論は、その論理を究極にまで押し進めると、人生の観点に立っている限り、死という絶対的不幸に到達するのだ。一方キリスト教によれば、神を離れた人にとってのみ死の不幸がある。《救いを獲得した》信者にとっては、不幸とはいえ、生きているうちより、心やすまる境地、喜びに満ちた境地があるのだ[33]」とルージュモンが語るキリスト教的「人生訓」を、読者や観客に伝えようとしていたのかも知れない。

しかしこの悲劇の隠された「もう一つの」真のテーマは、人間存在の現世での絶対的孤独（孤立）性、人間同士の分断・断絶性と人間の宿命は個人の意志・力では避けられも、変えられもしないものであり、その運命＝自然は受容し、従わねばならないというカルヴァン派的運命論の提示にあったのではないかとも考えられる。最終部第五幕の「致命的・悲劇的誤解」による死という〈運命〉は、いわば作者の苦し紛れのエクスキューズで、本当はそこに作者は次のような意味を込めていたのではなかろうか。すなわちオウィディウスの原典では互いに「生きて再会」できたのに、この悲劇では作者がピラムスとティスベに「生前での再会」を許さなかったのは、そこに人間存在は互いに真に理解し合い、心身ともに真に合一・合体することは（少なくとも現世では）不可能なのだというきわめてペシミスティックな作者の人間観・人生観・運命観が込められており、それこそが、つまりそうした人間の条件の過酷さ、空しさ・無常（情）さの提示こそが、この作品の隠されたもう一つの、もしかするとこちらの方が真の主題であるようにもわれわれには感じられるのである。〈壁〉の存在がそのことを象徴しているのであるが、愛し合う二人の若者は家庭でも父母（大人）から孤立し、友人とも乳母とも話が合わず、社会からも孤立し、遮断されたままであり、ある意味で愛し合う二人の間でさえ、それぞれ己の狂気に近い情念のあやつり人形の如くで、真の自我 ego が存在しているとは言い難い。それに厚い壁のわずかな割れ目を通しての小声の対話では、二人の間に真のコミュニケーションが成立しているかどうかさえはなはだ怪しい。それに第五幕の二人の次の言葉は、人間個人の運命はあらかじめ決定されているのであり、決してその運命を変えることはできず、人間が唯一運命に反抗・復讐できるのは自ら死を選ぶときだけであるというヴィオーの決定論的人生観、人間観を物語っているように思われる。そういう決定論的運命のただ中にあって個人がただ一つ自由意志を行使できるのは、「勇気ある人間が自ら死を選ぶ」ときだけなのである。


これ（自死）が運命の不正に対する復讐である。

ここではそれがわが雷であり、わが深淵であり、わが死である。

両親や天、自然に逆らってなす
わが極刑はわが苦悶の終わりとなるであろう。

勇敢な男たちは死のうと思ったときに死ぬのだ。[34]（ピラムス、v.1109–13）

そしてもし私の悲惨に感動したあの年老いたカロンが

私の祈願を聞き入れて、多少なりとも彼の船を遅らせて下さるなら、
後生ですから、私を待って下さい、同じ最期が私たちの宿命を完成させて下さい、
私はこの歩調であの世とやらに旅立ちます。しかしあなたは決して
私を待っていてはくれない、そしてたとえほんの少ししか私が生きられないにしても
私の運命は私がこの最期の義務に従うことを望んでいる、
私はこの理不尽な死に何と罪があることでしょう。
運命の怒りに触れた不幸な者よ、[35]（ティスベ、v.1171–78）

基本的にアダン説[36]を踏襲するサバは、「漠としたエピキュリスムに依拠した、根源的に決定論的なある種の自然主義的形而上学を信じていた」ヴィオーはこの悲劇でもリベルタンとして、こうした決定論的運命観を表明していると[37]しているが、われわれはむしろそこに暗い運命観や人間観、すなわち人間存在の現世における悲惨さ・無力さを徹底的に強調したカルヴァンのペシミスム・運命（＝摂理）観の反映を見るのである。このわれわれの説については後で再度触れるが、J・モレルはこれをモンテーニュに通ずるストア派的運命観としている。[38]サバやモレルの説、とりわけ後者は否定しないが、作者が王の召使いの極悪人スィラールに（主人公ピラムスにではない）言わせている次の言葉はたしかにリベルタン的であり、この意味でわれわれはヴィオー＝リベルタン説を完全否定するものでは決してない。「（ジュピターの使いである）メルクリウスがどんなに甘美な歓迎を準備しようとも、／人間は肉体と決別するとき、取り乱すものだと思え、／肉体は死ぬと石で覆われ、／骨は粉々になってしまい、腐った死骸は蛆虫と化してしまうと思え、／未知のコキュトス川の死の岸辺を彷徨っている霊たちは／もはや闇の地獄そのものにほかならず、／人は死ねば冥府の神プルトンが宮廷を営んでいる国に留まることになるのだと思え、／これはつくり話だ、生命ほど美しい

ものはないのだ、／この上なく小さな犬でも生きている犬は／死んだ虎の、ライオンの、ヒョウの百の群れよりも価値があるのだ」[39]。

もちろんこの作品全体の底流にはモレルが指摘するように、自然主義的ストア主義の思想ないしストア主義的諦観もたしかに存在しているが、このことは決定論的運命観や人間存在・人間の条件に対する徹底したペシミスムを特徴とするカルヴィニスムの存在を主張するわれわれの見方と決して矛盾するものではない。というのも本書第三部の「思想と生き方」で再論するように、カルヴァンはセネカを愛読し、古代ギリシャ・ローマのストア主義思想から深刻な影響を受けているからである。たとえば「君（そこにいない息子ピラムス）の精神は理性の果実が／まだ熟していない季節を少し持っている。／移り気なこうした気質を卒業した私は／年齢のすべての段階を通過してきたので、／君よりも人生や義務というものをよくわきまえている」（ナルバル、v.113–7）とか、あるいは「絶えず良心の呵責に苛まれ、恥ずべき生を生きるより死を選んだ方がましだ」（ドゥークシス、v.529–30）、とか「勇気ある人間は誰でも己の運命の主人なのだ」（王、v.696）などがその一例である。王のこの言葉と対応して、死を覚悟したピラムスの「勇敢な男たちは死のうと思ったときに死ぬのだ」（v.1113）といった言葉にはストア主義やその諦観、克己主義が認められる。実際次の言葉などにはモレルの言うストア主義的自然主義の考え方が反映されていると見ることもできるが、われわれにはむしろそこにヴィオーにおけるエピクロス主義ないしエピクロス主義的自然主義が反映されているように思われる。「君は私の魂をコントロールしようとするのですか？／心が君の力で内部に閉じ込められるだろうか？／自然のなすがままにしておきなさい、そうすれば自然は私に心を形成してくれるのです。／ティスベを作ったのも自然なのですから」（v.310–3）。事実、ヴィオーは『第一諷刺詩』において、

私は各人がすべてにおいて自然の本性に従うことに賛成する。

自然の帝国は快適であり、その掟は厳しくない。
最期の瞬間まで自然のペースにのみ従えば、
数々の不幸の中にあってさえ、人は幸せに過ごせる。[40]

とか、またあるオードでは、

何と幸せなことか、自らがその被造物と
信じている自然の大いなる主人に、
彼が常に順応して
生きている限り！

Heureux, tandis qu'il est vivant,
Celui qui va toujours suivant
Le grand maître de la nature,
Dont il se croit la créature![41]

と歌っている。これはストア派的自然主義というより、むしろエピクロス主義的自然主義と言うべきだろうが、他方セネカ自身も晩年、自身のストア主義をエピクキュリスムに接近させているので、この意味ではヴィオーの自然主義はストア派的とのモレル教授の規定も、必ずしも誤りとは言えないだろう。

アダン[42]やサバ[43]あるいはパリスターは、これらの言葉や第四幕、第五幕におけるティスベやピラムスの長科白に、リベルタン的な自然思想、あるいはリベルタン的決定論、来世や永生、魂の不滅性を否定するリベルティナージュ思想を認めている。パリスター教授に至っては、先に挙げたものも含め、第五幕のピラムスの独白と最終部のティスベの長独白などをオウィディウスの原典と比較して、そこに来世や魂の不滅性を否定するヴィオーのリベルタン思想を明確に見ている[44]が、果たしてそう言い切れるだろうか。ここで引用した「勇気ある人間は誰でも己の運命の主人なのだ」（王）とかピラムスの「勇敢な男たちは死のうと思ったときに死ぬのだ」といった言葉は、たしかにストア派的克己主義と見ることもできるが、こうした考え方やストア主義のセネカや小カトー Caton および彼らの潔い自死は後の教父たちや敬虔なキリスト教徒たちからも称賛されていた事実を考えるならば、これらの科白に反キリスト教的な思想、リベルタン的無神論が反映されていると見ることは必ずしもできないのではなかろうか。事実、第五幕には、ピラムスやティスベが来世の存在や霊魂の不滅性への信仰とは言えないにしても、それへの期待を抱いていることを暗示する二人の言葉に出会うのである。[45]

私の血がここで彼女の血の上に流れることになるだろう、
私の魂はこのようにして彼女の魂と交じり合う（一体となる）だろう。
私の亡霊がやってきて死の淵で彼女の霊魂と
一緒になるのがもう何と待ち遠しいことだろう！[46]（ピラムス、v.1061–4）

とか、あるいはティスベのすでに引用した、

もしもあなたの霊魂がなお少しの愛で私をかばって下さるなら、
そしてもし私の悲惨に感動したあの年老いたカロンが
私の祈願を聞き入れて、多少なりとも彼の船を遅らせて下さるなら、
後生ですから、私を待って下さい、同じ最期が私たちの宿命を完成させて下さい、
私はこの歩調であの世とやらに旅立ちます。[47]（ティスベ、v.1170–4）

抱擁の中でわれらの魂を融合させる前に
運命が愛し合う私たちの肉体をその残酷な戦利品とした以上、
私たちはあの世で互いの魂を結び合わせ、われらの聖なる合体を通して、
二つの肉体の亡霊から一つの聖霊（霊魂）を作ることになるでしょう。[48]（ティスベ、v.1212–4）

とか、さらにこの劇の最終詩行のティスベの言葉、

愛するほかの人（ピラムス）のために天の人（キリスト）を嫌うこともできないでしょう。[49]（ティスベ、v.1234）

といった言葉は、この劇がサバやアダンが言うような意味でのリベルタンの絶対的決定論やリベルタン的無神論に基づいて書かれているわけでも、またパリスターが主張している「ここには死後における恋人たちの（来世での）結合という伝統的な考え方に対するテオフィルの明確な拒否（否定）」[50]があるわけでもないことを示唆していると言えるのではなかろうか。われわれの見方によれば、この悲劇はむしろヴィオーの無意識的なカルヴィニスム信仰の反映であり、したがってこの悲劇の隠された真の主題は、カルヴァン派的なペシミスティックな運命観・人間観・恋愛観の暗々裡の提示にあったのではなかろうか。すなわち現世での「情熱恋愛」は終局的に、そして不可避的に死を目指し、死に至らざるを得ないこと、カルヴィニスムがそう教えているように、人間は運命に対して絶対的に無力で、一寸先は闇であり、未来の予測は不可能であること、人間は何人であれ最後（最期）まで絶対的に孤独であり、それは最愛の恋人同士であっても例外ではなく、真の合致 communion があるとすれば、それは死以後にしかありえないこと（し

たがって人間は、最終的には誰でも神の前に一人で立ってその裁きを受けねばならないこと）を黙示録的メッセージとして、読者や観客にそれとなく伝えているのではなかろうか。

②運命（決定論）と個人の自由

このようにこの悲劇『ピラムスとティスベの悲劇的愛』においても、自己のペシミスティックな人生観、その決定論的運命観が主調低音となっているのであるが、しかしだからといって人間としての尊厳や自主独立の気概、あるいは人間の自由意志の主張が皆無かと言えば、そんなことはない。たとえば恋愛の自由についてはピラムスもティスベも同意見であり、彼らは両親の強い反対を拒絶ないし無視して愛を貫こうとしている。事実リディアスはピラムスの意見を代弁して、父親ナルバルに「そのようなこと（恋愛）に関わり合いになったとき、許可などというものは決して必要ではないのです」[51]と意見している。ピラムス自身も第二幕第二場で、

残酷な両親よ、ここ（壁の割れ目）ではあなた方の厳しい掟にもかかわらず、
私たちは遠慮がちな小声でやりとりしているのです。
ここではあなた方の専制にもかかわらず、私たちの心は開かれています。[52]（ピラムス、v.371–3）

と述べ、恋愛の自由を主張している。また王の次の言葉にはピラムスが死を決意したときのヴィオーの有名な言葉とともに、自由意志論、人間は運命の定めに縛られながらもそこに自由意志を行使する権利と余地はあるのだという、ヴィオーの矛盾したぎりぎりの主張が認められるように思われる。

勇気ある人間は誰でも己の運命の主人なのだ。
彼は運命（の女神）を自分に従わせるのだ。[53]（王、v.696–7）

勇敢な男たちは死のうと思ったときに死ぬのだ。[54]（ピラムス、v.1113）

またピラムスの父親ナルバルが、息子に理解を示す意見を述べた友人リディアスに反論して語る次の言葉は、人間における自由意志の存在・大切さの主張として注目されなければならないだろう。

お前は私の理性がお前の狂気（の情熱）に負けることを望んでいる。
（……）
お前は私の息子が滅亡してしまうことを私に勧めようとしている。
たしかにかつて私もこうした恋の焔を感じたことがある、
この上なくデリケートな血がわが魂を動揺させたとき、
私も自然の掟の奴隷であったので、
ほかの人と同じように、私もその時代、この火に燃え上がっていたものだ。
しかし当時の私の意志は常に親の許しとともにあったものだ、
また私の健全な欲望は常に幸せと汚れなさに満ちていたものだった。[55]（v.85–96）

父親ナルバルのこの主張はイエズス会・カトリックの自由意志論、すなわち人格神たる神は、悔い改め、善行に励めば哀れんで、あるいは恩寵により魂を救済して下さるという、勧善懲悪的救済論に通ずるものである。作者ヴィオーはカルヴァン派出身であり、もしかするとカタリ派的伝統を魂の無意識的深層部に継承しているかも知れないので、ピラムスとともに、父親のような理性的で積極的な自由意志論には与してはいない。しかしヴィオーは、父親ナルバルや主人公の友人ディザルクに理性や規律の尊重や、人間の自由意志の必要性を主張させることによって、この作品にあってもカルヴァン派的決定論（運命論）と一定の限定的自由意志論とに、ぎりぎりのところで折り合いをつけようとしているように見えるのである。

③情熱・恋愛についての見方

テオフィル・ド・ヴィオーの恋愛観については次の第三部第Ⅰ、Ⅱ章でも考察するので、ここでは『ピラムスとティスベ』に登場する人物たちが情念 passion や恋愛をどのように受け止め、どう考えているかを見た上で、併せて作者の情念観、恋愛観についても概観してみよう。

＊ティスベと彼女の母親＝乳母ベルスィアーヌの場合

まずティスベであるが、彼女の情念や愛についての考え方はデリケートでアンビヴァランである。前に見た冒頭の彼女の言葉を再度引用すれば、

なぜって、魂は私たちに生きよと命じますが、貴方は私を死なせるからです。
貴方の愛が私に委ねる死はまた
私が〈生きること〉と呼ぶものにほかならないというのも本当だわ[56]（ティスベ、v.5–10）

とか、あるいは

私たちの精神は、愛がないと、まどろみ、重ったるくなり、
私たちの青春をまるで眠りの中でのように過ごしてしまうのです。[57]（v.12–12）

などの言葉で明らかなように、彼女は愛を一種の死、あるいは死に至らしめる力と考えているが、他方でその「死に委ねるあなた（ピラムス）の愛」は彼女に生きる力を与え、愛のない人生が眠りの中の人生のように、無気力にだらだら過ごされてしまうのに対して、愛のある人生は人間を人間らしく生き生きと生かしてくれると考えている。そしてピラムスに対する愛についてはこう口にする。

私思うの、何度も死んでしまう……と、
あの小うるさいお説教を聴かされるたびに……、
私の愛がますます強固になってきて、
人が反対すればするほどますます燃え上がってしまうの。
（……）
その人のおかげで私が幸せを得ている聖なる愛しい人（ピラムス）のために、
私が無上の幸せ者となることを運命が望んでいる以上、
貴方はその人のために私が墓の中にまで守り続けるような

犯しがたい誓いを立てるに値する方だわ。[58]（ティスベ、v. 447–56）

情熱恋愛の「必然的結果」としてのピラムスの死を知ってからも彼女は死の世界、来世での彼との再会、つまり彼の霊魂との魂の合一 communion を願って（信じて）、ピラムスの亡骸に向かってこう訴える。

ピラムスよ、もしもあなたにまだわずかの生命が残っているなら、
もしもあなたの霊魂がなお少しの愛で私をかばってくださるなら、
そしてもし私の悲惨に感動したあの年古したカロンが
私の祈願を聞き入れて、多少なりとも彼の船を遅らせて下さるなら、
後生ですから、私を待って下さい、同じ最期が私たちの宿命を完成させて下さい、
私はこの歩調であの世とやらに旅立ちます。しかしあなたは決して
私を待っていてはくれない、そしてたとえほんの少ししか私が生きられないにしても
私の運命は私がこの最期の義務に従うことを望んでいるのです。[59]

つまり典型的な情熱恋愛 amour-passion であり、周囲の反対や王の横恋慕といった障害があればあるほど、ますます燃え上がり、ピラムスへの思いは募るのである。この愛は「墓の中までも」[60]というティスベの言葉がそのことを暗示しているように、第二幕第二場ですでに死を予感させている。彼女はこのシーンの少し前の所で、若者の恋愛についての乳母ベルスィアーヌの（そして間接的には母親の）お説教をピラムスに披露し、彼女がピラムス同様、快楽としての愛、欲望充足としての愛も求めていること、それがたとえ「不吉であり、危険であり、毒であり、ペストであ

っ」（乳母の言葉）でも、ピラムスへの愛をまっとうしたいことには変わりはないと訴える。

このように、ティスベの愛や彼女の恋愛観は複雑で両義的な性格を帯びている。すなわち彼女にとって愛とは、一方において生きる力であり、人間性を高めるものとして理解されているが、他方でそれは（少なくともピラムスへの愛は）不吉で危険な愛、運命的・致命的な愛かも知れないと予感しているのである

これに対してティスベの乳母ベルスィアーヌ＝ティスベの母親（舞台に登場しないティスベの母親はこの老女のベルスィアーヌに自分の考えを代弁させている）は「私（ティスベ）を生んでくれた人々に百パーセント従うよう「いかなる快楽を得ることも慎むよう」」、さらに「愛が若者の血を目覚めさせるような愛の楽しみを控えるように」ティスベに説く。つまり結婚するまでは快楽充足のための恋愛などは決してすべからず、というお堅い考えである。またピラムスとの恋のような「愛は不吉で、危険であり、毒であり、ペストである」と考えている。つまり愛、とりわけ情熱的な恋愛は、人間の生を脅かす危険きわまりなく、死を招きかねない不吉なもので、要するにピラムスの父親とまったく同じように、健全な家庭生活・社会生活を営む上では熱烈な恋愛は有害であり、毒であり、ペストのような恐ろしい病気であると見ているのである。

＊ピラムスと彼の友人ディザルク＝父親ナルバルの場合

主人公の愛に対する考え方は基本的にはティスベと同じと言えるが、彼は愛に対してティスベのような「教養的」、文化的意味は与えていないか、あったとしてもほとんど意識していない。まず非常に理性的で良識的な彼の友人ディザルクは父親ナルバルのように権威主義的ではないが、愛や情熱に関してはピラムスの父親とほとんど同じ考え方をしている。まず父親のナルバルの科白から、ピラムスの愛の性格を探ってみよう。

［ナルヴァル］（父の友人リディアスと不在のピラムスに向かって）
わが意に反して、そうした不吉な恋に執着するとは！
神の意志によって、不実者（ピラムス）はその生命を私に負うているのだ
お前は私の理性がお前の狂気（の情熱）に負けることを望んでいる。
（……）
お前は私の息子が滅亡してしまうことを私に勧めようとしている。
たしかにかつて私もこうした恋の焔を感じたことがある、
この上なくデリケートな血がわが魂を動かしていたとき、
私も自然の法則の奴隷であったので、
ほかの人と同じように、その時代、この火に燃え上がっていたものだ。
しかし当時の私の意志は常に親の許しとともにあったものだ、
また私の健全な欲望は常に幸せと汚れなさに満ちていたものだった。[61]（v.85–96）

［ナルヴァル］（眼前のリディアスと不在のピラムスに向かって）
お前の精神は理性の果実が熟さない季節をまだ少し持っている。
移り気なこうした気質を卒業した私は
年齢のすべての段階を通過してきたので、
お前よりはよく人生や義務というものを知っている。
私の許可なく恋をし、彼（ピラムス）を滅ぼし、

私の名誉を傷つける愛にこだわるとは！
不倶戴天の敵の娘を求めるとは！
（……）
お前反乱者よ、私はお前にわからせてやろう、
お前を誕生させた人々（両親）に対して敬意を払うべきであることを
情熱に盲従すべきではないことを、
私の許しなしに事を進めるべきではないことを。[62]（v.113–126）

ピラムスの父親は、ティスベの母親同様、情熱恋愛を家庭や社会の秩序を破壊しかねない危険で不吉な害悪、病気、狂気と見なす。そして父親もこの劇の最初の方、すなわち第一幕第二場ですでに、息子の恋やその情念に不吉で危険なものを予感し、「そうした不吉な恋に執着するとは！」と叫んでいる。父もピラムスのような激しい情熱や恋を経験しなかったわけではないが、家のため、名家の存続のため、そうした情念を理性によってコントロールし、常に親の意向も尊重してやってきた以上、息子も家のため、家庭的な平和な幸せを得るために、「情熱に盲従する」ことなく、「成熟」して欲しいと願うと同時に命じてもいる。

父親のこれらの言葉から推測できるように、ピラムスは反目する隣家の娘ティスベに夢中であり、父親や次に見るディザルクの忠告や願いにまったく耳を貸さない。

［ピラムス］わが友は、偽りや遠慮なしにわが情熱に関しては
私に気に入るように仕えて欲しいものだ。

［ディザルク］何ということを！　もし貴方の友人が、貴方が死の危険の中に
　突っ走っていくのを見てもですか？
［ピラムス］たとえそれで私が死のうとも、
　運命が絶望者たちにこの上なく血なまぐさい恨みを与えても、
　彼らを生きるように強いてくれるのが友情です
［ディザルク］ひとたび欲望が不吉な愛へと向かってしまうと、
　犯罪的計画よりもむしろ正しい計画を取り消してしまい、
　悪がより魅力を持ち、これがわれらを害してしまうというのは本当です。[63]
　（……）
［ピラムス］私は専制的な掟をごり押しするのが好きだ、
　恋は決して主人を持たない
　愛は私が忠誠であることを示す機会であり、
　私が彼女のためにあえて何でもすることを
　ティスベに証明することでもある。
　君は時折彼女の美しさに気づかなかったかい？
　（……）
［ディザルク］たしかに彼女は類い稀なる何かを持ってはいます。
［ピラムス］彼女は粗野な人間でさえ、感動させる何かを持っています。
　彼女の眼差しを受けて感動しない者は

切り株や岩石の鈍重さを持った人だ。

［ディザルク］そらまたメランコリックな話が始まった。

［ピラムス］君の理性は私の熱狂 folie ほどにも値打ちがない、
君は私の恋の情念を気の毒に思い、それを抑えようと抵抗しているが無駄です。[64]

（……）

［ディザルク］私はあなたの情念を少し抑えようと思うのですが、
そして危険と非難からあなたの精神を救おうと思っているのですが……。

［ピラムス］君は私の魂をコントロールしようと思うのですか？
心が君の力で胸の中に閉じ込められるだろうか？
自然のなすがままにしておきなさい、そうすれば自然は私のうちに心を形成してくれます、
ティスベが形成されたのも、自然によってなのですから。

（……）

彼女の感じのいい眼は私の眼差しを受けて燃え上がり、私への好意で
一杯になる。要するに私は相互的愛を確信したのです。[65]

（……）

［ディザルク］それはあなたに骨の髄まで取りついたペストである以上、
あなたの心に突き刺さった死に至る矢である以上、
あなたを（その恋の病から）治そうと心配するのは甲斐ないことです。

［ピラムス］治すことなど、私を死なせることなくしては、できるはずがありません。（v.265–348）

長い引用になってしまったが、ピラムスとその友人ディザルクの右の対話で明らかなように、ピラムスは己の恋が自我 ego を破壊しかねない危険な愛であり、一種の病気であり狂気であることを、理性的な友人ディザルクに指摘されるまでもなく承知している。したがってこの「狂気の愛」は理性や意志ではコントロール不可能であることも承知しており、親や友人から何と諭されようと、この「病気」、ペストから治癒されようとも思わないのである。ディザルクは友人ピラムスの情念やその恋が死に至る危険で不吉なものであることを見抜いており、何としても友人が危険な恋のために破滅するのを防ごうと心を痛めている。この意味で彼はピラムスの父親ナルバルとほぼ同じ恋愛観の持ち主と言える。

右に引用したピラムスとディザルクの対話には、ピラムスの、そしてもちろん作者テオフィル・ド・ヴィオーの恋愛および恋愛観の特質を形成するもう一つの要素があることに気づく。それはピラムスの「要するに私は（ティスベとの愛に）相互的愛を確信したのです」という言葉に明確に現れている愛の相互性、相互的愛という特徴である。この点は次の第三部第I、II章で少し詳しく考察することとなるが、ピラムスもティスベも、そしてもちろん作者ヴィオーも真の愛とは相思相愛の恋愛 amour mutuel、相互的な愛のことであり、したがって片思いの愛は真の恋愛とは言えず、単なる一方的な情念の空燃焼にすぎないと考えている。

ピラムスの、そしてもちろん作者ヴィオーの愛の特質には、こうした愛の相互性のほかにもう一つ大きな特徴がある。それは〈嫉妬〉の問題であるが、ピラムスの、そして作者の嫉妬はフェティシスム的ジャルジーとも呼びうるものである。

でも私は貴女のことは何から何まで嫉妬を感じてしまいます

貴女の口を通してかくもしょっちゅう出たり入ったりしている空気にさえ。
太陽は貴女のために一日を作ってくれると思います、
日の光と願望と愛とでもって。
貴女の足下ですべての道が生み出す花々が私を傷つける、
それらが貴女を喜ばせるという名誉を持っているがゆえに。
もし、私が自らの嫉妬深い心に気に入るようにできるなら、
私は貴女がご自分の胸を眺めることさえ、阻止するでしょう。
貴女の影はご自分の肉体にあまりに接近しすぎて随っているように見える、
なぜなら私たち二人だけが一緒に行くべきだからです。
要するに、かくも稀なる女性は私にはとても懐かしく愛おしいので、
貴女の手だけが貴女に触れると、私は傷ついてしまうのです。[67]（v.753–64）

これは第四幕第一場の主人公たちの対話で、ピラムスがティスベに発した言葉である。ヴィオーにおけるこうしたフェティシスム的嫉妬はほかの作品に幾度か現れているが、たとえば有名な初期のオード『孤独』では、

おお、あなたの髪がぼくの恋心を誘ってくれることを、
あなたの髪の毛は額の上で楽しそうに跳ね回っている。
彼らの美しい立ち振る舞いを見つめているぼくは、
彼らが貴女を愛撫すると、嫉妬してしまうのだ。[68]

『孤独』では愛する女性の髪の毛に嫉妬しているが、この『ピラムスとティスベ』では空気や道に咲く花々、自身の身体を見つめたり、触れたりできる彼女の眼や手など、すべてのものに嫉妬してしまうという。もっともサバによれば、この種の嫉妬のテーマは古代ギリシャの詩人たちやロンサールにまで遡れるということで、ヴィオーの専売特許ではないにしても、愛する女性についてのこうした描写法には、後で見るバロック的ポワント技法やマニエリスムの気取ったコンチェッティな表現が認められる事実は注目に値するだろう。

＊王の場合

したがって王のティスベへの熱烈な愛、彼の一方的な愛はヴィオーに言わせれば恋愛ではなく、情熱の不毛な燃焼、恋の熱病にすぎない。

［王］もうよい、愛の神はわが熱き思いを愚弄しているのだろう、
天はわが目論見を察して私が欲していることを禁じているらしい、
私は苦悩の中にあり、わが魂は極まりもなく苦悩しているのだ、
私はこの一年間ずーっと胸の中に死を抱いてきた、
わが不幸は果てしなく、次から次へと続いてやってくる。
冬の季節がかつてこれほど多くの寒風をもたらしたことはなく、
かつて一度としてこれほど多くの霧氷も寒さも氷ももたらしたことはなかったので、
この三カ月の間彼女のために一日としてよい天気などなかった。

時代遅れのこの老人はかつてこれほど調子が悪かったことはなかったので、
一年のうちで数時間も健康であったことはないのだ。[69]（v.679–88）

第三幕第二場の王のこの嘆き、この失恋の苦悩はまことにお気の毒だが、テオフィル・ド・ヴィオーに言わせれば、恋愛ではなく単なる片思いであり、横恋慕にすぎない。この王は恋する相手の立場や微妙な心の機微に配慮せず、王という絶対的権力と財力によってティスベを自由にしようとし、王権神授説を楯に取って恋仇のピラムスを暗殺までしようとしており、それゆえだいたい恋愛の資格に欠けているのだが、ここに見られる絶望や苦悩には王の赤裸々で悲痛な人間的真情が窺われる。

なお王のこの失恋の嘆きの後半部には、エピローグ第五幕のピラムスやティスベの長独白における、自然に向かっての訴えかけ、あの自然の〈擬人化〉anthropomorphiser と同質の苦悩や絶望のバロック的暗喩が見られるが、これについては以下で再度取り上げることとなろう。

④若者と老人の対立、あるいは老醜

＊若者と老人の対立

テオフィル・ド・ヴィオーは老人（親）と若者（子ども）の意見の対立や老い・老醜の問題を、たとえば『第一諷刺詩』[70]とか『ある婦人へのエレジー』などいくつかの作品で語っているが、この悲劇でも前者はまず、第一幕第一場のティスベのモノローグに、次にティスベとティスベの母（老女ベルスィアーヌが代弁）との、同幕第二場ではピラムスとその父親ナルバルとの対立、第三、四幕では、ピラムス、ティスベと王との対立が見られ、老醜の問題は主として第二幕第二場の老女ベルスィアーヌをめぐるティスベとピラムスとの対話の部分に現れている。ピラムスがティス

べにその老乳母から何と言われたか訊かれて、

［ティスベ］私を生んでくれた人々に
申し分なく完璧に従うよう、
またいかなる快楽を得ることも慎むように、と。
とりわけ愛が若者の血を目覚めさせるような
愛の楽しみも控えるように、と。
（……）
この愛の魅力は不吉であり、危険極まりなく、毒であり、ペストだと。
［ピラムス］彼女は貴女に、恋はとても嫌らしいものだと？
［ティスベ］彼女はまるでそれが自分の眼の中にあるかのように描きました。[71]（v.409–20）

［ピラムス］（ティスベの老乳母への悪口・ののしり）
老人は精神と肉体が衰弱しているので、
自分たちの無能さを徳とすり替えてしまうのです。
自然の推移に従っている彼ら自身、
自らの老いの欲求に従って生きている彼ら自身、
われら若者に対して時間の秩序を無理強いするよう主張し、
われらが二十歳で老人であるよう要求している。

彼ら老人たちは彼らがかつてそうであったところのものではなく、
彼らの今現在の姿を楯に取って、彼らの例に基づいて
われら若者の振る舞いを不遜にも検閲しているのだ。[72]（v.431–8）

この悲劇における親と子の軋轢のテーマは、すでに第一幕第一場のティスベと母の意見の代弁者である老乳母ベルスィアーヌとの対話から始まっており、そこでは彼女が「無断で誰も従えずにしばしば外出するのを母が怒っている」ことなどが話されていたが、この後に、引用したシーンではピラムスの父親同様、彼女の母（および乳母）は娘は親に完全服従すること、親の許しのない恋はご法度であること、親の目を盗んだ恋愛による愛の快楽などは慎むべきであること、なぜならこの種の密かな恋愛は若い娘を結局は不幸にする不吉で危険な愛であり、それは死を招く恐ろしい病気、ペストでさえあるからと娘を諭し、牽制するのである。右に挙げた老乳母ベルスィアーヌに対するピラムスの悪口は、老人（大人）たちが自然の推移や年齢の積み重ねによって変化した現在の感性や価値観によって、自分たちもかつてはそうであった今の若者の欲求・行動を「検閲」し、禁止する不合理さを非難している。「われら若者に対して時間の秩序を無理強いするよう主張し、／われらが二十歳で老人であるよう要求している」とは面白い言い方であり、たしかにこの部分はサバの解釈、すなわち「この悲劇における親子の対立・葛藤は年齢とともに親たちのうちに引き起こされたさまざまな変化を受け入れる能力が親たちに欠けていることに起因している」[73]と言えそうである。つまり老人（親）たちは長い年月の経過により肉体的にも精神的にも変化してしまっているのに、その変化を無視し、あたかも自分たちが若いときも現在と同じ状態、価値観であったかのように、若い娘や息子の態度・行動を非難する不合理さ・横暴さを皮肉っているのである。

親子の決定的対立は、親が子に対して（自由な）恋愛を禁ずることによって、若者の年齢相応な自然な感情を押し

殺し、理不尽で横暴な親権を行使しようとするときに決定的となる。先に③で引用した第一幕第二場のピラムスの父親ナルバルとその友人リディアスとの対話のテーマがまさにこれである。こうした親子の対立・葛藤は当時流行していた牧人劇などでも、観客が好むお決まりのメイン・テーマであったが、ヴィオーはこうした親子の対立を、舞台で直接対決させて対話・議論させることで（そういえばこの劇では父母と子、ピラムス、ティスベと王といった激しく対立する人物同士が、一度も舞台上で直接対決して対話・議論することがない！）、登場人物の心理描写や人物間の心理的葛藤などをもっときめ細かに掘り下げることが可能であったはず――これはラシーヌなど後の古典主義劇作家が本格的に行うこととなる――であるが、なぜかこれを行わなかった。その理由はおそらく二つあり、一つは当時の観客が恋愛をめぐるその「障害」の一つとして「親子の対立」を愛好し、各登場人物自身の深い内面描写を求めていなかったこと、二つ目はヴィオー自身が後の古典派などの心理描写や人物間の心理的葛藤の繊細な描写にそれほど興味がなく、むしろ右に見たような思想的な問題を劇という形で提示したかったからではなかろうか。つまり彼はこの悲劇を恋愛劇の体裁を取りながら、本当は「思想劇」、「教訓劇」としたかったので、結果として筋も簡潔で、人物の描写や対決が間接的、素描的とならざるを得なかったのではないかと思われる。

そこでピラムスと父ナルバルの対立を具体的に見てみよう。先に引用した部分を再度一部引用すれば、

わが意に反して、そうした不吉な恋に執着するとは！
神の意志によって、不実者（ピラムス）はその生命を私に負うているのだ
お前は私の理性がお前の狂気（の情熱）に負けることを望んでいる。
（……）
お前反乱者よ、私はお前にわからせてやろう、

お前を誕生させた人々（両親）に対して敬意を払うべきであることを
情熱に盲従すべきではないことを、
私の許しなしに事を進めるべきではないことを。（ナルバル、v.113–126）

冒頭の「わが意に反して、そうした不吉な恋に執着するとは！」という父親の怒りの叫びは、親子の対立・葛藤の核心を突いていていささか象徴的である。そしてまた「不吉な」funesteという形容詞は、この物語とこの愛の悲劇的終末を、文字通り予告していて興味深い。この対話の結論部「私はお前にわからせてやろう、云々」以下では、専制的な父親というフランスにおける長い伝統的父親像を読者・観客に思い起こさせ、同時にその大げさで空威張りのマタモール的言辞によってそこにコミカルな印象を醸し出し、観客を楽しませている。つまり読者・観客はそこに、家長としてその家長権を楯に、自然の法則に反したことを息子にごり押しすることがいかにナンセンスであるかを——ピラムスの父親の如くのごり押し・空威張りは当時すでに不合理、滑稽にすら感じられていたので——納得して、満足していたのである。

［ナルヴァル］（父の友人リディアスと不在のピラムスに向かって）
お前は私の息子が滅亡してしまうことを私に勧めようとしている。
たしかにかつて私もこうした恋の焔を感じたことがある、
この上なくデリケートな血がわが魂を動かしていたとき、
私も自然の法則の奴隷であったので、
ほかの人と同じように、その時代、この火に燃え上がっていたものだ。

しかし当時の私の意志は常に親の許しとともにあったものだ、
また私の健全な欲望は常に幸せと汚れなさに満ちていたものだった。（v. 90–96）

サバは、このピラムスの父親ナルバルの言葉には、ヴィオーの「自然や人間存在についての決定論的でかつ唯物論的な概念の表現」を見ている。すなわち「年齢とそれから発生してくる生理的な変化の間には密接な連関が存在する。他方われわれが《魂》と呼んでいるものを〈動かして〉いるものは《血液》である以上、いかなる《精神的魂》も存在していない[73]」と解釈し、したがってこの悲劇で語られている親子の対立・葛藤は年齢とともに親たちのうちに引き起こされたさまざまな変化を受け入れる能力が親たちに欠けていることに起因しているとするが、はたしてそう言えるだろうか。たしかに詩人は「とてもデリケートな血が青春時代のわれらの魂を左右していた」ことはあるとは言っているが（つまり精神的なものと肉体的・生理的なものとの影響関係は認めているにしても）、だからといってこのことが、サバが解釈するように、ただちに「《精神的魂》は存在しない」ということを意味するわけではなく、事実詩人もそうは言ってはいない。それにサバはヴィオーの世界（宇宙）観は（アダンが言うように）、リベルタン的自然主義で絶対的決定論と見ている上、アダンよりさらに踏み込み、ヴィオーのそれは唯物論的自然主義だとまで言っているが[74]、これは明らかに誤りと言うべきだろう。アダンはヴィオーの世界（宇宙）観をイタリア・ルネサンス自然主義から来た「宇宙的アニミスム」とは言っているが、詩人を十八世紀的意味での唯物論者であるとはわれわれの知る限り、言ってはいないのである。話が少し逸れたが、ここで親（老人）子（若者）の対立の問題に帰ろう。

先のピラムスの老乳母ベルスィアーヌ批判も別の観点に立つならば、サバとは異なった解釈も可能となる。それはナルバルの以下の引用詩行も含め、次のように解釈すべきではなかろうか。

［ナルヴァル］（眼前のリディアスと不在のピラムスに向かって）
お前の精神は理性の果実が熟さない季節をまだ少し持っている。
移り気なこうした気質を卒業した私は
年齢のすべての段階を通過してきたので、
お前よりはよく人生や義務というものを知っている。
私の許可なく恋をし、彼（ピラムス）を滅ぼし、
私の名誉を傷つける愛にこだわるとは！
不倶戴天の敵の娘を求めるとは！（v.113–21）

今右に示したピラムスと父親との対立の場合も含め、主人公の親たちは時間の経過による肉体的・生理的および精神的変化（老化）を認めないわけではないが、彼らの長い人生経験やそのモラル・信仰による叡智に基づいて若い息子・娘に対してアドバイスや注意をしているのだ、と。なぜなら「私も自然の法則の奴隷であったので、／ほかの人と同じように、その時代、この火に燃え上がっていたものだ。／しかし当時の私の意志は常に親の許しとともにあったものだ、／また私の健全な欲望は常に幸せと汚れなさに満ちていたものだった」というナルバルの科白で明らかなように、ピラムスの父親は若いとき息子と同じような激しい恋を経験し、同じように恋の焔に身を焼かれながら、それを理性と強い意志でコントロールし、親の考えに従い、「家」のためにもなる「常に幸せで汚れない」（結婚？）生活を送った、と言っているからである。主人公の親たち、少なくともピラムスの父親はイエズス会的なカトリック信仰を有し、人間における「自由意志」を信じ、個を犠牲にし、他者や全体に献身しようとする克己主義（英雄主義）を信奉していたがゆえに、「不吉な（狂気の）愛」に走るピラムスをあのように諌めたのではなかろうか。親子の対

立・葛藤はサバが言うように、親（老人）の、変化に対する受容能力のなさにのみ起因しているわけではなく、大人としての親の自我以外のもの、たとえば国家や社会・家（規律・規範）を受け入れる能力を身につけた結果、子どもにも個を支えている集団や全体の要請を受け入れるよう求めるのに対して、若者は「自然の法則（欲求）」のみにしがみつき、個を超えた全体の要請を無視しようとするところからきているのだ、と。

あるいはもっとラディカルに解釈すれば、われわれが本項②運命と個人の自由の問題の結論、すなわち父親ナルバルの立場は、イエズス会の自由意志論の主張、すなわち人格神たる神は悔い改め、善行に励めば、哀れんで、あるいは恩寵により魂を救済して下さるという勧善懲悪的救済論（たとえばドゥークシスの「私は、絶えず良心の呵責にさいなまれながらの／恥ずべき生よりも、死を選ぶ方がましです、／地獄の犬たちがその吼え声で生者たちを苦しめるとき、／彼らは千回も死んだのだ。／しかし名誉のために死ねば、人は細道を通って／至福の休息のあるエリゼの園（天国）に行くのです[75]」といった言葉）に通ずるカトリック信仰に基づいた〈自由意志〉論、強固な意志（英雄主義）により、全体のために個の〈自然の法則（欲求）〉をコントロールすることであり、この立場と若者のエピクロス主義的「自然主義」、カルペ・ディエム主義の衝突から来ているのではなかろうか。あるいはもしかすると前述したようにカルヴァン派出身であり、カタリ派的伝統を無意識裡に継承している作者ヴィオーの決定論的ペシミスムとその情熱恋愛至上主義が、ピラムスとティスベに体現されて、父親ナルバルのような理性的で積極的な自由意志論、イエズス会的克己主義や個を犠牲にして全体に奉仕するバロック＝コルネイユ的英雄主義と衝突している、と見るべきかも知れない。

次に主人公ピラムス、ティスベと王の対立を考えてみると、これは大人（老人）と若者の対立とも言えるが、あるいは個（一市民）と全体（国家権力）との対立と見ることもできよう。「時代遅れの老人」であるこの王は年甲斐もなく、若くて美しい娘ティスベに心を奪われ、彼女を得ようと使者を使って王という権威と権力、財力をちらつかせ、あの手この手で口説くが、ことごとく拒絶されてしまう。そこで恨みと恋仇ピラムスへの嫉妬からこの若者の暗殺を命ずる。王はこの犯罪行為を、王は神より地上のすべてを統治すべく絶対的権限を無条件に与えられているという王権神授説と、国家を治める君主には一般民衆の倫理・道徳は適用されず、ときに（全体・国家の利益のために）裏切りも犯罪的行為も許されるというマキャベリの道徳・倫理二重規範説に基づいて正当化しようとする。ピラムスは息絶え絶えの暗殺者ドゥークシスの口から、この暗殺計画の張本人が自分たちの王であることを知り、愕然とする。しかし、至上権を持つ王の殺意と攻撃にはなす術がなく、やむを得ず二人でただちに国外に逃亡することを決心する。ここには衝突というより、王から一方的に逃げるのみで、両者が舞台上で直接対決することはない（もちろんピラムスとその父、ティスベとその母の舞台上での直接対決も見られないが）。

＊老醜

この問題は主として第二幕第二場の、ピラムスとティスベによる壁の割れ目越しの対話に出てくる。ティスベの老乳母がティスベとピラムスの悪口を言ったことから、この老女への悪口が始まる。

自然が陥る何という奇怪な変化！
使い古された哀れな肉体は腐敗以外の何物でもない、
年齢が体液を干からびさす老女の
損なわれてしまった五感が彼女の言動をゆがめてしまう、
血は氷のようにいつも冷たく、たくさんあって重ったるく、
もし熱がその肉の塊を、
神経と巧みに動く骨を熱することがなかったならば、

それは生きた亡霊です、そういう彼女は
いつも羨望の欲求にさいなまれて、
私たち若者の生の楽しみを嫉妬で迫害するのです。
老人は精神と肉体が衰弱しているので、
自分たちの無能さを徳とすり替えてしまうのです。
自然の推移に従っている彼ら自身、
自らの老いの欲求に従って生きている彼ら自身、
われら若者に対して時間の秩序を無理強いするよう主張し、
われらが二十歳で老人であるよう要求している。
彼ら老人たちは彼らがかつてそうであったところのものではなく、
彼らの今現在の姿を楯に取って、彼らの例に基づいて
われら若者の振る舞いを不遜にも検閲しているのだ。[76]（ピラムス、v.421–38）

ヴィオーは三島由紀夫と同じように、こうした人間における肉体的・精神的老衰・老醜を偏執的・強迫観念的に恐れていたように思われる。『ピラムスとティスベ』の右の例とほとんど同じような老醜の問題はほかの詩作品、たとえば『第一諷刺詩』でもこのように歌われている。

われらの欲望は年齢の流れとともに変わっていく、
かつて移り気であった者は今やまじめで、億劫がり屋の人となる

休息の奴隷たる彼の老いさらばえた肉の固まりは、
もはや夢見ることしか愛さない、そして愉快な話題を毛嫌いする。
不愉快なことに浸りきっている醜い老人たち、
彼らはいつも悲しんでおり、いつも悔しがっている。
そして一切をしぶしぶ見、その四肢は骨折し、
後悔と過ぎ去った楽しみにさいなまれて、
人生の最後に自分の子供時代を織り出そうと欲する。
彼らは煮えたぎっているわれらの血の欲求を押し殺そうとする。
妄想にふける年老いた父は、神経組織がすべて冷えきり、
もはや自分がかつて何者であったかを思い出すこともなく、
無気力が自己の切望を消失させてしまうとき、こう望むのである、
われらの良識が彼の痴呆を明らかにすることを、
濃くて健康的な血が彼の激しい感情を押さえつけることを、
また貴族出身の精神が厳しさを好むことを。
父親は自らの病んだ精神のために、あまり健全でないと思っている
人間的情熱をわれらが抱いていると思いたいのである。[77]

そしてこの醜悪な老衰の後に訪れるものは死である。次に引用するあるエレジー形式の恋愛詩では、老醜の到達点、「完成」点である死もまた老醜に劣らず醜くおぞましいものであることを、読者に非常にレアリスティックに語って

いる。

肉体を破壊してしまうおぞましい死が
有する力を見る余裕を持たなかったのだ。
顔面は目に見えて崩れ醜くなり、
精神は麻痺し、四肢は利かなくなり、
そしてさらばと自分に言い聞かせながら、もはや意識がなくなり、
やがて生命が消えた後、顔の皮膚からは表情が消え、
悪臭放つ肉体（死体）の欠陥が
その死体を隠す（埋める）ために
大地に穴を開かせるのである。
死がやってきて、われらが愛する人の一切が
滅びるのだと考えた後では、
とても激しい怒りで元気づけられねばならない、
もし魂がそのような慰めの思考にも癒されないならば。[78]

ヴィオーの老い、とりわけその肉体的老衰への恐怖は強迫観念的であり、それは最終的にはオード『ド・L氏へ父上の死について』（「墓の寒い夜々は自然に対して／何と酷い暴力を振るうことだろう！／絶望と暗闇と愁訴に、／白骨と蛆虫と腐敗に／満ち満ちた死は／われらの力と欲望を／墳墓の中で窒息させる」[79]）に見えるような死とその結果として腐

敗・骸骨への恐怖に変容していくという意味で、その予兆的恐怖とも言える。ヴィオーはもちろん老いの持つこうした生理的・肉体的醜悪化・衰弱化を嫌悪したばかりでなく、精神的老化による感受性の退化や精神の硬直化、その結果としての「視野狭窄」化した自己の価値基準を若者に押しつけてくることにも激しく反発する。若者はピラムスが言うように、「われら若者に対して時間の秩序を無理強いするよう主張し、／われらが二十歳で老人であるよう要求している」老人たちの老化し、硬直化した行動規範・価値基準などとても受け入れるわけにはいかない。このように悲劇『ピラムスとティスベの悲劇的愛』には、詩人の偏執的・強迫観念的テーマともなっている腐敗や死・骸骨への恐怖、その序曲としての老いや老醜への嫌悪・恐怖も語られているのである。

バロック・マニエリスム的レトリック、あるいは逆説・アンティテーズ・オクシモロン・逆さ世界

テオフィル・ド・ヴィオーの『ピラムスとティスベの悲劇的愛』のバロック的特質あるいはレトリックやテマティック上の特質を中心に分析した論考としては、次のようなものがある。まず、ボワロー批判を出発点にしてヴィオーとアルディの作劇術などを比較検討したF・K・ドーソン Dawson の「テオフィル・ド・ヴィオーの『ピラムスとティスベ』のある重要なアスペクト」[80]（一九六二年）。この悲劇に対するランカスターの批判の難点を指摘した上で、この作品がヴィオー固有の自然観とヒーロー観で成立していることを指摘し、バロック的暗喩や逆説の重要性を強調したE・J・カンピヨン Campion の「『ピラムスとティスベ』の修辞学的構造」[81]（一九七七年）。このカンピヨン説をほぼそのまま踏襲し詳細化した論考、すなわち対比 antithèse、曖昧性、矛盾撞着 l'oxymore、パラドックスなど、この悲劇のバロック的レトリックの重要性を論じたM＝F・ブリュノー＝ペーヌ Bruneau-Paine の「テオフィル・ド・ヴィオーの『ピラムスとティスベ』におけるバロック的レトリック」[82]（一九八一年）。この悲劇の登場人物たち、とりわけ二人の主人公の孤立性・孤絶性を問題にしたM・グリーンベルク Greenberg の「テオフィルの孤立性」[83]（一九八四年）。

人物造型・物語構成などの面から見たこの作品の極端な簡潔性、断片性、分裂・孤立性などを分析したニナ・エキスタイン N. Exstein の「『ピラムスとティスベ』〈極小主義的〉世界における喪失」[84]（一九九一年）などがそれである。われわれはこれらの先行研究、とりわけエキスタインやカンピヨンの説をほぼそのまま踏襲しつつもさらに詳述しているブリュノー＝ペーヌを参照しつつ、主としてこの悲劇のレトリック上の特質を考察してみることとしたい。

この悲劇には、ブリュノー＝ペーヌやエキスタインが指摘するように、たしかに一見矛盾した表現 oxymoron や逆説的言辞、曖昧というか両義的意味を含んだ表現、あるいは対比（対立）antithèse 表現がかなり多く認められる。さらに言えば、人の意表を突くような奇抜なポワント詩句、綺想的な気の利いたコンチェッティな表現、いかにもバロック的な誇張表現 hyperbole 等も散見されるのである。以下ではこれらのバロック的、あるいはマニエリスク的な表現を具体的に列挙しつつ、あわせてその意味するところも少し探ってみたい。

①対比（対立）antithèse 表現

対比表現、あるいは矛盾撞着表現 oxymoron ないしパラドックス表現を幾例か挙げてみよう（一方の項を傍点、他方の項をゴシックで表示）。

そのようなことに最も神経を使う人は、**最も思慮を欠いた人**です　À cela le plus fin est le plus imprudente. (v.130)

これは典型的なオクシモロンによるパラドックス表現であり、次の表現も矛盾法 l'oxymore と言えよう。

閉じたわが眼が何を私に**はっきりと見せてくれた**かを　Tu me verrais très prompte à te faire savoir

お前にすばやくわからせてあげるのだが

Ce que mes yeux fermés m'ont clairement fait
voir. (v.817–8)

文字通りに解するなら意味不明、〈不可能事〉impossibilia である。ティスベの母が前夜見た悪夢を侍女に説明しようとする場面であり、したがって底意は「彼女は眠っているので眼を閉じている。が夢を見ているので、その悪夢は彼女に明確に見えている」という意味で、表層的には意味不明な逆説表現となっているのである。

おお、夜よ！　私はお前の闇の下にふたたび身を置くわ、
たくさんの愛を得るためには、**私にはあまり勇気がない**ので。

Ô nuit! je me remets enfin sous ton ombrage;
Pour avoir tant d'amour, j'ai bien peu de courage.
(v.1131–32)

このパラドックスは微妙である。逆に言えば愛をたくさん持っているときには、勇気もたくさん持っているということだろうか？　愛は心（心臓）の中にあり、心臓（心）cœur を持つということは、詩人の時代には勇気 courage を持つという意味でもある。それゆえこのパラドックスの真意は、「勇気がなければ、愛をたくさん持つことができる」、つまり「たくさん愛を持つために、私はほとんど勇気を持っていない」のである。

＊老醜および老衰と若さに関するアンティテーズ

これはすでに前の「若者と老人の対立」の項で取り上げたが、たとえば、

われら若者に対して時間の秩序を無理強いするよう主張し、
われらが二十歳で**老人であるよう**要求している。(v.435–6)

これは老人たち(親)が若者に対し、親権をもって強引に「時間の秩序を無理強い」(二十歳［若さ］→老年)しようとするその不当さ、不合理さを主張した対比表現と言えよう。これは若さ(二十歳)/老衰というアンティテーズを強引に老衰の項で統合・解消しようとした例である。

次に老衰・老醜自体に関する矛盾表現としては、

(その老女の)血液は**氷のように冷たく**、
(……)
彼女は生きた**亡霊**です。(v.425, 428)

などがあり、これは血=温かい、亡霊=死という常識を破ったポワント的オクシモロン表現例と見ることができよう。

＊無罪性と有罪性の対比
この例は王とその召使いの間の会話に見られる。

お前も知っての通り、正義は王よりも**下位にある**のだ、

王冠の権利を行使できる者にとっては、
道義（理性）は**弱まり**、暴力が**善なのだ**。(v.194–6)

これは、ピラムスの暗殺を命じられた部下スィラールが躊躇した折に発した王の言葉であるが、王権神授説の曲解と王のマキャベリ的絶対的統治権の濫用（悪用）への皮肉な表現となっている。正義は本来人の行動指針として上位になければならず、また道理（理性）は強く、暴力は悪であるべきという一般的通念を「破壊」する王の暴言である。ここからさらに次のような対立的・矛盾撞着的言葉が、スィラールからその部下ドゥークシスに対して発せられる。

彼ら（王たち）はこの上なく罪なしに（われらを）**罰することができるのだ**。
Ils peuvent le plus juste innocemment punir (v.560)

ピラムス暗殺という王命を拒否して逃亡しても「王たちはこの世の至る所、場所を選ぶことなく、／陸地と海に到達する長い手をもって」[85]、われらを探索し「殺人罪を犯さなかった無実の彼らを」「捕らえて、罰する」のだが、王たち自身はそのような不正を誰からも追及されることなく「この上なく無罪」なのである。

＊自然と人間の対比
自然の諸存在と人間との対比は、たとえば、

罪のない美しい水晶（川の水）よ、その鏡は蒼くなった私の額の上に
Beau cristal innocent dont le miroir exprime

私の罪の映像を映している（ピラムス）　Sur mon front palissant l'image de mon crime (v.1023–4)

これは右に見た無罪性／有罪性の対比でもある。大自然は無垢ではあるが、非情で無情であり、これに対して人間は感情と感覚を有する存在であり、互いに対立的存在である。ピラムスの自然へのこの呼びかけ、自然の「お前化」により、この対立は彼の意識裡では融合されようとしている。次の例は正義／悪のアンティテーズでもある。

孤独よ、沈黙よ、闇よ、眠りよ、　Solitude, silence, obscurité, sommeil,
お前らは**私の太陽がここで光り輝くのを見たことがなかったのか？**　N'avez-vous point ici vu luire mon soleil?

自然の孤独と沈黙と闇、そして眠りと「私の太陽」、すなわちティスベとの対比、しかも「太陽」は伝統的にも愛する大切な人、生命などのメタフォールとなっている。

時間と理性は火から**氷を作る**こととなろう。　Le temps et la raison feront du feu la glace
そして私から心臓をその場所から外へ引き出すこととなろう。　Et m'ôteront plutôt le cœur hors de sa place
(v.223–4)

これは同じくスィラールへの王の言葉であるが、これ以下の王の科白にみられるバロック的な矛盾撞着表現は後で取り上げるいわゆる「不可能事」impossibilia (impossibilité) のレトリックの一例でもある。

＊生と死、愛と死、健康と病気の対比

愛の問題についての逆説的表現例としては、たとえば、

　　君の賢い考えは私から焔を取り除き、**死**を私の胸の外に
　　取り出すことだということを私は知っている。

　　Je sais bien, cher ami, que ton sage dessein
　　Est de m'ôter la flamme et la mort hors du
　　sein, (v.247–8)

「焔」flamme とは愛や生命の伝統的、月並みな暗喩であり、したがってこの第一の意味は「私の胸から愛を取り除き、（死をもたらす愛を取り除いた結果として）死も取り除き、生を与える」ということだが、第二の意味としては「私の胸から生命と死を取り除く」という解釈となり、意味不明 impossibilia である。「生命と死」を同時に取り除くことは不可能であり、矛盾撞着語法 oxymoron である。それゆえ第一の意味、すなわち「焔」はここでは「愛」または「愛の焔」という意味で使用していると思われる。

次の例はこれほどのパラドックス性はないが、やはり矛盾語法と言えよう。

　　そして彼女の肉体は**私の肉体の中に墓所を持つ**ことになるのだが。
　　お前、彼女の生きた**棺よ**、戻ってきてこの私を貪り喰らってくれ
　　残忍なライオンよ、戻ってこい、私は**お前を崇めたい**。
　　もしわが女神がお前の血の中に混ざらねばならないのなら、
　　私はお前を**この世で最も神聖な祭壇と見なそう**。（ピラムス、v.1068–72）

ピラムスはティスベがライオンに食べられてしまったと思っているので、ライオンを「彼女の生きた棺」と呼びかけているのであり、なかなか気の利いたメタフォールでありバロック的ポワントともなっているが、ある意味ではむしろマニエリスム的暗喩と言うべきかもしれない。「彼女の肉体は私の肉体の中に墓所を持つ」とは「先に食われたティスベの肉体が後から食われるピラムスの肉体の中に入り込む」の意と思われるが、バロック的な暗喩であり、「お前（ライオン）をこの世で最も神聖な祭壇として」崇拝しようという逆説的暗喩も、ティスベを食い殺したライオンはまさにライオン＝ティスベであり、ティスベ＝ライオンとなっているので、やさしく美しいティスベと残忍・獰猛な醜いライオンという対立項が「聖なる祭壇」という一点で融合してしまっているのである。あるいは、

この愛の魅力は、**不吉であり**、**危険であり**、**毒であり**、**ペストなのだ**。(v.417–8)

というティスベの乳母ベルスィアーヌの恋愛観は「愛＝祝福・喜び・安楽・幸せ」という一般的通念を否定するパラドックス表現となっている。また、この悲劇には冒頭から生と死および愛と死をめぐって、対比的・矛盾語法的表現が現れる。

なぜって、魂は私たちに生きよと命じますが、
貴方は私を死なせるからです。
貴方の愛が私に委ねる死はまた
私が〈生きること〉と呼ぶものにほかならないというのも本当だわ

Car l'âme nous fait vivre et tu me fais mourir.
Il est vrai que la mort que ton amour me livre
Est aussi seulement ce que j'appelle vivre: 86

（ティスベ、v.8–10）

これは第一幕第一場のティスベの独白だが、この意味は「愛は死なせるが、しかし愛は生であるがゆえに、これは死なる生のうちに存在する」とでも言いたいのだろうか？　いずれにしてもここではティスベとピラムスにおける生と死、愛と死、死と生の同存的な微妙な対立的関係は——アンティテーズや逆説的な矛盾撞着表現 l'oxymore (oxymoron) それ自体の中で「自家醗酵」するかのようにして——解消され、ある意味でこうした対立項は融合していくように見える。同時にこうした対立的＝融合的なパラドックス表現は、この悲劇と彼らの愛の結末を予告するように語られているのである。同じような矛盾した表現はたとえば、同じくティスベの同シーンの独白中にも認められる。

私の魂はかくも愛おしい**苦悩**によって癒されんことを、

そのような健康は私に**死を与える**にも等しいことだわ。

Que d'un si cher tourment mon âme fût guérie[87]Une telle santé me donnerait la mort. (v.38–9)

「かくも愛おしい苦悩」とは、愛（の喜び）／（愛の）苦悩という対立 antithèse がティスベの思惟の中では、このように自然に統合（融合）されてしまっているということである。「健康は私に死を与える」とは愛の不在＝健康／死というアンティテーズであり、この撞着表現 l'oxymore もある種の思惟の中ではこのように融合してしまう。あるいは、ティスベの次の科白、

名を呼ぶ、彼はもはや息をしていない。この美しい肉体は**氷のよう**。　Il ne respire plus, ce beau corps est de glace.
ああ、何ということでしょう！　私は彼の顔に描き出された**死**を認める　Hélas! je vois la mort peinte dessus sa face;

D'une éternelle nuit son bel œil est couvert; (v.1156–7)

彼の美しい眼は**永遠の夜によって覆われてしまった。**

なども対比表現と見ることができるだろう。「彼の美しい眼は永遠の夜によって覆われた」とは一見するとパラドックス表現、オクシモロン的表現だが、実際は彼は死んでいるので「永遠の夜」とは死のメタフォールでもある。次の例も、死んでしまったピラムスを前にしてのティスベの嘆きである。

しかしながら彼は死でしか**癒されえなかった。**

Il ne s'est pu guérir de moins que du trépas. (v.1222)

ピラミスの遺体を前にして今まさに死のうとしているティスベは、ピラムスは死の中にしか救いと癒しはありえないと思う。ティスベのこうした矛盾した、あるいは逆説的な言辞はほかにも多数あり、たとえば「太陽の光は私を時折**不快にするわ**」(v.56) とか「生きているものは皆**亡霊よりもましには見えなかったわ**」(v.62) といった発言は日常的・常識的感覚とは異なった非常に暗い感性であり、彼女が光や生ではなく、闇や死を志向した女性であることを示唆している。こうした矛盾対立した表現はピラムスの科白にも見られ、たとえば、

(恋の病から) 治癒するなんて、**私を死なせることなしには不可能だ。**

Guérir on ne le peut sans me faire mourir. (v.348)

などはティスベ同様、彼が生を志向せず、死を志向した激しい情念に憑かれた主人公であることを示唆していると言

えるだろう。「死ななければ治らない」とは、現世では絶対に治すことのできない〈情熱恋愛〉という死の病に罹っている、という意味なのである。逆に言えばティスベの「彼は死でしか癒されえなかった」とかピラムスの右の言葉には、死の直前のティスベの次のような言葉にも明らかなように、死の世界でのみ愛＝病気ではなく、愛＝健康となって、二人の魂が永世（永生）の中で一つの聖霊となって永遠の幸福を得るという信仰、少なくともそういう祈願が込められている。

私はもう我慢できないわ、そして
われらの恋の情念が享受するに値した喜びが、
抱擁の中でわれらの魂を融合させる前に
運命が愛し合う私たちの肉体をその残酷な戦利品とした以上、
私たちはあの世で互いの魂を結び合わせ、われらの聖なる合体を通して
二つの肉体の亡霊から一つの聖霊（霊魂）を作るわ。[88]　(v.1209–14)

ティスベのこうした祈願こそ、ルージュモンが定義した「トリスタンとイズー神話」を源流とした典型的な情熱恋愛 amour-passion、「愛を愛し」、「死の中での愛の完成」を願う情念にほかならないのではないだろうか。

②バロック的誇張・ポワント詩法あるいはマニエリスム的綺想

ヴィオーの『ピラムスとティスベ』にはバロック的な誇張 hyperbole や奇警句法 pointe 表現、あるいはマニエリスムの綺想 concetti 表現が少なからず見出される。このことから本章のはじめに触れた、劇形式（構成）といった面で

は古典悲劇の先駆というかその「原型」的要素をいくつか持ちながら、レトリック的には明らかにバロックないしマニエリスム的要素の強い作品と言うことができるようである。バロック的誇張やポワントなどの技法が典型的に見られるのは、すでに引用した第五幕のピラムスの独白であろう。

犯罪者たちを喰らい、暗殺者たちを食い殺しなさい。
ライオンよ、わが魂はお前の中で彼女の葬儀を行った
私の心臓〔ティスベ〕を内臓の中ですでに消化しつつあるお前の中で。
戻ってきなさい、そして少なくともわが敵を私に見させてくれ。
まだお前は私の半分しか食べていないのだから、
お前の食事を完成させなさい、お前はそれほど有害ではなくなるだろう、
もしお前が私に対してもっと残忍になるならば、だからこの残り〔私〕を食べ終えてくれ。
(……)
しかしわが苦悩がお前に虚しく話しかける、戻ってくるように、と。
あの美しい血がお前の食べ物の中を通過してより、
お前の五感はその残忍な性質を失った。
私は思う、お前の気質(体液)はその性質を変え、
そして残忍さよりも愛をより多く持った、と。
彼女の美しい魂がここに溢れ出してより、
この森の恐怖は永遠に失われた。

虎やライオン、ヒョウそして熊もここでは
可愛い愛の神アムールたちしか生み出さないだろう。
そして私は思う、女神ヴィーナスはやがてこの愛の血から
無数の薔薇の花が開花するのを見ることになるであろうことを。
私の血がここで彼女の血の上に流れることになるだろう、
私の魂はこのようにして彼女の魂と交じり合う（一体となる）だろう。
私の亡霊がやってきて死の淵で彼女の霊魂と
一緒になるのがもう何と待ち遠しいことだろう！
少なくとももし私が墓に納めるべきかくも美しい傑作（ティスベ）の
何がしかの聖なる遺骨を見つけたなら、
私の胸に大きな穴を開けるのだが、
そして彼女の肉体は私の肉体の中に墓所を持つことになるのだが。
お前、彼女の生きた棺よ、戻ってきてこの私を貪り喰らってくれ、
残忍なライオンよ、戻ってこい、私はお前を崇めたい。
もしわが女神がお前の血の中に混ざらねばならないのなら、
私はお前をこの世で最も神聖な祭壇と見なそう。[89]（ピラムス、v.1042–72）

長い引用となってしまったが、恋人をライオンに食い殺されてしまったと誤解したピラムスがそのライオンに向かって呼びかけ、朗詠しているこれらの科白にはバロック的な誇張や多様な暗喩 métaphore、ポワント（「お前、彼女の

生きた棺よ」）などが見られる。「犯罪者」、「暗殺者」とは自らの不注意、遅参でティスベを殺してしまったピラムス自身のことであり、「ライオンよ、わが魂はお前の中で彼女の葬儀を行った」とは一種の換喩 métonymie と言うべきだろうが、いずれもバロックのイペルボールには違いない。「あの美しい血がお前の食べ物の中を通過してより、／お前の五感はその残忍な性質を失った。／私は思う、お前の気質（体液）はその性質を変え、／そして残忍さよりも愛をより多くもった、と。／彼女の美しい魂がここに溢れ出してより、／この森の恐怖は永遠に失われた」も暗喩には違いないが、ある種の換喩、バロック的な誇張でもある。「虎やライオン、ヒョウそして熊もここでは／可愛い愛の神アムールたちしか生み出さないだろう」は逆説表現であり、オクシモロンでもあり、バロック的誇張、ある意味ではマニエリスム的綺想とも言えよう。「彼女の肉体は私の肉体の中に墓所を持つ」というメタフォールは、先に食べられたティスベの肉が後から食べられるピラムスの肉の中に入り込むという意味だろうか？「もしわが女神がお前の血の中に混ざらねばならないのなら／私はお前をこの世で最も神聖な祭壇と見なそう」という暗喩もいかにもヴィオー的な誇張法である。さらにバロック的誇張例としては、これまたすでに引用したものだが、

自然が陥る何という奇怪な変化！
使い古された哀れな肉体は腐敗以外の何物でもない、
年齢が体液を干からびさす老女の
損なわれてしまった五感が彼女の言動をゆがめてしまう
血は氷のようにいつも冷たく、たくさんあって重ったるく、
もし熱がその肉の塊を、
神経と巧みに動く骨を熱することがなかったならば、

それは生きた亡霊です[90]（ピラムス、v.421–9）

これはすでに対比表現のところで引用したが、バロック的誇張あるいはポワント表現の例でもある。あるいは、

一方から他方へと世界を旅したとしても、
われらは逃げおおせないだろう、王たちは至る所に追いかけてくる、
彼らはこの世の至る所に、自身動くことなく、
陸地と海に到達する長い手を持っておいでなのだ。（スィラール、v.575–8）

などは司法権・捜査権も握る王の絶対権の暗喩ではあるが、「陸地と海に到達する長い手を持っている」という即物的・具体的表現で抽象的意味を表し、しかもこの表現自体が奇抜で典型的なバロックのポワント表現ともなっている。さらに「お金はわれらの精神と肉体を／至るところに行かせるバネを持っている」（v.245）なども、お金＝バネという結合がポワント（奇警句法）となっており、「お金が肉体をあらゆるところに行かせる」は本来的・即物的意味だが、「お金が精神を至るところに行かせる」は「お金が人間精神をあらゆる分野、事柄に関与させる」という比喩的抽象的意味ともなっている。王に関するバロック的誇張をもう一例見てみよう。

私は苦悩の中にあり、わが魂は極まりもなく苦悩しているのだ、
私はこの一年間ずっーと胸の中に死を抱いてきた、
わが不幸は果てしなく、次から次へとやってくる。

冬の季節はかつてこれほど多くの寒風をもたらしたことはなく、
かつて一度としてこれほど多くの霧氷も寒さも氷ももたらしたことはなかったので、
この三カ月の間彼女のために一日としてよい天気などなかった。
時代遅れの老人はかつてこれほど調子が悪かったことはないので、
一年のうちで数時間も健康であったことはない。（王、v.681–8）

傍点を付したこれらの表現は、いずれもバロック的誇張の一例と言えるが、マニエリスム的綺想と言えなくもない。お金の問題では次の黄金の例についても、ほぼ同じことが言えよう。

黄金、この魔法の金属はその魔力ですべての人々を腐敗させる、
名誉はこの黄金の前に平伏し、武装放棄してしまう、
（……）
黄金はすべてが可能であり、その魅力は困窮が圧力をかける
けなげに生きる人々に向けられたときでさえ。
飢餓の恐怖がこうした嫌悪すべき稼ぎを望ませる
私のような貧乏な者にさえ。
貧困の怪物よ、お前の歯はこの上なく激しく燃え盛る
火やこの上なく強力なペストよりももっと不吉である。（ドゥークシス、v.585–94）

などの例はメタフォールであるとともに、バロック特有の、そしてヴィオーも愛好したイペルボールと言うことができるだろう。さらに一、二例挙げてみると、

彼女は粗野な人間でさえ、感動させる何かを持っています。
彼女の眼差しを受けて感動しない者は
切り株や岩石の鈍重さを持った人だ。（ピラムス、v.292–6）

あるいは「スィラール、私は不吉な予感で動揺している、／恐怖の氷が私の勇気を挫いている」（ドゥークシス v.473–4）とか「地獄の犬たちがその吼え声で生者たちを苦しめるとき、／彼らは千回も死んだのだ」（ドゥークシス、v.531–2）などが、バロック的誇張の例と言えるのではなかろうか。

なおついでながら、ヴィオーのこの「千回（倍）」という誇張法 hyperbole へのこだわりは他作品にもしばしば見られるが、二例だけ挙げておこう。「彼は千の死を死ぬので、彼を殺す一撃はごくごく軽微なもので事足りるのである」[91]（スタンス「死の恐怖は……」）、「この風土は世界で最も美しいので、／わが詩的霊感はほかより千倍も豊かであったろう」[92]（『ティルシスへのテオフィルの嘆き』）。話をこの悲劇に戻せば、バロック的誇張例としてはさらに、ピラムスの次のような科白も挙げられよう。

美しい夜よ、お前はその影のテントを私に張る、（v.951）　Belle nuit qui me tends tes ombrageuses toiles,

これもバロック的誇張法であると同時にバロック的メタフォールであり、ポワント技法でもある。あたり一面の闇

をテントに喩えているのである。

そしてわれらの不幸を描いている血のために、
夜はお前（ライオン）を夜霧のドレスと一緒に着て下さることを！（ピラムス、v.1095–6）

「夜がライオンを夜霧と一緒に着て下さる」という奇抜な表現といい、あたり一面に白っぽくたちこめている夜霧をドレスに喩える表現といい、いずれも暗喩だが、一種のポワントでもある。ブリュノー＝ペーヌは、バロックのポワントを「事物の秩序を混乱させ」、「具体的なものから抽象的なものへ、本来的なものから比喩的なものへ、存在 être から外見へ paraître へわれわれを送り返す」[93] 機能を持っているとしている。たしかにわれわれの日常的・常識的感覚や見方・思考習慣を一度破壊し、そこに新しい、ないし意想外な感覚・印象・見方を呈示しており、その意味で彼女の見解は首肯できるのだが、この逆の場合、すなわち次の引用例に見るように、ヴィオーはある語を比喩的・抽象的意味から本来的・具体的意味に使用することによって、そこに意外感や驚き（ポワント）を成立させているケースもときとしてあり、この点にも留意しておくべきであろう。

最後にピラムスとティスベの最期の科白を考えてみよう。

ティスベよ、この心を愛して下さい、それがどんなに虐殺された心であるにしても。
ティスベよ、最期の傷口を通してもう一度、
その中を凝視して下さい、わが苦しみが真実であるかどうか。（ピラムス、v.1114–6）

この意味は「わが愛と苦悩は胸のうちに、つまり心臓に宿っているので、その愛と苦悩が真実であることを確かめて下さい」ということで、「心臓」cœur は暗喩であり、愛と苦悩の換喩 métonymie ともなっている。しかもピラムスは今まさに自分の心臓を短刀で切り開こうとしているので、心＝愛と苦しみの象徴という伝統的・慣習的な意味、通俗化した隠喩の意味のほかに「ティスベよ、この心臓を愛して下さい、それがどんなに私自身の手で無理矢理切り裂かれた心臓であるにしても」という即物的意味ともなっているのである。「虐殺された」という具体的人間に使用される過去分詞が心という抽象的なものに、ないし心臓という身体の一部、臓器に使用されており、いかにもヴィオー的というかバロック的な暗喩である。冒頭でも触れた、ティスベが血塗れた短刀を見つけて発した有名な叫びをもう一度見ておこう。

ほう！　ここに短刀が落ちている、卑怯にも主人の血に汚れて、
赤くなっている、裏切り者！（ティスベ、v.1227–8）

Ha! voici le poignard qui du sang de son maître!
S'est souillé lâchement; il en rougit, le traître!

これはボワローに批判された有名なポワント詩句だが、本来の意味は「血で赤く染まっている」S'est souillé の意だが、「卑怯にも」lâchement と「裏切り者め！」le traître! という倫理的意味を伴った二語により、「裏切りを自ら恥じて、赤くなっている」という比喩的意味をも伴っている。たしかにこの比喩、暗喩はボワローが言うように「誇張」、それもバロック的誇張であり、大胆で奇抜であるがゆえに、バロック的ポワントともなっているのである。

テオフィル・ド・ヴィオーはこの悲劇においても、異質・異次元の言葉の対比・結合、あるいは伝統的・通俗的暗喩を具体的・即物的意味に還元することによって、そこにある種の驚き・戸惑いを引き起こす新しい詩的イマージュやヴィジョンを形成しようしている。したがってこの悲劇をこうしたレトリックの面から見た場合、古典主義の先行

作品というより、むしろバロック的（そして一部マニエリスム的）な特質を持った作品と言うことができよう。

③倒錯世界、「不可能事」世界のヴィジョン

『ピラムスとティスベ』には、テマティックな問題とも関連して、レトリックの面でもう一つの特徴が見られる。それはいわゆる〈逆さ世界〉le monde renversé（à l'envers）のトポスである。最も典型的なこのヴィジョンは第四幕第一場のティスベの母親が見た悪夢であるが、ほかにもたとえば矛盾撞着表現 l'oxymore の項ですでに見た、「時間と理性は火から氷を作ることとなろう。／そして私から心臓をその場所から外へ引き出すこととなろう。Le temps et la raison feront du feu la glace /Et m'ôteront plutôt le cœur hors de sa place（v.223–4）なども、いわゆる「不可能事」impossibilia (impossibilité）のレトリックの一例である。あるいは、リディアスの次の科白、

貴方はお望みです、地獄で鎖に繋がれているイクシオンが
その車輪から外れることを、そして彼がその鉄鎖を破壊することを、
すでに死んだ人間が治療を受けることを、
シジフォスが休息を取ることを、タンタロスが水を飲むことを、
われらの一切の努力は人間の力からのみ出ているのです、
不可能事に立ち向かう人は空しく徒労するだけです。

Vous voulez qu'Ixion, lié dans les Enfers,
S'arrache de sa roue et qu'il brise ses fers,
Qu'un homme déjà mort sa guérison reçoive,
Que Sisyphe repose et que Tantale boive.
Tous nos efforts ne sont que d'un pouvoir humain;
Qui tend à l'impossible il se travaille en vain.
(v.161–6)

これは、ピラムスの恋愛を「絶対的親権」をもって阻止してみせると息巻く父親ナルバルを、友人リディアスがた

しなめて発する言葉である。父親が欲していることはギリシャ神話の話の内容を変えようとするに等しく、まったく不可能なことであり、そういう〈不可能事〉にあえて挑戦する人は徒労以外の何物も得ることはないと忠告する。つまり「イクシオンが罰を受けて繋がれている鎖を切断すること」、「シジフォスが重い石を背負って坂道を登る作業を一時休むこと」、また「渇きに苦悶するタンタロスが水を飲むこと」は「死んだ人を治療する」ことと同じくらい絶対的に不可能なことであり、無意味なことだと言っているのである。これらの話はいずれも二項が相反する関係にあるパラドックスないし矛盾撞着関係にある〈不可能事〉l'impossible であり、パラドックス表現ともなっている。

次に第四幕第二場のティスベの母親の悪夢を見てみよう。

［ティスベの母］おお、おお、日食だわ！　わが魂はそれにおびえる
眠りの目隠しを通して私はすべてを見、
砂漠の真ん中で日食を見た。
これは最初に目にした不吉なイマージュです
それはわが運命にたしかな毀損を印している。
世界の至るところで万物が一様に
覆われているこの夜、私は足下の大地が
少し口を開けているように感じ、
そしてそこからかすかに雷鳴も聞こえてくるように感じた。
カラスが群をなして飛翔してきて私の頭上に集まり、
月は天空より転げ落ち、空は戦慄した。

大気は嵐に覆われ、そしてこの大嵐の中、
何滴もの血がわが頭上に落ちてきた。（v.840–52）

悪夢はこのように、日食から始まるいわゆる〈宇宙の大混乱〉renversement de l'univers のヴィジョンの後、後半部にはライオンや傷ついて倒れているわが娘らしい遺体などが登場するのであるが、引用した前半部は典型的な〈逆さ世界〉、宇宙の大混乱のヴィジョンとなっている。すなわち太陽が黒くなり（日食が始まり）、大地は一面砂漠のようになり、大地は地割れして大きな口を開け、雷鳴が鳴り響き、月が落下し、あたりは大嵐となり、血の雨も降ってくる。これとほとんど同じ〈逆さ世界〉のヴィジョン、〈不可能事〉のトポスは有名な『カラスが一羽眼前でかあと鳴き』のオードであり、これはすでに本書第一部第III章で引用したが、ほかにも『ド・L氏へ　父上の死について』で「さまよえる小川の流れも、／早瀬の誇らかな落下も、／河川も、塩辛い海も、／音と動きを失ってしまうだろう。／**太陽**は知らぬ間に、／それらすべてを飲み込んだ後で、／星々の輝く天窿の中に、／それら四大元素を運び去ってしまうだろう。//（……）//星辰はその運行を止め、／宇宙の四大元素は互いに混じり合うだろう、／**天空**がわれらに楽しませている／この素晴らしい**構造**の中で。／われらが見聞きするものは／一枚の絵画のように色褪せるであろう。／無力な**自然**は／ありとあらゆるものが消え失せるに任せるであろう。//**太陽**を形作って、／深い眠りから、／空気と火と、土と水とを呼びさました者は、／手の一撃で覆すだろう。／人類の住まいを、／また**天空**がその上に建ち上がっている土台を。／そしてこの**世界**の大混乱は、／恐らく明日にも到来するだろう」[94] もその一つである。あるいはこれほど典型的ではないが、失恋のショックのために、パリの日常世界がすべて地獄の様相を呈してしまう、と歌うあるエレジーでは「そのあらゆる残忍な行為をわが廃墟に差し向けるとき、／わが額はしおれた百合よりもっと色褪せ、／わが血潮は凍結した小川よりもっと凍りついてしまい、／私にとってブロアは地獄であり、ロワール河はコキュトス川である。／私は、もし甦らなければ、もはや生きていないに等しい[95]」などと歌っている。この「パリ風景の地獄化」のヴィジョンは「死の恐怖は……」で始まるスタンスにも現れている。「彼はグレーヴ広場の地面が至る所でひび割れ／、セーヌ河は地獄のアケロン川となり、／太陽光線の一つ一つが雷光であり、男という男は／地獄の渡し守カロンなのだ[96]」。

ヴィオーはヨーロッパ文学の中に古代ギリシャ・ローマの時代より連綿と伝えられてきた「不可能事の連鎖」あるいは〈逆さ世界〉のトポスを踏まえて、こうした〈宇宙の大混乱〉のヴィジョンを創出しているのであるが、そこに彼の時代の全般的・形而上学的不安、すなわち天動説から地動説へ、人間＝地球中心の有限宇宙観からブルーノ的無限宇宙観へといったマニエリスムやバロックの時代の全般的不安や動揺を、こうしたヴィジョンに無意識的に反映させていたように思われるがこの悲劇もその例外ではない。

テオフィル・ド・ヴィオーはマニエリスムないしバロック詩学の主要な特徴であるいくつかのレトリック、たとえば〈対比〉antithèse、〈矛盾撞着語〉l'oxymore、ポワント、パラドックスなどを駆使して、ある種の異様な世界、驚異の世界 le merveilleux を創出しようとした。伝統的な暗喩的意味を持つ語を具体的・即物的意味を持つ語に「還元」したり、両者を結合させるなどして、こうした新しい現実感あるいは新奇なイマージュやヴィジョンを喚起する努力をしているように思われる。そしてそのことは、右に見てきたように、この悲劇『ピラムスとティスベ』にあっても、その例外ではなかったのである。

結論

以上、テオフィル・ド・ヴィオーの悲劇『ピラムスとティスベの悲劇的愛』をさまざまな観点から考察してきたが、もちろんわれわれはこの作品が内包しているすべての問題を明らかにしたわけではない。この悲劇が持っているコメディー的要素、たとえば第一幕のティスベとベルスィアーヌの、あるいはナルバルとリディアスの会話、そしてとりわけ王と召使いのスィラール、およびスィラールとその部下ドゥークシスとの対話の部分には多分にコミック性があり、そして事実、後者の王と召使いあるいはスィラールとドゥークシスの会話は、とりわけ滑稽感のある部分など、きわめて生き生きとしており、この悲劇中最も精彩があり、科白のやりとりの面白さのある部分である。

しかし、これまで見てきたように、この悲劇の興味深い点、優れている部分は、一途な情熱恋愛の持つ思想的・モラル的意味および詩的価値、すなわち決定論的運命観――それがリベルタン思想によるものであれ、カルヴァン思想によるものであれ――を信ずる人間が、その宿命に縛られながらも、人間らしく、人間の尊厳を失うことなく、どこまで人間の自由（意志）を貫くことが可能かといった問題や、主人公たちの長い独白部に見られる詩的・抒情的美しさ、胸に迫るようなメランコリックな哀調、擬人的呼びかけによる〈自然〉の人間との「同胞化」とある種の宇宙的共感 sympathie universelle などであるように感じられる。

註

1 Théophile de Viau, *Œuvres complètes*, t. II, Honoré Champion, 1999, p. 135.（以下、*Œ. H.C.* t. II と略。）

2 Boileau-Despréaux, *Satires, édition critique avec introduction et commentaire* par Alert Cahen, Droz, 1932, p. 130.

3 Henry C. Lancaster, *A History of French Dramatic Literature in the Seventeenth Century*, The John Hopkins Press, 1929, III, p. 174.

4 Edmund J. Campion, « Une Structure rhétorique de Pyrame et Thisbé » in *Revue du Pacifique*, vol.III, no. 2, 1977, pp. 102–103.

5 Parfait, *Histoire du théâtre françois depuis son origine jusqu'à présent*, Le Mercier et Saillant, t. IV, 1756, pp. 269–280. あるいは E. Dannheisser, *Studien zu Jean Mairet' Leben und Wirken*, 1888, pp. 49–64 など。

6 Frédéric Lachèvre, *Le Procès du poète Théophile de Viau*, t. I, p. 539.

7 Lancaster, *op. cit.*, t. I, pp. 167–169.

8 Adam, *Histoire de la littérature française au XVIIe siècle*, t. I, p. 199.

9 Heikki Impiwaara, *Études sur Théophile de Viau, auteur dramatique et poète*, Annales Universitatis Turkuensis, Turku, Turum Yliopisto, 1963, pp. 63–75.

10 G. Saba, *Œ. H.C.* t. II, p. 311.

11 Lachévre, *op. cit.*, p. 539.

12 Nina Exstein, Pyrame et Thisbé : « Lost in a 'minimalist' World, in Théophile de Viau », *Actes de Las Vegas*, 1991, p. 131.

13 Jacques Morel, Pyrame et Thisbé, in Théophile de Viau », *Actes de Las Vegas*, 1991, p. 126.

14 Morel, *op. cit.*, p. 123.

15 Exstein, *op. cit.*, p. 132.

16 J.Morel, *op. cit*, p. 123.

17 Lancaster, *op. cit.*, p. 174 ; N. Exstein, *op. cit.*, p. 132.

18 Morel, *op. cit.*, p. 126.

19 Saba, *Œ. H.C.* t. II, p. 312.

20 オウィディウス『転身物語』（田中秀央・前田敬作訳、人文書院、昭和四十一年）一二三頁。

21 J. Morel, *op. cit.*, pp. 123–126.

22 *Ibid.*, p. 126.

23 *Ibid.*, p. 126.

24 *Œ. H.C.* t. II, p. 122.

25 *Ibid.*, p. 87.

26 *Ibid.*, p. 89.

27 *Ibid.*, p. 128.

28 *Ibid.*, p. 121, v.777–8.

29 Mitchell Greenberg, Théophile's Indifference, in *Retours of desire Reading in the French Baroque*, Columbus, Ohio State University Press, 1984, p. 93.

30 *Œ. H.C.* t. II, p. 131.

31 *Ibid.*, pp. 134–135.

32 フランスバロック文学・演劇研究家藤井康生氏もヴィオーの『ピラムスとティスベ』におけるカタリ派の、とりわけその二元論の影響の可能性を、『カイエ・デュ・スュッド』誌の記事などを根拠に指摘している。藤井康生、「バロック演劇（I）——Théophile de Viau の Pyrame et Thisbé における〈夜〉のテーマ」（大阪市立大学文学部紀要「人文研究」第二十二巻第九分冊、一九七一年、三四—三五頁）

33 Denis de Rougement, *L'Amour et l'Occident*, Plon, 1939, p. 56. なお訳文は川村克己訳『愛について』岩波書店、昭和三四年刊、八九頁)。

34 *Œ. H.C.* t. II, p. 132.

35 *Ibid.*, p. 134.

36 Adam, *Théophile de Viau et la libre pensée française en 1620*, Droz, 1935, pp. 251–256.

37 Saba, *Théophile de Viau : un poète rebelle*, PUF, 1999, pp. 114–115.

38 Morel, *op. cit.*, p. 128.

39 *Œ. H.C.* t. II, pp. 110–111, v.537–46.

40 *Œ. H.C.* t. I, p. 222.

41 *Ibid.*, p. 176.

42 Adam, *Théophile de Viau et la libre pensée française en 1620*, pp. 251–256.

43 Saba, *Théophile de Viau : un poète rebelle*, pp. 114–115.

44 Janis L. Pallister, Love entombed : Théophile de Viau's Les Amours tragiques de Pyrame et Thisbé, in *P.F.S.C.L.*, XII, 1979–1980, pp. 164–179.

45 J. Morel, *op. cit.*, p. 127.

46 *Œ. H.C.* t. II, p. 131.

47 *Ibid.*, p. 134.

48 *Ibid.*, p. 135.

49 *Ibid.*, p. 136.

50 Pallister, *op. cit.*, p. 174.

51 *Œ. H.C.* t. II, p. 93. v.127–128.
52 *Ibid.*, p. 103.
53 *Ibid.*, p. 118.
54 *Ibid.*, p. 132.
55 *Ibid.*, p. 91.
56 *Œ. H.C.* t. I, p. 87.
57 *Œ. H.C.* t. II, p. 87.
58 *Ibid.*, p. 106.
59 *Ibid.*, p. 134.
60 *Ibid.*, p. 106.
61 *Ibid.*, pp. 91–92.
62 *Ibid.*, p. 92.
63 *Ibid.*, p. 99.
64 *Ibid.*, p. 100.
65 *Ibid.*, p. 101.
66 *Ibid.*, p. 102.
67 *Ibid.*, pp. 120–121.
68 *Ibid.*, p. 162, v.93–6.
69 *Ibid.*, pp. 117–118.
70 *Œ. H.C.* t. I, pp. 221–222.
71 *Œ. H.C.* t. II, p. 105.
72 *Ibid.*, pp. 105–106.
73 Saba, *Théophile de Viau, un poète rebelle*, p. 125.
73 *Ibid.*, p. 125.
74 *Ibid.*, p. 125. « Ces vers offrent donc une clé éclairante de lecture pour illustrer l'attidude contradictoire et déraisonnable du père, et par là connaître les idées du poète sur cet aspect de la condition humaine. Les implications idéologiques qu'ils contiennent sont l'expression d'une conception déterministe et matérialiste de la nature, et del'être humain. »
75 *Œ. H.C.* t. II, p. 110, v.529–534.
76 *Ibid.*, p. 105.
77 *Œ. H.C.* t. I, pp. 221–222, v.65–62.
78 *Œ. H.C.* t. II, p. 42, v.44–56.
79 *Œ. H.C.* t. III, pp. 157, v.26–32.
80 Edmund J., F.K. Dawson, "An important aspect of Théophile de Viau's *Pyrame et Thisbé*, in *Nottingham French Studies*, I, oct. 1962, pp. 2–12 ; Campion, Une structure de *Pyrame et Thisbé*, in *Revue du Pacifique*, III, Fall 1972, pp. 2–12.
81 F.K. Dawson, *op. cit.*, pp. 2–12.
82 Marie-Florine Bruneau-Paine, Rhétorique Baroque dans *Pyrame et Thisbé* de Théophile de Viau, in *P.F.S.C.L*, VIII, 1982, pp. 115–123.
83 G. Greenberg, « Théophile's indifference », in *Detours of Desire. Reading in the French Baroque*, Columus Ohio State University Press, 1984, pp. 61–95.
84 N. Exstein, « Pyrame and Thisbé : Lost in a mininalist' world », in *Théophile de Viau*, Actes de Las Vegas, *"Biblio17"*, *P.F.S.C.L.*, 1991, pp. 131–135.
85 *Œ. H.C.* t. II, p. 112. v.576–8.
86 *Ibid.*, p. 87.
87 *Ibid.*, p. 131.
88 *Ibid.*, p. 135.
89 *Ibid.*, p. 131.

90 *Ibid.*, p. 105.
91 *Œ. H.C.* t. I, p. 198.
92 *Œ. H.C.* t. II, p. 146.
93 Bruneau-Paine, *op. cit.*, p. 118.
94 *Œ. H.C.* t. III, pp. 158–159.
95 *Œ. H.C.* t. II, p. 77.
96 *Œ. H.C.* t. I, p. 197.

第三部　テーマ

I　愛と詩――詩人をめぐる四人の女性

テオフィル・ド・ヴィオーがその短い生涯で現実に交際したらしい女性は、作品などで言及されたり、歌われたりして今日まで知られている限りでは四人いる。最も初期の女性は詩人から「フィリス」Phyllis と呼ばれている、宮廷に仕えていた貴族出身の娘で、次が俗に「ブセールのクロリス」と呼ばれる、追放中に故郷で知り合った女性、三人目は研究者の間で「パリのクロリス」と呼ばれる、非常に教養のある知的で勝気な宮廷女性、最後は詩人から「カリスト」と呼ばれていたこれまた宮廷女性で、ルイ十三世の妃アンヌ・ドートリッシュ Anne d'Autriche の侍女であったらしい。

フィリス

この女性はアダンによれば、[1] 貴族出身の宮廷女性で、詩人のほかにも何人かの有力な青年貴族が彼女に言い寄っていたらしい。彼女も詩人に好意を寄せ始め、二人が恋仲となったのは一六一八年の初頭であったろうとアダンは推定している。[2] 二人の関係は翌一九年にいっそう深まっていったが、この年出された詩人追放命令により、彼は後ろ髪を引かれる思いで彼女と別れ、スペイン方面に向けてパリを離れるが、同年末彼女は急逝してしまう。美しくはかない彼女の思い出とその早すぎる死をめぐる想念は、一六二一年刊行の作品集に収録されているスタンスの中で、「フィリスが亡くなったしまった今」Maintenant que Phyllis est morte で始まる、実質的には故郷ブセールの新たな恋人に捧げられた詩や、一六二〇年刊の『サティリック詩の精髄』に見える「私は夢想していた、冥界から戻ってきたフィリスが……」で始まるソネでも、死んだ彼女が亡霊となって詩人の寝室に戻ってきて夢の中でその亡霊と愛を交わすという、夢幻的かつかなりエロティックなヴィジョンによって語られている。彼女に捧げられた死後の作品としてはもう一作品「墓碑銘」と題された詩があるが、これについては後で触れよう。彼女はその死後の作品「私は夢想していた、冥界から戻ってきたフィリスが……」というソネの中で、次のように描かれている。

私は夢を見ていた、陽の光を浴びているように
美しく光り輝きながら冥界から立ち帰ってきたフィリスが望んでいることは
彼女の亡霊がもう一度私と愛の行為をすることであり、
また私がイクシオンのように、(彼女の白い) 雲のような裸身を抱くことだという夢を。

彼女の 影《ぼうれい》が一糸まとわぬ姿で私のベッドに滑り込んできて、
私に囁く、「愛しいフィリスよ、わたしは戻ってきたわ、
あなたが去ってしまって以来、運命が私を引き留めていた
あの悲惨な住まい (冥界) にあって、わたしはただひたすら美しくなることにつとめておりました。
わたしは恋人の中で最もハンサムなあなたをもう一度抱くために

またあなたとの愛撫の中でもう一度死ぬために戻ってきたのよ」と。
それからこのアイドルは、私の愛欲の炎を飲み尽くしてしまうや、
私にこう言った、「さらばですわ、わたしは死者たちの国に旅立つわ
あなたは生前のわたしの肉体を征服したと自慢したように、
今またわたしの魂を征服したと自慢することでしょう」と。[3]

フィリスはこのように、ある詩ではでかなり官能的・エロティックに描かれているが、別の詩では、

もしあなたが私のために死ぬなら、私も死ぬだろう、
そうでなければ私はまさしく裏切り者ということになるだろう。
運命があなたと一緒に死ぬためにのみ。
私をこの世に生まれさせた以上。[4]

とプラトン主義的な宮廷風恋愛のヒロインとして描かれている。この詩節は「私を脅迫する誇り高いデーモンは」で始まるオード——生存中の作品と思われる——の最終詩節であるが、ここには病弱気味だった彼女の死を予感した彼女への一途な愛が歌われている。死の影を予感しているかのようなこうした漠然とした不安は、「いとしいフィリスよ、私はとても恐れています」で始まる長いエレジーの冒頭でも語られている。「いとしいフィリスよ、私はとても恐れています／かくも淋しいあの場所であなたが死んでしまうのではないかと／ああ！　いったいどんな運命があな

たをそこに引き止めておけるのでしょう／あなたの魂はいったい何によって支えられうるのでしょうか？」[5]

新ペトラルカ風の女性礼讃詩形式でフィリスとの愛が歌われている詩としては、

いつの日か神への熱い思いに駆られて、
ある寺院の内部に入り、そこでとても敬虔な気持ちで、
私の数々の悪徳をつぶさに反省していると、
深い悔恨が私の魂を嘆かせた。

私があらゆる神々にわが救済を懇願しているとき、
フィリスが入ってくるのを認めた、彼女の視線を受けたとき、
私は大声で叫んだ、彼女の眼はここでは私の神なのだと。
この寺院とこの祭壇は私の婦人に属しているのだ。

こうした愛の罪によって辱められた神々は、
復讐心から、力を合わせて私から生命を奪おうとする、
しかしこれ以上遅滞することなく神々の愛の炎が私に懺悔させてくれることを！

おお、死よ！　お前が望むときに私は出立する準備はできています、
なぜなら私はこの世で最高に美しい瞳を称讃したがために

愛の犠牲者として死ぬことを確信しているのですから。[6]

などがあるが、これは寺院や教会での愛する女性との邂逅という伝統的なパターンで書かれた例である。フィリスとの愛を歌い、彼女に捧げられた恋愛詩はほかにも、たとえば先に挙げた詩、「いとしいフィリスよ、私はとても恐れています／かくも淋しいあの場所であなたが死んでしまうのではないかと／ああ！ いったいどんな運命があなたをそこに引き止めておけるのでしょう／あなたの魂はいったい何によって支えられうるのでしょうか？／王宮人たちのことが頭にあって、私のことなど忘れているのでしょうか？／かつてあなたが私に心を許して下さったことを覚えておいでalong でしょうか？／フィリスよ、覚えているのでしたら、後生ですから、／愛と欲望のあらゆる権利にかけて、／どうか私にこう言わせてください、／私の心を第一番に占めている人のことで憔悴しきっている、と。／こうした憂愁が気も狂わんばかりに／私を襲っていることをあなたが知ってくれたなら。／私がどんな惨めな状態に陥ってしまっているか、／私の魂が昼も夜もどのような責め苦に苛まれているかを知ってくれたなら。／あなたが不信、嫉妬、苛立ちから／私のことをどう思おうと、／どうか私を愛して下さい、そして私の苦しみを知って下さり、／この惨めな状態にある今の私を哀れんで下さい。／変わり果てた私は悲嘆に暮れながら思い悩んでいます。／（……）／私はあなた以外の誰にも望みはしない、／私の精神と喜びをふたたび活気づけてくれることを。／なぜならあなたをほんの少しでも裏切らずには／私は自分の慰撫を求めえないでしょうから。／私がこうした有利さを持っており、／私の献身があなたの心を獲得したということが、／そして多くの愛想のいい求愛者の間にあって、／私の態度だけがあなたの感情を動かしたのがたしかである以上。／私が太陽の光よりもいとおしく、／あなたの愛という財産を愛さないならば、／私はスキタイ人や韃靼人よりも礼儀正しくない／野蛮な輩ということになってしまうでしょう。／天は私にその雷の一撃を遣わすでしょうし、／また危害をもたらす運命が私の記憶から／あなたの瞳を奪ってしまうや否や、／私の足下の大地に大穴を開けさせるでしょう。／（……）」などがあるが、このエレジーは彼女と肉体関係にあったある時期の心理を微妙に反映したロンサール・マロー流の恋愛詩、新ペトラルカ風の牧歌的エレジーとなっている。[7] フィリスは先に見たように一部エロティックにも描かれているが、多くはこうしたペトラルカ風恋愛詩の伝統的 conventionel なテーマ、すなわち愛する女性を女神のように崇めるプラトン主義的な愛、愛する女性の無頓着さ、つれなさ、恋人＝殉教者 amant-martyr の苦しみ、「離れ離れ」éloignement や「不在」absence の辛さ、あるいは死別の不安などを歌った新ペトラルカ風の女性称讃詩のヒロインとして描かれている。[8] アダンはこのエレジーで語られている「事実」に注目している。すなわち宮廷には詩人のほかにも彼女に言い寄る多くの貴族がいたこと、詩人はそうした恋敵を押しのけて彼女の愛を獲得したこと、このことがやがて王宮内でも知られるところとなり、「押しのけられた」évincé さる大貴族が恋敵の詩人を「厄介払い」するために、ほかの政治的理由を口実にして王に追放命令を出させた可能性があることを彼は示唆している。[9] われわれはヴィオーの最初の追放は、リュイーヌ＝ルイ十三世と王母マリ・ド・メディシスとの軍事的・政治的対立に巻き込まれたことが主因と考えるが、このような色恋沙汰も多少マイナスに影響していたのかも知れない。

それはともあれフィリスには先に挙げた詩句に見られるように、ほとんど常に死の影がつきまとっているのであるが、それとともに、詩人は彼女を讃えるとき必ずその眼の美しさに言及している。先に引用した詩にも「彼女の視線を受けたとき、／私は大声で叫んだ、彼女の眼はここでは私の神なのだと」とか「なぜなら私はこの世で最高に美しい瞳を称讃したがために」と歌われているように、フィリスは美人で、額もかわいらしく、とりわけその眼、瞳が美しく魅力的であったようである。

わが情熱があなたの数々の美しさを

Dans ce temple où ma passion

わが心のうちに収めたこの神殿の中で、　Me mit dedans le cœur les beautés de Madame,
私は愛の神アムールを祝福しておりました、　Je bénissais l'Amour, encore que sa flamme
その愛の焔がわが信仰心を逸脱させてしまうにもかかわらず。　Détournât ma dévotion.

私はわれらの神々を思う代わりに、あなたのうちに　Au lieu de penser à nos dieux,
月の女神ディアーヌの面影を認めて、あなたを崇拝しておりました、　J'adorais, vous voyant, l'image de Diane
そしてあなたの瞳にわが魂を捧げることで　Et m'estimais heureux de devenir profane
自らが世俗の人となることにかえって幸せを感じていたのです。　En me consacrant à vos yeux.

同じように彼女の美しさ、その眼の美しさを称賛した詩としては、「私の幸運が住まっているあなたの情熱の中に、／女神ビーナスが彼女の美の三女神を一つにして住まわせる／愛の神アムール自身が彼のあらゆる魅力をもって／まるで美しい肖像画に描かれているように、／あなたの顔に輝いている生き生きとした輝きを／かろうじてわずかにもたらす。／そしてあなたの美しい瞳には私の運命が結ばれており、／その眼がとても激しい動悸で心を打つので、／もし同じような火で天がわが魂のうちに／自らの意志を吹き込むなら／すべての人間は不屈の信仰で／神の掟に従うだろう」[11]。などがあるが、この詩を含めた最初に挙げた官能的でエロティックな詩以外は、すべてペトラルカ風の女性礼賛、女性を神のように崇拝し熱愛するという宮廷風恋愛詩の伝統を引き継いだプラトン主義的恋愛詩となっている。とりわけ先に引用した「わが情熱があなたの数々の美しさを」で始まるスタンスは後年の裁判の折、キリスト教の神と教会を冒瀆し、女性の神格化によるキリスト教信仰からの逸脱（の証拠）として厳しく詰問されることとなるいわくつきの詩である。ヴィオーはパリに残してきたフィリスの突然の死を追放中に知ったが、彼女の死については作品の中で三度語っている。最初の言及は一六二〇年の初頭、故郷ブセールで知り合った女性（ブセールのクロリス）に宛てて書かれた詩の冒頭に見られる。

フィリスが亡くなってしまった今となっては、
心がかつてないほどに傷ついてしまっている
この上なく激しい愛が
彼女とともに墳墓の中に葬られてしまっている今となっては、
この上なく聖なる愛といえども
私には彼女への愛以上に忠誠なものはもはや何も持っていないと思う。[12]

彼女の死について次に触れているのは、先に挙げた一六二〇年刊行の『サティリック詩の精髄』に見える「私は夢想していた、冥界から戻ってきたフィリスが……」で始まるソネにおいてであるが、最後は彼女の墓碑銘詩《エピターフ》においてである。

墓碑銘
魂が誤ってわれらから奪われてしまった、
なぜなら偽りの不幸の報によって
あなたは悲しみのあまり死んでしまったのだ、
私がもはや生きていないと思い込んで。

EPITAPHE
À tort l'âme nous est ravie,
Car par un supposé malheur
Vous êtes morte de douleur,
Me croyant n'être pas en vie,

あなたは、愛するあまり私の後を追い
あの世に入っていってしまった。

私の生があなたの死の共犯者である以上、
私のためにあなたが死に至った以上、
私は宿命として
自ら想像して死の苦しみを味わわねばなるまい。
私はこの世に別れを告げるべく死んで
あの世であなたとともに生きるであろう。

D'amour courant après mes pas,
Vous entrâtes chez le trépas.

Puisque ma vie en est complice,
Que pour moi vous touchez la mort,
Je devrais éprouver le sort
De mon imaginé supplice:
Je vivrais avec vous là-bas
Où je meurs pour n'y être pas.[13]

われわれの想像では、彼女はもともと病弱だったため、彼との別れ séparation の悲しみも加わって病死したと思われるが、この詩を文字通りに取るなら、彼女は詩人が追放中に死んだという誤報を真に受け、「悲しみのあまり死んでしまった」という。

このフィリスと呼ばれている宮廷女性との愛は、わずか一年あまりで思ってもみなかった急逝により終幕を迎えただけに、詩人の魂に深い印象と彼女の美しい想い出を残したように思われる。彼女の死はカルヴァン派出身の詩人としてもともと抱いていたその世界観、人生観すなわち人間と人生の無常性、不可知性、深い宿命観・ペシミスムを彼に改めて再確認させたように見える。詩人は作品中ではこのようにその早すぎた死を深く悲しんでいる（「あの世でもあなたとともに生きるであろう」）が、彼の実人生にあっては彼女は「きわめて急速に忘れられたわけではないにしても、少なくとも（新たな女性に）取って代わられて」[14]（アダン）しまう。この女性こそ、「クロリス」と最初に呼ばれる故郷ブセールの女性であったが、彼女は詩人が追放解除によりパリに帰った直後に知り合い、恋仲となるもう一人の「クロリス」と呼ばれる女性とは別人である。われわれは以下では便宜上、前者を「ブセールのクロリス」と呼び、後者を「パリのクロリス」と呼ぶこととしたい。

ブセールのクロリス

二番目の恋人は、一六一九年の第一回目の追放によりランド地方の松の森林地帯を抜けてスペイン国境まで放浪した詩人が、人目を忍んで南仏の故郷ブセールに戻り、そこで追放の解除を待っていたときに親しくなった同郷の女性と思われる。このブセールの「クロリス」は詩人を熱愛し、彼もこの女性を情熱的に愛したことは、彼女および彼女との恋愛を歌った詩や彼の友人の詩から確認できる。彼女は肉感的女性で情熱的ではあったが、知性や教養はあまりなかったようである。アダンによれば、彼女はクレラック Clairac ないしエギュイヨン Aiguillon 郊外に住んでいたらしいとしているが、彼のこの説はヴィオー家や南仏のM・ド・フェニスなる人物が所有していた、ヴィオーの未発表作品を含む関連資料の消失[15]などもあり、あくまで推定で、農園のあったブセール・ド・マゼール Bousseres de Mazères 近郊の、たとえばポール＝サント・マリ Port-Sante-Marie の女性であった可能性も考えられる。彼女は、追放解除により詩人がパリに帰った直後知り合うこととなる、知的で気位の高い「パリのクロリス」とは対照的に、官能的・エロティックな関係で詩人を満足させてくれた、生命力溢れる健康な女性であった。彼女との官能的・肉感的恋愛体験は、後の「パリのクロリス」に捧げられた詩におけるその官能的・エロティックなイマージュ形成に、かなりの影響を与えているように思われる。このクロリスと馴れ初めになったころの彼女との恋の駆け引きの経緯にも触れているのが、フィリスのところで先に引用した『フィリスが死んだ今』のスタンスである。

フィリスの死に傷心していた流刑の身の詩人の前に、若々しく陽気で元気な娘が現れる。彼は彼女のそのコケットで生命力溢れた若々しさ、陽気さに惹かれる。彼女もパリから来た洗練されたハンサムな詩人に興味を示す。彼が近づこうとすると彼女は当惑し、逃れようとする。

あなたはいつもぎこちなく
いつも何か心配顔だ
あなたは一度としてゆったりとしたことがない

Je te vois toujours en contrainte:
Il te vient toujours quelque crainte,
Tu ne trouves jamais loisir,[16]

これに続く次の詩句が、後でふたたび取り上げることとなるいかにもヴィオーらしい科白で、ここに詩人独特の恋愛観が表明されている。

いっそのこと、貴方は迷惑だわ、と言って下さい、
そしてよそで貴方の幸せをお探しになってくれた方が
私には好都合だわ、と言って下さい。

Dis plutôt que je t'importune,
Et que je te ferais plaisir
De chercher ailleurs ma fortune.

私を愛しているふりをもうこれ以上しないで下さい、
そしてかくも甘美な愛の炎を失うことが
どんなに私にとって辛いにせよ、
あなたが私への愛を少しもお持ちでないならば
私はあなたの眼と私の魂に誓って、

Ne fais plus semblant de m'aimer,
Et, quoiqu'il me soit bien amer
De perdre une si douce flamme,
Si tu n'as point d'amour pour moi,
Je jure tes yeux et mon âme

決してあなたを愛さないと言いましょう。　De ne songer jamais à toi.[17]

こちらが誠意を尽くして愛しても、相手がその誠意に答えてくれないなら、愛することを——それがどんなに辛く苦しいことであったにしても——断念します、という恋愛相互主義、相思相愛の恋こそ真の恋愛というヴィオーの恋愛に対する考え方が、これらの詩句に明確に語られている。ヴィオーは女性をひたすら称讃する当時の新ペトラルカ風恋愛詩で、相手からの愛の証を期待しないトゥルバドゥール的な宮廷風恋愛詩も、とりわけ初期には書いているが、後期の恋愛詩では、彼自身も作劇している「ピラムスとティスベ」のような相互愛が彼の理想の恋愛であった。詩人はクロリスのこうしたコケットリーな態度、恋の駆け引きに苛立ち、彼女の本心、誠意を疑う。

クロリスよ、あなたはあまりにもしばしば嘘をつきすぎる、　Cloris, c’est mentir trop souvent;
あなたの話は風のようなものだ、　Tes propos ne sont que du vent,
あなたの視線は手管に満ちている、　Tes regards sont tous pleins de ruses,
あなたは全然愛を持っていない、　Tu n’as point pour tout d’amitié
私はあなたの言い訳を軽蔑します、　Je me moque de tes excuses,
そしてあなたを以前の半分以下しか愛さない。　Et t’aime moins de la moitié[18]

そう言いながらもヴィオーは詩人としてのメリットを彼女に与えることを約束して、彼女の気を引こうとする。

私はあなたのために私の筆を捧げようとしてきました、　Je t’allais consacrer ma plume

そして年月がいかなる危害も加ええない
一巻の本の中であなたを描こうとしてきました。
名声（評判）というものを少しはわかって下さい、
かつて私が愛したほかの女性を
私がどれほど讃美する術を知っていたかを。

Et te peindre dans un volume
Sur qui les ans ne peuvent rien.
Sache un peu de la renommée
Comment j'ai su dire du bien [19]
D'une autre que j'avais aimée.

しかしクロリスが田舎娘でそれほど教養もないので、本に書かれたり、詩に歌われたりする名誉にそれほど関心を示さないことに気づいた詩人は、彼女との恋の駆け引きを魚釣りという自虐的＝加虐的メタフォールを使って、こう言い放つ。

ですがこうしたことはあなたには関係ないことです。
詩というものは粗悪な釣り餌です、
岩は釣り餌にかかるようなものにはなってくれません。
あなたに詩歌を約束するということは
あなたの非情な本性にとっては
下手くそな魚釣りにすぎません

Mais cela ne te touche pas :
Les vers sont de mauvais appas ;
Un roc n'en devient point passible ;
Ce sont de faibles hameçons
Pour ton naturel insensible
Que lui prometre des chansons. [20]

口説こうとしている若い娘を、動こうともしない海の岩に喩えるとはひどい話で、逆効果のような気もするが、彼はまたクロリスのつれなさをこうなじって、自らの彼女への思いの激しさ、一途さを訴える。

しかしあなたは吝嗇な精神を少しも持っていないので、
ある神さえもがどんなに類い稀なる美しさを
あなたに授けてあげても、
その神が魂の中にどんなに苦悩を持っていても、
あなたは彼を苦しむがままにしておくことでしょう、
彼が愛の炎を鎮めるまで。

私はと言えば、そんなふうに身を焼かれることにうんざりして
大急ぎで後ずさりし、
その（求愛者の）立場に絶望してしまった。
ここの自然は、
雪の額や氷の心が火に耐えうるような
ことはないのだ。

Mais tu n'as point l'esprit avare,
Et quelque dignité si rare
Qu'un dieu même te vînt offrir,
Quelque tourment qu'il eût dans l'âme,
Tu le laisserais bien souffrir
Avant que soulager sa flamme.

Quant à moi, las de tant brûler,
Et si pressé de reculer,
J'ai désespéré de la place ;
La nature ici vaut bien peu,
Qu'un front de neige, un cœur de glace,
Puissent tenir contre le feu.[21]

「たとえばある神さえもがあなたに類い稀な美しさを授け、私のように、あなたのためにどんなに苦しんでいても、あなたはとても鷹揚なので——皮肉——そんなことを少しも有難がらず、あなたへの激しい愛の情念が満たされぬまま自然に燃え尽きるまで、その神が苦しんでいるさまを平然と見ていられる（非情な）女性なのだ」と彼女を詰る。この詩節にも、片思いの一方的な愛は真の愛ではないというヴィオーの独特の恋愛観が顔をのぞかせ、「私はといえ

ば、そんな一方的な見返りのない愛など真っ平御免」と言う。最後にマニエリスム・バロック詩に特徴的な奇抜な止め句、「ここの自然は、たとえあなたの額が雪で、心が氷でできていようとも、私の愛の火に触れるなら必ず解けてくれる優しい自然のはずです」というポワント句で彼女をおだてあげて、この詩を終えている。

　詩を前に戻すと、詩人はこれらの詩節の直前でクロリスに次のように訴える。すなわち自分は追放されている詩人ゆえ、知識だけが自己の財産なので、彼女のために作詩して捧げることと、追放が解除された暁に訪れるであろう幸運を彼女とともに共有することを誓って、彼女から愛を獲得しようとする。

あなたは私があなたに差し上げている以上の何をお望みなのですか、
神が私を見捨てた今、
王が私に会うことを望まぬ今日、
太陽が怒り狂って私に光り輝いている今日、
私の全財産は私の知識だけである今日、
私はこれ以上、何によってあなたを喜ばせることができようか？

Que veux-tu plus que je te donne,
Aujourd'hui que Dieu m'abandonne,
Que le Roi ne me veut pas voir,
Que le jour me luit en colère,
Que tout mon bien est mon savoir ?
De quoi plus te pourrais-je plaire ?

もし私の不運が変わったなら、
私が切望する幸運を
あなたとともにすることを誓います、
そして神が私を王にしてくれたとき
わが帝国全体からの贈り物が

Si mon mauvais sort peut changer,
Je jure de te partager
Les prospérités où j'aspire,
Et quand le Ciel me ferait roi,
Un présent de tout mon empire

あなたに対する私の誠意の証となるでしょう。

Te ferait preuve de ma foi.[22]

クロリスはこう口説かれ、やがて詩人の熱愛を受け入れ、二人が親密な関係となったことは、この詩の後まもなくして書かれたと推定される（アダンの推定[23]）次の詩（スタンス）によって明らかである。

私の愛を満足させてくれる
この上なく類い稀なる喜び、
それはクロリスが愛撫と情熱を
決して惜しまないということなのです。
幸せが習慣となって私たちの方に巡ってくる。
私たちの悦楽には苦味はなく、
私たちには怒りも虚飾もない。
私たちの織り糸はすべて絹の糸であり、
かくも多くの悦楽の後では死の女神パルクも生命の糸を
終わらせるのを遅らせるほかないのです。

La félicité la plus rare
Qui flatte mon affection,
C'est que Cloris n'est point avare
De caresse et de passion.
Le bonheur nous tourne en coutume,
Nos plaisirs sont sans amertume,
Nous n'avons ni courroux ni fard ;
Nos trames sont toutes de soie,
Et la Parque, après tant de joie,
Ne les peut achever que tard.[24]

ヴィオーは故郷ブセールでのクロリスとの思いがけない出会いによって、フィリスとの別れに続く死別の悲しみや流刑生活の厳しさが少し和らぎ、つかの間の安らぎを得たように思われる。事実クロリスと親密の仲になると、彼は彼女に「もし私の不運が変わったなら／私が切望する幸運を／あなたとともにすることを誓います」と言い、追放解除によりふたたび王宮に呼び戻された暁には、パリに彼女を連れて行き、その幸運を共有し合いましょうとまで約束しているのである。詩人はやがて彼女との愛欲生活に溺れ始める。

あなたが亜麻よりはるかに白いシーツの上に置かれている
あなたの一糸まとわぬ二つの腕に僕がキスするのを見るとき、
また僕の焼けるような手が
あなたの乳房にさまようとき、
クロリスよ、あなたは実感するのです、
僕があなたを愛しているのだということを。

Quand tu me vois baiser tes bras,
Que tu poses nus sur tes draps,
Bien plus blancs que le linge même ;
Quand tu sens ma brûlante main
Se promener dessus ton sein,
Tu sens bien, Cloris, que je t'aime. [25]

そしてついに詩人は、亡命生活がもっと長く続くことを願うようにさえなる。

クロリスよ、彼らの悪意により
私の刑罰がまだ続くよう祈ろう、
私は当地から立ち去ろうとは少しも思わない。
私が無実を訴え続けているにもかかわらず、
あなたの愛が私に対して持続する限り、
私の流刑がまだ続いて欲しいものだ。

Cloris, prions que leur malice
Fasse bien durer mon supplice ;
Je ne veux point partir d'ici ;
Quoique mon innocence endure,
Pourvu que ton amour me dure,
Que mon exil me dure aussi. [26]

詩人は彼女とのこうした幸福な亡命生活を送りながらも、そしてクロリスに、ここに留まるとか、万一帰還命令が出されたらパリに連れ帰るとかと口約束をしながらも、心の底には常に王宮のこと、パリでの生活のことが忘れられず、追放解除によるパリ召還が訪れることを心待ちしているのである。恋人がこの地に留まっていつまでも自分を愛して欲しいと願っている彼女は、寝室でのそんな口約束は当てにならず、いつか自分が捨てられ、恋人がパリに帰ってしまうことを漠然と予感している。

あなたは、私が当地であなたを愛して欲しいというのが、
また愛する人への思いが
私を苦しめている苦悩の原因であって欲しい、
というのがあなたの夢のようですし、
あなたは、こう思っているのでしょう、私がフランス王国（の政情）が
どうなるかを知ろうとばかりしており、
反乱した当地の人々がどうなるのかを、
そしてローマ教会がいつ雷の一撃で
反乱したパラチナ選帝侯の軍を撃滅させる
決心をするのかを知ろうとばかりしている、と。[27]

生活感に溢れた学のない田舎娘であるクロリスは、恋人がそのような政治的問題や王宮復帰のことばかり考えていることに不満を隠さない。そんな打算のない純朴なクロリスを見ていると、詩人は自らの社会的出世に悶々とし、そ

んな政治的問題にかかずらう自分が馬鹿らしくもなる。

クロリスが私の愛人になってくれさえするなら、
ドイツが血まみれになろうと、ブドウ酒にまみれようと
私にはどうでもよいことです。

Pourvu que Cloris m' accompagne,
Il me chaut peu que l' Allemagne
Se noie de sang ou de vin.[28]

パラチナ選帝侯の反乱により始まった三十年戦争で「ドイツが血まみれになろうと、ブドウ酒にまみれようと」クロリスが自分と愛人関係になってくれさえすれば、そんなことは自分にはどうでもよいという言い方は、いかにもリベルタン詩人らしい考え方、「カルペ・ディエム」carpe diem（「今日を楽しめ」）の感覚主義 sensualisme、享楽主義 hédonisme であり、ある意味で無責任な態度と言えなくもない。ヴィオーはこう言いながらもやはり、宮廷への復帰の夢を――むろん水面下で友人などを介してリュイーヌ公との和解工作をし続け、かなりの成算を見越しての上だったが――抱き続けていたので、深い仲となった彼女といつかは別れなければならない――彼女には睦言でパリに連れ帰ると口約束はしたとはいえ――日が訪れることを予感して、深く寝入っている彼女の顔に見入りながら、彼女にすまないとも思う。

敬虔な信者が天国を仰ぐように、
わが眼はあなたの瞳に見入るのです、
僕は無上に激しい欲情に促されながらも、
あなたのベッドの傍らで

Comme un dévot devers les Cieux,
Mes yeux tournés devers tes yeux,
À genoux auprès de ta couche,
Pressé de mille ardents désirs,

わが唇を開くこともなく、
あなたとともにわが快楽を寝入らせるのです。

Je laisse sans ouvrir ma bouche,
Avec toi dormir mes plaisirs[29]

そしてある日突然、詩人がパリに帰らなければならない日が訪れる。これは王による宮廷帰還命令であった。むろん、詩人は一人でパリに旅立った。辛い別れではあったと思うが、彼女ももとより自分が彼とともにパリに出て、あるいは王宮で彼のパートナーとして勤まるとは思っていなかったので、一時の恋として泣く泣く諦めたのではなかろうか。詩人の方も、この別れは辛かったに違いない。彼にあっては、リベルタン・プレイボーイとして甘い言葉で彼女の心を獲得した後も、彼女への愛や思いは真剣なものであったことには偽りはなかったと思われるが、それにもかかわらず彼女との愛は、残されている詩から判断する限り、肉感的・官能的な欲望を満足させてくれる一時の愛であったことも否定できない。そして彼女もそうした官能的・エロティックな愛に強い興味を示す多情な肉感的女性であったように思われる。事実、詩人はすでに引用した馴れ初めになった頃の詩の中で彼女のそうしたコケットリー性、ほかの男性にも色目を使うその多情性、浮気っぽさをなじっている。「クロリスよ、あなたはあまりにもしばしば嘘をつきすぎる／あなたの話は風のようなものだ／あなたの視線は手管に満ちている／あなたは全然愛を持っていない／私はあなたの言い訳を軽蔑します／そしてあなたを以前の半分以下しか愛さない〃あなたはいつもぎこちなく／いつも何か心配顔だ／あなたは一度としてゆったりとしたことがない／いっそのこと貴方は迷惑だわ、と言って下さい／そしてよそで貴方の幸せをお探しになってくれた方が／私には好都合だわ、と言って下さい[30]」。

ヴィオーはこのブセールのクロリスのことを歌ったあるスタンスの中で、こんなふうにも語っている。「あなたを気持良くさせてあげた最初の恋人である私の後、／お口上手な不実な恋の奴隷が、目覚めたばかりの／あなたの欲望を満足させてくれるでしょう。／そしてあなたは私に対してあまり誠意を持っていないので、／あなたにあれほど尽くしてあげたにもかかわらず、／私のことは忘れてしまうでしょう」[31]。

これはちょっとひどい言い方のような気もするが、詩人は彼女を恨んでいるわけではなく、パリに帰ってからも故郷ブセールで人目を忍んで過ごした彼女との愛の時間を、その燃えるような激しい性愛生活を懐かしく思い出している。「私は今の今見る幸福を楽しもう。／私が感じる甘美なものをわが物としよう、／私に可能となるであろうものをもっとも多く／神はわれらにかくも多くの気晴らしをお与え下さったのだ。／われらの感覚はその気晴らしのうちにかくも多くの喜びを見つけるので、／われら詩人のうちに、われらが愛した人とわれらを愛していた人を見つけるのは大いなる喜びである」[32]。ここにはヴィオーの「カルペ・ディエム」精神、そのリベルタン的享楽主義 hédonisme libertin が余すところなく語られている。

そしてブセールのクロリス宛ての詩では、さらに彼の二つの特徴的な恋愛観が表明されている。すなわち一つは「恋愛における相互主義」、相互愛の考え方である。逆に言えばある人をどんなに深く一途に愛していても、その相手が自分の気持ちを拒絶し、愛してくれない片思いの恋は真の恋とは言えず、その場合それがどんなに苦しくとも、諦め、思い切り、新たな相手を探すべきであるという確固とした恋愛観である。もう一つは、この恋愛観と密接に関連して、真の恋愛はトゥルバドゥール的精神主義的恋愛（いわゆるプラトニック・ラヴ）ではなく、肉体的・感覚的なものを介しての精神的恋愛――有限なものを通しての無限なものへの愛――でなければならないという考え方である。これはドニ・ド・ルージュモンなどが言う、いわゆるキリスト教的な「アガペの愛」の考え方に近いかもしれない。

「ブセールのクロリス」宛ての詩では潜在的に認められ、「パリのクロリス」宛ての詩、それも後半期で明確に現れてくるもう一つの、つまり右に見た二つの、とりわけ第一番目の特徴から派生して出てくる三つ目の特徴として、恋愛にあっては互いに相手の人格を百パーセント認め合った完全に対等な（人間的）関係でなければならない、恋愛の相手の女性が（男性でも同じであるが）男性の情欲や情念や観念的愛の対象物化、「容器」化、要するに「もの化」してはいけないという考え方が認められる。もっともこれは、第二の特徴であるルージュモンが言う意味でのキリスト教的な「アガペの愛」から帰結される、当然の性格かも知れない。

パリのクロリス

ヴィオーがパリのクロリスと出会ったのは、一六二〇年の初春、追放令が解除されてパリに帰還した直後のことであったらしい。この女性については、今日までその名も出身も知られていないが、アダンは彼女が歌われている作品から、宮廷の美人の一人で詩を愛し、ヴィオーの詩作にも興味を示し、彼が詩の仕事に打ち込むのを励ましてくれた女性と見ている。たしかに彼女は文学的教養もかなりある知的で、どちらかと言えば、男まさりで勝気な女性であったらしい。彼女は、詩人がいくら真剣に求愛しても性愛的には充分には応えてくれない理性的女性であったと想像される。彼女は詩人に対してブセールのクロリスのような恋愛感情はあまり抱かず、どちらかといえば異性の友達的友情、知的関心からくる好意以上のものは抱いてくれなかったようである。詩人はどのように求愛しても彼が期待したようにはいっこうに応えてくれないクロリスに失望していき、やがて彼女を裏切るような形で、同時並行的に最後の恋人となる「カリスト」とも交際を始めることとなっていく。

アダンは詩人に「クロリス」と呼ばれている女性についての、実名は不明にしてもある興味深い仮説を提出している。詩人はクレルモン＝ロデーヴ伯 comte de Clermont-Lodève に宛てた奇妙な手紙の中で、かつて詩人に好意を寄せてくれていた女性を愛人にしていた同伯爵がお望みであれば、かつての誼《よしみ》で「あなた様のためにお役に立ちたい」が、「彼女はあまりにも分別 jugement がありすぎるので……」と書いている。アダンはこの「とても分別のある女性こそ、あまりにも分別のある、理性的な女性クロリスその人であるように思われる[33]」と言う。もちろんヴィオーのこの手紙だけでは客観的な証拠としては弱く、あくまでも状況証拠によるアダンの憶測にしかすぎない。しかしそう言われてよく読んでみるとこの手紙は、宮廷に出仕していたクロリスと詩人との関係が冷えていった頃、やはり王宮に出入りしていた同伯が彼女を愛人にした可能性を示唆していることも事実である。そして同時にこの研究者は、われわれがすでに本書第二部第Ⅴ章で考察した有名な詩『ある婦人へのエレジー』の女性、すなわち詩人が「私が詩句を推敲彫琢するのはただただ貴女に気に入ってもらえればこそなのです。／貴女は私の詩の重要性も意味もリエゾンも理解しており／そして詩の善し悪しを判断するときには理性のみを持つことをめざしている。／ですから私の考えは貴女の意見に従い、／そしてその他の人からの批判や称讃は受け入れないのです」とその理性的な判断力を高く買っている[34]ある婦人こそ、「分別のある、理性的な女性」であるクロリスではなかろうかとしている。われわれもこの仮説は妥当であり、おそらく間違いないと考えている。

そこで次に、詩人がこのクロリスと出会った頃書かれたと思われる詩を見てみよう。

この二カ月以来、地方から地方へと彷徨《さまよ》っていた
私は運命の女神フォルトゥナと愛の神アムールを連れていた、
一方は足が私の君主のご機嫌伺いに向かうよう強い、
他方は私の官能があなたを口説くよう強いるのです。

かつて神々が愛を求めて出発した
この辛い旅の途中でこの上なく類い稀なる美女たちが
その顔立ちの美しさを惜しげもなく私に浴びせてくれた。
しかし悲嘆にくれた私の眼にとって、これは恐怖にほかならなかった。[35]

これは『愛の絶望』Désepoirs aoureux というスタンスの一節だが、ここに言う「辛い旅」とは追放が解除され、王のお抱え詩人となった彼が一六二〇年の王母 Reine-Mère 軍との戦いに、従軍詩人として同行させられたことを指している。遠征軍に同行する宮廷の美女たちの放つ美しさも、あなたを一目見ることさえできない「悲嘆にくれている私の眼にとっては、恐怖以外の何物でもなかった」という逆説的で巧みな相手への訴え方は、まだこの恋がそれほど進行していない事情を反映しているように見える。またヴィオーは、クロリスが社交界の人々や宮廷人たちとあまり接触しないで欲しいと言って嫉妬する。

あなたの貞節が私に倣って養われんことを。
私のように雑踏を逃れ、宮廷を嫌って下さい、
決して舞踏会にも、散策路にも寺院にも足繁く通わないで下さい、
そしてわが神は愛の神アムール以外の何者でもないようにならんことを。

私はわが部屋にあなたの教会を設け、たった一人でいる。
貴女の面影はわが神であり、わが情念であり、わが信仰なのです。
愛の神アムールは私を喜ばせるために、彼自らが私のために作った詩句を
私が読むことを願っているのです。

戦争の不安から来る迷惑な混乱の中にあって、

誰もが私のうちに苦悩を見るが、というのは私に会うと、
私が世界を征服するための計画を立てているように見えるからです。
でも私の究極の計画はあなたをわが物とすることなのです。[36]

これは同じく『愛の絶望』の後半最終部であるが、ここには恋愛初期の遠慮がちの調子が窺われる。愛の神アムールが「私の官能があなたを口説くよう強い」ても、理性の勝ったクロリスはなかなか思うようには応えてくれず、詩人はいらだつ。この詩には、寺院や教会での愛する女性との逢引き——聖なるものと俗なるものの混融——というテーマや「貴女の面影はわが神であり、わが情念であり、わが信仰なのです」という詩句に認められる恋愛至上主義、女性への愛を、しかも教会内で、キリスト教の神を無視して、自らの宗教とし、彼女を女神として崇めるという考え方がある。これは伝統的な新ペトラルカ風恋愛詩の一種のレトリックにすぎない面もあるが、ヴィオーは後の裁判でこれらの詩句によりキリスト教の神を冒瀆したとして弾劾されることとなる。

最終詩節では、愛する女性から離れている苦悩、自らの愛になかなか応えてもらえない苦悩を、「まるで世界を征服するための計画を立てているかのよう」と奇抜で大げさな誇張と深刻な表情で、愛する女性に自らの愛の真剣さと激しさをアピールし、最後は「私の究極の計画は（世界制覇などと大それたものではなく）、あなたをわが物とすることなのです」と意外なほど明快率直なポワント（止め句）で終えている。このように最終詩節は「離れ離れ」éloignement の苦悩、女性のつれなさ rigueur, indifférence すなわち愛する女性がなかなか心を許してくれないことからくる苦悩を、マニエリスム・バロック的な奇抜な誇張を使って相手に訴え、最終句は一転して相手の意表を突くそのものずばりのポワント句で求愛してこの詩を閉じている。

次に同じく彼女との関係が始まってまもなくの頃、すなわち一六二〇年の春に書かれたと推定される『詩の影響力

を支配する王者よ』Souverain qui régis l'influence des vers というエレジーを見てみよう。「私は自らの筆をこうした強力な決意に捧げ、／そうした悲しみや激しい欲望を描くことでよしとしよう。／愛が満たされ私を焼き尽くす血潮の中で／数日前からデーモンがそうした欲望に火をつけている。／かつて女性の好意を得べく詩を生み出させた霊感の熱気が、／またそうした情念を歌うために数多くの友が私の魂から／引き出したたくさんの使い捨てにされた作品を生み出させた霊感の熱気が、／もし私の詩にまだ残っているならば、／おお、クロリスよ、誰がかくも見事にあなたを称讃しえたでしょうか。／誰が眼を介して私の魂をかくも見事に引き出しえたでしょうか。／美しい人よ、以後私は貴女を私の天使と呼ぼう。／私は自分の詩を貴女への称讃に捧げよう／私は、愛してもいない人々を虚しく称讃したために、／私の詩の女神ミューズが魅力を失ってしまったのではないかととても心配しているので、／私の最も優れた熱情は今日引っ込んでしまいました[37]」。

この詩は『ある婦人へのエレジー』より前に書かれたと推定される通り、それより多少遠慮した言い方だが、紛れもなく『ある婦人へのエレジー』と同一の調子と話題（テーマ）が認められる。すなわち話題の中心は、彼の詩（詩作）についての話が多くの部分を占めているのである。これらの詩句からわれわれは、彼女が詩人の詩作に興味を示し、彼に創作上のアドバイスをしうる文学的教養と知性を備えた女性であるのを知ることができる。なお引用した最後の二行は、ルイ十三世の寵臣で当時絶大な権力を振るっていたリュイーヌ公に、一六二〇年の追放解除と引き換えにパネジリックな称讃詩と敵対勢力に対する攻撃文書 libelle を書かされることになった事情を示唆している。また「またそうした情念を歌うために数多くの友が私の魂から／引き出したたくさんの使い捨てにされた作品を生み出させた霊感の熱気が、／もし私の詩にまだ残っているならば」とはカンダル伯、リアンクール侯と仕え、彼らの、とりわけ前者の恋の相手の女性に贈る恋愛詩の代作をさせられたりしている事情を語っている。そこで次に『ある婦人へのエレジー』の、すでに考察した詩人の宇宙観、人間観・人生観などを語っている部分を除いた、彼女に関わる部分のみを見てみよう。「貴女のやさしい歓迎が私の苦しみを慰めてくれていなかったなら、／私の魂は憔悴しきっていたでしょうし、／もはや詩的インスピレーションも涸れ果て、／私の詩的熱狂は死に絶え、私の精神は陰鬱な悲しみで覆われ、／詩を捨ててしまっていたでしょう。／この仕事は辛いものですし、私たちの聖なる研鑽は、／軽蔑を受けるばかりであり、努力しがいのなさを感ずるばかりです。／私たちの中で、詩作上で努力しようと心からの配慮を好んで示す者は／自らの名声も立派な境遇をも嫌悪しています。／無知がその害悪をフランスの中心に降り注いで以来、／教養は恥ずかしいものとなってしまいました。[38]／（……）／しかし天によりその最も甘美なる火を、／とても美しい火を胸中に吹き込まれた貴女は／こうした不名誉な評判に惑わされる誤りは決してしないし、／こうした粗野な魂の有する無知蒙昧な怒りもお持ちではない。／なぜなら、極度に繊細微妙な精神が生み出したこの上なくユニークな詩句でさえ、そこに／貴女が解せないような感情は決して存在しないからです。／貴女は心の中に尊敬すべき優れた知性をお持ちであり、／わが魂とわが作品に通暁した精神をお持ちです。[39]／（……）／貴女が私の詩に満足して下さることだけが私の最終的な鑪なのです（私が詩句を推敲彫琢するのはただただ貴女に気に入ってもらえればこそなのです）。／貴女は私の詩の重要性も意味もリエゾンも理解しており、／そして詩の善し悪しを判断するときには理性のみを持つことをめざしている。／ですから私の考えは貴女の意見に従い、／そしてそのほかの人からの批判や称讃は受け入れないのです[40]」。

詩人はこのエレジーで彼女がいかに自分の詩的霊感の源泉、原動力となっているか、彼女がいかに自己の詩の良き理解者、アドバイザーであるかを強調し、さらに彼女が詩の良し悪しを適切に判断しうる「理性に恵まれた女性」であることを称讃しているのである。また『詩の影響力を支配する王者よ』のエレジーでは「英雄的な壮大な叙事詩」を書く計画を次のように述べている。「英雄的と呼ばれているこの壮大な計画について言えば、／私は詩を、私の霊感をかきたてる熱気によって考えています。／私はフランス人たちが自らの繊細な精神をこうした分野に／推し進めることをまだ理解していないことを知っている。／私はこうした辛い作品の執筆に取りかかりたい、／なぜならあなたがその力と勇気を私に提供して下さるはずですから[41]」。

『詩の影響力を支配する王者よ』のエレジーで「英雄的と呼ばれているこの壮大な計画」と言っているものを、『ある婦人へのエレジー』では次のようにより詳しく述べている。「一つの大きな計画がわが詩的インスピレーションをふたたび熱してくれ、／その中で貴女が描かれるであろう何らかの素晴らしい詩についての／十年越しの作品が私を縛りつけてくれることを願っています。／そこにおいてもし私の意志が力不足であったなら、／私はこのような心楽しい義務を果たすことに、／わが精神がそれを約束した／かくも気高い計画を実行することに大変な苦痛を感じてしまうこととなりましょう。／何らかの新しい言語を創出し、／新しい精神をわがものとし、／人々や神々がかつて一度も考えなかったような仕方で／より良く考え、より適切に表現しなければならない／（……）／以下に、久しい以前より貴女にそのことを約束せざるを得なかった／私が貴女に気に入ってもらおうとの思いから、／自らの精神を鍛え直している間に、／私の作品の中で記憶に留めることができたものをお示しいたします[42]」。

このように『ある婦人へのエレジー』では、この「壮大な計画」が彼女に勧められたものであることをほのめかし、その実現を彼女にはっきりと約束している。すなわち彼は彼女のアドバイスにより、ロンサールの『フランシアード』に匹敵するような叙事詩を、ルイ十三世の偉業とフランス王国を顕彰するための一大叙事詩を書くことを計画するのである。右に見たように『ある婦人へのエレジー』では「一つの大きな計画が」とか「詩についての十年越しの作品」とか言い、『詩の影響力を支配する王者よ』では「英雄的と呼ばれているこの壮大な計画」と言っているが、両者とも同じことつまりルイ十三世とフランス王国の一大叙事詩を書くという壮大な計画を示唆しており、両者ともまったく同じことを言っている。この点でも前者の「ある婦人」が、この「詩の影響力を支配する王者」のクロリスと同一人物であると考えて間違いなさそうである。

「一つの大きな計画がわが詩的インスピレーションをふたたび熱してくれ、／その中で貴女が描かれるであろう何らかの素晴らしい詩についての／十年越しの作品が私を縛りつけてくれることを願っています」と言うヴィオーは、彼女との約束にもかかわらず、結局この叙事詩は書かなかった。彼女との関係が破綻したのでこの計画を放棄したというより、『ある婦人へのエレジー』の中で彼自ら認めているように、もともと気まぐれで想像力に任せて自由に書くのが好きなヴィオーは、客観的史実に基づき、きちんと構成を考えて書く長大な叙事詩は不向きだったので、むしろ書けなかったと言うべきだろう。

パリのクロリスは、このように彼の詩の優れた理解者・アドバイザー・批評者であるだけでなく、感性面でも彼に慰めを与え、精神的にも彼を理解し、支えてくれる女性庇護者の側面もあったが、彼は官能的・エロス的欲求にいっこうに応じてくれない理性的なクロリスに、次第にフラストレーションを抱くようになっていく。魅力的で、男性にいろいろと気を持たせはするが、気安く近寄れない女性。詩や文学の話ばかりで、親密な関係へと進んでくれないパリのクロリスを思いながら、恋の苦しさのためいっそのこと彼女を忘れてしまおうと試みる。

私は自分の魂から、生まれつつある恋の情念の
どうにもならない熱狂を引き剝がすために、できるだけのことをした。
私は一晩中読書し、一日中遊び、
恋の病から癒されるために、可能な限りのことをした。
オウィディウスの『愛の治療法』にあるすべての秘策を二、三度読んだ。
私の愛が当てにならないという残酷な思いから、私は
パリが与えることのできるあらゆる喜びを味わうことで、

クロリスへの愛を忘れようと努力した。
私は百回も舞踏会を見、百回もお芝居を見た。
私はこの上なく甘美なリュートの調べを鑑賞した、
しかし私にまだ分別があったにもかかわらず、
こうした気晴らしは私の場合少しもうまくいかなかった。
クロリスの面影が私のすべての目論見を四散させてしまい、
そしてどんなにわずかに私の魂がほかのところで解放感を味わっても、
眼の前に存在しない貴女の美しい瞳の聖なる思い出のために、
その瞳をちょっと見ただけで、私の官能が呼び起こされてしまうのだ。[43]

これは『私は自分の魂から……を引き剝がすためにできるだけのことをした』*J'ai fait ce que j'ai pu pour m'arracher de l'âme* というエレジーの冒頭である。詩人はこのエレジーで成就しない恋の苦しさから逃れるため、読書や舞踏会、観劇などに没頭して彼女を忘れようとするが、最後にはやはり彼女の美しい瞳の魅力に囚われてしまう。

貴女の虜となっている私の惨めな精神は貴女の怒りをとても恐れているので、
あえて思い切って貴女のご機嫌を取ることなどしないのです。
私は、拒まれた侮辱を受けたにもかかわらず、
あえて死ななかったことに怒りたいくらいです。
なぜなら私の欲望に忠実な何かを拒絶するということは

私に死の苦しみを与えるに等しいからです。[44]

一六二一年頃の二人の関係のありようを反映していると思われるこの詩は、アダンの推定に従えば、次の事実を、すなわちこの頃のクロリスには、詩人のいかなる情熱といえどももはや「温めることが不可能な冷たさ」（アダン）が存在していたことを示唆しているように思われる。詩人はその激しく辛い愛を彼女に必死に訴えるが、いっこうに心を許そうとしない彼女の頑なな態度やその冷たさに、やがて激しい怒りと悔しさを覚え始め、ついには彼女を決然と諦めようとする。

クロリスよ、熱狂的な情欲の
このわずかな一瞬のために、
私の精神が貴女を永遠に愛することを
自慢するとでも思うのですか？
私の熱気が過ぎ去ったとき、
理性が私の考えを変えるのです。
（……）

Cloris, pour ce petit moment
D'une volupté frénétique,
Crois-tu que mon esprit se pique
De t'aimer éternellement?
Lorsque mes ardeurs sont passées
La raison change mes pensées,
（……）

美人の貴女がそんなふうに逃れ去っていくのを見ると、
それを追い求めることに疲れ、
わずかな自由とともに

À voir tant fuir ta beauté,
Je me lasse de la poursuivre,
Et me suis résolu de vivre

生きようと心に決めました。
私には不興だけが必要なのであり、
貴女からかくも多くの誠意（貞節）を失わせた
あのように大それた行為が私には必要なのだ。
私の眼や魂が
貴女に近づくことなど二度とふたたび考えないようでしたら、
その後でどうぞ私を忌まわしい男と見なして下さい、

私は貴女を
大いなる冷淡さで見下し、
愛というよりむしろ義務で
貴女に恭しく挨拶するつもりです。
貴女の愛情がそこに込められていない
あらゆる偽装された媚びが
私の感覚をぼーっとさせて騙してきたが、
今や私はその媚びを無力な見せかけと考えており、
私が当時つれない行為と名づけていたものをもはや
愚かな行為としか呼ぶまい。

Avec un peu de liberté.
Il ne me faut qu'une disgrâce,
Qu'encore un trait de cette audace
Qui tá fait tant manguer de foi,
Après tiens-moi pour un infâme
Si j'amais mes yeux ni mon âme
Songent à s'approcher de toi.

Je me trouve prêt à te voir
Avec beaucoup d'indifférence,
Et te faire une révérence
Moins d'amitié que de devoir.
Toutes les complaisances feintes
Où tes affections mal peintes
Ont trompé mes sens hébétés,
Je les tiens pour faibles feintises
Et n'appelle plus que sottises
Ce que je nommais cruautés.

私は自ら貴女を称讃してきた後では、
貴女を悪くは言いたくない。
そんなことをすれば私がかつて祈った祭壇を
冒瀆的な言葉で汚すことになるだろうから。
ひとえに天使たちのおかげである
称讃の言葉の数々をあなたに惜しみなく捧げた以上、
私はそれらの褒め言葉を貴女から奪い取りたくはない、
むしろそれらの称讃は貴女の圧倒的な魅力ゆえと思いたい、
貴女に尽くしながら私が蒙った、
屈辱を隠すために。

Je ne veux point te décrier
Après t'avoir loué moi-même ;
Ce serait tacher du blasphème
L'autel où l'on m'a vu prier.
T'ayant prodigué des louanges
Que je ne devais qu'à des anges,
Je ne te les veux point ravir,
Je les donne à ta tyrannie
Pour déguiser l'ignominie
Que j'ai soufferte à te servir.

この詩は知性的で勝気な「パリのクロリス」との恋が終局に近づいた頃の作と思われるが、ここには詩人の失恋の激しい痛み——悔しさ・屈辱感・怒り——が認められると同時に、ヴィオーに特徴的な「相思相愛」の相互愛 amour mutuel こそ真の愛という恋愛観、すなわち真の恋愛は二人の人格の間に成立するのであって、一人の内面にのみ観念的・妄想的に成立している愛は真の愛ではないというヴィオー独自の恋愛観も表明されている。どれほど純粋に、またどれほど真剣かつ一途に愛そうと、相手がそれに応えてくれない片思いの恋は、真の恋愛とは言えず、それがどんなに辛く、苦しかろうと、諦め、忘れなければならないという恋愛観が、この詩にも語られている。

カリスト

詩人がどうにもならないパリのクロリスとの恋を諦め始めた頃に彼の前に現れたのは、「カリスト」Caliste と呼ばれている女性で、今日まで知られている限りでは彼の最後の恋人であった。彼は右に挙げた詩中で表明されている決意にもかかわらず、実際にはクロリスと最終的決別 rupture définitive をすることなく、アダンによれば、遅くとも一六二一年の半ば頃までは彼女にラヴレターを書き続けていたらしいという。[46] この新たな女性、カリストとは、一六二一年の春頃より交際が始まったと思われる。アダンによれば、詩人によってカリストと呼ばれたこの女性は、ルイ十三世の王妃アンヌ・ドートリッシュの侍女 demoiselles d'honneur の一人であったという。この碩学はその根拠として『アクテオンの女神ディアーヌへの書簡詩』Epître d'Actéon à Diane 中の次の一節を挙げている。「カリストが今有している星々の間で光り輝くという特権ゆえにという以上に、貴女〈女神ディアーヌ〉のニンフたちの一人であるという特権ゆえに私は彼女をより輝かしいと評価しているのです」Calliste, que j'estime plus glorieuse pour avoir eu l'honneur d'être une de vos Nymphes que pour l'avantage qu'elle possède de luire maintenant parmi les étoiles.[47] つまり詩人はこの書簡詩で王妃アンヌ・ドートリッシュをギリシャ神話における月の女神アルテミス＝ディアーヌになぞらえ、その侍女を、この女神に絶えず付き従っていたニンフ、カリストに喩えて称讃しているところから、アダンは詩人の最後の恋人カリストはアンヌ・ドートリッシュの侍女の一人であったに違いないと推論しているようである。

彼女は後に（ヴィオーとの恋の後?）フランス王国の政府高官と結婚したという。[48] その彼女はあるとき、王妃に従ってパリからブロアの城に来ることになり、詩人はその彼女をブロアで待っていた経緯を、親友でこの恋の聞き手 confident であるM・ド・プゼ M. de Pezé に書き送っている。

私はこの二年来屈辱的に苦しんできた

鉄のように重い枷にもはや耐えることができない。
ああ！　わが理性がロワール河畔で
君が私に話してくれていたことを思い起こすとき、
あのように多くの名誉と温かいもてなしでもって、
君が私の満たされない心の気晴らしをしてあげようとしていたとき、
それがどんなに残酷なものであったにしろ、
私は君の忠告に従おうとしなかったことを後悔している。
それがどんなに太陽の光を私から奪い去ってしまうものであったにしろ、
君は私の恋の病を治して私を喜ばせようとしたのに。[49]

アダンの推定によれば、この詩はどんなに遅くとも一六二三年の三月から、すでに獄中にあった翌二四年春の間に書かれているので、詩中の「この二年来」という言葉から逆算すると、カリストとの関係は一六二二年ではなく一六二一年中、つまりまだクロリスを口説いているときにすでに始まっていたと考えられるという。[50]カリストとは、いっこうに靡いてくれないクロリスと同時並行的につき合いはじめ、やがてカリストへの愛がクロリスへの愛に打ち勝つときが訪れる。そのあたりの経緯を彼は後年、（一六二四年の春に書かれたと思われる）『テオフィルから友人シロンへ』という書簡詩で語っている。アダンによれば、シロン Chiron とは医者のシャルル・ド・ロルム Charles de Lorme であるという。[51]

Au lieu d' être dans les enfers,
地獄にいて、

私のためにかくも悲惨な休息所を作っている
業火と鉄鎖のことを考えるよりも、
むしろ私は、パリにいて、
カリストがクロリスに勝利した私室で
過ごすことを考えるであろう。

De songer des feux et des fers
Qui me font le repos si triste,
Je songerais d'être à Paris
Dans le cabinet où Calliste
Eut le triomphe de Cloris.[52]

女性的な魅力と美しさ、気品を備えていたこの宮廷女性は、理性的で知性と教養のあった「パリのクロリス」、「ある婦人」以上に、気位の高い女性であったようである。それゆえこの女性との恋はヴィオーの最後の最も激しいものであったが、パリのクロリスにもましてじらされ、苦しめられた不幸な恋愛でもあった。

極限にまで追い詰められた私の情熱が
多少なりとも貴女の温かいもてなしで慰撫されるとき、
喜びか同情からの貴女のやさしい態度が
私の愛が長い間苦しまずに済んでいるとき、
私は自らの心のうちに喜びが広がるのを感じ、
この喜びは幸運の女神フォルトゥナがもたらすあらゆる財産さえ超えてしまっているのだ。
たとえ神が私を王にしたとしても、この喜びほどには満足しないだろう、
また太陽の帝国といえどもこれほどまでに私を喜ばせはしないだろう。
貴女の美しさが私に与える愛の喜びが失われてしまうようなら、

私は王冠の輝きでさえ足下に踏みつけてしまうだろう。[53]

ヴィオーはこのようにバロック的な誇張法によりカリストを最大限に称讃して彼女の愛を得ようとするが、彼女は王妃に従って、しばしばパリを離れてしまう。彼はパリに一人残され、彼女のことだけで頭が一杯なまま、孤独な日々を過ごしている。「パリの真っ只中にいて私は隠者になった。／私の精神はただ一人の恋人のうちに縛られてしまっている。／私の眼が気晴らししようと思う至る所に／私は脱出できない牢獄を引きずっていく[54]」。

そしてついにカリストを追って親友M・ド・プゼの住むブロアに出かけ、彼の家に泊まって彼女と会える機会をうかがおうとする。

私一人だけが万物が自足している季節の中にあって、
残酷な待望の苦悩に圧倒され、
慰めもなく悲しみ、冬のただ中にまったくの孤独で、
私に訪れたはずの春を今年も見ることがないのだ。
私はただ一人で荒涼とした森や
枯れ果てた花壇、凍てついた小川を見つめ、
こうしたすべての生きとし生きるもののおかげで
この季節が生み出した果実を、魔法にかけられたように、味わうこともできないのだ。
しかし私の魂に称讃された太陽（恋人）が、

その光の熱気で私の魂の焔をふたたび暖めてくれるときには、
私の春が再び訪れることになるだろう、
天の燈火が死すべき人間たちに与えるよりも千倍も美しい春が。[55]

だが、結局彼女には会えず、パリに帰ってくるが、カリストのことは片時も忘れられず、こう呟く。「私は自らの恋の熱狂を愛する、だから／それを非難しようとする友人は誰であれ好きになれないだろう。／だから私は決して信じない、貴女が不在中に理性が／私に甦ることなど[56]」。

詩人は苦しい恋の聞き役のプゼの忠告も聞かず、一心にカリストとの再会を願う。

不幸な別れが恋する私の眼からあのいとおしい人を
奪ってしまったあの恐ろしい日以来、
わが魂は私の感覚から完全に引き離されてしまった。
そして私は貴女と一緒にいる機会を奪われてしまい、
これほどまでの不安を抱えながらひどい孤独に陥っているので、
私は自分自身が自分から離脱してしまっているように感じた。
太陽の光は私には決して見えず、
夜の甘美さも私には決して感じられない。
私は以前より美味な食事に毒を感じ、
私の歩んだいずこにも深い深淵を感じてしまうのだ。

以来、死以外の何物も私と生活をともにするものはなく、
貴女を恋い慕うという名誉は私にそれほどまでの犠牲を強いるのだ。[57]

やがてカリストはパリに帰ってくるが、彼女はそのことを彼に知らせもしない。彼はついに夜彼女の家に押しかけ、起こして詰問しようとする。「お願いですから、思い出してください、限度を超えた／最悪の不幸が私を苦悩のどんな限界点にまで追いつめたかを。／貴女への遠慮とともに私の敬意がどんなに／私の嘆きを押さえこもうと努力しているかを。／貴女はご存知です、私がどんな苦しみの中で太陽を待ち望んでいるかを、／そしてまたどのような思いがけないことで私が貴女の眠りを破ってしまうかを」[58]（エレジー『つれない人よ、あなたはどんなつもりで私の苦しみを長引かせるのですか？』）。

詩人は自分がどれほど深く傷つき、苦しんでいるかをこのように彼女に必死に訴えるが、彼女は迷惑顔で無表情のままである。「たとえ私の苦悩がほんの少しの後悔の念を貴女に抱かせたにしても、／貴女は、避けがたい深淵の淵から身を傾《かし》げ、／耐え難い苦悩に、私の運命が貴女に認めさせていた苦悩に、／私が耐えている姿を平然と見ていた」[59]。

彼はそんなカリストの冷たい態度——もしかすると彼女はこの頃から、後に結婚することになる某政府高官とのつ付き合いが始まっていたのかもしれない——を見て、決別を考える。

このような残酷な侮辱を恨んで、
私の理性は悔しさから自尊心を目覚めさせた。
そのとき私は貴女とともに生きている私の心のその部分を

自分から分離しようと考えた。
魅力に満ちたほかの美女たちがすでに
（……）
私の傷心を癒し、私の涙を乾かしていた。
私の愛にたやすくなびく彼女らの率直さが
貴女への奴隷の心を彼女らに向かわせたある愛が
別の愛で消え去るように、
私のうちでほかの愛する女性たちが貴女の地位を獲得していた。[60]

ヴィオーは彼女の心が少しずつ離れていく悔しさから、親友で恋の打ち明け相手のＭ・ド・プゼにカリストとの愛の秘密を口外してしまう。

彼女は美女が与えるあらゆる愛の証によって
私を満足させてくれたので、今の私は本当に幸せです。
このときの事を思い出すと私はとてもいとおしい喜びに満たされるので、
私の眼は誰かが彼女を見ても嫉妬してしまう、
屋内や戸外で私と会う君にさえ。
私は何がしかの後悔なしにそのことを君に言ったことはなかった。
しかし彼女は何も黙していられない精神の持ち主なので、

君に対する私の口の堅さはほとんど必要としない。
こうした軽薄な精神にあってはすべてが皆に知られているので、
私が秘密にするのは君を傷つけるばかりであった。[61]（『ド・プゼ氏へのエレジー』）

友人にこういう形で告白することによって、気位の高いカリストに復讐するが、彼女は詩人の家にやってきて自らの非を認め、破局は一時的に回避される。

あなたが後悔、あるいはむしろ自尊心から
私の苦悩が棺の中にあることに気がとがめ、
我が家にやってきて私のうちに自分と同じ知性を
認めて、あなたの眼を私のもとに連れ戻したとき、
ある愛が別の愛で消え去るように、
私のうちでほかの愛する女性たちがあなたの地位を獲得していた。[62]

しかしこれは一時的和解であり、彼の心にはすでに「ほかの愛する女性たち」が入ってきていたのである。彼女との関係は以後しっくりいかなくなり、一六二三年九月の逮捕・投獄の頃には二人の関係はすでに破綻していたようである。アダンによれば、カリストとの関係を歌ったエレジー数編が収録された一六二三年の『作品集第二部』の刊行こそが、まもなくして起こるヴィオー迫害の真の原因と主張する友人も何人かいるという。[63] すなわちカリストは『女神ディアーヌへのアクテオンの書簡詩』の中でも、大熊座の「星々の中でもひときわ目立って光り輝いている」と歌

われた侍女であり、王妃アンヌ・ドートリシュの侍女の中でも才色兼備の際立った女性であったため、もしかすると後に結婚することとなる政府高官との交際も、この頃よりすでに始まっていた可能性がある。実名こそ出していないとはいえ、宮廷人や詩人の友人間ではその女性が誰であるか特定できる仕方で二人の関係、それもエロティックな関係をも公表してしまったことで、この侍女と交際していたその有力高官の反発と憎悪を買ってしまった可能性も否定できない[64]という。

最後にカリストとの関係におけるテオフィル・ド・ヴィオーの女性観、恋愛観についても触れておこう。前項のクロリスの場合同様、カリストとの関係にあっても、彼は「恋愛における互恵主義、相互主義」を主張している点は注目に値しよう。というのはカリストとの恋は生涯における最後の、最も激しく、苦しい恋であり、彼にとって彼女は最も近づきにくい「高貴な」女性であったにもかかわらず、彼女との恋愛においてもペトラルカ風のプラトニックな「宮廷風恋愛」、すなわち意中の高貴な女性からの一切の〈見返り〉、愛の印 faveurs を期待せず、一方的に献身、隷属した無償の愛というものを明白に拒絶しているからである。

それはたとえば、先に引用したカリスト詩篇の一節、こちらが愛しても相手が愛してくれないなら潔く諦めようとする態度にも現れている。「このような残酷な侮辱を恨んで、／私の理性は悔しさから自尊心を目覚めさせた。／そのとき私は貴女とともに生きている私の心のその部分を／自分から分離しようと考えた[65]」。あるいはまた、「少なくとも互いの欲望が永遠の絆で私たち二人を／結びつけ、彼女の気まぐれや私の怒りが互いに／楽しもうとする心遣いを私たちの心のうちで決して損なわないようにし、／私たちの愛の喜びの流れを決して中断しないということが／可能であるならば、私は彼女を永遠に熱愛することで／この上なく幸福となるでしょう[66]」。という一六二二年春に書かれたカリスト宛てのこのエレジーには、恋愛における相互主義、および真の恋愛は精神的であると同時に官能的・肉体的なものも含まれた人間的・人格的愛、すなわちアガペ的な愛であるというヴィオーの恋愛観が表明されていることに注目しておきたい。そして同時にカリスト詩篇に見えるこれらの詩句はヴィオーが最も深く愛しながらも二人の愛がなぜ破綻したかをも説明している。ヴィオーの彼女への愛が深く激しくなっていった恋愛後期には、カリストが少しずつ冷淡になっていった――彼女が政府有力者ともつき合い始めた可能性が否定できないだけになおのこと――という二人の力関係の逆転により、ヴィオーの持論である「愛の相互性」、「愛の互恵主義」が失われていったことが破局の原因であったように思われる。

結論

三十六歳という短い生涯における詩人の恋愛体験を概観してきたが、最後に四人の女性との恋愛に共通した特徴を指摘して本章の結論としよう。実名ではないにしてもその名が知られている四人の女性との恋愛に共通している特徴の第一は、すでに何度も指摘しているように、「相互的愛」、「相思相愛」amour mutuel である。「求愛」に対する「応愛」がない中世のトゥルバドール的な宮廷風恋愛の拒否である。

たとえばパリのクロリスとの恋が破局を迎えようとしている頃に書かれたオードでも、愛の相互性がなくなればその恋は終末を迎えざるを得ないことをこんなふうに歌っている。

いいえ、私はもはや貴女のあのような奔放な生活を
許しはしないだろう。
すべての人々が私を非難し、そして私に
嘆き、癒されることを勧めてくれる。
それに貴女の美しさは過ぎ去り、

Non, je ne saurais plus souffrir
Cette liberté de ta vie!
Tout me blâme et tout me convie
De me plaindre et de me guérir.
Aussi bien ta beauté se passe,

私の愛も様相を変える、
初めの頃の私の恋の熱気は
その激しさをすっかり失い、
私の理性と貴女の無関心が
私の欲望をほぼ完全に弱らせてしまった。

Mon amitié change de face,
L'ardeur de mes premiers plaisirs
Perd beaucoup de sa violence,
Ma raison et ta nonchalance
Ont presque amorti mes désirs.[67]

なるほどヴィオーも一六一九年以前の初期には、ある種の新ペトラルカ風の純愛的女性讃美詩を書いており、精神的にのみ愛する愛、一方的に献身、隷属した無償の愛をも肯定した形跡がないでもないが、少なくとも中期すなわち一六二〇年以降は次第にこうした相互的愛こそ真の恋愛、という考え方が優勢となっていったように思われる。

次に特徴的なのは、この第一の特徴に関連して、フィリスやパリのクロリス、そして最後の最も「高貴な」女性カリストといった、どんなに精神的、知的に深く愛した女性に対しても、例外なく、官能的・肉体的欲求を介在させた霊肉合致の「完全愛」を要求している点である。ヴィオーは恋に落ちた女性を精神的にどんなに好きになったにしても、そこに肉体的な交わりが伴わない限り、真の愛とは考えず、それがどんなに苦しくとも、片思いの「恋の病」として決然として断念する。

三番目の特徴として、これも今挙げた第一、第二の性格と密接に関連していることであるが、恋愛における男女両性の完全なる平等性、対等性という点である。すなわち恋愛においては双方が互いに相手の人格を認め合った上で喜びを分かち合い、共有し合うという態度である。一方が他方を自己の喜びや快楽の手段化・もの化する愛は否定され、あくまでも対等な人格（ペルソナ）の持ち主として、「語り合い」、喜びを分かち合うという恋愛観が認められる。

私の精神はその聖なる力の磁力（恋人）に
惹かれざるを得ない、
私が「生きること」と呼ぶすべては
彼女とただ、語り、彼女と会うことである。

Mon esprit est forcé de suivre
L'aimant de son divin pouvoir,
Et tout ce que j'appelle vivre,
C'est de lui parler et la voir.[68]

註

1 Antoine Adam, *Théophile de Viau et la libre pensée française en 1620*, Droz, 1935, Slatkine Reprints, Genève, pp. 111–113.
2 *Ibid.*, p. 111.
3 Théophile de Viau, *Œuvres complètes* t. III, Honoré Champion, 1999, p. 130, VIII.（以下、*Œ. H.C.* t. III, と略。）
4 *Œ. H.C.* t. I, p. 167.
5 *Ibid.*, p. 226.
6 *Ibid.*, p. 249.
7 *Ibid.*, p. 226–227.
8 *Œ. H.C.* t. I, pp. 249, LVII ; 226, XLI ; 248, LVI ; 249, LVII, etc.
9 Adam, *op. cit.*, p. 114.
10 *Ibid.*, pp. 200–201.
11 *Ibid.*, p. 228.
12 *Œ. H.C.* t. I, p. 187.
13 *Œ. H.C.* t. III, p. 145.
14 Adam, *op. cit.*, p. 167.
15 Frédéric Lachèvre, *Le Procès du poète Théophile de Viau*, Paris, 1909, (Slatkine Reprints, 1968), pp. 75–77.
16 *Œ. H.C.* t. I, p. 188.
17 *Ibid.*, p. 188.
18 *Ibid.*, p. 187.
19 *Ibid.*, p. 188.
20 *Ibid.*, p. 188.
21 *Ibid.*, p. 189.
22 *Ibid.*, p. 188.
23 Adam, *op. cit.*, p. 168.
24 *Œ. H.C.* t. I, p. 192.
25 *Ibid.*, p. 194.
26 *Ibid.*, p. 190.
27 *Ibid.*, pp. 190–191.
28 *Ibid.*, p. 191.
29 *Ibid.*, p. 195.
30 *Ibid.*, pp. 187–188.
31 *Ibid.*, p. 196.
32 *Œ. H.C.* t. II, p. 41.
33 Adam, *op. cit.*, p. 188.
34 *Œ. H.C.* t. I, p. 203.

35 *Ibid.*, p. 193.
36 *Ibid.*, p. 193.
37 *Œ. H.C.* t. II, p. 34.
38 *Œ. H.C.* t. I, p. 202.
39 *Ibid.*, p. 203.
40 *Ibid.*, p. 203.
41 *Œ. H.C.* t. II, p. 34.
42 *Œ. H.C.* t. I, pp. 202–206.
43 *Œ. H.C.* t. II, p. 68.
44 *Ibid.*, p. 66.
45 *Ibid.*, p. 79–80.
46 Adam, *op. cit.*, p. 260.
47 *Œ. H.C.* t. III, p. 86.
48 Adam, *op. cit.*, p. 260.
49 *Œ. H.C.* t. II, p. 62.
50 Adam, *op. cit.*, p. 261.
51 Adam, *op. cit.*, p. 391.
52 *Œ. H.C.* t. II, pp. 193–197.
53 *Ibid.*, pp. 59–60.
54 *Ibid.*, p. 57.
55 *Ibid.*, p. 58.
56 *Ibid.*, p. 57.
57 *Ibid.*, p. 56.
58 *Ibid.*, p. 60.
59 *Ibid.*, p. 60.
60 *Ibid.*, pp. 60–61.
61 *Ibid.*, p. 63.
62 *Ibid.*, p. 61.
63 Adam, *op. cit.*, p. 289.
64 *Ibid.*, p. 289.
65 *Œ. H.C.* t. II, p. 60.
66 *Ibid.*, p. 59.
67 *Ibid.*, p. 81.
68 *Œ. H.C.* t. I, p. 191.

II　恋愛観・女性観

序論

テオフィル・ド・ヴィオーの恋愛観には、古代・中世からルネサンス・近代へと時代が転換していく過渡期の思想家らしく、古代・中世的な見方と合理的・近代人的な見方が混在していると言うべきかも知れない。むしろ並存していると言うべきかも知れない。ヴィオーは人も知るプラトン学者としてこの哲学者の『パイドン』を翻訳しており、当然その恋愛観にもこの哲学者の、さらに言えば古代ギリシャ哲学者たちの影響を強く受けている。すなわち古代ギリシャ・ローマにあっては、恋愛は種の保存のための自然現象、自然の欲望充足以上のものではなかった。したがってこの肉欲を超えた過度の熱狂的恋愛は一種の〈狂気〉、〈病気〉（古代ギリシャ後期の喜劇作家メナンドロス Menandros の言）と見られていたが、ヴィオーもこうした考え方を受け継ぎ、精神的な激しい恋情を〈わが病気〉[1]とか〈わが狂気〉[2]と呼んでいる。つまり悲劇『ピラムスとティスベの悲劇的愛』の主人公たちのように、恋の情念に「憑かれた」状態 état possédé では自我 moi は自らの健全性、自立性、人生にあって「ものを楽しむ能力 ability to enjoy を失ってしまい、個人を非人間化 dehumanizes してしまう」[3]。要するに激しすぎる憑かれた恋は人を不幸にするという考え方が窺われるのである。

しかし他方でプラトン的な愛の観念、すなわち他者のうちに善なるもの、美なるものを認め、憧れ、それに至り、それと合体しようとするいわゆるエロスの愛も肯定しており、このプラトン主義的愛は俗に言ういわゆる〈プラトニック・ラブ〉というのとは意味が異なり、女性との、また少年との肉体的・官能的愛をも含み、それを否定することのない恋愛であったことには留意しておく必要があろう。そうした肉体的愛をも含みつつ、それらを通してより美しいもの、より善なるものへの追慕が最終的に美であり善そのものである〈イデア〉の国の認識に至ることが愛の目的であるとプラトンは考えており、こうした考え方はヴィオーにも認められる。ただし後者の場合、プラトンほど楽天的ではなく、カルヴァン派出身の詩人らしくその恋愛観にも暗いペシミスムが反映されているように感じられるのである。すなわち一方でプラトン主義的、憧憬的恋愛観を持ちながら、他方でその恋愛にも人間存在の無常性、その悲惨さを見てしまうという複雑な恋愛観が窺われる。たとえば次のソネはプラトン主義的な恋愛詩、フランス・ルネサンス期の新ペトラルカ＝ロンサール風の若い娘の美しさの衰えの迅速さ、若い「今とここ」での愛＝生命の享受、その喜びの享受の大切さ――カルペ・ディエム carpe diem（「今日のこの日を楽しめ」）――を歌ったものだが、その若い娘に対してロンサールよりはるかに、暗く残酷に訴えかけているのである。

貴女が美しさを誇れるのはせいぜい二、三年しか持続し得ないのだ、
その後ではこの美しさはもはやこれほど生き生きとしたものではなくなり、
そのときには、自分の愛の情念がすでに遅すぎ、
口の悪い人たちの餌食となっていることを知るでしょう。

貴女は王宮の人々の全員から拒絶されることになるでしょう、
大ばか者の宮廷人でさえ、貴女の情熱に無関心のままとなり、

その結果貴女の淫蕩な愛の恥ずべき欲情は
贈り物の力で下僕を誘惑することになるだろう。

貴女は自分を愛人としてくれる人を探すこととなるでしょう、
男性たちは貴女の言い寄りに怖気づき、貴女の愛撫から逃れることとなるでしょう、
至る所の男性が残らず貴女にさよならを言うでしょう。

私のところに戻ってきても、私は貴女を全然相手にしないでしょう、
貴女は愛に泣き、私は貴女のその恥辱を笑ってやるでしょう、
そのとき貴女は罰せられ、私の恨みは晴らされるだろう。[4]

プラトン主義的・ペトラルカ的女性称讃詩を、このように残酷でペシミスティックな女性観・恋愛観で逆説的に歌わないではいられないところに、ヴィオーのカルヴァン派的な暗い思想が反映されているように感じられる。

ペトラルカ風恋愛観とガロア主義的恋愛観

ところでヴィオーの恋愛に対する態度や考え方は、作品、とりわけ詩作品を通して見てみると二つあり、一つは初期つまり青年期より顕著に認められるいわゆる「サティリック詩」poèmes satiriques、つまりクレール・ゴーディアーニがキャバレー詩 cabaret poetry と名づけた官能的・肉感的、あるいは（女性蔑視を含む）嘲笑的・風刺的な「猥褻詩」poèmes obscènes（licencieux）に現れたいわゆるゴーロワ精神の伝統に基づいたそれであり、もう一つはロンサール以来

のイタリア・ルネサンス的ペトラルカ風抒情恋愛詩・女性礼讃詩の伝統を継承したプラトン主義的女性崇拝のそれである。前者、ゴーロワ精神からくる恋愛観は、彼自身の個人的体験やアンリ四世王同様、南仏人に特徴的な現世肯定のエネルギッシュな性向、その好色性、あるいは「立派な紳士や美しい女性を愛するだけでなく、あらゆる種類の素晴らしいものを愛さなければならない。私は晴れた日を、澄み切った泉を、山々の眺望を、広大な平野や美しい森林の拡がりを、また雄大な海とその波浪を、その凪いだ静かな海とその岸辺を愛する。私はまたそれ以上にとりわけ五感に訴えるあらゆるものを、すなわち音楽を、花々を、素敵な洋服を、また狩猟や立派な馬を、素晴らしい香水と美味しい御馳走を愛する」[5]といった『初日』*Première Journée* の有名な一節に窺われるような感覚主義 sensationnisme、青年期のリベルタンとしての快楽主義 épicurisme、享楽主義 hédonisme などからきているように思われる。

実際青年期のヴィオーは自ら「放蕩かつ放埒」であることを誇示しつつ、「松ぼっくり亭」« la Pomme de Pin » といったパリの有名な酒場でリベルタンらしい「汚い、不敬な」詩句を友人たちに朗誦したりしていたという。[6]ちなみに彼の代表的な〈サティリック詩〉（〈キャバレー詩〉）の一部を挙げておこう。「公爵君、ご機嫌はいかが？／どんなふうに生活していますか？／もし君が今日まだあれをしてないようだったら／これらの詩句が君をその気にさせてくれますよ∥エロティックな気分になっていますか？　あのほうは元気ですか？／精力が回復したと感じるかい？／あのふぐりは前よりずっと大きくなったかい？／おしっこすると痛むかい？∥僕は放蕩をこれほど好む青年を／いまだかつて見たことがない∥（……）∥神がわれらに望む限り、／筋はしなやかに、一物は硬く保たれんことを」[7]。これは『ある公爵へ』と題されたオードの数節だが、ヴィオーにはその趣味もあった同性愛の相手に贈ったとも解釈し得る、まさに男同士の宴席歌、戯れ唄である。

また彼が訴追・逮捕、投獄されることとなった『サティリック詩人詩華集』冒頭に掲げられ、裁判で作者であることを否認した（が、アダンは、そしてわれわれも、同時代人たちが「テオフィルの遺言詩」と呼んでいるとの理由からヴィオー作と認める）有名なソネも引用してみよう。「フィリスよ、すべてがもうだめになってしまった、私は梅毒で死んでしまう、／彼女は私に対して最後の拒絶を行った、／私の一物は頭を垂れ、力強さが少しもない、／悪臭放つ潰瘍が私の話しぶりを台無しにしてしまった。〳〵私は三十日も汗をかき、粘液を吐き続けた、／こんなにひどい病苦がこれほど長く続いたことはかつて一度もなかった。／この上なく忍耐強い精神といえども私のこのような憔悴を蒙ったなら、死んだようになってしまうだろう、／そして私のこの苦悩はいかなる慰めも持ってはいない。〳〵私の最も心を許した友人たちさえあえて私に近づこうとしない、／こんな状態では私自身でさえあえて自分に近づこうとはしないのだ、／フィリスよ、私の病気は貴女としたために移ってしまったのだ。〳〵おお、神よ！　私は後悔しています、自分がひどくいけない生き方をしてきたことを、／そして貴女がこの一突きで怒って、私を殺すことにならないならば、／私は誓います、以後は肛門でしかセックスしないと」[8]。

この詩も男色をも示唆するサティリック詩であり、この意味でガラス神父や検事が言うようにたしかに「汚らしく」、おぞましいと言えるので、後に生命のかかった裁判で自作であることをきっぱりと否認したのも無理はない内容である。この種の「サティリック詩」はいわば戯れ歌とはいえ、ヴィオーはこうした分野で力強い独自の生き生きとした恋愛詩を書いている。ゴーロワ精神から生まれたこうした「キャバレー詩」には、その根底にヴィオーの肉欲肯定というか、恋愛は肉体的・官能的なものを抜きにしては成立しえないという恋愛観が存在しているように感じられる。

ヴィオーは、初期、つまり一六一九年以前には、同時にサティリック詩もペトラルカ＝ロンサール風抒情的純愛詩も書いていた。つまり性格の違う二種類の詩を、というよりむしろ正反対の性格の二種類の詩を同時並行的に書いていたわけである。ゴーロワ精神からくる猥褻っぽい、肉感的恋愛詩とプラトン主義的純愛詩というより、トゥルヴァドゥール的な宮廷風女性礼讃詩を。一例を挙げると、

陰鬱かつ不吉な口調で
私を脅かす誇り高いデーモンは
私の罪のない愛に対して
嫌悪と不機嫌めいたことをぶつぶつ言う。

人々が私に言いました、貴女の瞳は
そのもの憂げな睫毛の奥で
神々の魂をも傷つけた
あの強力な恋の焰をもはや持ってはいないと。
（……）
私からあらゆる休息を奪ってしまった
こうした悲しい知らせ以来、
悲しみが愛と憤怒の苦悩を
骨の髄まで浸透させた。

病で伏していたベッドから離れ、
私は死の女神パルクに会う夢を見る、
そして同じ船で

Un fier démon qui me menace
De son triste et funeste accent
Contre mon amour innocent
Gronde la haine et la disgrâce.

On m'a rapporté que tes yeux,
Dans leurs paupières languissantes,
N'avaient plus ces flammes puissantes
Qui blessaient les âmes des dieux.

Depuis ce malheureux message
Qui m'a privé de tout repos,
La tristesse a mis dans mes os
Un tourment d'amour et de rage.

Malade au lit, d'où je ne sors,
Je songe que je vois la Parque,
Et que dans une même barque

私たちが死者たちの河を渡る夢を。

Nous passons le fleuve des morts.

もし貴女が私の不在を深く悲しむなら
それは愛の責め苦です、
私の不在が苦痛や無実を伴っているのと同じくらい、
憐憫に値する愛の責め苦なのです。

Si tu te deuils de mon absence,
C'est un supplice d'amitié
Qui mérite autant de pitié
Qu'elle a de peine et d'innocence.

もしあなたが私のために死ぬなら、私も死ぬだろう。
そうでなければ私はまさしく裏切り者ということになるだろう。
運命があなたと一緒に死ぬためにのみ
私をこの世に生まれさせた以上。

Je mourrai si tu meurs pour moi ;
Autrement je serais bien traître,
Puisque le sort ne m'a fait naître
Que pour mourir avecque toi.[9]

といったオード詩に見られる精神主義的恋愛観や、さらには、

いつの日か神への熱い思いに駆られて、
ある寺院の内部に入り、そこでとても敬虔な気持ちで、
私の数々の悪徳をつぶさに反省していると、
深い悔恨が私の魂を嘆かせた。

L'autre jour, inspiré d'une divine flamme,
J'entrai dedans un temple, où tout religieux ;
Examinant de près mes actes vicieux,
Un repentir profond fit soupirer mon âme.

私があらゆる神々にわが救済を懇願しているとき、
フィリスが入ってくるのを認めた、彼女の視線を受けたとき、
私は大声で叫んだ、彼女の眼はここでは私の神なのだと。
この寺院とこの祭壇は私の婦人に属しているのだ。

Tandis qu'à mon secours tous les dieux je réclame,
Je vois venir Phyllis. Quand j'aperçus ses yeux,
Je m'écriai tout haut : ce sont ici mes dieux;
Ce temple et cet autel appartient à ma dame.

こうした愛の罪によって辱められた神々は、
復讐心から、力を合わせて私から生命を奪おうとする。
しかしこれ以上遅滞することなく神々の愛の炎が
　　　　　　　　　　私に懺悔させてくれることを！

Les dieux, injuriés de ce crime d'amour,
Conspirent par vengeance à me ravir le jour ;
Mais que sans plus tarder leur flamme me confonde !

おお、死よ！　お前が望むときに私は出立する準備はできています
なぜなら私はこの世で最高に美しい瞳を称讃したがために、
愛の犠牲者として死ぬことを確信しているのですから。

Ô mort! quand tu voudras je suis prêt à partir ;
Car je suis assuré que je mourrai martyr
Pour avoir adoré le plus bel ceil du monde.

といったソネに見られる、俗なるものと聖なるものを混在させて、この恋愛の聖性、精神性を強調した新ペトラルカ風純愛詩における精神主義的恋愛観。これらの詩は初期から中期に変わる過渡期に、すなわち一六一八―一九年頃に書かれたペトラルカ風のプラトニック純愛抒情詩であるが、まだ初期のペトラルカ＝宮廷風恋愛詩に特徴的なプラトニック・ラブ、精神主義的恋愛観が明確に残存していると見ることができよう。

ヴィオーのペトラルカ風恋愛抒情詩の特質

ヴィオーにおけるペトラルカ＝ロンサール風抒情（恋愛）詩の特徴およびそこに窺われる彼の恋愛観・女性観を列挙してみると、およそ次のようになろうが、このうち（3）、（5）、（6）は初期の抒情詩にのみ見られる特質であり、中・後期にはほとんど見られなくなる。

（1）女性の美しさと若さの称讃。これはルージュモンの言う「愛は何にも増して肉体美に依存している」という通俗的プラトン主義の影響が考えられる
（2）愛する女性を天使としてあるいは天使の如くの完璧さを備えた女性として称讃
（3）愛の（来世までもの）永遠性・不滅性の肯定
（4）愛する女性のつれなさ rigueur、非情さ、心変わり inconstance あるいは離別・不在ゆえの大いなる苦悩・苦難の受容
（5）男女間の恋愛における思いのアンバランス（片思いの恋）の受容・肯定、あるいは高貴な女性への、「返愛」、「応愛」を一切期待しない精神主義的愛、一方的な献身的愛の肯定
（6）愛を「神」として信仰、すなわち異端的なプラトニスム的愛至上主義の恋愛
（7）嫉妬のテーマ
（8）女性の眼や額、髪の毛の美しさへのこだわり
（9）愛する女性を太陽や自然と同一視（中・後期）

これらの特質は、中期から後期にかけてもほぼ共通して見られるが、初期から中・後期にかけてのペトラルカ＝ロ

ンサール風抒情恋愛詩に欠落していくのは、前述したように（3）（5）（6）の三点、とりわけ決定的に異なる点は（5）の精神主義的純愛、見返りを一切期待しない一方的献身、無償の愛という性格である。中・後期の抒情的女性称讃詩はこれに代わって、相手（の女性）に「返愛」（「応愛」）を求める「互恵主義」、「相互主義」の恋愛を要求していくようになっていく。つまり相思相愛の愛 amour mutuel こそ真の恋愛であるという考え方が次第に明確に表明されるようになっていく傾向が認められる。

もう一点異なるところは今述べたことの裏返しの関係で、精神主義的な恋愛にあっても、肉体的・官能的愛を求めるということ、つまりどれほど精神的に深く愛していても、肉体的なものの介在を許さない恋愛は真の恋愛とは言えず、片方的な観念的愛にすぎないとして、断固として断念しようとする態度、つまり霊肉融合の恋愛こそ真の恋愛であるという恋愛観である。別な言い方をすると、C・ゴーディアーニが言うように、[11] 一六一九年以降の中・後期においてゴーロワ精神＝レアリスム精神から来る自然肯定、性愛の露骨な表現法が精神主義的なペトラルカ風抒情恋愛詩に組み込まれていき、エロティックな表現も次第に婉曲的な洗練された表現に変わっていったと考えられるのである。

抒情恋愛詩におけるヴィオーの恋愛観・女性観は、初期の距離のある近づき難い高貴な女性を憧憬して歌うというあり方から、現実の女性、現に存在し、会い、会話できる、そして官能的に手で触れうる生身の女性、人格を持った対等なパートナーとしての現実の女性を愛し、受け入れようという恋愛観・女性観へと変化していったように思われる。この点については後半部でふたたび考察することとして、まず先に挙げた特質の現れた抒情詩を例示してみよう。

たとえば（1）の愛する女性の美しさを讃えた詩句としては、

貴女が美しさを誇れるのはせいぜい二、三年しか持続しえないのだ、
その後ではこの美しさはもはやこれほど生き生きとしたものではなくなり、

そのときには、自分の愛の情念がすでに遅すぎ
口の悪い人たちの餌食となっていることを知るでしょう。[12]

さらに、「貴女の美しさが私に与える愛の喜びが失われてしまうようなら、／私は王冠の輝きでさえ足下に踏みつけてしまうだろう」[13]とかあるいは、「わが情熱が貴女の数々の美しさを／わが心のうちに収めたこの神殿の中で、／私は愛の神アムールを祝福しておりました、／その愛の焔がわが信仰心を逸脱させてしまうにもかかわらず。〃私はわれらの神々を思う代わりに、あなたのうちに／月の女神ディアーヌの面影を認めて、あなたを崇拝しておりました。／そしてあなたの瞳にわが魂を捧げることで／自らが世俗の人となることにかえって幸せを感じていたのです」[14]などが挙げられる。これらの詩句はいずれも当時流行のバロック的な誇張表現で、多分にコンヴァンショネールな称讃となっている。（1）、（2）の例をもう一つあげると、

そしてあなたの美しい瞳には私の運命が結ばれており、
その眼がとても激しい動悸で心を打つので、
もし同じような火で天がわが魂のうちに
自らの意志を吹き込むなら、
すべての人間は不屈の信仰で
神の掟にしたがうだろう。
あなたの額はまるで、全裸で夜空の雲の傍らに現れた
月の女神のディアーヌのよう。[15]

などがある。

（3）の来世までもの愛、愛の永遠性を歌った詩としては、「魂が誤ってわれらから奪われてしまった、／なぜなら偽りの不幸の報によって／あなたは悲しみのあまり死んでしまったのだ、／私がもはや生きていないと思い込んで。／あなたは、愛するあまり私の後を追い／あの世に入って行ってしまった。∥私の生があなたの死の共犯者である以上、／私のためにあなたが死に至った以上、／私は宿命として／自ら想像して死の苦しみを味わわねばならない。／私はこの世に別れを告げるべく死んで／あの世であなたとともに生きるであろう[16]」などが挙げられよう。

これは『墓碑銘』と題された、若くして死んだフェリスを悼んで書いた追悼詩であるが、彼はまるで後の悲劇『ピラムスとティスベの悲劇的愛』を予告するかのようなこの詩で、自分が死んだという誤報のために悲しみのあまり死んでしまったフィリスと来世でともに生きることを誓っている。初期の詩ではこのように（たとえ詩の上でのレトリックもあるとはいえ）、現世ばかりかあの世までの永遠の愛を歌っているのである。

次に（4）の愛する女性のつれなさゆえの恋の苦悩を歌った例を見ると、

　貴女のつれなさがかくも激しい苦しみで私を責めさいなむので、
　かくも情愛のこもったあなたの贈り物が
　あと一日二日遅れていたなら、
　一人の男を死に至らしめていたでしょう[17]

などがあり、同じく（4）の女性の心変わり、不在による恋の苦悩の例としては、

貴女は、私が愛で死ぬことを、
待ち焦がれる思いで身を焼かれていることを百も承知しながら、
いつか私を捨てるかも知れないということを
ほんの少しでも意識しているのでしょうか？
貴女の不実な怠惰の後では
（……）
あるいは地球がその中心に貴女の不実を隠していることを、
ほんの少しでも意識しているのでしょうか？[18]

などがある。（４）の愛する女性との離別の苦しみの詩句としては、

不幸な別れが恋する私の眼からあのいとおしい人を
奪ってしまったあの恐ろしい日以来、
わが魂は私の感覚から完全に引き離されてしまった。
そして私は貴女と一緒にいる機会を奪われてしまい、
これほどまでの不安を抱えながらひどい孤独に陥っているので、
私は自分自身が自分から離脱してしまっているように感じた。
太陽の光は私には決して見えず、

夜の甘美さも私には決して感じられない。
私は美味な食事に以前より毒を感じ、
私の歩んだいずこにも深い深淵を感じてしまうのだ。
以来、死以外の何物も私と生活をともにするものはない、
貴女を恋い慕うという名誉は私にそれほどまでの犠牲を強いるのだ。[19]

などがあり、さらには、

私には心の休息も夜も昼もない、
私の胸は焼かれ、恋心で死にそうです。
一切が私を害し、誰も私を救ってはくれない、
心の痛みが私から判断力を奪い、
恋療薬を探せば探すほど
ますます心が慰撫されなくなってしまうのだ。

Je n’ai repos ni nuit ni jour’
Je brûle, je me meurs d’amour,
Tout me nuit, personne ne m’aide,
Le mal m’ôte le jugement,
Et plus je cherche de remèce,
Moins je trouve d’allégement.[20]

などがあげられよう。（4）のほか、さらには（5）の愛する女性への、見返りを期待しない精神的愛、絶対的献身愛を歌った詩としては、

いまだかつてそのように苦しめられた精神は存在しなかったし、

私が行ったあらゆる試みは私の苦しみを一層激しくするのであった。
私は自らを救うために理性が最高の賢者にもたらす
あらゆることを試みたが空しかった。[21]

などがあり、さらに、

ついに私はこうした尊い愛の献身のうちに
貴女の手と眼の面影にキスをすることによって、
私はほとんど天にも昇るすがすがしさをふたたび取り戻した。

クロリスよ、貴女は私の運命の支配者なのです、
なぜなら貴女は私に生命を与えることができた以上、
まさに私に死を与えることもできるのですから。[22]

とかあるいは、

恋の希望を持つことを私が許された以上、
私は自分の恋への隷属を愛さざるを得ない。
私はもはやクロリスをつれないといって責めはしないだろう、

Depuis qu'on m'a donné licence d'espérer,
Je me trouve obligé d'aimer ma servitude;
Je n'accuserai plus Cloris d'ingratitude,

彼女を熱愛する名誉を私に許してくれた以上。　Puisqu'elle me permet l'honneur de l'adorer[23]

などが挙げられよう。さらに（5）と（6）のプラトン主義的愛至上主義の思想が窺われる詩としては、「わが情熱が貴女の数々の美しさを／わが心のうちに収めたこの神殿の中で、／私は愛の神アムールを祝福しておりました、／その愛の焔がわが信仰心を逸脱させてしまうにもかかわらず。／／私はわれらの神々を思う代わりに、あなたのうちに／月の女神ディアーヌの面影を認めて、あなたを崇拝しておりました。／そしてあなたの瞳にわが魂を捧げることで／自らが世俗の人となることにかえって幸せを感じていたのです[24]」。とかさらに、「そしてわが神は愛の神アムール以外の何者でもない。／私はわが部屋にあなたの教会を設け、たった一人でいる。／貴女の面影はわが神であり、わが情念であり、わが信仰なのです[25]」などが挙げられよう。

これらのソネで詩人は愛する女性をキリスト教的な神への信仰をないがしろにして彼女を女神として称讃・崇拝しようとしている。詩人は後年の裁判でこの点を咎められたとき、それは詩の上でのレトリックにすぎないと弁明しているが、初期のペトラルカ風抒情恋愛詩では、俗なるもの（恋愛）と聖なるもの（教会堂）との混淆——教会堂内での愛する女性との逢引き——という伝統的トポスが当時流行しており、ヴィオーもそうした伝統を踏まえているといえよう。

また（7）の嫉妬のテーマの例としては、「あなたの貞節が私に倣って養われんことを。／私のように雑踏を逃れ、宮廷を嫌って下さい、／決して舞踏会にも、散策路にも寺院にも足繁く通わないで下さい、／そしてわが神は愛の神アムール以外の何者でもない[26]ことを。／／このときの思い出は私にとてもいとおしい喜びをもたらし、／私の眼は誰かが彼女を見ても嫉妬し／家の内外で私と会う君にさえ。[27]」などがあるが、はオード『孤独』では、髪の毛や水鏡、絡み合ったミルトときづたに嫉妬するといったコンチェッティな恋愛感情表出の例もある。

おお、あなたの髪が僕の恋心を誘ってくれることを、
あなたの髪の毛は額の上で楽しそうに跳ね回っている
彼らの美しい立ち振る舞いを見つめている僕は
彼らがあなたを愛撫すると、嫉妬してしまうのだ。

Mon Dieu! que tes cheveux me plaisent !
Ils s'ébattent dessus ton front ;
Et, les voyant beaux comme ils sont,
Je suis jaloux quand ils te baisent.[28]

とかあるいは、

彼に対しては、こんな幻像、乱してしまいなさい、
この水鏡から離れなさい。
彼を絶望の淵に落として、
僕から嫉妬を取り除いて下さい。

Trouble-lui cette fantaisie,
Détourne-toi de ce miroir,
Tu le mettras au désespoir,
Et m'ôteras la jalousie.

この木の幹やこの石が見えますか、
僕には彼らが僕らを警戒しているようにみえる。
そして僕の愛は嫉妬するようになるだろう、
そこのミルトときづたとに。

Vois-tu ce tronc et cette pierre?
Je crois qu'ils prennent garde ànous,
Et mon amour devient jaloux
De ce myrte et de ce lierre.[29]

などの例がみられる。あるいは、戯曲『ピラムスとティスベの悲劇的愛』中の、

ピラムス（ティスベに）

でも私は貴女のことは何から何まで嫉妬を感じてしまいます、
貴女の口を通してかくもしょっちゅう出たり入ったりしている空気にさえ。
太陽は貴女のために一日を作ってくれると思います、
日の光と願望と愛とでもって。
貴女の足下ですべての道が生み出す花々が私を傷つける、
それらが貴女を喜ばせるという名誉を持っているがゆえに。
もし、私が自らの嫉妬深い心に気に入るようにできるなら、
私は貴女がご自分の胸を眺めることさえ、阻止するでしょう。
貴女の影はご自分の肉体にあまりに接近しすぎて随っているように見える、
なぜなら私ら二人だけが一緒に行くべきだからです。
要するに、かくも稀なる女性は私にはとても懐かしく愛おしいので、
貴女の手だけが貴女に触れると、私は傷ついてしまうのです[30]

などがそれである。

これまで見てきた特質のうち、特に（1）、（2）、（4）、（7）の性格ないしテーマは、当時の多くの詩人たちの詩にもほとんど例外なく認められる伝統的なものと言えるが、（3）、（5）、（6）、（8）については同時代のサン＝タマンン、トリスタン・レルミットといったほかの詩人たちに認められないわけではないにしても、そこにヴィオーらし

さというか彼らしい特徴が認められる。

そこで最後に（8）の愛する女性の眼や額の美しさへのこだわりについてみてみよう。ヴィオーのこうしたこだわりは彼が女性のどこに美しさを感じ、惹かれるかを明らかにしている。その典型的な例として、ヴィオーの最も古い時期の抒情恋愛詩と考えられているオード『孤独』*La Solitude* を取り上げてみよう。少し長いが数節を引用してみる。

お願いだから開けておくれ、あなたの眼を、
その中には無数の愛の神クピドーが宿っています。
それにあなたの瞳は、情熱的な恋の矢で
一杯になっています。

Ouvre tes yeux, je te supplie,
Mille Amours logent là dedans,
Et de leurs petits traits ardents
Ta prunelle est toute remplie.

あなたの眼に恋い焦がれ、
あなたの虜となってしまった愛の神アムールは、
彼の恋の帝国の絆に自ら
繋ぎ留められてしまうのだ。

Amour de tes regards soupire,
Et, ton esclave devenu,
Se voit lui-même retenu
Dans les liens de son empire.

おお、紛れもなく不滅なる美女よ、
神々もあなたのうちに魅力を見出す。
僕はあなたの瞳がかくも完璧なまでに
美しいとは思ってもいなかった。

Ô beauté sans doute immortelle,
Où les dieux trouvent des appas !
Par vos yeux je ne croyais pas
Que vous fussiez du tout si belle.

もし人があなたの美貌を表現しうる絵を
描こうと望むなら、自然がいつの日か
造り出すであろう以上のものを
創作せねばならないであろう。

Qui voudrait faire une peinture
Qui pût ses traits représenter,
Il faudrait bien mieux inventer
Que ne fera jamais nature.

一世紀にもわたって運命たちは
苦労して彼女の眼を追い求めた。
だが僕は思う、どんなに歳月をかけても、
首尾よく彼女の眼を得ることはないだろうと。

Tout un siècle les Destinées
Travaillèrent après ses yeux,
Et je crois que pour faire mieux
Le temps n'a point assez d'années.

魅力溢れる誇りに満ちた
この美しい顔は
神々もその威力を愛でるであろう
恋の火と投槍を投げる視線を持っている。

D'une fierté pleine d'amorce,
Ce beau visage a des regards
Qui jettent des feux et des dards
Dont les dieux aimeraient la force.

あなたの顔は何と心地よい淑やかな色合を湛えていることだろう。
それに何と色白で、鮮やかな紅色をしていることだろう。
あなたの顔は太陽よりもくっきりと鮮やかであり、

Que ton teint est de bonne grâce !
Qu'il est blanc et qu'il est vermeil !
Il est plus net que le soleil,

氷よりも透き通った色をしている。　　Et plus uni que de la glace.[31]

これは第十七詩節から第二十三詩節までの引用であるが、これらの例は、後で見る最晩年の『シルヴィの家』を含めて、ヴィオーが生涯いかに女性の眼、瞳、その視線に魅了されていたかを如実に物語っている。またわれわれは『シルヴィの家』などから、彼がとりわけ黒い瞳の女性を好んでいたらしいという特性を知ることができる。『作品集第一部』に収録されているこのオード『孤独』は、現在まで知られているヴィオー詩作品の中でも最も古い、その意味で最も初期の作品である。すでに本書第二部第II章で詳しく見たように、一六二一年の決定版までに草稿の形でいくつかの部分が作られており、その最も古い部分は一六一一年まで遡ることができるので、この作品は、同詩の語法や文体を検証することで、他の制作年代不明の作品の大まかな制作時期を推定することが可能となる〈基準作品〉point de repère となっている。

ヴィオーの初期ペトラルカ調抒情詩におけるこうした女性の身体のある部分へのこだわり、一種のフェティシスムは髪の毛だけでなく、恋人の額や、とりわけ眼、瞳に異常なこだわりを示している点も特徴的である。しかもこの眼に対する強いこだわり、眼のフェティシスムは初期のみでなく、中期・後期・晩年を通じ、一貫して見られることも特徴的である。初期・中期関係なくヴィオーの詩から、そのいくつかの例を挙げてみよう。

貴女の美しさの魅力から遠く離れて生きていたが　　Que la raison donne à la vie.
愛の神アムールが貴女の美しい眼から引き出した　　Mais les regards impérieux
人を圧倒するような視線が　　Qu'Amour tire de vos beaux yeux
私の性格を変えてしまった　　M'ont bien fait changer de nature.[32]

私の魂を委ねてしまった貴女（クロリス）の眼から離れていると
私は不幸の感情しか持つことができないのだ[33]

私は愛の神アムールとその焰にかけて誓う、
クロリスの優しい視線が魂のうちで
すでに私を戦慄させるのだということを。

Je jure l'amour et sa flamme
Que les doux regards de Cloris
Me font dà trembler dans l'âme[34]

フィリスが入ってくるのを認めた、彼女の視線を受けたとき、
私は大声で叫んだ、彼女の眼はここでは私の神なのだと。
この寺院とこの祭壇は私の婦人に属しているのだ。
（……）
おお、死よ！　お前が望むときに私は出立する準備はできています、
なぜなら私はこの世で最高に美しい瞳を称讃したがために
愛の犠牲者として死ぬことを確信しているのですから[35]
そして貴女の視線は私には**天国の帝国**の政府よりも
数千倍も価値があるのです

Et qu'un de tes regards me vaut mille fois mieux
Que le gouvernement de l'Empire des Cieux.[36]

このようにヴィオーは女性との愛の交感を、何よりもまずその瞳の美しさ、眼の魅力を通して行うのである。ヴィオーの恋愛はまず眼、心と魂の窓である眼を介しての恋愛であった。したがって彼が愛した女性の外面的な要件はまず眼が美しく、魅力的であり、黒い瞳であること、そして次に見るように額の美しい色白な美人であることであった。

『シルヴィの家』における女性観

クレール・ゴーディアーニも指摘しているように、[37] 最晩年の長編の傑作オード『シルヴィの家』ではふたたび、初期に近いペトラルカ風抒情純愛詩、プラトン主義的な女性礼讃詩に回帰――庇護者モンモランシー公爵夫人への感謝と称讃の詩という性格上、この回帰は当然とも言えるが――しているのであるが、この詩の中でも同公爵夫人「シルヴィ」の目の美しさ、瞳の魅力（魔力）を何度も称讃している。たとえば、
彼女（シルヴィ）の瞳は水の中に火を投げ入れていたが、
この火は、水を吃驚《びっくり》させはするが、怖がらせることはない
そして水はこの火がとても美しいと感ずるので、
それをあえて消そうともしないだろう。
いつもはひどく仲の悪いこれら二つの四大元素は
彼女の美しい瞳への敬意のために、
自分らの喧嘩を中断した。
Ses yeux jetaient un feu dans l'eau :
Ce feu choque l'eau sans la craindre,
Et l'eau trouve ce feu si beau
Qu'elle ne l'oserait éteindre.
Ces éléments si furieux
Pour le respect de ses beaux yeux
Interrompirent leur querelle[38]
庭園を散策中のシルヴィは
Sylvie en ses promenoirs

黒い瞳の輝きをあたりに放射させつつ、
ダマ鹿たちをその眼で諭す。

Jette l'éclat de ses yeux noirs
Qui leur font encore la guerre.[39]

カリストの素敵な瞳から、視線が発せられるのを
見るとき——それは無数の投げ槍攻撃ともなっており、
それに耐えられる者は
彼女自身しかいないのだが——、

Quand je vois partir les regards
Des superbes yeux de Calliste,
Qui sont autant de coups de dards
Où nulle qu'elle ne résiste,[40]

彼女（シルヴィ）の視線が浸透しえない
どんなに硬い大理石が存在しうるだろうか。
彼女の視線を**神々**のものと評価しない
どんな泉、どんな樹木がいったい存在するだろうか。

Quelle solidité de marbres
Ne pourront pénétrer ses yeux ?
Quelles fontaines et quels arbres
Ne les estimeront des Dieux ?[41]

などが代表的なものだが、ほかにも相当数あり、こうした眼、瞳の魅力へのこだわりは、一六二三年にモンモランシー公のために書かれた『女神ディアーヌへのアクテオンの書簡詩』でも顕著に見られる。『シルヴィの家』の中で、シルヴィことモンモランシー公爵夫人マリ＝フェリス・デ・ズュルサン Marie-Félice des Ursin は魅力的な黒い瞳の色白な美人として歌われている。

次にヴィオーにおける色白の女性、とりわけ白い額の女性への好みについても見てみよう。

ダマ鹿たちを魅了した**大公夫人**が
彼らを海神から鹿に変身させたとき、
彼らを雪のように白い鹿にした。
そして彼らは自分たちの悲しみを慰めるために、
彼女の純白という色を永久に保持するという
特権を受け取った。

La Princesse qui les charma,
Alors qu'elle les transforma,
Les fit être blancs comme neige,
Et pour consoler leur douleur,
Ils reçurent le privilège
De porter toujours sa couleur.[42]

とかさらに、

このようにして、雪のごとく白いダマ鹿の群れは、
緑陰深きこの庭園の中で、光り輝き、
そして彼らの慎み深い白い衣装に
シルヴィの額の白さが描き出され、
彼女の顔色の輝きを
天の雪と競って美しく光り輝かせる。

Tel dedans ce parc ombrageux
Éclate le troupeau neigeux
Et dans ses vêtements modestes
Où le front de Sylvie est peint,
Fait briller l'écla d son teint
A l'envi des neiges célestes.[43]

暁の女神《アウローラ》は、自分を凌駕するこれらの花々の
輝きを涙なしには見ることができない。
暁の女神がその額をあれほどまでにほとんど

Que l'Aurore ne peut sans pleurs
Voir leur éclat qui la surmonte :
C'est à cause de cet affront

見せることなく、また人に見られたとき恥かしさで顔を　Qu'elle montre si peu son front 44
赤らめるのは、こうした屈辱のためなのだ。　Et qu'on la voit rougir de honte.

かくして、これらの恋する春風《ゼフィロス》たちは　Ainsi ces amoureux Zéphyrs,
彼らの恋の溜息にほかならぬ筋〈靭帯〉の　De leurs nerfs, qui sont leurs soupirs,
収縮を絶えず新たに強化させながら、　Renforçant leurs secousses fraîches,
常にこの太陽の炎を遮断し、　Détournent toujours ce flambeau,
また水の精の額を隠すために　Et pour cacher le front de l'eau
少なくとも枯葉を投げつける　Jettent au moins des feuilles sèches. 45

長編オード『シルヴィの家』は最晩年の作品で、大部分獄中で書かれ、裁判でも彼の詩の冒瀆性、猥褻性、反社会性が糾弾されていたので当然の成り行きだが、ふたたび初期の古風ペトラルカスタイルの清純な抒情女性称讃詩となっている。

女性と太陽の同一視

最後に、愛する女性を太陽や自然と同一視した例を見てみよう。

　が私一人だけが万物が自足している季節の中にあって
残酷な待望の苦悩に圧倒され、

慰めもなく悲しみ、冬のただ中にまったくの孤独で、
私に訪れるはずだった春を今年も見ることがないのだ。
私はただ一人で荒涼とした森や
枯れ果てた花壇、凍てついた小川を見つめ、
魔法にかけられたように、私はこうしたものすべてのおかげで
この季節が生み出した果実を味わうこともできないのだ。
しかし私の魂に称讃された太陽（恋人）が、
その熱気で私の魂の焔をふたたび暖めてくれるときには
私の春がふたたび訪れることになるだろう、天の燈火（太陽）が
死すべき人間たちにあたえるよりも千倍も美しい春が。[46]

この詩はアダンによれば一六二三年頃、ストレッシャーによれば一六二一年春と推定されている、カリストに宛てられたエレジーであるが、彼女を大自然そのものに喩え、とりわけ太陽と同一視し、彼女の温かい愛の光が訪れ、暖めてくれることによって「私」の春が復活するだろうと歌っている。同様のメタフォールの見られる詩を、もう一例引用しておこう。

私のように恋に苦しめられている人々は昼も夜も妄想を抱きつづける
クロリスは太陽であり、その強力な光のためにEt ceux qui comme moi sont travaillés d'amour,Gardent leur rêverie et la nuit et le jour.
Cloris est le soleil dont la clarté puissante

彼女の姿を見ると、わが悩める魂は慰められ、
彼女に近づくと、わが悲嘆は遠のき、
人生の悲しみや死の恐怖も四散してしまう

Console à son regard mon âme languissante,
Ecarte mes ennuis, dissipe à son abord
Le chagrin de la vie et la peur de la mort.[47]

愛する女性を自然や太陽と同一視することは、ルネサンス期のロンサールはじめ、同時代のサン＝タマンやトリスタン・レルミットなどにも見られ、特異なことではないが、ヴィオーの場合、相手の女性を称讃するための単なるレトリック、技法というより、そこにその女性との生命の共有感、共有する宇宙的生命を交感させ合おうとする願望が感じられるのである。

プラトンの愛の観念の影響

ヴィオーにおける初期のこうした精神主義的恋愛観には、プラトンの恋愛観、愛の観念が強く影響を与えていることは言うまでもないことである。すなわちプラトンは〈愛〉を〈美〉と結びつけて考えたが、それは知性が捕らえた完璧性の本質、一つのイデア、理念そのものであった[48]（ドニ・ド・ルージュモン）。右に挙げた純愛調ペトラルカ主義的恋愛詩にもその兆候がすでに認められるが、ルージュモンも指摘するように[49]、このプラトン主義的恋愛観はヨーロッパの長い歴史の中で、一つは拡大解釈され、もう一つは「縮小」解釈されていくこととなり、それはヴィオーのプラトン主義的恋愛観にも影響を与えている。すなわちプラトンの愛の観念の拡大解釈とは、ミケランジェロやラファエロなどの例に典型的に見られるように、愛の観念を、「肉体的美」、それもとりわけ女性の「肉体的美」に結びつけて考察するようになっていったことである。一六一九年以降、つまり中期以降のヴィオーの恋愛観が、ここから——原プラトンの愛の観念にもともとあった少年との同性愛を許容した肉体的愛を含んだプラトン主義的恋愛観がゴーロ

ワ精神に基づいた肉体的・官能的恋愛詩に影響を与えたこともあり――、初期のサティリック詩とペトラルカ風純愛詩とが融合していく傾向が認められることにわれわれは注目しておきたい。

一方、プラトンの愛の観念のヨーロッパにおける「狭小解釈」とは、今述べた同性愛を含む肉体的愛を包含した美への憧憬、美というイデアの「想起」こそが愛であるというプラトン自身の考え方であったが、俗に言う「プラトニック・ラブ」に典型的に認められるように、大衆の間では肉体的愛が捨象され、もっぱら精神主義的な愛、純愛のみをプラトン主義的愛と言うようになった。

初期における二つの異なった恋愛観・女性観の並存

初期の詩に見られるヴィオーの恋愛観、女性観は、右に述べた相対立する二つの女性観・恋愛観に分裂したまま、並存している。すなわち先に引用した『貴女が美しさを誇れるのはせいぜい二、三年しか……』のソネに見られるように、彼の南仏人的ゴーロワ精神あるいはカルヴィニスムのペシミスティックな人間観により、女性の勝手さやわがまま・高慢を痛烈・残酷に皮肉ったり、批判したりしており、そこに女性に対する醒めたレアリスム精神に基づいた女性観が認められる。クロリス宛ての初期のスタンス『フィリスが亡くなってしまった今』でもたとえば、「クロリスよ、貴女はあまりにもしばしば嘘をつきすぎる。／貴女の話は風のようなものだ、／貴女の視線は手管に満ちている、／貴女は全然愛を持っていない。／私は貴女の言い訳を軽蔑します、／そして貴女を以前の半分以下しか愛さない[50]」と相手の女性の欠点を冷静に観察し、女性を無条件に称讃してはいない。また人間の、とりわけ女性の美しさの永続し得ないこと、人間の有限性、死や腐敗の現実を愛する女性の上にも見るレアリスム精神、カルヴァン派的な暗い人間観・女性観――これらは初期だけでなく、終生続く性格だが――もすでに認められる。たとえば、次の『クロリスよ、かくも美しい貴女に会って、思うとき』というエレジーは、中期の一六二一―二二年頃書かれたと推定されているが、こうした考え方はすでに初期の詩にも現れているのである。「魂が死んだ愛する女の瞳のうちでなお生きられるだけの充分な強さを／持った人々は肉体を破壊してしまう／おぞましい死が有する力を見る余裕を失ってしまう。／そのとき混乱した感覚は機能が麻痺し、／顔面は目に見えて崩れ醜くなり、／精神は麻痺し、四肢は利かなくなり、／そしてさらばと自分に言い聞かせながら、もはや意識がなくなり、／やがて生命が消えた後、顔の皮膚からは表情が消え、／悪臭放つ肉体（死体）の欠陥が／その死体を隠す［埋める］ために／大地に穴を開かせるのである」[51]。

また彼自身が作品集に収録しなかったばかりか著作自体さえ否認した「キャバレー詩」、サティリック詩には、たとえば、先に挙げた『フィリスよ、すべてがもうだめになってしまった』のソネのように、性愛行為をあからさまに「汚らしく」描写しているものとか、あるいは初期から中期にかけて書かれたペトラルカ＝ロンサール風抒情恋愛詩と融合しつつあった頃のサティリック詩『私は夢想していた、冥界から戻ってきたフィリスが』（一六二〇年刊）のソネ、「私は夢を見ていた、陽の光を浴びているように／美しく光り輝きながら冥界から立ち帰ってきたフィリスが望んでいることは／彼女の亡霊がもう一度私と愛の行為をすることであり、／また私がイクシオンのように、（彼女の白い）雲のような裸身を抱くことだという夢を。／／彼女の影《ぼうれい》が一糸まとわぬ姿で私のベッドに滑り込んできて、／私に囁く、「愛しいフィリスよ、わたしは戻ってきたわ、／あなたが去ってしまって以来、運命が私を引き留めていた／あの悲惨な住まい（冥界）にあって、わたしはただひたすら美しくなることにつとめておりました。／／わたしは恋人の中で最もハンサムなあなたをもう一度抱くために／またあなたとの愛撫の中でもう一度死ぬために戻ってきたのよ」と。／それからこのアイドルは、私の愛欲の炎を飲み尽くしてしまうや、／／私にこう言った、「さらばですわ、わたしは死者たちの国に旅立つわ／あなたは生前のわたしの肉体を征服したと自慢したように、／今またわたしの魂を征服したと自慢することでしょう」と[52]」のように、性愛をペトラルカ的抒情詩の影響を受けてかなり洗練された表現で歌ったサティリック詩において、古代ギリシャから受け継いでいる彼の「自然肯定」精神、すなわち種の保存のための人間の性欲や生殖欲に基づいた性愛行動を肯定しているが、これは他方でリベルタンとしての欲望肯定、享楽主義 hédonisme、感覚主義 sensationnisme、快楽主義 épicurisme の反映とも考えられる。ただここで注意したいのは、こうした初期のリベルタン的肉欲肯定詩にあってさえ、例外も見受けられるとはいえ、基本的には相手の女性を「もの化」、すなわち男性の性欲充足のための「機械・道具」化するということはなく、むしろ対等に喜びを分かち、楽しみ合おうという態度を相手の女性に対して示していることである。そしてこの態度は中期以降終生変わることがなかった点は注目しておくべきであろう。

さらにもう一点注意しておかなければならないのは、ゴーディアーニも指摘しているように[53]、中期以降こうした「猥褻詩」に表現された性行為のあからさまな描写は、ペトラルカ流のルネサンス抒情詩への融合の過程で洗練されていった結果、彼の生来の知性的精神は、青春期におけるこうした強い性衝動に基づいた性行為そのものを文学表現上でのエロティック体験としてストレートに受け入れる——描写する——ことには、かなり抵抗感を示すようになっていったように思われることである。つまりゴーロワ精神に基づいた生命衝動に文化的価値を持たせるには、ストレートな表現ではなく、様式化し、洗練した表現を取らなければならないと次第に感じていったように思われる。

中期におけるサティリック詩のペトラルカ風恋愛詩への融合——イタリア・ルネサンス詩・哲学からの影響

初期のあからさまに猥雑なサティリック詩スタイルが、同じく初期のペトラルカ風抒情恋愛詩スタイルと中・後期に融合して、より洗練されたエロティックな抒情詩となっていった過程を示している代表的詩を示してみよう。

貴女が、亜麻よりはるかに白いシーツの上に置かれている

貴女の一糸まとわぬ二つの腕に僕がキスするのを見るとき、Quand tu me vois baiser tes bras,

Que tu poses nus sur tes draps,

また僕の焼けるような手が
貴女の乳房にさまようとき、
クロリスよ、貴女は実感するのです、
僕が貴女を愛しているのだということを、
敬虔な信者が天国を仰ぐように、
わが眼は貴女の瞳に見入るのです。
僕は無上に激しい欲情に促されながらも、
貴女のベッドの傍らで
わが唇を開くこともなく、
貴女とともにわが快楽を寝入らせるのです。

Bien plus blancs que le linge même ;
Quand tu sens ma brûlante main
Se promener dessus ton sein,
Tu sens bien, Cloris, que je t'aime.
Comme un dévot devers les Cieux,
Mes yeux tournés devers tes yeux,
À genoux auprès de ta couche,
Pressé de mille ardents désirs,
Je laisse sans ouvrir ma bouche,
Avec toi dormir mes plaisirs.[54]

この詩のテーマは、サンナッザロ Sannazarro やP・ベンボ Bembo といったイタリア・ペトラルカ主義の詩人たちが好んで取り上げた「イタリア的愛の夢」のテーマの変奏で、ロンサールもこのテーマでいくつか抒情詩を書いているほどの伝統的テーマである。この詩の「私」も彼女（ブセールのクロリス）の瞳に魅了されているが、同時にこの詩は「私」が彼女を対等な人格を有した一個の人格として尊重しつつ、愛の喜びを彼女とともに平等に共有しようという態度が暗示されており、これこそC・ゴーディアーニが「ヴィオー恋愛詩における両性具有的ヴィジョン」というキー概念に基づいて考察した中心的問題、すなわち一方の他方への一方的献身性、隷属性から、両者の対等性、平等性、相互性へというヴィオーの女性観・恋愛観の変遷の核心的問題でもある。そこでわれわれも必要に応じて彼女のこの考察とアンドロジーヌ概念をも援用しつつ、中・後期におけるヴィオーの女性観・恋愛観をさらに検討してみよう。

C・ゴーディアーニが指摘しているように、[55] 初期の「サティリック詩」、彼女の言う「キャバレー詩」は男性の攻撃的側面が歌われ、表現もより写実的・描写的・暴露的であるのに対して、ペトラルカ風抒情恋愛詩は優美で女性的・受身的性格を有しており、その表現もより想像的・暗喩的・婉曲的であると言えよう。したがってヴィオーにとって、対照的なこの二つのジャンルの詩を同時に書くと言うことは、当時の多くのほかの詩人たち同様、サティリック詩は彼のうちにある強力な生命衝動――ゴーディアーニの言う詩人の人格――の男性的部分の率直な表現であり、ペトラルカ風恋愛詩は彼の生命衝動の女性的部分を伝統的様式に則って表現したものであったと言えるかも知れない。この点に関連してドニ・ド・ルージュモンもゴーロワ精神は「裏返しにされたペトラルキズムにすぎない」[56] と言い、J・ホイジンガーの『中世の秋』の次の一節を引用している。「人は好んでガリア人気質と宮廷風恋愛の風習とを対峙させて、恋愛の自然主義的な観念とロマンチックな観念との対立をそこに見ようとする。ところが、ゴーロワ主義も宮廷風恋愛も、ともにロマンチックな虚構である。エロティックな思考が文化的な価値を得るためには、様式化されなければならぬ。複雑にして困難な現実を、単純化した、幻想的な形式で表現しなければならぬ。ゴーロワ主義というものを構成している諸要素、たとえば、空想にまかせた放恣、恋愛のあらゆる自然的、社会的紛糾の蔑視、性生活における虚言と利己主義に対する寛容、かぎりない快楽の幻想、これらのものはすべて、現世に替えるに、幸福な人生への夢をもってしたいという人間の欲求に、満足を与える以外の何ものでもない。これもまた、至高な生命への憧憬であることは、宮廷風恋愛と選ぶところがない。ただこの場合は動物的な面からのものという相違があるだけである。これもまた理想化、淫蕩の理想化だ」[57]。

C・ゴーディアーニによれば、ヴィオーはこうした相対立した二つの精神を最終的に両性具有的愛 androgynous love によって統合しようとしたという。[58] すなわちこうした恋愛にあっては、男性的部分と女性的部分とが感情の全領域にわたって共有し合い、両者は性的にも相互的で、知的にも互いに平等関係にあり、したがってこの恋愛関係は、個々の人間存在が男としてのあるいは女としての性的アイデンティティを保持しつつも、社会から求められていた役割や申し分のない「男として」あるいは「女として」振る舞うという伝統・因習から自由になっているような状態を意味するという。同女史はヴィオーにあってこうした対立的な二つの要素、つまり愛のキャバレー詩的概念（ゴーロワ精神）とペトラルカ的概念が次第に融合されていく動因として、詩人自身が古典やイタリア・ルネサンスの哲学者たちの著作を読んだことと、恋愛における彼自身の個人的体験という二つの要因を挙げている。われわれもこの説に異論はないが、もう一つの要因として、彼のリベルタンとしての、そしてまた近代人の自覚、その合理主義、理性主義、自主独立精神、個人主義的精神といった要因も大きく作用しており、この要因の方が同女史の言う恋愛における個人的体験以上の要因となっていた、というよりこの近代人としての合理主義、個人主義がむしろ恋愛のあり方を規定していたのではないかと思われるのである。

第一の要因である古典やイタリア・ルネサンス期の哲学者からの影響には、まずプラトンが挙げられよう。ヴィオーは現に、第一回追放中の一六一九年にプラトンの『パイドン』と『饗宴』*Symposium*を翻訳しており、彼の両性具有的愛の観念によるゴーロワ精神的恋愛観（女性観）とペトラルカ的恋愛観（女性観）の融合は、後者『饗宴』の翻訳がその契機となったように思われる。というのは、プラトンは同書の中で男の性衝動・恋愛衝動を原初の三タイプの人間（〈男男〉、〈男女《おめ》〉、〈女女〉）のうち、分裂してしまった〈男女《おめ》〉（アンドロジーヌ）が、本然の姿を回復すべく、互いに自己の半身を求め合うところにその源泉があると説明しているからである。実際彼のこうした二つの精神の融合はこの翻訳が行われた一六一九年以降に顕著になっており、この年が彼の詩を初期と中・後期に分かっている。そしてもちろん推測だが、一四七四年に刊行された新プラトン主義者マルシリオ・フィッチーノの『饗宴編』の注釈『愛について』も読んでいたと思われる。この中にはプラトンのこの〈男女〉（アンドロジーヌ）の説についての長い注釈が見られるのである。ゴーディアーニが言うように、たしかにヴィオーの恋愛詩のいくつかは、登場人物の〈私〉が男なのか女なのか曖昧なものがあり、こうした詩の場合、アンドロジーヌという概念に基づいて読解したほうが納得のいく解釈が得られるのも事実である。

二人のクロリスとの恋愛体験からの影響

次にC・ゴーディアーニは、ヴィオーが愛した二人の女性との恋愛体験も、彼の対照的な二つの恋愛詩の統合を促す要因となったと主張する。われわれもすでに見たように、ブセールのクロリスとパリのクロリスという対照的な二人の女性との恋愛体験が、彼の詩作態度とその前提としての彼の恋愛観（そして女性観）を変化させたという。[59]追放中の一六一九年に交際したブセールのクロリスは、詩人に対してエロティックな関係を満足させてくれる、若々しく、生命力に満ちた陽気な女性ではあったが、知性や教養はお世辞にも高いとは言いかねる田舎娘であった。彼女は、その後のヴィオーの官能的・肉感的詩のほとんどのインスピレーションの源となっている。

一六二〇年の四月にパリに呼び戻されると、まもなくもう一人のクロリス、パリのクロリスと知り合い、やがて恋人関係となるが、この女性はブセールのクロリスとはほとんどすべての点で対照的な女性であった。すなわちこの新たな女性は、知的で聡明であり、文学や詩の素養もあるインテリ女性であり、宮廷に出仕していた。彼女は詩人の文学的マニフェストとしても有名な詩『ある婦人へのエレジー』に歌われた女性であり、彼女に捧げられた詩を見る限り、この女性は詩人の詩に対する鋭い批評者、アドバイザーであり、彼の詩作を温かく支えてくれた女性庇護者でもあった。しかし半面、気位が高く男まさりのこのパリのクロリスは、詩人の官能的でエロティックな欲求には応えなかったか、ほとんど応えてくれなかったようである。ゴーディアーニは、少なくとも詩作上で、詩人は対照的なこの二人の女性を融合して、情熱的・官能的でかつ知的で自立した自我を持った理想的な女性像を創造しようとしたのではないかと推測している。[60] そしてこうした融合がヴィオーの両性具有的ヴィジョンの形成のエネルギーの一つとなっていたのではないかという。

同女史は詩作の上でヴィオーがアンドロジーナスな愛のヴィジョンを展開した根拠を何点か挙げ、詳しく論証しているが、ここではその要点のみを見ておこう。

アンドロジーナス的ヴィジョンの詩の形成

彼女は（1）ヴィオーの恋愛詩に登場する「私」の性別の曖昧性、（2）ときに登場する人物の名前の性別（ジェンダー）の曖昧性、（3）性愛行為における役割の逆転（女性の能動性、男性の受動性）（4）歌われている女性の性格、社会的役割の曖昧化（男性化）などを挙げているが、このうち（1）（2）（3）の特質が同時に認められる代表的な詩として、すでに何度か引用した一六二〇年発表の『私は夢を見ていた、冥界から戻ってきたフィリスが……』というソネを取り上げる。「私は夢を見ていた、陽の光を浴びているように／美しく光り輝きながら冥界から立ち帰ってきたフィリスが望んでいることは／彼女の亡霊《ぼうれい》がもう一度私と愛の行為をすることであり、／また私がイクシオンのように、（彼女の白い）雲のような裸身を抱くことだという夢を。∥彼女の影が一糸まとわぬ姿で私のベッドに滑り込んできて、／私に囁く、「愛しいフィリスよ、わたしは戻ってきたわ、／あなたが去ってしまって以来、運命が私を引き留めていた／あの悲惨な住まい（冥界）にあって、わたしはただひたすら美しくなることにつとめておりました。∥わたしは恋人の中で最もハンサムなあなたをもう一度抱くために／またあなたとの愛撫の中でもう一度死ぬために戻ってきたのよ」と。／それからこのアイドルは、私の愛欲の炎を飲み尽くしてしまうや、∥私にこう言った、「さらばですわ、わたしは死者たちの国に旅立つわ／あなたは生前のわたしの肉体を征服したと自慢したように、／今またわたしの魂を征服したと自慢することでしょう」と」[61]。

C・ゴーディアーニは、この詩の〈私〉が一六二〇年の『サティリック詩の喜び』詩集（初出版）では、詩人は彼女の死んだフィリス“Phyllis”（女）が自分のところに戻ってくることを夢で見、彼らが一緒にいるときには、彼女は彼を“Philis”（男）と呼んでおり、二人の性別が入れ替わってしまうようにも解釈でき、このようにジェンダーが曖昧化されてしまう結果、この詩の〈私〉はじつは女性ではなく、男性としても読めるとしている。その結果ここに歌われている性愛行為において女性が男性の攻撃的役割を演じ、男性が女性的受動性の役割を演じているようにも解釈できると言う。さらに『……季節が近づいて』という長いエレジーに登場するカリスト Caliste（女）、メリベア Melibée（男）といった登場人物の性別も、ヨーロッパの文学的伝統の中ではそれぞれ男性（Calisto）であったり、女性（Meliboea）であったりしていて、そのジェンダーはきわめて曖昧化されていること、また美男の羊飼いエンディミオンと彼に恋した月の女神ディアーヌの性愛行為も女神が攻撃的で、エンディミオンが受動的と、男女の役割の逆転が見られることなどを指摘。その他の三編ほどの詩においても、伝統的なペトラルカ風恋愛詩では男性に結びつけられている嫉妬や覗き趣味などが女性の主人公に見られること、女性の恋人が社会的に男性に求められている勇気や戦争に勇んで出かけようとする美徳を愚行として拒否し、恋する男性には個人的幸福にも眼を向けるよう要求するなど、伝統的な価値観や社会規範に異議を唱えていること（男女の社会的役割分担の平準化）などに着目し、これらの事実をヴィオーの愛の詩における両性具有的ヴィジョンの形成の根拠としている。[62]

またヴィオーはデ・バロー Des Barreaux との同性愛 homosexuality でも有名であるが、ゴーディアーニはこの点はあまり触れていない。われわれにはヴィオーの男女両性具有的ヴィジョンの成立には、こうした同性愛もかなり関係しているように思われる。つまりゴーディアーニがアンドロジーナスなヴィジョン例として挙げている詩に描かれている相手の女性は、じつは同性の男性である可能性も少なくないように思われるのである。

最後にゴーディアーニが（4）の典型例として挙げているソネの考察を手がかりとして、初期から中・後期にかけてのヴィオーの恋愛観・女性観の変遷、後期における恋愛や女性に対する見方の特質などを考えてみよう。

女性の自立と社会的規範からの自由

囚われの恋人（女性）のために

専制的な世間体よ、やりきれない不愉快な義務よ、
お前は私の意志をかくも手厳しく強制している、
私は嘆きによる慰撫以外の慰めを持つことが
できぬままにここで死ななければならないのだろうか？

おお、ティルシスよ、私はあなたに会いたいという
燃えるような欲求に身を焼かれながら、不安に心を凍らせたまま、苦しむことになるのだろうか？
わが情熱が犯したに違いないさまざまな掟よ、
お前らはいつまでもこのように厳しい権力を保持しつづけるのだろうか？

私は思う、暴君は永遠に燃えさかる焔でもって命ぜられた懲罰を
魂たちに与えるのだと、
私が地獄の底で奴隷となるであろうときに。

もし彼が、私の苛立ちの原因を知ったなら、
そして私が牢獄から出ることを許さなかったなら、
拘束されている私に会って、彼は自分の良心を傷つけることになるだろう。[63]

このソネはヴィオーが愛する女性の、さらには世の女性一般のあるべき姿がどうあって欲しいかを示した特異な詩と見ることができるように思われる。この詩は一言で言えば、女性の自立と（社会的規範・因習からの）自由を求めた詩ではなかろうか。つまり社会的規範や因習に「囚われの身となっている女性の恋人」Une amante captive のために、作者のヴィオーがこの女性になり代わって（アンロドロジーナス化して）、ペトラルカ風抒情恋愛詩の男の主人公が話すような口調で、女性の（社会での）位置や生活のあり方、考え方の変更を女性自身にも求め、また男性や社会に対しても異議申し立てを行っているのである。この「囚われの女性」は若い娘ではなく、恋愛（性愛）経験のかなりある成熟した女性の感じであり、その彼女は自らの性的欲望を率直に認めるだけでなく、女性が自己の情熱を表明することさえ押さえつけようとする伝統的な社会規範や因習の専制を呪い、抗議する。彼女は叫ぶ、「おお、ティルシスよ、私は、あなたに会いたいという／燃えるような欲求に身を焼かれながら、不安に心を凍らせたまま、苦しむことになるのだろうか？／わが情熱が犯したに違いないさまざまな掟よ、／お前らはいつまでもこのように厳しい権力を保持しつづけるのだろうか？」恋人ティルシスを得ることに望みがないからではなく、彼にふたたび会いたいと（女性が）望むこと自体を抑圧しようとする社会のさまざまな慣習、世間体、義務に反対・抗議して叫んでいるのである。

この女性はヴィオーによって創造され、彼女の発言には詩人自身の思想、女性観・恋愛観が投影されている。この女性は単に伝統的なペトラルカ風抒情恋愛詩に登場する女性のような、淑やかで受動的な恋人ではない、つまり愛に

おける女性の受動性の束縛から自由になっているというだけでなく、彼女（および当時の女性一般）の上にのしかかっているさまざまな社会的束縛、つまり圧倒的な圧力を保持し続けている社会の伝統的なさまざまな掟（慣習・世間体・義務）から自由になろうとして、社会や男性たちに向かって異議申し立てを行っている。さらに言うならリベルタンとしてのヴィオーは、愛する女性（そして当時の女性一般）に対しても「リベルティーヌ」libertine として既成社会の因習を脱し、自立した自由人になることを求め、願っている。この詩にはヴィオーのそうした恋愛観・女性観、すなわち愛する女性（そして女性一般）は恋愛においても、受身オンリーではなく、自己の情熱や欲望を男性とまったく同じように積極的に表明し、充足して欲しいというメッセージ、およびそうした自由で積極的な恋愛を可能にするためにも、女性は伝統的な因習や社会的な掟から脱し、自立した一個の自由人となってほしいというメッセージが込められているように思われるのである。

相互主義的愛

テオフィル・ド・ヴィオーの恋愛観でもう一点特徴的なのは、彼の恋愛には常に性的な情熱 passion sexuelle が伴っているという事実である。これはヴィオー自身が根本的に官能的・感覚的性向を強く持っていたためかもしれないが、彼は性的・肉体的なものを伴わない愛は真の恋愛とは言えないと考えていたように見える。とはいえ、すでに述べたように、学識と教養に恵まれた彼の知的精神は青春期の生殖本能から来る性愛行動を猥褻詩としてそのままストレートに表現することには――様式化されないゴーロワ精神は文化価値を持ちえず、したがって社会に受容されないと感じて――、次第に抵抗感を覚えるようになっていったように思われる。つまり彼のうちには精神的なもの、知的なもの、合理的なものを求める精神と、本能的、感覚的なもの――自然に根ざしたもの――をともに肯定しようとする精神、あるいは男性的、攻撃的なものと、女性的なもの、受身的なものを同時に受け入れようとする精神があり、しかも一六一九年頃を境に、この二つのものを融合して一つの理想的な人間性、本来の人間性を打ちたてようとする願望が認められるようになる。そしてこの二つの要素を融合する原理として、C・ゴーディアーニはアンドロジニーandrogynyという、あらゆる人間的経験を含む愛の定義を詩人が受け入れようとしていったように見えるという。[64] したがってヴィオーはいわゆる「プラトニック・ラブ」と言われる愛や、いわゆる片思いの恋は真の愛とは考えない。

ここから彼の恋愛観の第二の特徴である「愛の相互性」という問題が出てくる。すなわちヴィオーにとって理想の愛は、それが女性とであれ、男性とであれ（同性愛）、相思相愛の愛、相互愛であり、これこそが真の愛であると考えているように見える。それゆえヴィオーは先に述べた第一の特質と今述べた第二の特質を同時に併せ持った愛、すなわち肉体的・官能的愛――自然の欲求に則った愛――を伴うとともに、精神的にも深く愛し合い、互いに認め合い、高め合える愛こそ真に人間的な理想の愛、真の恋愛と考えるのである。

中期以降のヴィオーのこうした恋愛観、相互愛の考え方が明確に認められる詩として、『フィリスが死んだ今こそ』というすでに何度か引用しているスタンスを挙げることができる。これは詩人が南仏を放浪中、パリに残してきた最初の恋人フィリスが死んだ後、故郷ブセールで知り合ったクロリスとの間に新しい愛が始まった頃の詩である。「私を愛しているふりをもうこれ以上しないで下さい／そしてかくも甘美な愛の炎を失うことが／どんなに私にとって辛いにせよ、／あなたが私への愛を少しもお持ちでないならば／私はあなたの眼と私の魂に誓って、／決してあなたを愛さないと言いましょう[65]∥私は貴女のために私の筆を捧げようとしてきました、／そして年月がいかなる危害も加えない／一巻の本の中で貴女を描こうとしてきました。／名声（評判）というものを少しはわかって下さい、／かつて私が愛したほかの女性を／私がどれほど賛美する術を知っていたかを」[66]。

それゆえヴィオーはこうした愛における相互性が失われたなら、その時点でそれは愛の終わりを意味しているので、それがどんなに辛いことであっても断念しなければならないと考えるのである。最後の恋人カリスト Caliste との関係が破局に近づいていた頃に書かれた後期のある恋愛詩の中で、ヴィオーは自己のこうした恋愛観を彼女に披露し、懸命に関係を修復しようとしている。

少なくとも互いの欲望が永遠の絆で私たち二人を結びつけ、
彼女の気まぐれや私の怒りが互いに楽しもうとする
心遣いを私たちの心のうちで決して損なわないようにし、
私たちの愛の喜びの流れを決して中断しないようにということが
可能であるならば、私は彼女を永遠に熱愛することで、
この上なく幸福となるでしょう。[67]

ここにはヴィオーの恋愛における相互主義、および真の恋愛は精神的であると同時に、官能的・肉体的なものも含まれた人間的・人格的愛、すなわちアガペ的な愛であるという恋愛観が表明されており、同時にこれらの詩句は、ヴィオーが最も深く愛しながらも二人の愛がなぜ破綻したかをも説明している。前章ですでに述べたように、ヴィオーが彼女への愛にのめり込んでいった恋愛後期に、カリストが少しずつ冷淡になっていったために、ヴィオー持論の「愛の相互性」、「愛の互恵主義」が失われていったことが破局の原因であった。

結論

ゴーディアーニに言わせると、一六一二―一九年の初期はまだ登場人物の男女両性の区分も明確になっていたが、一六二〇年の追放解除によるパリの宮廷帰還を境に一六二四年までの後期では、かなりの数の詩がその登場人物の性

区分を曖昧化させており、その恋人たちに両性具有的なヴィジョンを反映させているという。そしてこうした性区分における両義的表現法は、『ピラムスとティスベ』の悲劇でその頂点に達しているという。[68]

それはともかく、ヴィオーの詩は初期（一六一二―一六一九年）においては「サティリック（恋愛）詩」（キャバレー詩）とペトラルカ風（恋愛）抒情詩が明確に区分された形で書かれており、後者の詩ではその恋愛観も、一切の見返りを期待しないペトラルカ主義の無償の愛、精神主義的愛、またそのような愛における（男女の）不平等性も、伝統に則って受け入れていた。しかし一六二〇年以降の後期になると、サティリック詩（猥褻詩）をペトラルカ風の抒情詩のスタイルの中に統合というか融合しようとしていったように思われる。すなわちベンボ、サンナッザロといったイタリア・ルネサンスの抒情詩人あるいはロンサールなどに倣って、たとえば〈イタリア的愛の夢〉といったテーマに基づいて、洗練された表現で官能的・エロティックな抒情恋愛詩を書こうとしていったように思われるのである。つまり初期の抒情詩に見られる、官能的愛を伴わない精神主義的＝プラトン主義的愛を否定し、肉感的・官能的喜びを伴った相互愛、それも魂と魂が触れ合うより高次な愛こそ、真の愛であるという恋愛観に立脚した、エロティックではあるが、洗練された新ペトラルカ風恋愛詩を書くようになる。後期の恋愛詩では、ヴィオーのこうしたユニークな恋愛観、すなわち片思いの恋は観念的な愛にすぎず、真の愛は相思相愛でなければならず、かつ必ず官能的・肉体的な愛が伴っていなければならないという恋愛観のほか、すでに見てきたように、彼が愛する女性は社会的にも自立した女性、社会の因習やしがらみから自由になった女性であって欲しいという女性観、したがって恋愛においても女性は受身的でなく、男性と同様の積極性を発揮し、愛の喜びも男性と等しく分かち合って欲しいという、きわめて現代的な恋愛観・女性観を持っていたことは特筆に値するのではないかと、われわれには感じられるのである。

ところでヴィオーのこうしたユニークな女性観・恋愛観――真の愛は肉体的愛を伴ったより高次な精神的愛であり、しかも男女がともに独立した一個のペルソナとして対等に愛の喜びをも共有し合わなければならない――はある意味でドニ・ド・ルージュモンが『愛と西洋』で言っている、キリスト教的なアガペの愛に近づいているとも言えるのではなかろうか。長いがあえて引用してみよう。

エロスは、われわれ被造物の終りも限界もある条件の上に、生命を高揚させようとするから死の奴隷となる。こうして、われわれをして生命をあがめさせる衝動そのものが、われわれを生命の否定に迫い込む。これがエロスの絶望、深刻な悲惨であり、エロスの表現不可能な自主権喪失である。アガペはこれを表現することによってエロスを解放する。アガペは地上のかりそめの生命が、あがめるにも殺すにも値しないものであり、むしろ「永生」に服従しながら、これを受容すべきものであることを知っている。要するに、われわれの運命は現世において賭《か》けられるからである。地上において愛し（さ）なければいけない。彼岸には「神格化された夜」などない。あるものは「創造主の審判」だけである。[69]

（……）

キリスト教は両性の完全な平等をもっとも明確に宣言している。

《妻はじぶんのからだを自由にすることはできない。それできるのは夫である。夫も同様に自分のからだを自由にすることはできない。それができるのは妻である。》（『コリント人への第一の手紙』第七章）。女性が男性と対等であれば、《男性の目的》ではありえなくなる。女性はそれと同時に、被造物神格化の贖いとして遅かれ早かれ起こる畜生への格下げからも免《まぬが》れることになる。しかしこの平等を、現代的な権利の要求という意味に解してはいけない。これは愛の神秘から生じるものであって、エロスに対するアガペの勝利を象徴するものであり、証明するものであるにすぎない。現実に相互的な愛は、相愛の人びとの平等を要求し創造するものだからである。神の人間に対する愛は、神が聖なるごとく人間が聖《きよ》くあることを要求することによって示される。そして男性の女性に対する愛は、女性を伝説の妖精でも、半神でも、酒神の祭女でも、夢でも性でもなく、人間的な完全人格として扱うことにより実証される。[70]

（……）

だからこそ、性的関係を正常化する（アガペの愛の一形式たるキリスト教の）一夫一婦制度は、快楽の最善の保証、すなわち、全然神格化されていない、純粋に肉欲のエロスの保証となるのである。[71]

このようにルージュモンは同書で、キリスト教のアガペの愛における女性と男性との完全な平等という観念には、現代における男性と同一の権利要求といった社会的政治的意味はないにしても、この愛のあり方にあっては、女性は男性の欲望の〈目的〉としての「もの化」に無縁な人格存在、男性と完全に対等な一個の人格（ペルソナ）が保障されており、この意味でヴィオーの女性観・恋愛観は、現代的な女性の権利要求という側面も含めて、このアガペの愛に近い愛を相手の女性に求めているのである。

前章でもすでに述べた、ヴィオーの恋愛における男女両性の完全なる平等性、対等性という性格は、彼がいい意味でのリベルタンとしての近代性、その合理主義的両性平等意識を持っていたこと、したがって恋愛においても両性が互いに相手の人格を認め合った上で喜びを分かち合い、共有し合うという態度であり、あくまでも対等な人格（ペルソナ）の持ち主として、「語り合い」、喜びを分かち合うという恋愛観が窺われる。

私の精神はその聖なる力の磁力（恋人）に
惹かれざるを得ない
私が「生きること」と呼ぶすべては

Mon esprit est forcé de suivre
L'aimant de son divin pouvoir,
Et tout ce que j'appelle vivre,

彼女とただ語り、彼女と会うことだけである　　C'est de lui parler et la voir.[72]

さらにたとえば『ある婦人へのエレジー』のクロリスに対するように、

極度に繊細微妙な精神が生み出したこの上なくユニークな詩句でさえ、
そこに貴女が解せないような感情は決して存在しないからです。
貴女は心の中に尊敬すべき優れた知性をお持ちであり、
わが魂とわが作品に通暁した精神をお持ちです。
（……）
貴女が私の詩に満足してくださることだけが私の最終的な鑢なのです。
貴女は私の詩の重要性も意味もリエゾンも理解しており、
そして詩の善し悪しを判断するときには理性のみを持つことをめざしている。[73]

恋の相手の女性に対しても、知的なものを二人で共有して楽しむべく、男性と同様の、というより知的存在である「一個の人間として」、知性や感性、教養をも求めているのである。

註

1 Théophile de Viau, *Œuvres complètes* t. III, Honoré Champion, 1999, p. 89.（以下、*Œ. H.C.* t. III と略。）
2 *Ibid.*, pp. 147, 182.
3 Caire Gaudiani, Definition of love in works by Théophile de Viau, in *Papers on French Seventeenth Century Literature*, XII, 1987–80, p. 131.
4 Théophile de Viau, *Œuvres complètes* t. I, Honoré Champion, 1999, pp. 246–247.（以下、*Œ. H.C.* t. I, と略。）

5 Théophile de Viau : Œuvres complètes t. II, Honoré Champion, 1999, p. 14.（以下、Œ. H. C. t. II, と略。）
6 Saba, Biographie de Viau, p. xiii（in *Œ. H.C.* t. I）.
7 *Œ. H.C.* t. III, p. 130.
Claire Lynn Gaudiani, *The Cabaret poetry of Théophile de Viau, Texts and Traduction,* Gunter Narr Verlag, 1981, p. 63.
8 *Œ. H.C.* t. III, p. 136.
9 *Œ. H.C.* t. I, pp. 166–167.
10 *Ibid.,* p. 249.
11 C. Gaudiani, The Androgynous Vision in the Love Poetry of Théophile de Viau, in *P.F.S.C.L.* no.11 1979, p. 132.
12 *Œ. H.C.* t. I, p. 246.
13 *Œ. H.C.* t. II, p. 60.
14 *Œ. H.C.* t. I, pp. 200–201.
15 *Œ. H.C.* t. I, p. 228.
16 *Œ. H.C.* t. III, p. 145.
17 *Œ. H.C.* t. I, p. 247.
18 *Œ. H.C.* t. II, p. 81.
19 *Ibid.,* p. 56.
20 *Œ. H.C.* t. I, p. 241.
21 *Ibid.,* p. 247.
22 *Ibid.,* p. 247.
23 *Ibid.,* p. 248.
24 *Ibid.,* pp. 200–201.
25 *Ibid.,* p. 193.
26 *Ibid.,* p. 193.
27 *Œ. H.C.* t. II, p. 63.
28 *Œ. H.C.* t. I, p. 163.
29 *Ibid.,* p. 164.
30 *Œ. H.C.* t. II, pp. 120–121.
31 *Œ. H.C.* t. I, pp. 162–163.
32 *Œ. H.C.* t. I, pp. 169–170.
33 *Ibid.,* p. 192.
34 *Ibid.,* p. 190.
35 *Ibid.,* p. 249.
36 *Œ. H.C.* t. II, p. 67.
37 C. Gaudiami, *op. cit.,* p. 132.
38 *Œ. H.C.* t. II, p. 205.
39 *Ibid.,* p. 206.
40 *Ibid.,* p. 221.
41 *Ibid.,* p. 203.
42 *Ibid.,* p. 206.
43 *Ibid.,* p. 207.
44 *Ibid.,* p. 220.
45 *Ibid.,* pp. 222–223.
46 *Œ. H.C.* t. II, p. 58.
47 *Ibid.,* p. 66.
48 Denis de Rougemont, *L'Amour et l'Occident, Union Générale d'Édition,* 1939, p. 60.
49 *Ibid.,* pp. 60–61.
50 *Œ. H.C.* t. I, p. 187.
51 *Œ. H.C.* t. II, p. 42.

52 *Œ. H.C.* t. III, p. 130, VIII.

53 C. Gaudiani, The Androgynous Vision in the Love Poetry of Théophile de Viau, in *P.F.S.C.L.* no.11 1979, p. 132.（以下、同論文を Gaudiani, *op. cit.* とする。）

54 *Œ. H.C.* t. I, pp. 194–195.

55 Gaudiani, *op. cit.*, p. 121.

56 Rougemont, *op. cit.*, p. 159.

57 *Ibid.*, p. 159. なお訳文は鈴木健郎氏による（以下の同書よりの引用文もすべて同氏訳による）（『愛について』、岩波書店、一九五九年、二七六頁）。

58 Gaudiani, *op. cit.*, p. 122.

59 *Ibid.*, p. 123.

60 *Ibid.*, p. 123.

61 *Œ. H.C.* t. III, p. 130.

62 Gaudiani, *op. cit.*, pp. 125–131.

63 *Œ. H.C.* t. II, p. 49.

64 Gaudiani, *op. cit.*, p. 132.

65 *Œ. H.C.* t. I, p. 188.

66 *Ibid.*, p. 188.

67 *Œ. H.C.* t. II, p. 59.

68 Gaudiani, *op. cit.*, p. 132.

69 Rougemont, *op. cit.*, p. 264.（訳文は鈴木健郎氏による、前掲書、四五二頁）

70 *Ibid.*, p. 265.（同氏訳、同書四五四頁）

71 *Ibid.*, p. 266.（同氏訳、同書四五六頁）

72 *Œ. H.C.* t. I, p. 191.

73 *Ibid.*, p. 203.

III 「太陽」と「逆さ世界」

序論

ヴィオー作品、とりわけ詩作品を読んで感ずる点の第一は、太陽や光、さらには眼や視線のテーマ、イメージが頻出していることであり、第二点として、上記テーマ・イメージに関連して、聴覚やとりわけ視覚の強調、指示（所有）形容詞、主体〈私〉Jeや場所の前置詞・副詞（とくに "ici"）などの多用による視覚的な具象化[1] particularisation、詩の場面への臨場感・現存感——即時性——の強調などを挙げることができる。ちなみにこうした特質のほとんどすべてが認められる詩を挙げてみよう。

Un corbeau devant moy croasse,
Une ombre offusque mes regards,
Deux belletes, et deux renards,
Traversent l'endroit où je passe :
Les pieds faillent à mon cheval,

カラスが一羽私の眼前でかあと鳴き、
死者の影が私の視線をさえぎり、
小貂が二匹、そして狐が二匹、
私の通るところを横切っていく。
私の馬はぐらぐらとよろめき、

Mon laquay tombe du haut mal,
J'entends craqueter le tonnerre,
Un esprit se presente à moy,
J'oy Charon qui m' appelle à soy,
Je voy le centre de la Terre.

Ce ruisseau remonte en sa source,
Un bœuf gravit sur un clocher,
Le sang coule de ce rocher,
Un aspic s'accouple d'une ourse,
Sur le haut d'une vieille tour
Un serpent dechire un vautour,
Le feu brusle dedans la glace,
Le Soleil est devenu noir,
Je voy la Lune qui va choir,
Cet arbre est sorty de sa place.[2]（下線筆者）

従僕は癲癇発作を起こして倒れ、
雷がめりめりと鳴り渡るのを聞く
亡霊が私の前に姿を現し、
私は冥府の渡し守カロンが私を呼ぶのを耳にし、
地球の中心をしかと見る。

この小川は源泉《みなもと》に逆流し、
雄牛が一匹鐘楼によじ登り、
血潮がそこの岩から流れ出し、
まむしは雌熊と交尾する。
古びた尖塔の頂で
蛇が禿鷹をずたずたに喰いちぎり、
火は氷の中で燃えさかり、
太陽は真黒になった。
月が墜落していくのをながめ、
そこの樹は根こそぎ場所を変えてしまった。

これはヴィオー詩を代表する特異な詩であり、シュルレアリスム詩人たちに少なからぬ影響を与えた有名なオードである。ここには太陽——黒い太陽——、視線（mes regards）、〈逆立世界〉le monde renversé ないし〈インポシビーリア〉（不可能事）、地球の中心ないし地獄下りのテーマなどが現れている。また詩法的には主体〈私〉Jeや指示（所有）形容詞の多用ないし特異な使用によるイメージの具象化、聴覚（J'entends, J'oy）や視覚（mes regards, Je voy le centre, Je voy la Lune...）語の使用、場所の前置詞・副詞（devant moy, où je passe, en sa source, de ce rocher, Sur le haut..., de sa place）の使用等により、イメージが具体化され、詩の場面の臨場感・現存感が高められているなどの特徴を挙げることができよう。

この詩については、本稿後半部においてふたたび触れることとして、以下においては、（1）ヴィオー詩に特徴的なテーマ・イメージおよび（2）詩作品の特性を具体的詩句を挙げて検討しつつ、その意味を探っていくつもりであるが、今回は（2）の詩の構造分析は割愛し、（1）のテーマ研究、それも〝太陽〟のテーマおよびこの主題と密接に関連した〝逆さ世界〟の問題に限って検討してみることとしたい。

〈太陽〉のテーマ

最初に〈太陽〉のテーマ・イメージについて見てみよう。太陽や光に対する渇望・偏愛という問題は、一人ヴィオーに限らず、古今東西の多くの詩人にも認められるテーマである。この意味でそれは、いわば人類共通の心的傾向であり、普遍的願望と言えよう。ところで太陽は、すでにほかで述べたように、[3] 人類史の非常に早い時期から、たとえば古代エジプト、インドさらに古代ヨーロッパにおいてさえ、眼や神と同一視され、崇拝されてきた。[4] 太陽崇拝や太陽へのオブセッションは、フランスでもたとえば近代ではテオフィル・ゴーティエ Théophile Gautier、ネルヴァル G. de Nerval、ランボー A. Rimbaud、マラルメ S. Mallarmé などに認めることができるが、ヴィオー前後の詩人ではルネサンス期のロンサール P. de Ronsard はじめデポルト Ph. Desportes、パスラ Jean Passerat、ラ・セペード Jean de La Ceppède あるいはヴィオーの友人サン＝タマン Saint-Amant、さらにアントワーヌ・ゴドー Antoine Godeau などにも認められる。もっともラ・セペードやアントワーヌ・ゴドーは太陽をキリスト教の神のシンボルと見、あるいは逆にキリストを

〝正義の太陽〟、〝魂の太陽〟と見ており、太陽即キリスト教的神とは明言していないサン＝タマンやヴィオーなどとはその質を異にしている。[5]

テオフィル・ド・ヴィオーにとって太陽はさまざまな象徴的・詩的価値を帯びていたが、まず第一にそれは、生命の根源の象徴として意識されていたということである。すなわち太陽は、ロンサール、サン＝タマンの場合同様、植物や花々を生み出し、生長させる、いってみればエネルギー源、**自然**に生命を回復させる存在として示されている。たとえば『シルヴィの家』*Maison de Silvie* 第六オードで、彼は、

「庭園の装飾品（泉や樹木）を保守するために、／**太陽**はこの装飾品を洗ったり、拭って乾かしたりする。／というのも、晴天や雨天を作るのは、／**太陽**のみに与えられた仕事だからだ。」（Pour conserver son ornement / Le Soleil le lave et l'essuye, / Car c'est le Soleil seulement / Qui fait le beau temps et la pluye.）[6]

と歌っているように、太陽は宇宙や天候のリズムを支配する存在であった。あるいはまた詩人はこんなふうにも語っている。

「われら人間は、動物が死ぬとき、絶望が訪れるのを見ることはない。／獣はあらゆる欲望から離れて、／自然が彼らに定めた期限（最期）を取り乱すこともなく、従容として受け入れるのだ。／獣は人間の悪夢の眠りもなく平安な夜を迎え、／そして毎日**太陽**の光を浴びて浮き浮きし、／さまざまな体液の変化によって変わる。／人間の情念やかくも多くの災難を免れている。」（On ne voit à sa mort le desespoir venir: / Elle (la bête) compte sans bruit et loing de toute envie / Le terme dont nature a limité sa vie, / Donne la nuict paisible aux charmes du sommeil, / Et tous les jours s'esgaye aux clartez du Soleil, / Franche de passions, et de tant de traverses, / Qu'on voit au changement de nos humeurs diverses.)[7]

引用部は『第一諷刺詩』*Satyre premiere* の一節だが、同詩でヴィオーは、動物たちが自然の掟、宇宙の秩序に従順に従い、自然が定めた死期を動ずることなく受け入れていること、彼らが太陽の光の中で毎日を楽しんでいる事実から、獣の幸福、死を恐れおののく人間の弱さ infirmité、悲惨さを歌っているのであるが、ここの太陽は、動物たちの生命を育み、四季の移り変わりを支配する存在として意識されている。

「これ以上美しい金属とてない**ダイヤモンド**の輝きも／バッカスがいかに水晶の中で微笑む神であろうとも／それらは、あなたの瞳のようには、私の魂の中に／完璧な喜びをもたらす術を決して見つけることはなかった。／もしも運命が私に**王**の地位を与えてくれるにしても、／もしもこの上なく貴重な喜びがすべて私に与えられるにしても、／もしも大地と海の**皇帝**であったなら、／もしも私が自分自身の手でこの世界を建設していたにしても、／そして私の眼の太陽（クロリス）が**世界**に所有されているすべての花々や果実を生み出すように、／もしこのようなことが私の身の上に起ったにしても、／もしクロリスが私にキスをしてくれたなら、私はこれ以上に大きな満足も陶酔を持つことはないのですが。」(L'esclat des Diamans ny du plus beau metal, / Bacchus tout Dieu qu'il est, riant dans le cristal, / Au pris de tes regards n'ont point trouvé la voye, / Qui conduit dans mon ame une parfaite joye. / Si le sort me donnoit la qualité de Roy, / Si les plus chers plaisirs s'adressoient tous à moy, / Si j'estois Empereur de la terre et de l'onde, / Si de ma propre main j'avois basty le monde, / Et comme le Soleil de mes regards produict / Tout ce que l'Univers a de fleur et de fruict, / Si cela m'arrivoit je n'aurois pas tant d'aise, / Ni tant de vanité que si Cloris me baise.)[8]

「クロリス詩篇」のこの一節に歌われた太陽は、花々や果実といった宇宙のすべての生命を生み出し、生育させる力を持った、いってみれば宇宙的生命体として表象されている。この詩の後半部ではさらにこんなふうに歌われている。

「**空**が雲を脱ぎ捨て、／春の額が嵐の来襲を告げている今、／野原が貴女のように、／たくさんのカーネーションやバラや百合の花で美しく見える今、／一切が地上に存在し、そして太陽が引き上げる／豊かな体液（生命力）が世界を若返らせる今、」(Maintenant que le Ciel despoüille les nuages, / Que le front du printemps menasse les orages, / Que les champs comme toy paroissent embellis / De quantité d'œillets, de rozes et de lis, / Que tout est sur la terre et qu'un humeur feconde / Qu'attire le Soleil, fait rajeunir le monde.)[9]

ここに歌われている太陽も四季を運行し、地上のすべてのものに生命と生気とエネルギーを与え続けている宇宙の根源的な力として意識されている。

ヴィオーにあっては、太陽はまたときとして闇の恐怖や死の影を追い払おうとする、彼の生存願望のシンボルとしても表象されている。たとえば、「コリドンへのテオフィルの感謝」という詩に、

「このか細い一条の火（太陽光線）の後に従って行ってみてください。／あなたの兄（太陽）がそれによって私の住まいの闇を／わずかに突き破るのです。／月の女神よ、貴女は彼を急がせねばなりません、／**太陽**は毎日ほんの半時しか／私を訪ねてはくれないのです。／／しかしこの牢獄にあってはどんな明かりが／暗闇の漆黒を追い払うというのだろうか？／だからこれほど暗い牢獄の中では／もはや黒っぽいものは何も見出せないのだ。」(Suivez ce petit traict de feu, / Dont vostre frere perce un peu / L'obscurité de ma demeure; / Deesses il vous faut haster, / Le Soleil n'a que demi-heure / Tous les jours à me visiter. // Mais quel esclat dans ce manoir / Chasse l'obscurité de l'ombre? / D'où vient qu'en ce cachot si noir / On ne trouve plus rien de sombre ?)[10]

という一節があり、これは詩人がコリドン（リアンクール伯爵？）に獄中生活の窮状を愁訴した詩である。一日わずか三十分しか日が射し込まぬ暗黒の獄舎にあって、彼がいかに太陽と光を渇望していたかが窺われる詩である。もう一例を挙げれば、

「**太陽**は世界に営為と光をふたたびもたらすために／波間から現れて、／われらをぞっとさせた夜の夢の／妄想を追い払ってくれるという。／しかし太陽の炎を見て癒されると、／こうしたたわいもない恐怖は魂の中に現れることはない。」（On dict que le Soleil sortant du sein de l'onde / Pour rendre l'exercice et la lumiere au monde, / Dissipe à son réveil ceste confuse erreur / Des songes de la nuict qui nous faisoient horreur: / Mais quand nous guerissons à l'aspect de sa flame, / Ces petites frayeurs ne percent point dans l'ame.)[11]

ヴィオーにとって「この世に活気と光明をもたらすべく、海から立ち昇ってくる」太陽は、彼の存在を脅かす夜の闇や彼を恐怖に落とし入れていた夜の悪夢を「四散させ」dissipe、魂に平安と安心を与える存在であった。彼がどんなに闇を恐れ、太陽とその光明を渇望していたかということを示している詩を、もう一つ引用してみよう。それは、獄中から高等法院の判事たちに窮状を訴えた一種の〈嘆願詩〉である。

「それぞれの基本要素が擁しうるかぎりの／多くの肉体と魂とを／その焔で養う世界の眼〔太陽〕も、／最高法院が私を泊めている場所では、／半時も生きのびることはかなわないでしょう。／そしてこの美しい**天体**は／私の住まいのとば口にほんの少しだけ／至るやたちまち死なねばならぬでしょう。／私の運命を支配している親愛なる**神々**の**代理官殿**、／あなたがたは、私が**太陽**の死んだところに生きているなんてお信じになれるでしょうか。」(L'œil du monde qui par ses flammes, / Nourrit autant de corps et d'ames, / Qu'en peut porter chaque element, / Ne sçauroit vivre demie heure, / Où m'a logé le parlement: / Et faut que ce bel Astre meure, / Lors qu'il arrive seulement / Au premiere pas de ma demeure. / Chers Lieutenans des Dieux qui gouvernez mon sort, / Croyez vous que je vive où le Soleil est mort?)[12]

ここには太陽を世界の眼と見るヴェーダ哲学的見方や太陽の死といった問題も認められる。それについてはすでにほかのところで論じたので触れないが、太陽の死というテーマについては、詩人の〝世界崩壊意識〟との関連でふたたび取り上げることとなろう。この詩から、彼の獄舎が正午前後の半時の薄明を除けば、終日深い闇に包まれており、彼がどんなにその暗闇に苦しめられ、しのび寄る病魔と死の影を恐れていたか、ということが、逆に言えば彼がどんなに太陽とその光を渇望していたかが窺われる。

詩人にとって太陽は、ときとして眼の、とりわけ愛する女性の眼のシンボルであり、比喩対象でもあった。ヴァルドマール・ドオンナ W. Deonna によれば、眼が太陽に、視線が太陽光線に喩えられることは、古代にあってもすでにかなり陳腐であったようだが、[13] 近代の詩人たちも飽くことなくこの比喩を繰り返している。[14] ヴィオーにとっては、ベルトー Bertaut やデポルトの場合同様、恋人は〈美しい太陽〉beau soleil であり、その「強力な明るさのおかげで、恋に苦しむ私の魂は、それを見て〔彼女に会って〕慰められ、それ〔太陽＝彼女〕が到来するや、私の苦悩を遠ざけ、生の悲しみや死の恐怖が吹き払われる」のである。

「私のように恋に苦しめられている人びとは／夜となく昼となく妄想を抱いているものだ。／クロリスは**太陽**であり、その強力な光は私がそれを見たとき、／憔悴しきった私の魂を慰め、／私の悩みを遠ざけてくれ、その光に近づいたとき、／人生の悲しみや死の恐怖を四散させてくれるのだ。」[15] (Et ceux qui comme moy sont travaillez d'Amour / Gardent leur resverie et la nuict et le jour. / Cloris est le Soleil dont la clarté puissante / Console à son regard mon ame languissante, / Escarte mes ennuis, dissipe à son abord / Le chagrin de la vie et la peur de la mort.)

また、『ピラムスとティスベの悲劇的恋愛』*Les Amours tragiques de Pyrame et Thisbé* でもピラムスは、恋人ティスベを「わが太陽」と呼ぶ。

「孤独よ、沈黙よ、闇よ、眠りよ、／お前らは私の**太陽**がここで光り輝くのを見たことがなかったのか？／影よ、お前は私の恋人の瞳をどこに隠しているのか？」[16] (Solitude, Silence, obscurité, sommeil, / N'avez vous point icy veu luire mon Soleil ? / Ombres, où cachez-vons les yeux de ma maistresse?)

詩人にとって恋人や恋人の眼は、夜の闇の中に明るく輝き、闇を追い払うことさえできる太陽であり、生きる勇気を与える光明であった。また「カリスト詩篇」では、

「しかし私の魂に称讃された**太陽**が／その光の火で私の情念をふたたび暖めてくれるとき、／天の火が人々にそれを与えるよりも／はるかに美しい私の春がふたたび訪れるであろう。」(Mais lors que le Soleil adoré de mon âme / Du feu de ses rayons r'eschauffera ma flame, / Mon printemps reviendra, mais mille fois plus beau / Que n'en donne aux mortels le celeste flambeau.)[17]

という詩句が見えるが、このエレジーはヴィオーが生涯で最も情熱的に愛した恋人カリスト Caliste ——マリー・ド・メディシスの侍女の一人と想像されている——に宛てて書かれた詩の一節である。太陽と同一視された恋人の眼は、太陽の熱が生命に育むように、詩人の内部の恋の情念＝焔 flame をも熱し、ふたたび燃え上がらせ、詩人の愛＝生命の回帰をもたらす存在として意識されている。

「彼ら（神々）は**太陽**のうちに貴女の瞳が描かれているのを見て、／彼らの心がそれにとても激しく打たれたように感じるので、／彼らがもし天空に釘付けにされているなら、／このお目当ての女性に会うために天よりすぐにでも降りてきてしまうだろう。」（Voyans dans le Soleil tes regards en peinture, / Ils en sentent leur cœur touché si vivement, / Que s'ils n'estoient cloüez si fort au firmament, / Ils descendroient bien tost pour veoir leur creature.)[18]

詩人は、天空の星と同一視された神々が女神イシスにも喩えられた恋人の美しい視線を**太陽**のうちに見て、感動のあまり、「**神々**は、もし空に固定されていなければ、彼女に会うために、空から地上に降りてきてしまうであろう」と、バロック的誇張ないしマニエリスム的綺想で、想像する。恋人の眼や視線を太陽や光線に喩え、恋人＝太陽、光線＝恋人の視線が詩人の魂を照明し、熱してくれることを願う。

テオフィル・ド・ヴィオーにとって、恋人の眼や視線は、ルネサンス期の詩人たちの多くがそう感じていたと同じように、太陽や光線と同一の作用を持つもの、すなわち火や生命の担い手[19] porte-feu、porte-vie と感じられていたと思われる。さらに言うなら、太陽や恋人の眼（視線）は、詩人にあって単に火や生命の担い手として、つまり宇宙や詩人の生命の維持を司る存在として感じられていたというだけでなく、両者は、一方は〈世界の眼〉œil du Monde として意識され、また他方は詩人の〈内的な眼〉œil microcosmique と化すことで、互いに照応・交感し合い、一体化してしまっている。そして太陽と恋人の眼とは、こうした内的な照応・交感関係を通して、大自然と自己に永続的な**回春**を可能にし、〈宇宙＝自己〉の生命のリズムに活力を与え続ける存在と感じられていたと考えられるのである。

ヴィオーはまたロンサール[20]やパスラ[21]などがそうしたように、国王称讃詩において太陽をフランス王、というよりむしろフランス国王を太陽と同一視している。たとえば次の詩句を見てみよう。

「私はこうした陰鬱な地で流謫の日々を過ごしている。／（…）／ここでは天の定めに気に入られるようにせざるを得ない**太陽**は、／私の苦難を長びかせるために、昼間を長くし、／こうして半日の時間を私により長く感じさせるのである。／／しかし太陽は自らの光の流れを変えることができる、／**王**が通例の善意を中断して、／私のために憐れみの流れを変えて下さった以上。」（Je passe mon exil parmy de triste lieux, // (...) // Où le Soleil contrainct de plaire aux destinees, // Pour estendre mes maux alonge ses journees, / Et me faict plus durer le temps de la moitié : // Mais il peut bien changer le cours de sa lumiere, / Puis que le Roy perdant sa bonté coustumiere / A destourné pour moy le cours de sa pitié.）[22]

これは一六一九年の国外追放令により、松林が果てしなく続くランド地方の森林地帯を放浪しているときに書かれたと推定されるソネの一節である。彼はこの詩で追放処分を受けた自分の境遇がどんなに悲惨であり、またその苦難がどれほど耐え難いものであるかを訴えているのだが、ここに現れる太陽は詩人の宿命と同一視され、さらにはほとんど王とも同一視されている。というのは、「天の定めに添わざるを得ない」**太陽**は、「私の苦難を長びかせるために、昼間を長くし、一日を長く感じさせる」からであり、**国王**が「私のために哀れみの流れを変えて下さった」以上、「**太陽**も光の流れを変えることができる」からである。ヴィオーは、このように太陽を宇宙の秩序、四季、時間の運行を支配する力を持ったものとして感じていたばかりでなく、あるときにはこの詩におけるように、太陽を天命Destin とほとんど同一視しているのである。さらに国王ルイ十三世をも、自己の運命を支配し、自己の生殺与奪の権を握る絶対的権力者として、そうした太陽＝宿命 Destin に喩え、これと同一視している。次の例も王＝太陽を示していると見ることができよう。

「王の美徳はわれらの想像力が半**神**たちに与える／こうした輝かしい名声を彼に獲得させた。／この上なく偉大な**王たち**でさえ彼に気に入られることに精神的価値を感じていた。／すべての人びとが王の愛顧を愛し、その怒りを恐れていた。／墓に向かって傾きつつあるこの**太陽**が、前にも増して／大きく、美しい眼（太陽光線）を**世界**に投げかけていたように、／あまりにも長い間不名誉にも放置されてきた彼の才能は／彼のミルトとオリーヴを奪い取ることをもくろむのであった。」（Sa (Henri IV) vertu luy gaigna tous ces noms glorieux, / Que nostre fantaisie accorde aux demy-Dieux, / Les plus grands Roys trouvoient du merite à luy plaire, / Tout aymoit sa faveur, tout craignoit sa cholere. / Ainsi que ce Soleil penchant vers le tombeau, / Jettoit sur l'Univers l'œil plus grand et plus beau, / Sa valeur trop long temps honteusement oisive, / Meditoit d'arracher son myrthe et son olive ;) [23]

引用部は一六二〇年十二月に書かれた「王に捧げられた歳旦詩」Au Roy, Estrenne の一節であるが、詩人はここで、父王アンリ四世の数々の功績を称讃することによって、間接的にルイ十三世を称讃している。後半部で「墓に向かって傾きつつあるこの**太陽**が、前にも増して大きく、美しい眼（太陽光線）を**世界**に投げかけていたように、あまりにも長い間不名誉にも放置されてきた彼〔アンリ四世〕の才能は、彼の〔愛と栄光の象徴である花〕ミルトと〔平和のシンボル〕オリーブを奪い取ることをもくろむのであった。」と述べて、アンリ四世が暗殺される数カ月前からハプスブルク家との戦争を準備していた事実を暗示している。また「墓に向って傾きつつあるこの**太陽**」とは、アンリ四世の死を暗示しており、ここには明らかに王＝太陽＝世界（宇宙）の支配者というアナロジーが認められる。

ヴィオーはまた太陽をギリシア神話における太陽神アポロン Apollon に喩え、ある場合にはアポロンの別称ポイボス Phébus の名で太陽に呼びかけている。こうした太陽とアポロンの同一視は、ヴィオーのみでなく、ロンサールや同時代のサン＝タマンなど多くの詩人たちの間にも認められ、とりわけバロック期の詩人たちが愛好したレトリックであった。しかもヴィオーは、太陽と同一視されたフランス王をこのアポロン神とも同一視することによって、国王を称讃している場合が少なくない。

ところで詩人が太陽神アポロンにしばしば言及するのは、同神自身がポエジーの神であり、詩の女神たち Muses の主でもあるからである。たとえば、獄中で書いたある詩には、

> 「**神々**の至上者（ジュピター）の娘たち（詩の女神たち）であり、／全裸の美しい**プリンセスたち**よ、／あなたたちはこの名誉あるこの山（パルナス山）を踏みつけ、／この山の**美徳**は雲たちを感動させる／**太陽**のいとしい実姉妹たちよ、／（……）」(Filles du souverain des Dieux, / Belles Princesses toutes nuës, / Qui foulez ce mont glorieux / Dont la Vertu touche les nuës, / Cheres germaines du Soleil)[24]

といった詩句が見えるが、「**神々**の至上者の娘たち」とは、ローマ神話の最高神ジュピターの娘ミューズであり、「太陽のいとしい実姉妹」とは太陽神アポロンの姉妹、詩の女神ミューズたちのことである。ヴィオーは獄中で、この詩

の女神たちやアポロンに、闇と死の影を追い払ってくれるよう助けを求めているのである。同様の例は、追放命令の取り消しを求めてルイ十三世に捧げた次のオードの一節にも認められる。

「アポロンがかつて私に充塡してくれた／この上なく大胆な詩的霊感によって、／また鋼鉄より丈夫な／一枚の紙の上に／その完璧な調べに乗せて／最も見事に完成された歌によって、／私は陛下のために一幅の肖像画を描かせていただこうと思います、／その絵の中には私の作品が褒められるような／とても愛想の良い言葉があり、／そのことが陛下の追従者たちに対して敬意を欠くこととなるかも知れません。」（De la vaine (veine) la plus hardie, / Qu'Appollon ayt jamais remply, / Et du chant le plus accomply, / De sa parfaicte melodie, / Dessus la fueille d'un papier, / Plus durable que de l'acier, / Je faray pour vous une image, / Où des mots assez complaisans, / Pour bien parler de mon ouvrage, / Manqueront à vos courtisans.）[25]

詩人の守護神であり、詩の女神ミューズたちの主である「**アポロン神**が私に充塡したこの上なく斬新な詩的インスピレーションで、（…）国王（ルイ十三世）陛下の肖像画を描き上げましょう」と述べているように、彼はここでは、太陽神アポロンを自己の詩的インスピレーションを高め、「充塡して」くれる存在と見ている。[26]

ヴィオー詩にあっては、アポロン神が王と王権のシンボルともされている点はすでに指摘したが、詩人がこのように王とアポロン神とを同一視するのは、同神が地上に光と生命をもたらす存在であり、世界の支配者であるという点で、そこに地上の支配者たる王とのアナロジーが認められるからであるが、さらには、彼が戦争や航海、預言（占い）の神でもあるからである。この点を「チャンピオン、アポロン神」という詩を例に具体的に見てみよう。

「私の光線がいくつかの雷鳴を作り、／そして**宇宙**（**世界**）が私の**祭壇**を崇拝するそのような私の行う／戦争をこの上なく偉大な**神々**でさえ恐れることだろう。／私は不名誉を蒙ることなく人間たち（反乱プロテスタントを示唆）に攻撃を仕掛けることができるのだろうか？／／私は不本意ながら彼らの思い上がった野望を攻撃するのだが、／彼らの大胆不敵な行為が私の本性と運命を打ち負かしてしまった、／というのも私の力は生命を与えることのみにあり、／それが今日彼らに死を与えざるを得ないからである。／／私はこうした厄介な障害から私の祭壇を解放する、／そして私が攻撃によって懲罰しようとしているあの盗賊どもを踏み潰すことによって、／以後、各人がわが祭壇（カトリック信仰）へと崇拝にやってくるであろうし、／また自らの身の上に起こりうる不幸を予見することになるだろう。／／木々の堅さを貫いて、／彼らの心から賢明な声を引き出すのはこの私であり、／騒動の風を沈黙させ、大理石に語らしめるのも、／また**王たち**の行動指針を運命に則って描くのもこの私である。」（Moy de qui les rayons font les trais du tonnerre, / Et de qui l’Univers adore les Autels : / Moy dont les plus grands Dieux redouteroient la guerre, / Puis-je sans deshonneur me prendre à des mortels ? // J’attaque malgré moy leur orgueilleuse envie, / Leur audace a vaincu ma nature et le sort : / Car ma vertu qui n’est que pour donner la vie, / Est aujourd’huy forcee à leur donner la mort. // (...) // Chacun doresnavant viendra vers mes oracles, / Et Previendra le mal qui luy peut advenir. // C’est moy qui penetrant la dureté des arbres, / Arrache de leur cœur une sçavante voix, / Qui fais taire les vents, qui fais parler les marbres, / Et qui trace au destin la conduicte des Roys.）[27]

この詩の第一―第三詩節では、アポロン神の軍神としての性格への言及と、フランス王軍の最高司令官としてのルイ十三世（ないしその寵臣リュイーヌ）と軍神アポロンとの「重ね合わせ」が認められるほか、一六二一年のルイ十三世の南仏改革派との戦争と同派への懲罰が暗示されている。第四詩節では、太陽神アポロン＝ルイ十三世は風を支配しうる航海の神として、また未来を占う預言者として、「〔ヨーロッパ〕諸王の進むべき道」をも「指示する」trace

のである。同詩第五、第六詩節では、アポロンは宇宙の秩序を支配し、地上に生命をもたらす太陽神として描かれている。

「その温かさが薔薇に生命をあたえるのも、／また埋もれている果実を甦らせるのもこの私である。／私は万物に寿命と色香を与え、／純白の白百合の輝きをいっそう生き生きとさせるのである。」(C'est moy dont la chaleur donne la vie aux roses, / Et fais ressusciter les fruicts ensevelis, / Je donne la duree et la couleur aux choses, / Et fais vivre l'esclat de la blancheur des lys.)[28]

「その熱がバラに生命をもたらし、／埋もれた果実を蘇らせ、／万物に寿命と色香を与え、／純白の白百合の輝きをいっそう生き生きとさせる」のもアポロン神＝太陽にほかならない。「白百合の純白性」blancheur des lys という語で、フランス王家を暗示し、その「白百合をいっそう生き生きと輝かせる」とは、同王家のいっそうの繁栄・隆盛のことを言っており、詩人はこうして太陽＝アポロン神に王ルイ十三世を同化させることによって、この詩を王への称讃詩としている[29]のである。

「私がほんの少しでも不在になると、／暗闇のマントが恐しい寒さでもって、**天空**と大地を覆ったままにし、／この上なく見事な果樹園でさえ、死の餌《えじき》となってしまう。／そしてまた私が眼を閉じると、この**宇宙**のすべてのものが死滅してしまうのだ。」(Si peu que je m'absente, un manteau de tenebres / Tient d'une froide horreur Ciel et terre couverts, / Les vergers les plus beaux sont des objects funebres, / Et quand mon œil est clos tout meurt en l'Univers.)[28] というこの詩の最終詩節は、もしルイ十三世が王として君臨しないようなことがあれば、フランスは死の世界となってしまうという意味が込められており、この意味でも同詩がルイ十三世称讃詩となっているのである。だが第一義的には、第四詩節同様、アポロン神＝太陽の属性、太陽の宇宙支配力を歌っていると見るべきであろう。

　このようにヴィオーにあっては、太陽は人間の運命や宇宙の秩序・運行を支配し、司っている原理として意識されている。さらに例を挙げれば、「私の希望はふたたび花咲き、／私の不運は力を失い、／今日、**太陽**は私に微笑みかけ、／そして**天空**は私に好意的な顔をする。」(Mon esperance refleurit, / Mon mauvais destin pert courage, / Aujourd'huy le Soleil me rit, / Et le Ciel me fait bon visage.)[30] ここで歌われている太陽は、自分に戻ってきた女性のシンボルともなっているのであるが、同時に自己の宿命として、少なくとも詩人の運命を支配するものとしても意識されている。

　「そしてこれらの詩が君にとって確実なメッセージとなってくれんことを！／それはおそらく一カ月が経過しないうちに届くだろう。／**太陽**は私にこうした心地良い日々を返してくれるだろう。／この春が私の嵐を吹き払ってくれると思う。／私の不運は打ち破られ、わが心を満足させてくれるだろう、／そしてこの不運はいつの日か私を叩きつぶすといういかなる希望をも失って／困り果て、ついには私に和解を求めてくるだろう。」(Et que ces vers t'en soient un asseuré message. / Possible avant qu'un mois ayt achevé son cours / Le Soleil me rendra ses agreables jours. / Je croy que ce printemps doit chasser mon orage, / Mon mauvais sort vaincu flattera mon courage, / Et perdant tout espoir de m'abatre jamais, / Tout confus il viendra me demander la paix ;)[31]

一六二九年の最初の追放中に、追放令取り消しの期待を込めて書かれたこの詩に歌われている太陽は、詩人にはほとんど運命 sort と同義として意識されている。さらにもう一例挙げれば、

「私にはよくわかっている、私の不幸がその流れを終えるであろうことを、／**太陽**が私に対してもっと上首尾となって私の生涯を終えさせてくれるであろうことを、／私の幸運が羨望を粉々にしてくれるであろうことを、／私の人生を呻吟させている数々な過酷な出来事にもかかわらず。」(Je voy bien que mes maux acheveront leurs cours, / Qu'un Soleil plus heureux achevara mes jours, / Que ma bonne fortune ecrasera l'envie / Malgré les cruautez qui font gemir ma vie :)[32]

引用部は、一六二三年九月に逮捕・投獄された直後、友人にその窮状を訴えた詩の一節だが、ここでも太陽はほとんど運命・宿命と同一視されている。このようにテオフィル・ド・ヴィオーにあって太陽は、ラ・セペードのようにキリスト教の神のシンボルないし神の可視的な近似物としてのニュアンスはそれほど感じられず、むしろ宇宙の絶対的な原理、人間の運命をも支配する原理として意識されている。これが、イエス＝キリストを太陽の主人あるいは太陽を神の被造物・代理者と見るラ・セペードやアントワーヌ・ゴドー A. Godeau などとヴィオーが異なる点[33]と言えよう。

サン＝タマンはヴィオーとは異なり、太陽が創造主の反映であるという意識を明確に抱いていたようにも感じられるが、他方において、ヴィオーと同じようにそれがある固有の生命を所有した宇宙的なエネルギー発散物体としても意識している。というのは、サン＝タマンはある詩の中でこんなふうに言っているからである。すなわち太陽は「(…) 自然の眼であり、／それなしには、**自然**の手になる作物は／行きあたりばったりに生まれることだろう。／というよりむしろ生長し、花咲くものすべてが／滅んでしまう光景を認めることだろう。」C'est l'oeil de la Nature; / Sans luy les œuvres de ses mains / Naistroient à l'advanture, / Ou plustost on verroit perir / Tout ce qu'on voit croistre et fleurir.[34] これらの詩句は、太陽なき後の生物の死滅を歌った、先に引用したヴィオーの詩とまったく同一の思想を語っている。つまり地上の動植物の生命活動をコントロールし、宇宙の秩序・運行を完璧に保っている太陽が一度消滅してしまったなら、われわれの世界は死と闇、原初の混沌の世界と化してしまうであろう、というい わば世界崩壊意識、一種の終末意識が語られているのである。

逆さ世界

ヴィオー詩においても、こうした太陽の消滅による混沌と暗黒の世界の出現というテーマ・イメージがしばしば見られる。一例を挙げれば、

「願わくば今日大地から水が消え去り、／太陽の光が**空**からなくなってしまいますように、／すべての四大元素が世界から消え去り、／そしてあなたの瞳を捨て去ってしまわぬことを。」(Pleust au Ciel qu'aujourd'huy la terre eust quitté l'onde, / Que les raiz (rayons) du Soleil fussent absens des Cieux, / Que tous les élemens eussent quitté le monde, / Et qui je n'eusse pas abondonné yos yeux.)[35]

上例の「大地が海と別れ、／**太陽**の光が**空**から離別し、／すべての基本要素が世界から分離していたら……」という表現法はE・R・クルチウスの言う、いわゆる〈インポシビーリア〉[36]（不可能事）表現の典型例と見ることができ、その限りでは、中世以来の伝統的レトリックを踏襲しているにすぎないと見ることもできなくはない。この詩句はじつは恋愛詩の一節で、大意は「貴女とお会いできないくらいなら、**世界**から光や海ばかりでなくあらゆる基本要素が失われてしまっても悔いはない」というほどの意味。これは、ヴィオーが多用するバロック的誇張表現 hyperbole baroque にすぎないとも言えるのであるが、それにしても詩人の意識の底に、そうした世界崩壊のヴィジョンが予感として確実に存在していたこともまた事実であるように思う。こうした世界の全的な破局・崩壊、自然の秩序の消失

による逆転した世界——ヨハネ黙示録的倒錯世界——の出現のヴィジョンは、バロック詩人たちの感受性に強く訴えるところがあり、ヴィオーのみでなく、アグリッパ・ドービニエ Agrippa d'Aubigné や先に挙げたサン゠タマンの詩にも散見される。[37] たとえばドービニエは、『悲愴曲』*Les Tragiques* において「太陽は、自らの火の美しい黄金色を真黒に染め、／この世界の美しい眼〔太陽〕は、その視線〔光線〕を奪われてしまった。／／（…）／／月は、その澄み切った白い顔から銀色を失い、／空の高みで血の顔へと変わってしまった。／星辰全体も死に瀕している。忠実なる**預言者たち**は／永遠の蝕というこの**運命**に苦しむこととなる。／すべてのものが恐怖に駆られて身を隠す。すなわち火は大気に逃れ、／大気は水中に逃れ、水は大地の中へと逃れる……[38]」と歌い、ヴィオー同様、太陽と月の死、そしてヨハネ黙示録的〈不可能事〉世界のヴィジョンを描出している。

またサン゠タマンも、ドービニエ、ヴィオーとほとんど同質の世界崩壊ヴィジョン、ヨハネ黙示録的終末ヴィジョンをこんなふうに描いている。「**星々**は**天空**から崩落し、／火焰は大地を焼き尽くし、／**エトナ山**があらゆるところに出現し、／雷も至るところで轟き、**火トカゲ**は〔火中で生きる〕力を失い、／**石綿**は藁くず同然と化し、／**海水**は火酒のごとく燃え上がり、／**空気**は発火した硫黄と化した。／そして**曙光**の後に続く**天体**〔太陽〕は、／それ自身で燃え尽きてしまった。／／（…）／／この比類なき**鳥**〔フェニックス〕は永遠に死んだままであり、／**自然**は絶滅させられ、／その運行を終えた**時**は、／あらゆるものの運命に終止符を打つ。／（…）／一切が破壊され、そして**死**それ自体さえ、／死なざるを得ないのである。[39]」

〈太陽の死〉に始まるこうした世界崩壊や死と闇の世界のヴィジョンは、ヴィオーの詩にあっては、ほかにもたとえば、『ピラムスとティスベの悲劇的愛』の母親の見た恐ろしい悪夢にも認めることができる。

「眠りの目隠しを通して私はすべてを見、砂漠の真ん中で**日食**を見た。／それは私が見た不吉なイマージュの最初のものです、／それはわが運命にたしかな毀損を印している。／**世界**の至るところで万物が／一様に覆われているこの夜、私は足下の大地が／少し口を開けているように感じ、／そしてそこからかすかに雷鳴も聞こえてくるように感じた。／カラスが群をなして飛翔してきて私の頭上に集まり、／月は天空より転げ落ち、**空**は揺れ動いた。／大気は嵐に覆われ、そしてこの大嵐の中、／何滴もの血がわが頭上に落ちてきた。／（……）／すすり泣きに混じって地底より叫び声が何度かし、／それはまるで浜辺の波浪のうなり声のよう／沈黙を破って、闇の恐怖が弔いの調子で／わが心臓を貫いた。」（J'ay veu tout au travers d'un bandeau du sommeil, / Au milieu d'un desert l'Eclipse du Soleil ; / C'est le premier object de la funeste image, / Qui marque à mon destin un asseuré dommage. / En cette nuict espaisse où tout l'Univers / Les objects demeuroient également couverts, / J'ay senty sous mes pieds ouvrir un peu la terre / Et de là sourdement bruire aussi le tonnerre, / Un grand vol de corbeaux sur moy s'est assemblé, / La Lune est devallée, et le Ciel a tremblé, / L'air s'est couvert d'orage, et dans cette tempeste, / Quelques gouttes de sang m'ont tombé sur la teste ; / (...) Certains cris soubsterrains rompus par des sanglots, / Comme un mugissement de rivage et de flots, / Au travers le silence, et l'horreur des tenebres, / M'ont transpercé le cœur de leurs accens funebres.)[40]

ここでティスベの母親は、娘の死を予告する悪夢について語っているのであるが、彼女の語るこの世界は、太陽の死（日蝕）とそれに続く大地の裂開、雷鳴そして月の落下と天空の慄動を伴う、まさに死と闇と血の恐怖に包まれた荒漠たる終末世界である。これと同じように宇宙の秩序が失われて「ありえないこと impossibilia が起こっている」おぞましい逆さ世界のイメージを呈示している詩として、本章冒頭ですでに見た例のオードを挙げることができよう。「そこの小川は源泉《みなもと》に逆流し、／雄牛が一匹鐘楼によじ登り、／血潮がそこの岩から流れ出し、／まむしは雌熊と交尾する。／古びた尖塔の頂で／蛇が禿鷹をずたずたに喰いちぎり、／火は氷の中で燃えさかり、／**太陽**は真黒になった。／月が墜落していくのをながめ、／そこの樹は根こそぎ場所を変えてしまった」[41]。このオードは後のシュルレアリストたちに、とりわけ彼らの先駆者ピエール・ルヴェルディ Pierre Reverdy に深刻な影響を与えたが、この詩的世界には、前述のティスベの母の悪夢の世界のような血なまぐささ、恐怖感は少ないとはいえ、ダリやエルンストの絵を思わせる音の失われた薄気味悪い世界――それは多分細部の描写が指示形容詞の多用等により、具体的かつ鮮明でありながら、描かれた具体物相互間がありえないような結びつき方をしているためと思われるが――、不思議な驚異感の漂う超現実的世界となっている。太陽の死や月の落下、一切の秩序が逆転した逆さ世界とは、E・R・クルチウスの言う[42]中世以来の《不可能事の連鎖》Similitudo impossibilium の発展形としての《逆さ世界》le monde renversé (à l'envers) という伝統的・定型化したトポスの一変型という側面があるにせよ、やはりそこに世界や時代に対するある種の詩人の危機意識を認めないわけにはいかない。事実ヴィオーは、作品中でしばしば彼の時代の堕落と衰退を告発しているのである。たとえば、一六二一年の作品集 *Œuvres* の「読者への書簡」では、「神は不信心の言葉しか聞かず、この世紀はそれほどまでに天からも現世からも呪われているのだ」Dieu n'entend que des impietez, tant le siècle est maudit du Ciel et de la terre と言っており、同集の「ある婦人へのエレジー」という詩の中では、「徳はかつて一度としてこれほど野蛮な世紀に遭遇したことはない」La vertu n'eut jamais un siècle plus barbare と語り、同集「オランジュ公へのオード」では「おっ、この恥ずべき背徳の時代よ！」O honte de ce temps pervers ! と叫んでいる。

それにヴィオーやサン＝タマンに限らず、十七世紀初頭のバロック期の詩人たちは、十六世紀末のバロック前期詩人たちと同様、ルネサンス以降、新しい思想、世界観・宇宙観が次々と出現し、中世的な伝統・世界観が崩壊していくのを目撃した世代、いわゆる転換期 période de transition 特有の精神の動揺にさらされ続けた世代であった。したがって上に見てきた彼らの、とりわけヴィオーの世界崩壊ヴィジョンないし終末ヴィジョンは、そうした価値観の動揺した転換期の詩人たちの内的な危機意識、不安な精神の反映でもあったと見ることができる。彼らの価値観・世界観の動揺とは、具体的に言うならたとえば、ローマ教会の認める伝統的な天動説からコペルニクス、ジョルダーノ・ブルーノの地動説・無限宇宙説といった宇宙観の激変、パドーヴァ学派からの影響と思われる彼らの理神論的信仰、人間存在の相対性 relativité への覚醒——絶対的優位性への疑問——などである。サン＝タマンやヴィオーは上に見た世界崩壊ヴィジョンを少なくとも予兆的に実感していたと考えられるが、それは彼らが自らの内部にこうした精神の動揺を抱え込んでいたがゆえであったように思われてならない。

最後にこうした終末ヴィジョンの例を、もう一つだけ挙げておこう。それは「ド・L氏へ」というオードの最終部である。

「さまよえる小川の流れも、／早瀬の誇らかな落下も、／河川も、塩辛い海も、／音と動きを失ってしまうだろう。／**太陽**は、知らぬ間に、／それらすべてを呑み込んだあとで、／星々の輝く天窿の中に、／それら基本要素を運び去ってしまうだろう。／／（…）／／星辰はその運行を止め、／宇宙の基本要素は互いに混じり合うだろう、／**天空**がわれらに楽しませている／この素晴らしい**構造**の中で。／われらが見聞きするものは／一枚の絵画のように色褪せるであろう。／無力な**自然**は／ありとあらゆるものが消え失せるに任せるであろう。／／**太陽**を形作って、／深い眠りから、空気と火と、土と水とを呼びさました者は、／手の一撃で覆すだろう。／人類の住まいを、／また**空**がその上に建ち上がっている土台を。／そしてこの**世界**の大混乱は／おそらく明日にも到来するだろう。」(Le cours des ruisselets errans, / La fiere cheute des torrents, / Les rivieres, les eaux salees, / Perdront et bruit et mouvement : / Le Soleil insensiblement, / Les ayant toutes avallees, / Dedans les voûtes estoillees / Transportera leur eslement. // (...) // Les planettes s'arresteront, / Les eslements se mesleront / En ceste admirable Structure, / Dont le Ciel nous laisse jouir : / Ce qu'on voit, ce qu'on peut ouyr, / Passera comme une peinture : / L'impuissance de la Nature / Laissera tout évanouyr. // Celuy qui formant le Soleil, / Arracha d'un profond sommeil / L'air et la feu, la terre et l'onde, / Renversera d'un coup de main / La demeure du genre humain / Et la base où le Ciel se fonde : / Et ce grand desordre du Monde / Peut-être arrivera demain.)[43]

結論

以上の考察で明らかなように、ヴィオーの詩における〈太陽〉はさまざまな象徴的・詩的そして現実的意義を所有している。「現実的意義」とは、彼が光豊かな南仏、それもガロンヌ河沿いのゆるやかな南斜面で、太陽を浴びるように受けながら成長した詩人であったということ、その意味で本質的に光の詩人であったということ、また後年のオランダ留学、「光不足」のパリ生活、そして決定的には一六二三年九月より二年に及ぶ暗黒の獄中生活により、太陽と光への異常なまでの渇望感が存在したこと――そのことは、引用しなかったが、幼い頃の故郷の思い出を歌った書簡詩「兄へのテオフィルの手紙」からも窺うことができるが――などの謂《いい》である。

さらにテオフィル・ド・ヴィオーにとって太陽は、すでに述べたように、愛する女性のシンボル、とりわけ恋人の眼のシンボルであった。彼は愛する女性の眼に、視覚による愛の確認に特異なこだわりを示した。この点は他章ですでに採り上げたが、ヴィオーの愛のあり方はこの眼（瞳）と視線を抜きにしては考えられなかった。またこの〈眼〉ということで言うなら、ヴィオーはしばしば太陽を《世界の眼》l'œil du monde と名づけている。つまり創造主の眼というわけだが、すでに見てきた諸例から窺えるように、彼は明確には〈神の眼〉、（キリスト教的）神のシンボルと意識していなかったとはいえ、太陽を創造主（それがキリスト教の神にしろ、そうでないにしろ）の代理者、宇宙の支配者、人間の運命を支配している存在として意識している。またあるときは太陽は王や王権のシンボルであり、太陽神たるアポロンとも同一視されている。そしてこの太陽神の持つ豊饒神としての、さらには軍神、占いの神としての性格から、王をアポロン神に喩えてもいる。

当時の多くの詩人たち同様、ヴィオーにあっても太陽は、言うまでもなくその熱エネルギーにより、地上に生命をもたらす宇宙的力を持つ存在として意識されていた。そしてこの太陽の消失・死からくる世界の終末、死と混沌の世界の到来を恐れていた。それは、これもすでに述べたように、十七世紀初頭のバロック期の詩人たちに共通した危機意識であり、変換期特有の不確実で不安定な時代の精神の反映と見ることができる。太陽や光と闇や夜との対立イメージ、あるいは死と混沌の終末論的ヴィジョンのうちに、ヴィオーはそうした不安や精神の動揺を表出しようとしているように思われるのである。

註

1 ヴィオー詩における指示形容詞や場所の副詞の重要性、その意義などについては、Lowry Nelson も指摘している。cf. Lowry Nelson, *Baroque lyric poetry*, Yale Univ. Press., 1961, p. 113.

2 Théophile de Viau, *Œuvres complètes, première partie*, Roma, éd. dell' Ateneo & Bizzarri, 1984, t. I,（以下 *G. S.* t. I (II, III) と略）, pp. 452–453.

3 拙論「ネルヴァルの喪神意識と黒い太陽について」（『教養論叢』第五五号、一九八〇、一―八三頁）参照。

4 前掲拙論、および Waldemar Deonna, *Le Symbolisme de l'œil*, Paris, ed. E. de Boccard, 1965 参照。

5 Gilbert Delley, *L'Assomption de la Nature dans la lyrique française de l'âge baroque*, Berne, éd. Hebert Lang & Cie SA, 1969, pp. 179–185.

6 *G. S.* III, p. 162.

7 *G. S.* I, p. 395.

8 *G. S.* II, p. 71.

9 *G. S.* II, p. 76.

10 *G. S.* III, p. 110.

11 *G. S.* II, p. 131.

12 *G. S.* III, p. 97.

13 *Ibid.*, p. 258.

14 Waldemar Deonna, *Le Symbolisme de l'œil*, éd. E. de Boccard, 1965, pp. 251–351.

15 G. S. II, p. 132.

16 *Ibid.*, p. 233.

17 G. S. II, pp. 117–118.

18 *Ibid.*, p. 93.

19 Hélène Tuzet, *Le Cosmos et l'imagination*, Paris, José Corti, 1965, p. 170.

20 Gilbert Gadoffre: Ronsard et le thème solaire, dans *Le Soleil à la Renaissance*, Paris, P. U. F., 1965, p. 511.

21 Gilbert Delley, *op. cit.*, p. 179.

22 G. S. I, pp. 471–472.

23 *Ibid.*, pp. 183–184.

24 G. S. III, p. 109.

25 G. S. I, pp. 166–167.

26 もっともヴィオーは『ある婦人へのエレジー』その他の作品中でしばしば詩の女神 Muses に安易に頼りすぎる世の詩人たちの風潮を批判している。

27 G. S. I, pp. 489–490.

28 *G. S.* I, p. 490. Guido Saba はこの "Apollon champion" という詩は、

ルイ十三世の寵臣リュイーヌ公に宛てて書かれていると見ているが、たしかに形式的にはこの見方が正しいとも言えるが、同公が当時ルイ十三世と一体となって王軍を指揮していた事実から見るなら、実質的・最終的には王を称讃している詩と考えるべきであろう。

29 *G. S.* I, p. 490.

30 *G. S.* I, p. 297.

31 *Ibid.*, pp. 360–361.

32 *G. S.* III, p. 15.

33 Gilbert Delley, *op. cit.*, pp. 179–185.

34 Saint-Amant, *Œuvers* II, Paris, Nizet, S. T. F. M., édition critique publiée par Jean Lagny, 1967, p. 9.

35 *G. S.* I, p. 321.

36 Ernst Robert Curtius, *La Littérature européenne et le moyen âge latin*, traduit par J. Bréjoux, Paris, P. U. F., 1956, p. 118（邦訳、南大路・岸本・中村共訳『ヨーロッパ文学とラテン中世』みすず書房、一九七一年、一三三—一三四頁）.

37 Odette de Mourgues, *Metaphysical Baroque & Précieux Poetry*, Oxford, Clarendon Press, 1953, pp. 85–102.

38 « Le soleil est de noir le bel or de ses feux ; / Le bel œil de ce monde est privé de ses yeux. // (...) // La lune perd l'argent de son teint clair et blanc, / La lune tourne en haut son visage de sang ; / Tout estoille se meurt ; Les Prophetes fidelles / Du Destin vont souffrir eclypses eternelles ; / Tout se cache de peur : le feu s'enfuit dans l'air, / L'air en l'eau, l'eau en terre ;... » ("Les Tragiques", dans les *Œuvres complètes de Théodore Agrippa d'Aubigné* par MM. Eug. Réaume et De Caussade, tome IV, Slatkine Reprints, Genève, 1967, p. 300.)

39 « Les Estoilles tombent des Cieux, / Les flammes devorent la terre, / Le Mongibel est en tous lieux, / Et par tout gronde le tonnerre : / La Salemandre est sans vertu ; / L'Abeste passe pour festu, / La Mer brusle comme eau-de-vie / L'Air n'est plus que souffre allumé, / Et l'Astre dont l'Aube est suivie / Est par soy-même consumé. // (...) // L'unique Oyseau meurt pour toujours, / La Nature est exterminée, / Et le Temps achevant son cours / Met fin à toute destinée : / (...) / Tout est destruit, et la Mort mesme / Se voit contrainte de mourir. » (Saint-Amant, *Œuvres* I, édition critique publiée par Jecques Bailbé, Paris, Nizet, S. T. F. M., 1971, pp. 67–68)

40 *G. S.* II, p. 227.

41 *G. S.* I, p. 453.

42 Ernst Robert Curtius, *op. cit.*, pp. 113–122.（邦訳一二八—一三七頁）。なお十六世紀末から十七世紀中葉のフランス文学における〝逆さ世界〟のテーマ・イメージについては、J. Lafond et A. Redondo, *L'Image du monde renversé et ses représentations littéraires et para-littéraires de la fin du XVIe siècle et du XVIIe*, Paris, J. Vrin, 1979 に詳しい。

43 *G. S.* III, pp. 301–302.

IV　宇宙観・宗教観――一六二三―二五年におけるその変質について

序論

テオフィル・ド・ヴィオーは『シルヴィの家』*La Maison de Sylvie* と『兄へのテオフィルの手紙』*Lettre de Théophile à son frère* という二つの長編オード作品の執筆期、すなわち一六二三年から二五年にかけての逃亡・逮捕・投獄・裁判という理不尽にして過酷な迫害・受難にあっていたとき、ある深刻な精神的危機に直面していたように思われる。[1] というより死の影、火刑台の火焔に四六時中脅かされつづけるという極限状況が、彼に救済信仰への覚醒を促したと見るべきかもしれない。いずれにしてもヴィオーは『シルヴィの家』と『兄へのテオフィルの手紙』においては、『作品集第一部』（初版、一六二一年刊）で表明されている思想・世界観もなお受け継いでいるとはいえ、それらとは明らかに異なった信仰をも告白している。以下において『シルヴィの家』やこれとほぼ同時期に執筆された『兄へのテオフィルの手紙』などに認められる、詩人の思想・信仰上の変遷というかその変質を見ることとしたいが、その前提としてそれ以前、すなわち逮捕・投獄される一六二三年以前の思想・世界観を、以下において『作品集第一部』に収録されている作品を通して確認していくこととなろう。

ルネサンス的汎神論・アニミズムと絶対的決定論の世界

たとえば『作品集第一部』のよく引用される有名な詩、『ある婦人へのエレジー』Élégie à une dame では、詩人は次のように歌っている。

人の心のうちに悪なるものあるいは善なるものをもたらす者（神）は／何物にも介入することなく、運命のなすがままに任せている。／世界に魂を与えるこの偉大な神は／自らの好むがままに豊穣な自然を見出さないわけではなく、／そしてこの神の影響力は、なお充分に人間精神の中に／その恵み（恩恵）を注ぎ込んでくれないわけでもないのだ。Celui qui dans les cœurs met le mal ou le bien, / Laisse faire au destin sans se mêler de rien : / Non pas que ce grand Dieu qui donne l'ame au monde / Ne trouve à son plaisir la nature féconde, / Et que son influence encore à plaines mains, / Ne verse ses faveurs dans les esprits humains.[2]

ここに歌われている神は世界や人間界の営為に「何物にも介入することなく、運命のなすがままに任せている」機械的・非人格的・盲目的な神である。とはいえ、この神は「世界に魂を与える」神であり、それは「自然に豊穣な生命力と人間精神に対して神自らが持つ恵みを注ぎ込んでくれる」生命・叡智発現体としての神、この意味で宇宙の一切の事物は、神の顕現 épiphanie であり、「万物を動かし、万物に運動を与えている」[3]「世界霊魂」anima del mondo[4] という宇宙の「内在原理によって自ら動いている」[5]とするジョルダーノ・ブルーノ Giordano Bruno の言う「生む自然」natura naturans に通ずる自然＝神であるように見える。そしてこの神は自ら持っている最良のもの、すなわち聖なる〈生命《いのち》のともし火〉flambeau céleste を人間の肉体の中に吹き込み、生命と精神（霊魂）を宿すのである。そのことを詩人は、先に引用した『ある婦人へのエレジー』の中でこう歌っている。「しかし、神（天）はあなたに、自らの最良のともし火を、／その胸のうちに有している優れたもの一切を吹き込むだろう。」Mais vous, à qui le Ciel de son plus doux flambeau / Inspira dans son sein tout ce qu'il a de beau.[6] これとまったく同じ考え方をアローム版で“Elégie à M de C”と呼ばれているエレジーの冒頭でも表明している。「神が君のエッセンスを形成し、／君の誕生の到来を確認したとき、／神は自らの最良のともし火を天上より選び、／見事な肉体の中に優れた精神を宿らせたのだ。」Quand la Divinité, qui formait ton essence, / Vit arriver le temps au point de ta naissance, / Elle choisit au ciel son plus heureux flambeau, / Et mit dans un beau corps un esprit assez beau.[7] しかしこの神は「意志があり、怒りと悔恨、恨みと許しの感情を持った[8]」正統的キリスト教の人格神ではなく、人間や世界に絶対的な無関心を装った盲目的力ないし生命としての神であり、したがってそこに「自由な神の摂理 Providence libre は存在せず、むしろ自然の盲目的な湧出 jaillissement aveugle de la Nature がある[9]」のみであるように見える。この意味でここに歌われている世界、「(神が) いかなる介入も行うことなく、ただ運命のなすがままに任せている」この世界は、「絶対的決定論」déterminisme absolu[10] によって支配されているのであり、そしてこの「運命」は人間の力ではいかんともしがたい「神によってあらかじめ定められた[11]」予定された運命なのである。そのことを詩人は『第二諷刺詩』*Satyre seconde* で、次のように歌っている。

運命は打ち破ることのできない掟を持っており、／その羅針盤はいつも決まった方向を示していて、／それを無理に曲げることはかなわない。／われら人間は皆天からやって来て、大地を所有するのだ。／天の恩恵はある者には開かれ、ほかの者には閉ざされている。／天が定めた必然性はある者からは名誉を奪い、／ほかの者には貴族の地位を与える。Que le sort a des lois qu'on ne saurait forcer, / Que son compas est droit, qu'on ne le peut fausser, / Nous venons tous du Ciel pour posséder la terre, / La faveur s'ouvre aux uns, aux autres se resserre : / Une nécessité que le Ciel établit, / Deshonore les uns, les autres anoblit ;[12]

ここに歌われている「天」は自由意志を持つキリスト教的な人格神ではなく、人間の事柄に対し善悪の価値判断を一切しない宇宙的なある力、盲目的な神であるように見える。そのことは引用部分にすぐ続けて「最善なものを見出すためには、よくよく選択しなければならないだろう。／なぜって神々がかくも多くの閑暇の中にあるなどと考えてはいけないのだから。」“Pour trouver le meilleur, il faudrait bien choisir : / Ne crois point que les dieux soient si pleins de loisir.”[13] と述べて、神の人間に対する絶対的無関心を是認している事実によっても確認できる。またこの詩にも（特に引用部の最後の二詩句には）――これは晩年の長詩『シルヴィの家』や『兄へのテオフィルの手紙』にも認められることであるが――、幼少時よりプロテスタント宗教教育を受けてきたテオフィルに沁み込んでいる、カルヴァン派特有のある種の無意識的思惟形態が窺われるように思われる。すなわちある者には来世での永遠の救済が、ほかの者には永劫の地獄落ちが神によってあらかじめ決定されているという二重予定説の残滓らしきものが、この詩にも反響しているように見えるのである。[14] 先に引用した『ある婦人へのエレジー』の「世界に魂を与えるこの偉大な神」とか「（神は）自らの好むがままに豊穣な自然を見出す」といった詩句にも窺えるように、逮捕・投獄される一六二三年以前のテオフィルの宇宙観・世界観は、プラトンの『ティマイオス』を起源とする「世界霊魂」anima del mondo を媒介とした万物の生成流転という、ジョルダーノ・ブルーノのルネサンス的（ネオ・プラトニスム的）アニミスムあるいは物活論 hylozoïsme[15] とカルヴィニスムの救霊予定説的宿命観とが結合した、かなりユニークなものと見ることができるように思う。

この点は後で取り上げる『シルヴィの家』、『兄へのテオフィルの手紙』における世界観・宗教観の検討に際してももう少し詳しく見ることとして、次に一六二三年の逮捕・投獄以前の『作品集第一部』におけるこうした詩人の世界観・宇宙観と密接に関連した彼の運命観・宿命観――それは、赤木昭三氏もすでに指摘しているように、[16] しばしば魔術・占星術的意味での星辰 Astre と結びついているのだが——についても見ておこう。たとえば『霊魂不滅論』Traité de l'Immortalité de l'Âme, ou la Mort de Socrate の中では、「われらの宿命が偶然の悪意《いたずら》によって／責めたてられるとき、／またわれらの眼が、われらを悩ませる／太陽光線によって傷つけられるとき、／人がただただ苦しみの人生を生きるとき、／不幸の星辰が忌むことなく／われらを害するのをやめようとしないとき、」"Losque nos destin sont pressés / Des malices de la fortune / Et que nos yeux sont offensésé / Du soleil qui nous importune, / Lorsqu'on ne vit qu'à la douleur / Que jamais l'astre du malheur / Ne se peut lasser de nous nuire,"[17] と歌って、人間の宿命が（神ではなく）運・偶然 fortune に左右され、われわれの幸・不幸が星 astre の影響を受けている、というより詩人の不幸（受難）は星辰 astre が原因とさえ考えている。ほかにもたとえば「**天**がこの宿命のうちに注ぎ込んだ数々の害悪」"En ce destin les maux que le Ciel a versés"[18] とか「君を誕生させた星辰はこうした不幸を回避し、／そして彼らのとはとても異なった運命を辿ったのだ。」"L'astre qui te fit naître évita ce malheur, / Et suivit un destin bien différent du leur."[19] などがあるが、これらの引用でも明らかなように、この時期のヴィオーにあっては星辰はその宇宙体系の絶対的決定論に大きく関与しているのである。[20]

ここで確認しておかなければならないことは、先に見た点、すなわち逮捕・投獄前の『作品集第一部』におけるヴィオーは、宇宙におけるある超越的なもの une transcendance の存在と「世界の魂」âme du monde を介しての四大元素 quatre éléments からの万物の生成および万物中でのその「世界の魂」の内在的な生命活動は信じているとはいえ、カトリックの神、少なくとも宇宙におけるキリスト教の摂理 Providence の存在とその支配は認めていないらしいという事実である。

絶対的決定論からカトリック的世界観へ

しかし逮捕・投獄後の『作品集第三部』（一六二五年刊）の中では、前述したように依然として四大元素や星辰 astre

への信仰、さらにはカルヴァンの二重予定説的な思惟の痕跡などは残存しているとはいえ、人間の運命や神の摂理についての見方には明らかに変化が認められる。すなわち神による人間の運命や星辰の支配、運命の神の摂理への従属という変化が窺われるのである。この変容を最も典型的に示している作品を、まず最初に挙げてみよう。それは『兄へのテオフィルの手紙』の直前の一六二四年に書かれた『裁判長閣下へのテオフィルのいと慎ましやかな嘆願』*Très humble requête de Théophile à Monseigneur le premier président* というオードである。

　だがわれらの掟を作ったこの偉大な**神**が／われらの運命を決定したとき、／彼はわれらが生きる月日の長さを／決してわれらの選択に任せたりはしなかったのだ。[21] Mais ce grand Dieu qui fit nos lois / Lorsqu'il régla nos destinées / Ne laissa point à notre choix / La mesure de nos années.

　この詩では「われらの掟を作ったこの偉大な神がわれらの運命を決定したとき」と神による人間の運命の絶対的支配を明確に認めている。こうした傾向は『シルヴィの家』の第七オードの、次の詩句にも明確に現れている。

　そして**神**がそれをお認めになる範囲内で、／われらの運命は自然の手に委ねられており、／また星々の人間への影響力はある場合には害を及ぼし、／またほかの場合には有利に働いたりするのだ。[22] Et, selon que le Dieu l'autorise, / Notre destin pend de ses mains. / Et l'influence des humains / Ou leur nuit ou les favorise.

　ここで詩人は明確に、人間の運命は自然を介して神に支配されていることを——A・アダンはこのことを認めていないが[23]——、また星辰の人間への影響力も星々の創造者たる神のコントロール下にあることを、すなわち星々はただ神の意志 providence のままに良くも悪くも人間に影響力を及ぼしうることを認めている。逮捕・投獄後の詩人のこうした宇宙観はオード『兄へのテオフィルの手紙』中の「ところで**天体**（太陽）は、**神**が**自然**に対して守らせている／定軌道に従って、／私の日々の生命を司っており、／そして今や私の人生を変えようとしている。」"Or selon l'ordinaire cours / Qu'il fait observer à nature, / L'astre qui préside à mes jours / S'en va changer mon aventure"[24] という詩句でいっそう明確に確認できる。さらに注目すべきは、詩人は晩年のこの時期に至って、後で見るように『シルヴィの家』の冒頭の第一オードと最終第十オードにおいてカトリック信仰への回帰を明確に告白しているとはいえ、なおブルーノ的アニミスムないし物活論的 hylozoïste な「生命溢出体」としての「自然」Nature jaillissante、「豊穣な自然」Nature féconde のイマージュが認められることである。たとえば先に挙げた『シルヴィの家』の第七オード引用部のすぐ上で、ヴィオーはこう歌っている。

> **自然**が／その適切な心配りによって／その恵みをかくも遠くまでひろげ、／また自然の肥沃な豊かさが／それぞれの場所で、かくも明白に現れているので、神の摂理は自然の豊かさを確立して、／世界を養い育てているのだ。／…la Nature, / D'elle de qui le juste soin / Étend ses charités si loin, / Et dont la richesse féconde / Paraît si claire en chaque lieu / Que la providence de Dieu / L'établit pour nourrir le monde.（str. II）
>
> 一切の小麦も、自然が生み出すのであり、／ブドウの株は自然の力によってのみ生かされており、／自然は自らの力によってブドウの枝葉やその果実を／またその根や樹皮を作り出す。／自然は四大元素のそれぞれに／運動と中枢とを与えるのだ。[25] Tous les blés elle les produir, / Le cep ne vit que de sa force, / Elle en fait le pampre et le fruit, / Et les racines et l'écorce, / Elle donne le mouvement / Et le siège à chaque élément,（str. III）

これらの例でわかるように、ヴィオーにとって「自然」とは、十九世紀人の「観察し、計量可能な諸現象の総体」ではなく、「形態 formes の膨大な溢出」ないしは「宇宙に生命を増殖させる諸存在がそこから溢れ出てくる一つの源泉」[26]（A・アダン）であり、まさにブルーノの言う「生む自然」natura naturans を思わせるのである。しかしヴィオーはこうした「豊穣性」fécondité に満ちた自然でさえ、『シルヴィの家』以降の作品においては、上の詩句に見られるように、神が創造したものと見ており、この点が『作品集第一部』における詩人の宇宙観・宗教観と異なっているように思われる。とはいえ一六二三年の逮捕・投獄以後にあっても、一六二一年の『作品集第一部』に顕著に認められたヴィオーの決定論的な暗い宿命観は、明らかにある種のニュアンスの変化こそ認められるとはいえ、依然として残存している点は注目しておくべきだろう。この場合「ある種の微妙な変化」とは、先に見た『シルヴィの家』第七オードの「神がそれを認める範囲内で、われらの運命は自然の手に委ねられている」との言葉が明確にそのことを示しているように、一六二五年に刊行された『作品集第三部』におけるヴィオーの宿命観・運命観には、キリスト教の「神によって定められた」という暗黙のニュアンスが伴っているということである。

たとえば、『シルヴィの家』第四オードの「パエトンのかくも美しい面影を君に残したあの突然の／墜落死は、君の運命にとってはどんなに耐え難いものであったことだろう。」“Que ce précipité tombeau, / Qui t'en laissa l'objet si beau, / Fut cruel à tes destinées!”[27]という感慨は、墜落死により相愛の友パエトンを失うというキュクノスの悲運に対する詩人の同情だが、キュクノスのこうした運命 destinées は最高神ゼウスによって定められたものである。この詩句の直後の「何ということだ！　宿命は裏目も持っているものなのだ。」Mais quoi ! le sort a des revers[28]という叫びは詩人のペシミスティックな宿命観の表明である。

また同じく第四オード第八ストロフの「かつて霊感と呼ばれていた／神性を帯びたある種の火は／ある見えない親和力によって、／われら二人の運命をしっかりと結びつけている。／どんなに顔つきが異なっていようとも、／見かけの宿命がどんなに異なっていようとも、／この宿命はわれらの出来事のうちに読み取れ、／彼の理性と友情とは、今日、／私の恥辱と私への不当な攻撃を半ば／自ら引き受けてくれるのだ。」"Certains feux de divinité / Qu'on nommait autrefois génies, / D'une invisible affinité / Tiennent nos fortunes unies, / Quelque visage différent, / Quelque divers sort apparent / Qui se lise en nos aventures, / Sa raison et son amitié / Prennent aujourd'hui la moitié / De ma honte et de mes injures.[29]"という詩句および、同オード第四ストロフの「…まるで彼が、／私の頭上に輝く星が私のあらゆる運命に関して、／連絡を取り合っている唯一の人であるかのように。」"… comme il est unique / A qui l'astre luisant sur moi / De tous mes destins communique :[30]"という詩句は、カトリックへの第二の回心以降にあっても、マッコール・プロブスも指摘しているように[31]、ヴィオーが魔術的・占星術的信仰を並存させていた事実を示している。そのことはたとえば『シルヴィの家』とほぼ同じ時期に執筆されたが、完成はそれより少し遅かった『兄へのテオフィルの手紙』の中にさえ、次のような言葉が認められる事実によって確認できる。

> **天**のあらゆるともし火（星々）を前にしても、／それらを決して見る眼を持たない運命は、／われらを墓穴（地下牢）に導くかも知れないのだ。La fortune, qui n'a point d'yeux, / Devant tous les flambeaux des Cieux / Nous peut porter dans une fosse[32] (XIII)
>
> ところで**天体**（太陽）は、／**神**が**自然**に対して守らせている／定軌道に従って、／私の日々の生命を司っており、／そして今や私の人生を変えようとしている。Or selon l'ordinaire cours / Qu'il fait observer à Nature, / L'Astre qui préside à mes jours / S'en va changer mon aventure[33] ; (XVII)

詩人は正統的なキリスト教に回帰しつつあったと思われるこの時期にあってもこのように、Astre 天体（星々）が人間の運命や生命（寿命）に影響を与え、支配していると歌っている。ただ後者の詩句がそのことを明確に示しているように、この時期の詩人はその星々や自然でさえ神にコントロールされていると感じており、この点が『作品集第一部』とは異なっている。同じことはわれわれが今検討している『シルヴィの家』についても言え、人間の運命に影響を与えている星辰も神のコントロール下にあると感じているのである。このことを先に引用した『シルヴィの家』第四オードの二詩句について言えば、ダーモン（詩人）とティルシス（デ・バロー）を結びつけているのはある星 astre であり、この星により二人は共通の運命に結びつけられている。そして「世界の魂」の一部とも、その担い手とも考えられる「天のともし火」flambeau celéste[34]によって、われら人間の肉体に生命と霊性（精神）が付与される。したがってここで言う「神の火」feu de divinité とは、共通の運命の星を介して二人を結びつけている「天の火」feu céleste、「天のともし火」flambeau céleste の一種とも解しうる。が同時にここで注意しておきたいのは、この星々はこの詩の第一オードで「われらが探し求めようとしている**神**は／星々よりも高い所に住まわれているのだ。／彼以外のいかなる神も／あの焔ないしあの煙を／今日私に与えることはできないのだ。」“Le Dieu que nous allons chercher / Loge plus haut que les étoiles ; / Nulle divinité que lui / Ne me peut donner aujourd'hui / Cette flamme ou cette fumée”[35]という詩句で明らかなように、「われらが捜し求めている神」すなわちキリスト教の神がそれらより「高いところに住まわれていて」、これらの運命の星を支配・コントロールしているという点である。このように『作品集第一部』と『作品集第三部』における星辰と運命に関する相違点は、それらへの超越的な神の関与があるか否かに存している。

　地底（地獄）の巨大な亡霊が／（……）／私の方に向かって、死の歩みを進める。／この亡霊は運命の伝言者であることをさも誇らしげに、／『ダーモンは死んだ』と三度私に言った。／それから暗闇の中に消えていった。

Un grand fantôme souterrain / (...) / Dressant vers moi ses pas funèbres, / Fier des commissions du sort, / Me dit trois fois :

"Damon est mort", / Puis se perdit dans les ténèbres.[36] (Ode V)

この詩句では、友人ティルシスがダーモン（詩人）の受難を予兆的悪夢として見た夢のヴィジョンが語られているが、次の第六オードの「ティルシスは、そのように預言したのであった、／かくも正確に預言された数々の事件を通して、／まる一年の間に、私の運命の上に／落ちてきた数々の不幸を。／私の運命を支配する復讐の女神（激怒）は／彼女が霧雨を降り注いだのと／同じ朝に、ティルシスの前に現れた。」"Ainsi prophétisa Tircis / Les malheurs que toute une année / Par des accidents si précis / A fait choir sur ma destinée ; / La furie de mon destin / Lui parut au même matin / Qu'elle répandit sa bruine,"[37]という詩句は、ティルシスのダーモンに関する預言的悪夢の結びの言葉であるが、ここにも詩人のペシミスティックな宿命観、人は神によってそれぞれあらかじめ運命が決められてしまっているのではないか、というカルヴァン派的な暗い運命観が窺われる。

テオフィル・ド・ヴィオーが「何ものにも介入することなく、運命のなすがままに任せている」理神論的な神、すなわち宇宙における超越的一者としての神への盲目的信仰から、逮捕・投獄後の正統的なキリスト教の神とその摂理providence信仰へと回帰していった事実は、先に述べたように『シルヴィの家』では第一オードと、とりわけ最終第十オードで明確に述べられている。たとえば冒頭の第一オードでは、「天と地を創造したのは至高なる**神**の投槍なのだ」"C'est le dard du Dieu souverain / Qui créa le ciel et la terre"[38]とかあるいは先に引用した「われらが探し求めようとしている神は／星々よりも高い所に住まわれているのだ。」"Le Dieu que nous allons chercher / Loge plus haut que les étoiles"といった詩句がその一例であり、最終オードでは、以下に見るように第六ストロフから第十一ストロフにわたって、カトリックの神への帰依とこの神による宇宙創造とその支配下にある宇宙のヴィジョンを長々と展開することによって、自らのキリスト教信仰を表明している。

もし、私が小礼拝堂のとても近くに来ているのに、／その祭壇を訪れないなら、／それは、魂の死を招く大罪となろう。Ce serait un péché mortel / Si je ne visitais l'autel, / Étant si près de la chapelle![39] (str. VI)

ここに王中の王たる**神**が住まわれている。／暗闇の地獄で生きている業火から／すべての人間を解放するために、／十字架を担い、／死へと導くこれらの柱木に／自らの足と手を釘付けさせたのは、この神なのだ。Ici loge le Roi des Rois : / C'est ce Dieu qui porta la croix, / Et qui fit à ces bois funèbres / Attacher ses pieds et ses mains / Pour délivrer tous les humains / Du feu qui vit dans les ténèbres.[39] (str. VII)

とまず歌って、神の子イエス・キリストへの信仰告白を行い、次に神の聖霊のこの世における働き・力を列挙することにより、キリスト教神学論・宇宙論を展開していく。

神の**聖霊**は至るところで活動し、／この世で一切のものを生かしめ、また死に至らしめ、／聖霊は風を止めたり、起こしたりし、／また寄せては返す波を消したり、また起こしたりしている。／彼は睡眠を奪ったり、与えたりしている。／彼は太陽を昇らせたり、隠したりしている。／われらの力とわれらの勤勉さは、／彼の手の営為から来ている。／そして人間が人種や財産また祖国を／受け継いでいるのは、この聖霊からなのだ。Son Esprit par tout se mouvant, / Fait tout vivre et mourir au monde ; / Il arrête et pousse le vent, / Et le flux et reflux de l'onde ; / Il ôte et donne le sommeil, / Il montre et cache le soleil, / Notre force et notre industrie / Sont de l'ouvrage de ses mains, / Et c'est de lui que les humains / Tiennent race, et biens et patrie.[40] (str. VIII)

こう聖霊の営為を称讃した後、最後にこの神自身の宇宙における偉大な営為と力を列挙し、讃美する。

神は虚無から一切を作られた。／すべての天使たちは彼を称讃する。／そして小人は巨人と同じように、／彼の栄光に満ちた**聖像**を支えている。／彼は**宇宙**という肉体に／性と各種の異なった年齢を与える。／彼を前にすると空とおのおのの四大元素は／一つの絵空事なのだ。／神はたった一度のまばたきだけで／**自然**全体を消し去ることができるのだから。Il a fait le tout du néant, / Tous les anges lui font hommage, / Et le nain comme le géant / Porte sa glorieuse Image. / Il fait au corps de l'Univers / Et le sexe et l'âge divers.[41] / Devant lui c'est une peinture / Que le ciel et chaque élément ; / Il peut d'un trait d'œil seulement / Effacer toute la Nature. (str. IX)

あらゆる世紀が神にとっては現在であり、／そして測ることのできない神の偉大さは／分と年とに／同一の刻印と同一の持続とを所有させるのだ。／神の**聖霊**は、至るところに溢れ出、／われらの魂の中にまで降り下ってきて、／われらのあらゆる思考が生まれ出るのを目撃する。／われらの心象は眠っているときでさえ、／神がそれ以前に描出しなかったような／映像など決して持つことはなかったのだ。Tous les siècles lui sont présents, / Et sa grandeur non mesurée / Fait des minutes et des ans / Même trace et même durée. / Son Esprit par tout épandu, / Jusqu'en nos âmes descendu, / Voit naître toutes nos pensées. / Même en dormant nos visions / N'ont jamais eu d'illusions / Qu'il n' ait auparavant tracées.[41] (str. X)

これまで挙げた例からも推察されるように、『作品集第一部』では、テオフィル・ド・ヴィオーはここで語っている神の「聖霊」Esprit に相当するものを、ほとんどすべて「世界の魂」âme du monde（âme universelle）あるいは「天の火」feu céleste, flambeau céleste, flambeaux des cieux, divine flamme などと呼んでおり、[42] この点においても詩人のカトリック信仰への回帰は明らかである。

ところでヴィオーは『作品集第一部』の『霊魂不滅論』においては、たとえば、人間や地上のあらゆる事物の生誕・生成について「あらゆる事物がどのように生来するのかを認識し、／天のともし火がどんな力を有し、／動物たちがこの地上でなぜ生き、死ぬのかを／理解するということは栄誉ある神の思召しと思っていた。」“Je croyais que c'était un dessein glorieux / De savoir comme quoi toutes choses arrivent, / D'entendre quelle force ont les flambeaux des cieux, / Pourquoi les animaux ça bas meurent et vivent,”[43] と語り、あるいは本章の初めですでに引用した『作品集第一部』中の『M. de L へのエレジー』の中で「**神**が君のエッセンスを形成し、／君の誕生の到来を確認したとき、／神は自らの最良のともし火を天上より選び、／立派な肉体の中に優れた精神を宿らせたのだ。[44]」と歌っている。ここで詩人は、土・水・火・風の四元が「焼き入れ」trempe[45] されて誕生した人間や動物の肉体に、「(宇宙の内在的原理である) 世界の魂の無意識的・盲目的な放出[46]」（アダン）としての「天のともし火」flambeau des cieux が与えられることによって、人間や動物は生気と霊性を獲得すると主張しているのに対して、上に挙げた『シルヴィの家』最終オードでは、「神の聖霊が至るところで活動し、この世で一切のものを生かしめ、また死に至らしめている」との言葉で明らかなように、人間は神自らの姿をまねて作られ、その肉体に聖霊により霊的魂 âme spirituelle を付与されてこの世に生まれるのだと主張している。また『著作集第一部』の今引用した詩句中の「天のともし火」flambeau des cieux とは「世界の魂」âme du monde であり、ここで言う「天」les Cieux、あるいは「**神**」la Divinité はその背後にはカルヴァン派的な非情な神も透けて見えなくもないが、第一義的にはキリスト教的な人格神というより、むしろ宇宙原理としての機械的・盲目的神、だが「豊穣な自然」nature féconde、「生命を溢出させる自然」nature jaillissante「生み出す自然」natura naturans としての神と見るべきであろう。

このように見てくるならば、A・アダンの主張とは異なり、[47] テオフィル・ド・ヴィオーはどこまで実存的必然性と真摯さが実生活上で存在したかは議論の余地があるとはいえ、少なくとも逮捕・投獄された一六二三年以降の、たとえば『兄へのテオフィルの手紙』や『シルヴィの家』といった作品を見る限り、「世界霊魂」anima del mondo（âme du monde）、生命放出体としての「豊穣な自然＝神」といったジョルダーノ・ブルーノ流のルネサンス的アニミスム・物活論 hylozoïsme 信仰から正統的なキリスト教信仰とその世界観・宇宙［創成］観へと回帰していったと言えるのではなかろうか。より正確に言うなら、『作品集第一部』に見られるようなジョルダーノ・ブルーノ流のルネサンス的アニミスム・物活論信仰の痕跡を残しながらも、正統的なキリスト教信仰に接近し、前者を後者の中に包含することによって、前者と後者を「和解」・融合させようとしたのではなかろうか。このような意味での「第二の回心」seconde conversion によってヴィオーが正統的なキリスト教信仰に帰依していった経緯は、本章の冒頭でも少し触れたが、複合的要因・背景が考えられる。

それはたとえば、それまで「リベルタンの王」詩人として名声をほしいままにし得意の絶頂にあったヴィオーが、一六二二年末（十一月）に出版された『サティリック詩人詩華集』*Parnasse des Poëtes Satyriques* を直接の契機としてまずイエズス会から弾劾され、翌二三年検察当局より風俗紊乱と不敬罪 crime de lèse-majesté divine により訴追、七月十一日にはパリ高等法院より逮捕命令、翌八月十八日には「その著書とともに、生きたまま火あぶり」byuslé vif comme aussy ses livres bruslez の判決を受けたことである。翌日グレーヴ広場にて本人の似せ人形をもってただちに執行されるという、思ってもみなかった運命の激変 vicissitudes による精神的ダメージ。さらには北国への亡命途中での逮捕。鉄鎖で四肢捕縛のうえ、パリ連行途上およびパリ市中を見せしめの引き回し、という耐えがたい屈辱体験。また薄暗く不衛生な独房への長期にわたる幽閉と過酷な裁判の間中、絶えず病魔と火刑の火焔と死の恐怖に怯えつづけるという絶望的な極限体験。あるいは逆に、逃亡中シャンティイ城での庇護者モンモランシー公爵夫妻による温情に満ちたもてなし。とりわけ詩人が心から敬愛していた信心深いカトリック信者の公爵夫人マリ＝フェリス・デ・ズュルサン

Marie-Félice des Ursins からの精神的感化。そして最後に、コンスィエルジュリー監獄への幽閉後間もなくしてモレ検事総長より差し入れられた聖アウグスティヌスの本（おそらく『告白録』と『神の国』）からの信仰上の影響などが挙げられよう。リチャード・A・マッツァラも言うように、[48] 詩人にこの「第二の回心」をもたらした真の動機・要因とその時期を正確に決定することは不可能である。あるいはこれらの要因が複合して詩人に作用し、一六二三年から二四年にかけて徐々に正統的なキリスト教信仰に目覚めていったのかも知れない。

結論

このようにテオフィル・ド・ヴィオーの晩年におけるカトリックへの「最終的な回心」、より正確に言えばそれまでの魔術的・占星術的星辰信仰やジョルダーノ・ブルーノ的アニミスムと正統的キリスト教との「和解」（融合）ないし後者の原理による前者の統合・融合の真の原因と正確な時期は明らかにできない。とはいえ、確実に言えるのは、こうした「和解」への努力は主として長編オード『シルヴィの家』および『兄へのテオフィルの手紙』という詩作品、さらにはこれら二作品に先立つ『テオフィルの改悛』*La Pénitence de Théophile* などの詩作品を通してなされているということ、別の言い方をすればこうした和解・融合の試みの跡が、これまでの検討で明らかなように、この二作品の中に確実に見られるということである。キリスト教信仰への真剣な接近の直接的契機は、私見だがおそらく作品中で〈シルヴィ〉と呼ばれているモンモランシー公爵夫人マリ＝フェリス・デ・ズュルサンからの感化と、以下にその一部を挙げる『テオフィルの改悛』の詩がそのことを示唆しているように、獄中での聖アウグスティヌス作品の読書体験であったと思われる。そこで最後に、その一部を引用してみよう。

「わが遊戯とわが踊り、そしてわが饗宴は／聖アウグスティヌスとともになされるのだ、／その著作の心地よい聖なる読書は／ここではわが解毒剤となっているのだ。／わが投獄という果てしない苦悩の／悲惨極まりない苦難の中にあっては。」Mon jeu, ma danse et mon festin / Se font avec Saint Augustin / Dont l'aimable et sainte lecture / Est ici mon contrepoison / En la misérable aventure / Des longs ennuis de ma prison.[49]（str. IV）

「私の不躾の眼があなたの秘密の内部に／あまりにも深く入りこみすぎたとき、／**イエス**はあの思いを私に抱かせたのだ、／われら人類の罪を洗い流すために、／自らの脇腹に穴を開けさせ、／血管を破らせたという思いを。」Alors que mes yeux indicrets / Ont trop percé dans tes secrets, / JÉSUS m'a mis dans la pensée / Qu'il se fit ouvrir le côté, / Et que sa veine fut percée / Pour laver notre iniquité.[50]（str. XV）

ここには詩人の、聖アウグスティヌスやイエス・キリストに対する深い思いや共感が窺われるだけでなく、この時期にあってもなお宇宙的アニミスムや魔術的星辰信仰、さらにはカルヴァン神学から完全には脱しきれていないとはいえ、キリスト教信仰に帰依しようとする詩人の真摯な意識が認められる。

われわれがこれまで引用してきた詩句からも理解できたように、オード『シルヴィの家』は、『兄へのテオフィルの手紙』とともに、ヴィオーのこうした精神の軌跡をかなり明確に跡づけている。そしてこの長詩は冒頭の第一オードでギリシャ・ローマ神話の神々への信仰を捨て、[51]正統的なキリスト教の神への帰依を告白するとともに、公爵夫人〝シルヴィ〟を称讃し、その栄光を称えるのを誓うことで、この詩がキリスト教の神とモンモランシー公爵夫妻への称讃詩 poésie panégyrique であることを読者にまず印象づけている。このことをふたたび思い出させようとするかのように、最終の第十オードで、まずシルヴィ家を称賛した後、もう一度キリスト教の神への帰依とその神学を称讃し、最後にモンモランシー家の優越性とその栄光とを称えて、この詩を終えている。こうしてオード『シルヴィの家』は、モンモランシー公爵夫妻とキリスト教の神に対する称讃というこの詩の最初の出発点に到達して、円環を閉じることとなる。

同じように詩人の白鳥の歌である遺作『兄へのテオフィルの手紙』も冒頭の第一ストロフにおいて、助命嘆願に奔走し、裁判費用を用意したり、差し入れを届けるといった献身的救援を惜しまなかった実兄ポールに対する感謝を述べているが、最終第三十三ストロフに至り、第一ストロフとほとんど同一の詩句によってふたたび兄ポールへの感謝を歌うことによって、出発点に戻り、この詩の円環を閉じている。[52]

そして『シルヴィの家』と『兄へのテオフィルの手紙』という晩年の二つの長詩の円環がこのように閉じられたとき、それとともに、フランス思想史上、そしてフランス詩史上でも特異なリベルティナージュ libertinage およびポエジー・リベルティーヌ poésie libertine の幕も下ろされることとなった。この二つの詩には、「リベルタンの王」prince des libertins、「われらの時代のアポロン」Apollon de notre âge、「エスプリの王」Roi des esprits、「フランス詩人の光」Lumière des chantres français[53] 等々と称讃され、得意の絶頂にあった詩人が、一六二三―二五年の逮捕・投獄・裁判の過程でその理神論的リベルティナージュ思想を放棄し、伝統的なキリスト教信仰とその神学・宇宙論へと回帰していった（いかざるを得なかった？）経緯とその証が跡づけられているのである。

註

1　テオフィル・ド・ヴィオーが遭遇したいわゆる〝テオフィル事件（訴訟）〟Affaire Théophile とこの事件の過程における彼の精神の動揺・危機については、Charles Garrison, *Théophile et Paul de Viau, étude historique et littéraire*, Paris. Picard, 1899 ; Frédéric Lachèvre, *Le Procès du poète Théophile de Viau*, Paris, Champion, 1909, 2 vol.,（Genève, Slatkine Reprints, 1968）; Antoine Adam, *Théophile de Viau et la libre pensée française en 1620*, Paris, Droz, 1935（Genève, Slatkine Reprints, 1965）といった伝記的研究に詳しいが、筆者の以下の論考をも参照されたい。『一六二二―一六二三年代におけるテオフィル・ド・ヴィヨー――新資料に基づく若干の伝記的考察』（『慶應義塾創立一二五年記念論文集　法学部一般教養関係』、一九八三年、

一〇五—一四三頁)、『テオフィル・ド・ヴィオーとモンモランシー公爵夫人』(「慶應義塾大学日吉紀要〈フランス語・フランス文学〉」第五号、一九八七年、一—四三頁)、『オード〝兄へのテオフィルの手紙(書簡詩)〟について——絶対的決定論からピュロン主義的予定説へ』(慶應義塾大学法学部「教養論叢」第九五号、一九九三年、二一—六〇頁)。

2 Théophile de Viau, *Œuvres complètes*, tome I, par Guido Saba, Honoré Champion, 1999, p. 202.(以下、*Œ. H.C.* t. I と略。)

3 ジョルダーノ・ブルーノ『無限、宇宙および諸世界について』(清水純一訳、岩波書店、一九八二年)、三九一頁。

4 前掲書、七三頁、二六四頁。同書訳注によれば、ブルーノのこの「世界霊魂」anima del mondo の思想は、プラトンの『ティマイオス』に遡り、シャルトル学派を経由してルネサンスに伝えられ、ネオ・プラトニスム思想とともに広範な影響を及ぼしたという。実際、この「世界の魂」âme du monde ないし「世界に遍在する魂」âme universelle という思想は、アンリ・ウエーバーやヴァルガも指摘しているように、たとえばロンサールやサン＝タマン、カルダン Cardano といった当時の詩人や哲学者が多かれ少なかれ共通して抱いていた特異な観念と言えよう。Henri Weber, *La Création poétique au XVIe siècle*, Nizet, 1955 ; A. Kibédi Varga : Poésie et Csomogonie au XVIe siècle, in *Lumière de la Pléiade*, pp. 151–155.

5 ブルーノ、前掲書、七二頁。

6 *Œ. H.C.* t. I, p. 203.

7 *Ibid.*, p. 209.

8 Antoine Adam, *op. cit.*, p. 206.

9 *Ibid.*, p. 207.

10 *Ibid.*, p. 207.

11 *Œ. H.C.* t. I, p. 225.

12 *Ibid.*, p. 225.

13 *Ibid.*, p. 225.

14 拙論『オード〝兄へのテオフィルの手紙〟(書簡詩)について——絶対的決定論からピュロン主義的予定説へ』、三六—四六頁参照。

15 物質に生命が内在しているとする立場(『岩波哲学・思想辞典』一九九八年)。物質を感覚と生命とを欠いたものとせず、物質はその本質上、すなわち常に至るところ生活力と霊魂とを有するものとなす説。原始人の擬人観的表象においても物質は意志と感情あるものとされるが、それらは物活論であるよりもむしろ神話的表象であり、物活論はかえって、神話的表象からの脱却によって生まれた。すなわちターレスが宇宙は神々にみちているとしたのは、ギリシャの多神論的見地から宇宙の神的原因を指したのではなく、ただ物質そのものに生命や霊魂のあること、主として万物の運動、変化、連関の相を表したにすぎない。のちルネサンスの自然哲学者、パラケルスス、カルダーヌス(カルダン)、ブルーノらにおいてあらわれた物活論思想は、中世の神学的宇宙観に対して無限の宇宙の遍通的連関を主張した点において、その汎神論という外被にもかかわらず近代自然科学的世界像の萌芽形態とみられる(『哲学辞典』平凡社、昭和四四年)。

16 赤木昭三「Théophile de Viau の *Traicté de l'immortalité de l'ame* 論考」(『フランス十七世紀文学』創刊号、一九六六年、一三—一四頁)。

17 *Œ. H.C.* t. I, p. 16.

18 *Ibid.*, p. 211.

19 *Ibid.*, p. 216.
20 Christine McCall Probes, The Occult in the Poetry of Théophile de Viau. in *P. F. S. C. L.*, no.16, 1982, p. 10.
21 Théophile de Viau, *Œuvres complètes*, tome II, par Guido Saba, Honré Champion, 1999, p. 186.（以下、*Œ. H.C.* t. II と略。）
22 *Ibid.*, p. 224.
23 A. Adam, *op. cit.*, pp. 200–215.
24 *Œ. H.C.* t. II, p. 242.
25 *Œ. H.C.* t. II, p. 224.
26 A. Adam, *op. cit.*, p. 207.
27 *Œ. H.C.* t. II, p. 212.
28 *Ibid.*, p. 212.
29 *Ibid.*, p. 214.
30 *Ibid.*, p. 214.
31 Ch.Mc. Probes, *op. cit.*, pp. 9–11.
32 *Œ. H.C.* t. II, p. 241.
33 *Ibid.*, p. 242.（Nature と Astre の大文字は一六二一年の初版に拠る。）
34『作品集第一部』の「霊魂不滅論」中では "les flambeaux des cieux" と言っている。*Œ. H.C.* t. I, p. 71.
35 *Œ. H.C.* t. II, p. 202.
36 *Œ. H.C.* t. II, p. 216.
37 *Ibid.*, p. 219.
38 *Ibid.*, p. 202.
39 *Œ. H.C.* t. II, p. 235.
40 *Ibid.*, p. 235.
41 *Œ. H.C.* t. II, p. 236.
42 たとえば、*Œ. H.C.* t. I, p. 33 の "Alors qu'une divine flame" とか p. 47 の "Ce riche firmament où brillent tant de flammes", p. 71 の "D'entendre quelle force ont les flambeaux des cieux," など。ほかにも *Ibid.*, pp. 74, 77, 101, 203, 209, 228 など。
43 *Œ. H.C.* t. I, p. 71.
44 *Ibid.*, p. 209.
45 *Ibid.*, p. 209.
46 A. Adam, *op. cit.*, p. 210.
47 Ibid., p. 210.
48 Richard A. Mazzara, The Philosophical-religious evolution of Théophile de Viau, in *French Review*, no.41, 1967 / 1968, p. 622.
49 *Œ. H.C.* t. II, p. 148.
50 *Ibid.*, p. 150.
51 すでに引用した部分のほかにもたとえば、「が私は神へのこうした昔からの過度の懇願を抑制し、／今後は光の神ボイボスを追放する、／われら詩人たちの口から。／彼を祭ったすべての神殿は取り壊され、／その結果、彼のデーモンは／もの言わぬ墳墓の中に葬られてしまった。∥私は自分の詩句を、こうした過去の／消滅した偶像には決して捧げない。／これらの偶像は、この世界にあっては／われらの思考の虚構物にすぎなかったのだ。」« Mais j'étouffe ce vieil abus / Et bannis désormais Phébus / De la bouche de nos poètes ; / Tous ses temples sont démolis / Et ses démons ensevelis / Dans des sépultures muettes. // Je ne consacre point mes vers / À ces idoles effacées / Qui n'ont été dans l'Univers / Qu'un faux objet de nos pensées. / Ces fantômes n'ont plus de lieu: »（*Œ. H.C.* t. II, pp. 201–

202.）などが挙げられよう。

52 拙論『オード〝兄へのテオフィルの手紙〟（書簡詩）について──絶対的決定論からピュロン主義的予定説へ』（慶應義塾大学法学部『教養論叢』、一二一──六〇頁。および拙訳注『兄へのテオフィルの手紙（オード）』（『教養論叢』第九六号、一九九四年）参照。

53 Guido Saba, *Théophile de Viau : un poète rebelle*, P.U.F., 1999, p. v.

V　思想と生き方――宇宙観・世界観・運命観・人間観・人生観

序論

前章ではその宇宙観・宗教観を中心にヴィオーの思想を見たが、本章ではそれらを再度概観しながら、さらに詩人の世界観・運命観・人間観・人生観などについても検討してみよう。

ヴィオーの思想について本格的に検討した著作としては、アントワーヌ・アダン Antoine Adam の大著『テオフィル・ド・ヴィオーと一六二〇年におけるフランス自由思想』[1]（一九三五年）があり、また雑誌論文としては比較的近年ではリチャード・マッツァラ Richard A. Mazzara の「『パイドン』とテオフィル・ド・ヴィオーの『霊魂不滅論』」[2]（一九六六年）や「テオフィル・ド・ヴィオーの哲学的・宗教的変遷」[3]（一九六七年）とか、アダンがヴィオー思想とイタリア・ルネサンスのブルーノ Giordano Bruno やヴァニニ Lucilio Vanini とを結びつけすぎることを批判、ヴィオーの半エピクロス的、半ストア派的側面に注目して、むしろモンテーニュ Montaigne やシャーロン Charron などからの影響も重視すべきであるとするC・リッツァー Cecilia Rizza の「テオフィル・ド・ヴィオー、リベルティナージュと自由」[4]（一九七六年）といった論考がある。最近ではJ－P・ショーボー Chauveau の「霊魂不滅論、あるいはソクラテスの死」[5]（一九九一年）、さらにはヴィオー思想における魔術的・秘教的要素の意味と役割を論じたクリスティーヌ・マッコール・プロブス Christine McCall Probes の「テオフィル・ド・ヴィオーの詩におけるオカルト（秘教）的なもの」[6]（一九八二年）などを挙げることができよう。マッツァラの最初の論考は、いくつか注目すべき指摘は見られるとはいえ、ヴィオーの初期作品『霊魂不滅論、あるいはソクラテスの死』の要約ないし解説で、プラトンの『パイドン』との異同を厳密に明確化することなく、このギリシャ哲学者の有名な「想起説」やその死生観、来世観などをパスカルやデカルト哲学とも関連づけて論じたものであり、後者は『霊魂不滅論』や「ある婦人へのエレジー」といった初・中期の作品や後期・晩年の代表作『シルヴィの家』や『兄へのテオフィルの手紙』などを手がかりに、詩人の伝記的事実をオーバーラップさせながら、その哲学的・宗教的発展を評伝的に論じたものである。

わが国でヴィオーの哲学的・思想的問題を最初に、しかも厳密な実証的研究を踏まえて本格的に論じたのは大阪大学名誉教授の赤木昭三氏で、同氏の博識に裏づけられた精密な論文「Théophile de Viau の *Traicté de l'immortalité de l'ame* 論考」[7]は、ヴィオー固有の思想のみを研究対象とするために、マッツァラと異なり、プラトンの『パイドン』とヴィオーの『霊魂不滅論』との異同を実証的に徹底的に調べ上げ、さらにアダンの先行研究を踏まえたうえで、その難点をも批判しつつ、イタリア・ルネサンス期の「パドヴァ学派」哲学の影響といった、アダンが深く触れていない部分にまで踏み込んで考察を進めた優れた論考である。

それゆえわれわれは以下において、これらの先行研究、とりわけアントワーヌ・アダンと赤木昭三氏の研究を参照しつつ、また両氏と見解を異にするいくつかの論点にも触れながら、ヴィオーのさまざまな思想的問題を前章で論じたテーマや論点との多少の重複を厭わず考察していくことにしたい。

〈世界の魂〉の観念を介した初・中期の神の観念ないし宇宙観

ヴィオーの初・中期の宗教観・神に関する考え方を示している典型例としては、すでに前章でも挙げ、アダン、赤木両氏も引用している「ある婦人へのエレジー」（『作品集第一部』）に見られる、次の有名な一節がある。「人の心のうちに悪なるものあるいは善なるものをもたらす者（神）は／何物にも介入することなく、運命のなすがままに任せている。／世界に魂を与えるこの偉大な**神**は／自ら好むがままに豊穣な自然を見出さないわけではなく、／そしてこの神の影響力は、なお充分に人間精神の中に／その恵みを注ぎ込んでくれないわけでもないのだ。[8]

Ａ・アダンはこれらの詩句から読み取れる思想に触れる前に、「一六一五年における詩人（ヴィオー）は『神は存在しない』と言っていた」[9]と断じ、彼は無神論者であったとしている。アダンのこの断定は、おそらくテオフィル裁判記録に出てくるルネ・ル・ブランの証言「（テオフィルは）神や聖母マリア、それから諸聖人たちに対していくつかの不敬な談話を行い、たまたま開いた聖書の多くの箇所をあざけり、ついには、人間も犬も死んだら同じものになるであろうと言い放った」[10]に依拠していると思われる。若気の至りとはいえこれらの言動は、たしかに詩人の敵対者（イエズス会など）の眼には、紛れもない無神論者 athée、不信心者 impie のそれと映ったであろう。「人間も犬も死んだら同じものになる」とは、キリスト教で言う人間とそれ以外の動物の相違である「精神性」、すなわち神より選ばれ、「神の似姿」としての人間のみに与えられた「霊性」の否定であり、この意味でアダンが言うように、若きヴィオーの無神論 athéisme、唯物論 matérialisme を反映した言動と言えなくはない。が、われわれは、若きヴィオーのこれらの言葉をもって、彼がただちにアダンが言うような意味での無神論者、唯物論者であったとは決めつけられないように思う。というのは、彼はカルヴァン、モンテーニュなどからの影響もあり、若い頃よりすでにストア主義哲学にも親しんでおり、この世界観・宇宙観は決定論的ではあるが、ルネサンス・アニミスムに類似した「創造的火気《ピュール・テクニコン》（霊気《プネウマ》）」による万物生成説、神＝摂理の万物貫流・循環説であり、一種の汎神論と見ることも可能で、必ずしも唯物論的とは言えず、ましてや無神論的とは言えないからである。また後で見るように、ヴィオーが信じていた中期の「世界の魂」âme du monde ないし「宇宙霊魂」âme universelle 説を中心とするルネサンス・アニミスム思想に従えば、人間も犬も同じ〈世界の魂〉ないし〈宇宙霊〉の循環・交流と見ることができるのであり、この魂を霊的精神性を有した神的なものと見なしうるとすれば必ずしも唯物主義とは言えないからである。[11]それはともかくアダンは、この詩節の特に第三詩句により「この偉大な神」が「世界に魂を付与する」以上、「たしかにジョルダーノ・ブルーノのように、そしておそらくヴァニニのように、彼（ヴィオー）はあらゆる存在の源泉に、単に眼に見えるだけの存在の総体ではなく、それらを超越し、かつそれらを包含している〈無限の実在〉Réalité infinie の存在を認めて」いると言う。[12] アダンはこの時期のヴィオーの神とは、こうした〈無限の実在〉のことであったとしている。ヴィオーのこの神は、アダンが言うように、「キリスト教的神、すなわち人格神で、意思があり、怒りと悔恨、恨みと許しの感情を有した神」ではなく、一種の理神論の神、すなわち感情も意思・意識もない無人格的神、無限存在的神であり、この無限存在 Etre infini は「世界を知らず、自己の上に絶えず自らの尽きせぬ豊穣さを注ぎ込むばかり」[13] であるように見える。この無限存在たる神が「世界に魂を与えている」という表現、そしてその考え方は、アダンによれば、イタリアのパドヴァ学派にその源泉があるという。実際ジョルダーノ・ブルーノにとっては、〈世界の魂〉は無限存在と有限存在との間になくてはならない仲介物 intermédiaire であった。[14] つまりブルーノ思想においては〈世界の魂〉が一者と多様な被造物との間の〈橋渡し〉をしているように、ヴィオーのそれも「〈一者〉Unité と〈多様性〉multiplicité との間の移行 tansition」[15] の役目を果たしているという。アダンはヴィオーのこの〈世界の魂〉が正確に何者であるかという点については、詩人自身がこの点についてこれ以上語っていないので解明不能としているが、一つの仮説としてこう見ている。すなわちヴィオーの〈世界の魂〉とは、可視的宇宙に対して内在的 immanent となった神の単なる一側面であり、超越的一存在を是認し、神の内在性 immanence によって世界を説明しようとするこうした二重の必要性から出てきた観念ではなかっただろうかと。[16]「世界に魂を与えるこの偉大な神」に関するブルーノ思想と結びつけたアダンのこうした解釈はいまひとつ判然としないが、われわれが前章ですでに見たように、この神は「自然に豊穣な生命力を見出し、人間精神に対して神自らが持つ恵みを注ぎ込んでくれる」生命・叡智発現体としての神、この意味で宇宙の一切の事物は、神の顕現 épiphanie であり、「万物を動かし、万物に運動を与えている」[17]「世界霊魂」anima del mondo という宇宙の「内在原理によって自ら動いている」[18]とするジョルダーノ・ブルーノの言う「所産的自然」natura naturata（無限に拡がる宇宙空間）に対する「生む自然」natura naturans に通ずる自然＝神である。これはアニミスムというよりむしろ、ある意味で「神と âme du monbde と世界とを同一視する」[19]ジョルダーノ・ブルーノの汎神論 panthéisme に近いとも言うべきかも知れない。

さらに注目すべきは、ヴィオーはマルシリオ・フィッチーノ M. Ficino のプラトニスム、あるいはプロティノス Plotinos のネオ・プラトニスムの宇宙霊世界観を直接に、あるいはジョルダーノ・ブルーノを介して継承していたと思われることである。すなわち世界（宇宙）は一者（宇宙霊）より成り立っており、宇宙霊は世界（宇宙）のあらゆるものに、そのスピリト（スピリトウス）を放射しつづけ、それによって全存在は生命を保ち、宇宙の秩序と調和を維持していると見る。したがって宇宙のすべては、地上の人間や動植物はもちろん、石や土ばかりか、月も星も、すべては宇宙霊によって生かされている。世界の全存在の生命を司っているものが、宇宙の総体たる宇宙霊魂、宇宙霊 âme universelle (anima del mondo) であり、しかもすべての存在は、この一者たる宇宙霊より放出され、下降したスピリトを受け取って生かされており、死ぬときはそのスピリトが個体から脱離・上昇して宇宙霊へと還る、永遠の循環運動をしているとする[20]フィッチーノ的宇宙霊思想を、ヴィオーも信仰していたと思われるのである。

赤木昭三氏の指摘に従えば、ジョルダーノ・ブルーノにはプロティノスやフィッチーノの影響を受けて、「神と « âme du monde » と世界とを同一視する panthéisme があり[21]」、この点がカトリック教会などから異端として攻撃されたが、「Platon や Campanella のように、« âme du monde » をみとめながらも、神を世界から超越的な存在とみなす思想は黙認されていた[22]」（シェノー Chesneau 説）とのことで、ヴィオーの「世界の魂」âme du monde はプラトンなどの立場に近いとわれわれも感ずる。しかしヴィオーはジョルダーノ・ブルーノとヴァニニの両者からというより、むしろ「Vanini を中継として、Ecole padouane（パドヴァ学派）の系統を最も強く受けついでいるらしい」[23]との赤木氏の主張には多少疑問を感ぜざるを得ない。われわれはやはりアダンの主張通り、ヴィオーの世界観（宇宙観）は両イタリア哲学者から等しく同程度の影響を、われわれの直観ではむしろブルーノからより強く受けているようにさえ思われる。というのはヴィオーの思想には、赤木氏がヴァニニには存在しないという地動説に対する暗黙の承認、〈世界の魂〉思想にはブルーノ的汎神論やアトミスム（原子論・単子論）の影響が明らかに感じられるほか、後で見るヴィオーの魔術的星辰 Astre 思想には明確にではないが、ブルーノの魔術的宇宙観やその無限宇宙論 infinité des mondes がかすかに反映されているようにも感ずるからである。たとえば

天のあらゆるともし火（星々）を前にしても、
それらを決して見る眼を持たない運命は、
われらを墓穴（地下牢）に導くかも知れないのだ。

La fortune, qui n'a point d'yeux,
Devant tous les flambeaux des Cieux
Nous peut porter dans une fosse[24]

などには、ブルーノの魔術的宇宙観やその無限宇宙論 infinité des mondes がかすかに反映されているようにも感ずるのだが……。

ところで赤木氏はヴィオーのこの神の観念に関して、すなわち神の地上（人間存在）への無関心という性格に関して、エピクロスないしエピクロス学派の唱える神との類似を指摘している。[25] すなわち同氏は、前に引用した「何物にも介入することなく、運命のなすがままに任せている」や『第二諷刺詩』*Satyre seconde* の「神々にはそんな暇があると考えてはいけない」（Ne crois point que les Dieux soient si pleins de loisir）という一六二一年までのヴィオーの神はエピク

ロスの言う〈神〉に類似しているとして、ルクレティウスの『自然について』の一節を次のように引用している。「神々はその本性上から、われわれ人間の事柄には無関心に、この上なく深い平静さのただ中でその不死性を享受している。すなわち人間界から一切切り離され、どんな苦しみや悲しみ、どのような危険からも免れ、われわれのいかなる助力も必要とせず、彼ら神々の本性は善行にも怒りにも結びついていない」[26]（赤木氏の引用は A.Ernout 訳の仏文、同仏文の和訳は筆者）。すなわちエピクロスの「完全な幸福を享受し、至福を乱されないために、人間や地上の出来事には一切無関心な Epicure の神」に通ずるという。その補証としてヴィオーの『霊魂不滅論』中の「しかし私は知っている、かくも多くの災厄が私に襲いかかってくる／この地球全体から遠く離れれば、／私は神のような存在となるであろうことを」Je sais qu'éloignant la masse de la terre / Où tant d'adversités m'ont toujours fait la guerre, / Je serai comme un Dieu[27] などを挙げ、エピクロスの神概念には「世界に魂を与える」という考え方は存在しないので、まったく同一視するわけにはいかないにしても、ヴィオーの神の観念にエピクロスないしエピクロス学派の神概念が包含されているとしている。[28]

もっとも「神の人間や地上の出来事への無関心」という考え方は、何もヴィオーに固有なものではなく、古代からの伝統（「ルクレティウスの神」）としてルネサンス期のほかの詩人たちの間にも存在していた。たとえば、P・ロンサールも『フランス国民への忠言』*Remontrance au peuple de France* の中で、「あなた（神）は何もすることなく、その王座に座しているのですか？」（Es-tu dedans un trosme assis sans faire rien?）と歌っており、またデュ・バルタスはその『聖週間』*La Sepmaine* で「いや、私は、高みの中で、神性を陰鬱な無為の中で衰えさせている神を鍛えに行くのだ」と歌っている。いずれにしてもヴィオーのこの「心中に善なるものも悪なるものも宿し、何ものにも介入することなく、宿命のなすがままに任せている神」は、キリスト教の摂理（神意）Providence を否定した決定論 déterminisme、宿命論と言えそうである。しかし、他方でこの「宿命のなすがままに任せている神」のイマージュには、じつは「宿命」や

「運命」を「摂理」と同一視するカルヴァン派の神、「人間の自由意志を否定する非情・冷厳な神」の残像がかすかに投影されているようにも感じられなくはないわけで、この「カルヴィニスム的神」の問題については後で再度問題にすることとなろう。

以上の考察で明らかなように、これまで見てきた点に限れば、われわれも赤木氏やアダンとほぼ同意見であるが、ただ次の二点は両氏と異なっているということを、ここで特に指摘しておきたい。すなわち①「カルヴィニスム的神」の問題が初期・中期のヴィオーの神観念形成に影響を与えているのではないかという、両氏がまったく触れていない問題[29]、および②両氏も問題にしており、われわれもこれから取り上げることとなるヴィオーの人間観、人生観についての見方に、一部アダンや赤木氏のそれとは異なっている部分――両氏は、暗くペシミスティックであると見、われわれは必ずしもそうとばかり言えないのではないかという相違――が存在する、という二点がそれである。

中期の世界観あるいは四大元素・〈天の火〉思想、星辰思想

＊地動説・宇宙観

赤木氏がすでに指摘しているように[30]、テオフィル・ド・ヴィオーは地動説を信じていた可能性があり、少なくともその存在は明確に知っていたと思われる。地動説自体はすでに古代ギリシャ時代より存在しており、ピタゴラス派のフィロラオスの説――宇宙の〈中心火〉の周りを太陽や地球その他の惑星がまわるという説――が最初と言われているが、地球が太陽の周りを回るという本格的な地動説はアリスタルコスが最初らしい。近代的意味での地動説はプトレマイオスを経て十六世紀前半のコペルニクスまで待たねばならないが[31]、ヴィオーはその友人たちとともに、こうした近代的な地動説を知っていたと思われる。アダンはその根拠として、シャルル・ソレル Ch. Sorel の『フランシオン』Histoire comique de Francion の「夢」の一節を挙げているが、赤木氏はヴィオー自身の『霊魂不滅論』の次の一節

を挙げている。「そういうわけである人々は地球がいつも丸く（円状に）回転していることを望んでいるのに、地球は天空の下で決して動いてはいないと言っているのだ。（……）しかしそのような人々は、地球が自らを中心にしていかなる休止も取ることなく回転している（自転している）重い一球体であると信じているのだ」（引用仏文、和訳は筆者。C'est pourquoi quelques-uns qui veulent que la terre tourne toujours en rond, disent qu'elle ne bouge jamais de dessous le ciel ; (...) Ceux-ci croient la terre une pesante boule, / Qui sans aucun repos autour de soi se roule）[32]。ヴィオーはソレルとかなり親しかっただけに『フランシオン』の「夢」の記述やヴィオー自身の前述の言葉は、赤木氏も指摘するように、ヴィオーが地動説を知っていた証拠にはなるが、必ずしもそれを信じていた証拠にはならないのは当然である。しかし当時の状況では、そのことを公然と認めることは宗教裁判にかけられ、異端として火刑に処せられる危険があったことを考慮するなら、ヴィオーやサン＝タマン、あるいはシャルル・ソレルなど当時のリベルタン詩人たちは内心ではおそらくこうした地動説を信じていたと推測されるのであり、この点でも、彼らは当時としては非常に進んだ科学的・合理的精神を持った学識リベルタン libertin érudit でもあったと言えよう。

＊四元思想・〈世界の魂〉・〈天の火〉

ロンサールをはじめ、ルネサンス期あるいは十六世紀後半から十七世紀前半にかけてのヴィオーや、サン＝タマン、トリスタン・レルミット、シャルル・ソレル、デ・バローといった、マニエリスム・バロック詩人たちは、古代ギリシャ以来の伝統的四大元素の世界観、われわれ人間はもちろん、地上のすべてのものは土、水、火、風（空気）という四大元（原）素 quatre éléments から成っているという思想を有していた。

神は物質に〈世界の魂〉を与えることによって、動植物のみならず、山や川など地上のあらゆる存在物、さらには太陽や月といった宇宙空間の存在物さえ形成する。人間も四元のうちの空気と土に〈魂〉を与えられて誕生する。したがってヴィオーにとっての〈自然〉は、デカルト以来の近代的意味での「自然」、すなわち対象化し、観察・計量化しうる自然ではなく、総体としても個々の存在物としても、生命体、すなわち世界霊魂（宇宙霊）が宿り、それによって生かされているのである。たとえば彼は『作品集第一部』で、

四大元素が空気と土で作ったお前（人間）よ

あなた（神）が地上に来たって行った焼き入れは、
火や空気、土、それに波（水）によってであった
不死なる四元が不可思議に混成されている
かくもさまざまな個体がただ一つの宇宙を形成しているのだ

Toi que les éléments ont fait d'air et de boue[33]

La trempe que tu pris en arrivant au monde
Était du feu, de l' air, de la terre et de l'onde,
Immortels éléments, dont les corps si divers
Étrangement mêlés, font un seul univers[34]

と歌い、神が万物を四大元素 quatre éléments から作るさまを歌っている。アダンはヴィオーの〈世界の魂〉という観念には、ジョルダーノ・ブルーノとともに、ヴァニニさらにはパドヴァ学派のとりわけアヴェロイスム averroïsme が影響していると言う。アヴェロイスムによれば、「人間は能動的知性に、すなわちこの唯一の思惟に、この〈世界の魂〉に、自然の中への神的なもののこうした滲入に、参与している。われわれ人間はこの〈能動的知性〉を介して、神に至る。しかしわれわれすべてが同じように参与できるわけではない。天の影響から、外天球（天体）の運動やわれわれ人間の誕生時における星々（星辰）の合《ごう》（出会い）conjonction が、われわれのうちに内蔵されている神的な、多かれ少なかれかなりの部分を限定しているのであり、心身浄化や啓示の働きを通して、われわれは自身のうちに、こうした神的部分を発展させ、明確にしていくことができる」[35]。赤木氏やアダンは、詩人の占星術的・秘教的・魔術

的星辰信仰をヴァニやパドヴァ学派の影響としているが、[36] こうした魔術的星辰思想はジョルダーノ・ブルーノにも見られるので、この場合もやはり両者からの影響とすべきだと思われる。

あなたのエッセンスを形成していた神は
あなたが誕生するとき、天より
自らの最良の火を選び、
美しい肉体のうちにとても優れた精神を宿らせたのだ

Quand la Divinité qui formait ton essence,
Vit arriver le temps au point de ta naissance,
Elle choisit au ciel son plus heureux flambeau,[37]
Et mit dans un beau corps un esprit assez beau.

とか、あるいは、

一個の神の火が
未知なる発動力でもって、
われわれの肉体の中に
（世界の）魂の運動を押し込めるとき

Alors qu'une divine flamme-,
Avec des inconnus ressorts.
Pousse les mouvements de l'âme
Dedans la masse de nos corps,[38]

などの詩句で明らかなように、詩人にとって〈天（神）の火〉は、個々の存在に精神、霊性を宿らせる働きをし、一者（神）より〈世界の魂〉ないし〈宇宙霊魂〉を個々の存在にもたらし、「吹き込み」、それらを生きた〈生命体〉とする働きを担っている。

ヴィオーのこうした〈天の火〉flambeau céleste、〈神の火〉divin flambeau 信仰は、ほかにもたとえば、「太陽光線の火が私の焔（情熱）をふたたび暖め、／天の火が人々にそれを与えるよりも／はるかに美しい私の春がふたたび訪れるであろう」（Du feu de ses rayons réchauffera ma flamme, / Mon printemps reviendra, mais mille fois plus beau / Que n'en donne aux mortels le céleste flambeau）[39]とか、「私は信じていた、この世の一切のものがどのように現れ、／天の火がどのような力を有しているかを／また地上の動物たちがなぜ死に、そして生きているかを／理解することは神の栄光ある思し召しであると」（Je croyais que c'était un dessein glorieux / De savoir comme quoi toutes choses arrivent, / D'entendre quelle force ont les flambeaux des cieux, / Pourquoi les animaux ça bas meurent et vivent）[40]などの詩句、さらには「天のあらゆる火（星々）を前にしても、／それらを決して見る眼を持たない運命は、／われらを墓穴（地下牢）に導くかも知れないのだ」[41]などにも見られる。彼の著作中には、このように、「神的な焔」divine flamme を含め、〈天の火〉flambeau des cieux、〈神の火〉divin flambeau などの表現が夥しく現れている。もちろん « flamme » は「恋の焔」という意味でも多く使用されているが、« flambeau » は「太陽の火」の意味のほか、多くは「神の火」、「天（上）の火」という意味で使用されている。

したがってヴィオーにとって、地上のすべて、人間や動植物はむろん、山や川、岩さえ、四大元素 quatre éléments に〈天の火〉が結びつき、宇宙霊 âme universelle を付与された霊的自然なのである。人間はこの〈天の火〉を通して誕生し、時間が来て死ぬと、肉体は四元に還帰し、個人としての霊魂はふたたび宇宙霊魂へと帰っていき、時が満ちてまた別の人間となり地上に帰ってくるという、永遠の循環世界の中に位置づけられている。アダンはヴィオーにおけるこの〈天（神）の火〉と〈世界の魂〉（ないし〈宇宙霊魂〉）と個体としての人間という三者の関係を、こう説明する。すなわちヴィオーに認められる魂に関するリベルタン的理論は、個々の魂は人格神によって無から作られたというカトリックの正統的神学（哲学）とは異なり、それらの魂は共通の源泉として自然を共有し、ちょうど天の生命が大多数の地球物質中に落下して発した火花のように、個々の肉体の中に導き入れられた宇宙霊魂の一部分 parcelles であると見る[42]。また別のところでは、ヴィオーにあっては〈天の火〉flambeau céleste は〈世界の魂〉の無意識的、盲目的な放出であったと解釈している。[43] 赤木氏は、ヴィオーのこうした世界観の理解を助ける補証として、パドヴァ学派に近いドイツの神学者アグリッパ・フォン・ハインリッヒ・コルネリウス Agrippa von Heinrich Cornelius[44] の言葉を、ブランシェの『カンパネルラ』より引用している。「われらの世界の存在物（人間）が星々の光を通して天から受け取るのは、生命ある精霊である。（……）そしてこの生命霊は知的魂と肉体との結合を実現する媒介的存在のようなものである」[45]（引用仏文、和訳は筆者）。赤木氏はアダン同様、ヴィオーの〈神（天）の火〉を〈世界の魂〉の一部と見なしているが[46]、先に挙げた「あなたのエッセンス……」や「一個の神の火が……」の例でもわかるように、この関係は微妙で、そのようにも解釈できるが、後者では〈天の火〉は〈世界の魂〉の〈運び手〉ないし「媒介物」とも解釈しうるのである。

ところで人間の場合、〈時〉が来て（満ちて）誕生し、また〈時〉が来て（満ちて）死ぬその〈時〉は、何が決定しているのだろうか。それは引用の詩に見られるように、神とも、一者とも考えられるが、初・中期にあっては、とりわけ〈運命〉Destin であり、〈宿命〉Sort が強調されている。[47]

四大元素が空気と泥で作ったお前よ、
身の上に不幸が生成進行する取るに足らぬお前よ、
宿命が織りなすお前の生命の糸は
人が言うほどには重要ではないということを知れ
不死なる四元よ、お前らが不可思議に融合してできた
かくも多種多様な個体は、ただ一つの宇宙を作り、

Toi que les éléments ont fait d’air et de boue?,
Ordinaire sujet où le malheur se joue,
Sache que ton filet que le destin ourdit,
Est de moindre importance encor qu’on ne te dit[48]
Immortels éléments, dont les corps si divers
Étrangement mêlés, font un seul univers,

運命がわれら人間の命の糸を測るように、
魂同士の絆に縛られつづけるのだ

Et durent enchaînés par les liens des âmes,
Selon que le destin a mesuré nos trames[49]

ここでも翻って考えると、カルヴァン派では、〈摂理〉Providence は〈宿命〉Sort ないし〈運命〉Destin とほとんど同義で理解され、使用されており、逆に言うと〈宿命〉とか〈運命〉といった場合、暗々裏に〈神の摂理〉を意味するか暗示している。したがってヴィオーの思考のうちには、この詩にあってもそうしたカルヴィニスム的な〈摂理〉の影がネガティヴな形で、かすかにそこに投影されているようにも感じられるのである。

＊ペシミスティックな世界観・運命観・人間観はいずこから？

これまで見てきたヴィオーの世界観・宇宙観から窺えるように、彼の人間観や人生観は基本的にはペシミスティックであると言えよう。われわれも、アダンの説にほぼ依拠している赤木氏とともに、ヴィオーと同じような世界観・人間観を共有していた友人のシャルル・ソレルが人間の「崇高さ」、〈高潔性〉générosité を養い、われわれ人間のうちにある「神的なもの」である〈天の火〉flambeau céleste に積極的に働きかけ、それを高めることによって、「ついに神のごとく生きる」ことを主張していた――ソレルの人間における霊的なものへの積極的働きかけという点は、先に触れたパドヴァ学派に近いドイツの神秘神学者アグリッパの、自然への干渉による自然的（物的）存在の「霊化」という考え方と類似性があり、注目に値する――のに対して、ヴィオーの思想は全体として暗いペシミスムが基調であると一応は言えよう。が、ヴィオーのそれは、少なくとも人生観、さらに限定するなら生き方までもが赤木氏が主張するように（ほどに）、本当に暗くペシミスティックだったのだろうか。この点は後でふたたび検討することとして、さしあたりアダンや赤木氏の言う、詩人の「暗い」人間観や宿命観について見てみよう。

われらの宿命が運命の悪意によって
悩まされるとき、そしてわれらの眼が
われらを苦しめる太陽の光で
傷つけられるとき、
また不幸の星が忌むことなくわれらに
危害を加えるのを、ただただ悲しみをもって見るとき、
そしてまたわれらの精神が
われらを救済するのではなく、
われらを破壊しようとするとき、

Lors que nos destins sont pressés
Des malices de la fortune,
Et que nos yeux sont offensés
Du soleil qui nous importune,
Lorsqu'on ne vit qu'à la douleur,
Que jamais l'astre du malheur
Ne se peut lasser de nous nuire,
Et qu'au lieu de nous secourir
Notre esprit tâche à nous détruire

神があらかじめ決めた至上の掟である宿命は、あるいは星辰 Astre によって支配されたわれらの不幸の星は、われわれ人間に忌むことなく危害を加えつづける。

おお、宿命よ、お前の掟は何と過酷なことか！
われらの無実性など、何の役にも立たないのだ
善人の運命は何と過酷な出来事に
遭遇することだろう！

Ô destin, que tes lois sont dures!
L'innocence ne sert de rien.
Que le sort d'un homme de bien
A de cruelles aventures ![51]

旧約聖書のヨブではないが、いくら善行を積んでも、〈宿命〉は冷酷にもその人に苦難を与えることがある。したがって人間の理性による努力も意志の力も、最終的には無力なのである。「そして私は自らを救うために、理性が最高の賢人たちにもたらす一切のことを試みてみたが、むだであった」（Et pour me secourir j’essayais vainement / Tout ce que la raison aux plus sages apporte）[52]。どんなに強靭で健全な精神でも、宿命のもたらす死の悲しみに打ち勝つことも癒されることも不可能なのだ。「あなたのしっかりした、健全な魂が会話を通してその悲しみを乗り越えようとし、／またその悲しみから癒されようとされたが／叶わなかったことも存じております」（Je sais bien que votre âme, / assez robuste et saine, / Avecque son discours a combattu sa peine, / Et qu’elle a vainement cherché sa guérison）[53]。「時間の神サトゥルヌスが季節をもたらしたり、取り去ったりするように、／われらの精神も理性を放棄したり、受け入れたりする。／私はどのような体液がわれらの意志を支配しているのかわからず、／またどんな体液がわれらの情念の変化を作り出すのかわからないのだ」（Comme Saturne laisse et prend une saison. / Notre esprit abandonne et reçoit la raison. / Je ne sais quelle humeur nos volontés maîtrise, / Et de nos passions est la certaine crises）[54]。こうした死の悲しみとともに、人間の無力さ、運命の不可避性を嘆いた詩として、晩年の傑作『兄へのテオフィルの手紙』（書簡詩）の次の一節も挙げることができよう。

だがその時をいったい誰が知りえよう！
われらの不幸の数々はいくつもの流れと波動を持っており、
その終局も始源も
知りえない。
ただ**神**のみがこうした変転を知っているのだ。
なぜなら**自然**がわれらに授けた精神や分別は、

Mais l’heure, qui la peut savoir !
Nos malheurs ont certaines courses
Et des flots dont on ne peut voir
Ni les limites ni les sources.
Dieu seul connaît ce changement,
Car l’esprit ni le jugement

それをいくら推測しようとしても
海の隠れた潮の流れと同様に、
われらに起こる思いもよらない出来事を
理解することはできないのだから。

Dont nous a pourvus la Nature,
Quoi que l'on veuille présumer,
N'entend non plus notre aventure
Que le secret flux de la mer [55]

これは詩人が逮捕・投獄されてまもなく、いわゆる「第二の回心」がなされ、カトリック信仰への復帰が行われた後の詩のため、明確にキリスト教の「神」が歌われ――とはいえ、この「神」は何とカルヴァン的な神であることだろう！――人間の運命はただ神の摂理にのみ委ねられ、神のみが知っているとしつつも、人間の意志や理性が運命や未来に対していかに無力であるかを嘆いている点では、逮捕・投獄前の中期の人間観とそれほど変わっていない。たとえば中期の『作品集第一部』冒頭の『霊魂不滅論、あるいはソクラテスの死』では、

人間は決して自由を所有してはいないのだ、
そして神がわれら人間に与える
熱情や恋の焔は肉体に起因した感情が、
魂から発した感情を
共有する限りにおいて、
この上なく素晴らしい力を解放する。
われらの希望が未来に抱いている素晴らしいものは
墓（死）の中に閉じ込められてしまっているのだ。

L'homme n'a point de liberté
Et ce que la divinité
Nous donne d'ardeur et de flamme
Relâche ses plus beaux efforts,
Tant que le sentiment du corps
Participe à celui de l'âme.
Ce que notre espoir a de beau
Est renfermé dans le tombeau ; [56]

と歌い、人間の自由のなさを嘆き、自らの決定論的人生観を披露している。なおこの詩には第三部第Ⅰ、Ⅱ章で見たヴィオーの恋愛観の一端、すなわち恋の情念は肉体的・官能的欲望が精神的・霊的な感情を共有する、つまり両者が渾然一体となったときのみ、もっとも美しく素晴らしいものとなるという、ヴィオーのいわゆる霊肉合一の恋愛観が窺われる。人生の常ならぬ「無常性」instabilité, inconstance、未来の予知不可能性などを表明している詩をもう一例挙げれば、「今日われらの役に立つものは明日にはわれらを害するものとなるかもしれない、／人はいつも片手でしか幸せを保持していないのだ。／常ならざる宿命は、そのことを思慮することもなく、われらを無理強いし、／われらを評判にすることで、しばしばわれらに災いをもたらす」(Ce qui sert aujourd'hui nous doit nuire demain, / On ne tient le bonheur jamais que d'une main ; / Le destin inconstant sans y penser oblige, / Et nous faisant du bruit souvent il nous afflige)[57]。

運命 destin に隷属させられている人間の自由のなさやその決定論、不可知論をテーマにした詩には、さらに次のようなものがある。「この上なく人間に属する運命でさえ明日の生存の保障を／今夕われらになしえないという過酷な人間の条件よ、／かくして自然はお前（人間の条件）を運命の流れに従わせ、／こうした共通の掟に万物同様お前を隷属させるのだ」(Triste condition, que le sort plus humain / Ne nous peut assurer au soir d'être demain ! / Ainsi te mit nature au cours de la Fortune, / Aussi sujet que tous à cette loi commune)[58]。この詩には人間の条件に対する彼のペシミスティックな考え方が表明されており、これは、いわゆる「人間の悲惨のトポス」topos de la miseria hominis と言われるものである。アダンや赤木氏が指摘し、強調してやまない[59]ヴィオーの世界観や人間観におけるこうした「暗いペシミスム」[60]は、アダンによれば、ヴァニニから引き継いだイタリア自然主義哲学 naturalisme italien からきている[61]という。われわれもこの影響を否定はしないが、われわれの考えでは、その「暗さ」やペシミスムはむしろヴィオーの精神の奥深くまで沁み込んでいるカルヴィニスム、すなわち人間は万能の神の前ではまったく無力で惨めな存在であり、個人のすべての運命はあらかじめ神によって決定されてしまっているという、カルヴァン派的意識（決定論）からきているように思われる。

カルヴァン主義の詩人への影響の問題は後でも再度取り上げることとして、ここではアダンの説を見てみよう。彼に言わせると、ヴィオーは師匠ヴァニニとともに、「自然」の観念を正統カトリックの認める「神」の観念と置き換えており、それゆえ〈運命〉Destin も人間のさまざまな悲惨もすべて、この「自然」が包含しており、この「自然」が生み出したものであるという。こうした「自然」即神と見るヴァニニの自然観は、ある意味でジョルダーノ・ブルーノに通じる汎神論とさえ言えるが、最終的にはヴァニニの「自然」の方がブルーノのそれより秘術的でなく、自動運動する機械論的自然観となり、その意味でデカルトの世界観により近づいているようにも思われる。したがってヴァニニやブルーノにとって「自然」とはもちろん、近代的意味での客観化し測定しうる対象物、自然現象としての自然ではなく、「生きた自然」、「すべてを生み出す甘美な母なる自然」nature douce mère、「豊穣な自然」nature féconde である。

＊秘術的星辰信仰

赤木氏はヴィオーにおける〈宿命〉Destin と〈星辰〉Astre の結びつきは、パドヴァ学派やヴァニニから来ているとし、その証拠として、イタリア哲学者ヴァニニの言葉を引用している。「神は天 cieux の原動力知性 Intelligences motrices に対してこの世の統治権を与えた。それゆえにこの原動力知性は此岸（この世）の事物、そしてとりわけ人間に心を配るのであ」り、また「一瞬一瞬天上の物体 corps célestes がこの地上に対して影響を及ぼしているという証拠をわれわれ人間は持っているのである」[62]（原引用は仏訳文、和訳は筆者）〈原動力知性〉Intelligences motrices といった観念は、自然を神の力 Potestas Dei そのものと見て、自然は自力で動くとした、いかにもヴァニニ的な考え方であり、「天上の物体（星々）が地上に影響を与えている」という思想もヴィオーの詩に認められる（「そしてそれぞれの星はこの地上に影響力を及ぼすので」［Et, comme chaque étoile a pouvoir sur la terre］）[63]。たしかにこうした考え方がヴィオーに影響を与えていたことは事実であろう。とはいえヴィオーの「自然」は、赤木氏が主張しているほどにはヴァニニ的ではなく、アダンが言うようにほぼ同じ程度ジョルダーノ・ブルーノからの影響もあるのではなかろうか。赤木氏が言うように、四元説は「物質は四元以外の何物でもない」[64]と説くヴァニニからきていると思われるが、ヴィオーの「天の火」flambeau divin（céleste）信仰や〈世界の魂〉âme du monde 思想には、ブルーノの単子論や〈世界霊魂〉anima del mondo の影響もかなりあるように感じられる。すなわちブルーノの言う「単子」monade は無限の「原子」から成っており、この「単子」はヴィオーの〈天の火〉の働きと役割（生命誕生や生命維持、運動の発現性など）に類似点があり、またブルーノの〈世界霊魂〉には「内在原理」[65]としての自発性・自動性が存在し（「万物を動かしているものはこの（世界）霊魂だ[66]」）、ヴィオーの〈世界の魂〉にもブルーノほどではないにしても、そうした内在性や〈天の火〉同様の生命誕生や生命維持、運動の発現性などが認められるなど、いくつかの共有点があるように感じられる。

またたとえば、「そなたを誕生させた星辰 Astre はこの不幸を回避し、／彼らのそれとはひどく異なった宿命に従った」（L'astre qui te fit naître évita ce malheur, / Et suivit un destin bien différent du leur）[67] といった詩句に認められるごとく、ヴィオーの魔術的・占星術的星辰信仰――ヴィオーの〈宿命〉Destin にはこのように、〈星辰〉Astre の力が魔術的ないし秘術的に作用し、またある場合には支配している――にも、ブルーノの「宇宙霊魂」説やその魔術的・秘術的宇宙論からの影響も窺えるが、残念ながらその実証的検証はいまだ実現していない。ちなみにここで魔術的・占星術的な星辰信仰の痕跡が認められる例を、『シルヴィの家』から挙げてみよう。

ティルシスは、あり余るほどの誠意でもって、　Tircis avecque trop de foi
私を安心させてくれた、まるで彼が、　M'assura, comme il est unique

私の頭上に輝く星が私のあらゆる運命に関して、
連絡を取り合っている唯一の人であるかのように。
私の運命の星は、その運行を制御することなく、
悲惨な日々を開始し、
私はそうした日々の嵐に今なお苦しんでいるのだ、

À qui l'astre luisant sur moi
De tous mes destins communique :
Il n'eut pas disposé son cours
À commencer les tristes jours
Dont je souffre encore l'orage,[68]

「私の頭上に輝く星」とはまさに魔術的・占星術的な星辰思想であり、この星が詩人の運命を支配し、彼の人生の行方に影響を与えている。獄中の詩人（ダーモン）と親しい友人ティルシス（デ・バロー）との橋渡しをしているのは詩人の星 astre であり、この星により二人は交感し合い、共通の運命に結びつけられている。そして「世界の魂」の一部ともその担い手とも考えられる「天の火」flambeau céleste によって、われらの肉体に生命と霊性（精神）が付与される。したがってここで言う「神の火」feu de divinité とは共通の運命の星を介して二人を結びつけている feu céleste、flambeau céleste の一種とも解しうる。ほかにも『作品集第一部』には「天がこの宿命のうちに注ぎ込んだ数々の害悪」(En ce destin les maux que le Ciel a versés)[69] とか「君を誕生させた星辰はこうした不幸を回避し、／そして彼らとはとても異なった運命を辿ったのだ」[70] などがあるが、『作品集第三部』の書簡詩『兄へのテオフィルの手紙』では、「天のあらゆる明かり（星々）を前にしても、／それらを決して見る眼を持たない運命は、／われらを墓穴（地下牢）に導くかも知れないのだ」[71]（XIII）とか、さらに「ところで天体（太陽）は、／神が自然に対して守らせている／定軌道に従って、／私の日々の生命を司っており、／そして今や私の人生を変えようとしている」[72]（XVII）などの例が見られる。

一六二四―二五年のヴィオーは、「第二の回心」により正統的なキリスト教に帰依していたとされているにもかかわらず、なおこのように、天体（星々）Astre が人間の運命や生命（寿命）に影響を与え、支配していると歌っている。

ただし後者の詩句が明確に示しているように、この時期の詩人はその星々や自然でさえ神にコントロールされていると感じており、この点が『作品集第一部』における運命観や人間観と微妙に、かつある意味で決定的に異なっている。これらの引用詩でも明らかなように、星辰 Astre は逮捕・投獄前の一六二三年以前のヴィオーの宇宙体系にあっては「(盲目的)自然＝神」の発現者として、詩人の絶対的決定論を支える大きな要因となっているばかりか、「第二の回心」が訪れたと推測される一六二四年初頭以降にあっても、それは依然として——キリスト教の(カトリックに改宗しながらも多分にカルヴァン派的な)「神」のコントロール下にあるとはいえ——詩人の運命に影響を与え続けているのである。

宿命観・決定論・不可知論——カルヴィニスム思想の反映?

すでに指摘したことだが、ヴィオーのこうした宿命観、宿命に縛られた人間の自由のなさや惨めさの観念、さらには未来の予測不可能性といった決定論的観念や不可知論的諦念は、アダンが言うようにヴァニニやパドヴァ学派、ブルーノ——両者ともに魔術的星辰思想をも内包している——からの影響は否定できないにしても、彼がカルヴァン派のプロテスタント出身であるという事実も少なからず影響している、というよりこの事実こそが、少なくとも詩人の世界観や人間観・人生観の「暗さ」やそのペシミスムの主因であったとさえ感じられる。たしかに彼は一六二二年に、カルヴィニスム信仰からカトリックへの改宗(第一回の改心)を行ってはいるが、幼年時より植え付けられたカルヴィニスムは彼の思惟体系や感受性からたやすく消去されたとはわれわれにはとても思えない。「生命の契約はすべての人にひとしく宣教されたわけではなかった。また宣教されたところでさえ、すべての人にひとしく受け入れられたわけではなかった。この相違の中に、神の裁きの驚嘆すべき奥義が現れている」[73](カルヴァン『キリスト教綱要』第三巻第二十一章第一節)。「私たちは、個々の人間に定められた神の恩恵を〈予定〉とよぶ。なぜなら神は、すべての人間を平等な状態につくったのではなく、ある者を永遠の生命へ、ある者を永遠の断罪へと定めたのだから。このように、人間はつくられている目的にしたがって、死または生に定められている」（同『綱要』第三巻第二十一章第五節）。つまりカルヴィニスムの二重救霊予定説 prédestination（または prédestinatianisme）――個人の運命は生前から神（の意志）によりあらかじめ決定され、予定されており、ある者には永遠の救い（天国での永生）が、またある者には永遠の滅び（地獄落ち）が定められているという絶対的決定論――からきている部分も少なくないように思われる。[74]

これまで例示してきた詩句に見られた詩人の世界観、人生観、人間観には、アダンや赤木氏が問題にしているイタリア・ルネサンス思想ばかりでなく、カルヴィニスム信仰に含まれている不可知思想や決定論的思想（神の人間に対する権威の絶対性・至高性）あるいは人生のあらゆる出来事が神によってあらかじめ決められてしまっているため、それからは絶対的に逃れられないといった意味での至上不動の掟としての〈宿命〉思想、さらに言えば神から人間への、上から下への一方的な絶えざる働きかけの受認といった思想が反映されているようにわれわれには思われる。そうしたカルヴァン派的観念は、たとえば先に引用した「だがその時をいったい誰が知りえよう！／われらの不幸の数々はいくつもの流れと波動を持っており、／その終局も始源も／知りえない。／ただ神のみがこうした変転を知っているのだ。／なぜなら自然がわれらに授けた精神や分別は、／それをいくら推測しようとしても／海の隠れた潮の流れと同様に、／われらに起こる思いもよらない出来事を／理解することはできないのだから」という『兄へのテオフィルの手紙』第三ストロフの言葉にも認められる。すなわちここには、人間は神があらかじめ決定した運命、道筋を辿るしかなく、しかも数々の不運・災厄はその原因も結末も人智をもってしては決して理解できないと考える、詩人の半無意識的なカルヴァン派的信条が語られているように見える。こうしたカルヴィニスム的観念、つまり運命や人生そして人間の実体や未来を認識することの絶対的不可能性や神による個々の人間の運命の決定づけ――「至高の定め」――は同じ『兄へのテオフィルの手紙』第十六ストロフにも認められる。

宿命は常に闇夜の中を歩む、
誇りと喜びに酔いしれながら。
それはどんなに賢明に導かれようと、
危なげに自らの経路を辿るのだ。
至高の定めは
人間たちがどんなに鋭敏であろうとも
常に隠されたままなのだ。
ただ神のみが人間の実体を知っているのだ、
今日のわれわれが何者であり、
明日のわれわれがどうなるかを。

Le sort, qui va toujours de nuit
Enivré d’orgueil et de joie,
Quoiqu’il soit sagement conduit,
Garde malaisément sa voie.
Ah! que les souverains décrets
Ont toujours demeuré secrets
À la subtilité des hommes !
Dieu seul connaît l’état humain ;
Il sait ce qu’aujourd’hui nous sommes,
Et ce que nous serons demain.[75]

ここに歌われている「至高の定め」souverains décrets とはカルヴィニスム的に解釈するなら、神の摂理 Providence にほかならず、「ただ神のみ」が人間存在の本質やその未来を知っており、したがってわれわれ人間はただただ神の意志（御心）を甘受するばかりである。また一六二一年の『作品集第一部』に収録されている『第二諷刺詩』でも、カルヴィニスムの二重予定説の残滓のような想念が語られていないだろうか。

運命は打ち破ることのできない掟を持っており、
その羅針盤はいつも決まった方向を示していて、

Que le sort a des lois qu’on ne saurait forcer,
Que son compas est droit, qu’on ne le peut fausser,

それを無理に曲げることはかなわない。
われら人間は皆**天**からやってきて、大地を所有するのだ。
天の恩恵はある者には開かれ、ほかの者には閉ざされている。
天が定めた必然性はある者からは名誉を奪い、
ほかの者には貴族の地位を与える。

Nous venons tous du Ciel pour posséder la terre,
La faveur s'ouvre aux uns, aux autres se resserre :
Une nécessité que le Ciel établit
Deshonore les uns,
les autres anoblit ;[76]

ここで語られている「天」とは、すでに前章で見たように、アダンや赤木氏に従えば、キリスト教の神、つまり感情や意志を有する人格神としての〈神〉ではなく、先に見たヴァニニ的「自然」＝神すなわち盲目的な神であり、そのことはこの詩句のすぐ後で「最善なものを見出すためには、よくよく選択しなければならないだろう。／なぜなら神々がかくも多くの閑暇の中にあるなどと考えてはいけないのだから。」と述べて、神の人間に対する絶対的無関心を認めている事実によっても確認できるということになろう。またわれわれ人間は皆「天からやってきて、大地を所有する」のだが、その場合「天」とはブルーノ流の〈一者〉とも、あるいは天＝宇宙にある〈世界の魂〉（ブルーノの言う世界霊魂）とも解することができる。いずれにしてもそれを〈天の火〉flambeau divin が担って地上にもたらし、四大元素の空気と泥に結合させて人間を誕生させたという解釈ができよう。逮捕・投獄される一六二三年以前のヴィオーの宇宙観・世界観は、先に引用した『ある婦人へのエレジー』の「世界に魂を与えるこの偉大な神」とか「〈神は〉自ら好むがままに豊穣な自然を見出す」といった詩句にも窺えるように、プラトンの『ティマイオス』を起源とし、マルシリオ・フィッチーノがその観念を発展させた宇宙観――スピリトスを介した万物の生成流動と〈宇宙霊魂〉を中心とした一者と地上（人間）との垂直的交流世界――やそれを継承発展させたジョルダーノ・ブルーノの「世界霊魂」anima del mondo を媒介とした万物の生成流転といったルネサンス的アニミズムあるいは物活論

hylozoïsme、さらにはルネサンス期特有の魔術的・占星術的星辰信仰とカルヴィニスムの救霊予定説およびその決定論的宿命観とが融合して成立した、かなりユニークな世界観（宇宙観）と一応は言えるのではなかろうか。

だが翻って考えてみると、この詩に歌われている「天」le Ciel はヴァニニ的神というより、むしろカルヴァンの言う神、すなわち「われら人間の意志・願望を一切斟酌せず、この世のすべてをあらかじめ決定してしまう冷厳な神」、「聖霊により天から人間に生命をもたらすカルヴァン派的な神」とも解しうるように思われる。少なくともこの「神」にはカルヴィニスム的な神のイマージュが投影されているようにも感じられる。そのことは、引用部の最後の三詩句に認められるカルヴァン派独特の二者対立的ないし二者択一的な発想によっても確認できる。「天の恩恵はある者には開かれ、ほかの者には閉ざされている。／天が定めた必然性はある者からは名誉を奪い、／ほかの者には貴族の地位を与える」という表現に、カルヴァン派のプロテスタント宗教教育を受けたヴィオーの無意識的な思考パターン――ある者には来世での永遠の救済が、ほかの者には永劫の地獄堕ちが神によってあらかじめ決定されているという二重予定説の残滓的観念――が反映されている。このような対立的ないし二者択一的思考パターンは、「第二の回心」によりカルヴィニスムを完全に捨てたとされる一六二四年初頭以降に書かれた晩年の長詩『シルヴィの家』や『兄へのテオフィルの手紙』にさえ執拗に認められる。

このように見てくると、ヴィオーの詩には、中期と晩年の二回のカトリックへの回心――正確に言えば第一回は改宗、第二回は回心――にもかかわらず、前・後期を問わず全生涯にわたって、カルヴァン派的な思惟体系が認められ、その世界観や運命観、さらには人間観にあっても、カルヴァン派的な見方・考え方が最後まで残存していたと言えるのではなかろうか。

後期・晩年の世界観・宇宙観──真にカトリック的世界観に還帰したと言えるか？

前世紀および今世紀の二大ヴィオー学者であるアントワーヌ・アダンとギッド・サバも、テオフィル・ド・ヴィオーが逮捕・投獄により、それまでのリベルティナージュ思想を捨て、「第二の回心」を経て、正統的キリスト教信仰すなわちカトリック信仰に還帰したこと、しかも「第二の回心」が火刑から逃れるための方便ではなく真摯なものであったことを認めている。[77] しかし、思想的な問題に深入りしないサバはむろん、アダンも赤木昭三氏[78]もともに、詩人の正統的キリスト教信仰への真摯な還帰を認めながら、なぜか後期というかヴィオー晩年の世界観や宇宙観についての踏み込んだ発言はしていない。後二者は、一部は一六二三年刊の『作品集第二部』にも言及しているとはいえ、その分析の対象を一六二一年に刊行された『作品集第一部』に収録された作品にほぼ限り、一六二三年以前の詩人の初・中期の思想のみを取り上げ、ヴィオーが〈宇宙霊魂〉説、魔術的星辰信仰、ルネサンス・アニミズム思想などを中心とするイタリア・ルネサンス思想（フィッチーノ、ブルーノ、ヴァニニ、パドヴァ学派哲学）を受け継いだ代表的・典型的リベルタン思想の持ち主であったと結論づけている。[79] それゆえわれわれは、すでに前章でかなり詳しく考察したとはいえ、一六二四年初頭の「第二の回心」以降の後期ないし晩年におけるヴィオーの世界観・宇宙観について、主として晩年の二大傑作『シルヴィの家』と『兄へのテオフィルの手紙』を中心に多少新しい視点も加えつつ、再検討してみることとしたい。

テオフィル・ド・ヴィオーの世界観・宇宙観は生涯を通じて、基本的にはあるいは根本的には不変であったと見ることもできる。その理由・根拠は後述することとして、反対に逮捕・投獄・裁判を契機として、獄中での「第二の回心（改心）」seconde conversion により、彼はリベルタン思想を完全に捨て、正統的なカトリック信仰に心底から復帰したと見ることができるならば、そしてまたこの時期以降に書かれた詩作品や散文・論争パンフレットあるいは書簡などで語られていることが信用できるとするならば、明らかに彼の世界観や宇宙観は変質・変化したと見ることができる。後者の立場からの検討はすでに前章でかなり詳しく行っているので、以下では前節、前々節で触れていなかった点や前者の立場からの考察をも加えながら、詩人の思想を再度概観することとしたい。

たとえば、「第二の回心（改心）」以降に書かれた代表作『シルヴィの家』（一六二四年作）最終オードで、

Ici loge le Roi des Rois :
C'est ce Dieu qui porta la croix,
Et qui fit à ces bois funèbres
Attacher ses pieds et ses mains
Pour délivrer tous les humains
Du feu qui vit dans les ténèbres[80]

ここに**王中の王**たる**神**が住まわれている。
暗闇の地獄で生きている業火から
すべての人間を解放するために、
十字架を担い、
死へと導くこれらの柱木に
自らの足と手を釘付けさせたのは、この神なのだ。

と、キリスト教信仰への回帰を明確に歌っているが、最後の作品『兄へのテオフィルの手紙』では、回心後の詩人の世界観（宇宙観）がリベルタン的ないしヴァニニ＝ブルーノ的なそれからキリスト教のそれへと転換したことを明確に示す詩句がいくつも見うけられる。しかし、ここでもこのキリスト教信仰が果たして真にカトリック的と言えるかというと、いささか疑問の余地がある。というのは、カトリック同様、ある意味でそれ以上に、カルヴァン派でも神であるキリストを強調しており、上の例では旧教的なのか新教的なのかにわかに識別できないからである。ほかにもたとえば「ところで天体（太陽）は、神が自然に対して守らせている／定軌道に従って、／私の日々の生命を司っており、／そして今や私の人生を変えようとしている」[81]という詩句で明らかなように、逮捕以前の前・中期同様、晩年にあっても依然として星が彼の運命や生命に影響を与えているとはいえ、同詩句中の「神が自然に対して守らせてい

る定軌道に従って」という表現がそのことを明確に示唆しているように、至高の神（この神もカルヴィニスム的色彩が強いが）による自然（星辰）や人間の運命の支配、神の摂理による世界や人間の支配という思想が明確に歌われている。

こうしてヴィオーがキリスト教の神への帰依を告白するとき、星辰ないし星々は創造主に対して補助的・補完的に作用しているように見え、運命 Destin は神の摂理によって制御されると述べるようになっていく。初・中期のリベルタン時代には、運命は星辰に支配され、誕生日における王道十二宮での太陽の位置によって制限されると、秘術的・占星術的に解釈されたりしていた。同様の考え方が歌われている詩句としてはほかにもたとえば、「だがわれらの掟を作ったこの偉大な**神**が／われらの運命を決定したとき、／彼はわれらが生きる月日の長さを／決してわれらの選択に任せたりはしなかったのだ」[82]といった、逮捕・投獄中に書かれた『最高法院長へのテオフィルのいと謙虚なる嘆願書』の一節がある。同詩中の「われらの掟を作ったこの偉大な神」とは、「われらの運命を規定する」以上、たしかにキリスト教の神には違いないが、こうした「神による人間の運命の絶対的支配」にはカルヴァン派的神の影がネガ像のようにつきまとっているようにも感じられる。

同様のカルヴァン派的傾向を示している詩としては、次のようなものもある。「そして神がそれをお認めになる範囲内で、／われらの運命は自然の手に委ねられており、／また星々の人間への影響力はある場合には害を及ぼし、／またほかの場合には有利に働いたりするのだ[83]」。これは『シルヴィの家』第七オード中の詩句だが、すでに前章で述べたように、この詩では、「神」はキリスト教の神であり、この神が自然を介して人間の運命をコントロールしており、星辰の影響力もその創造者たる神に統御ないし制限されているのである。とはいえ、「星々の人間への影響力」という言葉がそのことを暗示しているように、この詩にも依然として占星術的・秘教的な星辰信仰の残滓が透けて見えており、また「ある場合には害を及ぼし、またほかの場合には有利に働いたりする」という正反の対立的表現に、カルヴィニスムの二重予定説的思考の残滓が窺える。

逮捕・投獄後の詩人のこうしたキリスト教的宇宙観、とりわけその星辰思想や神によって人間の運命が決められているという宿命観は、『兄へのテオフィルの手紙』第十七オードの次のような詩句にも窺われる。「ところで天体（太陽）は、神が自然に対して守らせている／定軌道に従って、／私の日々の生命を司っており、／そして今や私の人生を変えようとしている」[84]。

ここで『第二の回心』以降の後期・晩年においても、依然として魔術的・占星術的星辰信仰が残存しているという問題に、再度触れておこう。たとえば『シルヴィの家』第四オード第八ストロフの「かつて霊感と呼ばれていた／神性を帯びたある種の火は／ある見えない親和力によって、／われら二人の運命をしっかりと結びつけている。／どんなに顔つきが異なっていようとも、／見かけの宿命がどんなに異なっていようとも、／この宿命はわれらの出来事のうちに読み取れ、／彼の理性と友情とは、今日、／私の恥辱と私への不当な攻撃を半分／自ら引き受けてくれるのだ」[85] および、同オード第十ストロフの「……まるで彼が、／私の頭上に輝く星が私のあらゆる運命に関して、／連絡を取り合っている唯一の人であるかのように」（...comme il est unique / A qui l'astre luisant sur moi / De tous mes destins communique）[86] という詩句は、カトリックへの「第二の回心」以降にあっても、マッコール・プロブスも指摘しているように[87]、ヴィオーの意識のうちに依然として魔術的・占星術的星辰信仰が残存していた事実を示している。同様の例は、『シルヴィの家』とほぼ同じ時期に執筆され、ヴィオーの事実上の白鳥の歌となった『兄へのテオフィルの手紙』の中にさえ、すでに何度も引用した次のような詩句に認められる。「天のあらゆるともし火（星々）を前にしても、／それらを決して見る眼を持たない運命は、／われらを墓穴（地下牢）に導くかも知れないのだ」[88]（XIII）。

先に引用した『兄へのテオフィルの手紙』第十七ストロフの「天体（太陽）は、神が自然に対して守らせている定軌道に従って、私の日々の生命を司っており、そして今や私の人生を変えようとしている。」という詩句がそのことを明確に示しているように、後期・晩年の詩人は、正統的キリスト教に回帰したと思われるにもかかわらず、この時期にあってもこのように、天体（星々）Astre が――もちろんその星々や自然でさえ、神にコントロールされていると語ってはいるが――人間の運命や生命（寿命）に影響を与え、支配していると歌っている。ただここで注目すべき点は、『シルヴィの家』の第一オードで「われらが探し求めようとしている神は／星々よりも高い所に住まわれているのだ。／彼以外のいかなる神も／あの焰ないしあの煙を／今日私に与えることはできないのだ」（Le Dieu que nous allons chercher / Loge plus haut que les étoiles ; / Nulle divinité que lui / Ne me peut donner aujourd'hui / Cette flamme ou cette fumée）[89]という詩句で明らかなように、「われらが捜し求めている神」すなわちキリスト教の神は星々より「高いところに住まわれていて」、これらの運命の星を支配・コントロールしていると歌っている事実である。このように一六二一年の『作品集第一部』と、一六二五年の『作品集第三部』に収録された作品が書かれた一六二四年以降における星辰と運命に関する相違点は、それらへの超越的な神の関与があるか否かに存していると一応言うことができそうである。一応という意味は、最後の結論部で本当にそう言えるかどうか再検証してみるつもりだからである。

また詩人晩年のこの時期にあっても、星辰信仰や運命に関する決定論的思想とともに、前章ですでに見たように、なおブルーノ的アニミスムないし物活論的 hylozoïste な「生命溢出体」としての「自然」Nature jaillissante、「豊穣な自然」Nature féconde のイマージュが認められる。たとえば『シルヴィの家』第七オードではこんなふうに歌っている。「自然が／その適切な心配りによって／その恵みをかくも遠くまでひろげ、／また自然の肥沃な（多産な）豊かさが／それぞれの場所で、かくも明白に現れているので、／神の摂理は自然の豊かさを確立して、／世界を養い育てるのだ」[90]（ストロフ二）。

「一切の小麦も、自然が生み出すのであり、／ブドウの株は自然の力によってのみ生かされており、／自然は自らの力によってブドウの枝葉やその果実を／またその根や樹皮を作り出す。／自然は四大元素のそれぞれに／運動と中枢とを与えるのだ」[91]（ストロフ三）。

これらの例でわかるように、ヴィオーにとってカトリック信仰に回帰した晩年にあってさえ、「自然」とは観察し、計量可能な諸現象の総体、近代的意味での客観的対象物ではなく、「形態 formes の膨大な溢出」ないしは「宇宙に生命を増殖させる諸存在がそこから溢れ出てくる一つの源泉」[92]であり、ブルーノの言う「生む自然」natura naturans に何がしか類似している。と同時にこれらの詩句には、①カルヴァン信仰特有の神の絶対的創造性、②全知全能の神による人間への「生命溢れる」「豊かな自然」の授与という、カルヴァンのもう一つの神観・世界観が反映しているようにも感じられる。もしここで語られている「豊穣な自然」が、聖霊を介してのカルヴァン主義的な「神」による創造、人間への溢れんばかりの〈恵み〉と見ることができるなら、一六二四年初頭のカトリックへの「第二の回心」にもかかわらず、一六二一年の『作品集第一部』にも認められたカルヴィニスム的神の痕跡や同派に特徴的な決定論的諦観あるいは暗い宿命観・人間観が、一六二三年の逮捕・投獄以後の作品にあっても、依然として残存していると言える。われわれのこうした見方は、アダンやサバは明言はしていないが[93]、暗々裏に認めている従来の通説——ヴィオーは「第二の回心」後、カトリックの神を受け入れ、その世界観・宇宙（創生）観を所有した——とはかなり異なる新説と言えるのではなかろうか。

最後に本節の冒頭で引用した『シルヴィの家』最終オードの一節に続く詩節を取り上げて、ヴィオーのカトリック信仰、少なくともキリスト教信仰への再還帰の問題を少し詳しく検証してみよう。

神の**聖霊**は至るところで活動し、／この世で一切のものを生かしめ、また死に至らしめ、／聖霊は風を止めたり、起こしたりし、／また寄せては返す波を消したり、また起こしたりしている。／彼は睡眠を奪ったり、与えたりしている。／彼は太陽を昇らせたり、隠したりしている。／われらの力とわれらの勤勉さは、／彼の手の営為から来ている。／そして人間が人種や財産また祖国を／受け継いでいるのは、この聖霊からなのだ[94]（ストロフ八）。

詩人はキリスト教における聖霊の、宇宙や地上、人間界での働きと役割を語り、称讃した後、次にこの神自身の宇宙における大いなる「御業」、その偉大さ、宇宙創造の営為を列挙し称讃する。ここで右の例および以下に例示する第十ストロフにも見られる「聖霊」について言えば、カトリックでは教会を通しての聖霊の働きの偉大さを強調しているのに対して、カルヴァン派ではキリストを通しての聖霊の働きを強調しているので、一概には言えないとしても、少なくともここで語られている「聖霊」はカトリック的とも解せるが、カルヴァン派的聖霊観が反映されているようにも感じられる。さらに言えば、次に引用する二詩節を含め、今見たストロフで語られている神による世界（宇宙）の「創造」という事象は新旧どちらの教派でも称讃され、強調されているが、そのことを誰よりも最も強調しているのはカルヴァンであることを考えると、[95]これらの詩句にはやはりカルヴィニスムの世界（宇宙）創造観が反映されていると見るべきかも知れない。

神は虚無から一切を作られた。／すべての天使たちは彼を称讃する。／そして小人は巨人と同じように、／彼の栄光に満ちた**聖像**を支えている。／彼は宇宙という肉体に／性と各種の異なった年齢を与える。／彼を前にすると空とおのおのの四大元素は／一つの絵空事なのだ。／神はたった一度のまばたきだけで／自然全体を消し去ることができるのだから[96]（ストロフ九）。

あらゆる世紀が神にとっては現在であり、／そして測ることのできない神の偉大さは／分と年とに／同一の刻印と同一の持続とを所有させるのだ。／神の**聖霊**は、至るところに溢れ出、／われらの魂の中にまで降り下ってきて、／われらのあらゆる思考が生まれ出るのを目撃する。／われらの心象は眠っているときでさえ、／神がそれ以前に描出しなかったような／聖像など決して持つことはなかったのだ[96]（ストロフ十）。

ところで先に見たように、ヴィオーは『作品集第一部』においては、ここで語っている神の「聖霊」Esprit に当たるものを「世界の魂」âme du monde (âme universelle) あるいは「天の火」feu céleste, flambeau céleste, flambeaux des cieux, divine flamme などと呼んでおり[97]、したがって少なくともこの点においては彼はカトリック的世界観に回帰したと言えそうである。というのは、これまで挙げた例からも推察されるように、ヴィオーは『作品集第一部』の『霊魂不滅論』では、人間や地上のあらゆる事物の生誕・生成について「あらゆる事物がどのように生来するのかを認識し、／天のともし火がどんな力を有し、／動物たちがこの地上でなぜ生き、死ぬのかを／理解するということは栄誉ある神の思し召しと思っていた[98]」と語り、あるいは『作品集第一部』中のある哲学的詩の中で「神が君のエッセンスを形成し、／君の誕生の到来を確認したとき、／**神**は自らの最良の**火**を天上より選び、／立派な肉体の中に優れた精神を宿らせたのだ[99]」と歌っているように、初・中期には土・水・火・風の四元が「焼き入れ」trempe されて誕生した人間や動物の肉体に、「世界の魂の無意識的・盲目的な放出」（アダン）としての「天の火」flambeau des cieux が与えられることによって、人間や動物は生気と霊性を獲得すると主張していた。しかし、先に挙げた『シルヴィの家』最終オードでは、「神の聖霊は至るところで活動し、この世で一切のものを生かしめ、また死に至らしめている」との言葉で明らかなように、人間は神自らの姿をまねて作られ、その肉体に聖霊により霊的魂 âme spirituelle を付与されてこの世に生まれると主張しているからである。また『作品集第一部』の今引用した詩句中の「天」les Cieux、あるいは「神」la Divinité はキリスト教的な人格神とは言えず、むしろ宇宙原理としての機械的・盲目的神、だが「豊穣な自然」nature féconde、「生命を溢出させる自然」nature jaillissante、「生み出す自然」nature naturans としての神の性格が強く、この点では後期・晩年の「神」の観念はキリスト教的なそれへと変容していると言うことができるだろう。しかし、それにもかかわらずこの晩年の神にさえ、カルヴァンの「聖霊を通して豊穣な自然を溢れさせる神」のイマージュが下絵のごとく二重写しになっているように感ずるのはわれわれだけだろうか。

それゆえこれらの検証から言える一応の結論は、すでに見たように、少なくとも逮捕・投獄された一六二三年以降の、たとえば『テオフィルの改悛』*La Pénitence de Théophile*『兄へのテオフィルの手紙』や『シルヴィの家』といった晩年の作品を見る限り、「世界霊魂」anima del mondo (âme du monde)、生命放出体としての「豊穣な自然＝神」といったジョルダーノ・ブルーノ流のルネサンス的アニミスム・物活論 hylozoïsme 信仰および魔術的占星術的星辰信仰と結びついた決定論的宿命観などを主内容とするリベルタン思想から、父と子と精霊の三位一体を主内容とする正統的なキリスト教信仰とその世界観・宇宙（創造）観――その底にカルヴァン派的思考・意識がかすかに残存しているとはいえ――へと回帰していったと、ひとまず言えるのではなかろうか。というよりむしろ『作品集第一部』に見られるようなジョルダーノ・ブルーノ流のルネサンス的アニミスム・物活論信仰の痕跡を残しながらも、正統的なキリスト教信仰に接近し、前者を後者に和解・融合させようとしたと言うべきかも知れない。さらにつけ加えれば前述したように、前・後期を通して、つまり全生涯一貫して、その神認識をはじめ、世界観、人間観、生き方などにおいても、カルヴィニスムの影というか残滓のようなものがつきまとっている事実も、ここで注目しておくべきであろう。

以上のさしあたりの結論は前章と同じであるが、ここで先のカルヴィニスムの問題と関連させて、ヴィオーの世界観（の性格）を再度考えてみよう。アダンや赤木氏は逮捕・投獄以前、すなわち一六二三年以前のヴィオー思想のうちに、ヴァニニやパドヴァ学派の思想を継承する〈世界の魂〉（〈宇宙霊魂〉）を中心としたルネサンス的アニミスム思想や決定論的運命観、その暗いペシミスムを認め、こうした諸傾向は当時の典型的・代表的なリベルタン思想（リベルティナージュ）を形成する要因であったとしている。そしてわれわれもここまで先学の二人のそうした主張や観点を、多少の異論はあったにしても、大筋ではほぼ支持し、それに依拠してきた。しかし翻って考えてみると、彼らが引用し、われわれも取り上げてきた多くのテキストは、本当にそのようにしか解釈しえないのだろうか？　たとえば本章冒頭に挙げた『ある婦人へのエレジー』中の有名な詩句「人の心のうちに悪なるものあるいは善なるものをもたらす者（神）は／何物にも介入することなく、運命のなすがままに任せている。／世界に魂を与えるこの偉大な神は／自らの好むがままに豊穣な自然を見出さないわけではなく、／そしてこの神の影響力は、なお充分に人間精神の中に／その恵み（恩恵）を注ぎ込んでくれないわけでもないのだ」とか「運命は打ち破ることのできない掟を持っており、／その羅針盤はいつも決まった方向を示していて、／それを無理に曲げることはかなわない。／われら人間は皆天からやってきて、大地を所有するのだ。／天の恩恵はある者には開かれ、ほかの者には閉ざされている。／天が定めた必然性はある者からは名誉を奪い、／ほかの者には貴族の地位を与える」といった詩句には、カルヴィニスムの神の影が反映されていないだろうか。

あるいはまた、『霊魂不滅論』の中の、「われらの宿命が偶然の悪意によって／悩まされるとき、／そしてわれらの眼が、われらを悩ませる／太陽の光で傷つけられるとき、／人がただただ苦しみの人生を生きるとき、／不幸の星が忌むことなくわれらに／危害を加えるのを、ただただ悲しみをもって見るとき[100]」とか「私は信じていた、この世の一切のものがどのように現れ、／天の火がどのような力を有しているかを／また地上の動物たちがなぜ死に、そして生きているかを／理解することは神の栄光ある思し召しであると[101]」といった詩句には、カルヴィニスム信仰の持つ「神の絶対的至上権」、世界の唯一の絶対的支配者としての神という観念、あるいは人間から神（天）へと向かって働きかけ（上昇）することの不可能性（カトリック、イエズス会的自由意志の否定）、すなわち神のみが無力で惨めな人間に上から下に向かって働きかけ、憐れみを施し、しかもそれは神の〈選び〉によってあらかじめ決められてしまっているという観念、意識の反映が感じられないだろうか。アダンや赤木氏が指摘するヴィオーの「暗いペシミスム」は彼らが主張するように、イタリア・ルネサンス哲学やいわゆるリベルティナージュ思想のために、暗くペシミスティックなのではなく、人間の邪悪さ、無力さ、悲惨さを説いてやまないカルヴァンのあの徹底したペシミスム——マックス・ヴェーバー M. Weber が『プロテスタンティズムの倫理と資本主義の精神』で主張している説を俟つまでもなく、歴史的には、カルヴァン派の真の信者たちは神の「選び」や恩寵の確信から、現実の生では決して諦観主義にも悲観主義にも陥らず、かえって（社会的）使命感に燃えて現世肯定の、明るく積極的な生き方をしたというパラドックスが存在しており、付言すればこの逆説こそがほぼ同じ恩寵論や自由意志論・予定説的決定論を持ちながら、地上での生への積極的関与や現世的価値を否定し、隠遁生活を好んだジャンセニストをカルヴィニストから分かつ点であるが——から来ているのではなかろうか。

『作品集第一部』の『霊魂不滅論』中の先に引用した「おお、われらの宿命が偶然の悪意によって／悩まされるとき、／そしてわれらの眼が、われらを悩ませる／太陽の光で傷つけられるとき、／人がただただ苦しみの人生を生きるとき、／不幸の星が忌むことなくわれらに／危害を加えるのを、ただただ悲しみをもって見るとき」といった言葉や「宿命よ、お前の掟は何と過酷なことか！／われらの無実性など、何の役にも立たないのだ／善人の運命は何と過酷な出来事に／遭遇することだろう！」[102]とか、あるいは「この上なく人間に属する運命さえ明日の生存の保障を／今夕われらになしえないという過酷な人間の条件よ、／かくして自然はお前（人間の条件）を運命の流れに従わせ、／こうした共通の掟に万物同様お前を隷属させるのだ」[103]といった初・中期におけるリベルタン時代のヴィオーの、こうした暗い悲観的な宿命観は、後期・晩年の『シルヴィの家』の「運命は打ち破ることのできない掟を持っており、／その羅針盤はいつも決まった方向を示していて、／それを無理に曲げることはかなわない。／われら人間は皆天からやってきて、大地を所有するのだ。／天の恩恵はある者には開かれ、ほかの者には閉ざされている。／天が定めた必然性はある者からは名誉を奪い、／ほかの者には貴族の地位を与える」とか『兄へのテオフィルの手紙』の「だがその時をいったい誰が知りえよう！／われらの不幸の数々はいくつもの流れと波動を持っており、／その終局も始源も／知りえない。／ただ神のみがこうした変転を知っているのだ。／なぜなら自然がわれらに授けた精神や分別は、／それをいくら推測しようとしても／海の隠れた潮の流れと同様に、／われらに起こる思いもよらない出来事を／理解することはできないのだから」などの詩句にも一貫して認められる。

カルヴァン信仰における人間の自由のなさ、人間は（自由に）自己の運命を変えられず、宿命（カルヴァン派では摂理〈プロヴィダンス〉と理解）によって一方的にその運命（人生）が決められてしまっているというカルヴィニスム特有の決定論的宿命観、こうした性格はほぼそのまま、逮捕・投獄の前後を問わず、あるいは一六二四年初頭の「第二の回心」の前後を問わず、終生ヴィオーの詩に認められるものではなかろうか。したがってヴィオー思想におけるこうした終生変わらぬカルヴィニスム的性格、カルヴァン派的世界観に注目するならば、ヴィオーの思想や世界観は、逮捕・投獄、ないし「第二の回心」の前も後も本質的には何ら変わっていないとも言える。たとえば『テオフィルの改悛』La Pénitence de Théophile に見える「わが遊戯とわが踊り、そしてわが饗宴は／聖アウグスティヌスとともになされるのだ、／その著作の心地よい聖なる読書は／ここではわが解毒剤となっているのだ。／わが投獄という果てしない苦悩（絶望）の／悲惨極まりない苦難（悲運）の中にあっては」[104]といった詩句に窺われるアウグスティヌス体験、すなわち例の「第二の回心」の一つの契機となったとされる、モレ検事総長が差し入れたアウグスティヌスの著作の読書体験も、もしかすると彼のカルヴァン派的な信仰を無意識裡により深化させた可能性さえなくはないのである。

というのは聖アウグスティヌスはカトリックの側からも敬愛されている聖人とはいえ、ジャンセニスムの祖ヤンセン（ジャンセニウス）やその友人サン＝シール同様、カルヴァンの恩寵の絶対性や自由意志の厳格化、予定説などの信念の形成に大きな影響を与えているからである。カルヴァンは、スコットランドの神学者ペラギウスの恩寵功徳説、つまり恩寵は自由意志により努力し功徳を積めば与えられるとする説に反対し、恩寵は個人の善行や努力、功徳によって与えられるのではなく、神の絶対的な〈選び〉によると主張したアウグスティヌスの絶対的恩寵論を継承しており、獄中のヴィオーもアウグスティヌスの著作の読書体験によりいっそうそのカルヴァン派的な決定論・恩寵観を強固にしたとさえ推測される。たとえば「神は虚無から一切を作られた。／すべての天使たちは彼を称讃する。／そして小人は巨人と同じように、／彼の栄光に満ちた聖像を支えている。／彼は宇宙という肉体に／性と各種の異なった年齢を与える。／彼を前にすると空とおのおの四大元素は／一つの絵空事なのだ。／神はたった一度のまばたきだけで／自然全体を消し去ることができるのだから。」という、先に引用した晩年の傑作『シルヴィの家』の詩句など、カトリック的とも解せるが、神の絶対的全能性を強調するカルヴァン派的思想の残影が認められるようにも思われる。

もちろん、われわれもだからといって逮捕・投獄に継ぐ「第二の回心」によるカトリックへの還帰が、火刑を逃れるための便宜的・形式的なものであったと言うつもりは決してなく、その回心は真摯なものであっただろうと考えている。それゆえむしろこう言うべきかも知れない、つまり幼年時より植えつけられ、魂の奥底まで沁み込んでしまったカルヴィニスムがカトリックに改宗後も詩人の思惟体系のうちに執拗に残存し、それが時折無意識的に影のように表面に浮上してくるのではないか、と。事実、『シルヴィの家』冒頭の第一オードで「私は神に従って、その聖像〔神のイマージュ〕をとても美しく描いて／称讃しようと思う。そうすればその聖像描写のために／私が心血を注いだ労苦を天は正当に認めてくださるに違いない」とキリスト教の神を讃美しているが、この神はその聖像讃美の点から言っても紛れもなく、カトリック信仰の告白と見ることができる。

しかし先にあげた『シルヴィの家』最終オード部の「神は虚無から一切を作られた云々」の詩句直前のストロフやそれにつづく二詩節では、聖霊 Esprit の「発出」épandre や神の「恩寵」divine grâce の発現のことを語っており、こうした「聖なる現象」はカトリックでもカルヴァン派でも語られるのでどちらとも決めがたいが、「聖霊」の発現現象の強調的描写はどちらかといえばカルヴィニスム的色彩が強いように感じられる。〈恩寵〉については、「ここに跪いて、神の聖なる恩寵に懇願しよう」という詩句に窺われるように、自由意志の介在を認めるカトリックの思惟形態がより強く反映されているといえるのではなかろうか。

また彼の白鳥の歌となった遺作『兄へのテオフィルの手紙』の、本章ですでに引用した「宿命は常に闇夜の中を歩む、／（……）至高の定め（天の意志）は／人間たちがどんなに鋭敏であろうとも／常に隠されたままなのだ。／ただ神のみが人間の実体を知っているのだ／今日のわれわれが何者であり、／明日のわれわれがどうなるかを知っているのだ」といった考え方や、その直前の第十五ストロフの「人の住むどんなところに、火山ガスが／大地に穴を開けえない場所があるというのだろうか？／どんな王宮やどんな教会祭壇に／雷が落ちえないと言えようか？／どんな軍艦がまたどんな水夫が／常に海の荒波から守られているというのだろうか？／時折いくつもの町全体が、／恐るべき天変地変（地震）によって、／それが依って立つ地盤そのもののところで／自らの墓場と化したのだ」[105]といった詩句には、何度も指摘するように、この世のすべての事象は神の「自由」意志によりあらかじめ決定されており、人間はまったく無力であり、それらを見通すことも予知することもまったく不可能なのだというカルヴァン派的な運命観、決定論（予定説）、不可知論の思想が認められるのである。

以上のやや煩瑣のわたる検証により、われわれの前章での一応の結論、すなわちテオフィル・ド・ヴィオーは一六二四年初頭の「第二の回心」によりカトリックへ改宗したとはいえ、それまでの魔術的・占星術的星辰信仰やジョルダーノ・ブルーノ的ないしイタリア・ルネサンス的アニミスム思想が依然として残存しており、詩人はそれらを正統的キリスト教と「和解」（融合）ないし、後者の原理により前者を統合・融合しようとしていたのではないかとの結論は、大きく変更される必要はないものの、次のように修正されるべきかも知れない。

（前・中期の）ヴィオーの世界観（宇宙観）は「〈宇宙霊魂〉に貫かれたアニミスム的な世界と、その〈宇宙霊魂〉

の一部分にすぎない人間の霊魂（個人としての人間の霊魂の不滅性の否定）」、〈宿命〉＝〈星辰〉に支配される世界と人間（神の摂理の否定と人間の自由意志の否定）」[106]といったリベルタン的世界観であったというのが、アダンや赤木氏の説であるが、第一に神の問題について言えば、アダンや赤木氏は（そしてわれわれも前章や本章前半において彼らに従って）前期のヴィオーの神は、意志があり、怒りと哀れみの感情を有するキリスト教の神ではなく、人間やその他の存在物に〈世界霊魂〉を付与する「無限の実在」としての理神論的神であるとしている。われわれはそれを否定しないにしても、この前・中期の神の像にも、じつはカルヴァン的神の観念がすでに投影されているように感じられるのである。

またすでに指摘したように、アダンや赤木氏はヴィオーの宿命観、「暗いペシミスム」は、その魔術的・占星術的星辰思想とともに、イタリア・ルネサンスを源流とするリベルタン思想から来ているとしているが、①ジョルダーノ・ブルーノにさえその秘術的星辰思想や運命観にある種の「暗さ」が認められるほか、②ヴィオーの弟子デ・バローはイエズス会出身の、またトリスタン・レルミットは由緒ある旧教貴族出身のリベルタンでありながら、ともにヴィオー流の宇宙霊魂信者であり、宿命＝星辰観を信じていた事実を考えると、たしかにそういう側面も否定できないとは思うが、少なくともヴィオーや彼の友人サン＝タマンの運命観や暗いペシミスムはむしろ幼年時より植えつけられていたカルヴァン派の信仰からより多く来ているのではないだろうか、つまりカルヴィニスムが内包する決定論的な暗い宿命観、人間観がそこに投影されているのではないかと考えられるのである。

先に見たように、一六二四年のカトリックへの改宗（回心）が本心からものであり、晩年の『シルヴィの家』には一部カトリックへの回心を示す特徴（改悛を聞き届けてくれる人格神、恩寵への祈願等）が認められるにしても、前・中期のヴィオーのこうした特質、すなわち神の全知全能性（カトリック的人格神の否定、人間の自由意志の介在の否定）、暗い宿命観・人間観（人間の無力さ、悲惨さの強調）、魔術的・占星術的星辰信仰などが、この『シルヴィの家』にも、最晩年の『兄へのテオフィルの手紙』などにあっても依然として認められる以上、ヴィオーの思想、幼年時から魂に沁みこんでしまっていたカルヴァン派的世界観・人間観は、前・後期を通してそれほど顕著な変化・変質はなかったのではないか、という前章とは多少異なった結論を得ることができる。しかし生き方というか人生観という観点を加えて再考すると、次節で見るように、晩年現世肯定・現世享受のカトリック的世界観——先に見たように、カルヴァン派も現実生活では神の「選び」による使命感から、カトリック的な「現世享受・享楽」ではないにしても清廉で積極的な「現世肯定・受容」の世界観を有してはいるが——を獲得しているように見えるので、最終的には前章の結論、すなわちルネサンス的アニミスム・物活論 hylozoïsme 信仰——リベルタン思想——から正統的なキリスト教信仰とその世界観・宇宙（創造）観へと回帰、というよりむしろ、『作品集第一部』に見られるようにルネサンス的アニミスム・物活論信仰やカルヴァン派的な神認識、運命観・人間観の痕跡を残しながらも、正統的なキリスト教信仰に接近し、前者を後者の中に包含することによって、前者と後者を「和解」・融合させようとしたのではなかろうか、との結論をそれほど修正する必要はないことになるのかも知れない。

ただし一つだけつけ加えれば、本章の検証で、幼少時より植えつけられてきたカルヴィニスム的神認識、運命観・人間観が前・後期を問わず全生涯にわたって詩人の魂の奥底で一貫して執拗に生きつづけていたこと、したがってそれが前期にあってはそのイタリア・ルネサンス思想を継承したリベルタン的思想にも、後期にあってはそのカトリック的世界観・宇宙観・人生観にも、微妙に混在していることがほぼ確認できたのではなかろうか。

そこで最後に、後期・晩年の詩人の生き方・人生観に焦点を絞って、再度彼の思想的問題を検討してみよう。

人間観・人生観・生き方——カルヴァン派的ペシミスム（清廉積極人生主義）、それともエピクロス主義あるいはカトリック的現世肯定主義？

前・中期のヴィオーの人間観は、アダンや赤木氏の指摘の通り、そしてわれわれもこれまで見てきたように、暗く、ペシミスティックなものである。たとえば前に引用した「われらの宿命が偶然の悪意によって／悩まされるとき、／そしてわれらの眼が、われらを悩ませる／太陽の光で傷つけられるとき、／（……）／不幸の星が忌むことなくわれらに／危害を加えるのを、ただただ悲しみをもって見るとき、／そしてまたわれらの精神が／われらを救済するのではなく、／われらを破壊しようとするとき[107]」、とか「人間は決して自由を所有してはいないのだ[108]」といった『霊魂不滅論』中の詩句がその一例だが、ここには詩人のカルヴァン主義的な暗い宿命観、人間の無力さ、惨めさを直視する人間観が窺われる。また人間の死に対する恐怖についても、たとえば、「死の恐怖はこの上なく強固な意志を持った人をもたじろがせるものだ／それはひどく難しいことだ、／絶望のさなかにあってまた自らの最期が近づいていると き、／精神が落ち着いていられるということは。／この上なく堅固な魂の持ち主で、かつ宿命がもたらす出来事に／この上なく心の準備ができている人でさえ、／自らの死がすぐ近くに確実に訪れているのを知ったとき、／その人はひどく驚愕するものである。／（……）／しかし血塗られた判決が彼の刑を確定し、／死刑執行人が姿を現し、その情け容赦のない手が／彼から鎖をはずし、かわりに絞首紐をかけたとき、／凍らぬ血は一滴もなく、／彼の魂は鉄鎖に閉じ込められたままだ。／（……）／死刑囚の教誨師のもたらす慰めの言葉も／彼には決して慰めにはならないのだ[109]」と自らの未来の死刑判決を予感しているかのように、人間が死を目前にしたときの恐怖や人間の精神の弱さを述べている。

それに対して人間以外の動物は、人間と同一の運命を背負っていながら、ある意味で人間よりはるかに幸福な存在である。というのは動物は、人間と異なり未来を心配したりせず、自然の恵みや災禍を従順に受け入れ、一日一日を精一杯に生きているように見えるからである。

彼ら（動物たち）の生はお前（人間）の生を家の内外で苦しめている／不快な出来事に人間ほどには影響を受

けはしない。／獣はペストの怖さも戦争の恐ろしさも飢饉の恐怖も感じはしない。／彼らの身中は大罪への呵責に蝕まれておらず、／病気にも無知なのでそれを恐れないのだ。／作り話の地獄のアケロンの話も知らないので、それを恐がることもない。／彼は頭を低くし、眼は大地に向いているので、／人間よりもたやすく休息でき、雷からもよりたやすく守られているのだ。／だから最期（死）の影ももはや彼をいらだたせ、動揺させることはない。／われら人間は、動物が死ぬとき、絶望が訪れるのを見ることはない。／獣はあらゆる欲望から離れて、／自然が彼に定めた期限（最期）を取り乱すこともなく、従容として受け入れるのだ。[110]

こうした人間と獣との比較論、獣の方が人間より幸福そうであり、一見神の定めた本来の（幸福な）生き方に適っているように見えるという主張こそ、じつはカルヴァンが説教においてしばしば使った論法であり、この点でもカルヴィニスムのヴィオーへの影響は明らかである。人間は動物と異なり、意識や理性が存在するので、このような「獣の幸福」を得ることができないのだが、それではいったい人間はどう生きるべきなのだろうか。それはヴィオーが大きな影響を受け、現に私信中でもその名に言及している人生の先達モンテーニュが到達した境地、すなわち「自然に順応して生きる、悟入とも言うことのできる安心立命《エピキュリスム》の境地」[111]（荒木正太郎氏）を獲得することである。右に挙げた詩句には、死を感知しないがゆえに死の恐怖に「煩わされない状態（アタラクシア）」で自然をそのまま受け入れて生きている動物のように、われわれ人間も「獣の平静状態」で生きるべきだといったエピクロス主義的人生観も感じられる。ストア、エピクロス両哲学の影響は後期・晩年にあっても、カトリック神学やピュロン哲学の影響とともに、依然として認められるのであるが、とりわけ前・中期における詩人には、ストア派の哲学・生き方を真剣に学び、後年の教義・説法に生かしたカルヴァンや初期モンテーニュに倣うかのような姿が見受けられる。

たとえば『作品集第一部』に入っている「ド・L氏への弔慰」Consolation à M. D. L. という詩には、「死の悲しみが君にどのようなことを思いめぐらせるにせよ、／君の美しい日々はそうした悲しい思いに沈むには／ふさわしくないのです、／死の季節が彼に与えられていたように、／生きるということが君の今の季節なのです[112]」とか、あるいは「ですからそのような死別の涙をむなしく溢れさせるのはおやめなさい／そしてあなたがその悲しみのために嫌悪したこうした運命を心静かに見守って下さい」（Arrête donc ces pleurs vainement répandus ; / Laisse en paix ce destin que tes douleurs détestent）[113]といった詩句があるが、ここには自然（宇宙）の定め（掟）に従って心乱さないで（アパテイア）生きるという、彼のストア主義的諦念が窺われる。そして同時にカルヴァン派的な宿命観、人間観、諦念も――カルヴァンは信徒たちに、神の恵みと聖霊を介しての神の愛への確信が得られれば、人生を悲観的に見ず、かえって（神より与えられた）使命感（召命）に燃えて、人生を積極的、明るく生きられることを教えているが――かすかに反響しているように感じられる。

愚者は快楽に流されてしまうが、
賢者は自らのすべての欲求や生命が自然に終わりを迎えるまで
しっかりと腰を落ち着けて
楽しみを味わいつづけるのだ。

Le sot glisse sur les plaisirs,
Mais le sage y demeure ferme
Attendant que tous ses désirs
Et ses jours aient fini leur terme.[114]

この詩句の直前で「もしわれらが自らを享受する術を知っていたなら」si nous savion jouir de nous と語っているように、ヴィオーはエピクロスのように、「自ら（の生活）を楽しむ術」を学び、公共生活など外的な事柄が強要するあらゆる煩わしさから離れたところで、心静かに自ら（の生活）を享受しようとする。

ヴィオーには前・後期を通じて、こうしたストア主義的ともエピクロス主義的とも解しうる人生観、生き方の表明が随所に見られるが、それとともに、「〈今の生〉を楽しみ、〈現世〉を肯定・受容する」という意味で、後者のエピキュリスムにも、またある意味で後期に特徴的なカトリック的現世肯定思想にも通底している〈感覚主義〉sensationnisme も指摘しておかなければならないだろう。こうした問題はすでに第一部第III章でも取り上げているが、ここで再度検討してみよう。

詩人の全生涯にわたって認められ、かつ非常に特徴的である、この「感覚主義」ないし感覚主義的人生観（生き方）の問題はかなりデリケートな事柄で、その一元的解釈・解明は不可能であるように思われる。ヴィオーの感覚主義を問題にするとき、必ず引用されるのが『初日』*Première jourée* 第二章の次の一節である。「立派な紳士や美しい女性を愛するだけでなく、あらゆる種類の素晴らしいものを愛さなければならない。私は晴れた日を、澄み切った泉を、山々の眺望を、広大な平野や美しい森林の拡がりを、また雄大な海とその波浪を、その凪いだ静かな海とその岸辺を愛する。私はまたそれ以上にとりわけ五感に訴えるあらゆるものを、すなわち音楽を、花々を、素敵な洋服を、また狩猟や立派な馬を、素晴らしい香水と美味しい御馳走を愛する」[115]。

ヴィオーのこうした感性主義的傾向は幼少年時代から青年時代を通じて見られ、それは一面において南仏人共通の風土的特質からきている面も否定できないとはいえ、ある意味で青年リベルタン詩人たちに通ずる特徴でもあった。というのは今引用した少し後のところに見える次の言葉、すなわち、ボルドー大学の医学部生だったとき、「酒と女への放蕩 la débauche de femmes et du vin のために、もう少しで大学を放校されるところであった」という詩人の告白が暗示しているように、ヴィオーのこの「感覚主義」は風俗リベルタンたちが共有していた「官能主義」sensualisme や「快楽主義」hédonisme、「放蕩」débauche ――このことも後にイエズス会のガラス神父などに批判されることになるのだが――にも通じているからである。実際、二十五歳前後の青年詩人ヴィオーは派手で奇抜な衣装をまとい、かなり淫らな生活に明け暮れていたらしい。そしてときに「不敬」かつ猥褻な詩を書き、若きリベルタンたちの溜り場として有名だった「松ぼっくり亭」la Pomme de Pin といった酒場でどんちゃん騒ぎをして浮かれていた。こうした「人生を楽しもう」とする生活態度は『作品集第一部』が出版され、「リベルタンの王」prince des libertins とか「われらの時代のアポロン」Apollon de notre âge などと賞讃されていた絶頂期の一六二一年前後まで続いていたと思われる。

こうした生き方はまさに感覚主義、官能主義、刹那主義、快楽享受の現世肯定主義そのものであった。「立派な紳士や美しい女性を愛するだけでなく、あらゆる種類の素晴らしいものを愛さなければならない。云々」という先に引用した一節は、ヴィオーの前・中期における典型的なエピクロス主義的快楽肯定（本来のエピキュリスムは感覚的・官能的快楽の肯定というより、むしろ知的・精神的快楽の受容であるが）であり、これは前章で見てきた詩人のカルヴァン派的な暗い人生観や人間観と一見矛盾するようだが、カルヴァン派信徒がそうであったように、カルヴィニスムのパラドックスがそこに存在しているようにわれわれには思われる。すなわち神による一方的予定説に絶望し、自己の絶対的無力を知るとき、かえってキリストの贖いによる贖罪と救いの確かさを（あるいは自分は救霊される者として神に選ばれているのだと）確信し、（無信仰者以上に）人生を「明るく」積極的に生きたように、ヴィオーも思想的にはカルヴァン派的なペシミスティックな世界観・人生観を有していたにもかかわらず、神の予定と恩寵による自己の魂の救済を確信していたがために――われわれはそう考えたくはないのだが、あるいはもしかするとヴィオーやサン＝タマンの場合、自己への恩寵授与と神によって予定された来世での救済への確信から、来世での自己の救いが「決定済み」なのだから何をしても構わないという安易なリベルタン思想から生じた刹那主義 épicurisme・享楽主義 hédonisme に、あるいは逆にカルヴァンの二重予定説による自己の救霊（神による「選ばれ」）に疑い（「もしかすると自分は神よりあらかじめ選ばれていないのではないか？」という疑念）を持ち、さらにはそういう神の存在そのものに疑いを抱いた結果としてリベルタン的理神論に行き着き、どんなに努力しても地獄落ちが免れないなら、現世の生を精一杯楽しもうという刹那主義的快楽主義 hédonisme épicurien に走ったという可能性がまったくないわけではないが――現実生活の場面では、けっこう明るく、楽しく、「今とここ」を生きることができたと思われるのであり、そのことは先に触れた青年時代のリベルタン生活の例で明らかなように、伝記的史実によって実証されてもいる。

ヴィオーの「今とここ」を楽しく生きるというあり方は、恋愛についても言える。ヴィオーは愛する女性へのいとおしい思いさえ、自分の心から取り除こうとする。なぜなら愛もまた死を免れることはできないからである。そこから彼はホラチウスの「カルペ・ディエム」carpe diem（「一日一日を楽しめ」）という人生訓に従って、半ストア的＝半エピクロス的アパテイア＝アタラクシアのうちに生きようとする。

私は今の今、手にできる楽しみを享受しよう／できる限り最大限に／私が感じうる甘美なるものをわがものとしよう／神はわれらにかくも多くの気晴らしをお与えになったのだ／われらの感覚はその気晴らしのうちにかくも多くの喜びを見出すので、／われら自身のうちに／自分が愛していた人と自分を愛してくれる人とを見つけるのは、大いなる喜びとなるのだ。[116]

ヴィオーの人間観や世界観は「暗いペシミスム」に支配されていたとしても、この観念としての事実と詩人が現実生活にあっては〈今とここ〉を最大限に享受し、楽しんでいた事実とは矛盾した関係にある。われわれがアダンや赤木氏の見解と異なる点の一つは、両氏がこうしたヴィオーの観念としてのペシミスムと実生活のあり方のギャップ、逆説を説明されていないことである。

ヴィオーにおけるこうしたエピクロス主義的感覚主義は、たとえば『兄へのテオフィルの手紙』の第二十一ストロフの「もし天のお召しがあったなら、／生きてもう一度、／私はわが歯とわが眼に、／あのパヴィ桃の赤い輝きを楽しませよう、／またマスカットブドウの香りのするあのネクタリンも／その外皮の紫紅色はカリストの飾り気ない顔色よりも／微妙な色合いをしているのだ」[117] などに窺われるが、『親友ティルシスへの嘆き』*La Plainte de Théophile à son ami Tircis* ――『シルヴィの家』よりかなり前の逮捕・投獄直前に書かれたと推定され、『兄へのテオフィルの手紙』の原型というかその前駆的作品となっている――という作品にも顕著に認められる。たとえば、

私の運命は何と優しかったことだろう！／ガロンヌ河の岸辺に寄せる波がかくも魅力的で、／私の日々がこうした孤独な場所で人知れず過ぎ去っていたならば。／私以外の誰も私におしゃべりさせたり黙らせたりしたことはなかったであろう。／私は自分の好きなように睡眠を取ったり、／気の向くままに木陰で休んだり、陽に当たったりしていたであろう。／あの木陰さす谷あいには、母なる自然がわれらの家畜の群れに／永遠に尽きない牧草地を恵み、／そこで私はワインを一気に飲みほす喜びを味わっていただろう、／岩々で区切られたかなりやせた土地が／幸いにも近隣の丘陵地の斜面で生み出した／透明で発泡した、そして美味しく、新鮮なワインを。／かの地で私と私の兄弟たちは楽しく／領主も家臣もいないとても平和な生活を送ることができていたのだ。／かの地では私がその犠牲となっているあの中傷者たちは誰も決して私を妬んだり、私の楽しみを咎め立てしたりしなかったであろう、／また私は至る所に欲求の対象を探し、／その喜びに私のペンを捧げていただろう。[118]

などがその一例である。オード『兄へのテオフィルの手紙』中間部の故郷の描写においては、幼年時代の記憶に基づいて、自分が釈放されたらそうできるであろうという空想（願望）を単純未来形で畳みかけて歌っているのに対して、逮捕・投獄を身近に予感しつつ走り書きしたこの詩では、花の都パリに出て、このように有名にならなかったならば（「私が犯した罪はあまりにも有名になりすぎたことだ」[119]）、こんな迫害を受けずに、誰からも咎めだてされることなく、故郷で一生、感覚的喜びを満喫しつつ、楽しく平穏に過ごせたであろうに、と条件法過去や同過去第二形を多用して

嘆いている。こうしたヴィオーの、公の生活を避け（この点では公的生活への参加を前提とするストア派とは異なる）、大自然の中で感覚的喜びを味わいながら平穏に生きようとするエピクロス主義は、『兄へのテオフィルの手紙』第二十七ストロフにも明確に表明されている。「もしこうした閑寂な生活を、／生命ある限り、なお送ることができるなら、／かくも懐かしい喜びが私のあらゆる欲求を／心ゆくまで満たしてくれるのだが、／いつの日か私は自由の身となって、／こうした感覚的喜びに存分に浸らなければならないのだ。／私はもはやルーヴル宮の生活に思い残すことはない、／あのような数々の楽しみの中に生きた以上は。／願わくは父祖たちを守護している／その同じ大地が私をも覆い庇ってくれんことを」[120]。ここには公の生活を辞し、自給自足的な自然の中での平穏な生活を求める、彼のエピクロス主義と平穏な心（アタラクシア）のうちに生を楽しもうとするエピキュリスム的感覚主義が窺われるように見える。

最後の作品である『兄へのテオフィルの手紙』は、長編オード『シルヴィの家』とともに、詩人がカトリック信仰に還帰したことをイエズス会や高等法院の判事たちに示そうとして書かれたという側面があるにもかかわらず、前・中期に見られたエピクロス主義やエピクロス派的感覚主義が依然として認められるのはなぜであろうか。さらに言えば、同オード『兄へのテオフィルの手紙』には一部にストア主義的諦観とともに、カルヴィニスム的精神やその倫理観・人生観を示す特徴も随所に散見されるのはなぜであろうか。後期・晩年の作品におけるカルヴィニスム的要素の残存については、すでに前章や第二部第Ⅸ章でも触れたが、たとえば『シルヴィの家』第七オードの「そして神がそれをお認めになる範囲内で、／われらの運命は、自然の手に委ねられており、／また星々の人間への影響力は、ある場合にはわれらに害を及ぼし、／またほかの場合には有利に働いたりする。」といった二重予定説的思考形態や『兄へのテオフィルの手紙』の第二十一ストロフの後半部の「このネクタリンは／私に倹約家の目でもって、云々」や同オード第二十六ストロフの「われわれは一切を分け合って収穫するだろう。／というのは今日まで、兄弟、姉妹、甥姪といった一族が互いにいがみ合う／反目を知らないので、／同じ努力、同じ誓いをしてきたからである。云々」といった詩句には、カルヴァン派的な「勤勉精神」や「倹約精神」あるいは相互扶助や万人平等精神が認められる。

これは昔日の詩人や南仏改革派の家族の姿の描写ということなので、このようなカルヴァン派的生活が語られても別に不都合はないが、しかしすでに見たようにカルヴァン主義的な運命観や決定論あるいは不可知論が後期・晩年の作品にも依然として認められる事実は、カトリックへの改宗を証す詩としては多少問題があったと思われる。このことは、カトリックに「二度も」改宗しながらも、幼年時代から魂の奥底にまで沁み込んでしまっているカルヴァン派的意識を自らの精神の核心から払底することがいかに困難なことであったかを物語っているとともに、もしかすると、『シルヴィの家』や『兄へのテオフィルの手紙』といった晩年の詩作品に見られるカルヴィニスム的要素は、その恩寵論や自由意志論、さらには人間の無力さの認識や予定説的決定論などにおいて、カルヴィニスムに最も近いジャンセニスムとして、カトリック教会や高等法院判事たちから許容されていた、というよりヴィオーの時代には旧教のドグマの範囲内としてまだ大目に見られていたのかも知れない。

最後にこれまた前章ですでに取り上げた問題であるが、第三部のまとめとして、後期・晩年の作品における先に見たエピクロス主義やその感覚主義とカトリック信仰（世界観）との関係について、簡潔に再考しておこう。

第二部第Ⅸ章「オード『兄へのテオフィルの手紙』」で述べたように、ヴィオーがカトリック信仰獲得のアポロジー詩として、この詩やこれより少し前の『親友ティルシスへの嘆き』を書いた以上、これらの詩の中央部で長々と行っている、故郷の大自然の中でのエピクロス主義的生き方やエピキュリスム的感覚主義の主張は、少なくとも詩人本人にはカトリックの教義や世界観と背馳していないと認識していたと考えられる。またこの事実は、これらの主張や描写が当時のイエズス会士たちやモレ検事総長、パリ高等法院判事たちの眼にもそれほど反カトリック的とは映らなかった、少なくとも詩人自身は、彼らに反カトリック的とは見なされないだろうと考えていたことを意味していると思われる。われわれはここでこんな疑問を抱く。すなわち『親友ティルシスへの嘆き』、『兄へのテオフィルの手紙』といった、先に挙げた晩年の作品に見られる、感覚的なものを受容し、現実の具体的なものへの生き生きとした詩人の関心は、じつを言えば「エピクロス主義」というより、正統的なキリスト教が本来内在させている特性なのではないか、カトリック的世界観ないしカトリック的感性が詩人に現実や具体的なもの、感覚的なものに対してそのような態度を取らせているのではないか、と。

というのもカトリックは、「人間における自然的なものに対する、すなわち精神的な素質と同様に、肉体的なもの、感覚的なものに対する暖かい理解」があり、カトリックの「芸術家は最もみすぼらしい田舎の教会を、主としてマリアと聖人の像でもって飾り、信者の見えるものを通じて見えないものへ、地上的な美を通して超地上的な美に高めようとするのであり」、「芸術の保護はカトリシズムにとって本質的である。なぜならば肉体と自然的なものとに対するその畏敬は本質的なものだからで[121]」ある。

さらにいえば「カトリックの理想」は「何の自然否定をも教えるのではなく、かえって自然醇化を教えるのである。それは自然と超自然、彼岸と現世の両極の間を動いている。両者ともカトリック信者の生命に属する。彼が両極の一つを否定するなら彼は異端である。両者を正しい関係に置くことが真のカトリックを形成する。あらゆる自然的なもの、あらゆる自然的な情熱、性欲さえも神の賜物であり、それゆえに一つの価値である。しかしそれはうつろいゆく価値であり、それゆえ自分自身を超えるものを指す、二次的・三次的価値である。それが神の中に肯定されるときにはじめて、それは永遠性の内容を獲得する。したがって、真のカトリックは地上の価値を愛する。(……)そのためカトリシズムの生きている所では、唯物論の毒の花は咲くことができない。また根本的に現世的なものに仕えること、労働のための労働、利益のための利益へあくせくすること、あらゆる無味乾燥な功利主義はカトリックの本質には縁遠い[122]」というカール・アダムの言葉の通り、カトリックには精神的なもの、超越的なものと物質的なもの、感覚的なものとをともに大事にし、後者を通して前者に至ろうとする考え方がある。

カール・アダムはカトリックの特徴としてさらに、「人間は決して純粋な精神ではなく、肉体に結びつけられた精神であるがゆえに、見えるもの、感覚的なものの中に精神的なものを把握することを求める。この事実の中にキリスト教と教会の全秘蹟主義が根ざしているのである」[123]と言っており、眼に見えるもの、感覚的なものを通して精神的なもの、超越的（天上的）なものを獲得しようとする態度こそカトリックの本質、「キリスト教と教会の全秘蹟主義」であるとしている。こうした観点に立てば、故郷の自然や感覚的なものを受容し、楽しもうとするヴィオーの態度は、エピクロス主義というより、むしろ正統的なキリスト教の精神に則っていると言えるのである。

したがって『兄へのテオフィルの手紙』の「私は摘みとるだろう、あの杏を、／火炎色したあの苺を」（第二十二詩節）とか「私はわれらの柘榴の木から／半ば開きかけた紅い実を摘むだろう」（第二十三詩節）、あるいは「私はふたたび見るであろう、われらの牧草地に花々が咲き乱れるのを、／人がその牧草を刈り取るのを。／それからしばらくして農夫がその牧草の上に／寝そべっている光景を見るだろう。／そして穀物倉を一杯にした後で、／あの聖なる風土がどれほどわれらに／ブドウ酒を気前良く振る舞っているかがわかるだろう。／私は朝から晩まで見るだろう、／収穫したブドウの多量な原液が／どんな具合に圧搾機の中で泡立っているかを。」（第二十四詩節）といった、眼に見えるもの、感覚的なものを受け入れ、「今とここ」の生を十全に楽しもうとする詩人の態度は、カトリックの「全秘蹟」に関わるあり方と言えるのかも知れない。

同じことはすでに第二部第IX章でとり挙げ、拙著『ネルヴァルの幻想世界』の中でも引用した、カトリック批評家アルベール・ベガン Albert Béguin の次の言葉によっても確認できる。すなわち「フランスでは、精神的なものと肉体的なものの間に深淵や敵対関係（オステリテ）が存することを認める傾向は、決してなかった。フランスでは、〈自然〉の中に唾棄すべき腐敗した現実しか見ない精神主義と同じく、自然と生命を讃美することによって精神（エスプリ〉を異邦人か敵対者として考えている唯物主義も、嫌悪されて」[124]いる。フランスの伝統の真のあり方をなしているものとは、「精神がどんな瞬間にも化肉して、具体的なものの中に根づくという確信であり、ペギーが述べているように、現世の事物や構成が天国の〈前兆（一端）〉であり、〈始まり〉であるという確信であ」[125]り、「おとぎ話の国がどことも知れぬまったき架空の空間に逃れているのではなく、〔現存する〕事物の中に隠れていることを理解し」、「彼が霊的なものの確かな現存を求めてゆくのはほかの場所ではなく、ヒク・エト・ヌンク hic et nunc、すなわち〈ここと今〉においてなのだ」[126]。これこそが「キリスト教の、いやもっと正確にはカトリックの伝統なのだ」といったカトリック的世界観を詩人が体得していたがゆえに、迫害者イエズス会士たちの眼を恐れることなく、このような現世肯定の歌を朗々と歌ったのではないだろうか。ヴィオーは獄中にあって、ドニ・ド・ルージュモン Denis de Rougemont が言う意味での、「この世にありながら新しい生が始ま」り、「現世の外への精神の逃避 la fuite de l'esprit hors du monde でもなく」、「世界の内部への積極的な回帰 son retour en force au sein du monde であり」、「生の再肯定であり、しかもその生たるや過ぎ去った昔の生でもなければ、理想の生でもない」[127]（une réaffirmation de la vie, non pas certes de la vie ancienne, et non pas de la vie idéale）、まさに〈現在の生〉を、神の視線を受けて全的に意味づけられた「ここと今」としての「故郷での生」――ルージュモンの言葉によれば「**聖霊**によって再把握された現在の生」（la vie présente que l'Esprit ressaisit）――を再度生きようと希求・夢想していたようにも見える。彼は、「ここと今」の生の全的再肯定としてのカトリック的世界観、すなわち、カール・アダムやベガン、ルージュモンが言うような意味での融合、有限のただ中での無限の現在、現世にありながらの永世、「精神があらゆる瞬間に化肉して、具体的なものの中に根づく」といったカトリック的逆説を意識して、大自然に抱かれた故郷でのエピクロス的生活を希求していたのではなかろうか。

それゆえ、テオフィル・ド・ヴィオーの最晩年の最終的思想はピュロン主義だったのではなかろうかというアダンの見解[128]、すなわちあらゆる真偽善悪の判断を中止（エポケー）することで心の平安（アタラクシア）を得ようとしていたとの見解には、多少問題があるとわれわれは考える。われわれも最晩年のヴィオーが、詩人たちよりも学者たちと交流を深めていた事実からそれを完全に否定するものではないが、ただ晩年のヴィオーにはそれ以外の重要な思想もあったのではないか。われわれが前章で提起したいひとまずの結論的仮説、すなわちそれは「カルヴァン派的予定説（決定論）に近いジャンセニスム的なカトリック信仰（イエズス会内部では、原罪を否定し、恩寵なしで自由意志だけでも救われるとしたペラギウス Pelagius や救済における人間の意志の自発性を最大限に認めるモリナ Molina の教説（pélagianisme ; molinisme）の流れを汲む教義が主流であったが、この頃はまだアウグスティヌス主義的なヤンセン Jansen やサン＝シラン Saint-Cyran の教説も黙認されていたらしい）」の世界観・人間観ではなかったろうかとの仮説、および前章のひとまずの結論「ジョルダーノ・ブルーノ流のルネサンス的アニミスム・物活論信仰の痕跡を残しながらも、正統的なキリスト教信仰に接近し、前者を後者の中に包含することによって、前者と後者を〈和解〉・融合させようとしたのではないか」との仮説は、根本的には変わらないにしても、これまでの概括的再検討によって以下のように若干修正されなければならないかも知れない。

すなわちその世界観・宇宙観・人間観に関して言えば、逮捕・投獄後、とりわけ一六二四年初頭の「第二の回心」以後のテオフィル・ド・ヴィオーは、一方において、前・中期に顕著に認められたプラトン思想やイタリア・ルネサンス思想から来た宇宙的アニミスムや物活論的思考さらには秘術的・占星術的星辰信仰を、さらにまたストア派的な思想やそれ以上にエピクロス主義の影響を（意識的であれ無意識的であれ）なお根強く残存させ、また現実の生活面ではアダンの主張するピュロン主義的生き方を（生命の危険にさらされた思想弾圧を受けた後だけにいっそう）保持していた。他方において、詩人の全生涯を通してその魂の根底深くに根づいていたカルヴィニスム的世界観・人間観を、これに最も近いアウグスティヌス主義ないしジャンセニスム（サン＝シランは友人ヤンセンを伴ってルーヴェン大学からフランスに帰り、一六二一年頃から故郷でアウグスティヌス研究を開始しているので、ヴィオーはおそらく彼らの教説を伝え聞いていたと思われる）のそれに置き換えるような形で、カトリック信仰とその世界観――「霊的なもののたしかな現存をほかの場所ではなく、〈ここと今〉に見」、「精神があらゆる瞬間に化肉して、具体的なものの中に根づく」という確信――を受容していたのではなかろうか、というのがわれわれの結論である。

結論

したがってヴィオーの後期・晩年の人生観・生き方は、今述べた後期のカルヴィニスム＝ジャンセニスム的な世界観からくるペシミスティックな人間観・運命観にもかかわらず、いや前述したようにそうであればこそ、前期もそうであったが、後期・晩年にあっても（獄中では出獄後の生活を夢想する形で）けっこう明るく、明日への希望を失わない積極さを持っていたと言えるような気がする。そのことは、たとえば先に引用した『兄へのテオフィルの手紙』第二十七ストロフに窺える精神のあり方を考えてみても言えるのではなかろうか。「もしこうした閑寂な生活を、／生命ある限り、なお送ることができるなら、／かくも懐かしい喜びが私のあらゆる欲求を／心ゆくまで満たしてくれるのだが、／いつの日か私は自由の身となって、／こうした感覚的喜びに存分に浸らなければならないのだ。／私はもはやルーヴル宮の生活に思い残すことはない、／あのような数々の楽しみの中に生きた以上は。／願わくは父祖たちを守護している／その同じ大地が私をも覆い庇ってくれんことを」。ここには、決して「暗く、ペシミスティック」とは言えない積極的な現世肯定の精神、ある意味でストア的ともエピクロス的とも見える「閑寂な生活を楽しもう」とする態度、具体的なもの、目に見えるものを通して永遠的なもの、超越的なものに触れようとする態度が認められないだろうか。

それゆえ現実生活におけるヴィオーの人生観・生き方は、詩人の前・後期を通じて、つまり全生涯を通じて、一見ペシミスティックな人間観・運命観、決定論・不可知論が認められるにもかかわらず、アダンや赤木氏、そして近年のギッド・サバ教授の主張[129]とは反対に、決して「暗いペシミスム」が支配的とはなっておらず、むしろカルヴァン的「神の選び」への確信にも似たある種の宗教的確信（恩寵の確信？）からか、人生や〈現実〉への積極的態度、明日への希望を失わず、「ここと今」hic et nunc の生を十全に享受しようとする、いかにも南仏人的精神を持ち続けていたように思われる。そのことは、若い貴族や詩人たちのリーダーとして彼らを引き連れてパリの街を闊歩したり、酒場で飲めや歌えやのドンチャン騒ぎに明け暮れていた前・中期のヴィオーではなく、絶頂期において日々の楽しみや感覚的なものを積極的に享受し、使命感に燃えて若い詩人を指導したり、フランス詩の刷新（「近代的に書かなければならない」[130]、「（古代の）人々や神々がかつて一度も考えなかったような／何らかの新しい言語を創出し、／新しい精神をわがものとし、／昔より良く考え、より適切に表現しなければならない[131]」）に努めたりしていた、その人生への積極的態度を見ても明らかではなかろうか。また後期・晩年にあっては、投獄直前に書かれた『親友ティルシスへの嘆き』やこれまで何度も引用してきた『シルヴィの家』や『兄へのテオフィルの手紙』で語られている、故郷での平穏な生活、大自然と素朴な住民たちに囲まれた「ここと今」の生を率直に受け入れ、楽しく生きようとする態度や投獄中に火刑への不安を抱えていたにもかかわらず、決して生への希望を失うことなく裁判闘争を完遂した事実によっても明らかではなかろうか。しかもここで特に注目しておきたいのは、こうした精神的態度、生のあり方は、逮捕・投獄される以前の中期、すなわち一六二〇年に書かれたと推定されている次のオードにすでに認められるということである。

Heureux, tandis qu'il est vivant,
Celui qui va toujours suivant
Le grand maître de la nature,
Dont il se croit la créature !

何と幸せなことか、自らがその被造物と
信じている自然の大いなる主人に、
彼が常に順応して
生きている限り！

彼は決して他人を羨むことはなかった、
彼よりもはるかに幸せな人々が皆、
彼の逆境をあざ笑ったにしても。
（……）
彼はいつも閑暇があり余るほどあり、
正義が彼の喜びであり、
そして聖なる生活の心地よさを
自らの願望に適用させることによって、
ただ理性のみを通して
自らの欲求の充足を押さえる。
利得心が彼を煩わせることもなく、
彼の財産は自らの心のうちにあり、
王侯貴族たちがそこで称讃される
金箔で装飾された彼らの部屋の輝きといえども、
田園やその雲の飾りけない眺めほどには
彼に気に入られはしないのだ。
宮廷人の愚かさも、
工芸職人の辛い仕事も、
同様に恋する男が哀訴する苦しみも、

Il n'envia jamais autrui,
Quand tous les plus heureux que lui
Se moqueraient de sa misère ;
(……)
Il est toujours plein de loisir ;
La justice est tout son plaisir,
Et, permettant en son envie
Les douceurs d'une sainte vie,
Il borne son contentement
Par la raison tant seulement ;
L'espoir du gain ne l'importune,
En son esprit est sa fortune ;
L'éclat des cabinets dorés,
Où les princes sont adorés,
Lui plaît moins que la face nue
De la campagne ou de la nue ;
La sottise d'un courtisan,
La fatigue d'un artisan,
La peine qu'un amant soupire,

彼にはお笑い草であり、
彼は富にも貧困にも
かつて一度も過度に心を煩わされることがなかった。
彼は召使いでも主人でもない。
彼は自らそうありたいと望んでいるもの以外の何者でもないのだ。
イエス＝キリストが彼の唯一の信仰である。
このような生活が私の友となり、私そのものとなるだろう。

Lui donne également à rire ;
Il n'a jamais trop affecté
Ni les biens ni la pauvreté
Il n'est ni serviteur ni maître ;
Il n'est rien que ce qu'il veut être ;
Jésus-Christ est sa seule foi :
Tels seront mes amis et moi.[132]

★　★　★

最後にテオフィル・ド・ヴィオーの思想史的位置づけを概観して、本章および本書の締めくくりとしよう。ゲ・ド・バルザックとともに留学していたオランダのライデン大学より帰国した一六一六年頃から、訴追・逮捕される一六二三年までの七、八年間のテオフィル・ド・ヴィオーは、伝記作者や研究者たちがほとんど異論なく認めているように、リベルタン（ないしリベルタン詩人 poète-libertin）であった、しかも前述したように、「風俗リベルタン」でもあったことは間違いないようである。彼はオランダ留学前には、ボルドー大学で医学を学び、次にソミュールのプロテスタント・アカデミーで哲学やカルヴァン神学を学んだにもかかわらず、なぜか（おそらく生活のためもあって）ある巡業劇団の専属詩人となるが、結果的にはほぼ二年続いたこの「お金のための縛られたイヤな仕事」が、後の詩人としてのキャリアに大いに役立ったらしい。というのはライデン大学には一年ほどの留学で帰国してしまい、同大学で知り合ったゲ・ド・バルザックのコネでカンダル伯爵に仕えるようになり、まもなく宮廷にも出入りするようになったが、この頃から彼は有望な若き詩人として、またインテリ・リベルタンとしてパリの貴族や法曹界といった上流階級の御曹司や若い詩人たちに慕われ、一六二〇年前後には「リベルタンの王」princes des libertins、「われらの時代のアポロン」Apollon de notre âge あるいは「詩人たちの第一人者」premier prince des poètes、「エスプリの王」Roi des esprits などと称讃され、彼らのリーダーとなっていったからである。

彼は若い貴族たちや詩人たちとともに、派手で奇抜な衣装をまとってパリの街を闊歩し、酒場で自作のエロチックな「きわどい」詩を朗誦したり「猥褻歌」を歌って楽しんだり、あるいはメナールやサン＝タマン、デ・バローなどと同様、自らの「肉体的恋愛や官能的喜びを吹聴することを躊躇《ためら》わなかった」(Maynard : « Sans foutre la vie est amère. / Qui bien fout gagne le paradis »)[133]。つまり彼らはカトリックの神を否定・疑問視する学識リベルタン libertins érudits であっただけでなく、美食・美酒や色香など感覚的喜びを進んで享受する感覚主義者、官能主義者をも自認したエピクロス主義的リベルタン libertins épicuriens でもあったわけである。詩人のこうした羽目を外した生活は、彼の身中に無意識的に根づいている、禁欲的で清廉質素な生活態度と努力主義を求めるカルヴィニスムに対する若者らしい反発・反動の結果であったのかもしれない。もっと言うならそれは、先にも述べたように、カルヴァン派出身のヴィオーやサン＝タマンの場合、自己の来世での救いが「決定済み」なのだから何をしてもかまわないという安易なリベルタン思想から、そうした刹那主義 épicurisme・享楽主義 hédonisme に走った結果であったのか、あるいは逆に自分は来世での被救霊者として神よりあらかじめ選ばれていないのではないかという疑念を抱き、さらにはそういう神の存在そのものに疑いを抱いた結果としてリベルタン的理神論に行き着き、どんなに努力しても地獄落ちが免れないなら、「ここと今」の生を精一杯楽しもうという刹那主義的快楽主義 hédonisme épicurien に走った結果であったのかも知れない。

いずれにせよ、当時の教会勢力とりわけイエズス会や保守的な支配層はリベルティナージュ思想がこのように社会全般に浸透し、公序良俗を乱し、人々のカトリック信仰を侵食・毀損するのを恐れるようになったわけだが、それはある意味で当然のなりゆきであった。当時の保守的な支配階級の人々は、ヴィオーを代表とするこうしたリベルティナージュのうちに、「一方では、堕落、放縦 dévergondage、放蕩 débauche、一言で言えばこの言葉が長い間持っていた倫理的意味でのエピキュリスム」を、また他方では、「無信仰 irréligion、不信心 impiété、理神論 déisme、そして無神論 athéisme さえ、見て[134]」いたわけである。

そこで次にヴィオーの思想的問題に再度少しだけ立ち入って考えてみると、この頃の詩人は、後の裁判での証人の証言（「神や聖母マリアそれから諸聖人たちに対していくつかの不敬な談話を行い」、たまたま開いた聖書の多くの箇所を「あざけり」、ついには人間と犬も「死んだら、同じものになるであろう[135]」と言い放ったという。これらの証言は詩人を有罪にするための悪意または虚偽の証言とは決めつけられない）に窺えるように、たしかにキリスト教（正確に言えばカルヴァン派）の神への疑念を抱き、アダンが言うように、無神論者 athée とまでは言えないにしても少なくとも理神論者 déiste に近かったのではないかと推測される。たとえば本章の冒頭に引用した「世界に魂を与える偉大な神」ce grand Dieu qui donne l'âme au monde にしても、それは必ずしもアダンが言うようなエピクロス的な無機的・無人格的神とばかりは言えず、あるいはギッド・サバが言うような[136]「自然」と同義語のエピクロス的神では必ずしもなく、もしかすると人間の自由意志 libre arbitre の介在を許さない「峻厳な」カルヴァン的神の残像がネガ像のように投影された、理神論的神とも解しうるのである。カルヴァン派の神はあまりにも厳しくかつ救霊や恩寵の考え方があまりにも決定論的であり、予定論かつ不可知論的、非人間的であるため、若きヴィオーは自らの救霊や恩寵に自信をなくし、カルヴァンの説く「神」の存在を疑うことがあったとしても不思議ではない。そして幼年時より保持していたこの「神」の代わりに、エピクロス的神や理神論的神すなわちイタリア・ルネサンス思想を継承した宇宙的アニミスムの神を、あるいは神は世界霊魂として万物に内在的に作用するとしたジョルダーノ・ブルーノの汎神論的神を置き換えたのかも知れない。

ヴィオーはラブレーやパドヴァ学派のカルダーノ Cardano がそうであったように、医学も修めたうえ、プロテスタント神学や哲学、古代ギリシャ哲学、とりわけプラトン哲学まで学んだ科学者、哲学者であり、学者でさえあったわけで、その意味でピエール・プティ Pierre Petit や P・ガッサンディ Gassendi、F・ラ・モット・ル・ヴァイエ La Mothe le Vayer といった、後の学識リベルタンの先駆でもあった。事実、第一回の追放時に故郷南仏で書いた『霊魂不滅論、またはソクラテスの死』は、プラトンの『パエドン』の自由翻案であり、彼はこのギリシャ哲学者からイデア思想や宇宙霊魂といった哲学的問題だけでなく、その同性愛や恋愛の問題に至るまで影響を受けている。したがって彼の思想はフィッチーノ、ブルーノ、ヴァニニといったイタリア・ルネサンス思想のみならず、プラトンやデモクリトスなど古代ギリシャ哲学からも直接的な影響を受けているのである。たしかにヴィオーは、十六世紀のルネサンス思想と十八世紀フランス啓蒙思想の中継者として、理性と科学的真実を重んじる科学者、合理主義者でもあった。そのことは、たとえば『作品集第二部』冒頭に収められている『初日』*Première Journée* [137] 第三章で語られている「悪魔憑きの娘」のエピソードによっても確認できる。一六一九年の第一回の追放時に、故郷の南仏で実際に見聞したその「悪魔憑きの娘」が魔女でないことを確かめるために、きわめて科学的かつ合理的方法でその娘の演技性を見抜いているのである。

　こうした科学的・合理的精神こそ、彼が紛れもなく十八世紀の啓蒙思想や合理主義思想の先駆者の一人であり、ルネサンスのユマニスムと（自然）科学主義を十八世紀の啓蒙主義や唯物論・物質主義 matérialisme へとつなぐ中継者であったことを示している。同時にヴィオーはロンサールからデュ・バルタスを経由してサン＝タマン、トリスタン・レルミット、デ・バロー、シラノ・ド・ベルジュラックへと続く一連のマニエリスム・バロック詩人に共通して認められる、あのイタリア・ルネサンス的世界観・宇宙観すなわち森や川、岩や月にさえ〈世界の魂〉が宿り、宇宙霊魂と交流しているという宇宙的アニミスム・汎神論の持ち主でもあり、また星辰 astre が自分の運命を支配しているという、ルネサンス期特有の魔術的・占星術的星辰思想を大真面目で信じてもいたのである。

ヴィオーが当時のリベルタン詩人（その多くは彼の友人・弟子であった）とともに、一方で近代的な批判精神や合理主義精神を持ちながら、他方においてこうした非科学的・前近代的な占星術や秘教主義 occultisme、宇宙的アニミスム・汎神論などに囚われていたという矛盾した状況こそ、彼が前近代と近代の中間に立つ過度期の詩人＝思想家であったことを物語っている。同じことは、これまた本書ですでに考察したヴィオーにおける「逆さ世界」le monde renversé（à l'envers）のトポス、ヴィジョンをめぐる問題についても言える。たとえば、「カラスが一羽私の眼前でかあと鳴き、／死者の影が私の視線をさえぎり、／小貂が二匹、そして狐が二匹、／私の通るところを横切っていく／私の馬はぐらぐらとよろめき、／従僕は癲癇発作を起こして倒れ、／雷がめりめりと鳴り渡るのを聞く。／亡霊が私の前に姿を現し、／私は冥府の渡し守カロンが私を呼ぶのを耳にし、／地球の中心をしかと見る。〃そこの小川は源泉《みなもと》に逆流し、／雄牛が一匹鐘楼によじ登り、／血潮がそこの岩から流れ出し、／まむしは雌熊と交尾する。／古びた尖塔の頂で／蛇が禿鷹をずたずたに喰いちぎり／火は氷の中で燃えさかり、／**太陽**は真黒になった。／**月**が墜落していくのをながめ、／そこの樹は根こそぎ場所を変えてしまった[138]」。といったわれわれがすでに何度も取り上げたオードがあるが、これは「黒い太陽」との関連で十九世紀ロマン派のネルヴァル Nerval やゴーティエ Gautier に、また二十世紀になってからはアンドレ・ブルトン A. Breton やとりわけピエール・ルヴェルディ P. Reverdy に深刻な影響を与えたシュルレアリスティックな詩として、また近代人としての「実存的苦悩」angoisse existentielle[139] を漏らした詩としてつとに有名である。このような異様で倒錯したヨハネ黙示録的なヴィジョンの根底には、矛盾し合い、ぶつかり合う旧世界（時代）と新世界（時代）の狭間を同時に生きなければならなかったインテリ＝詩人の魂の「不条理な不安と苦悩」が秘められているように感じられる。

もう一例だけ挙げておこう。「さまよえる小川の流れも、／早瀬の誇らかな落下も、／河川も、塩辛い海も、／音と動きを失ってしまうだろう。／**太陽**は知らぬ間に、／それらすべてを飲み込んだ後で、／星々の輝く天窿の中に、／それら四大元素を運び去ってしまうだろう。／／（……）／／星辰はその運行を止め、／宇宙の四大元素は互いに混じり合うだろう、／**天空**がわれらに楽しませている／この素晴らしい構造の中で。／われらが見聞きするものは／一枚の絵画のように色槌せるであろう。／無力な**自然**は／ありとあらゆるものが消え失せるに任せるであろう。／／（……）／／**太陽**を形作って、／深い眠りから、空気と火と、土と水とを呼びさました者は、／手の一撃で覆すだろう。／人類の住まいを／また**天空**がその上に建ち上がっている土台を。／そしてこの**世界**の大混乱は、／おそらく明日にも到来するだろう」[140]。

　ともにカルヴァン派の出身であったヴィオーとサン＝タマンは、その信仰があまりにも「峻厳で」かつ決定論的でありすぎたがゆえに、自らの〈選び〉への自信喪失、そしてついには神そのものへの懐疑に襲われ、ときに無神論に、またときに唯物論的アニミスムに、理神論的無機的神に、宇宙的な汎神論的神に、あるいはまた「人間界に絶対的無関心を装う」エピクロス的神に、と揺らぎ続けたのかも知れない。カルヴィニスム信仰から来る不安に満ちた決定論やそのペシミスティックな運命観に加えて、ルネサンス期特有の暗い星辰信仰、さらには盛期ルネサンス（そしてある意味でバロック）の地球＝人間＝カトリック教会（人間の自由意志や善行・改悛と神の憐れみを認めるイエズス会の神）中心の天動説的世界観・宇宙観を捨て、マニエリスムの宇宙＝無限＝カルヴィニスム信仰（個人の善行・改悛とは無関係に神によってあらかじめ決定されてしまう運命・救霊）中心の地動説からくる不安や絶望に満ちた世界観・宇宙観を所有しつつあったヴィオーやサン＝タマンは、ときとして異様な「逆さ世界」のヴィジョンを表出することによって、そうした過渡期、転換期に生きた詩人の魂の「不安」や「絶望」を表現しようとしたようにも思われる。

　一六二四年の「第二の回心」によるカトリック＝バロック的世界観への回帰（願望）が真摯なものであったにしても、これまでのわれわれの検証がそのことを明らかにしているように、詩人の魂の奥底、その無意識的次元に執拗に巣食っていたカルヴィニスム的運命観・決定論・不可知論を終生払底できなかった以上、元（?）カルヴィニスト＝マニエリストのテオフィル・ド・ヴィオーもまた、宇宙の無限性に憑かれていた偉大なマニエリスト、ジョルダーノ・ブルーノとともに、前近代と近代の狭間で苦闘した過渡期のリベルタン詩人＝思想家であった。カルヴィニスムに近いジャンセニストにしてもう一人のマニエリスト＝パスカルは、「私の一生の短い期間が、その前と後につづく永遠のうちに没し去り、私の占めている小さい空間、私の見ているこの小さい空間が、私を知りもせずにまた私の知りもしない無限の空間のうちに沈んでいるのを考えるとき、私は自分がここにいてかしこにいないことに、恐れと驚きを感じる。というのも、何ゆえかしこにいないでここにいるのか、何ゆえかのときにいないで現にこのときにいるのか、まったくその理由がないからである。だれの命令、だれの指図によって、このとき、このところが私に当てがわれたのか?」と語り、さらにこの独白のすぐ後で「この無限の空間の永遠の沈黙は、私に恐怖をおこさせる」[141]と叫ばずにはいられなかった。

自らの「ここと今」hic et nunc の不条理さ、眼前と天上の恐ろしい〈無限の空間〉と〈永遠の沈黙〉、しかも彼に意味不明のまま「予定されている」〈無限の空間〉と〈永遠の沈黙〉の恐ろしさ、そういったものをヴィオーもまた彼らとともに共有していたに違いない。

註

1 Antoine Adam, *Théophile de Viau et la libre pensée française en 1620*, Droz, 1935.（以下、Adam, *op. cit.* と略。）

2 Richard A. Mazzara, The *Phaedo* and Théophile de Viau's « Traicté de l'immortalité de l'ame », in *The French Review* vol.40, 1966.

3 Richard A. Mazzara, The Philosophical-Religious Evolution of Théophile de Viau, in *The French Review* vol.41, 1967–68.

4 Cecilia Rizza, Théophile de Viau : libertinage e libertà, in *Studi Francesi*, XX, 1976, pp. 430–462.

5 Jean-Pierre Chauveau, Le traicté de l'Immortalité de l'ame, ou la Mort de Socrate in *Biblio 17 Théophile de Viau, Acte du Colloque du CMR17*, *P.F.S.C.L.*, 1991.

6 Christine McColl Probes, The Occult in the poetry of Théophile de Viau, in *Papers on French Seventeenth Century Literature*, no.16, 1, 1982.

7 赤木昭三「Théophile de Viau の Traicté de l'immortalité de l'ame 論考」『フランス十七世紀文学』第I巻、フランス十七世紀文学研究会、一九六六年。

8 Théophile de Viau, *Œuvres complètes*, tome I, par Guido Saba, Honoré Champion, 1999, p. 202.（以下、*Œ. H.C.* t. I と略。）

9 Adam, *op. cit.*, p. 206.

10 *Ibid.*, pp. 68–69.

11 もっともルネサンス期のこの宇宙的アニミスムは唯物論であるとの立場もあり、この立場に立てば、若きヴィオーの「人も犬も死ねば同じもの云々」発言は無神論的唯物論者の放言と解されてもしかたなかったかも知れない。

12 Adam, *op. cit.*, p. 206.

13 *Ibid.*, p. 206.

14 *Ibid.*, p. 206.

15 *Ibid.*, p. 206.

16 *Ibid.*, p. 207.

17 ジョルダーノ・ブルーノ『無限、宇宙および諸世界について』清水純一訳、岩波書店、一九八二年、三九一頁。

18 ジョルダーノ・ブルーノ、前掲書、七三頁、二四六頁。

19 赤木昭三、前掲論考、一〇—一一頁。

20 清水純一『ルネサンス　人と思想』平凡社、一九九四年、一三七頁。

21 赤木昭三、前掲論考、一一頁。

22 赤木昭三、前掲論考、一一—一二頁。

23 赤木昭三、前掲論考、一一—一二頁。

24 *Œ. H.C.* t. II, p. 241.

25 赤木昭三、前掲論考、一三頁。

26 赤木昭三、前掲論考、一〇頁。

27 *Œ. H.C.* t. I, p. 18.

28 赤木昭三、前掲論考、一〇—一一頁。

29 アダンは前掲書二三頁でカルヴァンに一度だけ言及、同二三—二四頁においてその予定説 prédestination のことについてわずかに触れているのみである。

30 赤木昭三、前掲論考、一五頁。

31『哲学辞典』平凡社、昭和二九年、七九二頁。

32 *Œ. H.C.* t. I, p. 76.

33 *Ibid.*, p. 220.

34 *Ibid.*, p. 209.

35 Adam, *op. cit.*, p. 136.

36 Adam, *op. cit.*, pp. 135–137. 赤木昭三、前掲論考、一三—一四頁。

37 *Œ. H.C.* t., I, p. 209.

38 *Ibid.*, pp. 33–34.

39 Théophile de Viau, *Œuvres complètes*, tome II, par Guido Saba, Honoré Champion, 1999, p. 58.（以下、*Œ. H.C.* t. II と略。）

40 *Œ. H.C.* t. I, p. 71.

41 *Œ. H.C.* t. II, p. 242.

42 Adam, *op. cit.*, pp. 300–301.

43 *Ibid.*, p. 210.

44 Agrippa von Heinrich Cornelius (1486–1535). 彼の思想の特質は、ロイヒリン Reuchlin に近いカバラ的・接神論的神秘思想にあり、人間が干渉して自然を〈霊化〉できると説き、また四元（土水火風）のほかに、〈世界精神〉という第五元素が存在するとした。

45 赤木昭三、前掲論考、一六頁。

46 赤木昭三、前掲論考、一五頁。

47 ここで、参考までにコンピュータによる「語彙頻度調査」の結果を記しておこう。一六二一年刊行の『作品集第一部』（二七一頁）をIとし、これを初・中期と見なし、一六二三年刊の『作品集第二部』（一三六頁）をIIとし、これを中期と考え、一六二五年刊の『作品集第三部』（一五一頁）をIIIとし、これを後期・晩年見なすこととする。そして各作品集ごとの語彙の頻出回数（語彙数）と対ページ頻出率（その語が何ページごとに使用されているかという比率。この数字が小さいほど使用頻度が高いことを意味する）をカッコ内に示してみよう。

まず「宿命」Sort は、Iが百五十一回（一・八）、IIは六十九回（二・〇）、IIIは五十二回（二・九）、「運命」Destin はIが五十回（五・四）、IIが二十六回（五・二）、IIIが二十回（七・六）、「魂」âme はIが二百三十五回（一・二）、IIが百十八回（一・二）、IIIが二十七回（五・六）、「星（星辰）」Astre はIが二十回（十三・六）、IIが九回（十五・一）、IIIが三回（五十・三）、「神」Dieu はIが百六十三回（一・七）、IIが八十回（一・七）、IIIが九十五回（一・六）、「摂理」Providence はIが二十五回（十・八）、IIが0回（0）、IIIが十二回（十二・八）という結果が得られた。「運命」や「宿命」は初・中期に多く使用され、とりわけ「魂」âme は人間の「魂」の意と〈世界の魂〉〈宇宙霊〉の意味での使用を含め、後期・晩年に較べ、初・中期に非常に多く使用されており、また「星（星辰）」は初・前期より後期・晩年の方が非常に少なくなっており、これらの事実は、〈世界の魂〉の交流といった宇宙的アニミスムやカルヴァン的神であれ、理神論的神であれ、エピクロス的神であれ、それからくる決定論的運命観や魔術的星辰信仰が優勢であったことを示唆しているものと考えられる。

意外なのは「摂理」Providence がカトリックへの回心後の後期・晩年での使用頻度が初・中期よりいくぶん少なくなっていることである。が、翻って考えるとカルヴァン派では旧教以上に、冷厳なる天上の神の「摂理」が強調されるので、これはカトリックへの回心の証拠と言えるのかも知れない。

48 *Œ. H.C.* t. I, p. 220.

49 *Ibid.*, p. 209.

50 *Ibid.*, p. 16.

51 *Ibid.*, p. 150.

52 *Ibid.*, p. 247.

53 *Ibid.*, p. 182.

54 *Ibid.*, p. 221.

55 *Œ. H.C.* t., II, pp. 238–239.

56 *Œ.H.C.* t., I, p. 24.

57 *Ibid.*, p. 221.

58 *Ibid.*, pp. 209–210.

59 Adam, *op. cit.*, p. 212. 赤木昭三、前掲論考、一五一―一八頁。

60 赤木昭三、前掲論考、一六頁。

61 Adam, *op. cit.*, p. 212.

62 赤木昭三、前掲論考、一四頁（Vanini, *Œuvres philosophiques*, traduites par M.X. Rousselot, 1842, p. 249）。

63 *Œ. H.C.* t. p. 135.
64 赤木昭三、前掲論考、一二—一三頁（Vanini, *op. cit.*, p. 101）。
65 ジョルダーノ・ブルーノ前掲書、三九〇頁。
66 ジョダーノ・ブルーノ、前掲書、三九一頁。
67 *Œ. H.C.* t. I, p. 216.
68 *Œ. H.C.* t. II, p. 214.
69 *Œ. H.C.* t. I, p. 211.
70 *Ibid.*, p. 216.
71 *Œ. H.C.* t. II, p. 241.
72 *Ibid.*, p. 242.
73 久米あつみ『人類の知的遺産　第二八巻　カルヴァン』講談社、一九八〇年、三三頁。
74 久米あつみ、前掲書、三四頁。
75 *Œ. H.C.* t. II, p. 242.
76 *Œ. H.C.* t. I, p. 225.
77 Adam, *op. cit.*, p. 418, Guido Saba, Introduction in *Théophile de Viau: Œuvres poétiques*, « Classiques Garnier », Bordas, 1990, pp. LXIII–LXIV.
78 赤木昭三、前掲論考、二一頁。
79 ギッド・サバは以前に書いた論考を単行本にまとめたヴィオー研究書の最終部の結論でも、一六二四年の獄中での「第二の回心」の真摯さを認めながらも、ヴィオーの神はルクレティウスのこの世に「無関心な神」であり、「自然」と同義語であるとして、アダンとまったく同じ立場をとっている。Cf: Guido Saba, *Théophile de Viau : Un poète rebelle*, Presses Universitaires de France, 1999, pp. 217–220.
80 *Œ. H.C.* t. II, p. 235.
81 *Ibid.*, p. 242.
82 *Ibid.*, p. 186.
83 *Ibid.*, p. 224.
84 *Ibid.*, p. 242.
85 *Ibid.*, p. 214.
86 *Ibid.*, p. 214.
87 Ch.Mc. Probes, *op. cit.*, pp. 9–11.
88 *Œ. H.C.* t. II, p. 241.
89 *Ibid.*, p. 202.
90 *Ibid.*, p. 224.
91 *Ibid.*, p. 224.
92 Adam, *op. cit.*, p. 207.
93 もちろん、アダンもサバも、第二の回心が死罪回避のための方便ではなく、真摯なものであったことを認めながら（Adam, *op. cit.*, pp. 417–419 ; Saba, *Th. de Viau : un poète rebelle*, p. 217）、ヴィオーの「神＝ルクレティウスの神＝理神論的神＝自然という立場（アダン説）」は終生変わらなかったということを、アダンは言外に、サバは明確に主張している。この点（根本的には終生変わらなかったという点）ではわれわれの説と一見同じようであるが、彼ら二人はそれがヴァニニやルクレティウスから影響を受けた神概念であり、「自然」との神概念であるのに対して、われわれはヴァニニ、ブルーノの影響も否定できないとはいえ、ヴィオーの神の観念は主としてカルヴィニスムからきており、このカルヴァン的神や世界観、人間観、運命観が、詩人を半ば無意識的に終生支配し続けたのではなかろうか、というのがわれわれの見方であり、彼ら二人と決定的に異なる点である。

94 *Œ. H.C.* t. II, p. 235.
95 渡辺信夫『カルヴァン 人と思想10』清水書院、一九六八年、一一六―一三八頁。
96 *Ibid.*, pp. 235–236.
97 *Œ. H.C.* I, p. 33 の "Alors qu'une divine flame" とか p. 47 の "Ce riche firmament où brillent tant de flammes", p. 71 の "D'entendre quelle force ont les flambeaux des cieux" など。ほかにも *Ibid.*, pp. 74, 77, 101, 203, 209, 228 など。
98 *Œ. H.C.* t. I, p. 71.
99 *Ibid.*, p. 209.
100 *Ibid.*, p. 16.
101 *Ibid.*, p. 71.
102 *Ibid.*, p. 150.
103 *Ibid.*, p. 209.
104 *Œ. H.C.* II, p. 148.
105 *Ibid.*, p. 242.
106 赤木昭三『フランス近代の反宗教思想――リベルタンと地下写本』岩波書店、一九九三年、九頁。
107 *Œ. H.C.* t. I, p. 16.
108 *Ibid.*, p. 24.
109 *Ibid.*, pp. 196–197.
110 *Ibid.*, pp. 220–221.
111 荒木昭太郎『モンテーニュ遠近』大修館書店、一九八七年、二一頁。
112 *Ibid.*, p. 199.
113 *Ibid.*, p. 200.
114 *Œ. H.C.* III, p. 154.
115 *Œ. H.C.* II, p. 14.
116 *Ibid.*, p. 41.
117 *Œ. H.C.* II, p. 243.
118 *Œ. H.C.* II, pp. 145–146.
119 *Ibid.*, p. 145.
120 *Ibid.*, p. 245.
121 カール・アダム『カトリシズムの本質』霜山徳爾訳、吾妻書房、一九五一年、一九〇―一九一頁。
122 カール・アダム、前掲書、二四九頁。
123 カール・アダム、前掲書、一九一頁。
124 Albert Béguin, *Poésie de la présence de Chrétien de Troyes à Pierre Emmanuel*, Édition de la Baconnière, 1957, Neuchâtel, p. 196. なお、訳文は一部、山口佳己氏訳（国文社刊『アルベール・ベガン著作集第二巻』）に拠り、その他の部分も参照。
125 *Ibid.*, p. 196.
126 Albert Béguin, *op. cit.*, p. 191. "il est un « exilé », mais qui parvient à trouver beau le lieu de son exil et à comprendre que la féerie est cachée dans les choses, non pas réfugiée en quelque espace tout imaginaire. Ce n'est pas ailleurs qu'il va quêter la sûre présence du spirituel, mais *hic et nunc*, ici et maintenant."
127 Denis de Rougemont, L'Amour et l'occident, Plon, 1939, p. 55. なお、以下の引用文は同書邦訳『愛について』（岩波書店）河村克己訳に拠る。
128 Adam, *op. cit.*, pp. 418–419.
129 Guido Saba, Introduction in *Théophile de Viau : Œuvres poétiques*,

« Classiques Garnier, Bordas », 1990, p. LIV.

130 *Œ. H.C.* II, p. 11.

131 *Œ. H.C.* I, p. 206.

132 *Ibid.*, pp. 176–177.

133 Encyclopaedia UNIVERSALIS, « libertinage ». なお、ヴィオーにおける「猥褻詩」poèmes obscènes の問題は前にもすでに指摘したが、当時の比較的自由な雰囲気の中にあって、一種の流行のように、多くの詩人がヴィオー以上に「きわどい」詩を書いており、たとえばあの「謹厳実直」（そう）なマレルブでさえそうである。それゆえ当時の詩人たち当人のみならず、一般の人々もその種の作詩を取り立てて「罪深い行為」とは思っていなかったらしい。事実マレルブはテオフィル逮捕の報に接して、「彼にはいかなる点においても罪はないと思う」とラカンに宛てた手紙の中で述べている。

134 Saba, Biographie de Viau, p. xxii, in *Théophile de Viau : Œuvres complètes*, tome I, par Guido Saba, Honoré Champion, 1999.

135 *Ibid.*, p. xiii.

136 Guido Saba, Sur la modernité de Théophile de Viau, in *Théophile de Viau, Acte du Colloque du CMR 17, Biblio 17, P. F. S. C.L.*, 1991, p. 27.

137 この作品は長らく（十七世紀より二十世紀後半まで）『滑稽物語断章』Fragments d'une histoire comique と題されていた。この題名はジョルジュ・スキュデリーが一六三二年に『テオフィル作品集』を刊行した際に考案した仮題であったが、以後の版はほとんどこのスキュデリー版の題名を踏襲し、十九世紀半ばに刊行されたアローム編の近代版全集でもこの題名が踏襲されていた。スキュデリー版、アローム版とも、この仮題の下に原著者による題名『初日』が少し小さくではあるが併記されていたにもかかわらず、一九七〇年代末までは、研究者の間でもなぜかこの仮題が通称名となって使用されていた。一九七八年のサバ教授編註の『テオフィル作品集』において、本作品の題名は、一六二三年刊の『作品集第二部』の初版本 Édition originale に付せられていた題名『初日』Première Journée に戻された。

138 Théophile de Viau, *Œuvres poétiques, première partie*, édition critique avec introduction et commentaire par Jeanne Streicher, Droz, 1967, pp. 164–165 (*Œ. H.C.* t. I, p. 244).

139 Guido Saba, Sur la modernité de Théophile de Viau, in *Théophile de Viau, Acte du Colloque du CMR 17, Biblio 17, P. F. S. C.L.*, 1991, p. 30.

140 *Œ. H.C.* III, pp. 158–159.

141 『世界文学大系十三　デカルト／パスカル（『パンセ』）』松浪信三郎訳、筑摩書房、一九五八年、一九一頁。

テオフィル・ド・ヴィオー年譜

一五九〇年　テオフィル・ド・ヴィオー生まれる。彼の生誕地は当時より諸説あるが、現代では一応アジュネ地方クレラックの町で生まれたというのがほぼ定説となっている。しかしヴィオー家の言い伝え通り、詩人の生母が祖父エティエンヌも出入りしていた名門貴族モンプザ家の分家出身とすれば、彼女はブセール・サント＝ラドゴンド村にあったかも知れない彼女の実家に里帰りして、詩人を出産した可能性がなくはないとも言える（井田説）。生母についてはニ説あり、一つはルサーヌ家（クレラック在住）出身説（ラグランジュ＝フェレーグ説。この説に従えば詩人はクレラック出生となる）、一つはデュフェール家（名はマリ）出身説（デュボワ師説）、さらにもう一つはブセール・サント＝ラドゴンド村を所有していたモンプザ家出身説（ベルギャルド・ド・ヴィオー家の言い伝え）がそれである。父は弁護士でジャックまたはジャーヌスといい、クレラックに引退。ボルドー高等法院で何度か訴訟を担当したが、カルヴァン派のプロテスタントであったために、宗教戦争の騒動を避けて、クレラックに引退。詩人は二番目の息子であった。詩人には二人の兄弟がおり、兄のポールは、後にユグノー軍の隊長となる。弟のダニエルは生涯農夫としてブセール・ド・マゼール村で一家の所有地を守ることとなる。またシュザンヌとマリという二人の姉妹がいる。父は一六二二年に死去。詩人は少年時、ネラックとモントーバンで学び、その後ボルドー大学で数年間医学を修める。

一六一一年（二十一歳）　アカデミー・プロテスタント・ド・ソミュール（ソミュール・プロテスタント学院）に入学。アダンやサバは本人の裁判での言葉を信じて、この時期たいしたことは学ばなかったとしているが、その後の彼の思想から推測する限り、カルヴィニスム神学や哲学をこのアカデミーでかなり本格的に学んだと思われる。一六一一年よりしばらく、彼はある旅芸人一座の「雇われ座付き詩人」となるが、この「規律に縛られた窮屈な」経験が後の詩人としてのキャリアに役立つ。

一六一五年（二十五歳）　ライデン大学の学籍簿に医学部学生として彼の名が記されている。同学籍簿の彼の隣の欄には、友人で後に敵対し合うゲ・ド・バルザックの名が法学部生として記されている。この頃、彼は、エペルノン公爵の息子のカンダル伯爵に伺候。カンダル伯爵のつてで、宮廷に出入りできるようになる。この頃より才能ある詩人として認められるようになり、サン＝タマンやボワロベールなど若き詩人ばかりでなく、多くの若き貴族たちとも知り合いになり、その中の何人かとは深い親交を結ぶこととなった（たとえばリアンクール、ローズィエールなど）。また法曹界の著名な家庭に属する若者たちともつき合うようになる（たとえばジャック・デ・バローや会計法院総長ロームの息子フランソワ・リュイリエなど）。

一六一七年（二十七歳） 四月二十四日。王命によりコンチーニが、リュイーヌ公の手の者に暗殺される。

一六一八年（二十八歳） アダンによればこの頃、詩人が「フィリス」と呼ぶことになる貴族出身の宮廷女性と知り合う。

一六一九年（二十九歳） 六月十四日、「違反すれば死罪の咎を受ける条件で、二十四時間以内にフランスを立ち去るように」との王の命令を受ける。「クリスチャンにふさわしくない汚い詩句を作ったため」というのが表向きの理由であるが、真相は彼が反リュイーヌ公側のグループに属していたためという政治的理由であったらしい。詩人は前年の初頭より恋仲となっていたフィリスと泣きの涙で別れて（この第一回目の追放の真相は、この女性をめぐる有力貴族との三角関係が原因との異説がある）南仏へと向かい、ピレネー地方にまで放浪。年末には密かにブセール村の家族のもとに行き、一冬を過ごす。プラトンの『パエドン』の自由翻案である、詩と散文の混じった『霊魂不滅論、またはソクラテスの死について』を書いたのはこのときである。『キャビネ・デ・ミューズ』（『詩の女神たちの小部屋』）が刊行され、彼の詩が七編収録される。この年、詩人の言によれば「ヴィオー死す」の誤報で、パリに残してきたフィリスが「悲しみのあまり」死去。この年、フィリスの死を知って間もないにもかかわらず、故郷のブセール（あるいはクレラック）で「クロリス」と呼ばれる若々しく陽気な女性と知り合い、やがて親密な関係となる。

一六二〇年（三十歳） カンダル伯の保護を離れたヴィオーは遅くとも一六二三年初頭には、モンモランシー公爵アンリ二世に仕えることとなるが、われわれがパリの国立古文書館で発見した資料（同館学芸員ジュルジャンス女史グループによる発掘資料）によれば、一六二一年の時点ですでに詩人はルイ十三世のお抱え詩人ともなっており、王とのこの関係は投獄中も続いている。したがって彼はこの時期以降、王とモンモランシー公両者との二重の主従関係を持っていたことになる。初春、コンチーニ亡き後、国政を取り仕切っていたルイ十三世の寵臣リュイーヌ公より、王宮への帰還命令を受け、「クロリス」を故郷に残してパリに戻る。王宮に戻った直後、聡明で教養もある宮廷女性「クロリス」（「パリのクロリス」）と出会い、やがて恋仲となる。有名な『ある婦人へのエレジー』は彼女に捧げられたものである。七―八月、反乱した諸侯・母后連合軍討伐に向かうルイ十三世一行に同行。ポン＝ド＝セ戦では戦闘に参加。マリ・ド・メディシス軍敗北。勝利した国王は反乱諸侯たちを屈服させ、アンジェでの和平協定の締結により、母后との和解が成立。ヴィオーは王と、とりわけリュイーヌ公の美質・武勇を称讃する詩を刊行。この遠征時、故郷のブセールで何日か過ごしたことはほぼ確実であるが、以後、彼の足跡はまったく不明。この年、『詩の女神たちの小部屋』および『至上の喜びをもたらすフランス詩集第二書または当代最高の新詩選集』という詩華集が刊行され、前者には七編の詩が、後者にはマレルブと同数の十二編の詩作品が収録される。

一六二一年（三十一歳）　初頭、リュイーヌ公の兄弟で、イギリス王に対する特命大使であったカドネ元帥に同公して渡英、ロンドンに滞在。二月十八日、「アポロンの舞踏会」が宮廷で催されたが、ヴィオーはおそらくこの作詩に加わり、同会に出席したと思われる。この年の春、「作者が不在」のため、友人たち、とりわけデ・バローの尽力で、『テオフィル氏作品集』Œuvres du sieur Théophile が刊行される。この作品集には一六二一年初頭までに書かれた詩作品のほか、『霊魂不滅論、またはソクラテスの死』それにラテン語の短編小説 nouvelle『ラリサ』Larissa も収録される。この頃、詩人に「カリスト」と呼ばれた、ルイ十三世の王妃アンヌ・ドートリッシュの侍女の一人と知り合い、まもなく恋愛関係となる。同じ頃、詩人は破局寸前の愛をなんとかして修復しようと、パリのクロリスにもラブレターを送り続ける。五月一日、ルイ十三世はフランス南西部のユグノー軍の反乱を鎮圧するために、ふたたび南仏に向けてパリを出発。ヴィオーは「言語教授」の資格で、すなわち（南仏語の）通訳と公式詩人として、王に同行。同月末、王の命令に基づき、「王への服従によるこの町の降伏を交渉するために」故郷の町クレラックに赴く。八月五日、クレラック、王軍に降伏。十一月二十一日、ルイ十三世はトゥルーズに入城。王は首都に一六二二年一月二十七日に帰還するが、ヴィオーはその前にパリに戻っていたと思われる。一六二一年十二月十五日、寵臣リュイーヌ（元帥）の突然の死去。ヴィオー、この頃、国王から年金を得ることとなる（それは投獄されていたときでさえ続いていたことが、一九八二年に公にされた新資料によっても裏づけられている）。

一六二二年（三十二歳）　『作品集』第二版の刊行。個々の詩は新たな順序で配置し直され、この順序は以後の版でほとんど例外なく踏襲されることとなる。この年の彼の足跡は不明。二月二十一―二十二日、クレラックの町は激しい血みどろの戦闘の後、ふたたびユグノー軍の手に落ちる。このときのユグノー軍の隊長の一人はヴィオーの兄ポールであった。三月二十日、ルイ十三世はただちに南仏に出立。四―十月、南仏のユグノー軍との新たな遠征戦は、モンペリエでの和平協定（十月十八日）によって終結。八―九月、ヴィオー（ユグノーからカトリックへの）改宗。王の告解師セギラン神父を介して、カルヴァン新教の棄教とカトリックへの改宗を行う。十一月、『サティリック詩人詩華集』刊行。その最初のページには、明らかにヴィオーのものとわかるスキャンダラスなソネが掲載されていた。

一六二三年（三十三歳）　一月十日、王、パリに帰還。ヴィオーもパリに滞在。モンモランシー公も少なくともこの冬の間、同地に滞在。二月二十六日、「バカナールたちの舞踏会」がルーヴル宮において、国王と王妃の前で催される。ヴィオーは庇護者モンモランシー公のために、この舞踏会用の朗詠詩を友人のサン＝タマンやボワロベールらとともに制作。三月十九日、ガラス神父、『当代の才人たちの奇妙な教義』という大部の本を書き始める。この本は、『サティリック詩人詩華集』の作者たち、とりわけ「無神論者の一党の首領」、そして「リベルタンたちの王」と見なされたヴィオーに対する激烈な攻撃文書（パンフレット）であった。四月十九日、ヴィオーは「王宮の前で店を構えている本屋の店先にまだその本があるのを発見。例のソネを見て、この詩が印刷されていたページを破り取って」しまう。そしてただちに印刷屋にクレームを申し入れる。この間、モレ検事総長は『サティリック詩人詩華集』の作者たちに対して行われていた予審を続行させており、彼は同書の残部を差し押さえる。四月下旬—五月上旬、ヴィオーは大急ぎで、前年出版された第二版とまったく同一の『第二部作品集』の第三版を印刷させる。この版には、『滑稽物語』の一断片である『初日』や一六二一年の『作品集』刊行以後に書かれた詩、とりわけ恋人のクロリスやカリストからインスピレーションを受けて書かれた恋愛詩、それからまた『ピラムスとティスベの悲劇的愛』という悲劇が収録されている。『作品集第二部』の出版と同時にヴィオーは、一六二二年の第二版とまったく同一の『作品集第一部』の第三版も出版。この年の夏頃には、最後の恋人カリストとの関係はすでに破綻していたようである。七月十一日、モレ検事総長の求めに応じて、高等法院法廷は『サティリック詩人詩華集』の作者と見なされたヴィオーとそれ以外の作者たちをコンスィエルジュリー監獄に投獄するよう命令。ヴィオーは身を隠して逮捕を逃れ、ついでシャンティイ城に逃れた。彼がモンモランシー家の居城を称讃し、とりわけこの住まいを愛していたシルヴィ、つまり公爵夫人マリ＝フェリス・デ・ズュルサンを称えるために、『シルヴィの家』の制作に着手したのは、この城の庭園の一隅にあった東屋においてである。八月十八日、高等法院裁判所は欠席裁判にて、神に対する大逆罪との罪状で、ヴィオーを「生きたまま火あぶりの刑に処すとともに、彼の著書も焚書に処す」という判決を下す。この判決は翌日、グレーヴ広場において「その人物像とその似せ衣装で」、ただちに執行された、つまり詩人に似せた一種のマネキン人形と彼の著書とが、そこで焼かれた。八月二十六日、大貴族モンモランシー公といえども匿い切れない情勢を察したヴィオーはついにフランスを去る決心をし、北方に向けてシャンティイ（城）を出立。しかし彼の国外亡命への迷いによるものか遅々とした逃避行のために、九月十七日、隠れていたカトレ Catelet の砦内で逮捕され、サン＝カンタンの牢獄に投獄される。九月二十八日、サン＝カンタンからパリへ移送され、コンスィエルジュリー監獄のモンゴメリー塔に、それもアンリ四世の暗殺者ラヴァイヤックが幽閉されていた最も陰湿で不衛生な独房に投獄される。以後この独房に二年近くとどまることとなる。王は獄中の詩人への年金を支給し続け、「彼が必要としているものは与えられる」との命令を出す。モレ検事総長の命令に基づいて、彼に対する証拠が収集され、詳細な「尋問素案」が準備される。小修道院院長F・オジエ『フランソワ・ガラスの奇妙な教義についての評価と検閲』という激しい論争パンフレットを出版。

一六二四年（三十四歳）　一月、ガラス神父はそれに対する『弁明書』を書いて、オジエに反駁。同書でガラス神父は改めてヴィオーを激しく非難。一月末—初春、断食スト決行により、ヴィオーは検事総長より、読書と執筆の許可を獲得。ただちに過去の言動に対する悔恨を表明することで、王の好意的な口添えや判事たちの好感を得、仲間の詩人たちとの連帯を期待して、いくつかの韻文作品の執筆に取りかかる。彼はまたガラス神父に対して二つの激しい攻撃文書（パンフレット）を執筆する。すなわち『獄中のテオフィル』と『テオフィルの弁明書』がそれである。彼は友人たちの協力により、獄中からこれらの作品を世に出すのに成功。それらは小冊子の形で刊行され、友人の手で流布される。これらの作品は同年、彼に好意的な匿名の別の作品とともに一巻にまとめられ、出版される。この年の夏が終わる頃までに、『シルヴィの家』を書き終え、遺作となった『兄へのテオフィルの手紙』にとりかかる。これらの二作品は最初別々に刊行され、次にそれ以前の『ティルシスへのテオフィルの嘆き』を含め、獄中で書かれたすべての作品をまとめて、出版された。この作品集は後年幾度か再版されることとなる。三月二十二、二十六、二十七日、予審判事たちによる最初の尋問が行われる。六月三、七、十四、十五日、新たな一連の尋問。バルザック、書簡集を出版。その中の二通は彼の旧友（ヴィオー）に対する弾劾書簡であった。十月二十一日、十一月二十二、二十九日、彼を告発する証人たちとの対決。十月二十一日、彼がソミールで知り合ったサジョとの緊迫した対決はとりわけ注目された。

一六二五年（三十五歳）　一月十八日、告発証人との新たな対決。しかし証人の誰も詩人に不利な証拠を出せず、ほどなくして、最も危険な証人であったサジョが自己の証言を取り消し、ヴォワザン神父によって買収されていたと言明。五月、バッキンガム公がパリ滞在中、詩人に有利な口添えを行う。他方、ヴィオーの友人たち、とりわけリアンクール、ラ・ロッシュ゠ギュイヨンが以前にもまして、訴訟の早期結審と高等法院から被告に有利な判決を獲得すべく、献身的に奔走。八月十六、十七日、ヴィオーは高等法院に対して、二つの陳述書（「訴訟事実覚書」と「請願書」）を提出。同書の中で彼は、ガラス神父とセギラン神父の二人と証言台で対面させてくれるよう、また潔白を理由に、解放・放免してくれるよう訴える。八月十八、二十日、予審判事の前での二人の証人の再度の証言と彼らとの対決。八月二十一、二十二日、高等法院法廷はついにヴィオーを裁くために、全判事出廷。八月二十七日、ヴィオー、高等法院法廷に出廷。八月二十九日、検事、最後の証人が高等法院判事の前で陳述を行い、被告と対決する許可を得る。九月一日、高等法院法廷は判決を言い渡した。「当該法廷は、欠席裁判で、当該ヴィオーに下され、下され続けていた判決を棄却し」、かわりに「テオフィル・ド・ヴィオーをフランス王国より永遠に追放する」。詩人はその日のうちに釈放され、彼の友人であり、保護者でもあるリアンクールとラ・ロッシュ゠ギュイヨン宅に迎えられた。同時に、ヴォワザン神父も即時フランス退去の命令を受け、ただちにローマに向けて発つ。九月十日、裁判所は本人の六ヶ月の滞在延期願いに対して、十五日のフランス在留延期を認める判決を出す。九月十五―十六日、スビーズ公率いる艦隊とのレ島沖での海戦でのモンモランシー公の勝利。九月二十六日―十一月十五日、ヴィオーは友人たちの家、とりわけフランソワ・リュイリエの家に身を隠すことで、認められた滞在延期期日を過ぎてもパリにとどまることとなる。彼はルイ十三世から寛宥（クレマンス）を得るために、『王への弁明書』を刊行。他方で、フランスに留まる許可を得るために、さまざまな有力者たちに何通もの書簡を書く。この頃『バルザックへの反駁書簡』（死後刊行）を書く。十一月中旬、ラ・ロシェル戦の戦況を王とリシュリューに報告するために王宮に来ていたモンモランシー公は、司令部に戻るために、パリを出発。フランスにとどまることの黙認を得ていたに違いないヴィオーは、同公のお供をしてパリを立つ。十二月上旬、ブルジュに到着。モンモランシー公は、彼の義弟のコンデ公を訪問するために同地で数日を過ごしたが、詩人はコンデ公の詩人に対する敵意（悪意）のためにすぐにこの町を後にした。これ以後の詩人の移動状況や最晩年の滞在場所などの特定は困難。モンモランシー公に従って大西洋にまで行ったとも（ラシェーヴル説）、あるいはブルジュ滞在直後、ベテューム伯爵を頼ってセール＝アン＝ベリーにしばらく滞在したとも（アダン、サバ説）考えられる。

一六二六年（三十六歳） サバ説に従えばこの年の初頭から五月近くまで、ヴィオーは少なくとも二ヶ月間ベテューム伯爵のかたわらで過ごしたらしい。四―五月、モンモランシー公が同年二月六日のユグノー軍との和平協定にサインをした後、五月六日の甥の洗礼式に出席するため、コンデ公の居城のあるブルジュを経て、パリに帰ってきたが、そのとき同公の一行に加わっていた可能性がある。五―九月、この頃モンモランシー公が首都に帰っていたことが知られており、ヴィオーがたとえパリに短期間過ごすことが暗黙裡に認められていたにしても、この時期のほとんどはシャンティイに滞在していたことはほぼ確実である。九月二十五日、ヴィオー、パリ、ブラック通りのモンモランシー館にて死去。カトリックの儀式に則って、サン＝ニコラ＝デ＝シャン教会の墓地に埋葬される。同年、彼の最初の全集が出版される。

［本年譜は、主としてギッド・サバ教授作成の年譜に依拠し、それにアダンやラシェーヴルの説を参照の上、筆者自身が調査した伝記的情報、詩人の恋愛・女性関係に関する情報をも加えて作成。］

文献目録［掲載順序は、Ⅰ、Ⅱ、Ⅲが作品刊行年順、Ⅳは人名のアルファベット順］

Ⅰ　書誌　Bibliographies

Jules Andrieu, *Théophile de Viau, Étude bio-bibliographique avec une pièce inédite du poète et un tableau généalogique*, Bordeaux, Paul Chollet, 1887.

Lachèvre (Frédéric), 1) « Bibliographie » dans *Le Libertinage au XVIIe Siècle, II. Le Procès du Poète Théophile de Viau, Publication intégrale des pièces inédites des Archives nationales*, Paris, Champion, 1909, t. seconde, pp. 257–295. 2) « Bibliographie » dans *Le Libertinage au XVIIe Siècle. IV. Une seconde révision des Œuvres du poète Théophile de Viau*, Paris, Champion, 1911, pp. 128–129.

Maignien (Edmond), *Notes bibliographiques sur quelques éditions des Œuvres de Théophile de Viau*, Grenoble, Typograhie et Lithographie, Allier Frères, 1911.

Catalogue Générale des livres imprimés de la Bibliothèque Nationale, Auteurs, tome CCVIII (208), (Ouvrages publiés avant 1960), 1959, pp. 86–103., Textes de Théophile de Viau.

Saba (Guido), *Fortunes et infortunes de Théophile de Viau, Hisotoire de la critique suivie d'une bibliographie*, Paris, 1997, Klincksieck, 389 p.（ヴィオーの時代はじめ、近現代の詩人に関する証言・評言・研究などをほとんど遺漏ないほど広範囲に徹底して収集した、最新で最も完璧な書誌）

Ⅱ　作品　Œuvres de Théophile de Viau

1　古版本　Éditions anciennes

◇作品集第一部　Première partie

Les Œuvres du sieur Théophile, Paris, Jacques Quesnel, MDCXXI（1621）, In–8, IV–180–204p.（B.N. : Rés. Ye. 2153）,（édition princeps）.（ストレッシャー J. Streicher はこの版が政治的思惑の反映された一六二三年版よりも誤植は多いとはいえ、著者の文学的意図がより純粋に反映されているとの理由から、彼女の編注した *Œuvres poétiques* ではこの版を底本として採用している）

Les Œuvres du sieur Théophile, Reveües, corrigées, et augmentées, Troisiesme éition, Paris, Pierre Billaine, MDCXXIII (1623), In–8, XVI–356 p. (B.N. : Ye. 7613), (édtion princeps).（サバは、一六二三年版より、著者自身により誤りが訂正されていること、たとえ政治的思惑も入っているにしても、詩人の最終的な意思が反映されているとの理由で、この版を彼の近代版全集の底本としている）

◇作品集第二部　Secconde partie

Œuvres du sieur Theophile, seconde partie, Paris, Pierre Billaine, 1623. In–8, 244 p. (Biblio. Sainte-Geneviève : Rés. Y.1217, inv. 2652), (édtion originale).

Œuvres du sieur Theophile, Seconde partie, Paris, Jacques Quesnel, 1623, In–8, VIII–195 p. (Biblio. Sainte-Geneviève : Rés. Y.1215^{2}, inv. 2652), (édtion princeps).（サバは彼の近代版の第二部を、アロームの近代版をはじめ古版本がほとんどすべて踏襲していた一六三三年のスキュデリー版によらず、サント＝ジュヌヴィエーヴ図書館版の右記二版を底本としている）

◇作品集第三部　Troisième partie

Recueil de toutes les pieces faites par Theophile, depuis sa prise jusques à present. Mises par ordre, comme vous voyez à la Table suivante, Paris, 1625. In–8, IV–122 p. (B.N. : Ye. 7634), (édtion princeps).

◇合本作品集（第一、二、三部）　Œuvres

Les Œuvres du sieur Theophile, Divisees en trois parties : La Première partie, Contenant l'Immortalité de l'Ame, avec plusieurs autres pieces ; La seconde, les Tragedies; et la troisiesme les pieces qu'il a faites pendant sa prison. jusques à present, Paris, par Pierre Bilaine et Jacques Quesnel, 1626. In–8, 376–XII–120–72–124–29. (S.–G. : Rés. Y. 8^{0} 1215, inv. 2651).

Les Œuvres du sieur Theophile, Reveües, corrigees, et augmentees, Jouxte la coppie imprimée, à Paris par Pierre Bilaine et jacques Quesnel, 1626. In–8, 376–XII–120–72–124–29. (B.N. : Ye. 7614)

Les Œuvres de Theophile, Divisées en trois parties. La Premiere partie, Contenant l'Immortalité de l'Ame, avec plusieurs autres pieces ; La seconde, les Tragedies ; et la troisièm, les pieces qu'il a faites pendant sa prison jusques à present, Dernière edition, [éd. Par Georges de Scudéry], Rouen, Jean de La Mare, 1632. In–8, XII–320–164–169 p. (B.N. : Ye. 7616).（以後の版はアローム Alleaume の近代版を含め、ほとんどすべてこの版に依拠）

◇フランス語およびラテン語書簡集　Lettres françaises et latines

Nouvelles Œuvres de feu Mr. Theophile Composées d'excellentes Lettres Françsises et Latines. Soigneusement recueillies, mises en ordre et corrigées par Mr. Mayret, Paris,

Antoine de Sommaville, 1641. (B.N. : Z.14388). (éditon princeps)

2 近代版 Éditons modernes

◇全集 Œuvres complètes

Œuvres complètes, nouvelle éditon. revue, annotée et précédée d'une notice biographique par M. Alleaume, Paris, P. Jannet, t. I, 1856 ; t. II, 1855, (Bibliothèque Elzévirienne).

Œuvres complètes, éd. crit. par Guido Saba, Paris, Nizet-Roma, Edizioni dell'Ateneo, 4 vol. ; I. *Première partie,* 1984 ; II. *Seconde partie,* 1978 ; III. *Troisième partie,* 1979 ; IV. *Lettres françaises et latines,* 1987.

Œuvres complètes, édition établie, présentée et annotée par Guido Saba, Paris, Honoré Champion, 1999, 3 vol. : I. *Première partie* ; II. *Seconde et Troisière parties* ; III. *Lettres françaises et latines,* Pièces non recueillies par l'auteur (graphie modernisée).

◇主な選集 Anthologies et Extraits

Odes et Stances. Élégies et Sonnets, La Maison de Sylvie. Fragments : Pyrame et Thisbé, Poésies diverses, Contes, (...) et une notice de Remy de Gourmont, Paris, « Société du Mercure de France », 1907, 271 p.

Œuvres poétiques, texte choisi et établi par L.-R. Lefèvre, avec une introduction, des notes et une bibliographie, Classiques Garnier, Paris, Garnier, 1926, XXIII–260 p.

La Maison de Sylvie. Amour. Exil. Prison. Art Poétique, par Th. de Viau, textes choisis et présentés par G. Caspari, Porrentruy, Les Portes de France, 1945, 173 p. (La Maison de Sylvie en entier, 20 poésies).

Œuvres choisies, préf. de H.Thomas, choix et notes de M. Bisiaux, [Vie de Th. par Ch. Pujos], Paris, Delamain et Boutelleau, 1949, 335 p.

Œuvres poétiques, éd. crit. par Jeanne Streicher, 2 vol. ; I. *Première partie,* Genève, Droz -Lille, Giard, 1951, (T.L.F.) ; II. Seconde et Troisième parties, Genève, Droz - Paris, Minard, 1958, (T.L.F).

Théophile en prison et autres pamphlets, Texte établi sur les éd originales, Introduction et notes par R. Casanova, s.l. [Paris], J.-J. Pauvert, 1967, 182 p., *Théophile en prison* est traduit du latin par A. Bianchi et R. Casanova.

Œuvres poétiques, éd. Guido Saba, Classiques Garnier, Paris, Bordas, 1990.

Les Amours tragiques de Pyrame et Tysbé Tragédie, dans Théâtre du XVIIe siècle, éd. Par J. Streicher, Bibl. de la Pléiade, Paris, Gallimard, 1975.

III 伝記（含伝記的研究） Biographies sur Th. de Viau

1 単行本 Ouvrages

Anonyme, *Recherches sur le pays du poète Théophile de Viau, suivies d'un précis historiques des villes de Clérac, du Port-Sainte-Marie et d'Aiguillon en Agenois*, Troyes, Gobelet, Veuve Gobelet, 1788.（I.M.P. Tré 403）.

Bazin（M.A.）, *Études d'Histoire et de Biographie, VIII. Théophile de Viau*, pp.247–316, Paris, Charerot, 1844.

Serret（Jules）, *Le Poète Théophile de Viau, études biographiques*, Agen, Prosper Noubel, 1864.

Andrieu（Jules）, *Théophile de Viau, Étude bio-bibliographique acec une pièce inédite du poète et un tableau généalogique*, Bordeaux, Paul Chollet, 1887.

L'abbé J. Dubois, *Châteaux et Maisons nobles de l'Agenais*, de la fin XIXe au début de XXe siècle, Archive départementale de Lot-et-Garonne.

Lachèvre（Frédéric）, *Le Procès du Poète Théophile de Viau, Publication intégrale des pièces inédites des Archives nationales*, Paris, Champion, 1909, deux vol.（I, II）.

Adam（Antoine）, *Théophile de Viau et la libre pensée française en 1620*, Paris, Droz, 1935,（Genève, Slatkine Reprints, 1965）.

2 雑誌論文（含単行本の一部分） Articles

Faugère-Dubourg, Théophile de Viau（Sa Vie et son Œuvres）, *Revue d'Aquitaine*, t. III, pp. 453–594, 1859, IV, 1860.

Lagrange-Ferregues（G. De）, Notes sur la famille de Viau, *Revue de L'Agenais*, avril-juin, 1962, pp. 121–124.

井田（三夫）、「一六二一—一六二三年代におけるテオフィル・ド・ヴィヨー——新資料に基づく若干の伝記的考察」（『慶應義塾創立百二十五年記念論文集　法学部　一般教養関係』）一〇五—一四三頁。

——、「テオフィル・ド・ヴィオーの出自について——誕生地・母をめぐる諸説の一考察」慶應義塾大学法学部『教養論叢』第六八号、一九八五年、三二—一三七頁。

Ida（Mitsuo）, L'État présent de Théophile de Viau, son lieu de naissance et sa mère, *Revue de Hiyoshi, Langue et Littérature Française*, n° 12 mars, 1991, Université Keio, pp. 228–246.

——, Nouvelles Remarques sur le Lieu de Naissance et la Mère de Théophile de Viau, *Revue « Kyoyo-Ronso »*, n° 87, 1991, pp. 11–43.

Saba（Guido）, « Biographie de Théophile de Viau » dans l' Introduction de *Théophile de Viau : Œuvres complètes*, tome I, Paris, Honoré Champion, 1999, pp. vii–xxxiii.

井田（三夫）、「テオフィル・ド・ヴィオーの生涯」、慶應義塾大学『教養論叢』第一二六号、二〇〇七年、一—三九頁。

IV 研究 Études sur Théophile de Viau

1 単行本 Ouvrages

Adam (Antoine), *Théophile de Viau et la libre pensée française en 1620*, cité, Paris, Droz, 1935 (Genève, Slatkine Reprints, 1965).

Andrieu (Jules), *Théophile de Viau, Étude bio-bibliographique avec une pièce inédite du poète et un tableau généalogique*, cité, Bordeaux, Paul Chollet, 1887.

Garrisson (Charles), *Théophile et Paul de Viau, étude historique et littéraire*, Paris, Al. Picard et Fils, 1899.

Gaudiani (Claire), *The cabaret poetry of Th. de Viau : Texts and traditions*, Tübingen, Narr - Paris, Place, 1980.

Gautier (Théophile), *Les Grotesques*, Paris, Desessart, 1844.

Impiwaara (Heikki), *Études sur Th. de Viau, auteur dramatique et poète*, Turku, Turum Yliopisto, 1963, Bad Homburg v.d. H.-Berlin-Zurich, Gehlen, 1969.

Lachèvre (Frédéric), *Le Procès du Poète Théophile de Viau*, cité, Paris, Champion, 1909, 2 vol.

Saba (Guido), *Théophile de Viau : un poète rebelle*, Paris, P. U. F., 1999.

Schirmacher (Käthe), *Th.de Viau, Sein Leben und seine Werke (1590–1626). Literarische Studie*, Leipzig-Paris, Welter, 1897.

Théophile de Viau : *Actes de Las Vegas, Actes du XXIIe Colloque de la North American Society for Seventeenth Century French literature*, Universiry of Nevada, Las Vegas, 1–3 mars 1990, éd Marie-France Hilgar, Paris-Seattle-Tûbingen, Papers on French Seventeenth Century Literature, "Biblio 17", 1991, pp. 81–138.

Théophile de Viau : *Actes de Marseille*, Actes du Colloque du CMR 17, Marseille, 19–20 octobre 1990, éd par Duchêne, Paris-Seattle-Tûbingen, *Papers on French Seventeenth Century Literature*, "Biblio 17", 1991.

2 雑誌論文（含単行本の一部分） Articles et études critiques

◇十九世紀 XIXe siècle

Alleaume (Charles), Notice sur Théophile, dans son éd. des *Œuvres complètes de Théophile*, 1856, cité.

Bazin (Anaïs de Raucou, dit), Le Poète Théophile, *Revue de Paris*, novembre 1839, pp. 171–182.

Bellegarde (de Viau) (Maurice de), Un poète méridional au XVIIe siècle : Th. de Viau, *Revue de Bordeaux et du Sud-Ouest*, VII, 1898.

Chasles (Philarète), Les victimes de Boileau. II. Les Libertins. Th. de Viau, *Revue des Deux Mondes*, 1e août 1839, pp. 355–405.

Faguet (Émile), Th. de Viau, *Revue des Cours et Conférences*, 9 articles, du 2 mai au 6 juin 1895, repr. dans *De Malherbe à Boileau*, t. II de son *Histoire de la poésie française de la Renaissance au Romantisme*, chap. : « Th. de Viau ».

Faugère-Dubourg, Théophile de Viau (Sa Vie et son Œuvres), *Revue d'Aquitaine*, III, 1859, IV, 1860.

Garrisson (Charles), Le poète Th. de Viau, Étude historique et littéraire, *Revue d'histoire littéraire de la France*, 1897, pp. 423–453.
Gautier (Théophile), Th. de Viau, dans *Les Poètes français. Recueil*, éd par E. Crépet, Paris, Gide, t. II (1861), pp. 443–448.
Haag (Eugène et Émile), Th. de Viau, dans *La France protestante, ou Vies des protestants français*, Paris, Cherbuliez, t. IX (1859), pp. 477–481.
Sainte-Beuve (Charles-Augustin), *Tableau historique et critique de la poésie française et du théâtre français au XVIe siècle*, Paris, A. Sautelet, 1828 ; 1ère éd. revue, Paris, Charpentier, 1843.
——, Théophile Gautier (Les Grotesques), *Revue de Paris*, 31 octobre 1844, pp. 301–311.

◇二十—二十一世紀　XXe –XXIe siècle

赤木（昭三）、「Théophile de Viau の Traicté de l'immortalité de l'ame 論考」（『フランス十七世紀文学』第Ⅰ巻、フランス十七世紀文学研究会、一九六六年、三—一二頁。
——、『フランス近代の反宗教思想』中の第二章「十七世紀前半の詩人たち——テオフィル・ド・ヴィヨーとそのグループ」八—一二頁。
Bertaud (Madeleine), Roi et sujets dans Les Amours tragiques de Pyrame et Thisbé de Th. de Viau, *Travaux de littérature*, VI, 1993, pp. 137–148.
Beugnot (Bernard), L'imaginaire de l'espace privé dans l'œuvre de Théophile, dans *Théophile de Viau*, Actes du Colloque de Marseille, cité, pp. 111–122.
Bray (Bernard), Pour l'explication de l'ode *Le Matin*, *Het France boek*, 40, 1970, pp. 101–111.
——, Effets d'écriture, image du moi dans l'œuvre en prose de Théophile, dans *Théophile de Viau*, Actes du Colloque de Marseille, cité, pp. 129–138.
Chauveau (Jean-Pierre), Tristan et Th. de Viau, *Cahiers Tristan L'Hermite*, III, 1981, pp. 11–17.
——, *Le Traicté de l'Immortalité de l'Ame*, ou la Mort de Socrate, dans Théophile de Viau, Actes du Colloque de Marseille, cité, pp. 45–61.
——, Scudéry et Th. de Viau, dans *Les trois Scudéry, Actes du Colloque du Havre*, 1–5 octobre 1991, éd. par A. Niderst, Paris, Klincksieck, 1993, pp. 185–198.
——, L'esprit et la lettre. Poètes débutants en face de leurs modèles Théophile, Tristan et Furetière, *XVIIe siècle*, janvier-mars 1995, pp. 21–38.
Cohen (Gustave), chap. : « Balzac et Théophile », dans *Écrivons français en Hollande dans la premiére moité du XVIIe siècle*, Paris, Champion, 1920, pp. 243–266.
Corum Jr. (Robert T.), Sequential Dislocation in some Lyrics of Th. de Viau, *Papers on French Seventeenth Century Literature*, 23, 1985, pp. 451–460.
——, La quète de l'autre dans la poésie amoureuse de Th. de Viau, dans *Théophile de Viau*, Actes du Colloque de Marseille, cité, pp. 63–73.
Dalla Valle (Daniela), chap. III : « Th. de Viau » , dans t. I de *De Théophile à Molière : aspectos de una continuidad*, Santiago de Chile, Prensa de la Editorial Universitaria, 1968.
——, Pyrame et Thisbé de Théophile et la pastorale dramatique. Quelques remarques, dans *Mélanges historiques et littéraires sur le XVIIe siècle offerts à G.*

Mongrédien, Paris, Société d'études du XVIIe siècle, 1974, pp. 289–297.

——, Métamorphoses, métaphores et cosmologies dans Pyrame et Thisbé de Théophile, dans *La Métamorphose dans la poésie baroque fiançaise et anglaise. Variations et résurgences*, Actes du Colloque de Valenciennes, 1979, éd. G. Mathieu-Castellani, Tübingen, Narr — Paris, Place, 1980, pp. 113–123.

DeJean (Joan), Une autobiographie en procès. L'affaire Th. de Viau, *Poétique*, novembre 1981, pp. 431–448.

Dubois (Claude-Gilbert), Le seul amour constant de Théophile, *Revue de l'Agenais*, juillet-août 1994, pp. 459–468.

Duval (Edwin M.), The poet on poetry in Th, de Viau's *Élégie à une Dame, Modern Language Notes*, mai 1975, pp. 548–557.

Eustis (Alvin), A deciphering of Théophile's "Un corbeau devant moy croasse", dans *The Seventeenth Century French Lyric*, numéro spécial de *L'Esprit créateur*, hiver 1980, pp. 107–119.

藤井（康生）、「バロック演劇（I）—— Théophile de Viau の Pyrame et Thisbé における〈夜〉のテーマ」大阪市立大学紀要『人文研究』第二三巻九分冊、一九七一年、三二一—三八頁。

Fukui (Yoshio), Raffinement précieux dans la poésie française du XVIIe siècle, Nizet, 1964.

福井（芳男）、『フランス文学講座5　詩』（大修館、一九七九年）中の第四章「バロック詩の展開」第四節「後期バロック」、とりわけ第2項「テオフィル・ド・ヴィオーとサン＝タマン」二二二—二二七頁。

Galli Pellegrini (Rosa), Les images de lumière dans l'œuvre poétique de Th. de Viau, *Cahiers de Littérature du XVIIe siècle*, hommage à R. Fromilhague, Université de Toulouse — Le Mirait, 1984, pp. 173–181.

Godard de Donville (Louise), Le Libertin des origines à 1665 : un produit des apologètes, Paris-Seattle-Tübingen, *Papers on Fnnch Seventeenth Century Literature*, « Biblio 17 », 1989.

——, Théophile, les « Beaux Esprits » et les Roses-Croix : un insidieux parallèle du P. Garasse, dans *Correspondances*, Mélanges offerts à Roger Duchêne, éd. W. Leiner et P. Ronzeaud, Tübingen / Aix-en-Provence, Narr, 1992, pp. 143–154.

——, L'œuvre de Th. de Viau aux feux croisée du « libertinage », *Œuvres et Critiques*, 1995, pp. 185–204.

Gourmont (Rémy de), Théophile, poète romantique, *Mercure de France*, 1907, pp. 87–93.

——, Théophile et Ies Jésuites, dans *Promenades littéraires, Troisième série*, Mercure de France, 1909, pp. 207–213.

Greenberg (Mitchell), Théophe's indifference, dans *Detours of Desire. Readings in the French Baroque*, Columbus, Ohio State University Press, 1984, pp. 61–95.

Greewe (Andrea), La poésie de Th. de Viau Une poésie subjective ?, dans "*Diversité, c'est ma devise". Studien zur französichen Literatur des 17. Jahrhunderts, Fest tschrift für Jürgen Grimm, Tübingen, Papers on French Seventeenth Century Literature*, "Biblio 17", 1994, pp. 215–227.

Guedj (Hélène), Th. de Viau, poète baroque et le Sud-Ouest, Actes des Journées internationales d'étude du Baroque de Montauban, 1963, *Baroque*, 1965, pp.

143–152.

Hill (Robert E.), In context : Th. de Viau's, *La Solitude, Bibliothéque d'Humanisme et Renaissance*, XXX, septembre 1968, pp. 499–536.

Hipp (Marie-Thérèse), *La Maison de Sylvie* ou de l'usage de la Fable, Travaux de littérature, II, 1989, pp. 91–111.

井田（三夫）、「ヴィオー、バロック詩人？　マニエリスム詩人？――ヴィオー観小見」、慶應義塾大学『教養論叢』第七〇号、一九八五年、八二―八三頁。

――、「古版本ヴィオー作品集との出会い」慶應義塾大学『教養論叢』第七六号、一九八七年、三六―三七頁。

――、「テオフィル・ド・ヴィオーとモンモランシー公爵夫人」慶應義塾大学日吉紀要『フランス語・フランス文学』第五号、一九八七年、一―四三頁。

――、「ヴィオー詩における〈太陽〉と〈逆さ世界〉のテーマについて」慶應義塾大学『教養論叢』第七八号、一九八八年、四一―六二頁。

――、「ギッド・サバ編注『ヴィオー全集』（校訂版）について」『教養論叢』第八号、一九八八年、八六―八七頁。

Ida (Mitsuo), L'État présent de Théophile de Viau, son lieu de naissance et sa mère, *Revue de Hiyoshi, Langue et Littérature Française*, n° 12 mars, 1991, Université Keio, cité, pp. 228–246, 1991.

井田（三夫）、「二人のヴィオー――詩人の肖像画について」慶應義塾大学『教養論叢』第八八号、一九九一年、三〇―三一頁。

――、「テオフィル・ド・ヴィオーのオード『朝』のテクスト比較――試訳と解釈」慶應義塾大学『教養論叢』第九号、一九九三年、二六―六八頁。

――、「テオフィル・ド・ヴィオーのオード『朝』について――その視的構造とエロス的・形而上的意味」慶應義塾大学『教養論叢』第九三号、一九九三年、六一―八九頁。

――、「オード『兄へのテオフィルの手紙』（書簡詩）について――絶対的決定論からピュロン主義的予定説へ」慶應義塾大学『教養論叢』第九五号、一九九四年、二一―五九頁。

――、「テオフィル・ド・ヴィオーのオード『孤独』について――報われぬ愛またはアンドロジーヌ的愛の悲劇」慶應義塾大学『教養論叢』第一〇三号、一九九五年、一―三三頁。

――、「テオフィル・ド・ヴィオーの『シルヴィの家』について――その円環的・シンメトリー構造」慶應義塾大学『教養論叢』第一一八号、二〇〇二年、一―二七頁。

――、「テオフィル・ド・ヴィオーの『シルヴィの家』について――その二元的世界」慶應義塾大学『教養論叢』第一一八号、二〇〇二年、一―二五頁。

――、「テオフィル・ド・ヴィオーの宇宙観・宗教観――一六二三―一六二四年におけるその変質について」慶應義塾大学『教養論叢』第一三五号、二〇〇六年、一一一九頁。

——、「テオフィル・ド・ヴィオーの生涯」慶應義塾大学『教養論叢』第一二六号、二〇〇七年、一一三九頁。

Jauss (Hans Robert), Zur Frage der "Struktureinheit" älterer und moderner Lyrik (Théophile de Viau : Ode III de La Maison de Sylvie ; Baudelaire : Le Cygne), *Germanisch-romanische Monatsschrift*, 10, juillet 1960, pp. 231–266.

Lafay (Henri), La Poésie française du premier XVIIe siècle (1598–1630), Paris, Nizet, 1975, en particulier le chap. « Th. de Viau ».

Lancaster (H. Carrington), chap. : "Pyrame" dans *A history of French dramatic literature in the seventeenth-century*, I : *The pre-classical period* (1610–1634), Baltimore, The Johns Hopkins Press — Paris, P.U.F., 1929, t. I, pp. 167–178.

Lebègue (Raymond), chap. : « Th. de Viau », dans *La Poésie française de 1560 à 1630*, Paris, SEDES, 1951, t. I, pp. 107–118.

Lyons (John D.), Temporaliry in the Lyrics of Th. de Viau, *Australian Journal of French Studies*, XVI, 1979, pp. 362–376.

Marmier (Jean), La poésie de Th. de Viau, théâtre du moi, *Papers on French Seventeenth Century Literature*, IX, 1978, pp. 50–65.

Mathieu-Castellani (Gisèle), Th. de Viau : une poétique du discontinu, dans *Théophile de Viau*, Actes du Colloque de Marseille, cité, pp. 89–100.

Maulnier (Thierry), Les derniers Renaissants, *Revue universelle*, juin-août 1941 ; ensuite Introduction à *Poètes précieux et poètes baroques du XVIIe siècle*, choix et notes de Dominique Aury, Angers, J. Petit, 1941.

Mazzara (Richard A.), The Phaedo and Th. de Viau's *Traicté de l'immortalité de l'âme, The French Review*, 40, octobre-décembre 1966, pp. 329–340.

——, « Th. de Viau, Saint-Amant and the Spanish "Soledad" ». *Kentucky Romance Quarterly*, 14, 1967, pp. 293–404.

——, « The Philosophical-Reigious Evolution of Th. de Viau », *The French Review*, 41, april, 1968, pp. 618–628.

Morel (Jacques), La structure poétique de la Maison de Silvie de Th. de Viau dans *Mélanges d'histoire littéraire XVIe–XVIIe siècles offerts à Raymond Lebègue*, Paris, Nizet, 1969, pp. 147–153.

——, Pyrame et Thisbé dans *Théophile de Viau*, Actes du Colloque de Marseille, cité, pp. 123–128.

Mourgues (Odette de), *Metaphysical, Baroque & Precloux Poetry*, Oxford, Clarendon Press, 1953.

——, *O Muse, fuyante proie... Essai sur la poésie de La Fontaine*, Paris, J. Corti, 1962 ; 2e éd. 1987.

——, Reason and fancy in the poetry of Th. de Viau A note for further research, *L'Esprit créateur*, I, été 1961, pp. 75–81.

Nelson Jr. (Lowry), Théophile's La Solitude, dans *Baroque Lyric Poetry*, New Haven – London, Yale University Press, 1961, pp. 110–120.

Omory (Beverley), Ancient or modern : some seventeenth century attitudes to the work of Th. de Viau, *Romanische Forschungen*, 81, 1969, pp. 571–584.

Ormerod (Beverley), Nature as a source of imagery in the work of Th. de Viau, *Forum for Modern Languages Studies*, VI, juillet 1970, pp. 302–311.

Pallister (Janis L.), Thisbe, martyred and mocked, *Romance Notes*, XVI, automne 1974, pp. 124–133.

——, Love entombed : Th. de Viau's *Les Amours tragiques de Pyrame et Thisbé, Papers on French Seventeenth Century Literature*, XII, 1979–1980, pp. 163–181.

Pedersen (John), Les images poétiques de Th. de Viau, dans *Images et Figures dans la poésie française de l'âge baroque, Revue Romane*, numéro spécial, 5, 1974, pp. 33–69.

Pizzorusso (Arnaldo), Sur une scène des Amours tragiques de Pyrame et Thisbé dans *De Jean Lemaire de Belges à Jean Giraudoux, Mélanges offerts à Pierre Jourda*, Paris, Nizet, 1970, pp. 157–177.

Pugh (Anthony R.), The unity of Théophile's *La Solitude, The French Review*, XLV, Special Issue, automne 1971, pp. 117–126.

Richmond (Hugh M.), Puritans and Libertines : « D'Aubigné and Théophile de Viau », dans *Puritans and Libertines*, Anglo-French literary *relations in the Reformation*, Berkeley, Los Angeles, London, University of California Press, 1981, pp. 340–371.

Ritter (Eugène), Balzac et Théophile, *Revue d''Histoire littéraire de la France*, 1902, pp. 131–132.

Rizza (Cecilia), Un manifeste déguisé : la *Première journée de Th. de Viau, dans Le Miroir et l'image. Recherches sur le genre narratif au XVIIe siècle*, Cuneo, SASTE, 1982, pp. 47–88.

——, 1) « Th. de Viau Libertinage e libertà » dans l'ouvrage *Libertinage et littérature*, Fasano di Brindisi-Schena — Paris, Nizet, 1996, pp. 13–72, 2) « L'emploi profane du langage religieux dans la poésie de Th. de Viau », pp. 73–96 du même ouvrage, 3) « La métamorphose comme image et représentation du monde chez Th. de Viau », pp.97–112, ibid., 4) « Place et fonction de la mythologie dans l'univers poétique de Th. de Viau », pp. 113–128, ibid., 5) « La tragédie de Pasiphaé entre Baroque et libertinage », pp. 129–150, ibid.

——, L'art de Th. de Viau polémiste, dans *Théophile de Viau*, Actes du Colloque de Marseille, cité, pp. 139–149.

Roberts (David Michael), Théophile's Cygnus and the vulnerable « locus amoenus » dans *Théophile de Viau*, Actes du Collogue de Las Vegas, cité, pp. 123–127.

Roy (Claude), Théophile, dans *Descriptions critiques.* II. *Le Commerce des classiques*, Paris, Gallimard, 1953, pp. 77–88. Reproduit dans *La Conversation des poètes*, Paris, Gallimard, 1993, pp. 24–35.

Rubin (David Lee), *The knot of artifice. A poetic of the French lyric in the early 17th-century*, Columbus, Ohio State University Press, 1981 ; chap. 3 : "Le Matin", pp. 47–59 ; chap. 5 : « Ode "Un corbeau devant moy croasse" », pp. 84–87.

Saba (Guido), « Il Padre Rapin e Th. de Viau Dai giudizi negativi sull'opera ad alcune affinità di idee letterarie dans *Studi in onore, di Italo Siciliano*, Firenze, Leo S. Olschki, 1966, pp. 1039–1051.

——, Mallarmé lecteur de Th. de Viau, dans *Correspondances, Mélanges offerts à Roger Duchêne*, Tûbingen, Narr – Aix-en Provence, Publications de l'Université de Provence, 1992, pp. 107–114.

——, Algernon Charles Swinburne lecteur de Th. de Viau, dans *Sur la plume des vents, Mélanges offerts à Bernard Bray*, textes recueillis par U. Michalowsky,

Paris, Klincksieck, 1996, pp. 281–286.

Sacré (James), Vers un paradis baroque : Th. de Viau, *Œuvres poétiques : Première partie, La Maison de Sylvie*, dans *Un sang maniériste. Étude structurale du mot « sang. » dans la poésie française de la fin du seizième siècle*, Neuchâtel, La Baconnière, 1977, pp. 135–159.

Serroy (Jean), chap. « Th. de V. et les Fragments d'une Histoire comique », dans *Roman et réalité Les histoires. comiques au XVIIe siècle*, Paris, Minard, 1981, pp. 97–111.

Spitzer (Leo), « Umkehrbare Lyrik » Un corbeau devant moy croasse, dans *Stilstudien*, Munich, M. Hueber, 1961, t. II, pp. 42–49.

Stone jr. (Donald), Théophile's La Solitude : An Appraisal of Poem and Poet, *The French Review*, octobre-décembre 1966, pp. 321–328.

田中（敬一）、「テオフィル・ド・ビヨとその保護者たちとの関係について」『静岡大学文理学部研究報告（人文科学）』第九号、一九五八年、六五―八一頁。

――、「十七世紀フランスの詩人における patronage の問題の一考察―― Théophile de Viau の場合について」日本フランス文学会『フランス文学研究』、一九六〇年、二〇―二九頁。

――、「テオフィル『こっけい物語』の魔女テスト」『世界文学』第三七号、一九七〇年、二五―二八頁。

Thomas (Henri), Préface à Th, de. Viau, *Œuvres choisies*, choix et notes de M. Bisiaux, cité.

Tortel (Jean), Quelques constantes du lyrisme préclassique, dans *Le Préclassicisme français*, présenté par J. Tortel, Paris, Cahiers du Sud, 1952, pp. 123–161.

――, Le lyrisme au XVIIe siècle, dans *Histoire des littératures*, III. *Histoire de la littérature française*, dir. par R. Queneau, Paris, Gallimard, « Bibl. de la Péiade », 1958.

Verdier (Gabrielle), Théophile's *Fragments d'une histoire comique* : Discours amoureux ? *Papers on French Seventeenth Century Literature*, XII, 1979–1980, pp. 137–157.

Weil (Simone), *Écrits historiques et politiques*, Paris, Gallimard, « Espoir », s.d. [1960] ; « Ébauches de lettres (1938?–1939?) », pp. 109–113. Voir aussi Simone Pétrement, *La Vie de Simone Weil*, II. 1934–1943, Paris, Fayard, 1973.

――, Cahiers de Londres, dans *Connaissance surnaturelle*, Paris, Gallimard, « Espoir », 1950.

Wentzlaff-Eggebert (Christian), Les « couleurs » de Théophile, dans les premières versions de l'ode *Le Matin*, dans *Théophile deViau*, Actes du Colloque de Las Vegas, cité, pp. 101–108.

Wicker (Antoine), « La passion fatale de Pyrame et Thisbé », *Dernières nouvelles d'Alsace*, 8 avril 1992, compte-rendu de la représentation de *Pyrame et Thisbé* au Théâtre Nationale de Strasbourg, avril 1992.

［本文献目録は、主としてギッド・サバ氏の『テオフィル・ド・ヴィオー、反逆の詩人』Théophile de Viau : un poète rebelle の巻末に付せられた文献目録に依拠し、これに同じく同氏の『テオフィル・ド・ヴィオーの幸運と不運、文献目録付ヴィオー批評史』Fortunes et infortunes de Théophile de Viau 巻末の膨大な詳細文献目録よりいくつか選び、さらに同氏が遺漏した情報、たとえばデュボワ氏作成の『アジュネ地方城館・貴族館一覧』など、われわれが詩人の故郷等で発掘した資料やわが国の情報などを補遺して作成。］

あとがき

本書は慶應義塾大学法学研究会別冊『教養論叢』および同大学日吉紀要『フランス語・フランス文学』さらに、慶應義塾創立一二五年記念論文集などに発表された論文・エッセー十九点のうちの詩人や作品・テーマ研究などを扱った十二点に若干の加筆・修正を加えたものが中心となっているが、第一部の第II章「生涯」、第III章「ヴィオー文学の特質概観」および第二部第II章第2節「ヴィオーとサン＝タマンのオード『孤独』の比較」、第III章「スタンス「死の恐怖は……」とオード「何と幸せなことか……！」の間」、第IV章「『ド・L氏への弔慰』、『ド・L氏へ　父上の死について』および『ド・リアンクール氏へ』の三作品の比較考察」、第V章「『ある婦人へのエレジー』」、第VI章「『第一諷刺詩』、『第二諷刺詩』」、第VII章「『友人ティルシスへのテオフィルの嘆き』」、第X章「悲劇『ピラムスとティスベの悲劇的愛』」、さらに第三部第I章「愛と詩――詩人をめぐる四人の女性」、第II章「恋愛観・女性観」、それに最終章第V章「思想と生き方――宇宙観・世界観・運命観・人間観・人生観」は今回書き下ろした部分である。

作品論では散文・詩混交作品『霊魂不滅論またはソクラテスの死』はじめ「作品集第二部」冒頭の未完小説『初日』や同「第三部」所収の「テオフィル事件」を契機として書かれた作品群、とりわけ「獄中のテオフィル」（ラテン語）、『王への弁明書』などいくつかの重要な作品の考察が欠落しており（『霊魂不滅論』については第三部最終章の「思想と生き方」のところで実質的にはかなり論じられているが）、本来ならこれらの作品論をも加えるべきであったが、時間切れで日の目を見ることがなかったのは多少心残りではあるが、拙著編集担当者の小室佐絵氏より締め切り延期のお許しをいただいたおかげで、当初予定していた追加原稿をすべて書き加えることができ、結果として重要な作品・テーマはほぼすべて取り上げることができたのは望外の幸せである。

ただしこの追加により本書の原稿量が筆者自身の予想をも大幅に上回る超過となってしまったため、法研編集委員会の坂原委員長や有末編集主任はじめ同委員会の諸先生方ならびに慶應義塾大学出版会編集二課の村山夏子氏に対して多大なご迷惑・ご心配をおかけしてしまったことに対して、心よりお詫び申し上げるとともに、申請時予定していた第四部「文献学的・実証的・伝記的研究」や第五部「作品（翻訳・註解）」の削除や第一・二・三部のフランス語原文の大幅削除、改行詩の多くを〈追い込み〉方式にするなど可能な限りの削除・スペースの節約を行ったにもかかわらず、当初予定の七百頁をかなり超えてしまった点につき、同委員会が最終的にご寛宥下さったことに対して、心より感謝申し上げる次第である。

なお今回削除した第四部「文献学的・実証的・伝記的研究」編すなわち第I章「ヴィオーの古版本作品集とギッド・サバ編註の『テオフィル・ド・ヴィオー全集』について」、第II章「一六二一～一六二三年におけるテオフィル・ド・ヴィオーについて――新資料に基づく若干の伝記的考察」、第III章「テオフィル・ド・ヴィオーの出自について――誕生地・母をめぐる諸説の一考察」、および第IV章フランス語論文「再説テオフィル・ド・ヴィオーの生誕地・母について」と第V章「L'Etat présent de Théophile de Viau, son lieu de naissance et sa mère」（〝テオフィル・ド・ヴィオーの現在、出生地、母について〟）、およびこれらの実証的・伝記的研究に関連したヴィオー生誕四百年記念祭関係のエッセーやフランス語新聞記事あるいは第五部の翻訳・註解編すなわち初期詩篇の『朝』やオード『孤独』の翻訳や注解、「リアンクール詩篇」、『ある婦人へのエレジー』、『第一諷刺詩』、『第二諷刺詩』、四十篇近い恋愛詩篇、さらに晩年の代表的三詩篇『友人ティルシスへのテオフィルの嘆き』、オード『シルヴィの家』および『兄へのテオフィルの手紙』、また彼の唯一の演劇作品である悲劇『ピラムスとティスベの悲劇的愛』などの翻訳と註解は、さらなる研究論文・翻訳などを加えて充実させた上、『テオフィル・ド・ヴィオー研究・作品集』（仮題）とでも題して、後日出版の機会に恵まれることを期待したい。

最後になってしまったが、二十年以上にわたって書きためてきた拙い論考を、しかも『ネルヴァルの幻想世界』を出版させていただいて間もないこの時期に、このような形で再度私に出版の機会を与えて下さった慶應義塾大学法学研究会編集委員会の諸先生方ならびに制作の面で格別お世話になった慶應義塾大学出版会の第一出版部長前島康樹氏、編集一課の小室佐絵氏に改めて深甚なる感謝の意を捧げたい。

二〇〇八年二月

寓居、鎌倉・柿窓庵にて　　井田三夫

初出一覧［タイトルは、掲載当時のもの。記述のない章については、書き下ろし］

第一部　詩人と生涯

Ⅰ　「ヴィオー、マニエリスム詩人？　バロック詩人？――ヴィオー観小史」（慶應義塾大学法学部『法学研究』別冊『教養論叢』第七〇号、一九八五年）
Ⅱ　「テオフィル・ド・ヴィオーの生涯」（『教養論叢』第一二六号、二〇〇七年）
Ⅳ　「二人のヴィオー」（『教養論叢』第八八号、一九九一年）
Ⅴ　「テオフィル・ド・ヴィオーとモンモランシー公爵夫人」（慶應義塾大学日吉紀要『フランス語・フランス文学』第五号、一九八七年）

第二部　作品

Ⅰ　オード『朝』について
　1　「テクスト比較――試訳と解釈」（『教養論叢』第九二号、一九九三年）
　2　「視的構造とエロス的・形而上的意味」（『教養論叢』第九三号、一九九三年）
Ⅱ　オード『孤独』について
　1　「報われぬ恋またはアンドロジーヌ的愛の悲劇」（『教養論叢』第一〇三号、一九九六年）
Ⅷ　長編オード『シルヴィの家』について
　1　「円環的・シンメトリー構造について」（『教養論叢』第一一八号、二〇〇二年）
　2　「二元的世界について」（『教養論叢』第一二二号、二〇〇五年）
Ⅸ　「オード『兄へのテオフィルの手紙』（書簡詩）について――絶対的決定論からピュロン主義的予定説へ」（『教養論叢』第九五号、一九九四年）

第三部　テーマ

III　「〝太陽〟と〝逆さ世界〟について」（『教養論叢』第七七号、一九八八年）

IV　「テオフィル・ド・ヴィオーの宇宙観・宗教観について――一六二三～一六二五年におけるその変質について」（『教養論叢』第一二五号、二〇〇六年）

跋

学問的価値の高い研究成果であつてそれが公表せられないために世に知られず、そのためにこれが学問的に利用せられずして、そのまま忘れられるものは少なくないであろう。又たとえ公表せられたものであつても、口頭で発表せられたために広く伝わらない場合があり、印刷公表せられた場合にも、新聞あるいは学術誌等に断続して載せられた場合は、後日それ等をまとめて通読することに不便がある。これ等の諸点を考えるならば、学術的研究の成果は、これを一本にまとめて出版することが、それを周知せしめる点からも又これを利用せしめる点からも最善の方法であることは明かである。この度法学研究会において法学部専任者の研究でかつて機関誌「法学研究」および「教養論叢」その他に発表せられたもの、又は未発表の研究成果で、学問的価値の高いもの、または、既刊のもので学問的価値が高く今日入手困難のものなどを法学研究会叢書あるいは同別冊として逐次刊行することにした。これによつて、われわれの研究が世に知られ、多少でも学問の発達に寄与することができるならば、本叢書刊行の目的は達せられるわけである。

昭和三十四年六月三十日

慶應義塾大学法学研究会

執筆者紹介

井田三夫（いだ　みつお）

1942年埼玉県本庄市生まれ。慶應義塾大学文学部仏文科卒（1967年）、同大学院文学研究科博士課程修了（1974年）、新ソルボンヌ大学（パリ第3大学）博士課程留学（ジャック・モレル教授に師事、1981～82年）、19世紀フランスロマン主義文学、16～17世紀フランスマニエリスム・バロック文学専攻。現在慶應義塾大学法学部教授。

1980年頃まで主としてジェラール・ド・ネルヴァルを研究、フランス留学の頃より現在まで主としてテオフィル・ド・ヴィオーを研究。1990年フランス・クレラック市におけるテオフィル・ド・ヴィオー生誕400年祭でCNRS（国立科学研究所）のモーリス・ルヴェール教授とともに記念講演を行う（演題：L'État présent de Théophile de Viau, son lieu de naissance et sa mère）。

三田文学会員、雑誌『三田文学』に評論「詩におけるユーモアの復権――内藤丈草論」を掲載（1974年）。俳人協会主催春季俳句古典講座（「芭蕉の弟子たち」）で内藤丈草を担当、講演（1988年）。著書に『ネルヴァルの幻想世界――その虚無意識と救済願望』（慶應義塾大学法学研究会、2005年）がある。

慶應義塾大学法学研究会叢書　別冊14

テオフィル・ド・ヴィオー
文学と思想

2008年3月31日　初版第1刷発行

著　者――井田三夫
発行者――慶應義塾大学法学研究会
代表者　坂原正夫
〒108-8345　東京都港区三田2-15-45
TEL 03-3453-4511
発売所――慶應義塾大学出版会株式会社
〒108-8346　東京都港区三田2-19-30
TEL 03-3451-3584　FAX 03-3451-3122
装　丁――廣田清子
印刷・製本――萩原印刷株式会社
カバー印刷――株式会社太平印刷社

Printed in Japan　ISBN978-4-7664-1475-2
落丁・乱丁本はお取替いたします。